杨凤山 著

铁骨金魂

陕西师范大学出版总社 西安

图书代号　WX23N1973

图书在版编目(CIP)数据

铁骨金魂/杨凤山著. — 西安：陕西师范大学出版总社有限公司，2024.6
　ISBN 978-7-5695-3452-8

　Ⅰ.①铁… Ⅱ.①杨… Ⅲ.①传记小说－中国－当代 Ⅳ.①I247.5

中国国家版本馆CIP数据核字（2023）第003709号

铁骨金魂
TIE GU JIN HUN

杨凤山　著

出版统筹	刘东风　胡雅劼
责任编辑	王雅琨　彭　燕
责任校对	张　佩
封面设计	张潇伊
出版发行	陕西师范大学出版总社
	（西安市长安南路199号　邮编 710062）
网　　址	http://www.snupg.com
印　　刷	陕西龙山海天艺术印务有限公司
开　　本	710 mm×1020 mm　1/16
印　　张	26
插　　页	1
字　　数	435千
版　　次	2024年6月第1版
印　　次	2024年6月第1次印刷
书　　号	ISBN 978-7-5695-3452-8
定　　价	68.00元

读者购书、书店添货或发现印装质量问题，请与本公司营销部联系、调换。
电话：（029）85307864　85303629　　传真：（029）85303879

目　录

楔子　　　　　　　　　　　　　　　001

第1章　仇恨的种子　　　　　　　　003
第2章　血泪　　　　　　　　　　　019
第3章　背着母亲去参军　　　　　　032
第4章　这个小兵我要了　　　　　　045
第5章　特殊战士　　　　　　　　　058
第6章　迷人的青春　　　　　　　　070
第7章　十字路口的选择　　　　　　084
第8章　雪山的足迹　　　　　　　　093
第9章　血染二五〇高地　　　　　　106
第10章　英雄魂　　　　　　　　　　117
第11章　睁开了眼睛　　　　　　　　129
第12章　告别死神　　　　　　　　　139
第13章　特殊情怀　　　　　　　　　151
第14章　磨炼意志　　　　　　　　　162
第15章　惹祸的红玫瑰　　　　　　　173
第16章　烟雾裹着的思考　　　　　　185
第17章　为了明天　　　　　　　　　198
第18章　义子尽孝　　　　　　　　　206
第19章　不仅仅是牵挂　　　　　　　215
第20章　新中国第一　　　　　　　　227

第21章	星光闪烁的夜晚	236
第22章	无可奈何的选择	247
第23章	领导班子开会	255
第24章	不当窝囊书记	261
第25章	这是我们的救命粮	268
第26章	饮食革命样板戏	278
第27章	天上地下	289
第28章	梦幻般的世界	301
第29章	坠落的明星	312
第30章	关键时刻	325
第31章	敢叫山河换新装	340
第32章	迷雾笼罩暗潮涌	352
第33章	真情的考验	360
第34章	心系何处	365
第35章	世世代代的梦想	371
第36章	辛酸的光明路	382
第37章	著书前奏曲——舞蹈者	393

后记　　　　　　　　　　　　　409

楔　　子

1950年冬。朝鲜长津湖南方某地，寒风凛冽，白雪皑皑。

一辆用树枝伪装的军车在硝烟弥漫的战场上择路前进。地上几乎没有平坦的车道，坑坑洼洼的弹坑使行驶的军车左右颠簸，几次险些翻倒。驾驶室里，驾驶员双眼盯着前方，紧紧握着方向盘，忽左忽右地顺应着前进的道路。坐在司机身边的两位战士怀抱冲锋枪，警惕地观察着前后左右。他们身穿的军装有着非常明显的标志——中国人民志愿军。他们奉命护送十二位从战场撤下来的特重伤员，伤员们危在旦夕，首长命令他们要以最快的速度冲过战场，把这批伤员从朝鲜送回祖国。

一架敌机俯冲过来，丢下的炸弹落在车前车后，随着一声声震耳欲聋的爆炸声响起，一股股烟尘掀起……

中国东北部。中国人民解放军某军后勤部。

一封来自朝鲜战场的电报：十二名伤员正在归国途中，望安排急救。

远离硝烟的简易公路上，载着伤员的军车全速前进。

颠簸的车厢里，医护人员没有丝毫的放松，正尽最大的努力为减少伤员们的伤痛而不停地忙碌着。缺腿断臂的十二名伤员裹着带血的绷带随着车厢的颠簸晃动着，痛苦地低哼着。

一个能说话的伤员，望着正给他喂水的护士："医生，祖国到了吗？"

"应该快到了。"护士理解伤员的心情，沙哑着声音回答。

伤员的脾气很坏："什么应该，我要我的祖国！"

一个医生把手探出车厢，拍击着驾驶室，向司机喊道："我们回到祖国了吗？"

"到啦，马上就到啦！"司机的声音有些激动。

中国东北部。某军医院。

院长手握话筒："报告首长，我们已做好迎接准备工作，但伤员还没有消息……"

运载伤员的军车疾驶着。

车厢里，一个伤员嘴里轻轻地说着只有他自己才能听到的话："祖国，我回来了，妈妈，您的儿子回、回来了！"

伤员的脸上露出满足的微笑，忽然，他头一歪，再没有醒来。医生呼叫着伤员的名字，泪水不断滚出眼眶……

车厢后面的战士举起手里的枪对着天空鸣放致哀……

长春第三军医大学附属医院。

十二名伤员中唯一的幸存者被抬进了抢救室。

这位伤员身裹血迹斑斑的军大衣，头缠透血的绷带。他已昏迷了九十多个小时，随时可能被死神夺走生命。他的左眼成了一个空洞，伤口已感染，触及脑神经，若不及时救治，后果不堪设想；他的腹部被敌人捅出一道长长的口子，肠子是流出来后硬塞进去的，经不住任何折腾；他的四肢被冻得发黑，流出的脓水散发着恶臭……这位伤员是十二位伤员中唯一的幸存者，也是二五〇高地唯一的幸存者，为了抢救他垂危的生命，院长果断地下了截肢的决定……

第 1 章
仇恨的种子

夜，张家庄。朱彦夫家。

母亲郑学英关上院门，再用木杠抵了，这才回到屋子里燃上灯。

"来，你们姐弟仨都过来。"

听到母亲的话，朱彦花、朱彦夫、朱彦坤姐弟仨都快步来到了母亲的周围。朱彦花和朱彦夫看母亲板着脸，不知道又是谁做错了什么，便在昏昏的松油灯下坐在土炕上，等待着母亲发话。

"娘，抱抱！"两岁的朱彦坤不像姐姐和哥哥，他一头扎进母亲的怀里，享受着特等待遇。

"彦夫，"母亲理了理散乱的头发，终于发话了，"娘跟你说了多少遍，要你早早回来，你干吗老是不听话，非要打麻影才回来？你说，你要是有个三长两短的，叫娘咋向你爹交代。明天你哪里也别去了，就到后山挖野菜吧。"

朱彦夫吐了吐舌头，他不敢与母亲顶嘴，便没有吭气。今天是他的不对，平日母亲反复交代无论有没有收获，都要赶在太阳落山前回家，今天他一点收获没有，总想多跑几家，多少要点吃的带回家，结果还是两手空空，回来时差不多都看不见人影了。母亲担心得一直守在院门前，直到看见他呼哧呼哧地跑回来，才放下心来。

"彦花儿，娘也跟你说过多少遍了，担水不能太晚，今天你硬是要去，就没有明天了？要是路上碰到野兽、碰到坏人啥的，你叫娘咋活？咋都这样不叫娘省心呐。"

朱彦夫见姐姐也遭到母亲的数落，撞了朱彦花一下，做了个鬼脸，意思是我挨了训你也好不到哪里去。

彦花是家里的老大，十二岁了，因为是姑娘家，母亲怕她出事，讨饭的事便不让她去，要她留在家里挖野菜，顺带照顾小弟彦坤。今天，她看见屋后水坑里掉进去一只死老鼠，烂得生满蛆，她觉得恶心，想吃点干净的水，便不顾母亲的反对，到邻居家借来担水桶，硬是跑到西山根挑回了半挑水。这一来一往就是二十来里地，回来时已是天擦黑了，叫母亲很担心。

"娘，俺知道错了，以后再不叫娘担心了！"朱彦花非常懂事，连忙回话。

看着两个瘦得像猫一样的孩子，母亲说不下去了。她站到炕上，伸手在屋顶的吊篮里抓出一把风干了的枣子，给仨孩子各分了几个，然后揭开锅，把煮得烂糊糊的稀菜粥舀到碗里，招呼孩子们开始吃晚饭。

有女不嫁张家庄，挑水跑到西山根。

去时穿双绣花鞋，回来磨破脚后跟。

这段民谣是对张家庄的真实写照。张家庄是坐落在山东沂蒙山区里的一个小山村。在沂河水折向东的山谷间，一条叫九曲河的支流在西部的荒山僻岭里冲出了一条窄窄的河谷。顺河谷弯弯转转逆流西去四十里的地方，河水年年暴涨，泥沙淤积，渐渐在河的北岸形成一个南低北高的三角地带。

这个三角地带北依红崮山，一条横亘的山梁直抵这个三角地带的中部，跨过河就是南珠山，南北距离窄处不足百米，东西狭长，长度超过十公里。一位姓张的猎人看中了这片土地，便在此处落户扎根，繁衍后代，人丁渐旺，形成了一个小山村。

这个小山村就是张家庄，也叫张家泉。张家庄虽然卧居九曲河河谷，却是个缺水的地方，十年九旱，条件恶劣。居住在这里的村民吃水靠天，各家都挖有一个大土坑，倚仗老天爷降雨蓄水。如果常年干旱，蓄水用完，吃水就得到十来里外的西山根去担，一个往返就是二十来里地。

朱家是张家庄唯一的外姓人家，祖辈一直住在蒙阴县上东门村。从朱彦夫朝前数七辈的时候，才因贫寒而迁到了这里。朱彦夫的母亲郑学英，也是蒙阴县人，有一年讨饭讨到村里，朱彦夫的爷爷可怜她孤苦一人，就收留了她。

朱彦夫的爷爷去世后，郑学英就嫁给了朱家的老二朱庆祥。郑学英一共为朱庆祥生了七个孩子，在朱彦花前头的两个儿子和一个女儿，都因家里太穷，没有熬过冬日严寒先后夭折，去年在朱彦坤后头生的儿子，也还未满月，就饿死在了她的怀里。丈夫朱庆祥是个硬汉子，但这个硬汉子每失去一个孩子时就会像老牛一样嚎。四个孩子埋在屋后的树林里，朱庆祥每年都要去那里坐上半天。为了三个活着的孩子，他离开了家，到南乡去打短工，只有播种和收获季节才在家里待上一段时间。

孩子是娘的心头肉，母亲的眼泪几乎为失去的孩子流干了。过比黄连还要苦的日子她不怕，她最怕身边的孩子再有个什么闪失。三个孩子是她的命，就是在梦里她也睁着一只眼睛，生怕有个什么风吹草动而使她后悔莫及。大山里经常有野兽出没，太阳还没有完全下山，就能听到饿狼一声声令人心悸的嗥叫。村里已经有三家的孩子被野狼吃掉了，哭天抢地的父母最后找到的只有被野狼撕乱的衣服。母亲一听到野狼的嗥叫，心就怦怦怦乱跳。还不到四十岁的她，由于多产、缺吃缺喝，浑身是病。她的头发变得花白，她的脊梁弯曲着，她的皮肤失去了该有的光泽，她的脸上写满了难以言述的沧桑，刻下了一道道皱纹。

女儿朱彦花面黄肌瘦，虽然只有十二岁，却非常懂事。她四岁就开始跟着母亲在外乞讨，六岁就单独挎起了要饭的篮子。为了母亲有奶，为了不让弟弟饿死，在从东村回来的雪地里，她捧着讨回来的一张烙饼，不顾流着血的脚丫，忍着馋得直流的口水，硬是在白得刺眼的雪地上留下一路鲜红的小脚印，把烙饼送到母亲的手里。在父亲离家的日子里，她是家里的顶梁柱，母亲看着她消瘦的身子，摸着她冻得发紫的小脸，捂着她扎烂的小脚，无数次地心碎。在这个贫穷的家里，在这个吃人的社会，母亲除了抱着女儿细得像麻秆一样的身子痛哭外，还有什么办法呢？

儿子朱彦夫已满九岁了，他从出生的那天起就好像与抗争结下了不解之缘。那是1933年的夏末，沂蒙山张家庄一带一连下了数天瓢泼大雨，突发百年不遇的山洪，张家庄里有好几户人家连着他们的破草房一起，夹在咆哮的山洪石流里被卷走了，只留下一片山洪掠过后的泥沙，人居住过的痕迹荡然无存。

朱彦夫出生在1933年农历七月六日一个滂沱大雨之夜。他是喝着母亲的眼泪、吃着大他三岁的姐姐彦花讨来的饭长到九岁的。从脚片落地的那天起，他就没有穿过一双鞋。也许是狂风暴雨赋予了他顽强的生命力，他很少生病。他喜欢雪花飘飘的冬天，才会爬时，看见院子里厚厚白白的雪，他就挣脱母亲的怀抱爬到雪地里翻滚。母亲怕他冻坏了身子，把他抱进屋里，他就四肢乱舞哭闹不休，非得再把他放回到雪地里，才笑个没完。

等能到处跑的时候，他会在冰天雪地里一玩半天而不知饥饿。朱彦夫五岁就敢单独到外村乞讨，九岁的时候，方圆百里的大小山川没有他不知道的地方，没有他没去过的地方。尽管他又黑又瘦，身个儿不大，体质却非同一般，上山采蘑菇、挖野菜、采山枣，上树摘柿子、掏鸟窝，跟着爹爹一起下地除草、刨地瓜，既像个永远长不大的孩子，又像个成熟太早的大人。近一段时间，受外面世界的影响，他的心好像飞了似的，总要一大早起来，挎着篮子就出门，而且回来得也越来越晚。

女人总有操不完的心。母亲的世界不是很大，孩子和丈夫主宰着她的精神世界，外面的世界也影响着她的精神世界，她的心越来越紧，每天都在担惊受怕中度过。每当鸡子快要上笼的时候，只要有一个孩子没有回来，她就心神不宁，直到看到"心头肉"都走进了院门，她的那颗心才能恢复正常。丈夫在外面打短工，她是家里唯一的成年人，在这个兵荒马乱的年代，她总是竖起耳朵注意着来自村外的消息。

盘踞在沂蒙山的大土匪刘黑七，常常窜到周围村庄烧杀掳掠。刘黑七原名叫刘桂堂，1918年就拉起了土匪队伍，后来，他窜到费县，安下了据点。头几年，刘黑七领着土匪一路杀到张家庄西二十里地的张家旁峪村，一夜杀了一百多口人，抢走了十几个良家妇女。他无恶不作，祸害乡里，所到之处尸横遍野，成了没人敢靠近的"无人区"。

这个魔头神出鬼没，说不准什么时候会在什么地方出现。据说这个杀人不眨眼的刘黑七最近正在往这一带活动，朱彦夫毕竟还是个九岁的孩子，叫人怎能放心得下？

除了担心土匪的骚扰，还要提防可恶的鬼子。

日寇是1938年年底越过鲁山进入沂源县的。当时国民党山东省政府主席沈鸿烈带领省政府机关驻扎在鲁村，闻听鬼子进入沂源，吓得慌忙迁到了离张家庄四十里地的东里店。1939年6月7日，鬼子出动飞机，疯狂轰炸了东里店。一时间，省政府驻地一片火海，浓烟滚滚，血肉横飞，沈鸿烈仓皇逃到了临朐县。

三天后，鬼子在东里店建起了炮楼，设立了据点，并频频扫荡周围村庄。最近鬼子又在离张家庄不到二十里地的沂河边修起了碉堡,前些日子张家庄的几十个男人被抓走,据说就是去给鬼子干苦力的。在这种恐怖的环境中,母亲如何能放下心来?尤其是朱彦花,一个十二岁的小姑娘,万一落到鬼子手里,结果不堪设想。为了孩子的安全,母亲恨不得用绳子把两个孩子拴在自己的裤腰带上,时刻不离自己的左右。

阳春三月的太阳照在身上暖融融的,没有风,张家庄东一院西一院低矮的草房掩映在树木间。居住在这里的人家大多是一户一院,各家的房子虽然很破旧,但院子很宽敞。院墙都是用石头垒起来的,半人多高,三面围屋。每家的院子都开有院门,山里不缺树木,院门都是用厚实的木板做成的。稍微有点办法的人家,还会在院门前拴一条大狗来看家护院。但张家庄养狗的人家不多,这里的人大多很穷,因为缺水少食,大多以挖野菜、在外乞讨来维持平日的生活。地里的收成本来就难以维持一家人的生活,还要交地租地税,因此这里的人一年四季至少有一半的时光,要靠出外寻找食物才能度过。

村子后山的洼地边,一群八九岁的孩子提着篮子在寻野菜。朱彦夫俨然一个孩子王,他一边挖着野菜,一边给伙伴们讲着讨饭听来的新鲜事。在这群孩子里,他胆子最大,也只有他有在伙伴面前口若悬河的资本,因为他看见过鬼子,看见过鬼子的炮楼。

暖暖的阳光下,这群赤着脚丫的孩子忘记了自己的"使命",坐在地头边,晒着太阳,众星捧月般围着朱彦夫。

"那天,俺提着篮子从一个祠堂前经过,里面出来一个鬼子,穿一色的黄军装,脚上穿着齐膝盖的长皮靴,腰里还挂着一把几尺长的刀……"

"不对,彦夫说得不对!"张家小狗子嚷了起来,"俺爹说鬼子是扛长枪的,没有穿皮靴。俺爹给鬼子干过活,俺爹说鬼子背上都背着个乌黑乌黑的小铁锅,腰里也没有那种刀……"

"就你小狗子多嘴,俺爹说,俺爹说,就会俺爹说,你看见了咋的?闭起你的臭嘴,听人家彦夫说。再多嘴多舌的,滚一边去。"大毛反对小狗子打岔,收拾了小狗子一顿。

小狗子不服气,嘴里还嘟囔着:"是俺爹说的嘛!"

大毛扬起手:"你再俺爹说!"

朱彦夫笑着阻止:"哎哎,别打架啊,小狗子说得没错,俺也看见了那样的,那是当兵的鬼子,俺说的腰里挂刀的是当官的鬼子……"

小狗子乐了:"俺爹说的没错……"

"你再俺爹说!"

"哎,彦夫哥,你说那鬼子的刀要是借来剜野菜好使不好使?"另一个孩子好奇地问。

"哎,彦夫,你说干吗有人要把鬼子叫'皇军'呀?"

"笨,彦夫哥不是说了嘛,鬼子穿黄衣服,不叫'黄军'叫什么?"

孩子们七嘴八舌地问这问那,净说些没有边际的话。

在一边老实剜野菜的朱彦花突然指着山下的村子叫了起来:"彦夫,快看,咱家好像来客人了!"

朱彦夫回头一看,在通往他家院子的小路上,确实有一个牵着一头毛驴的男人。朱彦夫家在村子的最上边,看那个人的位置,八成是去朱家的。虽然看不清那是一个什么样的男人,但朱彦夫能判断出那人不是在外面打工的爹爹,也不是庄稼人。这年头,对于陌生的人都得警惕,家里只有母亲和弟弟彦坤,朱彦夫有些不放心,就一把拉起彦花的手:"姐,咱们快回家去看看!"

这确实不是一个庄稼人,是个头戴礼帽、身穿粗布长襟、脚穿牛皮靴的汉子。他牵着一头毛驴,毛驴的身上架着竹篓,竹篓里装着一个大布袋,还有一只大公鸡。他牵着毛驴直接进了朱家的院子。

院子里,朱彦坤拿着一根树枝独自在玩耍,母亲坐在太阳下缝着一条破裤子,听到一声驴叫才知道有人进来。

"弟妹,就你一个人在家?"

郑学英吓了一跳,待看到来人右脸上的一颗拇指大的黑痣,才猛然想了起来,来人是朱庆祥的大哥朱庆山。

朱彦坤没有见过如此富贵的人,他一头扎进了娘的怀里:"娘,怕,俺怕、怕!"

"啊,是他大伯回来了。"郑学英连忙放下手里的活计,拍着儿子身上的泥灰站起来迎接,"彦坤别怕,这是你大伯伯,快叫大伯。"

朱彦坤胆怯地看着他的大伯,还是害怕得不敢吱声。

"这孩子,是你大伯呀,怕啥。他大伯,好几年没回来了,这是从哪里来?"

"今年的财气还不错,专门买了些东西回来看看你们,庆祥还在外面打工?看看,看看,这家都成什么样了,要早听我的话到城里去混,你也跟着享福了。"朱庆山连忙把东西卸下来后,就把毛驴拴在了院子西角茅房边的木桩上。

看朱庆山这架势是发了一笔不小的财,他还从来没有这么风光过。如果不是朱庆山脸上的那颗黑痣,郑学英还真认不出他来。郑学英抱着孩子进屋,说是给朱庆山烧开水喝,心里却犯了难,巧媳妇难为无米之炊,中午这顿饭该怎么做呢?虽然丈夫朱庆祥一直跟她说他的哥哥游手好闲不务正业,是个好吃懒做的人,但他们毕竟是一母同胞的兄弟呀,而且他几年没有回来过,这次还是专门买了东西回来的。三十年河东,三十年河西,没有想到几年不见,他还混得人模人样了。幸亏彦花还担了清水回来,要不家里臭水坑的水如何端得出手?

朱庆山提着布袋拎着鸡跟在郑学英后面:"弟妹,这袋子里是几斤地瓜干和几斤高粱米子,哥知道你这几年遭了不少罪,特地买了只公鸡送你补补身子。"

这些东西可是郑学英做梦也不敢想的,她感激得不知说什么才好。唉,要是早两个月有这些吃的东西,那个孩子说什么也不会饿死了。还是自家的兄弟好,能在发财的时候想到还有弟弟一家。

朱庆山看到侄儿彦坤赖在郑学英的怀里,让郑学英烧火很不方便,他本想接过孩子,但看那孩子浑身脏兮兮的样子,生怕污脏了自己的衣服,便没伸手。他把礼帽拿在手里,环顾四周,屋子里没有他放帽子的地方,他又将帽子戴了起来,站在那里说话聊天。

"彦花也该找个婆家了,少一个人吃饭少一个人的事。"

"俺身体不好,家里全靠这孩子。彦花没有吃闲饭,俺舍不得她离开,她爹也舍不得的。"

"既然这么心疼彦花,就更应该给她找个好些的人家。这里有什么好,是个鸟都不拉屎的地方,不是没有水吃就是被水祸害。等庆祥回来你们合计一下,如果同意,我在济南帮着物色一个人家,说不定还能让你们一起去享享清福……"

大人正说着孩子的事情,朱彦夫和朱彦花就跑着回来,在外面探头探脑地向屋里张望了。

"这是你们的亲大伯,给你们带来好多好吃的。"郑学英扭头发现孩子回来了,连忙介绍起朱庆山来,并把朱庆山带来的物品一样样拿给两个孩子细看。

看见这些东西,姐弟俩像过年般高兴,他们讨了好几年的饭,哪里见过这么多的东西?姐弟俩在外讨饭早就混出了一张甜嘴,左一声大伯右一声大伯叫得不知有多亲切,小彦坤也受了感染,也跟着甜甜地叫大伯,先前的害怕早忘到脑后了。为了表达自己的心情,朱彦夫他们抢着去寻来嫩花花的鲜草喂大伯的毛驴。

郑学英正要杀鸡,被朱庆山挡住了:"我还有急事要赶路,喝口开水就行了,晌午饭是不在这吃的。"

"什么,连饭也不吃,是嫌俺做得不好不是?"

"不是,不是,看弟妹想哪里去了,确实有事的。"

朱庆山看见几个孩子穿得又破又烂,又全光着脚丫,心里很不舒服。他是光棍惯了的,哪里有心情与一群叫花子共同用餐,就撒谎说有事,想早早离开这里。他看见朱彦花虽然穿着寒酸,但长得还算秀气,心里也就有了底:如果有套好衣服把彦花打扮起来,还是个不错的姑娘。

知道大伯要走,几个孩子尽管心里舍不得,也不敢强留客。贫富之间的距离太大,他们不敢随便用他们的手去碰大伯,只是留恋地目送大伯骑着毛驴走出好远好远……

"娘,大伯走了,这鸡还杀不杀?"朱彦夫看着捆了爪子的鸡,咽了咽口水,长这么大,他只吃过一顿鸡肉,还是在三年前的大年夜。

"杀,杀,杀了吃肉肉,娘,俺要吃肉肉。"朱彦坤抱着母亲的腿抢着支持杀鸡。

母亲抱起彦坤,鼻子有些发酸,她看着又黑又瘦的朱彦夫和怀里睁着满是渴望的眼睛的朱彦坤,轻轻地摇摇头。

朱彦花看懂了母亲的意思:"娘,还是等爹回来杀吧。"

"嗯,等你爹回来再吃肉肉。"母亲拍拍彦花的头,"晌午让你们饱吃一顿,煮地瓜高粱粥。"

听了母亲的话,朱彦夫和朱彦花乐得挖了半碗高粱米子,蹦蹦跳跳地跑到下院的张婶家,将高粱米子用碾子碾成了高粱面子,娘儿几个终于吃上了一顿饱饭。

吃饱了午饭的朱彦坤一直站在院门外不肯回来,母亲拉了他几次,他就是抱着院门外那棵树的树干不松手。

"坤坤，走，跟娘回家去。"

"不，俺不回，俺要吃肉肉，俺要看爹回来。"朱彦坤眼巴巴地望着门前的路，望着小路延伸的方向。

朱彦夫拿着扫把将院子里里外外打扫得干干净净，他嘴里没有说，可母亲知道他的心思，他也是在用行动期盼着爹爹回来。唯有彦花表现得不是那么激动，只默默地做着自己该做的事情。其实，郑学英心里也是盼着丈夫能马上回来，让一家人好好在一起美美地享受一下难得的美味佳肴。

门前的小路上终于出现了几个向朱家走来的人。

"娘，俺爹回来了，俺爹来了，看！"朱彦坤兴奋得双脚直跳。

朱彦夫闻声从院子里蹦出来，就看见有四个人正沿着门前的小路向自己家走来，他认识走在前面的那个老头，连忙跑进院子向母亲报告："娘，张保长来了，还，还带着两个背枪的，一共有，有四个人。"

说话间，张保长已领着三个人走进了院子。朱彦坤没有看见过拿枪的人，吓得小鹿似的一头扎进母亲的怀里不敢吱声。朱彦花、朱彦夫也不知发生了什么事，他们站在母亲的身边，望着这几个不速之客。

张保长领来的三个人中，站在中间的是个大块头，麻子脸，酒糟鼻，头戴瓜皮帽，身穿对襟黑布半长大褂，背着把盒子枪，样子比较吓人。他一双贼溜溜的眼睛满院子乱转，好像要在这院子里找什么宝贝似的。他的左右两边站着两个手提长枪的乡丁，在等待主子发话。

张保长是这一带有名的老好人，无论对谁都点头哈腰的。此刻，他和气地对郑学英说："嘿嘿，他婶子在家啊，这是乡公所派来的队长，执行公务呐，嘿嘿，执行公务的。"张保长又转向瓜皮帽，弯腰说道："这就是朱庆祥家的，有事您说。"

瓜皮帽用鼻子哼了一声："朱庆祥家的，你男人呢？"

"孩子在家饿肚子，没办法，给人家打短工去了。"

"哦，"瓜皮帽拧了一下酒糟鼻子，拿腔拿调地说，"根据乡公所指示，皇军修筑工事，各家各户有工出工，无工出钱。"说着，他从身上掏出个小本本，翻了翻念道，"张家庄的朱庆祥应该出工二十个，已出工零个，按工折价，你家应该缴五块大洋，限三天内缴清，或者在三日内马上上工，否则以抗日分子论处。听清了吗？"

郑学英的脑袋嗡嗡直响，到哪里去找五块大洋上缴，这不是活要人命吗？按抗日分子论处的结局她是知道的，在她娘家蒙阴县城的郊区，她亲眼看到丧失人性的鬼子将一个抗日分子绑在木桩上，让狼狗扑上去，活活在那个人身上撕下一块血淋淋的肉。鬼子笑得前仰后合，周围的百姓则胆战心惊。鬼子强迫中国人建炮楼修工事，建好后再用来打中国人，自己男人就是在家也不会去的——郑学英明白男人在南乡干什么，时时为男人揪着心。眼下乡公所替鬼子办事，替鬼子征苦力，看来是躲不过了，她只好回答说："俺男人不在家，俺家穷得连锅也揭不开了，缴五块大洋的事办不到，俺跟你们走，俺替俺男人出工。"

瓜皮帽一声冷笑："你出工？那工地要你这小脚女人干吗？皇军会看中你这样的老女人？你愿意把自己给皇军喂狼狗，还怕皇军的狼狗嫌你软肉太少骨头太老，别想好事了吧你？"

两个乡丁也许是觉得他们队长骂人的水平不低，哈哈哈地笑了起来。

"不许骂俺娘！"朱彦夫气得双拳紧握，他怒视着乡丁，"俺替俺爹出工！"

瓜皮帽见这个孩子满脸怒气的样子，嬉笑地讥讽道："小孩家家的，高不够一拃，粗不到一把，撒泡尿照照，你也配给皇军干活？滚开，爱哪玩哪玩去，大人的事用不着你插嘴。"

张保长知道朱彦夫的犟性子，也知道瓜皮帽不是省油的灯，担心朱彦夫把话说得太生，赶忙站出来打圆场："别净说些没用的，钱俺知道你家拿不出来，还是赶紧把庆祥兄弟找回来，去给皇军干几天活才是正经的，是不是，他婶子？"

郑学英正要开口，屋子里的公鸡恰在这时打起鸣来。这一声鸣打得很不是时候，瓜皮帽一听就来了精神，他就好吃一口鸡肉，凡是下乡碰到鸡，一般都得顺手抓两只。他向两个乡丁一使眼色，两个乡丁就进屋开始翻腾，总想找出更多的东西来。不一会儿，他们一人拎着装有地瓜干和高粱米子的布袋，一人拎着鸡出来了。

还没等瓜皮帽看清楚，朱彦夫就扑上去把布袋和鸡全抢了过来："这是俺家的，你们不要拿走！"

"小东西，没看出来，还怪烈的。"瓜皮帽嘴里骂着，冲到朱彦夫跟前，想狠狠给他一耳光。朱彦夫见对方来硬的,就使出吃奶的劲儿用头向瓜皮帽的肚子顶过去,瓜皮帽还没有碰到朱彦夫,就被朱彦夫顶了个四脚朝天。

这一切发生在一瞬间,谁想阻拦都来不及。

瓜皮帽恼羞成怒,爬起来掏出盒子枪,指着朱彦夫恶狠狠地喝道:"小兔崽子,找死是不,老子今天成全你!"说着,他打开了扳机。

郑学英吓得尖叫道:"不要,不要!"

张保长一把抱住瓜皮帽:"哎呀呀,我的大队长哟,宰相肚里好跑船,你就大人大量,高抬贵手吧!"

瓜皮帽推开张保长,抬起长腿,一脚把朱彦夫踢出老远:"去你娘的,今天就算便宜你小子一回。"

朱彦夫摔得龇牙咧嘴的,爬起来又要拼命,郑学英扑上去一把抱住他,哭喊道:"我的小祖宗,你还要娘活不活呀!"

瓜皮帽和乡丁在张保长的劝说下,在长枪上吊着布袋、倒挂着鸡骂骂咧咧地走了。

娘儿几个在院子里哭成一团。

月亮刚刚露脸,张家庄就一片沉寂。

一前一后两条身影沿着村子中间的小路,直接奔向朱彦夫家的院门。院门关上了,里面一点响动也没有,两个黑影对望了一下,一闪身便一先一后悄无声息地跳进了院子。

"谁?"

漆黑的屋里猛然炸出一声严厉的童声呵斥,是朱彦夫的声音。

两个黑影对望一下,大大方方地走到了门边。

"开门,俺是你爹。"

这是朱彦夫熟悉的期盼的声音,随着一声"爹",门吱呀一声打开了:"爹,你终于回来了。"他正要扑进爹的怀里,突然发现爹的身后还有一个人,赶忙站直惊讶地问:"还有客人?"

"朱彦夫,不错,警惕性还蛮高的嘛,像个男子汉!"朱庆祥还没有开口,客人倒先夸上了。

朱庆祥刚插上门,早听到动静的郑学英就已点燃松油灯从屋子里走了出来,紧接着彦花、彦坤都起来了。

来客是一个标准的山东大汉，看年纪还不到三十岁，黑红黑红的脸，肩上挂着褡裢。他取下褡裢，亲热地把郑学英喊着大姐："大姐，这是一点地瓜干，里面还有点花生，给孩子们吃吧。"

昏暗的灯光下，朱彦夫看着来客，心里想着："这人根本没有见过俺，怎么会知道俺的名字呢？"

朱庆祥抱着小儿子彦坤，让客人坐了下来。见孩子津津有味地吃着花生，他开门见山地说："这是俺们的一个亲戚，今年家里遭了灾，专门投奔俺家来住的。他是你们的小姨父，以后就叫他姨父好了。你们都给俺记住了，从今以后，不管是谁问，都得这样说，听明白了吗？"

孩子们记住了，大人让叫啥就叫啥，这是一件再简单不过的事情。

郑学英心里已明白了八九分，连忙喊彦花一起到厨房做饭。

朱彦夫把家里发生的事一五一十地跟爹讲了。朱庆祥和"姨父"听罢，相互看了一眼，露出了会意的微笑，好像对那鸡呀、高粱米子呀的东西很不在意，反倒对去给鬼子卖苦力感兴趣似的。

"是说三天不是？""姨父"担心听错了，又问了一遍。

"是的，一点没错。"朱彦夫肯定地点点头。

"好，明天先把房子盖起来，力争后天就去工地。""姨父"说话总像是下命令似的。

朱彦夫越听越迷糊，然而好奇心淡化了他的伤心，他很想再听听这两个大男人说话，可在晚饭后，他就被爹赶去睡觉了。

这里砌房子很简单，就是用石头和着泥浆砌到一人多高，在上面放上几根粗树干，然后密密麻麻地铺上一层细木棍，再一层茅草一层泥巴糊着盖起来就成了。房子周围石头多的是，后面的水坑脏了，正好用来和泥。第二天天还没亮，朱庆祥和"姨父"就上山砍回了所需的木材。"姨父"力气很大，盖房也是把好手，一家人一起上阵，天还没有黑，一间靠院子东头的新房就盖好了。

为了庆祝新房盖好，朱庆祥还专门请来了甲长和保长吃饭。

虽然朱庆祥是张家庄唯一的外姓人，但朱庆祥好客、正直、热情，在这里颇有声望。张甲长也好，张保长也好，对他从来不外看，对他的话也从来不歪想。

朱庆祥向两位"地头蛇"介绍了"姨父",并对张保长平息一场可能发生的灾祸表示了感谢。

"俺长期在外,很多地方还得仰仗您二位照顾,俺这兄弟投奔俺们这穷地方安身,还得劳驾二位以后多多关照。明天他想和俺一起去把俺误去的工时补回来,就麻烦二位给乡公所申明一下。"

"好说好说。唉,这鬼子气盛得很,谁愿意替他们卖命啊。乡公所答应鬼子,也是没法子的事,惹不起呀。要是俺们这里也跟黄庄那里一样就好了,听说那里的八路军很厉害,连鬼子都怕,老百姓的腰杆子也能挺起来。这八路军咋不到这里来呢,莫非八路也嫌俺们这里没有水吃,不想到这里遭罪?"

张保长吧嗒吧嗒地吸着旱烟袋,吐出一股股烟雾。

朱庆祥摇摇头:"老百姓就老百姓,管他什么八路军九路军,管他什么鬼子不鬼子,还是过自己的日子。出工就出工,气力是奴才,去了还会来,不就是二十个工的事嘛,操不了那么多的心,还是本分些好,是吧,保长?"

"嗯,那是那是。"张保长的脑壳直点,"还是兄弟你会想。"

一天上两工,十来天的时间就把乡公所的差事给了了。

男人是家的顶门杠,男人是家的挡风墙。朱庆祥和"姨父",两个男人使这个家有了家的味道。母亲脸上的皱纹舒展了,不用睡着了还得睁着眼睛,孩子们也可以安稳地一觉睡到天亮,不用为明天能吃上什么去担心受累。

这个来投奔朱家的"姨父"很有能耐,总会在外面弄些吃的。他非常勤快,也不怕起早贪黑,只要一看见水缸里的水浅了,就会担起水桶往西山跑,非要让水缸里的水存得满满的。自以为很有气力的朱彦夫,使出吃奶的劲儿也不能提起装满水的一只桶——这担水桶特大,是"姨父"专为自家定做的。这个"姨父"爱说爱笑,几个孩子都乐意跟他在一起。唯独叫朱彦夫弄不明白的是这个"姨父"和爹爹总有忙不完的事情,他们有时候是夜出晨归,有时候又是日出夜归。他们在干什么?他们没有告诉他,母亲好像知道,但母亲也不告诉他,只是摇摇头神秘地笑笑。

大人的世界就是那么神秘,这种感觉一直笼罩在朱彦夫的心头。

朱彦夫被一泡尿憋醒了,他摸着墙轻轻地打开门,走到院子的茅房边对着树桩一边抓着肚皮一边尿尿。头顶的天空上悬挂着圆圆的月亮,院子里洒满了清辉,山里的夜是如此静谧。朱彦夫捉住自己的小鸡鸡抖了抖,甩掉最后的尿水,准备返回屋子里。突然,从什么地方传来了窸窸窣窣的声音,他侧耳细听,这声音好像来自新盖的那间房子,再听,是轻轻的说话声,但说的什么,他无法听清。

朱彦夫的心一紧,莫不是有贼?昨天晚上他明明看见"姨父"和爹爹出门了的。那间新房是"姨父"住的地方,还没有安门,真有贼跳进院子躲在那里面也说不准。朱彦夫的睡意被一阵紧张和恐惧替代,现在他是这里最大的男人,他不容许盗贼在这里捡到半点便宜。他四下里瞅了瞅,在柴垛上轻轻地抽了根一人多长的木棒。不料,抽木棒的轻微响动惊动了新房里的人,说话声没有了,院子里静得出奇,只有来自屋里轻微的鼾声在不紧不慢地回响。朱彦夫担心遭到对手的袭击,靠着墙举着木棒借着月光,小心地一步一步接近新房。

同时,新房里一个人猫腰闪了出来,站在了月亮照不着的地方。虽然很黑,但他的动作还是没有逃过朱彦夫的眼睛,朱彦夫屏住呼吸加快了脚步,正要冲到黑影身边挥舞木棒时,对方开口了:"慢,俺是你爹!"

"爹!"朱彦夫虚惊一场,丢掉木棒,"俺还以为是贼呢。"

"彦夫,好样的!"朱庆祥走过来拍拍儿子的头,"不过,你也太大意了,你看,你在月光下,在明处,想对付暗处的敌人多危险呐,以后可得稳着点儿,多动动脑子。"朱庆祥脱下身上的衣服,披到光溜溜的儿子身上,"来,到屋里,爹有话说。"

朱彦夫发现爹说话的口气非同寻常地严肃,不敢多嘴,乖乖跟在爹的后面走进了漆黑的新房。他刚一进屋,屋里的"姨父"就点燃了灯盏。

新房里搭的是地铺,也就是在地上铺一层厚厚的茅草,再在上面铺上一床破单子。铺上盖的是母亲补了又补的一床破棉被。"姨父"站起来把朱彦夫让到床上,把朱庆祥的褂子还给朱庆祥,用被子盖着朱彦夫光光的身体,又将一件灰色的袄子给他披上。

朱庆祥穿好褂子,坐在床铺跟前的一个木墩上:"彦夫,爹再跟你说一遍,以后无论有什么人问起,你都要一口咬死他是你在南乡的姨父,不许说漏了嘴,这对他很重要,明白吗?"

"爹,俺已经知道了,不是早就叫'姨父'了嘛,有什么话你说吧。"朱彦夫往里挪挪身子,让"姨父"在自己的身边坐下。

"姨父"和朱彦夫并靠在墙上。"姨父"慈祥地摸着朱彦夫的头,说:"彦夫,你是个勇敢的好孩子,这段时间我是看在眼里、记在心里的。叔叔跟你实话说,我和你爹都是干这个的。"姨夫伸出手比了个"八"字。

朱彦夫大叫一声:"你是八路?!"

"姨父"赶忙用手捂住朱彦夫的嘴:"别声张!"

朱彦夫第一次看见这个"姨父"的脸如此严肃,他知道这是一件非同一般的事情,便想坐直身子,不想两手在床头一按,却碰到个冰凉的东西。他以为是块石头,就伸手去拿,"姨父"却把他的手按住了:"别乱动,俺拿出来你看!"

那是一把匣子枪。"姨父"把枪拿在手里,关了保险,递给朱彦夫。朱彦夫把枪接到手里,还挺沉的。他借着灯光看着乌黑发亮的枪管,兴奋得浑身血涌:"姨父,能教俺打枪吗?"

"不要乱动,把枪还给姨父!"朱庆祥话音虽然很低,但听得出是非常严厉的。

接着,朱庆祥和"姨父"就交给了朱彦夫一个任务——从今以后,在他们谈话的时候,朱彦夫得为他们放哨,只要有外人来,不管是谁,都要给他们发出信号,而且朱彦夫不能把这个秘密告诉任何人,就是玩得再好的小朋友也不能透露。

"这是要用生命来保守的秘密,爹相信你做得到。记住俺们给你说的每一句话,去睡吧!"朱庆祥严厉地交代过后,又反复叮嘱了几句。

"爹,你们放一百个心,俺会记住你们的话。俺的眼比鹰还尖,俺的脚比兔子还快,俺会上树,俺会钻山洞,俺不是废物!"朱彦夫把胸膛拍得山响。

"好,你回去睡吧,俺跟你爹还有事商量。""姨父"说。

朱彦夫躺在炕上,想着爹交代的话,想着他摸过的那把枪,心里的那个激动劲儿,别提有多大。这可是他藏在心里的期待呀!八路军专打鬼子,个个像天兵天将,会飞檐走壁,手里的枪百发百中。八路军对老百姓最好,走到哪里,就帮哪里的老百姓干活。他在要饭的时候就听说,黄庄有八路军,打跑了那里的国民党兵,老百姓有吃有喝,想干什么就干什么,谁也管不着。他是多么希望自己能见到八路军啊,没想到自己家里就有八路军,更没想到的是他还能为八路军干事……

他好像一下子长大了许多，浑身有使不完的劲儿。平日里看惯了的破屋子，这时候在他的眼里，也是那么美好，那么可爱。

要是俺手里有枪，要是俺也是八路军，那个戴瓜皮帽的麻子还敢抢俺家的公鸡吗？谅他碰都不敢碰一下……

朱彦夫望着从房檐透进来的一丝亮光，怎么也合不上眼睛。

第2章
血　　泪

想象一旦超越现实，现实的兴奋就显得有些低落，但这种低落还是夹杂着兴奋的因素，只不过没有先前纯粹的想象兴奋而已。

自从得知爹和那个爹要自己称作"姨父"的人的真实身份后，朱彦夫在亢奋和自我想象中为自己设计了很多得意的明天：这个八路军侦察员"姨父"有飞檐走壁的本领，一定会教他一些过人的本领，然后再给他一把神枪，让他可以从张家庄飞到有土匪、有日本鬼子的地方，随心所欲地杀个痛快，还可以把那个麻子队长踢得满地找牙。

结果却令他有些失望，八路军侦察员没有飞檐走壁的本事，就会跟爹一样，每天夜里回来翻院墙进院子。他终于明白，八路军也是普普通通的人，所不同的是他们不是为能吃饱自己的肚皮而感到满足的普通人，他们好像不是为自己活着的。因此，尽管有些失望，这个八路军侦察员在他的心目中还是一位顶天立地的英雄。

最让朱彦夫感到情绪低落的是，爹爹和那个八路军并没有因为向他透露了真实身份，就把他当作自己人看，还是把他当作一个孩子，别说教他打枪，他连再摸一下那支枪的机会都没有。他们在屋子里谈话，虽然要他在外面打掩护放哨，却一句话也不让他听到，他偶尔闯了进去，他们的谈话便会戛然而止，非得等他走开了，他们才接着谈只有他们自己知道的话题。越是这样，朱彦夫越是觉得他们把自己当外人；越是这样，朱彦夫越是觉得当八路神秘，越是觉得爹的话重要。

因此，他放哨的事情，就是在最信任的母亲面前也没有透露，更没有透露爹和"姨父"的真实身份。就凭着这一点,他又暗暗感到自豪。他认为这是这个八路军"姨父"对他的考验,是成为八路军最基本的条件。他的表现得到了爹和"姨夫"的表扬。他觉得自己有理由也有能力为八路军干更多的事了。

"姨父,爹,就让俺跟你们走一趟吧,俺保证不拉你们的后腿,到外面俺一切都听你们的,俺就装哑巴,一句话也不说,行吗?"在确信没有第四人在场时,朱彦夫几乎在可怜巴巴地央求了。

"不行,你还是个孩子,别瞎搅和。"朱庆祥没有丝毫的松口之意。

"姨父"和善地摸着朱彦夫的头,笑着说:"你还不到十岁,有这份心,姨父很高兴,有机会姨父会考虑的。"

"还是姨父好!"朱彦夫欢喜得又蹦又跳,冲着爹做了个鬼脸。

看朱彦夫那天真的样子,朱庆祥没有生气,反而笑了。

朱彦夫终于等到了这一天,不过,爹他们不是要他跟着出去,而是要他单独出去。

"姨父"把一个用泥巴封口的弹壳交到朱彦夫的手里,要他跑一趟西乡的刘家大院,把弹壳交给一个左手只有三个手指的伪军连长。去刘家大院的路上要过沂河鬼子的一个炮楼,炮楼这几天盘查得很严,朱庆祥他们只能让朱彦夫借乞讨之名混过盘查的岗哨。

朱庆祥和侦察员反复交代了路途安全和详细接头事宜,看着朱彦夫把弹壳塞在篮子底部一个竹板下,从外面也看不出一点破绽后,才很不放心地让朱彦夫上路。

朱彦夫挎着篮子,拿着竹棍,像一只从笼子里放出的小鸟,赤着脚丫飞一般地向前跑,手里的竹棍不停地敲打着路边的小草。这是他第一次挎着乞讨的篮子却干着不是乞讨的事情,因此虽然侦察员把一切都交代得非常仔细,他心里还是又激动又紧张。去西乡,一来一去不下八十里路,他想趁着太阳还没有升起来就赶到那条通往西乡的大路,只要上了大路,再往前走十来里就是鬼子的炮楼了,到了那里,就是他想走快也是不行的,哪有要饭跑那么快的道理?

上了大路,太阳才懒洋洋地爬到东方的山头。朱彦夫吁了口气,从路边一条陡峭的小路下到沂河边,把头扎进清凉的河水里洗了把脸,然后拿出母亲为他备好的地瓜干,坐在石头上塞饱了小肚皮,又到河里狠狠地喝了几口清凉的河水,这才打着饱嗝回到路上向着目的地不紧不慢地走去。

大路上不时有来来往往的行人，不时有独轮车从他的面前经过。独轮车是山外庄稼人的运载工具，轮子是用柳木加工而成的，在沙土路上推着走时会吱吱地响。

朱彦夫羡慕地跟着一辆独轮车，看木轮子随着推车的男人均匀的步伐滚动前进。独轮车上坐着一位年轻的母亲，母亲的头上包着一块花围巾，露出半张漂亮的脸蛋，她怀里抱着的婴儿正在吃奶，金色的太阳光勾勒出这个迷人的画面，很是好看。推车的男人头戴草帽，沉浸在幸福里。他边前进边和车上的女人说着话，对跟在身后的朱彦夫，他只是无意中斜了几眼，懒得理睬。

炮楼就在前面，太阳旗在阳光下显得分外刺眼。一根粗大的树干架在两个木马上，横在路中间，截断了前后的通道。路上站着两个身穿黑色服装的伪军，斜背着长枪，对来往的行人进行检查。高高的炮楼顶上一个鬼子哨兵走动着。炮楼周围拉有铁丝网，靠近炮楼一排房子前的空地上，有几个日本兵跑来跑去。场院边的一棵树上绑着一个光着上身的男人，一个戴着日本军帽、身着便衣的汉奸正挥舞皮鞭对捆绑着的男人发着威。

朱彦夫觉得这里与山里大不一样，就连空气里也充满着火药的味道，他的心突突直跳，为篮子底下的那个弹壳担心起来。

"站住，干什么的？"独轮车被伪军喝住了。

"老总，送俺媳妇回娘家的。"戴草帽的男人回答。

伪军在那男人身上摸了几下，又把年轻母亲的包袱打开来检查，见没有什么可疑的东西，就抬开了拦路的树干放行了。

朱彦夫跟在独轮车后面，伪军连正眼也不瞧他一下，就挥手让他过去了。朱彦夫还没有缓过一口气，就见两个日本兵哇哇叫着跑过来，用刺刀逼住了刚刚放行的独轮车。不知道鬼子发现了什么，朱彦夫的心又提了起来。

"无论发生什么，都要沉住气，你记住，你只是个要饭的孩子，无论看见什么，都不要理睬。"侦察员交代的话又在朱彦夫的耳边响起来，他装出害怕的样子，绕过独轮车只管往前走。

鬼子对要饭的叫花子不感兴趣，朱彦夫提到喉咙的心又放下了。

朱彦夫正迈着步子向前走，身后突然传来了婴儿的哭声和婴儿母亲撕心裂肺的呼救声，他回头一看，惊呆了——不知什么时候，又有几个鬼子跑来了。戴着草帽的男人已躺在血泊里，婴儿被掼在了地上，日本鬼子野兽般地拉扯着年轻的母亲，将她从独轮车上拖下来，又连拖带拥地把她向屋子带去，跟在后面的一个鬼子，正边走边剥着自己身上的衣服。

这群丧尽人性的鬼子！竟然在光天化日之下兽性大发！朱彦夫只恨自己手里无枪，他恨不得扑过去把这几个禽兽用石头捣成烂泥。看着日本人的狼狗舔食着那个刚才还跟自己一路同行的男人的血液，朱彦夫的眼里滚出了泪水，一颗仇恨的种子埋进了他幼小的心灵。

刘家大院就在前面不远的弯子里，朱彦夫的任务还没有完成，他回转头，擦了把眼泪，怀着满腔的怒火继续朝前走。

一个有着寺庙式建筑的祠堂门上插着太阳旗，门上有块牌子，上面写着的字朱彦夫不认识，但祠堂门前有一棵大柿子树，这应该是侦察员说的地方。朱彦夫拎着空篮子就往大门里跑，门前持枪的岗哨拦住了他。

"让俺进去，俺找俺舅舅。"

"臭要饭的，谁是你舅舅？快滚开！"

"俺舅舅是你们的连长，就是三个手指的那个。"

哨兵从未听说他们的连长还有一个叫花子外甥，但见朱彦夫说得有鼻子有眼，也不敢过分为难，只好进屋向连长报告。不一会儿，朱彦夫就见祠堂里面走出一个大麻子伪军，朱彦夫看得清楚，大麻子的左手只有三根手指，与侦察员说的一样，他就站在门口嚷起来：

"舅舅，俺娘的急病又犯了，要俺找你要钱抓药。"

大麻子一愣："前几天不是让郎中瞧过吗，咋又犯了呢？"

"俺也不知道，反正俺娘胸口疼得厉害。"

"干吗老是找俺要钱？"

"娘说，你是她弟弟，她就找你要。"

这是侦察员交代的暗号，全对上了。大麻子领着朱彦夫进到屋子里，待关好了门，朱彦夫才从篮子底下抠出那个弹壳交到大麻子的手里。大麻子收好了弹壳，又叫一个当兵的去厨房拿来一个馒头递给朱彦夫。

任务完成得非常顺利，比侦察员和爹预计的还要简单，但在回去的路上，朱彦夫丝毫没有完成任务的喜悦，他心里有些想不通，这个大麻子怎么会是八路军的人，他明明是老百姓说的黑狗子呀？过炮楼时，朱彦夫睹路伤情，眼前都是那个独轮车的影子，老晃动着炮楼前那惊心动魄的一幕。就这么疑惑着，难过着，朱彦夫顺利地回了家。

八路军侦察员在张家庄的名气越来越大。

他会一手好木匠活，他要朱庆祥在村里借来木匠的工具，斧子砍、锯子锯、刨子刨、锛子锛、凿子凿、钉子钉，还不到两天的工夫，一辆山外才有的独轮车就漂漂亮亮地摆在了朱家的院子里。这下可轰动了整个张家庄，男女老少，都赶到朱家看稀奇。只要出过山的人，都看见过独轮车，但出现在这山里的第一辆独轮车还是吸引了他们的眼球。

"好是好，但俺们这里净是些山路，这玩意中看不中用。"有人赞赏过后开始摇头。

"树要人栽，路要人开，你们这里是泥沙淤积的地方，开条路应该没有多大的难处，就不说别的，用这车子载水，也能为自己寻好大的方便。天老爷恩赐的那点积水，难吃不说，还供不上用，开条路到有水的地方，这独轮车还怕没用场？"

侦察员就势引导，说得大家伙儿心里热乎乎的。有道是众心齐，泰山移，家家户户行动起来，一条简易的车路就开出来了，独轮车也一辆一辆的多了起来。

"有彦夫的姨父在这里，俺们张家庄的日子有盼头了！"老人们乐得眉开眼笑，见了侦察员就竖起大拇指。

张家庄的人不可能知道侦察员的真实身份，当然就无法知道侦察员开路造车的深远意义。在山东八路军后方，独轮车为抗日做出了巨大的贡献，侦察员也要为日后在这里开辟抗日根据地打下良好的基础。

因为条件还不成熟，他还不能暴露自己，就是朱彦夫吵着要他为那一家三口报仇雪恨，他也只是耐心地向朱彦夫解释：这是国仇家恨，日本鬼子是我们中华民族共同的敌人，中国人民是不会放过他们的。有毛主席和党领导的八路军、新四军，有全国人民的共同奋战，日本鬼子终究会从中国的土地上滚出去。

朱彦夫从侦察员的嘴里知道了很多闻所未闻的伟大人物，有毛主席，有朱老总，有彭德怀，还有陈毅和粟裕等。他似乎成熟了许多，没有再把这些人物和飞檐走壁联系在一起了。他明白了许多道理，他最渴望的是自己早日长大，早日当上八路军，上战场去打日本鬼子，为无数个被日本鬼子祸害的家庭报仇，让天下的穷人都过上好日子。

"跟毛主席的党闹革命，不是俺们想吃一顿好饭那么简单，也不是拿起枪想谁死谁就死那么容易。鬼子手里也有枪，鬼子的枪比俺们的好，鬼子的枪也是杀人的武器，所以，要革命，首先就要有不怕杀头掉脑袋的勇气，这就是不怕牺牲的革命精神，没有这种精神，就会像国民党军队一样，夹着尾巴到处躲，或者干脆向日本人投降，给日本人当走狗、当汉奸……"侦察员见朱彦夫人小心雄，就不失时机地给他讲些浅显的革命道理。

朱彦夫终于明白了革命是什么意思，那就是要用无数的生命做代价来换取劳苦大众的新生活。

山外的风越来越大，夹杂着烈烈的火药味，吹得张家庄的人心慌意乱，贫穷的日子在激烈的动荡中摇晃着。

朱庆祥和侦察员又披星戴月离开了张家庄。

"看好孩子，我们最迟后天就回来了，有人问起来，就说俺俩到县上去了。"临走时，朱庆祥向妻子郑学英交代。

但到第三天，他们没有回来，第四天，他们还是没有回来。

朱彦夫的心里开始不安起来，但他记着爹和侦察员反复交代的要严格保密的话，心里再急也没有放在嘴上。已经是第五天了，朱彦夫终于忍不住了，他觉得不能再这么等下去了，应该去找找他们。可是，该怎样对娘开口讲呢？能让娘知道爹的真实身份吗？不能，这是纪律。但不对娘说实话，娘会答应让他出去吗？朱彦夫一夜没有合眼，却没有想到第二天早上他一爬起来，还没有开口，娘就对他说："彦夫，今天你到东乡去一趟，顺路打听一下你爹的事，他们在东乡附近鬼子的一个据点活动。路上要小心，别提队伍上的事情……"

朱彦夫一听才知道母亲原来什么都知道。原来母亲也和他一样，保守着心里的秘密，也和他同样在操心着急。

心急火燎的朱彦夫挎上篮子就走，但他刚刚走出村口，就猛然发现距他大约里把路的前面好像有一支队伍正在向这里移动，影影绰绰的，到底有多少人，到底是什么队伍，他都看不清楚。是不是爹他们带着八路军来了？他收住向前飞跑的脚步，躲在路旁的一棵大树后面细细观察。

近了，又近了，他猛然发现人群中有高头大马在新修的车道上晃晃悠悠走过来，那些人的枪刺上还有和炮楼上一样的太阳旗——不好！是鬼子来了！

朱彦夫心脏一阵紧跳，他来不及细想，赶紧猫着身子跑回了村里，急切地往家赶。

母亲老远看见儿子飞一般地回来，心里顿时紧张起来。

"咋回事？"

"娘，快，快到后、后面的山洞里躲、躲起来，"朱彦夫上气接不上下气，用手指着村东的方向，"日本鬼、鬼子来、来了，马上、马上就要、就要进村了！"朱彦夫结结巴巴地说了半天才说明白。他虽然胆大，但鬼子是直奔张家庄来的，这一切都在意料之外，是那么突然，那么猝不及防，让他也吓到了。

母亲意识到事情不妙，心一下子提到了嗓子眼上，她有些惊慌失措："快，你赶紧把那个侦察员的所有物品收拾起来，转移到后面的山洞里，屋子里能藏的东西尽量藏好。啊，还有，你姐和彦坤还在后坡上挖野菜，你要想办法找到他们。记住，无论发生什么事，都要沉住气。"

"娘，俺知道，你先走，俺收拾好就来。"

"娘还得赶紧通知乡亲们，你就别管娘的事了。"母亲拐着小脚要去为其他人放信。在这紧急的关头，母亲首先想到的不是自己，朱彦夫第一次感到母亲是那么伟大。朱彦夫把侦察员的茶缸和皮带、衣物等打了一个包，又忙着收拾屋子里其他的东西。

接到信的村里人相互转告，很快就钻进了山后的树林，这几年跑反是常有的事，人们的行动是难以想象得迅速。等日本鬼子进到村里，村里的人已经不多了，没有来得及跑的，干脆顶了房门躲在家里听天由命。

朱彦夫带着姐姐和弟弟躲在树林后面一个不被人注意的山洞里，朱彦夫趴在洞口，把村里的一切都看得清清楚楚。朱彦夫的心揪了起来，他发现母亲又回到了院子，更糟糕的是日本鬼子好像是有目的而来的，而且是直奔他家院子去的！莫非是爹和侦察员出事了？一片阴影笼罩在朱彦夫的心头，如果是这样，那母亲的危险就不言而喻。

"姐姐，娘有危险，俺得抢在鬼子之前把娘救出来。你留在这里，无论发生什么事，都得看好弟弟，千万别出来，千万！"

朱彦夫钻出山洞从树林里跑了出来，三步两步就窜进了院子。

母亲知道自己可能跑不出去了，为了不让鬼子发现躲在后面山里的村民和孩子，她做好了最坏的打算。现在她担心的不是自己，而是屋子里侦察员的东西有没有收拾干净。母亲正在院子里细心查看，猛然看见儿子又跑了回来，急得双脚直跺："彦夫，你这个小祖宗，是谁叫你回来的，你快跑，你快跑哇！我的小祖宗！"

朱彦夫知道母亲的小脚跑山路很不方便，坚持要背母亲上山，可是晚了，鬼子兵已拥进了院子。一群荷枪实弹的鬼子把他们逼在了院子中间。

院门外的几个汉奸抬着一个人，一个留着胡子的日本兵一挥手，几个汉奸紧走进来，扑通一声把一具死尸扔在了这对母子的眼前。

死尸身上的褂子早就成了一缕一缕的，烙铁烤焦的皮肉和皮鞭抽打的血痕十分醒目，惨不忍睹。他的裤子只有半截，脚赤着，血顺着腿一直流到了脚上，黑乎乎的，早就干结了。他浑身上下的血渍，也都干结成黑乎乎的了。

"啊，孩他爹！"这是朱庆祥的尸体！母亲肝胆欲裂，扑到丈夫的尸体上号啕大哭。

朱彦夫脑子一炸，身子像抽了筋一样，扑通一声跪下，趴在了爹的尸体上："爹——！"

失去爹的悲痛使朱彦夫忘记了眼前的敌人，他摇着爹僵硬的尸体，撕心裂肺地哭喊，他要他爹！他要把爹摇醒！

丧失人性的汉奸无视哭得死去活来的母亲，一把揪住母亲的头发，把她拖到鬼子的脚下，又叽里咕噜地向鬼子说了几句。鬼子军官跳下马背应了句什么，汉奸就转过身来，抬腿一脚踢在母亲的头上，然后又一把扯起母亲，指着地上的尸体，恶狠狠地问道："他就是你男人？他敢领八路去侦察皇军的据点，说，八路是不是住在你家，还有几个八路？说！"

"那是俺亲戚，是孩子的姨父，他爹领他出去打工，俺啥也不知道！"母亲平静地回答道。她挣开汉奸的手，抹了一把头上淌下来的血迹，一把把儿子拉到身后，眼睛里已经没有了恐惧。

"八格！"为首的鬼子大吼一声，唰地一下抽出指挥刀，架在母亲的脖子上。从悲伤中醒来的朱彦夫，一步跨到母亲的前面，用几乎要冒血的双眼狠狠地盯着眼前这狰狞的面孔。为了母亲，他毫无畏惧，他像一座小铁塔般立在了鬼子的面前。鬼子抽回刀，又高高地举了起来，母亲见状，抓住儿子就往开拉，但还是晚了，鬼子的刀唰的一声劈了下来，只见刀光一闪，朱彦夫扑通一声倒在了地上。

母亲大叫一声，扑向倒在血泊中的儿子，随即昏了过去。鬼子又举着屠刀一步步走向了母亲……

"报告太君，不，不好了！"一个汉奸慌慌张张地跑进院子，"炮、炮楼被、被八路军炸、炸了！"

慌慌张张的鬼子放了一把大火，点燃了院子里的草房，急匆匆地跑了。等乡亲们从山林里赶回来时，三间草房只剩下冒着青烟的残垣断壁了。

母亲昏迷不醒，朱彦夫脸色苍白，不省人事，爹的尸体被烧塌的茅草余火烤得焦煳，早已面目全非。朱彦花悲痛欲绝，哭天喊地，还不十分懂事的朱彦坤跟着姐姐哭成了小泪人。乡亲们也十分悲痛，好几个大婶泣不成声，诅咒着丧尽天良的日本鬼子和汉奸。

张保长组织村里的强壮劳力用破草席卷了朱庆祥的尸体，草草埋在了院子后面的树林里。这里堆砌着朱彦夫家五堆坟茔。会写字的老秀才在新垒起的坟堆上插了块木板，写上了朱庆祥的名字，以便朱家的后代辨认。

朱彦夫没有死，他的右肩被鬼子砍去了巴掌大一片肉，骨头碴子白森森地露在外头。伤口早已被庄子里会治跌打损伤的张大爷用祖传的草药包扎了起来，但他一直没有醒来。朱家原来的房子没法再住了，乡亲就搭了几根杆子，捆上茅草，把东边的小屋简单地搭成了"团瓢"，临时给朱家活着的人遮风挡雨。从昏迷中醒来的郑学英，被人从丈夫的坟堆上架回来后，就一直守候在昏迷不醒的儿子身边泪流不止，连说一句话的力气也没有了。乡亲们从各自的家里找出一点吃食送到她身边，劝她为了孩子要坚强地站起来，要坚强地活下去。

朱彦花消瘦的肩上压着沉甸甸的担子。看着乡亲们热心地救济他们一家，她跪在地上表示感恩。在这种贫穷的环境里，大家的日子都是一样难过，乡亲们的支持也不多。早就醒事的朱彦花知道现在眼泪只能咽进肚里，更加艰难的生活才刚开始，应该怎样度过苦难的明天才是摆在他们母子面前的严峻问题。

朱彦夫终于醒来了，他像是做了一个长长的噩梦。他发现自己躺在炕上，好端端的房子变成了黑不溜秋的残垣断壁，肩膀也是钻心地疼，姐姐彦花坐在自己的旁边。

"姐，娘呢？"

"娘给你找草药去了。你肩膀还疼吗？"

"爹呢？"朱彦夫咬着牙，起了起身子，之前的情景他似乎记不起来了，又好像迷迷糊糊地有点印象，他不敢相信眼前看到的黑乎乎的石头墙壁就是他的家，"俺这是在哪呀，姐？"

"这就是俺们的家，你已经昏睡三天三夜了，你的好多伙伴都来看过你。爹死了，俺们以后再也没有爹了……"

朱彦花终于没能忍住，抱着弟弟又凄厉地大放悲声。

伤在儿身上，疼在娘心里，朱彦夫的苏醒给了母亲很大的安慰。母亲知道这次朱彦夫伤得很重，不是十天半月好得了的。为了防止日军和土匪的骚扰，母亲和彦花把朱彦夫抬到了避难的山洞里，好让他安静地养伤。乡亲们送来的能吃的东西即便省了又省地吃也最多还能维持一两天生活，小儿子彦坤整天哭着喊饿，女儿彦花为了节省一口吃的，已经两天没有吃任何东西了。山上能吃的野菜早被乡亲们千遍万遍地搜寻过，很难再找到。再这样下去，用不了几天，全家都会饿死。现在已经到了山穷水尽的时候，郑学英恨不得把身上的肉用刀刮下来让孩子们度命，但身上的肉又能供孩子吃上几天呢？天像突然间塌下来一样，死去孩子的阴影又笼罩在了活着的孩子身上，已经没有活路了。但她还不能就这样死去，她要养好儿子的伤，她要儿子为他死去的爹报仇，否则，她死不瞑目啊！

就在郑学英一筹莫展的时候，朱庆山来了。

朱庆山这次没有骑着他的毛驴来，也没有先前那么风光了，倒像是霜打了一样。朱庆山就像他弟弟朱庆祥说的那样，一辈子游手好闲，偷鸡摸狗，嗜赌成性，从来不务正业。上次他送到这里的粮食和鸡，就是他顺手牵羊偷来的东西，他怕被人家从后面撵来抓住，就绕到张家庄做了个顺水人情。最近，他在赌场输了，毛驴被人家当赌债收了去。正好有个大户人家需要买一个丫鬟，被他无意中知道了，他就专门冲着亲侄女朱彦花来了。他已与那个大户人家讲好，可以给他十块大洋。

为了一家人不被饿死，郑学英终于咬着牙打算卖掉彦花。

"他大伯,人家能出多少钱?"

"这年头,女孩子能卖什么价?弟妹呀,就算是放彦花一条生路吧,人家最多答应给一块大洋,你看行吗?"

郑学英泣不成声,她的眼前晃动着彦花讨饭时留在雪地的带血的脚印,晃动着彦花流着口水也不忍心吃她自己讨来的残汤剩饭的样子。彦花太懂事了,她不能就这么把她卖给别人家。她反悔了,她带着哭声喊:"俺不能卖俺的女儿,给多少钱俺也不卖!"

在外面哄着喊娘叫饿的弟弟的彦花突然冲了进来,咚的一声跪在母亲的面前:"娘,你卖了俺吧!你卖了俺吧!俺不会怨娘的。娘,你答应了吧,要不,俺们一个也活不了呀娘!"

母亲柔肠寸断,一把拉起女儿抱在怀里,哭得天昏地暗。

朱庆山最后答应,不给大洋,用三斗谷粮来换彦花。

朱庆山第二天就借了毛驴驮来了三斗谷子。看着三斗金黄的谷子,郑学英几乎站不稳身子。为了不叫彦花看见她痛哭的样子,她紧紧咬着自己的嘴唇。

彦花看见母亲的嘴角流出了红红的血水,她在院子里给母亲跪下,重重地磕了三个响头,又到院后树林父亲的坟上添了几把新土,最后跪在坟前磕头道:"爹,你的彦花去了,以后再也不能来和你说话了,望你在天之灵保佑俺娘无病无灾,保佑两个弟弟快快长大成人吧!"

朱彦夫喝着母亲送来的稀粥,奇怪地问:"娘,家里什么时候有米了?"

"是你大伯送来的。"母亲不敢看朱彦夫的脸,也不忍心告诉他实情,她想瞒着他,让他的伤势尽快好起来。

"大伯来了?他知道俺受伤了?他是来看爹的吗?"朱彦夫一听说大伯来过,心情为之一振,"大伯真好,还给俺家送米来。俺看见姐姐偷着吃树叶子咽得好难受的样子了,这下好了,让姐姐多吃一点……"

母亲背过身,哽着说:"彦夫,快吃吧,吃饱了才能早点好起来。"

"娘,你吃了吗?"

"吃了,吃了。"母亲走出洞外,偷偷地抹起了眼泪。

彦花走了,悲凉的家里显得更加悲凉。彦坤也不再哭闹着喊饿了,母亲看着彦坤狼吞虎咽地喝粥,她的眼泪就唰唰直流,她在心里说:"儿啊,你这是在吃你姐姐的肉啊,你这是在吃你娘的心啊!"

两岁的彦坤无法理解母亲的心情:"娘,俺还要。"

母亲摇摇头,长长地叹了口气,她感觉心在滴血。夜里,她常常整夜整夜地发呆,仿佛想了好多的事情,又好像什么都没有想。有时,她感到她的心要炸了,有时她又感到喘不上气儿。丈夫的死对她的打击太大了,如果不是还有彦夫在她的心里撑着,她想她会倒下去的。尤其是彦花被卖了以后,她发现她的精神有些错乱,明明知道彦花已不在身边,可她一张口还是习惯地喊着彦花的名字,让彦花去把什么事情做一下。彦花是她的得力帮手,以前家里许多事情都是彦花做的,现在什么事情都得靠自己去做了,只要有一样自己不动手,该做的事情就堆在了那里。她的理智时时在提醒她,什么时候该做饭,什么时候该给彦夫换药,什么时候该去碾谷子碾米粉。她不能有丝毫的疏忽,否则就会乱套。

中午,该给彦夫换药了。母亲见彦坤一个人在院子里逮蚂蚁,玩得正起劲儿,知道他已吃饱了肚子。她已抱不动彦坤了,带着他走那片树林也很吃力,她便轻轻地拉上院门,赶着去山洞给朱彦夫送饭换药。她扶着棍子一步步往山上走,灾难和痛苦已经把她压得只剩下一口气支撑着了。

"娘,俺姐姐上哪了?要饭去了?"朱彦夫有好几天不见姐姐了。

"你姐姐她……"母亲刚换完药,猛然听到儿子的询问,一时不知该怎样回答。

"我姐姐怎么了?娘你快说呀!"朱彦夫咬着牙,一骨碌爬了起来,"是不是咱家又出什么事了?"朱彦夫的肩膀这几天已经长出了新肉,也能下地走动了。他一个人待在山洞里,觉得有些沉闷,也觉得有些疑惑:怎么老是见不着姐姐的影子?前些日子,姐姐几乎是一天几趟地往山洞里跑,但自从吃上稀粥以后,姐姐就再也没有露过面了。他吵着要回家里住,母亲却总是极力反对,总是以怕有日本鬼子进村扫荡,到时候跑反不方便的理由阻止他回家。现在他能下地走动了,他不想再住在山洞里,他要回家,他要一家人住在一起,他要天天看着姐姐在他的面前晃来晃去。

"娘,你说话呀,娘,俺这就要回家,俺要看看姐姐,姐姐是不是病了?你说呀,娘!"

"你姐姐她,她……"母亲坐在地上,两手揉着头发,放声大哭起来。"彦夫啊,你喝的稀粥,就是你姐姐的肉啊!我可怜的闺女啊,娘对不住她,娘也是没办法呀……"母亲哭着诉说了彦花被卖的事,一块堵在胸口的石头终于被掀开了,她抱着儿子哭得如一摊烂泥。

"姐姐呀,我的好姐姐!你现在在哪里?"朱彦夫哭喊着,咆哮着,"苍天呀,你告诉俺,这是为什么呀?苍天呀,你睁开眼睛看看吧,这是个什么世道呀?娘啊,你起来吧,俺要去找姐姐,俺要去找八路军,俺要为爹报仇啊!"

朱彦夫搀扶着母亲,母亲搀扶着儿子回到了只剩破草棚的院子里。

院子的门还是关着的,但母亲忽然发现院子里没有了朱彦坤的影子:"彦坤!彦坤哪,你哥哥回来了,你在哪里呀?你是在跟娘躲猫猫吗?快出来呀彦坤,别吓娘啊!"

院子里没有任何回应,朱彦夫也急了,母子俩在草棚里、院子外找了好几圈,还是没有见到彦坤的身影。草棚里没有吃完的谷子还在,棚子里的东西也不像被人翻过的样子,连茅房都被朱彦夫用棍子搅过了,什么都没有。彦坤会到哪里去呢?

两岁多的彦坤不见了,张家庄一百多号人举着火把、打着灯笼搜遍了村庄,结果还是没找到他。

丈夫没有了,女儿被卖了,小儿子活不见人,死不见尸,一个五口之家转眼间就只剩下了孤儿寡母。母亲只觉得天旋地转,扑通一声倒在地上昏了过去。

"娘,你醒醒,你醒醒呀,娘!"

张家庄的夜空中回荡着朱彦夫的悲惨哭声……

第3章

背着母亲去参军

朱彦坤怎么会无缘无故地失踪呢？张家庄的人谁也解不开这个谜。

朱彦坤是被他亲大伯朱庆山抱去卖了。朱庆山倒手贩卖朱彦花白赚了十块大洋，十块大洋对那时的一个贫穷农家来说是笔不小的财富，但对赌鬼朱庆山来说，仅仅是一夜的赌资而已。朱庆山拿着这十块大洋走进赌场，转眼就输了个一干二净。有个赌鬼见朱庆山又没钱了，就告诉他有个财主家有万贯，妻妾成群，可财主本人无用，到了中年，竟然无一子嗣，便有意花钱买一个儿子接后。这朱庆山首先便想到了他的侄儿朱彦坤，于是，他又悄悄回到张家庄，趁着郑学英去山洞的工夫，溜进院子抱着朱彦坤神不知鬼不觉地消失了。

郑学英经不住这接二连三的打击，从昏迷中醒来就疯了。她时笑时哭，到处乱跑，可怜朱彦夫既要照看疯疯癫癫的母亲，又要挑起耕田种地的担子，硬是咬牙才走过了几年令人难以想象的艰辛历程。

沂蒙山在战火的洗礼中焕发新姿，朱彦夫终于在家乡解放的锣鼓声中抖落了苦难的枷锁。

朱彦夫和乡亲们一样，为迎来崭新的生活欢呼雀跃。

1943年冬，杀人如麻的大土匪刘黑七被八路军彻底清剿，人们扬眉吐气。紧随着1944年的一声声春雷，八路军鲁中主力部队消灭了盘踞在沂源县境内的国民党吴化文部队，建立了新的农民政权。

解放区的天是明朗的天，解放区的人民好喜欢……

张家庄的男女老少唱着心中的喜悦，张家庄的热血青年带着乡亲的希望，一批又一批地加入了八路军的队伍，为彻底消灭日本侵略者扛起了枪杆。朱彦夫的心醉了，他看着大哥哥们穿上了威武的军装，戴上了大红花，羡慕得夜不能寐；朱彦夫的心碎了，他因为年纪太小而被拒绝参军，气得躲在家里哭鼻子。

朱彦夫坐在家里，手捂着脸正在伤心，忽然听到院子里一声马嘶，他连忙抹干眼泪走出去。

院子里进来的是两男一女三个威武的八路军，他们背着短枪，此时已经下马。朱彦夫觉得眼前猛地一亮：这个女八路不是教俺们唱"解放区的天是明朗的天"的那个女歌唱家吗？她怎么会跑到俺这个破败的穷家小户里来？朱彦夫有些不敢相信自己的眼睛，傻乎乎地站在那里不知说什么才好。

"小老乡，你叫朱彦夫是吧，我姓陈，你就叫我陈大姐吧！怎么，谁欺侮你了，还哭鼻子了。"陈大姐像亲姐姐一样把朱彦夫拉到怀里，替朱彦夫擦去了脸上的泪水。

陈大姐，多么亲切的称呼！陈大姐的手是那么温暖，朱彦夫感觉一股暖流流遍了全身，而他正被这股充满幸福的暖流溶化，他那不畏冰天雪地的瘦小的身体激动地颤抖了起来。几年来，母亲疯疯癫癫，在这个院子里，他有满肚子的话也不能向母亲诉说，只能埋在心里，默默地与自己、与冷清的院子对话；几年来，他过着艰辛痛苦的生活，还要努力照顾神志不清的母亲，有泪只能暗自流，谁替他擦过抹过，谁如此亲热地抱过他？看着陈大姐温和的脸，他再也无法控制自己，嘴还未张，鼻子就酸了，泪水如泉地涌出来，他哭着喊了声"陈大姐"，就再也说不出一句话来了。

待朱彦夫平静下来，他才弄明白，两个男八路军都是区政府的，这个陈大姐则是部队上下来的，是区政府的妇救会长，他们是专程给朱彦夫家送救济物资的。此时，他们已经把马背上驮的粮食衣物卸下来，搬到了屋子里。

"本来，当年在你家住过的那位八路军侦察员要来看看你们的，可他要随部队开赴新的战场，没有时间来，就再三叮嘱我们代表他来看望你们。你爹是为掩护他才落到日本人手里的，你爹是好样的，他的牺牲也是光荣的，但这个仇我们一定要报！"陈大姐忽然想起了什么，又问，"大娘呢？听说你有个姐姐还有个弟弟，他们都出去了？"

"俺娘已经疯了啊，陈大姐！"陈大姐的话又勾起了朱彦夫内心的伤痛，他哭着诉说了当年的悲惨经历后，指着破草房角落的一个草堆说："那边就是俺娘,她睡了,还没有醒来,俺娘的命好苦哟!"

朱彦夫哭成了一个泪人,三位八路军也动了情,禁不住眼含泪花。

昏暗的草堆里,郑学英披头散发,破衣烂衫,面黄肌瘦的脸上刻满了岁月,样子十分可怜。此刻,她蜷缩着身子安详地睡熟了。如果不是听了老侦察员事先的介绍,如果不是听了朱彦夫带着血泪的哭诉,有谁敢相信面前这个疯子,曾在暗中支持丈夫冒着生死为八路军干了那么多事呢?

"陈大姐,俺要当八路军,你就收了俺吧!"朱彦夫拉着陈大姐的手,带着哭声说,"俺一家五个人,就剩俺和疯子娘了,俺要为俺爹,为俺姐姐,为俺失踪的弟弟报仇啊,陈大姐!俺想当八路军快想疯了,你就答应了俺吧!"

面对烈士的遗孤,陈大姐的喉咙有些发哽,看着面前这双充满企盼的明亮的大眼睛,她确实不忍心说出半个"不"字:"彦夫弟弟,大姐理解你的心情,你要像你爹一样坚强。穷苦人家家家都有一本血泪史,你和大娘的苦大姐心里都知道。大娘现在已成了这个样子,看了叫人揪心。你是个懂事的好孩子,参军的事大姐支持你,可你现在毕竟还只是个十一岁的孩子啊!彦夫小兄弟,我们区政府有八路军的后方医院,我们先把大娘送过去,给她治病。等她的病好了,家里有人照顾了,你就可以放心参军了,你看行吗?"

"陈大姐,你、你们还能治好俺娘的病?"朱彦夫简直不敢相信自己的耳朵。他睁大眼睛,看着陈大姐认真地点了点头,才相信自己没有听错,他激动地说道:"陈大姐,你说的是真的?俺朱彦夫谢谢你了,谢谢八路军了!你们就是俺的恩人呀!"说着,他双腿一屈,跪下就磕起头来。

"快起来,八路军里可不兴这样!"陈大姐连忙一把拉起朱彦夫,把他抱在怀里。

就在这时,睡在草堆里的郑学英打了个长长的呵欠,一骨碌爬了起来。突然,她怪叫一声冲到陈大姐的面前,拉过朱彦夫:"你是谁,这是俺的儿子,你滚,不许你碰俺的儿子!你快滚,快滚,滚!"

陈大姐吓了一跳,她压根没有想到弱不禁风的大娘醒来后竟是如此疯狂,如果不是她闪得快,很难说会不会被郑学英一把抓破了脸皮。

郑学英刚拉过朱彦夫护着,突然又像根本不认识朱彦夫似的,一把揪住朱彦夫的衣领,又撕又扯又打:"你不是俺儿子,你把俺的彦坤杀了,你这个杀人犯，你赔俺彦坤，赔俺彦坤！"

"娘，"朱彦夫一动不动，任凭母亲撕打，待母亲无力了，他才指着三位八路军，大声对母亲说，"娘，你醒醒，他们是八路军，他们是来替俺爹报仇的呀，娘！"

听了朱彦夫的话，母亲好像明白了什么似的，静静地看了一会儿三个八路军。突然，她转身看见了八路军送来的装着粮食的口袋，便嘴里嘟囔着走过去解开袋口，捧出大米，哈哈大笑起来："找到了，俺找到了，这是俺闺女彦花，是彦花的肉！"她又把大米捧到陈大姐的面前，"尝尝，好香的肉，尝一口。"母亲见陈大姐直往后退，又把米凑到自己的嘴边，用鼻子嗅嗅，大哭起来，"彦花，怪娘不好，怪娘不好哇……"

"大娘，大娘！"陈大姐含着眼泪想劝劝痛哭的郑学英，但还没有走过去，母亲就一闪身躲到了墙角。

朱彦夫摇摇头："由她疯，过一会就会好的。"

母亲不哭了，张口吃起生米来。也不知母亲是哪来的力量，生米在她的嘴里被咬得咯咯直响，咬着咬着，她又突然把手中的大米撒在地上，顺手捡起草堆边的一根短木棒，抱在怀里亲起来，又将嘴里嚼碎的米浆喂到木棒的上端。她看着木棒上的米浆，自顾自地连连摇头，也不再言语，只是坐到地上，认真地喂木棒"吃饭"，好像一个温善的母亲对待自己心爱的孩子，是那么专注，那么深情。而对身边其他的人，她连看也不看一眼。

"俺娘一直这样，她已经不认识俺了，一发疯就这样打俺、抓俺，不是哭就是笑的，你们看。"朱彦夫解开衣服，露出背上、胳膊上一道道爪印，"这就是俺娘抓的，俺娘没有疯时可心疼俺了，总会把俺抱在怀里。自俺娘疯了以后，她再也没有心疼过俺一次，也再没有抱过俺一次。有时候，俺从地里回来，饿得眼睛都发昏了，还得赶忙烧水做饭，可水还没有烧开，俺娘就会突然从什么地方冒出来，把火浇熄。陈大姐，俺过的不是人过的日子呀，俺娘打俺，俺娘骂俺，俺不能怪俺娘，俺晓得她是病了，俺还得跟着她，生怕她在什么地方有个三长两短，万一俺娘没了，俺在这个世界上可是连一个亲人也没有了，俺不敢想没有亲人的日子。哪怕有一个疯子老娘跟俺相依为命，也算俺有个家，也算俺有亲人啊……"

看着黑瘦黑瘦的朱彦夫，八路军干部们的心在滴血。他们在院子里认真地商量了一下，找到庄里的农会主席，派了几个民工，用担架把郑学英抬到离张家庄三十里地的区政府，交给了八路军在这里的后方医院进行治疗。

母亲能得到医治，朱彦夫高兴得不得了。此外，他还有一件高兴事，他家的房子旧貌换新颜了。

自从那年他家的房子被日本鬼子一把火烧了以后，他就一直蜗居在乡亲们临时给他搭的"团瓢"式的窝里。因为母亲有疯病，他也只能在乡亲们的帮衬下给东房简单地盖上了一层草。每逢雨季，外面下大雨，屋里下小雨，外面的雨停了，屋子里还要滴滴答答好半天。自从母亲被区政府接去治疗以后，朱彦夫就扳着指头计划着，母亲病一治好，他就可以放心地参加八路上前线打鬼子了。在母亲治病期间，他除了要种好地外，一定要把房子翻盖起来。他要利用农闲时间准备足够的盖房材料，然后再请人帮忙，一鼓作气把房子盖好，让母亲回家能舒舒服服地住着。没想到区干队的同志来了，组织庄子里的大人只用了不到两天的时间，就把西边两间房、东边一间房盖起来了，而且盖得十分漂亮，朱彦夫高兴得围着院子转了不下十次。

共产党真好，八路军真好。朱彦夫的心里充满感激。

一天早晨，朱彦夫本来是约好和村里的几个伙伴一起上山开地的，他刚把锄头放到背篓里，就听到庄子里的锣敲得哐哐响："各家各户注意，区上传来消息，今天下午八路军队伍要来俺们村庄休整，请各家各户准备好迎接八路军！"

八路军要来了，这是多么令人振奋的消息啊！

朱彦夫虽然不明白休整是什么意思，但他知道八路军要来了。他连忙放下背篓跑去打听，嘿，整个张家庄都欢腾了，打扫屋子的，推车运水的，准备吃食的，家家户户忙得像要过大年似的，说的、笑的、喊的、叫的，热闹得不得了。朱彦夫也赶忙跑回家打扫院子，收拾屋子，又到后面的树林里采了一捧金刚刺叶尖，烧了一锅开水泡上，一锅浓香扑鼻的好茶水就制成了。

朱彦夫忙好这一切，太阳还没有升到半空。要是娘在家里该多好啊！朱彦夫想，如果昨天就知道了这个消息，他非要把母亲接回来不可。母亲这一去已有大半年的时间了，每个月朱彦夫最少要跑去看她四五次，每看一次，朱彦夫的心就激动一次。母亲现在不但能认识他了，而且能跟他很正常地说话了。前几天，母亲要跟他一起回,但院长说什么也不答应。院长说母亲虽然表面上跟普通人无异了,但精神还没有完全稳定,还需要观察一段时间,怕她再受刺激导致旧病复发,如果复发,那以后就不好治了。朱彦夫心里明白,如果母亲的病没有彻底治好,那他参军的事就永远没有希望,因为母亲肯定舍不得他离开,甚至可能一知道他有这种想法,精神就会受到刺激,这是院长和医生反复跟他交代过的。因此,朱彦夫每次去看母亲,想参军的话半个字也不敢从嘴里漏出来,生怕母亲因为担心他而受影响。

中午刚过,乡亲们便迫不及待地拥到村头,翘首盼望着要来村里休整的部队。乡亲们有推着独轮车的,有抱着大罐小罐的,有拎着篮子的,他们把政府分给他们的最好的粮食做成了各式各样的食品,把最香最甜的茶水装在洗了又洗的器具里,家家户户都拿出了平日里舍不得吃、舍不得用的东西,倾其所有地要款待英勇的八路军战士,款待可爱的子弟兵。

部队终于开过来了。乡亲们蜂拥而上,争先恐后地把手里的食品往战士们手里塞,把手中的茶水高高地举起要亲人喝。部队没有停下来,战士们仍然迈着整齐的步伐向前走着,没有一个人接受食品,大多数战士只是向乡亲们招手示意,有的象征性地喝了两口茶水,有的还从自己粮袋里抓出粮食来分给面前的乡亲。战士们和乡亲们谁也不认识谁,但谁见了谁都是那么亲热,那么激动。朱彦夫个子不大,他抱着茶水罐子,踮起双脚也没能将手里的茶水送到八路军战士手边,他喊着叫着,声音淹没在人欢马叫的海洋里,只能看着前面大人的背影,徒劳地激动着。

部队走过村庄,在村北的树林里安营扎寨,开始休整。没有一个战士走进乡亲们的家门。乡亲们只能远远地站在自家的门前,站在大树下、高坡上眼睛一眨也不眨地望着他们的子弟兵,听着他们在树林里的空地上唱着歌,喊着口号。

熟悉的村庄此时此刻在乡亲们的眼里是那么神圣,那么庄严。

部队休整的树林四周都是哨兵,朱彦夫很想走过去,但看着哨兵严肃的神情,他还是胆怯地停住了脚步,但树林里的一切在他的眼前都显得那么神秘,那么充满诱惑。整整一个下午,朱彦夫就站在树林外看着,想象着,这是多么威武多么神气的部队呀,如果能穿上那灰色的军装,和战士们在一起擦枪、唱歌,那该多好啊!

夜幕降临了，随着一阵滴滴答答的军号声，那片神奇的树林安静了下来。

什么也看不见了，朱彦夫恋恋不舍地回到院子里。看着自己打扫得干干净净的院子，望着一锅绿中泛黄的清香茶水，他的心里空荡荡的。尽管肚子饿了，他也没有烧火做饭的心思，只啃了几块地瓜干，喝了一肚子茶水就草草倒在了铺上。母亲还没有完全康复，跟着树林里的八路军做事只能是一种自我安慰的想象，但多看一眼的欲望是那么强烈，这么大一支队伍来到了自己的身边，如果连一句话也没有说，这将是多大的遗憾！朱彦夫想，八路军是俺穷人自己的队伍，为什么不捧着茶水走进树林去呢？哪怕他们只喝一口俺烧的水，随便地说上一句什么话也好啊！哨兵绝对不会阻拦自己的，只怪自己的胆量太小，明天，说什么也要进树林去看看。

朱彦夫不甘心，第二天一早又去了树林，可树林里空空荡荡，连个人影都没有。他急得满树林子里找，可这片树林里竟然一点痕迹也没有留下，就像根本就没有驻扎过什么队伍似的。他跑回村里，逢人就问见着八路军了没有，知不知道八路军上哪去了，但乡亲们和他一样，都是满脸的茫然、满脸的惊诧。

怪不得人们说八路军神出鬼没，就像天兵天将，朱彦夫终于亲自感受到了这种神奇，同时也为自己的一时胆小懊恼不已。

区干队的同志告诉乡亲们，休整的部队是半夜接到了紧急命令，又开赴新的抗日战场去了。日本鬼子这一段时间对八路军根据地展开了"围剿"，抗日战争已进行到了白热化阶段，各地民兵也纷纷开到抗日前线，一场伟大的全民抗日运动正在展开。沂蒙山区的民兵针对日军开展地雷战、礌石战的故事，不断传到张家庄，张家庄的男女老少受到了鼓舞，一个个摩拳擦掌，也在区干队的领导下组织了民兵，做好了保卫家乡、保卫胜利果实的战斗准备。朱彦夫也不甘寂寞，他组织了村庄里十几个伙伴，成立了儿童团，和大人们一起抢收庄稼，协助区干队和民兵在村头站岗放哨，对付鬼子汉奸派来的特务探子。

这天，朱彦夫刚把最后一篓地瓜干背回来倒在屋子里，就接到区政府带来的口信，要他明天去医院接母亲回来。

母亲的病好了！这可是朱彦夫日盼夜梦的好消息。他见天气不好，连忙把屋子仔细拾掇了，又把收回来的地瓜干做了防冻防潮处理，一直忙到了夜深。第二天一早，他爬起来就往区政府跑。

"朱彦夫,你行啊,这么早就来了,"陈大姐在医院前的路上见到朱彦夫的时候才早上8点多,"是半夜起床的吧?"

"天麻麻亮起来的,俺跑得快。"朱彦夫不好意思地抓抓脑袋,"不怕陈大姐笑俺,俺想娘快想疯了。"

"看你,家里没有鞋呀?"陈大姐突然发现朱彦夫打着赤脚,心疼了,"天寒地冻的,冻坏了脚咋办?"

朱彦夫不好意思地搓搓脚:"俺不习惯穿鞋,光脚丫惯了。"

陈大姐责怪他说:"瞧你这样,还想当八路军呢,你看见过没事光着脚的八路军吗?"

"只要让俺当上八路军,叫俺穿啥就穿啥。"朱彦夫两只大眼睛看着陈大姐,认真地说。

陈大姐边向医院里面走边说:"现在外面的形势一天比一天好,日本鬼子的末日快到了,越是在这个时候,敌人的挣扎就越疯狂。后方医院马上要转移,你娘的病已基本好了,你将她带回家,回去后千万别让她受任何刺激。你现在还小,参军的事大姐心里有数,再过几年,等你的年龄到了,你要不想参军还不行呢。你现在在儿童团也是参加革命,照看你娘也是对我们工作的支持,知道吗?"

"知道了,陈大姐,今年多亏了八路军,减租又减息,地里也丰收了,我们也用不着再到外面去要饭了。俺娘的病也治好了,俺一定听你们的话,跟着党走,跟着八路军走!"朱彦夫激动地点头。

母亲已完全恢复了正常,容颜有了很大的改变,看起来至少年轻了十岁。她回家的东西早已准备好了,觉得天气还早,儿子还没有来,就在医院里跑来跑去地帮卫生员缠绷带,给伤员端茶递水。和这里的人都混熟了,马上要离开,她心里还真舍不得呢。

朱彦夫发现母亲还弄了一小袋粮食,有些不解地说:"娘,家里有政府分的粮食,干吗还要带粮食回去呀?"

母亲笑着说:"娘晓得。明天就是腊月初八了,要煮腊八粥的,俺怕家里的东西凑不够,就在这里要齐了,回家煮一大锅,让邻居们也都来喝上一碗,算是感谢乡亲们这么久以来对咱们家的照顾,也算是庆贺娘出院。"

听了母亲的话，朱彦夫笑了，医院里的医生和伤员也都笑了。

朱彦夫背着包袱扶着三步一回头的母亲上路了，陈大姐和穿着白大褂的医生们都站在医院的场子边向他和母亲挥手告别。

日本鬼子无条件投降的消息振奋着沂蒙山，人们载歌载舞、敲锣打鼓，欢天喜地。但人们脸上的笑容才刚绽放，就被国民党反动派内战的炮火硝烟呛住了。英勇的山东人民和全国人民一样震怒，他们推起了独轮车，扛起了扁担，赶起了毛驴，高喊着"打倒蒋介石，解放全中国"的口号，从四面八方汇成浩浩荡荡的支援大军，跟着中国人民解放军，开赴消灭国民党反动军队的前线，一场伟大的人民解放战争开始了。

朱彦夫在母亲的支持下，加入了支援前线的队伍，著名的莱芜战役中有他运粮的足迹，刚刚结束的孟良崮战役里有他淌下的汗水。朱彦夫为他的劳累感到充实自信，为战役的伟大胜利狂欢奔走。

地方反动势力和国民党反动武装不甘心失败，他们相互勾结，在解放大军转战的间隙，组织还乡团，像一条条疯狗，对共产党地方党组织和地方农会进行疯狂撕咬。他们到处烧杀抢劫，抓丁抢夫，不择手段地血洗地方革命力量，企图重新骑到人民的头上作威作福。一时间，乌云滚滚，狼烟四起，刚刚安生的百姓又走进了腥风血雨当中，这是黎明前的黑暗。

在这段残酷的黑暗时光里，年仅二十二岁的陈大姐牺牲了。消息传到张家庄，朱彦夫抱头痛哭，他悲痛地含着眼泪、挥舞着拳头向沂蒙山发誓，一定要给陈大姐报仇。

给陈大姐报仇！朱彦夫在区政府门前的大场子里，听见了成千上万的人发自内心的吼声。高大的主席台上挂着一条巨大的横幅，上面写着斗大的黑字，朱彦夫不认识上面的大字，但他认识悬挂在中间的两幅画像，那是毛主席和朱总司令。一位首长站在主席台上向台下的老百姓讲着全国的革命形势，讲着国民党反动派犯下的滔天罪行，他号召有志青年要积极报名参军，为陈大姐、为所有牺牲的人报仇。最后，首长大声地问："乡亲们，国民党反动派要我们吃二遍苦，受二遍罪，你们答应不答应？"

"不答应！"台下万人同应，地动山摇。

"打倒蒋介石反动派！""打倒蒋介石反动派！""打倒地主恶霸！""打

倒地主恶霸！""为革命烈士报仇，向敌人讨还血债！""为革命烈士报仇，向敌人讨还血债！""毛主席万岁！""毛主席万岁！""共产党万岁！""共产党万岁！"……

台上高呼起了口号，台下万人呼应。台上台下群情激昂，吼声震天，直冲云霄。朱彦夫坚定了参军的决心，他站在人群里，和千万人一起振臂高呼，心情分外激动，喊得嗓子发哑。

报名参军的人真多，报名登记处被年轻人围得水泄不通。朱彦夫个子小，他站在人堆里，伸长了脖子也没能看到负责登记的解放军战士在哪里。看这架势，就是再等半天也轮不到他，他干脆把身子往下一溜，尖着脑袋往前拱，三挤两挤就从人缝中挤到了一张桌子前。他双手扣住桌沿，脑袋往上一拱，就紧靠着桌子站了起来。

"哎，小同志，你来干什么，快别捣乱了，把地方让开！"

"俺要当兵！俺是张家庄的，俺叫朱彦夫，你快写上俺的名字吧！"这时，后面有人把朱彦夫往后拽，朱彦夫用手死死地抓住桌腿不放，上气不接下气地说："俺真不是来捣乱的，真的不是，俺是要参军打国民党反动派的，快给俺写上名字吧！"

"你当兵，十几了？"负责登记的解放军战士怀疑地打量了他一眼，"是谁叫你来的？"

"十五了，十五了。"朱彦夫担心人家嫌他小，早想好了多报一岁，"俺娘叫俺来的，快记上俺的名字吧！"

"不行，不行，你没看后面那告示吗，我们只要十八岁以上的，你太小，快回家吧。"那战士不再理朱彦夫，招手叫他后面的人上前，"来，你叫什么名字？"

朱彦夫还想再求求人家，可还没有等他开口，就被后面一个大个子青年提起来拖到了后面。朱彦夫气得在那人的背后乱踢乱打，但那人人高马大，根本不理朱彦夫那一套，等登记好了，他才转过身来拽住朱彦夫的胳膊往外拉："你小子还挺横的啊，这里是报名参军的地方，由不得你胡闹。你还想当兵？看你这个瘦猴的样子，恐怕连枪也扛不动！"

"对对对，把他拉出去，肯定是瞒了家里人偷偷来参军的。"

"嘿！快点把他拉出去，别让他在这里瞎搅和，俺都等了半天了！"

"这孩子真野，从张家庄跑这里来了，几十里路呢，也不怕大人在家担心。"

大伙七嘴八舌地议论着，朱彦夫气得满脸通红，急得直甩那大个子的手，但他甩不掉，被连挤带拽地拉出来丢在了外面。朱彦夫又急又气，但四周的人都看着他，他没机会再钻到前面去了，只好干瞪双眼，跺着脚，含着委屈的泪水三步一回头地往家走。

回家的路上，朱彦夫见啥烦啥，两脚不停地狠狠地踢着路上的石子。当初听陈大姐说当兵要穿鞋子，他早上来时就穿了一双母亲给他做的新鞋。这会儿，他踢着石子，突然发现鞋尖已磨起了毛，赶紧心疼地蹲下身子，脱下鞋，认真地用手把起毛的地方抹了一遍，又干脆解下腰里扎的绳子，一头一个把两只鞋拴好，挂在脖子上，这才光着脚，垂着脑袋慢慢地往回走。参军登记人的话弄得他满心不舒服：凭什么嫌俺小，要是陈大姐不牺牲，肯定不会这么说俺，只有陈大姐才知道俺仇深似海。哼，不让俺当兵，俺非去不行！不给俺登记，俺就偷着去！反正只要离开了这里，跟上部队，你总不能再把俺赶回来吧！要是非赶俺走，俺就说不认识回家的路，看你怎么办！朱彦夫想出了这个耍赖的"当兵方案"，不由得暗自乐了起来。

"看你，干吗把鞋吊在身上，咋不穿在脚上？"母亲见儿子神神秘秘地回来，心痛地埋怨起来。

"俺，俺穿不习惯。"

朱彦夫不敢对母亲提报名参军被拒绝的事，更不敢提他的"当兵方案"，只是拣开会的热闹场面向母亲做了绘声绘色的讲述。他晓得，再过两天，新兵就要开拔了。他对他的"当兵方案"很是得意，觉得这是唯一可行的办法，可他不能让母亲知道，只能尽量表面上装得跟没事一样，心里却一直在暗暗盘算，如何在这两天的时间里，把该做的事情全都做了，尽量减少母亲一人在家的劳动量。

母亲这段时间一直忙着在炕上做军鞋，根本没有注意到儿子的细微变化。

朱彦夫心神不定地开始忙活了：高粱秆还都晾在村东的地里，虽然还没有完全风干，他还是一口气不歇地全部扛回了家，整齐地堆在院墙里的茅房边。西院墙有一截让雨淋塌了，他和上泥，搬来石头，一丝不苟地砌好了。水缸里的水快没了，他又连忙把水挑得满满的。还有什么活？院子太脏了，再扫扫院子吧！他找来扫帚,把院里院外统统扫了一遍。

"彦夫,你这两天是咋啦,没有明天了,干吗要这么累着自己呀?"母亲终于发现了儿子的反常。

"娘,俺浑身的骨头疼,可能是身子长得太快了,不干活就难受。"

"净瞎说,哪有的事哟!"母亲笑着说,"干活悠着点儿,嫩骨头,别落下一身伤,身子骨坏了,可是讨不到媳妇的。"

"娘,俺会自己照顾自己的,你做鞋子也累了,今晚的饭俺来做,你就坐炕上歇着吧,屋子里光线不好,别瞅坏了眼睛。"

不知怎的,朱彦夫说着这话,却有了一种控制不住要哭的感觉,吃过这顿晚饭他就要走了。他忽然犹豫起来:当兵这事到底跟不跟娘说呢?如果说了,她要是说俺小,不让俺去咋办?要是不跟她说,她准会难过。俺从小没骗过她一次,也从没在她跟前说过一句假话,要是瞒了她去当兵,那多对不住娘啊,娘肯定要生气的。唉,别犹豫了,就按原计划办!反正有政府,还有村里老少照顾着,娘保准饿不着,冻不着。俺当兵是好事,是正事,娘就是不愿意,过一段时间也就想开了。到了部队上,俺就快点给娘捎个信来,向她道个歉,那样娘保准就不会生气了。

朱彦夫终于决定什么也不给母亲说,今夜就悄悄地离开母亲,悄悄地跑去即将开拔的部队。

人只有离别的时候,才会感到与周围熟悉的一切是那么难舍难分。一股割舍不断的亲情涌上朱彦夫的心头,十四年来,他从没离开过母亲,是母亲用温暖的胸怀一天天呵护着他长大,为他担惊,为他受怕,唯恐他在这苦难的岁月里再遭什么罪,再受什么苦。自从弟弟失踪后,母亲就一直疯疯癫癫的,没有过上一天人过的日子。自陈大姐带母亲去医院把病治好以后,母亲简直把他当成了唯一的心理寄托,她每天笑呵呵的,那是看见儿子成长的满足,那是对即将来临的新世界的一种甜蜜期望。可就在母亲刚刚感受到幸福时,他却要让母亲重新回到孤独的思念世界,这是多么残忍啊!

朱彦夫看着母亲静静睡下了,就轻轻地为母亲掖了掖被子,强忍住眼泪在心里对母亲说:"原谅儿子的不孝吧!为了让更多的母子不再分离,为了让更多的母亲能安享晚年,为了给俺全家、给俺爹、给对俺家恩重如山的陈大姐报仇雪恨，儿子一定要走了！娘啊，你放心吧，等儿子凯旋，一定好好伺候您老人家，让您把失去的欢乐都补回来，到那时，俺一定做一个孝顺的儿子！一定的！"

朱彦夫拿起布袋，装了半布袋地瓜干，又轻轻地来到母亲的炕前，注视着母亲熟睡的面容，他要把母亲深深地刻在脑子里，深深地刻在心上。已经快半夜了，他取出装着自己所有衣服的小包袱，塞进布袋，又将布袋用草绳斜捆在背上，这才吹了灯盏，走出屋子，轻轻地拉上门。他深深地吸了口气，这才恋恋不舍地退出院子。院子里四壁空空，但此刻在他眼里，这里的每一块石头，每一根茅草，都是那么亲切，那么温暖。这是他成长的摇篮。在这里，他咿呀学话，跟跄起步；在这里，他堆过雪人，数过星星，等过暮归的爹娘；在这里，他饱尝过悲苦辛酸，目睹了生死别离，看清了这个吃人的社会。今天，他终于要离开这里了，像一只羽翼渐丰的鸟儿，要飞越山川河流，冲向蓝天，冲向炮火连天的复仇战场。

朱彦夫踏着星光刚走到村口，又猛地停下了步子。他担心母亲明天早上发现他不见了，会急出病来。他又想到自己身上穿着的这条棉裤，是家里唯一的、谁出门谁穿的棉裤。现在他走了，母亲出门的时候肯定会多起来，没有棉裤是不行的，得把棉裤给母亲留下来。朱彦夫扭身往回走，走了几步又停住了，他怕他再回到家里，思想就会动摇。他想了一下，脱下棉裤，从袋子里翻出单裤穿上，又绕到小伙伴小狗子家的院后敲醒了睡梦中的小狗子，告诉小狗子他上部队去了，麻烦小狗子把他的事告诉他的母亲，并要小狗子把他的棉裤一并交给母亲，又要小狗子转告其他几个伙伴，替他为母亲操操心。

小狗子睡得糊里糊涂的，嘴里只管唔唔着，等他明白是怎么回事的时候，朱彦夫已甩开大步走出了好远好远。

第4章
这个小兵我要了

东方越来越亮,启明星泛着最后的光亮,一层薄云渐染红润,给洒满盐霜的大地抹上一层朦胧的粉红。早起的小鸟从林子里扑棱棱地飞上天空,站在树梢唱着它们自己的歌,开始迎接新的一天。

朱彦夫冒着满头热汗来到区政府前的大场院里,四下一看,他满怀希望的心一下变得麻凉麻凉,眼前的一切与他一路的想象大相径庭,这里没有沸腾热闹的场面,有的只是渐渐走向天明的自然。场子还是那个场子,树还是那些树,房子还是那些房子,可前几天的非凡热闹已无影无踪,只有院墙上、树上、低矮的农家屋檐下那些红色的标语依然如故。那些标语下面,是已被铲去但留下重重叠叠残迹的文字阴影,是历史的遗留。那是日本鬼子在这里留下的什么鬼画符,还有国民党军队留下的歪歪斜斜的痕迹,各式各样的新旧字迹记载着这里变换的年轮,记载着这里的风风雨雨。好在这一切都已被铲尽被覆盖,唯有前两天才贴上的那一张张标语,是那么鲜红,是那么新鲜。这些红色的标语朱彦夫记得,他听人家念过,大多是积极参军、保家卫国的话。也就是在这里,他听到了地动山摇的呐喊,看到了排山倒海的气势。

现在这个曾让他激动、让他下定决心离家参军的院子变得冷冷清清了。前两天朱彦夫听得清清楚楚,说的就是新兵今天从这里出发呀,可人呢,怎么全都不见了?难道是当时听错了?难道都提前走了?什么时间走的,又走到什么地方去了?朱彦夫一无所知,他的计划也被眼前的冷清撕得粉碎。真是人算不如天算,计划不如变化。前两年村北树林里八路军突然消失的事,又在朱彦夫大脑里闪现出来,莫非这是当年的情景重演?如果那样,只有到区政府才能打听到部队的行踪了，可区政府的人他一个也不认识，他们能把部队行进方向和目的地这么重大的机密告诉一个十四岁的孩子吗？朱彦夫看着区政府紧闭的大门，心里七上八下。他站在空荡荡的场子里，不知道自己的腿应该往哪个方向迈动。他的双脚汗腻腻的，穿着鞋子一口气走了三十多里的山路，他觉得很不舒服。他的脚很少受这样的拘束，哪怕是在冰天雪地里，他也喜欢光着脚丫洒脱地在路上跑。但因为这次是要追随部队，他要努力改变自己的习惯，陈大姐的话他永远不会忘记，没有没事赤脚的八路军，他想，那自然也没有没事赤脚的解放军，所以他宁可双脚受罪也穿了鞋子。现在，双脚很不舒服地闷在有些发湿的鞋子里，他心里更加发慌，于是，他脱了鞋，让脚丫重新自由自在地接触地面。他把鞋别到腰间的绳子里，赤脚走向前面一棵大核桃树下的碾子，他想坐在那里歇歇脚，等区政府的大门开了再穿上鞋进去打探一下解放军的消息。

碾盘上是一层白盐般的雪霜，朱彦夫坐上去，一股冰凉传遍全身，让他有一种说不出的爽快。忽然，他想到了陈大姐，那天主席台上的首长好像说陈大姐就是在这棵核桃树下被国民党杀害的。朱彦夫跳下石碾，注视着大树下的空地，好像看见了陈大姐被国民党匪军凶残地捆着，在罪恶的屠刀下倒在面前的地上的场景。

"陈大姐，俺一定要找到解放军，俺要国民党匪军用十条百条千条命来偿还，俺一定要替你报仇雪恨！"朱彦夫捏紧拳头猛砸在石碾上，咬牙切齿地说道。

"喂，你是谁家的孩子？"一个苍老的声音在朱彦夫背后传来，"干吗一大早光着脚板站在这里？"

朱彦夫吓了一跳，回头一看，站在自己面前的是一个戴着破毡帽的弯腰驼背的老头。他佝偻着腰，嘴边的胡须挂满了霜珠，从嘴里呼出的白雾在他面前飘游。因为怕冷，他双手还拢在破袖筒里。朱彦夫感觉这个老头有点面熟，可就是想不起来在哪里见过。再看老头这个样子，不像刚从热被窝里爬起来的，倒像是从野外的冷霜里钻出来的。

老头见朱彦夫奇怪地看着自己，停在朱彦夫面前不到两步的地方，又开口了："嘿，还满头大汗的，你是从哪里来的，要到哪里去？看你这样子是要出远门啊，兵荒马乱的，是寻什么亲戚的？"

老头没有丝毫的恶意，而且言语里还透着关心，朱彦夫越看越觉得老头熟悉，可他到底是谁呢？朱彦夫大脑飞速地转了好几圈，还是没能想起来在什么地方见过这老头，便开口问道："大爷是这里的吗？"

"是呀，家就在前面那个堆着柴火的院子里，你是上这里找亲戚的？"老头用胳膊拐指着前面一个门楼，手并没有从袖筒里抽出来。

劈柴劈小头，问路问老头。朱彦夫凭直觉觉得面前的老头是从外面什么地方回来的，而且他住在区政府附近，说不定知道部队的去向，何不问问他呢。

"大爷，俺跑了一宿的山路，是专门来这里给俺哥哥送东西的，可是，现在俺哥哥不知道去了哪里。"朱彦夫扑闪着大眼睛，他不想实话实说，不想让别人知道他想去追赶部队参军的心思，因此编了一个谎话来打探解放军的去向。

"给你哥哥送东西？你哥哥在这里的什么地方你不知道？"

"俺哥哥是报了名参加解放军的，说的是今天一大早要走，俺怕来晚了，就趁天亮前赶到，没想到还是来晚了。"

"哦，你哥哥是当解放军去了。"老头恍然大悟，接着惋惜地摇着脑袋，"晚啦晚啦，你哥哥他们早就随大军走啰，估计呀，现在最少也走出十四五里地了。"

朱彦夫心里一阵窃喜："大爷知道他们去了哪里吗？"

老头连连点头："他们呀，是往南边去了，今天晚上要赶到南边的沂水县城集结。一百多里呀，远呐！"

朱彦夫怕老头瞎吹牛，担心他的消息不可靠，又问："大爷，这部队上的事，你是怎么知道的？"

"嘿嘿！"老头笑了，满是皱纹的脸上立时显露出抑制不住的自豪，"俺俩儿子都跟解放军一块走啦，这不俺送他们部队上路才回来嘛，你哥哥肯定跟俺儿子一块儿呢。算啦，别追啦，俺们都是解放军家属，一家人，你到老汉家就跟到自己家一样，走吧，这鬼天气，贼冷贼冷的，到家叫你大娘给你烧碗热汤喝了暖暖身子。哎呀呀，你这还穿着单裤子，如何受得了，俺那俩儿子牛高马大的，穿了棉裤还嫌不暖和，要跟你这样，早冻成烂茄子了。"

朱彦夫终于想起来为何觉得老头这么面熟了，原来那天报名时把自己拉出人群的就是这老头的儿子，他们长得很像。由此看来，老头提供的情报是铁板钉钉的准确了。朱彦夫激动得差点跳起来，他恨不得马上就飞到沂水县城，在那里等着解放军到来。

"大爷，俺这想追俺哥哥去，从哪条路走呀？"

"傻孩子，你能追得上？别犟啦，走，到老汉家暖和暖和。"老头不由分说抓起朱彦夫的小手就往家里走，"嗨，真没有想到，你的手还真热乎呢，心火不轻吧？！"

朱彦夫很想了解更多的情况，就随老头一起进了家院。老头家的大娘很慈祥，她把朱彦夫让到暖烘烘的炕上，又拿出滚烫烫的稀粥和香喷喷的烙饼招待他。朱彦夫知道自己腿上的功夫，只要不跑岔道，在天黑以前他一定能赶到沂水县城，不就是百把里的路么。大爷和大娘见他非要去追赶哥哥，也不好阻拦，就把他们儿子不能再穿的裤子找出来送给朱彦夫，又找来一副裹缠帮朱彦夫把裤腿缠了，才送朱彦夫上路。

"孩子，路途遥远，小心啊！"大娘站在门边，不放心地嘱咐。

"放心吧，大爷大娘，鼻子底下有大路，不会误事的。"朱彦夫感激地向大爷大娘告别。

朱彦夫兴冲冲地迈着有力的小腿，现在的他简直就像个冲锋陷阵的战士，浑身有使不完的劲儿，烙饼和热乎乎的稀粥给他增添了力量，裹腿和布袋让他显得精神十足。如果再有一身军装穿在身上，有一条钢枪背在身上，哪不像一个标准的革命战士呢？朱彦夫边走边欣赏着阳光下自己的身影，好像自己已经真正地长大了。这时，从山坡上传来了放羊姑娘的歌声：

叫哥哥大步走你莫呀回头，

扛钢枪打豺狼替亲人报呀报冤仇，

小妹妹为你绣绣的那个花兜兜，

哥哥呀你就揣揣在怀里头，

妹妹就在兜里头，妹妹就在哥心头，

天涯海边妹随哥，莫把妹妹丢，

莫把妹妹丢……

这优美的歌好像在为朱彦夫送行，他怀着满心的希望，听着甜美的歌声，看着后退的家乡，一直向前、向前。

夜。沂水县城。

从各路招来的新兵都汇集到了这个并不繁华的小县城。城里的百姓为迎接来自四面八方的子弟兵，都在自家的门上点起了灯笼，一时间沂水县城如同过年，大街小巷一片通明。

夜已经很深了，喧闹的县城也慢慢恢复了往日的平静。天当房、地当床是部队的传统，解放军星宿夜露，没有一队新兵住进老百姓为他们收拾好的房间。

这些新战士虽然大多来自贫穷的家庭，但在这寒冷刺骨的风夜里露宿，绝大多数还是第一次，连长李大黑很不放心，又一一地把战士们有没有盖好被子检查了一遍。他刚要转回营部，突然发现一个异常情况——在部队宿营地不远处的一个门槛下，一动不动地卧着一个什么东西。李连长借着昏暗的灯光仔细看了半天，越看越觉得那像是人。是什么人，为什么要卧在离战士们这么近的地方？

李连长越过哨兵，小心翼翼地接近那个不太显眼的地方。他猫着腰，取出枪小心地扣起扳机，警惕地扫了一下前方，见没有异常，便两步跃了过去。李连长终于看清了，卧在门槛下的是个已经睡着的半大孩子：破棉袄，单裤子，腰里系着草绳，上身捆着一个布袋，腿上还缠着裹布。李连长松了口气：原来是个小乞儿。他见那孩子蜷曲着身子，睡得那么香甜，不由暗忖："又是一个苦命的孩子！"他没有惊动孩子，只是叹息着摇了摇头，转身走向了他的部队。

这个熟睡的孩子就是朱彦夫！

朱彦夫确实是累坏了，想象中的一百多里路途是很轻松的，真正一步步走过来却没有他想象的那么简单，他差点给累趴下了。

他没有到过县城，县城里瓦房连在一起，巷道一钻进去就没有了尽头，小石铺的街道早被无数双脚板磨得光滑，虽然已经是夜晚，但街上还是川流不息，这是生活在乡下的他没见过的景象。不过他虽然感到一切都是那么新鲜，却无心欣赏这份没有看到过的奇景，他一边走，一边用两只眼睛在丈把来宽的街面上搜寻着。他要找到解放军的部队。三拐两拐之后，他终于看见一队队、一排排身着新装的解放军战士，在那个高大的门楼里进进出出。

他放心了，但接受多次碰壁的教训，他没有再激动地走过去，而是找到一个不引人注意的地方，远远地关注着部队的动向，心里想着千万不能让部队再从他的眼前消失，更不要大意地被解放军发现了意图而赶走他。他心里非常清楚，纵然他有一千个一万个参军的理由，部队也会以他太小这一条理由而让他回家，让他只能干瞪眼。心急吃不了热豆腐，软藤缠死硬树，他就这么跟着部队，哪怕是跟到天涯海角，他就不相信没有他走进军营的一天。

朱彦夫看到了一扇一直紧闭的大门，大门离前面的部队很近，这个地方不错。朱彦夫走过去坐下来，这才感到又累又饿，他赶忙解开身上的布袋，取出一把地瓜干嚼起来。他觉得两个眼皮老是打架，两条腿也像绑了沙袋似的沉重，连挪动一下都非常吃力。也许是饿的吧，他心里想，千万别睡着了，一定要打起精神来。

为了做好随时出发的准备，他又咬牙站起来把布袋重新绑好，这才安心地靠在门槛上啃起了地瓜干。从昨天半夜离家出走到现在，差不多一天一夜了，加上前天在家又忙碌了一天，朱彦夫几乎是两天一夜没有合过眼了，困倦和劳累像两只赶不走的苍蝇。想借着不断啃咬又硬又脆的地瓜干来赶走疲劳，可是第三块地瓜干还捏在手里，他就已经无法抵抗困乏的袭扰，不由自主地打了几个长长的哈欠后，歪在那里睡着了。

"起来，起来，快起来！"

朱彦夫刚合上眼睛，就被一个洪亮的大嗓门吵醒了。

"是谁呀，这么讨厌？"他艰难地睁开眼睛一看，面前站着一个魁梧高大的将军，腰里别着一把精致的手枪，手里牵着一匹高壮的枣红大马，身后还有两个牵着白马的警卫员，非常神气地站在街道上。好像是这个将军在叫他？朱彦夫的瞌睡顿时消失了，他看三人直直地瞅着他，有些不好意思，连忙从地上狼狈地爬起来。

"你是不是想参加我们的人民解放军哪？"将军笑容满面地说，"参军就参军嘛，干吗要躲在这里睡大觉，干吗要跟着我们解放军的后面转来转去，差点叫我的小警卫把你当坏蛋抓喽。"

朱彦夫激动得心差点从嗓子里蹦出来："首长，俺做梦都想参军，就想为亲人报仇。首长，俺不是坏人，可解放军不要我，解放军不让我报名，他们说，说我太小……"朱彦夫努力地向这位将军表明自己的心迹和委屈，可话说出来却磕磕绊绊的。

"别说了，我都晓得了，你是张家庄来的吧？"将军没有让朱彦夫把话说下去，就自己说起来，"你叫朱彦夫对不对？我是陈毅，在沂源县打日寇的时候，我去过你们那里。还记得吧,我指挥莱芜战役的时候,你还用独轮车为我们八路军送过军粮,那时候你还是个不到十三岁的娃娃,了不起呀。你们那里出了个朱洪武,后来当了皇帝,你是朱皇帝的后代,我说得对不对呀?"

"陈老总,你说得太对啦,俺娘也是这么说的。"朱彦夫听陈毅将军这么一说,简直不敢相信自己的耳朵,胆子便大了起来,"陈老总,你既然都晓得,那你就批准俺参军吧。"

陈毅笑了:"傻小子,不要你参军我喊你起来搞么事?从今天起,就跟着我陈毅上战场杀敌人,为你爹,为你的亲人报仇!"

"真的,你真的要俺?"朱彦夫笔直地站在将军的面前,死死地盯着将军的脸,生怕将军跟他开玩笑。

"走哇,还愣着干什么?"陈毅一拍马鞍,"上马呀!"

朱彦夫没有骑过马,更没有想到陈毅将军会让他骑马,心里别提有多高兴了,连忙跑过去抓住马鞍,使出吃奶的劲儿向马背上爬,可他个子太小,马太高,他怎么也爬不上去。他那手忙脚乱的样子把两个警卫逗笑了,朱彦夫羞得满脸通红。

陈毅见朱彦夫怎么也爬不上马背,就将他拦腰抱起,只轻轻一抬手臂便把他放在了马背上,然后自己一抬腿,也跨上了战马,朱彦夫就坐在了将军的怀里。陈毅将军一抖缰绳,那马就扬起蹄子沿着街道往城外冲去。

天上下着雪花,地上是前不见头后不见尾的队伍,朱彦夫和陈毅将军策马疾驰,雪花夹着冷风直往朱彦夫的脖子里灌,刺骨的风像刀子一样削着朱彦夫的脸,朱彦夫冻得直打哆嗦,好像整个身子都成了一块冰,可陈毅将军又举起了马鞭,催马加速……

朱彦夫再也受不了了,打了个冷战,醒了,冻僵的手里还捏着没有吃完的地瓜干。原来是一场梦。

朱彦夫猛地坐起来朝部队的方向仔细看了一眼,队伍还没有走,他的心安定了许多。这时,他才感到整个身子一直在不停地颤抖,浑身上下钻心的冷。幸亏早上大娘还送了他一条旧裤子,他连忙翻出来穿上,这才慢慢缓了过来。感谢夜里的寒气,要不这一觉他还不睡到天大亮?他站在原地不停地跺着双脚,嘴里又开始嚼地瓜干。他要吃饱肚子,随时准备跟着队伍出发,凭他的经验,天亮之前部队肯定会有所行动。

梦境还萦绕在脑海里，陈毅将军的容貌还清晰地浮现着。陈毅他是见过的，朱彦夫不会忘记，那是日本鬼子投降后的第一个春天——1946年2月的一天，那时正是莱芜战役的前夕，朱彦夫第一次看到了传说中的陈毅，头一回听到了粟裕、许世友的名字。

那天，朱彦夫和数百名运粮老乡把一批粮食送到沂源县一个偏僻的小山村，正坐在村子里歇息，忽然，村东头的大路上呼啦啦奔过来一百多匹战马，陈毅和粟裕等将领们来到了临时驻扎的小山村。

一匹枣红大马冲在最前面，高大威武，像一团火球，格外引人注目。"这马就是陈毅将军的坐骑！"一个颇有见识的老乡喊了起来。

朱彦夫看见一个魁梧的将军坐在那匹奔驰的枣红马背上，那是何等威风！突然，那马扬起前蹄一声嘶鸣，魁梧的将军就势跳下了马背。将军并未回头，与几个下马的首长一起急匆匆地钻进了一间低矮的茅草房。有人指着那将军的背影说那就是陈毅将军，人们都称他为陈老总。

因为那里是军事指挥部，朱彦夫他们不可能在那里停留观望，所以他便再没见过将军。后来，朱彦夫听说就是在这个小山村的低矮的茅草房里，陈毅将军一遍遍地在一张地图前计划、演练。

四天后，莱芜战役在隆隆的炮声中打响了，五万多国民党兵在陈毅将军的运筹帷幄下全军覆没。

梦境里陈毅与朱彦夫记忆中的完全吻合！难道说陈毅将军也在这里？朱彦夫兴奋地回味着梦境，他多么渴望梦境能变成现实啊。

梦终归是梦。朱彦夫清楚地记得，这里的队伍好像没有一匹战马，他看见的全是背着背包、背着粮袋的战士。陈毅是大将军，他肯定在前线指挥千军万马，怎么会跑到这里来召集新兵呢？

朱彦夫的思绪很快又被母亲的身影牵绊住了，母亲现在怎么样？会不会因为他的出走又急得发疯？小狗子把棉裤给母亲送过去了吗？母亲应该不会着急发疯的，只要小狗子跟母亲说清了她儿子没有失踪，是参加了解放军，她老人家应该会想通的。小狗子和其他小伙伴他是知道的，只要他不在家，他们会像他一样照顾母亲的——这些伙伴都是他的"老部下"，都是他信得过的儿童团战友。

正在朱彦夫自我安慰的时候,他发现部队不知在什么时候已经集中起来了。朱彦夫一下子来了精神,他看到第一支队伍从面前经过,后面的队伍还没有跟上来,中间有个空档,就赶忙跟在了后面。

街上只有脚步声在沙沙地响。朱彦夫回头一看,后面的队伍也跟上来了,两队之间隔着好几丈的距离,他就走在两队之间的空隙里,随着前面的队伍不声不响地走出街道,走向漆黑的郊外。

朱彦夫边走边回头,谁也不知道秘密行进的队伍之间还有这么一个特殊的"战士"。朱彦夫乐得手舞足蹈,还调皮地回头向渐行渐远的县城挥手:再见了,沂水县城!再见了,熟睡的乡亲们!

贱得贵不得,穷得富不得。

这是母亲常挂在嘴边的话,现在朱彦夫有了深刻的体验。他从沂水跟着部队一直向西,走了四天四夜,做好了随时加入部队的准备。路上,他不知被赶出来多少次。好在部队有很多小分队,这里不要他跟,他就跟那个,这个撵了他,他就又跟上那个,他就像一块黏胶始终不离不弃地跟着部队。越是这样,他越是不敢透露自己的真实目的,就让人当他是要饭的叫花子好了。一开始,他那双打惯了赤脚丫的脚走得受不了,他就脱了鞋走,奇怪的是,打赤脚反而更受不了了,他的脚在几天的行军中也娇惯起来了。

眼看着一双新鞋这几天已经磨得不成样子了,部队还一直走着不停。他不知道还要走到什么时候,就恨自己的脚为什么如此不争气,才过了几天的娇惯日子,就吃不得十几年来已经吃习惯的苦了。

如果再走上七天八天的,这鞋是绝对坚持不下去的。

早知道他会被撵来赶去的,索性一开始就不穿着鞋上路了。他心疼他脚上的鞋,这可是母亲千针万线辛辛苦苦为他做的第一双鞋啊——如果不是区政府发了做军鞋的材料,他说破天也不会享受到这种穿鞋走路的奢侈娇惯生活的。

部队终于走到了泰安,在津浦路大汶口南边一个叫南驿车站的地方停了下来。朱彦夫搞不清这是临时休息还是部队到达了目的地,他不敢走近车站,只远远地在铁路下面的小路边坐着。好在布袋里的地瓜干还有不少,他得抓紧时间填饱肚子,做好继续跟随的准备。

突然,呜的一声怪叫传来,随即,一个冒着浓烟的火车头拉着长长的车厢从南边开过来了。

朱彦夫连忙跑到路边看稀奇。他看见从身边滑过的火车上,每节车厢都堆着麻袋,每节车厢的麻袋上都有一挺机枪架着,每节车厢都有好多全副武装的解放军战士。火车喘着粗气、吐着白雾在车站停了下来。

是不是部队要坐这火车走了?朱彦夫的心咚咚地跳了起来：不能再藏在这里了,如果部队要上火车,俺就是拼命也要扒上去,要不俺就会被彻底丢在这里了。这可是决定能否继续跟随部队的关键时刻,朱彦夫一咬牙,拔腿就往车站跑。

"站住!"端枪的哨兵拦住了朱彦夫,哨兵不容许任何人走向站台。

跟了好几天,每次都被赶走,朱彦夫是一肚子的气,这次说破天也不能退回去,反正解放军是穷人的队伍,还能对一个穷叫花子开枪不成?他没有停下,只是放慢了前进的脚步。

"小老乡,不许再往前走。"哨兵用枪拦住了他。

朱彦夫眼尖,看到了前面不远处的厕所,他大声说："俺憋不住了,俺要拉屎!"

"拉屎?"哨兵还没有回过神,朱彦夫腰一弯,就从哨兵的枪下钻了过去,双手捂着肚子飞快地向前跑了。因为是乞讨的孩子,哨兵也懒得认真,只是觉得朱彦夫那慌乱的样子十分滑稽好笑。

朱彦夫想在站台上找一个比较隐蔽而又便于行动的地方藏起来。他四下瞅了瞅,站台上全是战士,再往里的墙根下也全是坐着的战士,有的已歪着睡着了。这里根本找不到一个空闲的地儿,更别说藏身了。朱彦夫在战士中间晃了两圈,也没有人理睬他。他这才发现,除了哨兵,根本没有人计较他的存在。

朱彦夫放心了,他以前没有见过火车,更没有见过火车上那样有气势的军队,尤其是那一挺挺机关枪,看得他眼珠子差点儿掉了出来。要是自己有那么一挺机关枪该多牛啊,他甚至想过去用手好好摸一摸,可他没敢,他连接近站台的可能都没有,只能站在其他战士的背后,踮起脚一饱眼福。

部队没有上车,火车叫唤一声又喘了几声粗气,开走了。

"小老乡!我们连长找你有事。"

朱彦夫正伸着脖子目送远去的火车,忽然被后面的一声喊吓了一跳,转身一看，他面前站着一个小个子战士，背着短枪，两眼正看着他。他怀疑地看着这个战士，不知道人家是不是在跟他讲话。

"小老乡，我们连长叫你去一趟。"小战士又认真地说了一遍。

"是，是叫俺吗？"朱彦夫的心一阵狂跳。

"是呀，不叫你叫谁，请跟我来吧，我是我们连部的勤务兵。"小战士自我介绍道。

朱彦夫一边嘴里应着，一边连忙跟着这个高出自己半个头的小战士走进候车室的大门，又穿过候车室走出小门，再拐了一个小道子，在一个有门岗的小门前停下来。

小战士在门外双脚一并："报告，小老乡来了！"

一个背着盒子枪的解放军开了门，笑嘻嘻地招呼朱彦夫："进来，快进来。"

朱彦夫走进房间，见屋子里有两个人，除了开门的这个黑脸外，还有一个人在看一张铺在小方桌上的地图，连头也没有抬一下。看来，开门的这个人应该就是连长了。

李连长很客气地指着一个小凳子要朱彦夫坐下，并随手倒了一杯热水递给朱彦夫："小伙子，累坏了吧？今年多大了？"

"俺、俺十四了。"朱彦夫赶忙站起来，他本想多说两岁的，但看到对方黑黑的脸上带着的慈父般的和蔼笑容，便不敢撒谎，说了大实话。

"呵呵，十四岁，行啊！杨指导员，听到了吧，这小家伙才十四岁，就一步不落地跟着我们跑了五百多里地，看看，现在还这么有精神，厉害！"李连长禁不住连连夸赞。

杨指导员抬起头细看了朱彦夫几眼，赞许地点了点头。他发现面前的这个孩子尽管又黑又瘦，但有一双明亮有神的大眼睛，显示出一种顽强。他直起了腰，问道："你真的是从沂水一路跟来的？"

朱彦夫还没有来得及张嘴，李连长就抢过来回答："没错，在沂水我看见的就是他，一路上我看到他好几次，开始还没怎么在意，后来就一直留意着了。小伙子，我第一次看见你时你还躺在屋檐下睡觉呢。告诉我，你紧紧地跟着我们是不是也想参军哪？"

"是，俺早就想参军了，这次报名时他们嫌俺小，不让俺报名，俺没有办法，就、就只好跟、跟过来了。"朱彦夫没想到这个连长把他想说的话全说了，心里别提有多惊喜了，说起话来也结巴了。

杨指导员刚要张嘴说什么，李连长就一拳砸在桌上，高兴地提高嗓门说："好，这个小兵我要了！"

不知是被李连长砸桌吓的还是太过于激动，朱彦夫手一抖，茶缸里的水泼了自己一身，逗得连长哈哈大笑起来。

指导员看着连长高兴的样子，哭笑不得地摇摇头，又说话了："我说老李呀，见了个好兵，就像捡了个宝贝疙瘩似的，连起码原则都忘记了，人家可是个十四岁的小孩子呀……"

"好啦好啦，反正这个小兵我要了，原则不原则的事我不管，要问要了解随你的便，你就原你的则吧。"李连长坐到放有地图的桌旁，从腰里取出一个短烟锅，按上一曝烟叶划着火柴，他双腿一盘，挥了挥手，意思是让指导员说话。

朱彦夫的心又一下子掉进了冷水盆里，他不明白，到底是连长的官大还是指导员的官大，到底当兵的事是连长说了算还是指导员说了算。如果是指导员说了算的话，看这架势，这兵怕是又当不成了。

他提心吊胆地竖起耳朵等待着指导员张嘴说话。他心里很奇怪，这个连长牛高马大的长了张凶巴巴的黑脸，可凶巴巴的脸上却有着慈父般的温暖和关爱；这个指导员长得眉清目秀的像个书生，可这个书生的脸上却有一股说不出来的严厉。

"小朋友，你叫什么名字？"指导员说话很斯文，声调也不高。他站起身来，倒背着手在屋子里来回走动，但眼睛始终看向有些紧张的朱彦夫。

"俺叫朱彦夫。"

"家住在什么地方？"

"俺家住沂源县张家庄。"

"天，你是张家庄的，离沂水还有一两百里地？"李连长一听，惊得把两腿放了下来，"这么说你这几天就跑了六七百里地？"

"你是从家里悄悄跑出来的？"指导员没有理连长的茬儿，继续问。

"不，是俺娘叫俺来当兵的。"朱彦夫不敢说实话了，他非常小心地回答。

"你娘叫你来的，你娘会不知道你还是个孩子？"指导员的问话带着明显的怀疑，也含着几分威严。

"哎，我说我的大指导员，别吓着孩子！"连长又心疼地插话了。

朱彦夫感激地看了一眼连长，回指导员的话："俺娘要俺参军，俺娘要俺替俺爹报仇！"

"你爹死了？是怎么死的？"指导员一怔，语气平缓了许多。

朱彦夫的眼里冒起了仇恨的火花，他一下站了起来："俺爹是被日本鬼子杀死的，俺爹是八路军，俺爹是为了掩护一个八路军侦察员被日本鬼子杀死的。"

指导员沉重地点点头，他好像已经明白了这个孩子的仇恨，他不想再问下去了。

指导员的话猛地揭开了朱彦夫的心，像一个被压缩得太久太久的装满了血海深仇的气坛子被猛地打开了，一股气流夹着满腔的怒火向外宣泄：惨死的爹，被烧掉的房子，被卖的姐姐，失踪的弟弟，疯了的母亲，牺牲的陈大姐……一件件、一桩桩全喷发而出。

李连长把朱彦夫搂到怀里，指导员擦着朱彦夫仇恨的泪水，他们终于理解了朱彦夫为什么要来参军，终于理解了是什么样的勇气在支撑着一个十四岁的少年，让他跋山涉水六七百里坚定不移地跟随部队来到了这里。

"你一路上就吃这些东西？"连长解开了朱彦夫的布袋，摸着还没有吃完的地瓜干，心疼地问。

"嗯！"朱彦夫应着，同时放了一个很响很响的屁。

"好小子！"连长一掌拍在朱彦夫的身上，"放屁都这么有精神，有种！哎，你叫什么名字？"

"朱彦夫！"

"朱彦夫，这个名字响亮。哦，刚才你跟指导员说过的，我这回记得了，这名字不错！"

连长咧着大嘴笑了，朱彦夫也咧着小嘴笑了。

"老李呀，我算是服了你了！"指导员也跟着笑了，忽然，他扭头冲着门外喊，"勤务员！"

"到！"

"把我的那套军装拿来，给我们的新战士朱彦夫换上！"

"是！"

第5章
特殊战士

　　穿上军装的朱彦夫最迫切的想法就是冲上战场去痛杀敌人，可部队并不像他想象的那样马上就开赴战斗阵地，而是继续行军开进了泰山进行操练。差不多两个月过去了，朱彦夫连敌人在什么地方都不知道，更别说上战场杀敌人了。他天天泡在树林里，走队形，跑步，唱歌，练刺刀，也不知何时是个尽头。山外的情况怎样？敌人是不是被其他的解放军打完了？朱彦夫虽然身在部队，消息却闭塞得连在家里当儿童团团员时都不如，他一无所知，急得吃饭不香，睡觉不安。

　　要说在这批新兵中，朱彦夫算是最受宠的了。李连长把他留在身边，晚上还要和他睡在一起，把他当成亲儿子一样看待，几乎是天天给他开小灶，白天要他和新兵一起训练，晚上再给他另外补习，什么步枪、手枪、冲锋枪、机关枪，凡是连队有的，李连长都找来手把手地教他怎么用，怎么拆，怎么装，恨不得把全身的本事都教给他，让他变成一个全能的战士。

　　朱彦夫虽然年纪不大，可脑袋瓜好使，学什么会什么，做什么像什么，乐得李连长整天咧着个大嘴，真像捡了个称心如意的儿子似的。

　　也难怪，好几个新兵训练时不是喊腿肚子抽筋，就是叫唤训练太苦受不了，而十四岁的朱彦夫从来不偷懒，从来不喊累叫苦，从来都是那么精力旺盛，好像浑身有使不完的劲儿。这样的兵就是顶呱呱的好兵，是以后不管在什么情况下都叫人省心的兵，上了火线不用说肯定是一只老虎。那些贪生怕死的兵一看就让人来气，稍微遇到个什么坎儿就会做出丢人的事来，在火线上不是吓得尿裤子就是装死，保不准还会见风使舵缴枪当了俘虏。

　　好苗子就得好好看护，有了毛病就得找出毛病狠狠地下手治，任其自然，他就有被风折断的可能。李连长爱英雄惜英雄,性格豪爽,有什么话不喜欢搁在肚子里,也不喜欢看见别人愁眉苦脸的样子,他见朱彦夫这几天有些魂不守舍,心里不高兴了。

"这几天是怎么回事,是想家了还是身子骨有毛病?干吗像霜打了一样?"

"报告连长,俺身体很好,也没有想家。"

"这也不是那也不是,整天端着个苦瓜脸干啥?"

"俺、俺枪也会打了,刀也会刺了,可什么时候上战场打国民党呀?"朱彦夫看连长黑着脸,有点害怕,憋了半天,还是把心里话说了出来。

"搞了半天,你还是为这。你以为你会那一点三脚猫的本事就能了?朱彦夫,老子告诉你,敌人可不是泥捏的娃娃,他们手里的枪也不是当摆设吃素的,你是嫌敌人的子弹没有肉靶子不是?就凭你现在这能耐,还想上战场杀敌人报仇?趁早给老子安安心心好好练基本功,你不怕死,我还舍不得让你去白白喂敌人的子弹呢。你娘在家盼的是你立功当英雄,可不是一上战场就光荣当烈士!"连长的脸黑得要流出水来,他把手中的烟袋在桌上一阵磕,然后站起来朝屋外走去,到了门口又折回头说,"朱彦夫,你小子给我听着,我去查哨,你先跟指导员学写字,要是再让我看到你三心二意胡思乱想,一副苦眉愁脸的样子,看我怎么收拾你。"

朱彦夫看着连长消失在门外的夜色里,吓得大气都不敢出,来了这么长时间,他还是第一次看见连长这么凶。

"彦夫啊,你的心思我理解,作为一名军人,谁都想到战场上去冲冲杀杀。连长是战斗英雄,他只要三天不在战场上杀个天昏地暗,就像丢了魂儿似的。你可知道他这一次有多少天没有上过战场了,他的心里又是什么滋味?你知道他为什么能控制住自己的感情吗?"指导员放下手里的笔记本,坐到朱彦夫的身边,看着噘着小嘴的朱彦夫。

"为什么?"朱彦夫看着指导员,毫不掩饰地问道。

"就因为他是一名合格的军人。"

"合格的军人?为什么合格的军人却不能上战场打仗?"朱彦夫有些迷茫。

"不合格的军人不能上战场打仗,合格的军人必须一切行动听指挥。三大纪律八项注意你不是早就会唱了吗?可那不是光会唱就可以的,还必须做到才行。"

军人必须绝对地服从命令，必须无条件地完成上级交给他的任务。现在上级交给连长的任务是带出一批好兵，而不是要他去战场杀几个敌人，所以他就必须在这里带兵搞训练，只有把这批兵带合格了，才算是完成了党交给他的任务。所以在这段时间里，他就是再憋再想上战场也不行。他做到了，他就是一名合格的军人。明白了吗？你要想当一名合格的军人，现在就得放弃一切杂念，就得刻苦训练基本功。这就是连长常说的，训练多流一身汗，战场少流一滴血。如果不刻苦锻炼杀敌本领就贸然冲上前线，结果就只能是被敌人杀掉而不是杀掉敌人。如果你一上战场就'光荣'了，还拿什么去报仇呢？"

"指导员，俺知道了，俺一定苦练杀敌本领。你能悄悄地告诉俺，俺们什么时候能去打仗吗？"

"应该快了。"

"到底是哪一天？在哪里打？"在这段时间里，朱彦夫发觉指导员比连长有耐心，也从不大喊大叫发脾气，所以也敢随便问他问题。

"这是军事秘密。"

"军事秘密？是你不知道，还是你不想说？"

"我不知道，就是知道也不可能告诉你，这是纪律。如果每个战士都知道部队的行动计划，那还了得？万一谁被敌人捉了去，敌人不就什么都知道了？别再在这些无用的问题上动歪脑筋了，还是来练习写字吧。你的名字会写了吗？写来我看看。"

这可太让朱彦夫为难了。这几个字指导员可是教他好几遍了，每天晚上睡在炕上，他还用手指在自己肚皮上画着练，可画着画着他的手指就不知不觉地变成了扣扳机的动作，什么点横竖撇捺早忘到爪哇国了——他满脑子不是枪枪枪就是杀杀杀的，文字的腿脚太多太麻烦，远远没有枪简单来劲。

指导员看朱彦夫的神情，心里已明白了七八分，但也只是苦笑了一下，他知道，现在的朱彦夫心无二用，要他专心识字学文化，不太合乎实际，所以也就没有责备他。

连长回来了，他边往屋里走边扭着双臂——他身上又有些痒痒了，也不管朱彦夫学没学字，就瓮声瓮气地喊起来："朱彦夫，快快，该你上战场了，再好好打个'歼灭战'吧。"

"是!"朱彦夫爽快地接过连长扔过来的内裤,凑在灯下开始他特殊的工作。

这个"战场"是连长和指导员的专用词,搞"歼灭战"则是朱彦夫的"专利"。他眼睛好使,第一次就在连长的内裤上让一百多个肥胖的大虱婆变成了血浆,还让成千针尖大小的虱虮子放了响炮,乐得连长好几天都直叫舒服。指导员是个文化人,开始还拉不下面子,后来禁不住连长左一声舒服右一声舒服的诱惑,也脱了内裤让朱彦夫大显身手,感受到了一身的清爽自在。后来,这特别的"歼灭战"便成为三人共同的秘密,多在部队的熄灯号吹响以后进行。

为了激起战士对国民党反动派的愤恨,部队组织新兵开展了一次诉苦大会。

最小的战士朱彦夫含着悲愤走上了前台,他在讲述了自家的痛苦身世后,又含着眼泪讲述了他看到的悲惨一幕:"俺娘疯了,到处乱跑,有次跑进了俺家北山一个被国民党军拉了壮丁的李家。这家人俺是认识的,上有两位六十多的老人,下有两个还在吃奶的双胞胎孩子,孩子的爹爹被抓走了,家里老的老小的小,全靠一个骨瘦如柴的母亲来养活。俺怕俺娘在他们家惹麻烦,就紧跟在后面进了他们家。当时,屋子里静悄悄的,一点声音也没有,后来,俺娘推开了他们家睡觉的房门,我看见他们全家五口人,俩老人躺在地上,娘仨躺在炕上。后来,俺娘在旁边怎么叫唤,他们也不理睬,两个吃奶的孩子躺在母亲的怀里,一人咬着一个奶,也不见动静。奇怪的是那娘仨嘴里、鼻子上还有米粒,俺娘伸手就去抓,俺一看不对劲,那白色的东西在动啊,天呀,哪里是什么白米,那白色的全都是蛆啊!原来他们一家人全都死了,没有一个人知道!后来俺听人说,国民党匪军拉走了他们家的壮丁,还抢走了他们家所有吃的东西,他们一家是活活饿死的……"

"是你?你是张家庄的?"一个叫黄石头的战士在下面叫了起来。他就是那个把朱彦夫从报名桌上拉开的大个子。这些天,他见连长带着一个身穿军装的小战士,背地里还笑这个小战士穿的是长大衣,却从来没有去想这个小战士是谁。刚才,他听朱彦夫说到张家庄就有些奇怪,这会儿才猛然想到报名时那一幕,不由得激动地站了起来,"对,是你,是朱彦夫!"

"你,一排几班的?谁让你在下面讲话?出列!"连长吼叫起来。这个新兵真是一点纪律都没有,简直把部队当放牛场了,连长很是恼火。

黄石头几步跑到连长面前,敬了个礼:"报告连长,朱彦夫是俺老乡,他报名时是俺把他拽走的，俺得向他赔礼道歉。"

"什么乱七八糟的，乱弹琴！"

"报告连长，俺没有乱弹琴，俺说的是实话。"黄石头非常认真。

战士们轰的一声笑开了，把本来挺严肃挺沉闷的气氛搅得一片混乱。连长铁青着脸，本想下令关黄石头禁闭的，却见台上的朱彦夫也跑了下来，大声告诉战士们，说黄石头爹娘还送了他一条裤子，还抱着黄石头又蹦又跳，弄得连长哭笑不得。

一场深刻的思想教育会被黄石头的突然叫喊和又悲又喜的朱彦夫给搅黄了。

新兵暴露纪律松散的问题，不是一件坏事。连队教官和班排长根据这一实际采取了得力有效的措施，抓紧了对新兵的整顿。几天下来，士气和军容有了显著改变。看，多么整齐有力的步伐；听，多么雄壮嘹亮的歌声，无不显示一个威武之师的气势。一声"卧倒"的令一下，黄石头立刻趴下，却正好趴在一片带刺的小灌木上，脸上立即被刺出了红红的小血珠，他皱了皱眉，身子却动也不动。一只小野兔蹦蹦跳跳地在战士们面前来来回回，战士们没有一个走神的，仿佛眼前什么都没有，只是竖着耳朵继续听命令。

这才是一支训练有素的钢铁部队，这样的部队才能开上前线。

这批新兵到了结束训练进行整编的时候了，连长吧嗒吧嗒地吸着烟袋，叉着腰在树林里走来走去，他在为朱彦夫的问题操心。

朱彦夫灵巧聪明惹人喜爱，他对朱彦夫是存有私心的。他多想把这个还不到十五岁的孩子留在自己身边啊，可他知道朱彦夫的心思，如果他不让朱彦夫上炮火前线，朱彦夫会疯掉的。但战场上什么事情都有可能发生，他有些不忍心让这个孩子去拼杀去冒险，可朱彦夫能答应吗？第一批新兵走的时候，没有让朱彦夫离开，他就哭了三天的鼻子，如果这次再不让他上前线，他是绝对不会答应的。连长深深地吐出一口烟，终于下定决心把朱彦夫送走，但一定得给他找个合适的人领着。可把这孩子交给谁合适呢？对，交给二排的一班长，这个一班长他了解，打仗有一套，心细胆大，立过几次战功，在一次战斗中单枪匹马生擒过十三个敌人，还是一个爆破好手，英勇事迹全团上下无不赞扬，脾气也挺和善的，爱兵如子。连长对一班长的印象很深，让朱彦夫跟着这样的英雄锻炼锻炼，他没有什么不放心的。

"部队马上要下山开赴战场了,我把朱彦夫交给你,无论走到哪里,你都得给我盯着他。这孩子是个不怕虎的牛犊子,你得给我看好了,别什么事情都由着他的性子。记住一条,要是他少了一根毫毛,我就拿你是问。听清楚了吗?"

"报告连长,听清楚了!"一班长挺起虎背,给连长来了个漂亮的军礼。

军号声声,战旗飘飘,各路解放大军潮水般汇集一处,浩浩荡荡地向鲁西南重镇兖州进发。

我们的队伍向太阳,

脚踏着祖国的大地,

背负着民族的希望,

我们是一支不可战胜的力量。

我们是工农的子弟,

我们是人民的武装,

从无畏惧,绝不屈服,英勇战斗,

直到把反动派消灭干净,

毛主席的旗帜高高飘扬。

听!

风在呼啸军号响,

听!

革命歌声多嘹亮!

同志们整齐步伐奔向解放的战场,

同志们整齐步伐奔赴祖国的边疆,

向前向前!

我们的队伍向太阳,

向最后的胜利,

向全国的解放!

朱彦夫跟在班长身后,扛着钢枪背着背包雄赳赳地走在前不见头后不见尾的队伍里,和战士们一起高唱着雄壮的军歌,歌声响彻云霄,歌声如雷如潮……

兖州地处鲁西南平原,东仰"三孔",北瞻泰山,南望微山湖,西见水泊梁山,地处交通要道,素有"九省通衢,齐鲁咽喉"之称,战略位置十分重要,自古就是商贾云集之埠，为历代兵家必争之地。

1948年，人民解放军南征北战，取得节节胜利。在人民解放军的强大攻势下，国民党被迫由"全面防御"转入"重点防御"，裁并绥区，扩充新的兵团，加强对大中城市和铁路线的控制。山东境内的国民党军队竭力固守津浦铁路和济南、兖州、青岛三个要点，企图以此阻挠华野内外线兵团汇合，拖住华野主力，并伺机进攻，挽救其败局。

国民党蒋介石对兖州要地非常重视，以第十绥靖区中将司令李玉堂、整编第十二军中将军长兼十二师师长霍守义及其所属的部队和保安队等十一个团的兵力，守备东至新泰、西到济宁、南抵滕县、北达南驿的地段。

兖州不仅是保障济南国民党军队陆路补给的要地，而且扼鲁中与鲁西南间的交通，是国民党鲁中、鲁西南的物资集散地。兖州城内的守敌在原有的高大坚固的城墙上，又构筑了以城墙为依托、以地堡群为主的防御体系。李玉堂、霍守义自恃工事坚固，防守严密，曾夸口称"兖州城是铁打的"，并命人在城西北角的石砌碉堡上镌刻了五个大字——"天下第一堡"。

胶济线战役胜利之后，中国人民解放军山东兵团挥师南下，发起了津浦路中段（济南—徐州段）夏季攻势，解放兖州城就是这次攻势的主要战斗。

山东兵团收复曲阜、邹县、宁阳后，兖州南北一百五十公里的铁路线被人民军队控制。他们按照毛主席和军委的指示，于6月20日以第七纵队和鲁中部队包围兖州，此后便集中兵力攻打兖州。

这年7月1日，解放军缩紧包围圈，迫近兖州城郊，于7月7日攻克西关，扫清了兖州城郊国民党军队的外围据点，合围兖州。

攻占西关后，山东兵团决定攻占兖州。

截至11日晚，解放军已完成了巨大的迫近作业工程，真正形成了对兖州的铁壁合围，攻城部队全部进入阵地。

朱彦夫所在的部队就是在这个时候进入外围的。这个外围阵地是兄弟部队在一个多月的时间里经过大大小小一百多场战斗打下来的。

这几天，朱彦夫的眼睛都用不过来了，心情一天比一天激动：在一望无际的平原上，无处不是大战在即的紧张和忙碌。到底有多少部队他不知道，到底有多少前来支援的民工他也不知道，反正睁眼所看到的不是荷枪实弹的一列列解放军战士，就是浩浩荡荡的民工支援队伍。

"班长，什么时候开始打呀？"朱彦夫已将手里的枪擦了七八遍了，见到班长回来，便忍不住又问了起来。

"你小子问过多少遍了。看这架势怕是快了，但具体时间嘛，告诉你，我也不知道。"班长笑着摇摇头。

"班长，俺们连长会抢到好任务吗？"

"放心吧小子，咱连长是谁呀，别咸吃萝卜淡操心。"班长关爱地摸着朱彦夫的脑袋，"跟我走吧，我接到了新的任务。"

"去、去哪里？"朱彦夫一听说有了新的任务，就赶紧背起了他的长枪。

班长看着他激动的神情，本想说句什么，但又自个儿摇摇头，笑笑说："一切行动听指挥，别多问，就跟着我走吧。"

"是！"朱彦夫太激动了，他为第一次参加的这场战斗既兴奋又紧张。

7月12日中午，朱彦夫跟着班长来到了一个新的班组，在这里，他除了班长之外一个人也不认识。吃过午饭，他随着大部队一起进入了战壕。这战壕有大半人深，纵横交错，四通八达，朱彦夫端着枪紧紧地跟着班长，沿着战壕往前跑。班长夹着两个炸药包，头也不回地叮嘱："跟紧点，别掉队！"

他们终于来到了最前沿阵地，前面是没有任何树木遮掩的开阔地，再前面就是敌军苦心经营三个多月的城池工事了。高大的城墙上工事坚固，而且有装备精良的武器，火力网点纵横交叉，不留任何一个死角，大有飞鸟也难以穿越的气势。怪不得敌军狂妄地宣称这就是他们的钢铁堡垒，这就是解放军的葬身之地。

战斗还没有打响，朱彦夫和其他战士一样坐在战壕里待命，他们的任务是摧毁前面的堡垒，为后面的攻城部队打开通道。朱彦夫这时才觉得有点奇怪，战壕里所有的战士都背着短枪，带着两个炸药包，唯独他拿着长枪，一个炸药包也没有，而且腰里挂的手榴弹也比别人少了四枚。

"这是为什么呀，班长？"

班长笑笑："一切行动听指挥吧，只要有仗打就行，不要多问。"

其他的战士都看着他笑，笑什么他不知道，但班长说得对，一切行动听指挥，只要有仗打就行，管他干啥。

"班长，那是什么？"朱彦夫指着城内一个冒出的塔尖问。

班长回答不上来，遥看塔尖，不难想象那建筑的巍峨与奇特。

"那叫兴隆塔，下面就是有名的兴隆寺，据说是隋朝时修建的，有十三层高，我见过的。"旁边一个老战士如数家珍般介绍起来。

班长眯着眼睛看着远远的塔尖，笑着对朱彦夫说："彦夫，等把兖州拿下来了，我就陪你一起到塔上好好转上一转，你到兴隆寺好好许个愿，给你娘娶个漂亮的兖州媳妇回去，等全国解放了，让你媳妇给你生上一堆好娃娃。"

"哈哈哈……"

战士们都笑了，朱彦夫的脸红了——一提到媳妇他就会脸红，只有这个时候他才觉得自己还是个孩子。

第一次打仗，朱彦夫没有心情考虑别的，激动、焦灼和紧张一直充斥他的内心，握着钢枪的手出了汗，他也不敢松一下。但那些老兵与他不一样，自然得就像在等还没有开锅的饭一样，一点也看不出战前的紧张，有的还靠在战壕里闭起眼睛打起了瞌睡。

尽管有树木遮挡着烈日，热气还是一浪一浪逼过来，好多战士都已经汗流浃背了。水壶里的水差不多都喝干了，战斗还是没有打响，时间像被钉死的似的，一分一秒都是那么漫长。终于，战壕里又有了动静，炊事班的人送茶送饭来了，战士们一下来了精神，这提前送上来的晚餐似乎在告诉大家，马上就要开战了！

17时，总攻开始了！霎时间，各种炮弹呼啸着飞向城墙的敌军堡垒，大地在巨大的爆炸声中颤抖起来……

"没有我的命令，不许乱跑一步，听见了吗？"班长用大嗓门向朱彦夫喊道。

"听到了，班长！"朱彦夫看着班长的口型，领会了班长的命令——炮声太大，他是连蒙带猜地弄明白班长说什么的。

炮弹在前面爆炸，掀出一个个弹坑，厚厚的土块冲上天空又像雨点般砸下来，打在身上麻酥酥地疼，战士们像一只只跳蛙跃出战壕，从这个弹坑跳向那个弹坑。

朱彦夫紧跟在班长身后，炮弹和子弹仿佛就在耳边炸响，他的双手死死地握着钢枪，两眼紧紧地盯着班长的后背，一步一步地向前跳跃。

手榴弹和炮弹爆炸后激起的尘土和浓烟直往眼睛里、鼻子里和嗓子里钻。朱彦夫脸憋得通红，几乎要喘不过气来了，脚步也踉跄了一下，差点儿就跟不上班长飞快的脚步。

"卧倒！"伴随着一声特别刺耳的尖叫，班长大喊一声，同时调转身，还未等朱彦夫明白是怎么回事，就拽着他就地一滚，自己扑在了他的身上，接着一声惊天动地的巨响响起，哗啦啦的尘土像一床巨被把他们蒙头盖面地埋了起来。

好险！朱彦夫从泥土里拱起身子，发现刚才站的地方已变成了一个大弹坑，如果不是班长反应迅速，他将被撕成碎片。现在，他和班长除了两只眼睛外，就像是灰土捏塑的一样。

班长见他没事，嘿嘿笑了，露出了一口白白的牙齿，是那么醒目。突然，班长又一把扯住他，把他拉到一小块土堆后面。他想抬头看看前面，可是浓烟弥漫，班长高大的身影像一堵墙一样挡着他的视线，前面的情况到底怎样，离城墙到底还有多远，他什么也看不到，便向班长的右侧爬进了一步。

"混蛋，谁让你上的，退回去！"班长瞪着血红的双眼大声吼着，那眼神十分吓人。身边的子弹撒豆般地乱蹦，朱彦夫知道，班长这是在用自己的生命保护他。"俺老是躲在班长的背后算怎么回事，俺还是个解放军战士吗？班长一面要往前冲锋，一面还要像保护孩子一样保护俺，俺凭什么成为班长的累赘和负担？俺上战场的目的是来打仗消灭敌人的，绝不是贪生怕死地躲在班长后面看他的后背。班长的命令不能再听了，这样的命令只对怕死鬼有用。俺要战斗，俺手里的钢枪绝对不是摆设。再见到连长时俺总不能向连长报告，朱彦夫上战场了，敌人是什么样子俺没有看见，俺是一直躲在班长的背后看到战斗胜利的。这多丢人呀。"朱彦夫这样一想，不但没有后退，反而又勇敢地朝前爬进了一步，和班长并肩卧在了掩体后面。

"混蛋，退下去！"班长又大声地吼叫。

"班长，我会保护好自己的！"

班长知道朱彦夫的位置上有一个小土坎做掩护，只要不站起来，危险不大，于是向他下了死令："就趴在那里别动！要再乱动我就用枪吹了你！"

朱彦夫终于看清了，我军猛烈的炮火已经把高大的城墙撕开了一个个大口子，但正前方一百多米远的一堵城墙上，还有一个暗堡，炮弹只削了它一点外皮，它的内脏没有受到丝毫伤害。它有四五处火力点，不停地喷射出一串串火舌，火舌扇形交叉横扫，如同狂风，把战士们全压在掩体里抬不起头来，好几个战士中弹倒下了，整个进攻都被阻住了。

朱彦夫也终于明白了，他手里的枪在这里什么作用也没有，敌人根本就不露面，完全是凭借工事防守，只有把那工事彻底炸掉才能消灭敌人。难怪班长要他死死地趴在这里，原来他只是班长带到这里看热闹的一个孩子，他根本没有被当作一个战士。这人可真丢大发了，他到哪里说理去！一定是连长出的鬼主意，朱彦夫气得一拳砸在地上，恨不得夺过班长的炸药包冲出去，让班长看看他是不是个好样的战士！

机枪扫起的阵阵尘土把班长的脸染得变了颜色，只剩下两只眼睛像两个冒着火焰的枪口注视着前方。他现在管不了朱彦夫的情绪，他心里明白，不扫除这个障碍，势必影响整个战役的进程！

"向前方投弹！"班长大吼了一声，不知是喊给自己听还是喊给身边的其他战士听。忽的，他立起身来，扬手拼命扔出了两颗缠在一起的手榴弹，旋即跳出了掩体，向前冲去。在手榴弹爆炸的烟雾中，班长闪身向前冲了十几米，但还没有等朱彦夫把手榴弹投出去，那罪恶的火舌就像长了眼睛一般咬住了班长的身体，班长晃了一晃，一头栽倒在地上。

"班长——"朱彦夫看得清清楚楚，班长身中数弹，浑身鲜血飞溅，就是从没上过战场的朱彦夫也知道班长不会再站起来了。朱彦夫忘记了所有的不甘，理智告诉他，再悲痛，眼下也只能化愤恨为力量，来完成扫除障碍的艰巨任务——班长是在用手榴弹爆炸的尘雾转移敌人的火力，从而达到让别人接近城墙摧毁敌人坚固堡垒的目的。

敌人居高临下，射孔很小，墙壁坚厚，无法直接消灭，唯一的办法就是利用手榴弹来引开敌人的火舌。班长的举动打开了战士们的思路，朱彦夫刚刚拧开手榴弹盖，就听到身后传来一声高呼："党员，跟我上。"

随着这一声大喊，手榴弹从朱彦夫身后如飞蝗般投向了前面的空地，一下子在阵地前炸响开来。随后，趴在地上、掩在树后、卧在坎下的战士们，像是一支支同时被弹射出的利箭一样，刷的一声全部冲了上去。朱彦夫不知道"党员，跟我上"这句话为啥有这么大的力量，只觉得这句呼喊带来的震颤已超过了阵地上任何的爆炸，嗡的一声在他的脑子里炸开了。他感觉浑身奔腾的血液中被猛然放进了一根烧红的烙铁，哗的一下沸腾起来，眼前的枪林弹雨好像不复存在了。他弹起身子冒着气浪跑到班长遗体边，捡起炸药包向前冲去。

他们成功了，除了几个战士不幸牺牲外，大多数战士都冲过了封锁线，冲到了坚固的工事下面，朱彦夫也抱着炸药包跑到了头上机枪扫射不到的地方。暗堡里的敌人只顾拼命扫射着前面的弥天尘雾，却做梦也不会想到在他们建有堡垒的城墙脚下，有一大堆炸药包的引线正嗤嗤吐着火焰。随着轰的一声巨响，敌人所谓的"天下第一堡"连同他们等待增援的美梦一起坍塌，一起飞上了西天！

"冲啊！"攻城大部队在嘀嘀嘀的号角声中越过只剩下半截的城墙，潮水般涌进一条条街道，枪声、喊杀声响成一片。经过连续十多个小时的巷道激战，鲜艳的红旗终于插上了兖州城头。战斗胜利结束了，但十四岁的朱彦夫还没有从几近狂癫的状态中走出来，眼前依旧是硝烟滚滚，耳边依旧是枪炮轰鸣。他站在插着红旗的城墙上，望着城东区那个巍峨的宝塔心潮起伏：高高的兴隆塔呀，你什么都看见了，但班长给俺说的话你听见了吗？记住吧，他将在这里长眠！

069

第6章

迷人的青春

沂蒙山，张家庄。

朱彦夫的母亲郑学英习惯性地来到村口的大核桃树下守望着进山的路口，像一个坚守着岗位的战士，那么执着，那么坚定。她在这里守望着她心底的期盼，守望着生命的呼唤，村里多少人劝过她，安慰过她，都未能动摇她盼儿归来的希望、念想。她每天早上带着希望的想象走上村头的路口，每天晚上带着失望的疲劳回到孤独的小院，已经持续快五个月了。

这已经成了她生活的全部。朱彦夫是她唯一的亲人，朱彦夫是她唯一的期望，她确信她的儿子随时会出现在她视野之中。如果说她变了，那就是在一百多个日夜的时光中，思念染白了她的头发；如果说她没有变，那就是她的信念和希望像山一样坚定、像山一样顽强。

自从小狗子那天早上把那条棉裤交到她手里的时候起，她的心就无时无刻不牵挂着从这里走出去的儿子。她一针一线地做了一双双军鞋交给政府，送到炮火纷飞的前线，每次她都希望其中的一双能穿在儿子的脚上，带着她的仇恨、带着她的企盼去多杀一个敌人；每次她将用细面烙成的一张张煎饼交给援军的民工，她似乎都能看见儿子用她的煎饼卷着大葱，吃得是那么香。兖州解放了，回来的援军民工告诉她，没有见到她的儿子——那里的人有成千上万，他们无法打听到朱彦夫在哪个部队。

她没有失望，儿子只是个普通的解放军战士，在有成千上万人的队伍里怎么会那么轻易碰到？轰轰烈烈的济南战役期间，村里的张保长和他的儿子推着独轮车踏响了敌人的地雷，村里六个比朱彦夫早参军的青年在攻城时壮烈牺牲。不幸的消息并着济南战役全面胜利的消息,像风一样吹遍家乡的每个角落,但朱彦夫没有丝毫消息,她没有失望,反而确信儿子还在枪林弹雨中走向其他的战场。

淮海战役胜利的喜讯和村里疆场献身的十一位男儿的故事,绘声绘色地在村里传颂。朱彦夫还是没有任何消息,这使她更加确信儿子还健在,因为她亲眼看到政府为每一位牺牲军人的家属送来了光荣牌匾,如果儿子不在了,她肯定也会接到同样的牌匾。

现在全国解放了,儿子应该回来了,她就站在村口等着儿子归来,她相信她的儿子一定随时会在她的视野里出现,她太想念儿子了,她要亲自迎接儿子归来!

半年了,她望眼欲穿,盼子归来之心一天比一天强烈。下雨了,她戴着斗笠披着蓑衣等;烈日下,她戴着草帽,捧着茶罐等。她要永远地等下去,等到她儿子归来的那一天。

"大娘,向您打听一个人。"邮递员骑着自行车在她的面前停下来。

"你,你想打听谁?"

"请问,您认识张家庄一个叫郑学英的吗?"

"郑学英?你找她?俺……俺就是!"她猛然听到这个名字时,还感到有些迷茫,怔了一下才意识到郑学英就是她自己。她的心突突地跳起来,这个时候,送信的找她干吗?莫非是彦夫有了消息?

"啊,您就是!这里有您的一封信,您收好了。"

接过牛皮纸信封,郑学英的手开始发抖:"这是给俺的信,从哪里来的?"

"大娘,这是从部队来的,上海的,信封上不写着吗?"

"哦,哦,上海的,谢谢,谢谢!"郑学英的手抖动得更加厉害,她看着骑车远去的邮递员,激动不安,直到邮递员消失在她的视线中,这才想起自己是一个大字不识的文盲。

千呼万唤、日盼夜思的儿子终于有了消息,这消息是好是坏?

郑学英小心翼翼地打开了信封,里面掉出了一张照片,是儿子的,是儿子朱彦夫的!多么威武精神的军人,多么威武神气的儿子!他戴着军帽的半身黑白近照,简直是一幅迷人的英雄图:一双大眼睛明亮清澈,一张国字脸有轮有廓,浓浓的眉毛,高高的鼻梁,继承发扬了他爹的英俊。儿子长大了,郑学英用手抚摸着儿子长大成熟的脸激动得热泪盈眶，又轻轻地用颤抖的嘴唇吻着儿子。儿子在信里说了些什么？她打开信笺，上面是一排排密密麻麻的黑字，她一个也不认识，但她好像听到了，这就是儿子的诉说，是在对她诠释无穷无尽的思念。她把信揣在胸口上，抬起脚向村里奔跑。她要把这激动的消息告诉村里的每一个人，她的儿子没有失踪，她的儿子还好好地活在部队里。

"张婶，张婶，俺儿子来信了，俺看见俺儿子了，俺儿子长大了！"

张婶是她的近邻，也是她倾诉思念的对象。张婶也不识字，两人端详着照片上的朱彦夫，看个没够。她俩又把信翻来覆去地看了好几遍，把信都拿反了也不知道，只把朱彦夫夸个没完没了。

"彦夫这孩子成男子汉了，彦夫出息了！"张婶的儿子在淮海战役中牺牲了，她看着英武的朱彦夫，想起了自己的儿子大毛，不禁又伤心起来。

"是啊，是啊，彦夫过了今年七月初六就满十七了，他比你家的大毛只小一岁的，如果大毛还活着，说不准他们俩就在一块呢！"郑学英也是又激动又伤感。

朱彦夫来信的消息，村里人奔走相告，这会儿，村里唯一能识字的老秀才被人们围在了院子里。老秀才戴着老花眼镜，站在高高的门墩上，清了清喉咙，一字一句地念着信文：

娘：

您老的身体还好吗？乡亲们都还好吗？

我是您不孝的儿子朱彦夫，我背着娘参加了中国人民解放军，没有在家伺候您老人家，您在家一定吃了不少的苦头吧，儿子在遥远的上海向您老赔罪了。娘是深明大义的母亲，娘是坚强勇敢的母亲，娘一定会理解儿子、支持儿子的。三年了，儿子无时无刻不想念着娘，想念着乡亲们，想念着我的伙伴们，想念着我们的大山、我们的家。这期间，我给娘带过好几次口信，就是不知道娘收到了没有。

现在全国解放了，上海也解放了，但蒋介石亡我之心不死，上海的上空还时时有他派来骚扰的飞机，南沙岛和金门还固聚着几十万国民党军队，他们还在打反击大陆的如意算盘，他们还在不停地往大陆派遣特务，他们还在做颠覆新中国的美梦，台湾还没有解放，我们解放军还得时刻准备着打仗。等把国民党反动派消灭干净了，儿子一定会回到娘的身边好好孝敬您老人家。

我现在已不是一个普普通通的小战士了，我已长得跟当年在咱家的那位八路军侦察员一般高了。从兖州战役到全国解放，我已参加过大大小小几百次的战斗。儿子没有给娘丢过脸，儿子没有给沂蒙山丢过脸。我立过三次战功，我十六岁就在火线上光荣地加入了中国共产党。党和人民军队教育了我，让我终于懂得了一些革命道理，爹的仇，陈大姐的仇都是我们全中国人民的共同仇恨，这个仇恨只有在毛主席和党的英明领导下才能彻底清算，国民党反动派一天不彻底消灭，我们手中的枪就一天不会放下。

毛主席说："没有文化的军队是愚蠢的军队，而愚蠢的军队是不能战胜敌人的。"现在我们军队正在利用休整的时间学习文化知识。娘，我已经在部队扫盲班学习了半年多时间，我也慢慢从一个睁眼瞎到会认会写好多字了，这封信就是我亲笔写的，这是我在部队学习文化以后写的第一封信，虽然写得不好，但我却花了不小的功夫。学习文化比上战场打仗还费劲儿，但我有决心学好文化，战胜自己，力争当一个能文能武的解放军战士，跟着毛主席、跟着我们党干革命。

娘，还记得陈老总陈毅将军吗，陈毅将军能文能武，是个了不起的人，他现在就在上海市当市长，他还来过我们扫盲学校，给我们讲过学习文化的重要性。娘，我有好多好多的故事要讲给娘听，我心里有好多好多的话要说给娘听，就是写上一年也写不完，但这些话我都装在心里，等我回来，我就慢慢地讲给您老人家听，好吗？

祝娘一切都好！也祝乡亲们一切都好！

此致

敬礼！

娘的儿子　朱彦夫
1950年5月于上海

朱彦夫出息了，朱彦夫是党员了，朱彦夫成了张家庄的英雄，朱彦夫成了沂蒙山的骄傲。

张婶硬缠着郑学英把朱彦夫的照片借去，三天后才还回了照片，还带来了一位长得水灵灵的姑娘。这姑娘瓜子脸，生着一双会说话的大眼睛，一把又黑又粗的长辫子拖过腰，说起话来轻言细语，像画眉鸟唱歌一样好听。姑娘有点害羞，见了郑学英就脸红，姑娘很勤快，一到郑学英家里就看见啥做啥，乐得郑学英眉开眼笑的。在郑学英家吃过一顿饭，姑娘就走了。

"这个妮子叫翠翠，中庄的，是俺娘家大哥的幺女，今年十四了。不瞒你说，翠翠可是中庄百里挑一的好闺女，好多人去她家说媒，俺大哥大嫂就是看不上人家的小子。可俺把你家彦夫的照片拿去给俺大哥大嫂一看，他们二话没说，只要大姐你点个头，这妮子就是你家的儿媳妇了。俺说话一竿子插到底，不会拐弯抹角，你家彦夫转眼就十八了，翠翠这丫头你也看了，俺去李神仙那儿合了个八字，俩孩子蛮般配的，你就给个痛快话吧！"张婶快嘴快舌的，竹筒倒豆子，把肚子里的话全倒了出来。

郑学英一看见那姑娘跟着张婶一起来，心里就猜了个八九不离十，只是这张家庄没有水吃，好多姑娘都不愿意嫁到这里来，翠翠会答应吗？现在是新社会了，政府早就宣传了婚姻自由，前些年八路军还在这里演过一台叫《小二黑结婚》的戏，意思就是要做父母的不要包办儿女的婚事，万一人家翠翠嫌张家庄穷山恶水的，岂不让大人们瞎操心一场？

"俺家彦夫要是能娶上这样的媳妇，那可是俺朱家祖坟冒青烟了。可有道是有女不嫁张家庄，就怕翠翠以后反悔，俺们大人的面子上不好看。要是翠翠真心看中这个家，俺可没啥说的。"郑学英一眯上眼睛就好像看见了翠翠那可人的模样，喜得鼻子眼睛都笑到了一块儿，也把心里想的全说了。

"看你家彦夫那出息劲儿，没到十八岁就入党了，现在又有了满肚子的洋墨水，把'俺'都说成'我'了，是见过大世面的，以后还会在这穷山里过日子？翠翠人灵便，长得跟嫩笋子似的，就是彦夫成了公家的人，那翠翠也是带得上桌面的，只要彦夫不嫌弃，翠翠咋会不乐意呢。"

是啊，朱彦夫那信写得多上脸！如今新社会，文化人都是宝贝疙瘩，朱彦夫能文能武的，还会回来与土坷垃打交道？郑学英心里暗暗想了想，觉得张婶说得很是在理。于是两人合计着，应该到县上让翠翠照张照片给朱彦夫寄去，听听朱彦夫的意思。

上海，军营里。

五月的上海气温已高得人就像在闷炉里一般。

今天是星期日，朱彦夫和战友们刚刚打罢一场篮球，浑身上下如水淋一般，他身上穿着的印有红色"八一"的白色背心已被汗水浸湿。他回到宿舍，脱下背心，拿起盆子来到洗漱间，冲着墙上镜子里的自己笑笑。镜子里的他露出一身强健的肌肉，三年多的战火岁月，在不知不觉中把一个瘦小的朱彦夫变成了一个一米七八的棒小子。他打开水龙头，接了一盆又一盆凉水，从头往下淋。浑身的汗水被冲走了，他再用毛巾擦干身子，换上一件干净的背心，才回到空荡荡的宿舍，翻出床头的扫盲课本，开始温习他的文化功课。

朱彦夫最开始热衷于学习文化是兖州战役后。

兖州战役胜利后的短休期间，朱彦夫想邀老乡黄石头一起到街上转转，他不知道黄石头分在哪个连队，最后才打听到，在兖州战役中，黄石头分在架桥班，担任架桥任务。战斗打响以后，他们架起的桥被敌人的炸弹摧毁，但总攻的时间已经到了，再架桥已经来不及了，班长一声令下，架桥的战士们就跳进齐脖子深的泥水里充当桥墩，用肩膀支撑着木板，黄石头就是站在水里被敌人的子弹射中头部牺牲的。

朱彦夫心里一震，想到了黄石头的爹娘，也想到了自己的娘，说不定在下一场的战斗中，自己也会像那些牺牲的战士一样，永远倒在战场上化为泥土。还是指导员说得对，应该学会识字写字，记下应该记住的东西。

要是学会了写字，哪怕是给娘留下一句自己写的话，也算是给娘留下一个看得到的念想。后来，杨指导员批评了他的悲观思想，但对他始发的学习念头给予了高度评价。部队从兖州向济南进发的途中，指导员为了提高他的学习兴趣，在他前面的战士背上写了碗大的毛笔字供他路上学习，成为行军途中一道奇特的风景。一路上打打走走，朱彦夫还真学了不少的字，就连连部的勤务兵也跟着学会了好几个字。

各路大军从不同的方向涌向济南时，很多部队都打着"打进济南府，活捉王耀武"的旗帜，朱彦夫不到一天的工夫就会读会写这十个字了。指导员也不知从哪里找来了几支粉笔，朱彦夫沿途便留下了不少的"打进济南府，活捉王耀武"的字迹。这件事还被宣传队编成了顺口溜，在队伍前边打快板边念：

> 有个小兵个不高，
> 步子迈得倒不小。
> 肩上扛着美国造，
> 手拿粉笔写口号。
> 你看他，蹦蹦跳，
> 行军路上最活跃。
> 哪里能写哪里写，
> 一路之上有多少？
> 写过军车写马车，
> 写了墙壁写大炮。
> 口号随军到处有，
> 首长看见微微笑。
> 炮弹载着口号飞，
> 炸得敌人哇哇叫，
> 团结一致打济南，
> 小兵也立大功劳。

战士们听了哈哈大笑，朱彦夫听了心里美滋滋的，连长也高兴地向宣传队的人解释："这个小兵不光学文化聪明，打起仗来也一点不比老战士差，打周村时一个油桶妙计突破了敌人一道防线，那才叫开眼呢！"

济南府是山东省城，朱彦夫暗想，如果在这场战争中没有"光荣"，就一定要指导员再好好给他上堂课，带他去见识见识省城的宏大——在他的心目中，指导员就是他永远崇拜的老师。谁知在攻打济南内城时，连长和指导员都壮烈牺牲了。朱彦夫哀伤至极，在后来的大小战斗中，再也没有心思学习文化，他把所有的精力都化作了为战友报仇的怒火，直到上海解放以后他才又回转到刻苦学习文化上来。

在部队扫盲学校里，唯有朱彦夫还不到十八岁。尽管他的身高并不比别人矮，尽管他已经是一个身经百战的老兵，尽管他已经是一个已有一年党龄的党员，但部队首长考虑到他的实际年龄，决定动员他离开部队到上海地方学校学习，想要把他培养成军地两用人才。他急了，他不愿意离开部队，硬是软磨硬缠，留在了部队。

现在的朱彦夫是文化班的学习委员，他除了参加正式的课堂教育之外，就是坚持体育锻炼，自觉地进行课外学习。

他正专心地趴在木箱上写字，战友小何跑了进来："朱彦夫，外面有个姑娘找你。"

"姑娘？谁呀？"朱彦夫感到好生奇怪，军营是男人的天下，怎么会有姑娘跑到这里来，而且是来找他？

"不认识，在场子里等着，快去吧。"

朱彦夫跑出去一看，营房门前果然站着一位穿连衣裙的姑娘，齐耳短发，打着把小花伞，手腕上挂着一个小包。也许是天气太热的缘故，姑娘满脸绯红，模样十分动人。

"什么时候谈上对象的？买喜糖啊！"

"哈哈，你小子行啊，牛哇！"

战友们肆无忌惮地大声嚷嚷，羞得朱彦夫直跺脚："你们都胡说八道什么呀，没有的事，没有的事。"

"哈哈哈，人家都找上门来了，还想装，去吧你。"

大都市的姑娘就是不一样，那姑娘全然不把这些怪声怪气的大呼小叫当一回事，还冲着这些喊叫的战士挥手致意，又大大方方地走到朱彦夫的旁边挽起了朱彦夫的胳膊。

"别，别这样！"朱彦夫像触电般地甩开手，同时往后退了几步，"你、你是——"

姑娘笑了，露出一对浅浅的小酒窝，同时也露出两排洁白的牙齿："不认识了？我是铁花加工厂的姜小燕呀！"

"姜小燕？是你？"朱彦夫迟疑地问，"你、你是怎么进来的？"

姜小燕笑了："你们的哨兵可厉害了，我说你是我哥哥，我是来找哥哥的，他们也硬是不让进。幸亏我碰到你们的连长，要不还真进不来呢！"

"你认识我们连长？"

"你们连长叫刘步荣，陕北人，对不对？我爸也是陕北人，他们是老乡呢。如果不是听你们连长说你在这里，我也没有本事找到这儿来。走吧，我们出去走走,我爸爸想见见你。别担心,我已跟你们连长说了,不会违反纪律的。"姜小燕说着又靠近朱彦夫,用小伞挡住了两人头上的阳光。

朱彦夫现在的连长名叫刘步荣,是地地道道的陕北人,有文化,只是文化水平不是很高。他十一岁就参加了刘志丹的红军,文化知识是在延安学习的。他十七岁就随八路军南征北战,立下过赫赫战功,十九岁就当了八路军班长,二十一岁就当上了排长,二十三岁当上副连长,二十六岁成为连长。在渡江打南京组织突击连时,三十岁的他还担任了突击连连长。这个突击连队的战士都是从全营调集的猛兵强将,当时具有爆破经验的小战士朱彦夫就是他亲自要到这个连队的。

刘步荣喜欢朱彦夫,是因为他在朱彦夫的身上看到了自己当年的影子。在攻打上海郊区时,连队的伤亡很大,他也受了重伤,当时,身带轻伤的朱彦夫面对敌人三个暗堡的交叉火力,硬是凭着一股机警炸掉了敌人的堡垒,保护了残存的连队。也就是在那时,他在火线上将十六岁的朱彦夫发展为中共党员,因为他多次在战斗最惨烈时听到朱彦夫高喊"党员,跟我上",鼓舞了战士们的斗志和勇气,朱彦夫的战斗表现和战斗意志完全符合一个共产党员的要求。

姜小燕认识朱彦夫也源于一个偶然的机会。

上海解放后的第一个元宵节,军民联欢,喜庆的气氛浓厚。

在彩灯炫目的广场上,朱彦夫突然发现两个流里流气的青年不怀好意地盯着一个刚刚散队的跳秧歌的姑娘。姑娘的艳妆还没有卸,她到广场西头的厕所方便,两个青年便尾随到了厕所门口。朱彦夫没有了看热闹的兴致,远远地注视着有些昏暗的厕所周围——虽然上厕所的人很多,但比起欢腾的广场来,却显得十分冷清,如果那两个人是坏人,想对姑娘图谋不轨的话,会有很多下手的机会。

朱彦夫担心得没错,姑娘刚从厕所出来,两个青年就靠了上去。朱彦夫的心一紧,便加快脚步向他们靠近。只听到两个男青年操着上海口音说了句什么,姑娘就开始惊慌地呼救,但呼救声刚刚出口,姑娘就被对方捂住了嘴巴,架起来拖往厕所背后的黑暗处。

这两个畜生!朱彦夫浑身血往上涌,无声地跃到厕所背后。只这眨眼的工夫,姑娘已被两个混子按在了地上。

"坏蛋!"朱彦夫压着嗓门一声低喝。只听扑通一声闷响,一个混子还没有明白是怎么回事，就被重重摔到了一丈开外的一棵树下，另一个捂着姑娘嘴的家伙被这突然的袭击惊得愣住了，但还未等他反应过来，就被旋风般的一脚踢出了老远。

两个混子反应过来，像两条疯狗一样扑向了朱彦夫。虽然是在黑暗中，但朱彦夫还是看见了混子手里拿着的短刀。说时迟那时快，只见朱彦夫一个双腿出击，两把短刀就被先后踢飞了。两个混子还企图以多胜少，朱彦夫夜鹰般的眼睛瞅准对方的破绽，扫出一个扫堂腿，一个家伙就扑通倒在了地上，另一个家伙的手还未触到朱彦夫的身体，便当胸挨了一拳，接着，一只铁钳般的手锁住了他的喉咙。

朱彦夫脚踏一个手锁一个，正要给他们来个致命的了结，姑娘却一把抱住了朱彦夫："英雄快松手，要，要出人命的！"

"这样的人留他何用，非杀不可！"

"不，不能哪，英雄！"姑娘死死地抓着朱彦夫的手腕，几乎是在求他了。

朱彦夫不明白姑娘为何如此善慈，他只明白在战场上，只有置敌人于死地，才能给自己留下生的希望，但看在姑娘的分上，他还是松了手。

恰在此时，广场上空一个烟花撕开了黑暗，两个混子终于看清了站在面前的是一个解放军战士，他们挣扎着爬起来，落荒而逃。

朱彦夫看着他们的背影，真后悔没有让他们横尸脚下，如果这个时候自己手里有枪，只要动两下手指头，保管会让这两个家伙老实地躺倒在地上，再也爬不起来。

"姑娘，为什么你要同情他们？"

"军人同志，杀了他们会毁了你的。"

朱彦夫这时才猛然想起，这两个混子并非战场上拿着枪的敌人，他没有任何理由和资格去结束他们的生命。想到这，朱彦夫惊出了一身冷汗。

"谢谢你，姑娘，是你提醒了我，否则我就闯大祸了。"

"我……"姑娘张了张嘴，正要说话，突然，一阵晕眩袭来，她倒在了朱彦夫的怀里。

"你怎么啦？"朱彦夫惊慌失措，抱起姑娘来到了有灯光的地方。

姑娘很快睁开眼睛，原来，她演出了几个小时，又累又饿，再加上刚才这么一折腾，陷入了一种短暂的虚脱昏迷状态，不过很快又醒转了过来。看着有人围过来，她连忙叫朱彦夫放下她，靠在朱彦夫身上稳了稳神，才恢复了正常。她感激地望着眼前这个英俊的军人，告诉他，她叫姜小燕，是铁花加工厂老板的女儿，她说她一定要报答他的救命之恩。

"小事一桩，何必言谢，快回家吧，以后要多加小心。"

"军人哥哥，你叫什么名字？"

"朱彦夫。"朱彦夫脱口而出，话一出口就后悔起来："干吗要说出自己的名字，难道还真的要图姑娘的后报吗？"他不想让更多的人知道这件事，就扬手招来一辆人力车，要人力车夫赶快把姜小燕送回家去。

姜小燕坐上人力车，看见朱彦夫在衣袋里摸了半天又尴尬地把手抽出来，她摇摇头，说自己有钱，然后冲他一笑，招呼人力车走了。朱彦夫看见了她的笑，很迷人，化过妆的脸上有一对浅浅的小酒窝，微启的红唇里露出两排好看的贝齿。

元宵佳节的夜晚上演的这出英雄救美的"戏"深深地埋在朱彦夫心里，给他留下了很深的印象。他做梦也不敢想，这姜小燕还会找到连队里来。

姜小燕告诉朱彦夫，她爸爸姜大山与连长刘步荣小时候是一个院子里的邻居。

以前，她爸爸给地主放牛，一头牛从山崖上掉下去摔死了，他不敢回家，怕爹爹揍他，也怕地主找他家的麻烦，就只悄悄地告诉了他娘。他娘知道儿子这下闯了大祸，便悄悄地为他备足了干粮，让他到外面去逃个活命。

他一路乞讨，稀里糊涂地来到了上海，正好碰到铁匠铺招童工，他便在上海落了脚。后来，铁匠铺扩大了，改成了制铁花工艺的厂子，老板见他与自己同姓，又无家可归，便把他收为义子。

老板只有一个女儿，见这个义子很有经济头脑，就又把他招为门婿，指望他来继承家业。他结婚当年，妻子就生下了姜小燕。姜小燕十岁那年秋天，老板夫妇去给一个商界的朋友贺岁，没想到在回来的路上被日寇飞机投下的炸弹给炸死了。如今他经营的这家铁花厂已经有了不小的规模，让他万万没有想到的是，昨天他在给部队送一批铁花产品时被身为连长的老乡刘步荣认了出来。

"时隔二十多年，我们连长怎么还能认识你爸爸？"朱彦夫好奇地问。

"我爸爸左脸上长了颗指头大的黑痣，而且我爸爸说话老带着陕北的腔调。"

"哦，这就不奇怪了。"

"你救了我，我爸爸就向你们连长打听你的下落，一说出你的名字，你们连长就一拍腿，说你就在他的连队里。"姜小燕眉飞色舞地说，"从你连长嘴里，我终于知道了原来你是个了不起的英雄，还才十七岁，只比我大两岁。彦夫哥，我们这是缘分不是？"

朱彦夫脸立马发烧了："小燕，你、你说什么呀？"

二老不幸遇难，姜大山猛然醒悟：人的生命如此脆弱，如此不堪一击。无论怎样奋斗、怎样拼搏，一旦两腿一伸，所有的财富便全部丢开了，就像现在，二老苦心经营的厂子就在一夜之间成了他姜大山的财产。

铁花厂的生产工序并不复杂，把铁水倒进铸模里制成客户需要的花形，用锡焊按照客户的要求连接起来，再磨去毛边用黑漆喷刷就行了。

上海有钱的大户多，喜欢用铁花装饰门窗栅栏，姜大山的生意也就越做越红火。不过他的厂子规模虽然不小，但比起那些大商贾来还是差得太远。

姜大山没有势力，也不敢攀什么达官显贵，最大的能耐也就是破费一些小钱，哄哄管片的臭脚警官的嘴巴。对于这些带有一点头衔的臭脚警官，他是肯花钱的，与这些穿黑制服的关系搞好了，至少可以不用担心街上那些小混混来厂子里敲竹杠找麻烦，这几乎成了他立足上海滩的经验。

上海解放后，姜大山的那一套施展不开了，负责治安的干警顶多喝他两口茶水，从来不去他那里讨肉讨酒要吃要喝。这使他极为不安，元宵节之夜姜小燕被混子欺负的事更让他日夜担忧，没有靠山的危机感困扰着他。

他很想借报答救命之恩的机会接近解放军，可是这个叫朱彦夫的解放军只是个普通战士，他托了好些熟人打听了几个月，也没有打听到朱彦夫在哪个部队。

也真是老天有眼，给部队安装一个铁花大门，竟然让他碰到了阔别二十多年的老乡刘步荣。这种意外相逢让他激动不已，因为刘步荣算是他到上海滩以后接触到的最大的官了，而且他还从刘步荣的口中得知了朱彦夫的下落。

姜大山确实很想见见女儿的救命恩人，因为听姜小燕的描述，这个朱彦夫是个很帅的小伙子，姜大山觉得，这一切都是上天的有意安排，如果朱彦夫可以做他的女婿，他也有了安全保障。

姜大山把他有意招朱彦夫为婿的想法说给老乡刘步荣听。

刘步荣看了看姜小燕，觉得这算是不错的婚姻，但部队的纪律是不允许他当月老为自己的战士穿针引线的。于是，他向姜大山表示，每个星期日，如果没有特殊任务，他可以睁一只眼闭一只眼，让姜小燕自己去和朱彦夫联络感情。

姜大山在得知朱彦夫家里只有一个老母亲的情况时，高兴地向刘步荣表示："如果这门亲事成了，他可以把他母亲接到上海来住，就凭我这家业，让他母亲舒舒服服地享受晚年应该没有问题。沂蒙山那地方我听说过，比我们陕北老家强不到哪里去。我的儿子现在还在上学，将来大了，姐弟俩在一起也是个照应，你说是不是？小燕这丫头不是我夸奖，心眼儿好，人也机灵，厂子里好多花形都是她设计出来的，将来这个厂子还真离不了她。"三句话不离本行，姜大山说着说着又说到铁花厂上去了。

刘步荣对铁花厂不感兴趣，但对朱彦夫这门亲事特别满意，他没有就着姜大山的铁花厂说下去，而是就朱彦夫的亲事提出了自己的看法："如果他们的婚事成了，你可不能拖我们部队的后腿哟。朱彦夫这孩子不错，打仗是个英雄，学文化也挺用功，如果没有仗打，让他再进学校深造深造，将来肯定大有出息。现在全国才解放，正是用人的时候，他的将来可不是你我能比的呐。"

"那是，那是！"姜大山连连点头，好像朱彦夫现在就已经成了他家姑爷似的。

"你见朱彦夫的时候我就不在场了，有什么话你们自个儿去说吧。"

姜大山是在茶馆的一个小雅间与朱彦夫会面的。

从沂蒙山走出来，朱彦夫还是第一次走进茶馆，室内清爽高雅的环境，使他这位走南闯北、经历过大大小小战役的大小伙子感到拘束，面对笑容可掬的姜大山，他也有些无所适从。

在姜小燕笑中含羞的神情里，他已预感到自己要面对的事情非同一般。

在张家庄，十五六岁结婚成家不是什么新鲜事，但这一切来得太突然，像做梦一样，让他没有任何心理准备。说真的，姜小燕一靠近他，他就有一种从未有过的新异之感，这种感觉也许是来自人的本能，也许是来自某种呼唤，是那么迷人，那么勾人魂魄。

朱彦夫品着香茶，听着茶馆内的阵阵欢笑，却想到了牺牲的战友，他感受到这种和平的代价是如此惨重，他要珍惜这种和平的幸福。一种对家的渴望窜进心里,这种和谐的平稳生活不正是成千上万献身的烈士们所希望的吗?

因为是初次见面,姜大山只是热情地表达了对朱彦夫保护姜小燕的谢意,关于婚姻方面的话只字未提。

开始进餐时,姜小燕的妈妈也赶来了,这个地地道道的上海女人带着挑剔的目光审视着朱彦夫,最后也转化为十二分的热情,弄得朱彦夫诚惶诚恐。

尽管谁也没有提到婚姻,但那种意味早已充盈在谈吐之间了。

朱彦夫只是喝了几小杯甜酒,就有些醉了,这是他的心醉了——虽然没有什么接触,但他发现自己真的喜欢上了姜小燕。他觉得,他应该赶紧把这个天大的心事写信告诉还在沂蒙山的母亲,让她老人家也分享分享这份如梦般的甜蜜。

第 7 章
十字路口的选择

有些消息有时候有鼻子有眼，比官方消息传得还快。这些消息不需要谁去审核，也没有广播电台、报纸媒体的宣传，再经那些自以为是的分析家评析一两句，便会传得沸沸扬扬。

消息说：美国的杜鲁门开始武装侵犯朝鲜了，朝鲜领袖金日成在朝鲜掀起了全民反美战争。

消息在社会灵通人士间越传越奇，好像有人亲眼看见似的：杜鲁门还派了一支舰队到台湾海峡，支持蒋介石反攻大陆。

消息五花八门，口径一致的只有一条：中国又要打仗了。

一向不太关注国际形势的姜大山专门买了个收音机，他对解放军是否要打仗特别敏感。他就姜小燕这么一个女儿，如果要打仗，未来的女婿是不是也要上战场？这可是关系到姜小燕切身利益的大事，他不得不为姜小燕的将来认真考虑。为此，他专门在楼上的一个小房间里接待了老乡刘步荣。

"你听谁说的？"

"外面都在传，你作为连长还不知道？"姜大山奇怪地看着刘步荣。

"别听那些谣言，反正部队上没有这方面的消息。"

"我只是随便问问，担心你们是不是又要打仗了，没别的意思。"

"要真能打仗就好了，现在憋得人心里发慌。我是军人，我就喜欢打仗。"

"要是真打起来，那朱彦夫不也得去了？"

"那当然，他是军人嘛！"

"可据我所知，打仗一般要十八岁以上的，朱彦夫还不到十八岁呀。"

"可他是老战士了。不是,你什么意思?"刘步荣端着酒杯警觉地看着姜大山。

姜大山见刘步荣的脸上没有了笑容,不敢正视他的眼睛,干笑了一声说:"来,再干一杯,没什么意思,随便说说而已,随便说说而已。"

"不,你话里有话,你不说清楚,这酒就不喝了。"刘步荣重重地放下酒杯。

"你看你,这不是还没有打仗嘛,"姜大山赔着笑脸说,"就板出一副要吃人的样子了。我胆小,可别吓着我。"

刘步荣又端起杯子,一仰脖把酒倒进了口里,但脸上仍然没有笑容:"我们是老乡,有什么话就说,有什么屁就放,别藏着掖着吞吞吐吐的叫人不痛快。"

"我的意思是说,朱彦夫既然是老战士了,肯定得服从部队,听首长的话,听毛主席的话,但是朱彦夫他家的情况你是知道的,就一个老母亲,万一要是打起仗来,万一朱彦夫有个三长两短的,你让他母亲还怎么活下去呀?我的意思是如果真要打起仗来,看在老乡的面子上你提前知会我一声,看能不能让朱彦夫离开军队……"

刘步荣一巴掌拍在桌上,砰的一声,桌上的盘子全部跳了起来,他怒不可遏地喝道:"住口,你敢动摇军心,敢拖老子的后腿?告诉你,如果明天真打起仗来,我就叫朱彦夫冲在最前面!"

姜大山忙道:"你看你,我就是随口说说,刚才你不说那是外面的谣言吗,用得着发火?"

刘步荣没好气地说:"如果是真的,就凭你现在的思想态度,我就该枪毙你!"

两个人不欢而散。

小道消息不全是捕风捉影,胡说八道。

1950年6月25日,朝鲜战争爆发,全世界人们的目光都集中到东亚的这个半岛上来了。

就在半个月以前,我们党召开了七届三中全会。全会确定全党的主要任务是,为争取国家财政经济状况的基本好转而斗争。全会还决定,要在1950年复员一部分军人。然而,一件谁都不希望发生的事情发生了。美国对朝鲜半岛的事态迅速做出了反应。它的反应,不仅针对朝鲜,也针对中国——新中国成立后,美国继续在军事上援助蒋介石,同时扶持朝鲜、越南等国的反动势力,妄图建立针对中国的包围圈。

6月27日，美国总统杜鲁门宣布出兵朝鲜，并命令美国海军第七舰队入侵台湾海峡。同日，联合国安理会在美、英等国的操纵下通过决议，联合国会员国派兵随美国的军队入朝。我国外交部部长周恩来在杜鲁门发表声明的同一天严正声明："杜鲁门27日的声明和美国海军的行动，乃是对中国领土的武装侵略。"毛主席也在人民政府委员会第八次会议上指出："各国人民的事情应该由各国人民来管，而不应由美国来管。"6月28日，毛主席发表讲话，号召"全国和全世界的人民团结起来，进行充分的准备，打败美帝国主义的任何挑衅"。同日，周恩来代表中国政府发表声明，强烈谴责美国侵略朝鲜、台湾及干涉亚洲事务的罪行，号召"全世界一切爱好和平正义和自由的人类，尤其是东方各被压迫民族和人民，一致奋起，制止美国帝国主义在东方的新侵略"。

1950年7月10日，中国人民反对美国侵略台湾朝鲜运动委员会在北京成立，科学地分析了朝鲜战争的态势。为防不测，国家军委于7月13日做出了《关于保卫东北边防的决定》，抽调第十三兵团所属第三十八、三十九、四十、四十二军及三个炮兵师、一个高炮团组成东北边防军，并在14日发出《关于举行"反对美国侵略台湾朝鲜运动周"的通知》。抗美援朝运动开始形成第一个高潮。

在朝鲜人民军的有力打击下，美国的增援部队并未给自己带来转机，而且美第二十四师的一个先遣营和一个炮兵营在乌山地区遭到人民军的打击，几乎全军覆没。为摆脱政治与军事上的困境，美国政府操纵联合国安理会，在中苏两个常任理事国缺席的情况下通过非法决议，授权美国组织"联合国军"武装干涉朝鲜。此后，美国政府命麦克阿瑟为"联合国军"总司令，带领军队开赴朝鲜。

以美国为首的帝国主义不顾世界人民反对，悍然发动对朝鲜民主主义人民共和国的武装入侵，其目的是以此为跳板，矛头直指刚刚诞生的新中国。

刚刚诞生的新中国，战争的创伤还未痊愈，炮火的硝烟还未散尽，东方睡狮的伤口还未结痂，正是需要大量营养的时候。她在上下数千年的历史沉浮中，饱受内忧外患的折磨，好不容易拖着沉重的步伐，迎来了一个和平的环境，一切百废俱兴。但是美帝国主义发动侵朝战争，把侵略战火烧到中国东北大门，唇亡齿寒，中国将采取什么态度？中国要不要出兵参战？要不要同头号资本主义强国美国的军队作战？身为中国最高统帅的毛主席站在历史高度，以超人的胆识果断地握起了铁拳。

1950年10月4日午后，西北军政委员会主席彭德怀奉命乘专机飞抵北京，参加中央政治局扩大会议。

中南海颐年堂会议室里正在举行政治局扩大会议，讨论出兵援朝问题，与会者就此展开了争论。从7月初到10月初，各次有关朝鲜局势的国家军委会议都是在出兵与不出兵的十字路口上交锋，都在国情和国力上摆出了充足的理由。

毛主席丢掉手里的烟蒂，双手叉腰站起来说："你们说的都有道理，但不管怎么说，别人要亡国了，我们站在旁边观看，心里难过哟！美帝国主义如果不过'三八线'，我们不管，如果过'三八线'，我们一定过去打。"

"三八线"是位于朝鲜半岛上北纬三十八度附近的一条军事分界线，长二百四十八公里，宽约四公里，在日本投降后成为大韩民国和朝鲜民主主义人民共和国的临时分界线，北部为朝鲜民主主义人民共和国，南部为大韩民国。

美国的决策者们对中国的态度视而不见。美国空军的飞机不断侵犯中国领空，对我国东北边境地区进行轰炸、扫射和侦察。中国政府一边强烈谴责美国蓄意扩大武装侵略，要求联合国安理会制裁美国的侵略罪行，一边为保卫中国东北安全和必要时支援朝鲜人民，采取了一系列应急措施，这就包括抽调战略预备队向东北地区集结，组成东北边防军。9月底，"联合国军"进抵"三八线"。30日，周恩来发表演说，对美国提出严正警告："中国人民热爱和平，但是为了保卫和平，从不也永不害怕反侵略战争。中国人民决不能容忍外国的侵略，也不能听任帝国主义者对自己的邻人肆行侵略而置之不理。"

彭德怀举双手拥护毛主席出兵援朝的决策，两人就出兵朝鲜问题交换了意见。此前，毛主席想到了正在西北军政委员会主持研究大西北经济建设规划会议的彭德怀，便将这位"山高路远坑深，大军纵横驰奔，谁敢横刀立马，唯我彭大将军"的右臂紧急召进北京。当毛主席把挂帅出兵的重任交给彭德怀的时候，彭德怀毫不犹豫地说："我服从中央的决定。"毛主席感慨地说："这我就放心了。现在美军已分路向'三八线'冒进，我们要尽快出兵，争取主动。今天下午政治局继续开会，请你摆摆你的看法。"

下午的政治局扩大会议上，彭德怀从帝国主义的本性谈到社会主义阵营，从敌我双方实况谈到中国人民的义务，最后表明了自己的观点："出兵援朝是必要的，打烂了，等于解放战争晚胜利几年。如美军摆在鸭绿江岸和台湾，它要发动侵略战争，随时都可以找到借口。"参加会议的人意见达成高度一致，毛主席向大家宣布政治局经过研究的决定：根据金日成的请求，派出中国人民志愿军，高举爱国主义与国际主义的旗帜入朝参战，并任命彭德怀为志愿军司令员兼政治委员。

上海虹口公园。

这个公园后来为纪念鲁迅先生而易名为鲁迅公园。当时是市民们的游玩场所。

姜小燕一大早就把朱彦夫邀到了这里。

公园里游人很多，朱彦夫被几个拉二胡的吸引了脚步。听惯了炮火之声的朱彦夫，听着悠扬的二胡之声，思绪好像一下又回到了沂蒙山老家。老家庄子里的老秀才喜欢拉二胡，每年大年夜他都会高兴地为围在身边的一群孩子拉上一段《孟姜女》和《沂蒙山小调》。如果沂蒙山也有虹口公园这么个场所该有多好啊！

"你喜欢听音乐？"姜小燕感到新鲜。

朱彦夫摇摇头："这玩意我听不懂，好奇而已。上海滩到底有多大呀，我今天坐了一早上的车，还真分不清东西南北了。你原先常到这里来玩？"

"不是因为你，我怎么会来这里？现在在我爸爸的心里，你才是他的最爱，平日里，他可舍不得让我到处闲逛，更别说专门拿出钱来要我大把花销了。我是秃子跟着月亮走，沾你的光了。"

"净瞎说，"朱彦夫把手搭在姜小燕的肩上，"没有你，你爸爸会对我这样？你才是你爸爸掌上的明珠呢，我嘛，只是这明珠的看护神而已。如果把你这颗珠子弄坏了，你爸爸还不找我拼命？"

"什么弄坏了，你真坏！"姜小燕娇嗔地捶打朱彦夫的背，心里满幸福甜蜜。

朱彦夫笑了，抓着姜小燕嫩柔的小手，轻轻地玩抚着。

爱情像磁铁般紧紧吸附着两颗火热的心。自从姜小燕透露了她的心思之后，朱彦夫就像变了个人，感到生活充满了激情，充满了甜蜜。他开始盼望着星期天的到来，随着接触次数的增多，他的这种期盼也越来越强烈，爱情的力量甚至影响了他的学习。

一到星期天，他就无心专注于他的功课，甚至连书本也懒得再翻一下，只一心等待姜小燕的到来——二人世界是浪漫的，是迷人的。

姜小燕告诉朱彦夫，她爸爸要他把母亲接到这个大都市来，这里以后将是他永远的家。朱彦夫虽然为此而兴奋，但他并没有把这些写信告诉母亲，曾经的经历让他十分理智，他明白，母亲最大的企盼就是他身边有一个知冷知热的人，他也知道，母亲最大的眷恋是沂蒙山老家的山山水水，因为那里有她的丈夫，有她的孩子，虽然那些亲人都已作古，却是无论如何也割不断的。

朱彦夫渴望都市生活，但又不忍心破坏母亲那一片宁静。近一段时间，他更是陷入了矛盾之中——军事操练突然加紧，文化课程日益减少，空气中似乎都是浓烈的火药味，这一切似乎都预示着大战在即。他渴望永久的和平，但他明白自己是一名军人，一名军人必须为和平的未来战斗，他也希望他所爱的人能与他并肩走向保卫和平的征途。

"燕子，你想参加解放军吗？"朱彦夫冷不丁地问姜小燕。这个问题他思索很久了，朱彦夫已经有二十来天没有见到姜小燕了，他担心下一次见面的间隔会更长，甚至担心部队随时会接到命令离开这个地方，所以他想知道她的想法。

姜小燕对这个问题非常敏感，她爸爸姜大山存心让她"感化"朱彦夫，特意提醒她带朱彦夫到虹口公园的目的就是要他看看这里的大学生们，希望朱彦夫能在爱情的怀抱里弃军从文，远离极有可能要踏上炮火纷飞征途的军营，没有想到朱彦夫竟然有带她随军的意思。

姜小燕没有直接说"不"，只看着对面走来的几个女学生，答非所问："你看那些学生，我真羡慕她们，听着她们的笑声，我就想起了我自己——爸爸完全有能力让我像她们一样，可爸爸没有这样做。"这时，姜小燕发现那几个女学生向她投来了惊羡的目光，她知道，那是因为她们看到了她身边高大的军人，一种得意让她挺起了胸膛。她指着前面的一张排椅说："去那里歇歇脚吧。"

他们坐在树荫下的空椅上，风轻轻地掠过，带来了一丝凉爽。姜小燕见朱彦夫的脸上热汗未散，便拿手里的凉帽当扇子，为朱彦夫送去舒适的微风。

"你很想读书是吗？"

"以前是很想读书，但现在不想了，厂子离不开我，我也很喜欢厂子。"姜小燕看着朱彦夫的脸，"我爸爸希望你能读书，他说，只要你有这个想法，无论花多少钱，他都支持你。爸爸说，中国才解放，有一肚子文化很重要，国家需要有文化的人才,你愿意读书吗?"

"我家祖祖辈辈都是睁眼瞎,读不起书,新中国给了我新的生命,我当然渴望能有一肚子文化呀。我是军人,我会在部队这个大学校里尽量多学一点文化知识,可是……"

"别可是啦,只要你有这个想法,你就一定能实现你读书的愿望。"姜小燕看到了希望。

"燕子,这个愿望现在恐怕难以实现,广播里不是说美帝国主义在朝鲜挑起了战争,往台湾派了军舰吗,我是军人,保家卫国是军人的天职。虽然我喜欢读书,但为了更长久的和平,我更愿意上前线消灭敌人。"朱彦夫的眼里透着坚定、不可动摇的光亮。

"你可以读军事学校呀,将来可以更好地保卫祖国。"姜小燕小心翼翼地注视着朱彦夫的眼睛。

朱彦夫笑了:"那是以后的事,等把敌人全部消灭了,我第一件事就是要求进军校。"

姜小燕脸上希望的光消失了,眉头锁了起来。

朱彦夫非常熟悉姜小燕眉头紧锁的脸。朱彦夫给姜小燕讲过他的战斗故事,每当听到朱彦夫的战友在枪林弹雨中倒下的情节,她都会惊恐地睁大眼睛,每当听到朱彦夫冒着炮火不顾生命危险往前冲的情节,她都会紧锁眉头。

她终于从朱彦夫的口中知道战斗中的生命是多么脆弱,就像风吹落叶一样。她诅咒战争,她珍惜生命,她无法理解这些明知道会在战争中失去生命的人为什么会如此不惜生命。

"革命战士视死如归,我们共产党人的理想是解放全人类,是谋福于人民。"朱彦夫这样解释。但这样的解释姜小燕不能理解,生命是最宝贵的,没有了生命就不可能再去谈理想,就无法再去谈什么美好的生活。

面对朱彦夫的选择,姜小燕的喉咙好像被什么堵住了似的。朱彦夫描述的战斗场面在她的眼前翻滚,她希望有永久的和平。她深深地爱着朱彦夫,但要她支持他冲上生死未卜的战场,她做不到,也说不出口。她唯一的希望就是他留在上海,留在自己能看到的地方,与自己组建一个完整的家。

"你不高兴了?"

"我不想你继续留在部队,我有些害怕。"

"什么?你要我背叛部队?你怎么会这么想?"朱彦夫不认识姜小燕似的瞪着她。

姜小燕看到了朱彦夫眼里暗含的不满,她明白自己不可能改变朱彦夫的思想,她什么也不想说了,一种不被对方在乎的委屈涌上心头,她泪水溢了出来。

饱受革命战火洗礼的朱彦夫无法理解姜小燕狭隘的感情,姜小燕也无法理解一个献身无产阶级解放事业的军人的情怀。在祖国利益和个人利益冲突时,他们选择了分手。

连长刘步荣在老乡姜大山面前发了一顿火,回到连队后,反反复复想了好久,觉得自己对老乡有些过分,毕竟姜大山是一个普通老百姓,他不可能站在国家利益、人民利益的高度上想问题。再说了,他说的也是实情,朱彦夫确实还不够十八岁,虽然已经有了两年军龄和一年党龄,但也还是个大龄孩子啊。

就目前的形势来看,会不会打仗还说不准,但朱彦夫家里只有一个无依无靠的老母亲是铁打的事实啊。战场上,死亡是瞬间发生的,谁又敢保证他朱彦夫不出个意外呢,如果真是那样,朱彦夫的母亲不就生不如死了吗?更何况眼下的朱彦夫正享受着珍贵的爱情生活!

朱彦夫这个战士聪明好学,如果有机会深造一下,将来必定是国家的可用之才,何不让他离开军营去充分发挥自身所长呢?这番呵护朱彦夫的私心爬上了刘步荣的心头,他顿时觉得这样做对朱彦夫、对朱彦夫的母亲以及对自己老乡和老乡的孩子姜小燕都是最完美的交代。想到这,刘步荣特意跑到营党委要了一个离军留在上海学习的指标。

"连长,我不离开部队,只要帝国主义反动派亡我之心不死,我就要跟着部队与它们战斗到底。我十四岁追随部队,是部队培养了我,是党给了我新的生命。部队就是我的家,说什么我也不会离开这个家。连长,我已经不小了,我已经不是个孩子了,我已经吃十八岁的饭了,你说的年龄不对。"朱彦夫拒绝在表格上签字,他怎么也想不明白,部队为什么要在他的年龄上做文章,他现在比一般的战士还要高出半个头呢。

"你有十八岁了?"

"是呀,今天是7月15日,早在九天前我就满十七进十八了。"

连长懂得朱彦夫此时此刻的心情，他什么也不想说了，只是赞许地拍拍朱彦夫的肩头，毅然划燃火柴烧掉了他费劲弄来的表格。

就在朱彦夫拒绝离军的第二天，他所在的部队接到了挥师北上保卫东北边防的命令。朱彦夫不知道的是，就在部队开拔的当天下午，一封来自沂蒙山老家的信以"查无此人"打回去了。

10月8日，毛主席发布命令，将东北边防军改为中国人民志愿军。受命部队紧急动员，召开誓师大会，胸前的"中国人民解放军"的标志全部换成"中国人民志愿军"，一支肩负祖国和人民重托的部队就这样诞生了。

1950年10月19日的夜晚，为了保家卫国，为了东方与世界和平，中国人民志愿军跨过鸭绿江，揭开了反侵略战争的辉煌一页。

第8章
雪山的足迹

1950年10月底,中国人民志愿军打响了抗美援朝的第一次战役。11月中旬,朱彦夫所在的部队奉命开进了朝鲜,直奔东线作战地区,担负起了第二次战役的东线作战任务。

此时的美国侵朝"联合国军"总司令麦克阿瑟,狂傲地叫嚣要在"圣诞节前结束朝鲜战争"。他命令美军第十军团迂回到东线志愿军部队的侧后方,企图切断志愿军的后路。为了粉碎敌人的阴谋,东线作战部队迅速集结到长津湖地区,对敌人实施了反突击战。到11月底,东线志愿军对敌人进行分割包围,打得敌人仓皇失措,纷纷寻路南逃。但遭到打击的"联合国军"一时间搞不清志愿军到底处在什么位置,为了扫清南逃的障碍,便利用他们强大的空军优势,对可疑的地方狂轰滥炸。

朱彦夫所在的二连过了鸭绿江后,所看到的皆是无家可归的朝鲜百姓四散奔逃,沿途抛下一具具尸体,到处都是焦土、火海,以及炸毁的村庄,这激起了志愿军战士对侵略者的强烈愤恨。

班长王金山是个文化人,他看到这些情景点燃了战士们心中的怒火,就经常利用行军和战斗的间隙向战友们宣讲革命道理,还把所看到的事情编成打油诗、顺口溜,作为战士们的精神慰藉。

王金山是江苏人,长得白净,像个文弱书生,可打起仗来却像个猛虎,一点也不含糊。而且这位班长一有心灵感触,掏出钢笔就能写出诗句来,很是得心应手。不像朱彦夫,写几句话就要查字典、翻书本——班长的能文能武让朱彦夫羡慕得要命。看来,在部队文化速成班学到的字太不够用了,等战争结束以后一定还要好好学习,力争达到班长的水平。听朱彦夫这么说,班长摇着头说:"应该树立更远大的志向,光会写几句顺口溜算什么本事。"

现在这个连队中,几乎一大半战友以前都互不认识。在这短短的十几天里,大家结下了深厚的友谊,共同作战,取得了一连串的胜利,但损失也不小。

原一连连长阵亡,一连指导员高新波带着仅剩的三十来名战士继续拼杀,二连连长刘步荣最好的搭档——指导员牺牲了,率领仅剩的四十来位战友追赶逃敌,两个连队在一片大树林里不期而遇,共同歼灭了残敌。

于是,团首长决定将两个连队合并,由刘步荣担任连长,高新波担任指导员。班长王金山就是新合成连一班班长,是朱彦夫的直接领导,他一来,朱彦夫就被他的才气迷住了。全班战士中,除了老战友胡海清外,都是老一连过来的。因为班长善于做思想工作、善于让大家沟通,不到半天工夫,大家就互相知道了名字和籍贯。

一个叫黄大牛的小伙子高兴地抱起了朱彦夫——全连就他们两人是老乡,朱彦夫是沂蒙山蒙阴县张家庄的,黄大牛是沂蒙山蒙阴县县城的。二人住家虽然间隔了四十来里地,谁也不认识谁,但此时老乡相见,就好像是多年没有见面的亲兄弟再见似的,两人都为这异国他乡的相聚而感到无比兴奋、无比亲切。

"在俺们县城俺也认识一个姓朱的,说不准还是你们一家的。"在行军的路上,黄大牛扛着一挺机枪紧紧地跟在朱彦夫身后,"你爹叫朱庆祥,那人叫朱庆山,和你爹同辈,应该是一家吧?"

朱彦夫惊喜地回过头说:"他是我大伯,你什么时候见的他?我最少有八九年没有见着他了。"

黄大牛惊诧道:"是你的亲大伯?可他已经死了。"

"什么时候死的?"

"应该是1947年秋天的时候吧,听说你大伯没有钱花,去偷剪国民党部队的电话线,想拿去换钱,被国民党一个营长抓住了,就把你大伯绑到军营里的木桩子上,让士兵用枪上的刺刀一刀一刀活活捅死了,又把头砍下来挂在了军营外的大柿子树上……"

"狗日的国民党!"朱彦夫咬牙切齿地骂道。

"俺说句兄弟你不爱听的话,其实,你大伯也不是什么好人……"

朱彦夫的脸拉了下来:"怎么不是好人?"

黄大牛见朱彦夫的脸色难看,摇摇头说:"算啦,别说啦,反正俺也是听别人说的,也不知道是真是假。还是不说了,免得伤咱们兄弟和气,还是说点别的吧。"

朱彦夫稳了稳神,也缓和了态度说:"事情过去好多年了,还有什么不能说的?"

"俺听人说你大伯是个人贩子,只要有人出钱,谁家的孩子他都敢偷去换钱,人家都说他的死是他的报应。"

朱彦夫心里一惊,他记得小时候爹也说过大伯不是好人的话,难道说弟弟朱彦坤也是被狠心的大伯偷去卖钱使了?如果是这样的话,那弟弟朱彦坤就有下落了。朱彦夫为这个无意间得来的消息激动不已:"那、那你听说过他卖过一个姓朱的小孩子吗?"

"他贩卖过好几个孩子,有没有姓朱的俺不知道。这些我也都是在你大伯死后听人说起的,那姓朱的孩子跟你是什么关系?"

"是我的弟弟,在我九岁那年不见的,我娘就是那年为弟弟急疯的。"

黄大牛努力地想了半天,才认真地说:"当时是有人说你大伯曾卖给刘家一个孩子,不过是不是姓朱俺说不清。那刘家是财主家,在新中国成立那年被解放军打倒了,那个孩子好像又被别人引走了。贩卖来的孩子一般都不会让人家知道姓甚名谁,但你大伯死那年那孩子好像有七八岁了,说不准就是你弟弟!"

朱彦夫高兴起来:"好哇,看来我弟弟有下落了!你知道是谁又引走了那个孩子吗?"

"这个俺不清楚,就在那几天,我就报名参军了。这样,等打败了美国鬼子,俺一定帮你把你的弟弟找到。"

朱彦夫还要说什么,忽然听到一阵轰鸣由远及近,美军的飞机来了。

连长刚大喊一声"卧倒",飞机就嗡的一声飞到了他们头顶的上空。飞机贴着树林缓缓往前飞,毫无目的地搜寻了一番,并没有发现树林里头戴伪装的志愿军连队,照直飞了过去——为了尽量降低空中打击带来的损失,连队在白天一般都选择较为隐蔽的树林行军。看着飞机从头顶掠过,有惊无险的战士们这才爬起来冲着敌机大声叫骂。

战士们谁也不会忘记,他们好几个战友就是在行军途中被这些可恶的飞机投弹夺走了生命。这些美国强盗就是凭着他们的飞机大炮来欺侮弱小的国家，就是仗着他们的现代化武器装备不可一世地横行霸道。现在的志愿军虽然没有与他们抗衡的空中力量，但是所采取的分割围歼战术也没有让他们占到半点便宜，还把他们打得一直向南逃窜。

前面突然传来几声沉闷的爆炸声，接着，前方的空中升起了一股浓浓的黑烟。

刘步荣知道，他们连队是团部的先遣部队，前面不可能有志愿军其他部队，那一定又是敌机没有找到目标，往无辜的朝鲜家庭投放炸弹了。救人如救火，刘步荣命令部队跑步前进，赶赴浓烟腾起的地方。

一个小山坳里，两户人家的房屋被火光和浓烟包裹着，连地上的石块都被烧得噼啪作响，让战士们无法靠近。

战士们一看就明白，美军飞机投下的是燃烧弹，这种燃烧弹燃出的火火势凶猛，如果房内有人，恐怕也早已烧成火炭，绝无生还的可能。等大火吐尽红信，战士们冒着滚烫的烟雾，从焦土里找到了七具被烧得面目全非的尸体。战士们取出腰间挖战壕的铁铲挖出几个深坑，含着悲愤掩埋了尸体。

一班长王金山坐在隆起的坟茔旁，悲愤地掏出钢笔在纸烟盒上随手写了几句话，给身边的战士念道："美帝飞机逞凶狂，无辜百姓遭祸殃。可恨联合侵略军，灭绝人性丧天良。旧恨未报添新仇，怒火烧肝满胸膛。中朝人民肩并肩，浴血奋战打豺狼。"

"一班长说得好，中朝人民肩并肩，浴血奋战打豺狼。"指导员带头举起了愤怒的拳头。

12月初的朝鲜东北部山区，皑皑白雪厚厚地铺满了崇山峻岭。在赴战岭山脉与狼林山脉之间，有一片巨大的湖面，每天清晨，从湖面升腾而起的团团白雾揉进飘扬的雪花中，座座峻岭蜿蜒在它东西两侧，架出一条巨大的通道，把来自西伯利亚的寒流一股脑儿地迎进来，并重重地泻在这一片苍茫的天地间。这个地区就是长津湖地区，其间的这片湖就是有名的长津湖。

飞禽隐踪，走兽绝迹，只有片片雪花不分昼夜地飘落着。

在长津湖以南的绵绵群山中，有一座普普通通的小山丘——二五〇高地。在层层叠叠的大山的环抱下，它显得那么渺小而不起眼，厚厚的积雪覆盖着它还不到二百米高的山体。山虽然不高，但战略位置却十分重要。高地以北，两山间夹着一条简易公路，从山谷中蜿蜒而来，像一条弯弯曲曲的巨大蚯蚓，从西北方向爬上高地，在西侧山头折一个弯，顺山坡调头向东南方向延伸下去，又陷进茫茫苍苍的高山雪原中。这条公路是敌人北上南下的一条重要通道，二五〇高地就像一道陡起的闸门一样，卡在这条通道的咽喉位置上，所以这里也就成了敌人重点守卫的地区。

这条公路也是这茫茫雪原中志愿军东线作战部队唯一的物资保障供给线。为了保障作战部队的粮食供应，切断敌人南逃的通道，将敌人彻底围歼在长津湖地区，志愿军必须抢占这道闸门，占领这座高地，完成关门打狗的战略部署，确保部队急需物资供应的道路畅通。

前方围歼部队报告：美军海军陆战队一师的两个主力营突破了我志愿军的包围，正沿着这条公路向南逃窜。由于歼灭战异常激烈，还将持续多日，志愿军前方部队腾不出兵力追击逃敌，希望作战指挥部令兄弟部队堵截歼灭这股美军残敌。

要彻底歼灭这股残敌，就必须赶在逃军还未到达之时拿下二五〇高地，关闭这道闸门。可是，眼下距二五〇高地最近的部队离那里也还有两百余里的山路。在这大雪封山的恶劣环境里，翻越两百余里的陡峭雪路，其艰难程度不难想象。虽然现在逃军距二五〇高地还有三百余里，但逃军装备有现代化的坦克和汽车，即便在雪地里逃窜的速度不会太快，也比徒步翻越陡峭的雪山要容易得多。

绝不能给这丧家之犬留下任何机会，作战指挥部向距二五〇高地最近的先遣团下达了抢占二五〇高地的命令，要求他们发扬当年红军抢夺泸定桥的精神，排除一切困难，翻越雪山，赶在逃敌到达之前消灭二五〇高地的守敌，并彻底歼灭南逃之敌。

正在赴战岭一带与李承晚某部浴血奋战的先遣团团长，在接到命令后迅速命令刘步荣连队翻越雪山，不惜一切代价消灭固守二五〇高地之敌，为主力部队的到来扫清障碍。

在距先遣团七十余里的一个山坳里，刘步荣接到了电台里传来的团部命令。刘步荣打开怀表一看，现在是早上8点。

鹅毛大雪几乎把天地连在了一起。看着外面没膝深的积雪，这个打过无数次阻击战、每逢接到艰巨任务都兴高采烈的硬汉子，却皱起了眉头：部队的现状太令人担忧了。

这几天连续作战，战士们都疲惫不堪，没有得到很好的休整。现在全连战士挤在一个被朝鲜老乡丢弃的破土房里，正香甜地睡在火堆的四周。

他不忍心叫醒他们，这是连日来战士们找到的最好的能遮风挡雪的营地，因为是暴雪天气，也不用太担心敌机的轰炸和敌军的骚扰，他们可以放心地烤着火睡上一个好觉。

由于连降大雪，这里的气温已降到零下三十多度，而好多战士身上穿的棉衣已在最近的战斗中被火燎、被刺挂得不成样子，根本无法抵挡这种能冻破石头的寒冷。更为重要的是，战士们随身携带的炒面基本上都已经吃完，而且由于大雪原因，后方的物资无法送到，寒冷和饥饿成了大家眼前最大的敌人。昨天晚上，他与指导员坐在火堆旁商量了半夜，想怎么解决眼前寒冻饿肚子的实际问题，还没有找到解决困难的办法，又忽然接到了这个命令，叫他这个当连长的如何能舒展眉头？

刘步荣轻轻地打开地图，找到了二五〇高地的位置。从地图上看，这里距二五〇高地最少也在一百五十里以上，中间要翻越狼林山大大小小十几个险峰峭岭，才能到达那条贯穿南北的公路。在这冰天雪地里，战士们饿着肚子行军，就算到了那里，又如何能攻克高地？刘步荣合上地图，不由自主地叹了口气。

这声叹气惊醒了指导员："老刘，你一夜没睡？"

刘步荣摇摇头，轻声说："我们出去谈好吗？"

二人轻轻来到屋外，刘步荣向指导员讲明了他唉声叹气的原因。

军令如山，哪怕是上刀山下火海，命令也得执行，这是不容争议的。而且寒冷和饥饿在英勇的志愿军战士面前，实在算不上什么大困难，一连串的胜利也鼓舞着每一位战友。艰难的岁月和无数次的战斗，早就铸就了他们每个人钢铁般的意志和必胜的信念。

这些可爱又可敬的战友，虽然经历不尽相同，但从他们义无反顾地投身革命的那一刻起，就已经把生死置之度外了。

这样一群连死都不怕的热血男儿，还有什么困难能吓倒他们？

两位指战员都深深地了解他们的战士。可是如何解决这次长途跋涉的粮食问题？指导员也陷入了深思，锁紧了眉头。

于是他们召开了第一次行动前的班长以上的干部会议，群策群力，大家表示会克服一切困难坚决完成这次抢占高地的艰巨任务，同时决定：集中所有的粮食先让战士们增加体能，丢掉除了武器弹药以外的所有物品，减少行军途中的体力负担。

全连官兵把所有的粮袋都集中在了一起，炊事员看着直摇头："一顿是吃不了，可路途中吃什么呢？翻越一百多里的雪山路可不比普通一百多里的山路，需要几倍的气力啊！"

"只要能打下美国佬，罐头吃个饱。"一排的战士刘方锡嗫着嘴说。刘方锡前几天在一个美国鬼子的腰带里收获了几听牛肉罐头，他把罐头放在火上烤化了冻冰，用刺刀割开，迫不及待地就往嘴里倒，一不小心让锋利的罐头铁皮割破了嘴唇，加上这天寒地冻的，他嘴唇上长起了冻疮，说话很不方便，必须把嘴嗫着，非常费力。

"还吃罐头，再吃你小子的脸上恐怕又要多长几张嘴了，到时候几张嘴同时吃起来，就得把美国的罐头厂搬到你后面生产了。"三排长杜鲁民笑着说。

"这个杜鲁门，好好的当你的总统不舒服，偏要无事找事地叫那个麦什么瑟的跑到朝鲜耍二屄，不是你，我们刘方锡也不会贪嘴求洋，弄得他在行军路上哼情歌。"朱彦夫拿杜鲁民开涮。杜鲁民是山东日照人，和朱彦夫同省，因为他的名字与美国总统杜鲁门谐音，战士们都拿他这个排长开玩笑。

开玩笑是杜鲁民的强项，无论哪个战士与他说笑，他从来不恼。他一本正经地回答道："怪我有眼不识泰山，要知道你们中国人民志愿军这么难对付，就是用八抬大轿请我来，我也不敢了。小朱先生，还是麻烦你给你们彭司令传个话，我后悔了，请你们的毛主席高抬贵手，放我们那些撒野的孩子回老家吧。"

"哈哈哈哈哈哈哈！"战士们都大笑起来。

困难一件一件摆在战士们面前。所有的战士都明白他们即将踏上的征途有多么凶险，多么艰难，可他们还是这样乐观。这些战士个个都是好样的，即便是在这样的情况下，也没有一个人喊过一声苦，叫过一声累，大家都用一种坚定的信念和超人的毅力支撑着自己，都以一种大无畏的革命乐观主义精神藐视敌人。在这样的冰天雪地中，在如此艰难的条件下，他们就是靠这高昂的斗志、这必胜的信念、这大无畏的英雄气概、这面对死亡含笑赴义的壮举来支撑自己的。连长和指导员心里却是沉沉的：在到达目的地后，我们这群可爱的战士还要忍受着饥饿和劳累与守敌展开一场殊死战斗，那将是怎样的一种结果，他们丝毫乐观不起来。

"报告连长，你看——"炊事员手提着破锅，"这、这饭还怎么做啊？"

连长和战士们一看，原来炊事员手里的锅被冻炸了。

一班长王金山说："今天你解放了，反正什么盆呀铲呀我们也不要了，干脆把那些东西都用来做厨具，烙个饼热个汤烧个水什么的，大家说好不好？"

王金山的提议得到了全体战士的同意，于是，战士们把他们用来挖战壕、修工事的铁铲放在雪地里擦得干干净净，然后放到火上炕热，又把雪化成水和着炒面，各自做起了喜欢的饭食。为了保证路上有一口垫肚子的干粮，他们都用雪水烧起了稀糊糊，把省下来的炒面烙成一小张烙饼，要用在万不得已的时候。为此，王金山还编了一小段顺口溜：

丢了锅、摔了碗，

冒着风雪往前赶。

鬼子的车轮飞，

我们的铁脚板，

惊得老天爷，

瞪大两只眼：

试看天下谁能敌，

敢叫鬼神吓破胆。

连长从怀里掏出表，现在是上午10点。他用电台向团长做了行军的报告，然后就向战士们发出了向二五〇高地进军的命令。战士们丢掉除了棉被以外的所有的生活用品，告别了温暖的土房，告别了燃烧的火堆，冒着鹅毛大雪，顶着刺骨的寒冷，伴着王金山豪壮的诗句，在没膝的积雪中走向横挡在前面的一座座大山……

上山不易，下山更难。

尽管天寒地冻，战士们还是浑身冒着热汗攀上了人迹罕至的山崖，站在这一览群山小的顶峰上，一种征服自然的胜利感鼓舞着战士们。

纷飞的大雪不知在什么时候已经停止，没有风，只偶尔有积雪压断树枝的咔嚓声响。

连长刘步荣手拿望远镜，终于看到遥远的前方有一截若隐若现的白带，蜿蜒在山峰交汇的谷底,毫无疑问,这条白带就是那条贯通南北的公路了。要想尽快到达那里,唯一的办法就是跨过前面那条深深的峡谷,再翻过一个小山坳——那座山坳上好像有一条羊肠小道。刘步荣心里一喜,只要有路,行军的速度就不会太令人担心。战士们刚才翻越脚下这座山峰时,几乎是从原始森林钻上来的,一个个累得大气直喘,没有丝毫寒冷的感觉。下山不费多大气力,必须趁着身体还热着赶快行军,一旦热汗冷却下来,那穿在身上的棉衣就会在这刺骨的寒气中变成冰碴儿。

"同志们,千万不要解开衣扣,要尽量保住身子里的热气。现在马上就要下山了,请同志们保持高度的警觉,注意踩好每一步,紧跟前面的战友,山路很滑,一脚踩空后果不堪设想。"连长指着脚下的山坡说,"我们一定要在天黑之前跨过这条峡谷,翻过对面的那座小山坳。那小山坳上好像有一条小道,只要上了那条小路,出了山坳,距离我们的目的地最多也就七八十里地了。希望大家继续发扬不怕疲劳、团结友爱的精神。现在我命令,一排长郑福庭和朱彦夫在前面探路,准备出发!"

虽然这个连队是二连合一的,但连长很快就摸清了每个战士的特性。朱彦夫从小爱雪,对雪有一种特别的情感,所以在对雪路的认识上是个行家。一排长郑福庭是大兴安岭人,从小随父亲在雪山狩猎,与雪山打交道。这二人做探路向导,是连队的最佳选择。随后,连队就在两位"雪地专家"的带领下小心翼翼地开始下山了。

被授予特殊使命的朱彦夫一点也感觉不到疲劳,攀山的路上,他一边奋力往前赶,一边思绪万千,有战争胜利回国后寻找弟弟朱彦坤的设想,有对家乡的思念,还有对姜小燕与他分手的惆怅——朱彦夫虽然无悔自己的选择,但对姜小燕总还有些莫名其妙的牵挂。不过此时,这些思绪都被他抛在了脑后,他必须聚精会神地为战友们寻找一条安全的道路。每逢走到有危险的地段,他就会向身后的战士交代一声,"小心,这里危险!"并让他身后的战士把这句提醒传下去,他希望他的提醒能使战友们倍加小心。

山越往下越陡峭,两山之间也越来越挤,部队下到一个大峡谷里时,对面的山壁与这边的山壁间隔不到三十米,两壁相对,就像立着的两堵巨大的石墙,这是造物主鬼斧神工的杰作。朱彦夫发现,大峡谷竟不是山底,山底还有多远,这里看不到，可再往下，山壁上已经没有路了。朱彦夫正和一排长在存不住积雪的悬崖峭壁上寻找下脚的地方，后面突然传来一声绝望的尖叫，这声尖叫像一道闪电一滑而过，消失在谷底。

"不得了，机枪手黄大牛掉到山下去了！"

战士们一个挨一个紧贴着峭壁，只能勉强转动身子，消息是从后面传过来的：两个战士掉下去了，一个是黄大牛，另一个是紧跟在黄大牛身后、见黄大牛失足后用手去拉而被带下去的。

两位战士跌落山谷的不幸像恐怖的魔影，笼罩在战士们的心头。眼前是深不见底的峡谷，刀切斧劈般的岩壁上，除了几棵从岩缝中斜生出来的灌木顶着白色的积雪外，就是黑光黑光的石壁和一道道不规则的顶着白雪的野草显现的细线，这本来很美的雪景此时在战士们的心中，却像是张着的随时都能吞噬战士生命的血盆大口，是那么狰狞，那么让人不寒而栗。

朱彦夫心里明白，这个几小时前还在与他说话的老乡黄大牛，从此与他生死两别了，但他连看一眼战友的遗体也做不到。朱彦夫只能和所有的战友一起，取下军帽，向殉难的战友默哀致意！

牺牲的战友永远留在了这里，活着的战士还得继续前进。

朱彦夫和一排长不约而同地选择了距他们斜上方十来米的一个铺满积雪的草坪。草坪是一个天然的平台，上下都是峭壁悬崖：上方的岩石像一个伸出的巨型帽檐，遮挡着草坪，使得草坪一半是积雪，一半是没有雪覆盖的土地；下方是光滑得存不住积雪的直通谷底的岩石。一道雪线弯弯曲曲地连着草坪，朱彦夫用手推开积雪，一道岩缝露了出来，缝不大，但能容纳一只脚——如果紧贴着岩壁，沿着这道缝隙一步一步往前挪，应该是能到达草坪的。但是，草坪那一边是什么样子，大家不得而知。

朱彦夫擦干眼里的泪水，说道："一排长，你站在这里别动，我先过去看看，如果有路你再过去。"

"爬这样的路我比你有经验，小时候我经常跟我爹一起攀岩掏燕窝，还是我过去。"郑福庭心里明白，在雪山上，很多石头都已冻酥，万一哪一脚踩在酥石上，就会像黄大牛一样坠下深谷。

"我比你有力气，除掉这一路的雪你不如我，还是我过去合适。"

"我是排长，你得听我的。"

"我是党员，你不能不听我的。"

"我也是党员！退回来，让我过去。这是命令！"

"别争啦，你让我怎么退？还是我在前面走，你在后面过吧。"

这是一句实在话，他们两人现在根本无法调换位置，郑福庭有些后悔，不该让朱彦夫抢在了前面，只好说："心里别慌，一步步踩稳。"

朱彦夫暗自庆幸走在了前面，他向前挪动脚步，弯腰扒雪，嘴里说："排长，你离我远点，万一我失了手，千万别拉我……"

"闭上你的乌鸦嘴，谁要你说这些不吉利的狗屁话。"

听了这话，朱彦夫心里特别感动，虽然排长嘴里说的是粗话，但内含的那份战友之情是何等纯洁，又是何等无私啊。

二人一前一后没有费多大工夫就攀上了草坪。这个草坪还真大，能足足容纳上百人！而且，草坪的另一侧居然还有一条比刚才的石缝平坦得多的小路！二人为这一条充满希望的生之路高兴得几乎在草坪上跳起来。

"喂，过来吧，前面有路了，告诉后面的同志，别害怕，把背朝向外，身上的武器别碰着岩壁就行了！"郑福庭喊道。

"慢！"朱彦夫大声制止道，"站在那里不要动，等我过来再说。"

"你还过去干什么？能背他们过来呀？"郑福庭不知道朱彦夫是什么意思。

朱彦夫解释说："排长，战士们是能过来，可那些带着的机枪怎么办？还有那些弹药怎么办？扛着机枪背着弹药能过来吗？"

"是呀，这是个问题。"郑福庭急得直抓脑袋，"可你过去又能怎样？"

"我得去告诉他们，把背包解下来，把东西抱在怀里，背靠山，面向外，然后移到这段路上，把武器一样一样传过来。"

听朱彦夫一讲，郑福庭赞许地竖起了大拇指："好主意，真有你的！"

按照朱彦夫的方法，没用多长时间，全连队都顺利地聚集到了草坪上。战士们在这里做了短暂的休息，又开始继续前进，可是没走几步，一个意想不到的问题出现了：这条路是通往山顶的。这可怎么办？退回去吗？可这是从山上下来的唯一的路啊，难道说这草坪两边的路都是从山上下来的？连长把地图摊在地上看了半天，想找一条下山的路，可地图上根本就没有这个小地方。再有两个小时天就要黑下来了，天一黑，那可就真麻烦了。而且就算现在返回山顶，也不知要浪费多少时间，什么时候能赶到二五〇高地？看着对面近在眼前的山岩，战士们一个个急得团团转，恨不得从这里飞过去。

指导员高新波叉着腰说："就这么点距离，要是有座桥就好了。"

一听这话，朱彦夫眼前一亮，说："指导员，我们可以架桥呀！"

"架桥？"战士们的目光唰地全转了过来。

朱彦夫说："成不成不敢说，可以试一下。我们把所有的绑带都接起来……"

连长还未等朱彦夫说完就明白了，他高兴地一拍脑袋："好哇，这主意不错，我怎么没有想到呢！"

朱彦夫善于动脑筋，在解放战争时期，他一直担任攻坚任务，由于他的点子妙，在好几场阻击战中都扭转了战斗局面，减少了战士们的伤亡。根据朱彦夫的提议，战士们解下腿上的绑带，几根绑带合成一股，再接成一根长绳。大家担心峡谷太深，绳子长度不够，又干脆把所有被子的背带也全部收拢以作备用。

见一切准备停当，朱彦夫抢着把绳头往腰上一缠，打了个结，说："你们先放我下去看看情况，如果还够不着谷底，你们再把我拉上来。"

这条绳子有七八十米长，草坪上的战士还没有将绳子放完，就听到下面传来朱彦夫的叫声："到了！把背包带丢下来！"

连长和战士们都不敢相信自己的耳朵，难道这个看不到谷底的峭壁就这么点儿高？

"朱彦夫，把绳子解开，我也下去看看。"

一排长郑福庭有些不放心，让战士把他也放了下去。原来这里还没有到谷底，只是一个堆着厚厚积雪的小台子。

朱彦夫指着对面的峭壁说："一排长，你看那棵冬青疙瘩树，离我们也就丈把来远，如果我们能到那上面，再往上找一个合适的位置，这索桥不就成功了？"

郑福庭抓起被带绳系了个疙瘩，手一扬，那疙瘩就像长了眼睛似的飞过去，绕在了对面的冬青树蔸上，绳子的这一头却还牢牢地系在郑福庭腰上——这是郑福庭的一手绝活。朱彦夫还没有明白是怎么回事，郑福庭便像一只敏捷的猴子，身子一晃荡，就飞到了对面的树疙瘩旁，只有腰上拴着的被带绳还在晃晃悠悠地摆来摆去。

"过来吧，接着！"

郑福庭把绳子一头系在树身上，试了试结实程度，这才解下腰上的被带绳冲着朱彦夫手一扬，被带绳带着一股风又飞到了朱彦夫的手上。朱彦夫把被带绳在腰上系好，也学着郑福庭的样子抓住绳子往前一跃，但远没有郑福庭那么轻松，如果不是他用脚蹬了蹬，说不准就一头撞在对面的岩石上了。虽然侥幸没有撞上，但他的身子悬空打起了旋，还是上面的郑福庭硬生生地把他提了上去。

"一排长，你会轻功呀！"朱彦夫虚惊过后只有佩服的分了。

"什么轻功？不过是习惯而已。"郑福庭轻描淡写地说了一句，就与朱彦夫一起爬到高处，选择一个坡度较缓的地方固定了绳索。

一条独揽软绳桥连通了峡谷。过桥的战士两脚盘住绳索，背朝峡谷面朝天，靠双手交替抓住绳子前进。就这样，战士们一个接一个在夜色里全部安全地渡过了峡谷天险。

第9章
血染二五〇高地

雪雾茫茫的二五〇高地。

阵阵寒风挟裹着白色的精灵从天空滚滚而下，寒风尖啸肆虐，雪粒捶打着山野，老天爷似乎要用这白色的粉末把整个世界填平。二五〇高地像一个在山谷间扣着的柔软纯白的大面包，"面包"的西侧被贪婪的造物主切去一刀，留下一道绝壁，从北边过来的公路直穿这绝壁底部，然后拐一个弯沿着山坡向远方蜿蜒伸展。站在这绝壁顶上随便撒下一股水，那水就会从高高的山顶上直接降落向公路，这真是一道天然的闸门！"面包"背上是李承晚守军指挥部修筑的防御工事，再向下，凡是有险可依的地方，都部署了一道道防线，每道防线都修筑着大同小异的暗堡和战壕。圆木垒起的工事露出黑洞洞的瞭望口和射击口，像几只机警狡猾的充满杀机的眼睛，瞪着公路，瞪着它的四周，在雪野里是那么醒目，那么狰狞恐怖。

刘步荣连长率领着他的连队，终于在拂晓前赶到了二五〇高地南边的一个山谷里并潜伏起来。

战士们潜伏在可以仰视二五〇高地的小山沟边，观察选择最佳的突破口。山顶上的敌人视野非常开阔，周围的一切尽收眼底，无论哪个方向有风吹草动都难以逃脱他们的视线，更何况在这白得刺眼的雪原里。如果从这条小山沟直接到山顶，需要爬过前面的一道缓坡，中间只有两道石坎和几处隆起的雪堆可以避开敌人的枪口。而从战士们趴着的这积雪没膝的地方到石坎的距离有六七十米，但这六七十米的距离又是何等遥远——雪太深太深，部队根本不可能快速冲刺，只能一步一步地艰难接近。

但除了这道缓坡，没有更好的进攻位置了。连长心里清楚，要想顺利占领这个高地，就必须先用大炮摧毁山头的工事，然后再发起进攻。但是，连队里现有的仅仅是几挺重机枪和轻机枪，其他的都是杀伤力不大的冲锋枪和手榴弹。而且如果不能越过眼前这片开阔的雪地，这些武器对敌人是起不了任何作用的。这个仗应该怎样打？他与指导员和三个排长一起交换着意见。

战士们卧在树林里，趴在雪地里，任由白雪覆盖着身体，行军时的热汗开始渐渐冷却。战士们按照连长的命令，把枪膛里的子弹压得满满的，又掏出一路舍不得吃的冻得像石块般硬的饼子，就着嘴边的积雪，给饿得几乎贴着脊梁骨的肚子增添最后一些能量。

山顶上的敌人没有发现任何异常，除了瞭望口的值班士兵偶尔探出脑袋外，其他士兵还在就着工事里的柴火暖气和衣而睡，酣然做梦。

就在这样一片宁静而寒冷的冰天雪原上，一场残酷的大战即将打响。

天还没有大亮，必须趁着大雪，趁着能见度还较低发起进攻。

一班班长王金山率领一班以最快的速度冲向第一道屏障，但尽管他们使出了浑身的力气，在雪地里还是像逆水过河，速度慢得让人揪心。幸好雪大如雾，光线昏暗，没有引起敌人瞭望观察哨的注意，一班非常顺利地跑到一道石坎下埋伏了起来。

接着二班的战士开始往另一道石坎下接近，刚刚走了不到二十米，就听到敌人工事里哇哇一片惊叫。接着，山上的机枪就嗒嗒地响起来，睡梦中的敌人冲出工事冲向战壕，轻重武器一起开火，子弹像雨点一样横扫过来。不到几分钟，二班的战士便全部倒在了雪地里。战士们滚过的雪地瞬间留下刺目的血红，积雪也被滚热的血水融化出了一个个黑洞。伏在屏障下的一班战士们瞪着血红的眼睛，不住地向敌人的工事投掷手榴弹，却因距离太远而对居高临下的敌人构不成任何威胁，反倒引来了敌人如飞蝗般的手雷，顿时，雪地上积雪飞溅，浓烟四起。为了不再暴露自己隐藏的地点，战士们只能紧贴石坎，任凭一层又一层掀起的飞雪泥土落下，覆盖身体。

埋伏在山沟树林里的后续部队被敌人猛烈的火力压得抬不起头来。连长的两个拳头捏得吱吱响，喷射着怒火的眼睛紧紧盯着前方，他命令三排长杜鲁民："带领三排，绕到北侧，减轻一班的压力，对敌人实行两面夹击！速度越快越好！"

"是！"

杜鲁民带着三排的战士借着南坡上腾起的雪雾迅速向西北绕进，但他们的机枪刚一响，山上的敌人就借着悬崖的有利地形展开了疯狂的反击，四五条火舌交叉横扫，无数颗手雷密集地往下扔。

三排的冲锋失败了，被敌人压在山下连头也抬不起来。连长担心敌人反冲锋，只好命令战士们往后撤退。

首次交战，敌人毫发未损，我志愿军连队伤亡十一人，一班战士生死未卜，连长和指导员表情都非常严肃。像这样的攻坚战，连队也不是第一次碰上，可像今天这样除了白白付出牺牲而竟毫无进展的，却还从没有遇见过。连长和指导员急忙召集精英召开诸葛会议，商量应急对策。

狂炸猛扫的敌人发现我方没有了动静，也停止了射击，战场上又恢复了平静。敌人轻松地打退了志愿军的第一次冲锋，也有点意外。开始，他们还趴在战壕里警惕地注视着阵地上的变化，等了好久，也不见我方有什么动静，便开始得意扬扬，毫无顾忌地在战壕里来回窜动，狂笑着庆祝他们的胜利。

随着战场枪声的平息，老天爷也停止了筛洒雪沫，仿佛老天爷也在静静关注这场战斗的进展。

石坎下的泥土开始抖动，埋在泥雪下的一班战士一个又一个钻了出来。敌人的叫嚣不时地传进战士们的耳朵，把战士们气得浑身发抖，双眼冒血。现在敌人还没有发现他们，他们要利用与敌人最近而又没有被敌人发现的机会寻找有利的战机。他们见身边不远的地方有一块大石头，便猫着腰躲到大石头背后，在这里，他们可以清楚地看见在战壕里晃来晃去的敌人的脑袋。

王金山见两个战士抬起了枪，忙轻声说："沉住气，不到时机成熟，千万不要乱开枪，连长他们这时也一定在商量新的进攻计划，我们一定要守住我们现在这个位置，不能轻易暴露我们的存在。"

山谷树林里，战士们都被第一次冲锋的失败和敌人的狂妄气炸了肺，气红了眼，他们忘记了寒冷和饥饿，围在一起商量第二次进攻的方案。正在大家争得热烈时，电台里传来了团首长的命令：敌人依仗现代化的坦克和装甲车，南逃速度较快，我追击部队一时无法赶上，命令你们连队不惜一切代价，务必在三个小时内攻占高地，把这一路逃敌死死堵住。

三个小时！时间就是命令，时间就是生命。如果在三个小时之内不能拿下高地，等三个小时以后敌人南逃部队赶到，后果不堪设想。可是，眼睁睁地看着敌人在山腰上的战壕里跑来跑去，就是找不到进攻的位置，连长急得满头冒汗，望着射程之外的狂敌恨得直骂娘。

突然，一排长郑福庭兴奋地叫道："连长，一班的战士都还活着，那儿，你看！"

连长举起望远镜把镜头对准了一班战士，顿时乐得眉开眼笑："好，朱彦夫这小子是个打阻击的能手，相信他在关键的时候能想出一个出奇制胜的方法，王金山的脑瓜子思考问题也细致周全，这两个家伙一定不会让我们失望的，大家随时做好冲锋准备！"

敌守军战壕里，阵地最高指挥官正耀武扬威地对部下取得的首战大捷表示高度赞赏。他在士兵面前挥舞着双手，做着演讲。这个阵地指挥官真是太狂傲了，他根本就不把山谷里的中国志愿军放在眼里，还抬腿跨出战壕，站在雪堆上用他的美式望远镜欣赏谷底的"败敌"，又对着谷底的那片树林指手画脚，那神态犹如已取得战争绝对胜利的将军，在向世界炫耀他的辉煌战果，在向他打败的对手展示他伟岸的雄姿。几个小头目被上司的狂傲所感染，也站到战壕外，向着谷底的志愿军连队哇啦哇啦说着只有他们自己才能听懂的语言。

大石头背后，枪口对准了那群被胜利冲昏了头脑的敌人。

王金山兴奋不已，压抑着内心的激动说："不要急躁，我收拾左面的，你们两个收拾右面的，朱彦夫你是咱连有名的神枪手，那个当官的就交给你了，给咱们牺牲的战友好好出口恶气！"

"这要是最大的军官就好了，放心吧班长，保证给他来个透心凉！"朱彦夫只知道这是个军官，还真看不出来这个家伙就是阵地首席指挥官。

"不管是什么官，先报销了再说，距离有点远，注意枪口位置。"班长心细地提醒战友们注意，因为这是个非常难得的机会。虽然这几个敌人都在射程之内，但从间隔的距离判断，要想首发命中还必须在准星上稍稍抬高枪口。

"都准备好了吗？"

"准备好了！"

"打！"班长一声令下，嘟嘟嘟，几条枪同时开火，急促的枪声在寂静的旷野里分外震耳,那几个得意忘形的军官还没有明白是怎么回事,就带着狂妄的笑栽倒在地,栽进战壕,骨碌骨碌向下翻滚……

"冲上去!"

班长率领他的战士抓住战机跃上石头,像几只发怒的雄狮冲向高坡、冲向战壕、冲向敌人修筑的工事……

山谷树林里,始终关注着战场的连长刘步荣,两眼眨也不眨地看着山腰的一举一动,他发现,一班撂倒那批敌军官后,工事里的敌人便乱成了一锅粥,他断定,敌人失去了一批重要的指挥官,于是兴奋地叫道:"好哇,好!太好了!"王金山他们跃上高坡的同时,他也不失时机地大声命令:"誓死拿下高地,同志们,冲啊!"

"冲啊!"战士们火山爆发似的呼叫着冲向高坡、冲向敌阵。

失去了最高指挥官的守敌,面对始料不及的变故,吓得惊慌失措,在突然炸起的冲杀声中,像一只只无头的苍蝇乱飞乱撞,无心恋战,胡乱放了几枪后便连滚带爬地拼命往高地逃窜。

战士们像一头头上山猛虎,手里的冲锋枪喷射着怒火,让在雪地里深一脚浅一脚掉了魂似的往山上攀爬的敌军,不是滑倒骨碌碌滚下山去,就是被子弹打得一头栽倒在地,不到半刻钟工夫,雪坡上便横七竖八地躺满了尸体。战士们吼叫着冲向山腰,很快就占领了敌守军筑构在前沿阵地的第一道、第二道防御工事。

阵地守军指挥所里,副指挥官站在指挥所瞭望口,看着山腰之上发生的情况,嘴里咕咕噜噜地骂了几句。他终于看清,进攻二五○高地的所谓部队不过是一支武器落后的几十人的小连队,后面没有援军,也没有其他的炮火支援。他轻蔑地笑了,以他现在的兵力和现有的装备,再加上他坚固的军事堡垒,他完全可以把失去的两道防线再夺回来。于是,他镇定自若地指挥部下以重火力展开阻击。东西一百余米的防御战壕里,数挺美式重型机枪同时开火,一颗颗手雷飞向下面的雪坡,霎时间,枪声、爆炸声响成一片,阵地上雪土横飞,浓烟滚滚。看着被炸弹掀起的尘土夹杂着断腿残肢,副指挥官哈哈狂笑……

一声声震耳欲聋的爆炸后,白色的雪地变成了冒着热气的土坑,密集的子弹在尘土飞扬的污雾中雨点般泼洒,冲锋的战士不是被手雷炸得肢体破碎,就是在前进中饮弹倒下……部队的进攻道路被强烈的炮火彻底封闭,伤亡越来越惨重。

连长的牙齿咬得咯咯直响：再不能这么耗下去了！不打掉这些重机枪，他们就永远冲不上山顶！这时，他看见朱彦夫伏在自己的右上侧，正在寻找向东边的一道雪梁迂回前进的机会，就几个翻身滚到朱彦夫身边，打破常规，命令朱彦夫带着二班长杨仁富和另外三名有狙击经验的战士，在机枪火力的掩护下冲过那道雪梁，力争抢占敌人的东头阵地，尽快扭转战机。

朱彦夫早已按捺不住满腔的怒火，待连长一声令下，就领着四名战友就地一滚，很快钻到了那道雪梁下面。这道雪梁在敌人东西阵地的正中，雪梁前方有几簇矮小的树丛，也许敌人以为那树丛后根本藏不住人，雪梁又处在两个火力点的交叉位置边缘，所以监视得不太严，正好让此处形成了一个狭窄的火力死角。

朱彦夫决定用手榴弹炸起的雪雾做掩护接近树丛——这道雪梁离山顶还远，手榴弹扔不上山顶，但扔到树丛那儿却绰绰有余。他把自己的想法简单地告诉了四位战友。这几个战友都是连长挑选的精英，不用细讲就领会了朱彦夫的意图，立刻一起朝着树丛方向扔出了一排手榴弹，霎时间，积雪、树枝被炸得漫天飞舞，趁此机会，五个人一猫腰就向着那树丛猛冲过去。但狡猾的敌人很快就发现了他们中路突破的意图，狂叫着把一排排手榴弹扔了下来，弹片呼呼乱飞，炸起的雪团打在朱彦夫他们脸上，有说不出的难受，他们却不顾如针扎刀削般的疼痛，眼睛死死地盯着前方，跳跃匍匐，匍匐跳跃，向前向前再向前，努力向敌人接近再接近。近了，更近了，距敌人的东头阵地越来越近了……三位战士不幸先后中弹倒了下去，只剩下朱彦夫和二班长杨仁富瞪着血红的眼睛在弹雨中寻找冲刺的道路……

高地东头的守军战壕里，重机枪不停地向山腰吐着火舌，手雷和手榴弹不断往山下投放，运送弹药的士兵弓着腰来回奔跑，他们不想给前面阵地留下丝毫的空间，拼命地用弹药给自己壮威壮胆。

"不许动！举起手来！"一声怒喝像炸雷般炸入战壕，两个血糊糊的"战神"突然出现在战壕边。这两位战士不是别人，正是朱彦夫和二班长杨仁富。此时，朱彦夫和杨仁富的样子简直让战壕里的敌人胆战心惊：朱彦夫满脸黑烟，他的脖子让子弹穿了一个小槽，血水染红了他那被子弹撕扯成破絮的军装。杨仁富早已没有了军帽，满头的血水和着黑灰流遍了全身，又不停地滴到地上，像刚从血潭里爬出来的。弹片将他的左脸颊撕开了一条大口子，露出了白森森的脸颊骨，右脸一块巴掌大的皮肉翻卷着耷拉了下来，左耳几乎被全部撕掉了，似乎风一吹就会脱落……

敌人听不懂"战神"的喝吼，但看清了"战神"那令人毛骨悚然的模样，看清了"战神"手握的冲锋枪，瞬间的怔愣后，他们立刻调转枪口，企图凭借他们人多的优势反抗。

来不及多想，朱彦夫和杨仁富手里的冲锋枪不约而同地"发话"了，七八个敌人在突突的枪声中仰的仰、趴的趴，其余的见势不妙，丢掉弹药箱，沿着战壕大喊大叫着向西北窜逃。二班长杨仁富见敌人狼狈逃窜，立刻往前走了一步，想用敌人的重机枪扫射逃跑的敌人，可是，他刚一动便一头栽倒在地。朱彦夫正打得起劲儿，忽然听到身后扑通一响，折回头一看，忙翻身奔到杨班长身边一把抱起他的头："杨班长，你要挺住，你一定要挺住，部队马上就会冲上来的，卫生员马上就会到的，你一定要挺住啊！"

杨仁富努力地睁开眼睛，他张张嘴，可嘴里涌出了血团，他没法说话了。他轻轻地摇摇头，费力地抬起手指了指西北方向，突然，他头一歪，脑袋一沉，倒在了朱彦夫的怀里。

"杨班长——"朱彦夫痛苦地大叫一声，他知道二班长要表达的意思，二班长是说，别管他，小心西北方向的敌人返回来抢夺阵地！这就是二班长的遗言！

战士们迅速冲了上来，操起敌人丢下的美式武器，向西北方向逼过去。狭路相逢勇者胜，激战三个多小时后，英勇的战士们终于把守敌近一个营的兵力全部歼灭，占领了二五〇高地。

被歼灭的守敌为胜利的志愿军连队留下了充足的武器弹药，连长和指导员要求战士们迅速把这些武器归拢。西头山势较高，有道陡峭的悬崖做掩护，易守难攻，连长便命令战士们在这里设防。战士们按照连长的命令把重型武器摆放在几个工事要道，草草掩埋了烈士们的遗体，便抓紧时间做短暂休息，以便伏击即将到来的南逃之敌。

连长和指导员仔细清点了一下，在这次抢占二五〇高地的战斗中，一共有四十一名战士光荣牺牲。现在包括所有受伤的战士在内，连队还有五十二人，具有战斗力的战士只有四十人，十二名肢体不全的重伤员则被战士们转移到了坚固的掩体工事里，由卫生员王青负责包扎护理。趁着战士们休息的空隙，连长和指导员对全连战士进行了重新组合，他俩心里清楚，刚才的激战仅仅是个开头，一场更加惨烈的大战正随着时间的推移一步步逼近。

中午时分，覆盖着厚厚积雪的公路上，几辆装甲车开道，后面紧随着十几辆坦克，然后是满载着美军士兵的卡车、拖拽大炮的卡车，这支机械化部队像一条长龙摇撼着山野向前移动。这支完全依靠车轮行军的部队，就是美军海军陆战队一师的两个主力营，他们凭借着优良的机械装备，挣脱了我志愿军东线主力部队的重重包围，向南拼命奔逃。为了保存这支残存的王牌武装，美航空战斗队与其时时联系，保护着逃敌的沿途安全，并根据逃敌的需要随时给予空中物资援助和火力支援。现在，这支逃敌已接近二五〇高地，隆隆的声响震得公路两旁树上、坡上的积雪哗哗坠落。

二五〇高地留下的战斗痕迹在茫茫雪野中特别醒目，被炸弹掀开的斑驳土地上白雪微露，让敌人明白这场战斗就发生在不久之前。敌军停止了前进，他们通过望远镜看清了守护在高地上的志愿军部队，他们领教过这些中国战士的厉害，因此虽然觉得前面的山头不大，不可能隐藏大量战士，还是不敢掉以轻心，贸然派步兵攻击。于是，他们用炮火做试探，想看看山上的反应再做具体的部署。

装甲车和坦克的隆隆轰鸣传了过来，距离越来越近，整个高地都在微微颤抖。战士们的神经绷得紧紧的，按照连长的命令进入了战壕，进入一级战斗的紧张状态。突然，轰轰隆隆的声音消失了。这是怎么回事？

"命令所有战士，以最快的速度进入工事掩体，快！"站在高处关注公路北端情况的连长刘步荣，终于看到了公路上逃敌的钢铁气势，看到了敌人站在雪地里向这里指指画画，刘步荣的第一个反应就是敌人要对这里进行炮火攻击了。时间就是生命，速度就是胜利，保存生命就是胜利的根本保障。情况万分危急，他亮起他的大嗓门在高地上叫喊，要所有的战士全部撤进掩体，要指导员组织干部帮助战壕里的轻伤员隐蔽。

连长见所有的战士都已进入了掩体，才最后一个跑进来。他见朱彦夫的脖子上缠着绷带，还撅着屁股在搬扛工事旁边的一箱手榴弹，就冲过去阻止："你还磨蹭啥，赶快隐蔽！"

"这里有个大石缝，可以藏好多弹药。"朱彦夫指着身边解释。

"胡闹！"连长正要去拉朱彦夫，敌人的炮弹就低啸尖叫着飞到了高地前面的山腰上。连长见这个石缝是个很不错的掩体，就一把将朱彦夫按了进去。石缝仅能容纳一个人，连长安置好朱彦夫，就地一滚钻进了一个浅而薄的掩体内。

朱彦夫本来是二排一班的，连长见他脑瓜子好使，便把他要到自己身边。对于这个好学又勇敢的好战士，连长特别疼爱。

大部队到底什么时候能赶来，连长心里没底，因为他知道，战场的局势瞬息万变，尤其是在这异国他乡的战场上，很多战斗并不能完全依照事先的部署进行。从接到占领二五〇高地命令那一刻起，他就有了心理准备，做好了壮烈牺牲的打算。

在上海，朱彦夫和姜小燕的事，他心里清楚，也明白姜家父女的心思。他们想要朱彦夫做女婿，开始是出于一种感恩，后来就变成了一种光耀门庭的寄托，当这种寄托超越了其他所有情感，他们就不愿看到朱彦夫有任何风险，当然就更不愿朱彦夫心存军人的牺牲精神。他们是生意人，生意人与军人的理念不同，从朱彦夫表示要坚决从军的那天起，他们对朱彦夫的希望就大大地打了折扣。连长不忍心看到朱彦夫经受失去爱情的折磨，也从心底期盼朱彦夫和姜小燕能走到一起，但是，他在朱彦夫坚定的信念中改变了原本埋藏在心底的打算。

他非常清楚，朱彦夫的实际年龄只有十七岁，但也依着朱彦夫所谓的十八岁的理由默许朱彦夫来到这里。他清楚地知道这种默许的结果，那就是朱彦夫和姜小燕的彻底分手。以前，他一直把这些埋在心里，从没有对任何人说过一语半句，也没有在朱彦夫面前提起半个字。但现在，一丝后悔在他的脑海里滑过：当初确实应该劝朱彦夫留在上海，毕竟他当时还是个不足上异国前线年龄的孩子啊！

"混蛋，都什么时候了，怎么还有心思想这些事？"刘步荣在心里骂着自己。工事掩体顶上的泥土在爆炸的声浪中哗哗直落，他轻轻驱赶着眼前呛鼻的灰尘，这样的阵势他见得多了，心里不存在丝毫的惧怕，让他揪心的是山上这些看似坚固的工事掩体能不能经受住这场猛烈炮火的考验。

敌人的坦克炮和几十门重炮同时发威，成批的炮弹向二五〇高地轰炸，爆炸声震耳欲聋，炮弹所过之处，积雪、树枝、碎石、土块，全被掀到空中，灼热的弹片尖叫着四处飞溅，钻入雪层中吱吱作响。二五〇高地在炮火中激烈地颤抖着，呼喊着。仅仅十几分钟，敌人的炮火就把整个二五〇高地从下到上轰炸了一遍。

敌人的炮火停了，连长从坍塌了半边的掩体里钻出来，大声叫喊："同志们，都出来吧！"

随着连长的呼叫，看似空荡荡的高地上，这里在动，那里也在动，活着的战士们一个一个从尘土里、从掩体里钻了出来。

就是这样试探性的炮火，就已经给二五〇高地的防御阵地造成了不小的破坏，好几段交通壕被炮火填平，大部分防炮掩体坍塌，很多战士被埋在了里边。前沿工事被彻底摧毁，在工事里负责监视敌人的十几名战士大部分壮烈牺牲，其余的也都受了伤。

集合的战士还不足三十名，其他的战士都不见了。连长迅速进行了分工：所有的伤员由卫生员王青带领，全部撤进掩体，其他的战士到所有被炸塌的掩体里找人，要把埋在里面的战士全部找到，无论是生是死都要找到。战士们以排为单位，各班负责各班，班长不在的由老战士负责，排长不在的由年长的班长负责。连长负责掌握东头的情况，指导员负责西头的情况，十分钟后两人再碰头交流。

久经沙场的连长刘步荣冷静地分析了山下敌人的动机，他认为敌人组织冲锋的可能性不大，因为这股敌人的目的是彻底摆脱后面的追兵，而不是占领这个小小的山头。因此如果敌人见不到高地的炮火反击，必定不会轻易地通过这道一夫当关万夫莫开的天然闸门，必定会用更猛烈的炮火再次进行轰炸，直到他们认为万无一失才会放心。连长认为，敌人不会给高地留下多少时间，必须争分夺秒让战士们进入比较坚固的工事掩体，尽最大的努力来保存阻击敌人的力量，想尽一切办法拖延时间，等待大部队的到来。

战友们都找到了。一班长王金山牺牲了，他是被炸毁的掩体压死的，挖出来时已面目全非，如果不是那支所有战士都熟悉的钢笔，谁也无法认出那是谁。其他被挖出来的战友也是不死即伤，全连眨眼间又伤亡了十几人，战士们悲愤的火焰又在胸中熊熊燃烧了起来！为战友报仇的强烈欲望在每个人心中汹涌激荡！

"连长，让我们冲下山去吧，敌人不攻山，我们怎么给战友报仇啊？"

"是啊，连长，在这里我们只有挨炸的分儿，他们的一根汗毛也碰不着，这也太窝囊了！"

"杀一个够本，杀两个还赚一个，不能眼睁睁地看着他们……"

"都给我闭嘴！"连长大吼了一声。他见战士们静了下来，这才放缓了语气，简单地说:"我也想马上下去拼个你死我活,可现在我们手里的武器能把敌人怎么样?这道峡谷才是我们眼下最重要的阵地,待在这里,就算我们只有一人活着,敌人也休想逃走。现在我命令,全部进入掩体,动作越快越好。执行命令!"

不出连长所料,敌人并没有立即组织人员攻击,就在战士们全部躲进掩体后不久,更大规模的炮击开始了。

凶残的敌人并没有给高地喘气的时间,他们见没有回击的炮火,便断定前面高地上只是小股部队,胆子一下子大了起来,手段也凶狠了起来。炮弹密集地倾泻下来,呛人的硝烟如浓雾般弥漫,积雪和碎石一次次被抛向空中,再重重地落下来。一遍地毯式的轰炸过后,紧接着,空中嗡嗡作响,凄厉吼叫着的敌机飞了过来,盘旋一圈后,便肆意地扎下机头,几乎是贴着峰顶掠过,抛下成吨的重磅炸弹和雨点般的汽油弹。霎时间,天摇地动,一股股浓烟、烈火伴着一阵阵巨响冲天而起,烈火借着北风肆意蔓延。雪早融化了,阵地被烧成了一片焦土,地上的弹坑一个接一个,巨大的山石被炸成碎块,连斗大的石块都被高高地掀向空中,又暴风骤雨般砸下来。

在密集的弹雨中,掩体一个接着一个被无情地摧毁,整个高地成了一片火海。

敌机满意地昂起头离开了高地,持续了一个多小时的狂轰滥炸终于渐渐平息,但烈火硝烟在北风的劲吹下,依旧滚滚翻腾。在这硝烟滚滚的火海中,在冒着雾一般蒸汽的泥土里,一个接着一个,顽强的战士又从烧焦的地底下拱了出来,他们的衣服上冒着烟火,他们的皮肤黑如墨炭,他们在地上爬行着,翻滚着,他们在烟火中环视着他们的高地,他们在烟火里寻找着他们的战友……

阵地上的情景惨不忍睹:山头早已失去了原有的面貌,厚厚的冰雪早被炙烤得全部融化,焦黑的土地上,到处是未熄灭的烈火,到处是巨大的弹坑,到处是被炸成碎片的肢体,有的已被熏烧成黑色,有的还渗着鲜血……

活着的战士一个又一个相互搀扶着站了起来,他们有的肢体已经不全,有的鲜血还在流淌,他们的战服已被撕扯得破烂不堪,他们的脸庞已被战火熏烤得漆黑难辨。可他们还是顽强地站了起来,像钢铁铸就的堡垒,挺立在二五〇高地上,坚守在堵截敌军逃跑的闸门边,他们还要继续战斗下去!

第10章
英 雄 魂

刺骨的冷风一吹，温度急剧下降。刚刚还在烈火之中冒着热汗的战士们又开始感到寒冷，在零下几十度的寒流中，战士们打起了冷战。连队的情况很糟糕：唯一与主力部队联系的电台在敌机的狂轰滥炸中变成了碎片；工事掩体几乎全部被摧毁，隐藏在掩体内的所有伤员牺牲，现在全连官兵仅剩十九人，且都不同程度地受了伤；饥饿和寒冷比山下的敌人还要凶恶，时时威胁着战士们的生命。但坚守阵地、阻击逃敌的任务还得继续完成，战士们带着疲劳，忍着寒冷与饥饿，不顾身体上的伤痛，在高地上搜寻着武器，把凡是用得上的武器弹药都尽量从尘土里翻找出来。

老天爷像是不忍心再看着这美丽的山峰被糟蹋得不堪入目，又把团团洁白的雪花飘飘洒洒地向下抛。

急于逃命的敌人经过两次大规模的轰炸后，为了彻底扫清障碍，发起了第一次冲锋。

连长指挥所有尚存战斗力的战士迅速进入前沿阵地。面对这些进攻的敌人，战士们充满了复仇的斗志，他们凭借巨石、弹坑和居高临下的有利地势，准备与敌人血战一场，寒冷和饥饿全因即将到来的战斗被抛到了脑后——只要敌人不用炮火轰击，他们手里的武器就有了用武之地，憋在心里的怒火就有了发泄的机会。

敌人显然对自己的轰炸充满了信心。他们自信地认为，高地上的人已彻底丧失抵抗能力，清扫山头的残存势力轻而易举，南逃的大门畅通无阻。自负的敌人得意地向高地接近，他们昂首挺胸，根本不把经过炮火血洗的山顶放在眼里。连长和战士们从敌人毫不在乎的样子里，看出了敌人的自负。他们一个个摩拳擦掌，显得异常兴奋——他们要利用美国鬼子的这种傲慢，给敌人一个下马威。

"隐蔽好，不要激动，没有我的命令，不许开枪！"战士们一个接一个轻声地传达着连长的命令。阵地上一片寂静，只有越来越密的雪花在飘落。过了一会儿，敌人杂乱的脚步声和呼呼的喘气声传进了战士们的耳朵。敌人越来越近了：八十米！五十米！四十米！"打！"连长一声大喊，手中的两颗手榴弹飞向了敌阵。早就等得不耐烦的战士还未等连长投下的手榴弹炸响，就把无数的手榴弹铺天盖地地砸进了敌群。一阵阵轰天的巨响过后，战士们手里的轻重机枪发出了怒吼，雨点般密集的子弹向着敌人泼了过去。这一场突然袭击，打得敌人措手不及，一下子被撂倒了二三十个，没被撂倒的也吓得像受了惊的兔子，连滚带爬地逃下了山坡。

敌人的冲锋就这样被击退了。

这一仗打得很顺利，战士们不仅没有受到损失，还把冻得发抖的身子战出了一身热汗，精神也达到了最佳状态。连长瘸着腿把战士们召集在一起，分析着眼前的形势，他说："同志们，这一仗我们打得很轻松，是敌人的大意让我们占了便宜，也是我们坚守有利阵地、沉着作战的结果。敌人绝不会善罢甘休，我估计他们会在很短的时间内进行疯狂的报复。现在的雪很大，敌人用飞机轰炸的可能性不是太大，这一点对我们是有利的。至于敌人会不会继续用大炮来进行轰炸？现在的能见度很低，我认为可能性也不会太大，但我们必须要有充足的心理准备，不可大意。就目前的态势来看，敌人组织人员抢夺高地是最大的可能。眼下，所有的掩体都已经报废，没有工具，修筑工事也是不太可能的，我提议，趁现在敌人还没有行动，先准备好各自的武器，同时做好防止敌人再次炮火袭击的准备。"

连长看到战士们分头忙碌的身影，鼻子里有些发酸。这是一群多么可爱的战士啊！从接到抢占高地的命令开始急行军，到现在已将近四十个小时，翻越了一百五十多里的雪山地，又经过大半天激烈的战斗，一会儿是火海中的高温烧烤，一会儿又是冰天雪地中透骨的冰冻，在生与死的较量中，他们忍受着失去战友的切肤痛楚，忍受着饥饿伤痛和极大的疲劳，没有一声埋怨，没有一丝畏惧，始终是那么顽强，那么坚毅。连长忍不住在心里大声地赞扬这些战士。

连长的腿被弹片割伤了，走起路来一拐一瘸的，为了节省纱布，他只从裤子上撕下一块布片捆住了伤口。血水流了出来，连长怕被其他战士看到，便悄悄地抓起雪将已遮不住腿肚子的裤腿下带血的腿杆反复擦洗，嘴里却说："用雪擦擦，对防冻有好处。高指导员，现在干部损失比较严重，部队只能打破班排建制，由我们俩统一指挥了。你胳膊的问题马虎不得，还得让卫生员好好包扎一下。"

指导员的左胳膊被子弹打断了，虽然经过简单的包扎处理，但在刚才的战斗中又受了震动，流出的血已冻成黑色的硬块。指导员摇摇头："没这个必要，纱布不多，后边的战斗还很残酷，省着急用吧。老刘啊，我在想，要是敌人再出动飞机大炮怎么办？"

"这是个大问题，有什么好的对策呢？依靠我们的地形和现有的武器，如果鬼子单用人力进攻，我们是能够阻挡的，可这只是我们的一厢情愿哟，谁知道狡猾的鬼子下面会出什么样的牌呢？"连长摸着满嘴的胡茬儿，看着雪花飘飘的天空，"但愿这雪下得再大再密些。"

指导员也望着雪蒙蒙的天，说："鬼子的飞机实在可恨，为了抢夺时间，他们会不会冒雪再派飞机过来？"

失败而回的敌军遭到了上司的一顿臭骂，敌军指挥官很难相信在那样的轰炸下竟然还有不死的军人，除非山顶上还有大炮和轰炸机根本无法摧毁的防空防爆工事，如果真是这样，那这个高地就不可等闲视之。现在，他们不能就这样困在这雪路上等着后面的追兵把他们活活吞噬，但飞雪漫天，能见度不高，炮击的位置不好确定，有限的炮弹也不能盲目地消耗，于是，敌军指挥官决定组织所有的士兵冒着飞雪向二五〇高地发起第二次进攻。

进攻的敌军吸取了教训，两百多人散开队形，向着高地攀爬。他们猫着腰，以沟坎、石头做掩护，一步一步向阵地逼近。

漫天大雪转眼就给被炸得不堪入目的高地铺上了一层耀眼的纯洁，荷枪实弹的敌军像蚂蚁一样践踏着纯洁，蠢蠢欲动。他们见高地上没有任何反应，便开始大胆地直直往前冲。突然，几支冲锋枪同时打破了沉默，接着，几挺机枪嗒嗒嗒地喷出了火舌，顿时，前面的敌军溅着血倒在了雪地上，走在后面的也吓得抱着脑袋在雪地上滚翻，刚刚还杀气腾腾的敌军，被枪声搅成了一锅粥，龟缩在山下半天不敢动弹。

敌军指挥官气得发疯，颤抖着手拿起话机近乎绝望地呼救，要他们的空军不惜一切尽快支援。

"连长，不好，好像是'黑老鸹'来了！"担任瞭望任务的战士大声叫起来，喊声还未消失，空中就传来了刺耳的轰鸣，机关炮咚咚咚地打得阵地上雪土乱舞。

阵地上除了几条还没有完全填平的战壕外，再也没有任何可以藏身的掩体了。从敌人飞机机关炮打中的位置来看，飞机里的敌军还没有找准目标，他们被茫茫雪雾迷住了视线。连长和指导员赶快组织战士们按照他们事先的部署，三人一组，在不同位置组成了五组防空战斗队，每个战斗队一名机枪战士、一名射手及一名副射手——他们要与这批冒着飞雪进行轰炸的敌机展开搏斗！

三架轰炸机像三只巨大的飞鹰在高地上空盘旋，一颗颗炸弹、一颗颗燃烧弹带着呼呼的风声坠落下来，让高地在火海中激烈地颤抖。轰炸机越飞越低，几乎擦着了腾起的火苗……

连长挥舞着手臂指挥战斗队对空射击。哒哒哒哒，几挺重机枪吐出的火舌死死跟盯着飞机……

郑福庭正对空射击，突然看到一股大火蹿上肩枪的战士刘方锡，忙焦急地喊："火！就地滚，放下枪就地滚一滚！"

刘方锡听见了，但他没有回头，只任凭身上的火蛇撕咬，自己牢牢地叉着双腿挺着肩上扛的机枪，好像那火不是烧在他的身上，而是烧在一截没有生命的木桩上似的，他嘴里高声地喊道："别管我，你只管打！打下狗日的！"

郑福庭的手只稍一停顿，又扣起了扳机。其实，他身上也同样燃起了火苗。汽油弹溅射的汽油燃着了地面，战士们都置身火海，但是，这火没能阻挡住机枪吐出火舌。一架敌机不知是油箱被打着了还是飞行员被打中了，终于冒着滚滚的浓烟号叫着向山下栽滑，最后，拖着一条火龙般的尾巴，一头扎在对面的山坡上，轰的一声爆炸了。可惜，这声巨响刘方锡再也无法听见，他被活活烧死了——他是站着死的，他的身体和机枪连成了一体。

飞机爆炸的巨响，吓得另外两架轰炸机掉头就逃。惊心动魄的陆空激战，仅仅持续了几分钟，就结束了。

敌机一走，战士们就丢下枪，在地上翻滚，他们的手上、脸上全是火，这火粘哪烧哪，战士们把手、头狠命埋插到滚烫的松土里也不管用，只要手、脸一露出来火苗马上蹿了起来，把整个身子烧得吱吱作响。伤势较重的战士已经耗尽了力量，只能在火海里痛苦地扭曲着自己的身体，直到生命痛苦地终结。

天，渐渐地暗了下来。飞机的炸毁给敌军造成了极大的心理恐慌，这个出乎意料的结果将给他们后面的求援带来难题。他们无法摸透这个神秘的高地到底还有多少、还有多强的阻击火力，但他们好不容易从几百里以外的重重包围中挣脱出来，不甘心就这样失去逃生的机会，因此哪怕是天黑前这一点昏暗的光线，他们也要利用起来，尝试着做最后一搏。

炮火开路，成了敌军不假思索的选择。坦克炮、大炮又抬起了头，向着朦胧中的高地发出了它们近乎绝望的嘶叫，高地在这嘶叫声里，又被撕去了刚刚换上的白色外衣。炮火一停，疯狂的敌军就像蚂蚁一样涌向高地，结果，又是那熟悉的轻重机枪在唱着让他们胆战心惊的歌，让他们的十几个士兵躺在那片被炮火冲洗过的地方，做了异国他乡的鬼魂。

天完全黑了下来，敌军的冲锋不得不终止。这个在白天让他们胆战心惊的高地，在夜幕下更让他们不敢踏足，他们只好绝望地部署营地四周的防线，心惊胆战地龟缩在这里寻找机会。

二五〇高地上，飘飘飞雪刚刚把被战火撕开裂口的山野覆盖，就疲惫地停住了，好像也进入了休息状态。这时，风好像来了精神，尖啸着让一股股寒冷尽情释放，让经历火海和激战的战士们又冷又饿。

为了抵御寒冻，连长组织能活动的战士扒下敌人尸体上的服装，以度过这个滴水成冰的夜晚。掩体早被夷平，他们在刺骨的冷风中就着雪色的昏光，把战友的遗体拖放到一起，堆放在弹坑里，用还没有完全冷却的雪土进行掩埋。

风在哭泣，大地在默哀，战士们的心在滴血，在燃烧。他们与战友告别，他们向风诉说对祖国对家乡对亲人的强烈思念，他们心里都十分清楚，如果大部队不能在天亮前赶来，他们将会与他们的战友一样，躺在这个高地上，永远化作山脉的一部分。

战士徐风明只剩下一条胳膊，他一边用那只好手给战友的遗体覆盖雪土，一边对剩下的战友说："他奶奶的，如果我明天躺在了这里，你们记得把我身上的美国皮给扒掉。我的爹爹是老红军，肯定不愿我穿着美国皮去见他。如果有能活着回去的，一定记着给我的老婆带个口信，要她别再等我了，趁着年轻另外再找个人家……"

一贯反感战士说不吉利话的三排长杜鲁民没有阻止徐风明，徐风明是他排里的战士，他知道徐风明跟老婆结婚第五天就被通知归了队，从那以后就再没有与老婆见过一面。徐风明不是党员，只是一个普通的战士，没有什么豪言壮语，也不会喊什么震撼人心、鼓舞斗志的口号，但他今天的几句"遗言"却是那么实在，也那么沉重，让杜鲁民无法开口阻止他说下去。

一向严肃的指导员高新波默默地听着，也没有表示反对，在这种时候，暂且忘却炮火，忘却饥饿和寒冷，自由自在地表达自己的观点，自由自在地想点个人心事，还能把生死看得无足轻重，把死后的名节看得如此重要，也是一种伟大。

徐风明的托付，带动了所有人的情绪。朱彦夫渴望将他寻找弟弟朱彦坤的期盼化作神奇的梦境带给沂蒙山的母亲；图说话吉利的杜鲁民也希望风儿能把他的思念和祝福送到家乡，送给弓着背、推着独轮车负担一家生活的老父亲；一向严肃的指导员渴求闭上眼睛后能看到老家河南南阳那一条条熟悉的街道，看到妻子美丽的脸庞以及走时只有两个月大的儿子的天真笑容；就是从小失去了亲人、戎马半生的连长刘步荣，此时此刻也是思潮翻涌，他多么想再亮起嗓子吼几句信天游，看一眼巍峨耸立的延安宝塔山，或者回到上海铁花厂与老乡姜大山品上几口香辣香辣的老酒。还有，还有……

战士们手捧着牵肠挂肚的眷恋，堆起了一座座高高的坟茔，堆起了对敌军的满腔愤怒。

一排长郑福庭和卫生员王青拖着疲惫的受伤的身体回来报告：他们找遍了敌军的尸体，也没有找到一听西洋罐头或其他什么吃的。他俩是带着所有战士的希望摸下山腰去找食物的，此时，听到这样的消息，极度疲劳、极度饥饿的战士们只好咽了咽口水，捧起地上的积雪来欺骗欺骗早已空了的胃。

连长和指导员看着眼前缺腿断臂、浑身是伤的战士们，直言不讳地分析了大家的处境和任务："现在全连队总共就剩下我们这十一位活着的战友了，大家都是伤员，没有药品医治我们的伤痛，没有纱布包扎我们的伤口，没有粮食填饱我们的饥腹，没有任何东西能挡住我们头上的飞雪，而且我们已与主力部队彻底失去联系，我们所面临的困难没有任何办法可以解决。但我们要相信，团首长牵挂着我们，彭总指挥关注着我们，毛主席也关注着我们在朝鲜战场的每一位战士，全国人民和朝鲜人民都关注着我们的每一场战斗。为了配合主力部队歼灭这股逃敌，为了给新中国减少威胁，到了我们奉献生命的时候了，这是对我们的严峻考验，也是我们至高无上的光荣。在这样的困境中，作战意志是我们战胜困境的动力，作战武器是延续我们生命的保障，加强领导是有力打击敌人的关键。经过商量，除了我和指导员外，剩下的战士三个人为一排，排长分别由郑福庭、杜鲁民、朱彦夫担任。三个排长同时也做连队干部的替补，按年龄顺序，以死为令，死一补一，自行接替，谁活到最后，谁就指挥到底。这是我们最坏的打算，大家可能都会活下去，也可能会全部战死，但只要有一个人、一口气在，就得打下去，就得把敌人拖住，直到生命的最后一刻。现在，以排为单位，先把武器备好，三个排轮流监视敌人动向，轮流休息，准备迎接更加残酷的战斗。"

随着嗖的一声刺耳声响，一道耀眼刺目的强光撕开了黎明前的夜幕，把整个二五〇高地照得雪亮。照明弹的强光照醒了高地上半睡半醒的战士，还未等战士们从惊诧中反应过来，几架轰炸机就轰鸣着冲向高地，丢下了数枚燃烧弹，而后迅速抬头消失在夜空，高地顿时又成了火的海洋……

战士们一个个变成了火球，在火海中翻滚，在火海中挣扎，在火海中扒掉裹缠在身上的火焰……

这是敌人精心策划的一场陆空袭击战。火海里的战士还在痛苦地挣扎，敌人又在一颗接一颗的照明弹下开始了疯狂的炮击。一批批炮弹呼啸着扑上山头，一道道弹光划着弧线覆盖了高地的每一寸土地——恼羞成怒的敌人懂得时间对他们的含义，轰炸已达到极限。高地转眼间变成了血与火的海洋，像沸腾的油锅中溅进冰冷的水滴，顿时，山石四射，弹片横飞……

炮弹的爆炸声渐渐稀疏，十来分钟的强烈轰炸又把高地变成了焦热的松土。

阵地西侧冒着黑烟的松土里，伸出了一只黑炭般的手，接着，一个战士爬出来了，是朱彦夫。他艰难地挣扎着摇摇晃晃地站起来，抖掉满身的烟土。他满脸乌黑，只有两只眼珠在转动。此时，高地上除了烟雾就是火焰，朱彦夫用嘶哑的喉咙大声喊起来："阵地上还有活着的吗？还有吗？"

除了偶尔炸响的炮弹，没有任何回音。朱彦夫揉了揉眼睛，终于发现不远的地方有土在动，他提着枪几步奔过去，扒开焦土，看见一个沾满了泥土的血糊糊的脑袋露了出来，朱彦夫抱起那个战士的腰用力一拖，却见那个战士的身上也是血糊糊的一片，整个下半身被炸成了碎片，朱彦夫的心猛地一沉。

"阵地上还、还有多、多少人？"这人说话了，嘴里的血却直往外涌。

"连长！"朱彦夫不敢相信，这个人竟然是连长。从渡长江打南京开始，他就一直跟着这个连长，在无数次枪林弹雨中，连长都只受了轻伤，战士们都说他是个福将，他自己也说子弹见了他会绕着道飞，擦破点肉皮那也是子弹跟他开的玩笑，可现在，那该死的炮弹把连长炸成了这个样子！朱彦夫想也没想就冲着阵地大喊大叫起来："王青，王青——"

此时，朱彦夫忘记了，王青也早已编入了战斗队，忘记了连长是他从泥土里爬出来后看到的第一个活着的人。

"来了！"真没有想到，王青还真的跑了过来。

"快，快救救连长！"

"不！不要管我！鬼子、鬼子可能……"连长吃力地说着，突然，他感觉到了什么，用全身的气力把朱彦夫和跑到身边的王青推向了两边。只听一声尖啸，紧接着是轰的一声巨响，一股巨大的气浪把王青和朱彦夫推出老远，等他俩在浓烟升腾、泥土撒落中再回头看时，哪里还有连长的影子？连长刚才待的地方已经变成了一个大弹坑，弹坑的四周冒着股股青烟，破碎的衣片还在空中徐徐飘落……

"连长——！"朱彦夫和王青失声痛喊，撕心裂肺！

阵地上到底还有多少活人？阵地中段，徐风明还活着，但看样子也伤得不轻，此时正斜躺在一个弹坑里，昏昏沉沉，朱彦夫摇醒了他："看见指导员没有？"

"没有，一直没看见。"徐风明的腿好像断了，趴在那里不能动弹。

"坚持住，一定要坚持住！徐风明，你监视敌人，防止敌人偷袭！王青，你往东，我往西，看看还有多少战士，我们抓紧时间组织新的战斗力。"朱彦夫吩咐完毕，又开始在阵地上仔细寻找起来。从徐风明的身上，他看到了希望，他要找到指导员和其他的战士。

硝烟还没有散尽，阵地上到处是炸碎的枪支和衣服，到处是殷红的血迹。阵地西侧有几段交通壕还可以走人，朱彦夫跳进去，沿壕沟朝前小跑，终于看见了三位躺在一块的战友,但他们都已经牺牲了,只有机枪还挺立在沟沿上。朱彦夫的心一阵阵发紧:"难道阵地上再没有其他的活人了?"这时,一个弹坑里传出了一声痛苦的呼喊。啊,还有活着的!朱彦夫一阵惊喜,这不正是他要找的指导员高新波嘛!

指导员高新波面朝西侧趴在弹坑里,左腿蜷缩在身下,右腿直愣愣地平伸着,涌出的鲜血已将整条腿染红,一条长长的血痕从指导员身下一直延伸到弹坑外,看样子,指导员是从那里滚进这个弹坑的。

"指导员!"朱彦夫心疼地来到指导员身边。

听到朱彦夫的声音,指导员已经涣散的眼神又聚起了光亮,但他虽然嘴角不停地颤动,却一直没能发出声音。朱彦夫轻轻地帮指导员翻了个身,这才发现指导员的胸前全都是血,身下的泥土也已被血染红。看到指导员那满是黑灰的脸上两片干得泛灰的嘴唇,朱彦夫连忙跑到崖边,用枪托敲下冰块,然后把冰块放在指导员的嘴边。冰冷的潮润唤回了指导员的神志,过了好一会儿,他终于吐出了一句话:"阵地的情况怎样?"

"报告指导员,战友们的伤亡情况还不大清楚,我正在和能活动的战士分头寻找。山下的敌军现在还没有动静,估计很快会有新的动作。指导员,你忍着点,我给你包扎伤口。"说着,朱彦夫呼地从腿上撕下片破布条来。

"别、别,没有……必要了!"指导员费力地说完,眼睛又闭上了。

朱彦夫正要给指导员包扎伤口,就见指导员又昏迷了过去,他鼻子一酸,一把将指导员揽到怀里。感觉指导员的身体正在逐渐变冷,又看见指导员闭着的眼里滚出了两颗晶莹的泪珠,朱彦夫终于忍不住喊道:"指导员,你快醒醒,你不能走啊,连长刚刚牺牲,我们不能没有你啊!"

"连长牺牲了?"指导员的眼睛又猛地睁开了,他急促地喘着气,费力地说,"彦夫,要、要坚持啊,你就、就担任总指挥,这是命令。"

朱彦夫抹了一把脸,哽咽着表示:"指导员,你放心,人在阵地在!"

指导员似乎感到了一种莫大的宽慰,他闭上眼睛,吃力地拉起了朱彦夫的手,直到攒够了力气,他才又睁开眼睛看着抱他的这个战友,断断续续地说:"记住,一个连的消……消亡,在一场……战争里……可能不算……什么,可你要想办法,把这悲壮……记录下来,告诉……后人,这种……精神,这种……胸怀……，让历史……记住……他们，记住……英雄魂……"指导员的声音越来越小，最后消失了。

朱彦夫知道指导员还有许多话没有说完，但他分明看到了指导员耷拉在自己怀里的脑袋，清楚感受到了指导员的呼吸已停止。正在这时，东边传来了急促的枪声，朱彦夫知道，一场生与死的决战开始了，他伸出手在指导员的脸上轻轻一抹，为指导员合上了双眼，然后操起冲锋枪冲上了阵地前沿。

天已经大亮，晨风像刀子一样削着高地，从嘴里呼出的白雾挂在胡须上，瞬间就变成了冰碴儿。

活着的战士都是破衣烂衫的，从敌军尸体上扒下的衣服，早在黎明前那场火海里变成了灰烬、变成了碎片，战士们只能穿着护不住身体的衣服在雪地里坚守阵地。敌人的这次进攻遭到了仅剩的八位战士的猛烈还击，敌军再次吓得滚了回去。现在，整个高地的八位战士除了原卫生员王青和指导员任命的总指挥朱彦夫能走动外，其他的都是脚不能动的重伤员。为了坚守阵地，战士们要求朱彦夫和王青把他们分成两人或三人一排，拖到需要防守的险地，在地上扒出一个隐蔽的小坑做掩体，把武器放到他们面前，准备与来犯之敌做生死搏斗。

他们渴望逃下山的敌军再次进攻，虽然他们极度饥饿，但严寒的天气也让他们无法忍受，只有打起仗来，才能给虚弱的身体带来一丝热量。现在，机枪、手榴弹都搬到了各自守卫的阵地面前，有了这些武器，是可以阻挡敌军的，可是，敌军一逃回去就不见露面了。

朱彦夫来到了本该是总指挥的杜鲁民跟前："杜总指挥，你说这敌军是怎么回事？是不是想困死我们？"

"不要叫我总指挥了！"一向爱开玩笑的杜鲁民板着严肃的脸，伸手摸摸面前已全部掀开了盖的手榴弹，"朱彦夫，别推三阻四的，关键时刻必须统一指挥，这个总指挥就是你。我估计敌人的炮弹打完了，他们正在想如何尽快地拔掉我们这颗钉子，抓紧时间逃命……"杜鲁民分析着。杜鲁民的眼睛被弹片炸瞎了，他什么也看不见，在这生不如死的寒冷地方，如果不是为了阵地，他早就拉响手榴弹给自己一个痛快了。可他不能啊，他是排长，他是党员，他必须给战士们带头，带头忍受比死还可怕还难受的生，用生命来保护阵地，来拖延时间。

敌人绝对不会放弃求生的希望，也绝对不会在这里耽搁时间。朱彦夫认为杜鲁民的分析很有道理，他决定再到东头去看看情况，给在寒冷中受摧残的战友们鼓鼓劲儿。

在东头最边沿的一个大弹坑里，三个战士跪坐着把枪紧紧地顶在肩窝上，手扣扳机，虎视前方，严阵以待。

"同志们，快卧下，这样容易暴露目标，也容易冻坏身子！"朱彦夫来到他们的身边，心疼地劝着。可是，他们仍然倔强地挺着身子，根本不理睬这个"总指挥"的关心。朱彦夫关切地从背后拍了拍他们的肩膀，这一拍，朱彦夫的心猛地一沉：原来他们已被活活冻死了！他们的身体与高地冻在了一起，他们的样子留在了最后一次扣动扳机的刹那间，留下了永恒！

老天爷好像也不忍心看到这悲壮的用生命完成的雕刻，飘飘扬扬地下起了雪，像是在为他们送上洁白的小花，又像是在为他们送上一床无尘的软被，将他们厚厚地覆盖……

山下的敌军果然如杜鲁民判断的那样，已打完了所有的炮弹。他们做梦也没有想到他们孤注一掷的策划，还是被高地的还击搅得一塌糊涂。他们再次向他们的空战队求救，但他们的空战队被朝鲜人民军和中国首批"雄鹰"死死缠住了翅膀，无法寻找机会前来援助。此时，他们像一群困兽，看着漫天袭来的大雪，终于决定倾巢出击，于是，几百敌军冒着大雪开始了疯狂的进攻。

朱彦夫从小与雪有着不解之缘，在寒冷中练就了强健的体魄，敌人的犹豫长达三个小时，三个小时的寒冷夺走了所有坚守在阵地上的战士的生命，只有他还在孤身奋战。

在西侧最高阵地上，他将战友们留下的三挺机枪摆在三个不同的位置，又收集了所有的弹药，在每挺机枪边堆放了开了盖的手榴弹，做好了充足的战前准备。当漫山遍野的敌人逼近他的枪口时，他滚到这挺机枪前抓起枪猛扫一阵，扔出几颗手榴弹，又滚到那挺机枪前抓起枪猛扫一阵，打得敌人叫苦不迭……

阻击的枪声突然停息，朱彦夫再也支撑不住，晕了过去。

被猛烈的阻击打怕了的敌人，不确定阵地上还有没有生命，他们虚张声势地叫喊着接近高地，又先扔了手雷进行试探。弹片炸伤了朱彦夫，也炸醒了朱彦夫，他猛地翻身爬了起来，如惊弓之鸟的敌人被他突如其来的动作吓得后退了好几步……

朱彦夫的眼睛看不到光亮，朱彦夫的耳朵被震得听不见任何声响。他的心里还在想，还有遍山的敌军没有消灭，可他看不见也听不到，急得他用双手去搓自己的双眼，却摸到了一个流着热血的洞，以及满脸黏糊糊、温热的血！

周围的敌军看见朱彦夫这副样子，吓得胆战心惊。他们看着他，小心翼翼地走近，生怕这个中国军人再给他们一次暴击。终于，他们确认这个人不再有杀伤力，一个敌人举起刺枪捅向朱彦夫的肚皮，朱彦夫咚的一声倒在了地上……

敌军不再看朱彦夫，确定此地再无其他活人。他们赶紧离开了高地，他们要抓紧时间登上汽车，赶快离开这个噩梦般的地方。

朱彦夫没有死，他被冻醒了，被痛醒了，头脑开始清醒了，听力也恢复了。他睁开被血冰覆盖的右眼，看到了他的枪，他要继续战斗！可是，他的手握不住枪，他的手冻得失去了知觉。他努力地翻动身体，他要从这山上滚下去，就算砸死一个敌人也够了。突然，山下传来了激烈的枪声，听起来火力是那么猛，啊，是主力部队赶来了！朱彦夫心想，我不能死，我要回到我的部队！他辨别着方向，用信念支撑着冻僵的四肢在雪地里向前爬动……

刘步荣连队作战英勇，为主力部队赢得了宝贵的时间，南逃敌军终于在即将登车逃跑的关键时刻，被彻底歼灭了。

团长和政委站在缴获的战车上向着高地举起望远镜，忽然发现，在白白的雪坡上有个如蚯蚓般爬行的人……

"高地上还有活着的战士！"团长说。

"没错，是我们的战士！"政委激动不已。

团长和政委奔向朱彦夫，他们终于看到了这个普通的不知道姓名的战士，他已经昏迷在了爬行的路上，身后拖着一丈多长的肠子……

第 11 章

睁开了眼睛

1951年春。中国人民解放军第三军医大学附属医院。

离上班时间还差一刻钟,王院长走进院长办公室,套上白大褂、戴上口罩来到了216特护室。216特护室只有一张病床,病床上躺着一位特殊的伤病号:头上缠着白色绷带,腹部缠着白色绷带,双手和双脚被截去,也用白色绷带缠着,整个人就像被削掉了树枝的一截树干,就剩四截斜生出来的枝杈。

"216夜间有什么异常反应没有?"王院长看着病床上这个浑身缠满了白色绷带的躯体,轻轻地问守候在房间里的专护。

专护摇摇头,说:"体温仍然较高,一直在38度到39.5度之间波动,呼吸和心脏跳动还比较正常,没有其他不良反应。"

王院长仔细检查了病人的伤口情况,抬腕看看表,迈着沉重的步伐匆匆回到了他的办公室。

这位伤员就是从朝鲜二五〇高地战场上几经周折用汽车拉回来的朱彦夫。

王院长不知道他的名字,医院所有医护人员都不知道他的名字,只知道他是整个连队唯一活下来的军人。家住哪里?多大年纪?是普通的战士还是连队干部?他们都不知道。护送他回来的战士和医护人员告诉医院,朝鲜前线一共有十二位特级伤员被运送回国,其他十一位都在护送途中被死神夺走了生命,他是唯一的幸存者。

这位幸存者在被找到时,一丈多长的肠子脱出体外,头发被烈火烧焦,浑身都是血迹,衣服只剩下几块破片,当时在雪山的团首长无法辨认他的身份,只清楚地告诉护送人员,他是二五〇高地那个英雄连队唯一一个心脏还在跳动的英雄。

王院长清楚记得当时接收这位伤员的情景，他穿着的军大衣脓血斑斑，头上缠着的绷带早已被血水染透，他的四肢冻得发黑，渗出的脓水散发着恶臭。剪开他全身的绷带时，几乎所有的医生都惊得心狂跳：已分不清五官的脸上，左眼处竟然是一个空洞，肚子上一道七寸多长的伤口在颠簸的汽车上又被震开，能看见弯曲的大肠……

　　如果不是他的心脏还在微弱地跳动，真不敢相信那还是一具有生命的躯体。惨不忍睹的伤体写满了战争的激烈和残酷，震撼了所有在场的医护人员。为了从死神手里抢夺这条虚弱的生命，王院长没有犹豫，马上对这位无名英雄进行了全面细致的检查。

　　在检查中，他们发现，伤员左眼的伤口有轻微的感染，可能会触及脑神经系统，此外，腹部、背部、肩部多处伤口溃烂，手脚已经彻底坏死……全身上下所有的受伤部位都在威胁着微弱跳动的心脏。

　　这极度虚弱的生命经得住漫长而难度极大的手术吗？王院长组织院内的手术专家进行了紧张而又细致的术前论证，决定不惜一切代价，挽救这条顽强的生命。

　　一天一夜的手术中，王院长亲自主刀，之后又坚持看着护士为伤员裹好了绷带，才稍稍放下了悬着的心。这位无名英雄牵着他的灵魂，他能感觉到那被卸下的手足留下的悲壮，还有那空洞的左眼中晃动的悲凉。他心里明白，有着丰富经验的医生们的议论不是空穴来风，也许这位战士的心跳持续三五天终将停止，也许就算存活下来，也只是一个植物般的残体。但只要他还在，就要尽全力挽救英雄的生命。

　　时间一天天过去，那位战士除了心跳从微弱走向正常外，身体持续浮肿，体温居高不下，腹部的刀伤还出现了中毒性化脓，截去肢体的伤口状况不断恶化。为保证这仅有心脏跳动的生命，他不得不一次次组织医生采取补救措施。于是，手术一次次地进行，肢体一次次往里截切，短短的三个月时间里，已经做了整整四十六次手术，王院长和几个手术医生累得精疲力竭。生命在药物与仪器下维持着，唯一能表明朱彦夫活着的，就是那微弱的呼吸和那跳动的心脏。

　　"我刚才仔细地查看了一下216的情况，感染的问题已得到有效控制，身体浮肿的症状已基本消失，这是一个不小的胜利，只是持续高温还有待我们分析解决了，如果把这个疑难问题彻底解决，我相信216睁开他的右眼，是没有多大问题的。"

大家都不知道朱彦夫的姓名，因此就以他住的病房号来称呼他。此时，王院长看着手下，没有把希望说得太高。

他知道这些"妙手回春"的能人们都已尽了最大努力，大多已对216的起死回生失去了希望，但他还是尽量鼓舞士气："他们在前线奉献生命，而救死扶伤是我们的职责，哪怕只有百分之一的希望，我们也要用百分之百的努力来争取。"

一个反对的意见说："王院长，您说得很对，但就算216能睁开眼睛，他能开口说话吗？我们的努力只能使他睁开眼睛，也只能让他痛苦地看清自己的现状。试想，当一个人抱着希望，看到的却是绝望时，该是何等凄凉，那种精神的折磨又是何等痛苦？手没有了，脚没有了，在这个世界上他还有什么？说句不好听的话，他连行尸走肉也不如，像这样的生命，我觉得让他安安静静地离开还更为人道一些……"

"同志！"王院长生气地打断了这个声音，"别忘了，我们都是医生。据护送人员说，有几个伤员在路途中反复念叨着祖国，那是怎样的一种情感？！他们不怕牺牲，他们渴望的是回到祖国，听到已经身处祖国的土地上时，他们才安详地闭上了眼睛，那是对祖国的眷恋啊。如果我们能让216看一眼自己的祖国，也是我们对216最好的安慰，这样我们所付出的努力也算得到了回报！"

在院长面前，在舍生忘死的军人情怀面前，反对者脸红了。

沂蒙山，张家庄。

翠翠自从把自己的玉照连同芳心一起交到邮局后，就莫名其妙滋生出一种强烈的期盼，她在暗地里扳着手指计算时间，她在入梦前想象着朱彦夫收到这封来信时的种种心情。这是情窦初开的少女的一种既复杂而又单纯的奇妙心情，这让翠翠把照片中的朱彦夫深深地刻在了心里，变成了活生生的形象，在她的思绪里晃来晃去，是那么清晰，又是那么模糊，是那么贴近，又是那么遥远，是那么令她充满期盼，又是那么让她感到不安。

翠翠每天早上起来总是对着镜子把满头的乌发甩到胸前，然后用梳子一下又一下地梳得光溜顺滑，认真地编成辫子、扎上红绳，再一悠甩到脑后，对着镜子欣赏一番，扭几下腰肢，又非常小心地用指尖整理了刘海，这才走出自己的房间。

母亲懂得女儿的心思："翠翠，是不是想到张家庄去看一下？"

"娘，"翠翠的脸上涌出火烧的云霞，含羞地勾下头，"谁说俺要去张家庄了。"

母亲笑了："娘是过来人，想去你就去吧，顺便看看你姑姑。家里的事有娘在。过去了也多在朱家住几天，唉，郑学英一个人在家好孤单的，你去了也能陪她说说话……"

"娘，您看您，都说些什么呀，人家，人家在队伍上出息了，还不知道看不看得上俺呢。"翠翠像吃醉了酒，手里缠着乌黑的辫梢，掩饰着内心的羞涩。

母亲笑了："你姑姑捎信来说，朱彦夫他娘喜得合不拢嘴，他朱彦夫咋会看不上你。娘看啊，那朱彦夫说不准一看到你的相片，就坐了火车往回奔呐。"

"娘！"翠翠捧着脸，从掌缝中漏出少女的娇媚，"也不怕让外人听见。"

翠翠的心事瞒不过母亲的眼睛，挑破了的秘密化成了行动的力量。翠翠开始三天两头地往张家庄跑，一来张家庄就要在郑学英家住上几天，再后来，干脆就把这里当成了家。翠翠勤快，也特别爱干净，她不愿意吃屋后的死水，每天都要去西村担回清甜的泉水，心疼得郑学英直摇头。但看着翠翠把院里院外收拾得清清爽爽，郑学英也乐得眼睛眯成了两道缝。

郑学英的寂寞让未过门儿媳的到来冲洗得没有了痕迹。白天，这一老一小上山下地干着庄稼活，晚上，这一老一小偎依在一起谈着对同一个人的思念，期盼着绿衣天使早日送来答案。

信是村里民兵连连长张二孟带来的，张二孟是朱彦夫儿时的伙伴。

"大婶，俺在区里开会，邮递员让俺捎来的。"

"难为你了。"郑学英激动得忘了叫张二孟进屋喝上一口茶水，"这信是俺朱彦夫从上海打来的吗？"

"大婶，俺也是睁眼瞎，认不得字啊！不过，肯定是彦夫哥来的。"民兵连连长张二孟因为有事，把信交到郑学英手里就走了。

郑学英双手捧着信，真想马上打开，但一看到面前比她还要激动的翠翠，就连忙把信递到翠翠手里："翠翠，娘眼睛不好使，这信肯定是俺那儿子给你来的，这信就由你来打开吧。"

翠翠的心激动得快跳出了胸腔，嘴里却还在推辞："娘，还是您撕开吧。"

在这漫长的几个月里，翠翠不知从哪一天开始就把郑学英叫起娘来了，叫的是那么自然，听的、答应的是那么甜蜜。

信撕开了，一老一小的表情霎时凝固了，信中夹着的竟然是翠翠专门去县城照相馆拍下的照片！这是怎么回事？郑学英猛然想起了什么，在床头上翻出了朱彦夫第一次寄来的信——两个信封不一样。翠翠也终于记起，这封信就是她在县城里请人写给朱彦夫的信。翠翠的眼里含着泪花，难道说是那个戴着眼镜的先生做了什么手脚，远在上海的心上人根本就没接到这牵肠挂肚的思念？翠翠气得紧咬着嘴唇，俺可是掏了钱请的那个眼镜啊！

"不是这样的。"村里的老秀才指着信封背面解释说，"这里写着呢，'查无此人，原信退回'。这意思是说你家的朱彦夫已经不在上海了，这封信他根本就没有收到。"

翠翠像被谁嘲弄了似的，觉得没有颜面，悄悄地躲进屋里抹起了眼泪。

"他不在上海，他又会去了哪里呢？"郑学英陷入了一片茫然。

"妹子，"老秀才捋捋下巴上的山羊胡子，有板有眼地分析道，"自古以来，军队是不可能老待在一个地方的，只要命令一下来，说往哪里开就得往哪里去，是由不得个人想的。"

"这个朱彦夫，自从十四岁悄悄地离开俺，四五年时间，就只给俺来过一回信，他的心里哪里还有俺这个娘啊，从小野惯了，活兽啊，到新地方去也不晓得给娘打个信回来，他是把他的娘给忘了啊，这个活兽。"郑学英悲从心来，眼里涌出了一串泪珠。

"老妹子，也别这么怨孩子，队伍有队伍的规矩，在出师前，一般是不容许给外边透信的。没事，你那孩子俺是看着长大的，还是蛮有孝心的。"老秀才宽着郑学英的心，"说不准再过几天，就会有孩子的信回来，原来兵荒马乱的都过来了，现在是太平盛世了，你还担心个啥呢。"

郑学英抹干眼泪，谢过秀才，又回去劝慰翠翠："闺女，老秀才说得在理，俺儿子现在是国家的人，该去哪里不该去哪里由不得他的。俺儿子会写信，迟早他都会给俺打信回来的。你和俺儿子的事俺做主，只要有了他的消息，俺就给队伍上的首长要求,要他回来,把你们的事情给办了。闺女,娘就那么一个儿子,不管咋说,你们的事娘一定给你们风风光光地办好,要不,俺咋向他爹交代呀。"

"娘,您老放心,只要他不嫌弃俺,俺就一辈子伺候好娘。"翠翠睡在郑学英身边,手里拿着朱彦夫和自己的照片,紧紧地贴在胸口。

这婆媳俩相互宽慰着,把浓浓的思念又寄托在新的希望上。

朱彦夫走上抗美援朝战场的消息终于传到了张家庄,终于传到了郑学英和翠翠的耳朵里。朝鲜在什么地方?朝鲜离沂蒙山有多远?为啥中国的军队要过去打仗?她们不知道,村子里的人大多也都不知道,只有那些闯过关东见过外面世界的人才能自豪地提起:朝鲜是一个国家,那里比沂蒙山还冷,那里的雪下起来比沂蒙山的要凶得多。美国鬼子不让朝鲜的人过太平日子,像日本人一样可恶,还用飞机炸我们中国,毛主席会让中国人受人家欺负吗?

她们的思念开始延伸到那朦朦胧胧的遥远国度,延伸到白雪皑皑的异国他乡。对战争她们都不陌生,那是一条条鲜活的生命在你死我活地厮杀,那是一个个鲜活的身影在枪林弹雨中顽强地拼搏,那里有震耳欲聋的连天炮火,那里有惊心动魄的血肉横飞。

虽然隔着千山万水,但她们似乎能听到惊天动地的一声声爆炸,似乎能看到耀眼白雪中的一摊摊血红。她们没有那种阻止生死搏斗的能量,她们只有在神灵前虔诚地祷告,祈求神灵保佑中国部队凯旋,祈求神灵保佑朱彦夫在战场上毫发不损。

1951年春,欢度春节的锣鼓声还在沂蒙山回荡,喜庆鞭炮的蓝烟还没有散尽,一支吹吹打打的锣鼓队走进了朱家的小院,锣鼓敲着与喜庆相反的心碎,唢呐吹着与欢乐相反的凄婉,张家庄的男女老少迈着沉重的脚步紧随其后。在悲哀的锣鼓声中,朱家小院院门上"军属光荣"的牌子换成了"烈属光荣"的牌匾。

朱彦夫在伟大的抗美援朝战争中英勇牺牲的消息化作地方政府的正式慰问送到了朱家,郑学英仰天哭叫一声"俺的儿啊",便昏迷了过去。

翠翠捧着朱彦夫那张照片,紧咬着嘴唇以泪洗面,无数日夜编织的美丽花环在噩耗中灰飞烟灭。她与郑学英抱头痛哭一场过后,告别了张家庄,告别了这个自己心中的温馨之家,走进了某个属于她的完整家庭。

郑学英又陷入了没有任何希望的孤独，白天机械地在田地间劳作，晚上静静地在夜幕里回味渐渐远去的过去。翠翠确实是个惹人爱的好姑娘，翠翠走了，去给别人做媳妇了，留给郑学英的是挥之不去的寂寞和萦绕于心的心酸。

翠翠羞涩地来到这里，来到她的身边。山坡田间，翠翠抢着干重体力活，回到家里，翠翠烧饭洗衣，尽量不让她插手，饭，做好了送到她的手里，水，烧热了端到她的面前，又帮她洗脸洗脚。为了吃到清甜的水，翠翠总是挑着水桶来回跑几十里，累得汗流浃背。张家庄谁不夸她命好，谁不夸她晚年的好福气。

翠翠因儿子而来，翠翠又因儿子而去。能留住翠翠的只能是儿子，现在儿子没有了，翠翠再也不会在她的眼前出现了，留给她的除了对儿子的回忆之外，又多了一份惜别的痛苦。

"大娘，你的儿子为了世界人民的和平牺牲了，我们党，我们国家，我们政府是不会忘记的，我们一定会让你度过一个美好的晚年。"区政府干部安慰着郑学英。

党和政府按月把抚恤金送到郑学英的手里。郑学英感激党和政府的关怀，失去亲人的痛楚却并没有因此而减轻——这种痛楚是任何慰藉都无法完全化解的。郑学英经常在某个空荡荡的地方发呆，头上的发丝一天天变白。

"烈属"的牌子挂了很久，抗美援朝才铺天盖地地宣传起来。在神州大地上，从城市到农村，从工厂到学校，报纸、广播、电台全都是有关抗美援朝的宣传报道。充满激情、鼓舞斗志的歌声响遍华夏上空：

　　雄赳赳，

　　气昂昂，

　　跨过鸭绿江。

　　保和平，

　　卫祖国，

　　就是保家乡。

　　中国好儿女，

　　齐心团结紧，

　　抗美援朝，

　　打败美帝野心狼！

在嘹亮雄壮的歌声中，一个个来自抗美援朝前线的英雄故事家喻户晓，一个个热血青年喊着催人奋进的口号踊跃报名，都要为保卫家乡、保卫和平贡献自己的力量。张家庄的人汇集在一个大场子里，来自区政府的李干事站在土台上，一手拿着土广播，一手拿着一张报纸，念读报纸的声音灌进了每个人的耳朵：

"1950年11月27日晚，志愿军向长津湖地区美陆战第一师全部和美第七师大部发起了分割围歼战。经一昼夜激战，28日，我部攻占了下碣隅里外围制高点1071.1高地及其东南屏障小高岭。此时，杨根思正带着他的连队，在一个隐蔽的小山谷里集结待命。他决心去找营长请战。

"营首长命令他们守住小高岭，不许让敌人爬上半步。小高岭又叫飞鹤山，正卡住下碣隅里向南的唯一通道，是敌我双方控制公路的必争之地。它犹如一把尖刀刺入了敌人的咽喉，急于逃命的美军疯狂反扑，妄图重新将它夺回。11月28日晚，杨根思奉命率三连第三排接替六连一排继续坚守小高岭。出发前，范执中紧握着他的手说：'这下就看你的了，希望你能打好出国第一仗。'敌人的反扑开始了。密集的炮弹雨点般地落在小高岭上，沉重的爆炸声、尖利的炮弹片呼啸声响成一片。敌机掷下的凝固汽油弹在猛烈燃烧。敌人在重炮、飞机掩护下一个跟着一个往上爬。杨根思沉着冷静，一直把敌人放到距离他们三十多米时才命令开火。敌人第一轮反扑失败了，不但没爬上来一个人，还在前沿留下了一大片尸体。在敌人的密集炮火和飞机的狂轰滥炸下，杨根思他们连续打退了敌人八次反扑。此时，我阵地上弹药告罄，伤亡严重，杨根思身边只剩下几个人。敌人的第九次反扑开始了，整连整排的敌军像一群群恶狼向小高岭拥来。杨根思边打边喊："同志们，要勇敢战斗，坚决把敌人打下去！"敌人溃退了，杨根思这才松了一口气，命令伤员赶快下去处理伤口。又是猛烈的炮击，敌人又上来了。杨根思用卡宾枪、步枪、驳壳枪交替射击，阵前敌人的尸体激增。子弹打光了，杨根思就砸坏枪支，掷向敌群，而后迅速抱起仅剩的一个炸药包，拉燃导火索，冲向敌群……"

郑学英站在土台下，她被杨根思的事迹感动了，她见李干事收起了报纸，不假思索地举起了手……

"大娘，您有什么话要说？"年轻的李干事发现了举起的手，亲切地弯下腰问道。

"同志，俺想问一声，报纸念完了吗？"郑学英有些激动，说话的声音都在颤抖。

李干事又展开报纸看了看，不知道自己是念掉了什么还是有什么地方没有念对，便问道："大娘，哪里没、没有念好，您、您说！"

"同志，俺是说，俺是说那上面就没有俺的儿子吗？"

李干事丈二和尚摸不着头脑："您儿子？您儿子是谁？"

郑学英的心跳得厉害，她发现所有目光都集中在了自己身上，意识到自己也许不该问这个在她心里跳动许久的问题，她有些后悔，但还是吐出了儿子的名字："朱彦夫！"

李干事仍然不明就里："朱彦夫？他与报纸有什么关系吗？"

站在郑学英身边的张婶忙解释道："朱彦夫也是在朝鲜战场上牺牲的，朱彦夫是烈士。"

"哦。"李干事终于弄明白了，他收起报纸说，"大娘，您的儿子是烈士，那您的儿子是人民的英雄，是张家庄的骄傲。这张报纸上没有您儿子的名字，以后，以后可能会有的……不管以后有还是没有，您都是英雄的母亲，因为您的儿子是为世界的和平牺牲了自己的宝贵生命。"

"同志，俺只是随便问问，没、没什么。"郑学英像犯了错误似的回避着无数双眼睛。

郑学英终于理解了儿子是伟大和光荣的，虽然她没有听到任何人在报纸上念到过朱彦夫的名字，也没有听到广播上提到朱彦夫的名字，但她相信自己的儿子一定是为打败美国野心狼而壮烈牺牲的，要不，政府怎么会送她"光荣"的烈属牌匾？她为做这样儿子的母亲感到自豪。

全国开展抗美援朝保卫和平的伟大运动风起云涌，各种形式的爱国运动掀起的浪潮一浪高过一浪。优待军烈属的运动让郑学英感受到了祖国大家庭的温暖，她拿出政府给她的抚恤金，要献上她的一份爱国之心。面对一个需要优待的烈士家属，工作人员不忍心接受她的钱。

郑学英解释说："同志，这些钱不多，一些是俺这几年卖鸡蛋卖粮食攒起来的，一些是政府给俺的。俺原来打算把钱攒起来给俺儿子结婚用，现在儿子'光荣'了，也用不着为儿子操心了。家里就剩俺一个孤老婆子了，留着钱没有用处，就算是俺为抗美援朝献上的一点心意吧。"

看着这位满头银丝、满脸皱纹的大娘，工作人员接过了这沉甸甸的心意。

长春。

朱彦夫仍然躺在216病房里。他的高烧退下去了，医生经过反复检测，认定这位无名战士的头部具有恢复知觉的可能。这给了所有医生巨大的鼓舞，如果这位战士的头部恢复了知觉，那么让他身体的其他部位恢复知觉就有了希望。

"这是个不小的突破，如果不出现意外的话，这位伤员至少能开口讲话。他的脑神经系统没有遭到破坏，只要我们做大量细致的工作，完全恢复只是时间问题。"王院长非常激动，他要求医护人员精心呵护，仔细观察，随时记录、报告病人的病情。

天还未亮，整个住院部大楼还在沉睡中。

216病房里的朱彦夫均匀地轻轻呼吸着，他已经连续睡了九十三天了。

特护小黄把一张报纸翻来覆去全看过了，为了提起精神，她站起来轻舒腰肢，又轻轻地走出病房，瞄了一眼挂在护士室里的大摆钟：凌晨5点。距离交接班还有三个多小时，她回到病房，拿起搪瓷盆，准备去洗手间打盆凉水刺激刺激困倦的神经，她一手把瓷盆拿在手里，另一只手去取毛巾时，却不小心将搪瓷盆掉在了地板上，一声刺耳的撞击声在安静的病房里炸开。

小黄吓得心脏乱蹦、瞌睡顿消，正在她惊慌失措之时，她似乎听到了一声长呼。是什么声音？小黄毛骨悚然，东张西望，突然，她看见柔和的日光灯下的病床上，那个躺着的高位截肢的伤员好像在慢慢睁开右眼……

是这突如其来的响声惊醒了他的漫漫长梦，还是自己因困倦产生了幻觉？小黄不敢相信自己的眼睛，她屏住呼吸抬步走到床前。她终于看清了，眼前这位不知姓甚名谁的战士的头在动，僵硬的嘴巴在吃力地张开，那仅剩的一只眼睛已经睁开，正好奇地盯着天花板……

"快来人呀，216醒过来了，快来人呀，216醒啦！"小黄猛地冲出病房，站在走廊上激动地大喊大叫……

第12章
告 别 死 神

朱彦夫睁开了眼睛，给所有为他付出过心血的医护人员带来了成功的喜悦。朱彦夫开了口，使医护人员知道了这名从朝鲜战场回来的特残军人是一条来自山东沂蒙山的汉子。

手术室里，王院长亲自主刀为朱彦夫进行第七十三次手术，在朱彦夫的背部取出了第五块弹片。看着护士把朱彦夫推出手术室，王院长抹抹头上的汗水，长吁了一口气："这条山东汉子，总算是把命保住了。这也算是个奇迹啊！"

主任点点头，不无轻松地说："确实是个奇迹，依我看，这个朱彦夫再活上三年应该不是神话！"

主任是医院的医术权威，他知道朱彦夫的身上还有七块弹片无法取出，对朱彦夫能再活三年的估计是他对朱彦夫的身体下的最乐观的结论。

朱彦夫的大脑功能已基本恢复，他那只残存的右眼，经过鉴定，只有0.3的视力。由于身体的其他部位还处在僵死状态，苏醒后，除了能模模糊糊看到病房里晃动的白大褂外，他还没有发觉自己的手和腿已经被截掉。但当他最后一次手术后恢复清醒，知道自己已经是一个没有手和脚的特级废人时，别说再活三年，三天他也不想活下去了。

"王院长，各位医生，我求求你们，求求你们想办法弄死我吧！"朱彦夫终于盼来了院长和医生们，他举着两截残臂祈求道。

"朱彦夫，你在胡说什么，我知道你心里难受，但你是军人，你应该乐观一点，积极配合我们的治疗，不要这么自暴自弃。疼痛是短暂的，咬咬牙挺过这段时间就好了……"

朱彦夫打断了王院长的话："不，院长，我现在已经不是军人了，我甚至已经不是人了，我无法乐观，我没有手脚，活着还有什么意思！弄死我，求你们了……"朱彦夫哭了起来。

王院长早就听到护士的汇报，说朱彦夫在这几天情绪极不稳定，见了穿白大褂的走进216，就喊着叫着要求大家把他弄死。王院长没有理睬朱彦夫，回转头对小黄说："小黄，看好他，实在不行，就给他多吃几片安定。"

看着一群白大褂走出了216，朱彦夫停止了毫无意义的呼喊。

这一切太出乎他的意料了。刚刚醒过来时，医生告诉他这一觉他睡了足足九十三天。那时，他响在耳边、回荡在脑海里的似乎还是二五〇高地战斗的声音和画面，但他睁开眼睛看到的不是皑皑白雪，而是一群模糊的白大褂。医生告诉他，这也许是他昏迷太久不太适应的缘故。他又发现，除了头部以外，自己身体其他部位没有任何知觉，当时他没有太在意，只是非常认真地回答着周围人的问题。他曾天真地想，失去了一只眼睛没啥了不起，身体恢复以后，照样可以返回抗美援朝的前线去杀鬼子，为战友报仇，等抗美援朝彻底胜利后，再回到沂蒙山，回到久别的母亲身边去孝敬她老人家。等他明白自己已经失去了手脚以后，首先便觉得自己彻底成为一个废人了，一切的梦想也化为乌有了——他宁可让母亲再经受一次失去亲人的痛苦，也不愿意母亲看到自己这人不像人、鬼不像鬼的样子。明天和后天是什么样子对他已没有任何意义，他希望走向另一个世界，去寻找二五〇高地的战友，去寻找爹，去寻找陈大姐，去寻找老班长和那些在记忆里倒下的所有战士们。

医生和护士不给他任何了却残生的机会，疼痛像疯魔般纠缠着他的神经，不给他一丝安宁，似乎要把他活活折磨死才肯松手。锥心般疼痛中的分分秒秒都是那么痛苦，那么漫长，朱彦夫紧紧地咬着牙关，不受控制的呼声还是一声接一声地从鼻孔里钻出来，在病房里回荡，让陪护小黄不知所措。

"忍受不了，你就张嘴哭吧！"小黄不停地用手帕擦拭着朱彦夫满脸的汗珠，心疼得差点哭了。

"你们，你们太残忍，太残忍，就让我痛痛快快地死掉吧！就这样让我活着是活受罪呀。"朱彦夫可怜地祈求。

"我再去向医生反映，看看能不能为你加大止疼药的剂量。"小黄又取来三片安定,"来,张开嘴,吃了吧。"

朱彦夫伸出残臂,咬着牙说:"放这里,我自己吃,你给我倒水来就是。"趁小黄转身倒水的当儿,朱彦夫连忙把小黄放他断臂上的药片悄悄塞进被窝,然后假装倒进嘴里,抿了口小黄送到唇边的白开水。

"这个剂量已经够大了,过一会儿会好受一些的,多喝点白开水也有好处,再喝一口。"

"不要了,我不想喝。"

"你嘴唇干得发白,是明显的缺水症状,来,再喝一口吧。"

"我真的不想喝。"

"是不是想喝点酒?喝酒也会止痛的。"

"不要,不要。"朱彦夫违心地回答。其实他的嗓子干得冒烟,早就想美美地喝上几口了,但他不能,他已感觉到小腹有些胀痛,他不想再向胃里添加任何东西。现在摆在他面前的困难除了难忍的疼痛外,还有排便的问题。他的专护一个是十九岁的姑娘小黄,一个是三十多岁已有两个孩子的李大姐,在女同志面前,他无论如何也不好意思开口提如厕的要求,因此,他宁可不喝水、少吃饭也要尽量控制如厕的次数,这也让他觉得自己活着完全是累赘。

"你是不是要方便?"小黄发现朱彦夫的脸憋得通红。

"不不不,没有没有。"朱彦夫极力地掩饰着。他确实是憋不住了,但在这个大姑娘面前,他不好意思,想坚持到李大姐接了班再说。

"别折磨自己,我是护士,说,是小的是大的?"

朱彦夫憋了半天,才憋出两个字:"小……便。"

小黄大大方方地从床下拿起便壶塞进被窝里放好,又道:"腿,配合一下!"

"不,黄护士,我自己能行,你、你出去。"朱彦夫非常难为情。

"看你,别紧张,我是护士。"小黄的脸变得通红,但嘴里还是这么说。

"黄、黄护士,请你出去,我尿,尿不出来。"朱彦夫憋得满脸通红。

小黄咬着嘴唇笑,轻轻退出了房间。等她觉得时间差不多回到病房,把手伸进被窝去取便壶时,竟然摸了个满手湿:"这下倒好,全尿床上了。"

朱彦夫羞得不敢抬头。小黄也不好吱声,此事要是被护士长知道,她少不了挨一顿骂,于是,她赶忙找来干净的床单重新换上。这一换床单,小黄惊得差点叫出声来——撤下来的床单上竟然滚出了几十片安定。

"你，你原来一片都没有吃？你……"

"我就是想死，怎么啦？你去找院长告状去，我不怕！"

朱彦夫见死亡计划行动败露，又羞又怒，口不择言，语气让小黄感到惊恐。她冲出病房，正想跨进院长办公室，突然又停住了脚步：这件事如果让院长知道了，她将会受到怎样的批评？护理朱彦夫是她和李大姐的工作，但她们竟然让朱彦夫在眼皮底下瞒天过海地积攒了这么多药片，这是何等严重的失职！这件事不能让任何人知道，包括李大姐在内。小黄转身回到病房，把地上的药片收起来，趁着没人丢进了卫生间。

"别折磨自己了，朱大哥，把这药吃了。"小黄不再相信朱彦夫，拿着水将药送到朱彦夫嘴边。

"我不吃。"朱彦夫把脸扭向别处。

"朱大哥，干吗跟自己过不去呢，看你疼得满脸是汗，何苦呢，真不想活，等有机会我会配合你的。"

"你说的是真的？"朱彦夫回过头。

"嗯。"小黄神秘地说，"看你想死的决心那么大，我又何必强人所难呢。不过，这件事只能是天知地知你知我知，如果透露出去，王院长会把我往死里整。再说了，让别人知道，还不派人二十四小时把你给盯死？听我的话，我会替你想办法的。"

"那好，我一定听你的。"朱彦夫将信将疑地把药吃了。

看到朱彦夫像小孩一样听话，小黄的心里乌云尽散，一片晴朗，在李大姐接了班后，一路哼着喜悦的小调离开了病房。

朱彦夫求死的心情弄得李大姐一上班就胆战心惊，现在，她看到朱彦夫安静地睡熟了，真不明白那个丫头使了什么魔法——原来朱彦夫可从来没有现在这么乖巧过，吃顿饭就一两口，安定对他不起作用，无论是夜里还是白天都在忍受痛苦，今天的他却好像换了个人似的，竟然睡得那么香甜。

小黄的"诡计"让朱彦夫的心情得到了很大改善，按时服用止疼药以后，浑身的疼痛好像也不知不觉地离去了。没有了时时折磨他的疼痛，他的脸上也渐渐有了血色，虽然如此，他对自己是个毫无用处的累赘之人的认识却一点也没变，相反，他觉得早一天结束自己的生命，就早一天给医院减少一分麻烦。在他看来，一个对社会没有任何作用的人活在世上，如果再给国家添加额外的负担，那活着本身就是浪费。他觉得他现在就是一个多余的生命，生活不能自理不说，还得要两个生命来为自己活下来而工作，这就是对国家的消耗，如果不早早结束这种消耗，等将来见到那些为祖国牺牲的战友，他还有何脸面？

朱彦夫并没有相信小黄寻找机会配合的话，他只是想借小黄的思路来个将计就计。改变态度只是为了麻痹这两个监护而已，他始终没有放弃结束生命的计划，只是他不愿意因自己生命的结束而连累小黄和李大姐，他只是暗暗寻找着机会，暗暗想象着死神没有痛苦的怀抱，想象着与那些在枪林弹雨中倒下的战友的相聚。

医院里发新服装了，小黄抱着一套叠得整整齐齐的军装连蹦带跳地跑进216房间，她把军装放在朱彦夫的床头上，并将一双新解放鞋压在上面："朱大哥，这是你的。"

"谢谢你，小黄！"看到鞋，朱彦夫的脸抽了几下，但还是冲小黄强颜欢笑着道谢。

"朱大哥，都怪我不好。"小黄看见朱彦夫死死盯着军鞋，立马意识到自己又犯了一个错误，"我，我不是故意的。"

朱彦夫仰起头，尽量不让眼里的泪水流出来："你，没有错。"他顿了顿，一咬牙，说："来，帮我把军装穿上，这应该是我参军以来最漂亮的军装了！"

小黄费了好大的劲才帮朱彦夫穿好军装，戴上军帽。朱彦夫坐在床上，举起残臂向小黄行了个军礼。看着扬起来的空衣袖，小黄捂着嘴哭了。

朱彦夫反劝了小黄几句，又让她把窗户打开："我想呼吸外面的空气，请你把窗户打开。还有，把桌上的花瓶拿开，这花我见了心烦。另外，让我单独待一会儿好不好，有事我会叫你的。"

小黄点点头，把桌上的花瓶放到墙角处，轻轻地带上门出去了。

桌子放在窗台下，病床紧靠着桌子，朱彦夫靠在床上，认真地看着外面，但由于视力不及，他看到的只是模模糊糊的风景。

朱彦夫深深吸了一口气，内心激动起来，凭着模糊视力的判断，窗台离地面至少有八九米高，从这里翻下去，应该能结束自己的生命。朱彦夫看看自己幸存的前臂，又看看自己膝盖以下剩下不到七寸的两腿，觉得用胳膊和膝盖爬上桌子应该没有多大问题，于是他咬着牙弓起身，忍受着伤口剧烈的疼痛把身子一点一点移向桌面，又成功地把身子横到了窗沿上，然后一个翻身滚到了窗外……

郑学英拖着疲倦的身子回到院子里。开了一上午的会，她确实有些累了，很想躺到床上好好睡上一觉，可院子里的十几只鸡一见到主人回来，便咯咯唱着讨好的歌跟在主人身后，一直跟到屋子里。郑学英知道鸡们是来向她要吃的，就走进厨房，从瓦缸里挖出半碗细米撒到院子的地上，鸡们便争先恐后地吃了起来。

院子里已经很脏了，到处都是鸡粪，郑学英拿起扫把又放下，她看着鸡们欢快地吃食，不忍心破坏它们的食欲，便回屋躺到床上想眯一会儿，等养好了精神再起来烧饭收拾院子。

这几天村里来了工作队，是为张家庄两百来户人家划分成分的。因为郑学英是两代革命烈属，新中国成立前家里一贫如洗，除了租种大户人家一亩多田地外，就是后山一洼不到四亩的连月亮也能晒死苗苗的薄地，所以她在村子里是"最革命"的贫农，还被工作队吸收为研究讨论划分成分的骨干成员。

划分成分是农村的大事，关系到每个家庭的切身利益和政治前途，从上到下都非常慎重，一点儿也不敢马虎。这次工作队一进村，就把真正的革命代表召集到一起反复认真地学习《关于土地改革中各社会阶级的划分及其待遇的规定》和毛主席近期的有关指示，以及新的规定。两百来户人家，分来分去的搞了半个多月，把郑学英的脑袋都搞大了。这段日子，村里的几个贫协代表显得异常慎重，旱烟袋咂得吱吱的，呛得郑学英透不过气来。在她的眼里，解放那年，区政府就已经把罪大恶极的几个坏蛋拉到河滩上报销了，不知道为什么现在还要在这些问题上纠缠。当了大半辈子老好人的老保长，新中国成立那年被定性为"地主官僚"，因为他有张家庄三分之二的土地，鉴于他为抗日做过不少好事，平日里也从不得罪左右邻舍，没有"官僚"的架势，这次就把他的"官僚"帽子正式拿了下来，改成了地主。那个老秀才，因为拥有祖上留下来的几亩田地，以前被划为地主，这次把他改成了富农，他竟然感激得掉了眼泪，捡起了好多年未曾动过的二胡自我陶醉地拉了半夜……

郑学英现在什么也不愿再去想了，只想好好地闭上眼睛休息休息。

"娘，娘！"迷迷糊糊中，郑学英觉得有人在院外呼喊，她怀疑自己是在梦中。好多年了，这样的呼唤离她已越来越远了，每次在梦中听到这样亲切的呼喊，都会让她在醒来之后久久回味——这是一种牵着心贴着肝的音符。

"娘，娘啊，开开门啊！"声声呼唤是那么迫切，是那么真实，郑学英听得清清楚楚，这呼唤声中还夹杂着嘭嘭的拍击门板的声音。郑学英爬起来跌跌撞撞地冲向院门，她听见了，喊声就在门外，她看见了，院门被拍打得摇摇晃晃。她的心几乎要跳出胸腔，拉开门一看，门外确实站着一男一女两个人，她迷糊了，这两个人她一个也不认识，是不是他们找人跑错了地方？

"你、你们找谁？"

"娘，是俺，俺是您的彦花呀！"朱彦花看见母亲，愣了一下，母亲瘦得令人担忧，满头银丝，满脸皱纹。在她的想象里，母亲不会如此苍老，在意料之外的现实面前，她感到心疼，她一下抱住还在惊诧之中的母亲，禁不住泪如雨下，"娘，你、你老了。想死俺了啊，娘！"

"彦花？你真是俺的彦花？"郑学英双手颤抖着摸着朱彦花的头脸，激动得老泪纵横，她不敢相信眼前的一切，"是俺的彦花妮子么，俺是不是又做梦了？"

"娘，不是梦，真的是俺回来看你了！"

"是的，是俺的花花，想死俺了，真想死俺了。俺不敢相信这辈子还能见到你啊！"

郑学英终于相信了，站在眼前的女儿，就是自己亲手卖掉的骨肉。女儿被卖的那年，还只是个瘦得皮包骨头的黄毛丫头，如今已是个高出自己一头的大人了。她人长得蛮壮实，皮肤黑黑的，眼角却过早地刻上了鱼尾纹，一身的粗布褂子，完全是一个农妇的样子。朱彦花把身边的男人推到母亲面前，告诉母亲，这就是她的男人。

"娘，俺和彦花一回来，就来看您老人家了。"男人放下肩上的粗布褡裢，瓮声瓮气地自我介绍，"俺姓赵，刘庄的。"姓赵的汉子五大三粗，浓眉大眼，看样子出门前专门剃了头，脑袋青亮青亮的。

郑学英用衣袖擦拭着泪水，忙不迭地把客人迎进屋子。

朱彦花告诉母亲，当年她跟大伯到沂源县，不几天就去了一个大户人家，又坐车到了省城济南，去伺候一位八十多岁的老太太，没过几年，听说解放军要打济南府，主人就携带家眷一起投奔哈尔滨一个亲戚，路途中，朱彦花不幸病倒了，主人就把她丢在路旁不管了。就在朱彦花奄奄一息的时候，碰上一个在外打工做木匠活的男人，这男人把朱彦花背到一个荒凉的破庙里，到处求药，硬是把她从阎王殿里拉了回来。朱彦花是活过来了，但木匠却为她花光了钱财。两人是山东老乡，一个是张家庄被卖出来遗弃的，一个是刘庄逃壮丁逃荒的，都是苦命人，于是两个苦命人就相依为命了。新中国成立那年，两人决定回乡安心过日子，不想又被一帮残匪掠夺了全部财产，两人只好边走边寻些活计来维持生活，碰巧遇到一个工厂盖楼房，招一批木工，他们便留在了那里，一个做木工，一个为工人做饭，这一干就是三四年，现在才回来没几天。

郑学英做梦也没想到还能见到女儿朱彦花，加上看到她带来这么个壮实的女婿，心里别提有多高兴了，忙抓鸡宰杀了招待久别的亲人。

朱彦花做梦也没有想到在她走后，家里竟然只剩下母亲孤身一人了，看到母亲过早衰老的身体，想到两个弟弟都已经不在了，她哭得昏天黑地，郑学英一看，也忍不住哭了起来。

见这母女俩哭哭啼啼地互诉过往，赵木匠就拿着烟袋在院内院外转悠。

这房子十分破旧，房上的草早已灰黑霉烂，被风啃咬得不成样子了，屋里的地面也被扫帚刮削得坑坑洼洼，连一张吃饭的小方桌也无法放稳，唯有东边屋子里堆放的木料还有些价值。他想在这里多住些日子，把房子和地拾掇拾掇，再把这些木料改出板材，为老丈母娘做一批柜子箱子之类的家具，改善一下这里的环境。

"不用了，不用了，俺都是黄土围起嘴巴的人了，还用那些家具做啥，难得你有这份心思，就把那些木料先改成板子，等板子风干了，抽个空给俺做副寿器就行了。"郑学英满足地说，"你爹走的时候还是破席子卷的，像俺们这样的人能睡副好寿器也算托了毛主席的福了。要在过去，这怕是想也不敢想的事。"

朱彦花觉得母亲孤身一人，还不如接母亲到刘庄去住，头疼脑热的也好有个照应，于是就张罗着找了几个人把木料改成了板子。

朱彦花又向母亲提议："娘，俺看也给彦夫修一座坟起来，让他和爹在一起也是个伴。"

坟墓是阴间人的家，能让朱彦夫在阴间有一个家，又能与爹和弟弟团聚，当然是好事，郑学英点头同意了。没有朱彦夫的尸体，他们就把朱彦夫那唯一的一张照片和他小时候穿过的破衣烂衫一起埋进坟里。

已是民兵排长的小狗子趴在朱彦夫的坟头前叩了三个响头："彦夫哥，抗美援朝战争已经胜利了，你就安息吧。俺小狗子虽然没有跟着你上前线，但俺绝不是废物，俺一定会像彦夫哥你一样勇敢，跟着孟子哥带领民兵保一方平安，做新中国的新卫士，听毛主席的话，听党的话。"

"爹，彦夫弟弟，"朱彦花烧完纸钱，直直地跪在坟前，"你们放心地去吧，俺会好好孝敬娘的。俺把娘接走了，有什么事，就给俺托个梦来，俺每年都会到这里来看望你们的。"

树林里一排六座坟茔，无一不撕扯着郑学英的心，她的泪都为他们流干了。看着飘着淡淡青烟的香火，她久久不肯离去。

216病房里，李大姐拔下针头，取下输液瓶，低着头退出了病房。

朱彦夫清醒地躺在床上，大气不敢出，他又睡了好几天，背上像刺扎般难受，但他闻着屋内飘散的香烟，没敢吱声，只像个犯了严重错误的孩子，等待着大人的惩罚。

吴政委已进来好一会儿了，他嘴里叼着烟卷吐着烟雾，叉着腰在房间里来回走动，时不时瞟一眼躺在床上的朱彦夫，他的皮鞋不紧不慢地叩击着地板，发出均匀的叩响。

"说，你为什么要自杀？"脚步声猝然停下，吴政委终于开口讲话了。

朱彦夫的心猛地跳了几下，他明白医院这个政委今天专门到这里找他谈话，意味着什么。

"为什么不说话？"政委射过来两道严厉的目光。

朱彦夫不好意思实话实说，轻声狡辩："我、我没有要自杀。"

"没有？笑话，躺在床上好好的，怎么会掉到下面的草坪上？"

"我……我闷得慌……想……想看看外面的风景。"

"朱彦夫，你、你在撒谎！就凭你右眼0.3的视力，现在能看外边的景儿？我看你是个懦夫，是一个经不起风吹雨打的懦夫！"吴政委又点燃一支烟，深深吸了一口，"你不配做无产阶级革命战士，你是一个可耻的逃兵，一个不敢面对残酷现实的逃兵！你不是一个真正的共产党员，你是一个逃避困难的懦夫！"

"不，政委，"朱彦夫受不了政委的责骂，他觉得这是对他极大的侮辱，一股反抗的力量支撑着他坐了起来，"你说我是逃兵？我没有逃，整个高地就我一人时，我还在战斗。你说我是懦夫？你知道我杀死了多少鬼子？三挺机关枪全被我打得发红，我坚持到失去了感觉，我这算懦夫？我现在手脚全没有了，不能行军打仗了，活着也是累赘一个，我不愿意这样死乞白赖地活着，这样的人生对我没有意义，对社会也是一个负担。我死了，至少还能把小黄和李大姐解放出来，让她们从事有益于社会的工作。你可以打我骂我，但你不能这样说我侮辱我！"

"朱彦夫同志，你不要这么激动，我说的不是你在战场上，我说的是你在医院里。你的命是我们用几个月时间抢回来的。为了挽救你的生命，我们费了多大的心血你知道不知道？别的不说，就是王院长，为了你，他几个月没有睡过一夜囫囵觉，其他医护工作人员为了你，也研究过几百次施救方案，你说，你这样做伤害了多少人？你说，你有什么资格去断送自己的生命？你的自杀行为，往深处说，是对国家、家庭的背叛，是对党组织的背叛，是最懦弱、最无能的表现！你为国家，没有了肢体，这种牺牲是有价值的。但你没有任何资格作践你的生命，你必须勇敢地面对现实，顽强地活下去。"

"我……"

吴政委摆摆手，继续说："苏联有个叫保尔的，是一位红军战士，他在保卫苏维埃的革命战斗中也受伤残废了，最后双目失明，他是怎样对待自己人生的，你知道吗？"吴政委见朱彦夫呆呆地看着自己，又说："他没有因为自己的残废而自暴自弃，而是写下了享誉世界的著作《钢铁是怎样炼成的》，虽然他的伤没有你的严重，但他身残志不残的精神是值得你好好学习的。等后面我找一本这书，让护士一字不漏地读给你听，我要你好好学习学习苏联老大哥的精神，学习人家面对残酷现实所采取的态度，让你看看钢铁到底是怎样炼成的。"

朱彦夫意识到了自己的错误，他抬起来头，张张嘴，想深刻地检讨一下自己，可又不知道说什么才好，最后，他只冒出一句："政委，能给我抽口烟吗？"

吴政委取出一支烟送到朱彦夫的嘴里，划燃火柴为他点上，又拖过一把椅子坐到他的身边："朱彦夫同志，你行动不便，你失去了手脚，你的心情我们都能够理解。你现在是特级残废军人，国家不会抛弃你的。你知道吗，王院长看到你跌到草坪上摔得鼻青脸肿，气得在办公室拍桌子骂娘，看到你这么作践自己，他的心在流血。见你顽强地活下来，他不知道有多高兴，为了让你能够再站起来，王院长亲自主持假肢的设计，为了使你能够看到世界，他联系了几家眼镜厂。你好好想想，你这样做对他来说意味着什么？其他的话我也不再说了，一句话，你给我活下来，为了那些拯救你生命的人，你别无选择。"

朱彦夫诚惶诚恐，他确实不曾想到还有那么多人在为他默默付出，这是祖国人民对志愿军战士的赤诚关爱啊，相比之下，他的行为是多么不近人情，是多么卑鄙。能不能站起来，能不能看到世界，他不知道，但无论能不能站起来，无论能不能看到外面的精彩世界，他都已经感受到了无限的温暖。解放战争时期，他亲眼看到很多国民党士兵受伤后无法赶上队伍被抛弃甚至被击杀的情景，现在我们国家居然为了一个普通战士花费如此大的代价，面对这样的政府，他还有什么理由不活下去呢？

吴政委看到朱彦夫表情的变化，脸上绽开了满意的笑容，他把身上的半盒烟留下来："躺在床上难受，吸吸烟可以解闷。"

吴政委刚走一会儿，李大姐就拿来了一条香烟，她轻轻拉开床头柜，把烟放了进去："想抽烟就说话，这是吴政委掏钱给你买的。"

朱彦夫感觉有哪里不对，李大姐这几天在他面前有些紧张，他问道："李大姐，是不是有什么心事？"

"没、没有，很好。"

"小黄呢？好像有几天没有见到她了。"

"她、她……可能不会来这里了。"

"为、为什么？"

"你的事，院里要追究她的责任，那天刚好是她当班。"李大姐的眼圈红了，"小黄写了好几天检查，都没有过关，听别人说，她可能会被医院开除。她家是农村的，好不容易走到了今天，我真担心她受不了这个打击，会做出什么蠢事来。"

朱彦夫脑袋轰的一响，他真没想到自己的行为会给小黄带来这样的后果。解铃还须系铃人，如果不能把小黄的问题解决好，他会永远内疚下去，会永远不得安宁。

"李大姐，给我一支烟抽。"

李大姐抽出一支烟，把烟点燃了，送到朱彦夫嘴里。

朱彦夫深深地吸了一口，把一股烟缓缓从鼻孔里喷出来，眉头紧锁的脸笼罩在淡蓝色的烟雾里，显现着他告别死神的坚毅。

第13章
特殊情怀

朱彦夫选择自杀的这一举动，引起了院党委的高度重视。院领导在稳定了朱彦夫的情绪后，做出了在这个星期六召开全院医护人员思想教育大会的决定。

人生就像一盘棋，人生路上的每一步，都像棋子行进的每一步——有很多路可以选择，选择不同，所产生的结果也会随之不同。

如果那年在上海，朱彦夫把个人的前途放在首位，填了连长给他的那张表的话，他绝对不会落到现在这个没有手脚的地步，他现在应该是怀抱娇子、手携爱妻生活在大都市里，说不准已经从什么大学毕业，在什么像样的单位里过着舒适的生活了；如果那年在二五〇高地的雪地里，他不是选择寻找山下的主力部队而是爬向悬崖，也根本用不着在这里忍受疼痛折磨；如果一开始就不起轻生的念头，积极配合医生的治疗，也根本不会连累到小黄……

下棋走错了可以反悔重新走，但人生这盘棋上，一旦走错，将是不同的命运。

朱彦夫不后悔选择上战场，因为他是解放军战士，因为他是党员。

但朱彦夫非常后悔因为想解脱而牵连到其他人。如果那天他真的摔死了，他不敢想象小黄会为他付出什么样的代价，他不觉得他在九泉之下能心安理得。他的行为与小黄没有任何关系，可小黄偏偏要被组织严厉处罚。小黄是无辜的，小黄因为他而倒霉，朱彦夫的心里不是滋味，他绝对不能让小黄因为他而失去大好前途。

要想达到解救小黄的目的而又不牵连李大姐和其他人，这步棋该如何走，是得好好思索思索。

吴政委的话给朱彦夫注入了生活的希望，朱彦夫想象着用假脚假手生活的样子：只要有了脚，就能下地走路，只要能走路，就能自己上厕所，就不会永远躺在床上，就不会永远生活在没有阳光的温室里。现在大脑是好的，心脏是健康的，只要有完整的大脑和完整的心脏，就是完整的人。此时，对未来充满希望的朱彦夫想出了一个救小黄的方法，那就是绝食，他主意一定，无论李大姐怎么劝说，硬是坚持不喝一滴水，不吃一口饭。

两天过去了，朱彦夫的肚子饿得咕咕叫，就是不开口进食，急得李大姐像热锅上的蚂蚁，又是找医生又是找院长，整天提心吊胆地哭丧着脸。

"这个朱彦夫，明明表示了要有生活勇气的，又是哪根筋搭错了？"吴政委气得直敲桌子，"怎么老是不开窍呢？"

王院长若有所思地说："我们一直把伤员的身体当作了工作的全部，忽视了思想的沟通。他们在前线舍生忘死地战斗，回到后方看到有人醉生梦死地追求享乐，甚至为了一点微不足道的蝇头小利就不顾他人利益，发发脾气是可以理解的。他们身体伤痛，心里难受，我们应该理解他们的痛苦。朱彦夫是一个特等残疾，开始时自杀也毫不奇怪，但他在打消轻生的念头之后，思想上又出现偏激就有些奇怪了。我看他绝食的目的不会是自杀，一定有别的目的。"他看着政委，说："老吴，我们是不是一起去看看他？"

吴政委同意了王院长的意见，两人一起来到了216病房。杂沓的脚步声惊醒了昏昏欲睡的朱彦夫，凭直觉，他知道进来的是院领导，便尽量装出无事一般，双臂一撑，坐了起来。

吴政委掏出香烟："呵呵，今天的状态还不错嘛，来，抽一支。"

"谢谢，我不要。"朱彦夫摇摇头。

"听说你有几天没有吃饭了？"吴政委顺手拖过凳子坐下，"怎么？对饭有意见，对烟也有意见？"

朱彦夫笑笑，没有说话。

王院长直接坐到床沿上："对我们有什么意见，你可以直接说呀，别跟肚子较劲儿。"

"对你们，我什么也不想说。"朱彦夫说。

"为什么？"王院长和吴政委相互看了看。

"你们不讲理。"

"好哇，说来听听。"吴政委笑了，"我和王院长今天来就是要听听你的心里话，看看我们到底怎么惹你生了如此大的气，连饭也不吃了。"

"自杀是我的事，你们凭什么怪到人家小黄头上了？你说你们这是不是不讲道理。"

"原来你是想为小黄开脱责任？对小黄的处理是按医院纪律决定的，怎么能说我们不讲理？"

"你们那纪律有问题，我的事真的与小黄一点关系也没有，要处理也是处理我，处理小黄不公平。"

王院长听朱彦夫这么说，想了一下，说道："好，这个问题，我们院党委再研究研究。这下你可以吃饭了吧。"

"等你们研究好了，让小黄给我送饭来我再吃，别人送来的我都不要。"

"王院长，看到没有，他在将我们的军！"

"将首长的军我不敢，但我说得到做得到。"虽然两天连一滴水也没有沾，朱彦夫的话从口里吐出来还是那么强硬有力，听不出丝毫软弱。

"好小子，你行啊你，够能耐的，什么时候把我当年的臭脾气偷来了。"吴政委哈哈笑着，一掌拍在朱彦夫的肩上，"和我一样，也是一头牛。"

王院长和吴政委刚离开病房，恍然大悟的李大姐就激动地冲着朱彦夫喊起来："好兄弟，我替小黄谢谢你了！你真好！"

"谢我什么，是我害了小黄。"

"好兄弟，你的心意大姐理解了，身体要紧，我去给你弄饭来，你一定饿坏了。"

"不要，李大姐，不看到小黄我坚决不吃，真的。"朱彦夫叫住了李大姐，"我不想半途而废。"

李大姐没有办法，只好再次找到院长如实报告。

吴政委和王院长从病房回来，便派人寻找小黄，可就是不见小黄的影子。他们急得在办公室乱转，他们知道，如果朱彦夫见不到小黄，真的会饿死也不开口，这种拿生命做赌注的牛劲儿一上来，他们还真拿他没有办法。就在这个时候，门卫跑来报告：就在一个小时前，小黄背着一个包走了。

"走了？走到天边也得把她找回来！这个丫头，谁批准她走的？太无组织纪律了。"吴政委又急又气。

朱彦夫"自杀事件"由特护小黄承担所有责任，医院党委对小黄做出了调离特护岗位，留在医院打扫场院卫生的处分决定，定于星期六下午开会宣布。小黄没有勇气在全院大会上接受这种处分，觉得既然护士工作干不成了，也就没有必要在这里当着那么多人的面丢人现眼，干脆背起背包离开了医院。她刚刚坐上开往家乡的班车，就被前来寻找她的同事拽了下来。

"非得要我在明天的大会上挨批吗？我不回去。"小黄急得直掉眼泪，"你们回去告诉领导，我回家种地照样生活，反正这里我是不想待下去了。"

找小黄的几个同事不知道领导的意图，但他们要执行命令，既然把小黄找着了，那是绝对不会让小黄溜走的，于是连拥带架地把小黄又弄回了医院。

"怎么，犯了错误就想当逃兵？你还是个革命战士不是？"吴政委向小黄下命令，"把工作服换上，食堂里已为216准备好了饭菜，你给他送去。你知道吗，216为了你可是两天不吃不喝了。另外，经我们反复调查，这次事故与你没有多大关系，希望你不要背什么思想包袱，从现在起照常上班。"

"是。"小黄喜从天降。

看着小黄离去的背影，王院长问："明天召开大会的通知已经发布了，是不是要通知取消这次会议？"

对思想政治工作向来认真负责的吴政委扬起大手："这个会还要开，我有了新的想法，要把这个会改成一次扩大会，让能够参加的病人也都来参加。不过我的想法还不成熟，我们马上召集院党委会议，集中讨论一下。"

一辆绿色的越野吉普直接开进了泰安疗养所，车门一开，里面钻出一个男人，看起来是从部队退下来的干部，身板挺得笔直，黄色军装有些泛白，此时，他正肩挎军用包站在车外打量院内的景色，看样子是第一次来这里，对一切都十分陌生。

听到汽车声的刘所长走出办公室，一下就认出了院子里这个左顾右盼的男子。

"哎呀呀，是什么风把你给吹来了，我的老首长！"刘所长跑过来，一把握住了男子的大手。

"老刘哇，果然是你！好好，我在淄博地区开会，听说有个老刘在泰安疗养所工作，就专门来看看是不是你这位老战友。"

这男子是沂源县民政局局长吴善德,与泰安疗养所所长刘海是在解放战争时期认识的。那时的吴善德是山东兵团某团的团政委,淮海战役中,吴善德身负重伤,被送到随军医疗队治疗,经常闹着要奔赴前线,几次逃跑都被医疗队队长刘海抓了回来,两个年龄相当的汉子就这样建立了深厚的感情。一晃五六年过去了,二人分别后一直没有再见过面,彼此心里都记着对方,但就是不知道对方是死是活。这次山东在这里召开民政局首脑会议,吴善德听说泰安疗养所是一个叫刘海的在负责,就想到了当年的那个刘海,散会以后专程到这里来看看,没想到果然就是老相识。

故人相逢话题多,刘海热情地把吴善德请到会客室里,烟茶水果忙不迭地招待。

"老首长现在是局长了,不错啊,出门还有专车,兄弟替你高兴。"刘所长感慨万千,"早成家了吧,嫂子是哪里人呀?"

"1951年八一结的婚,她么,你认识的,王建,现在在沂源县任妇联主任。"

"你行啊,老首长,嫂子可是朵文武双全的'山花'啊!"

"嘿嘿,你老弟说了个白衣天使当老婆,还在这么个大城市里当上了大所长,比我强呀。你看你,穿着军装多神气。我最喜欢军装,穿着有股子向上的力量,党组织不让我在部队干,没办法,我就把这身军装洗了穿穿了洗,舍不得脱下。"

"一样一样,都是为人民服务嘛!哈哈!"

吴善德的妻子王建,刘海对她印象颇深。王建的原名叫陈凤婷,早年投身革命,在日照农村开展游击战争时,为躲避敌人的搜捕,改名叫王建,新中国成立后就一直用这个名字。刘海清楚地记得,那时的王建十八九岁,留着一头齐耳短发,常穿一身干净的带着补丁的灰色军装,腰上别着一把小手枪,不知吸引了多少男儿的眼光。当时,吴善德受伤就是王建用担架把他抬到医疗队的,真没想到她和吴善德竟然结成了夫妻,更没有想到王建还当上了沂源县的妇联主任。

"我说你老兄,结婚这么大的喜事,也不通知老弟一声,感情是有了娇妻忘了旧友啊!"

"看你说的,如果不是到这里开会,我还真不知道你老弟会在这里高就。我是很想把一些老战友请到一起聚聚的,可就是没法儿联系,几年仗打下来,多少熟人不在了,在的也都天南地北的。现在好了,不打仗了,很多健在的战友也能慢慢打听了，和平年代就是不一样。"

"是啊。哎，"刘海突然想起一个人来，"嫂子有个侄女叫陈希永的，现在有十七八岁了吧，是不是也成家了？"

"还没有，现在呀，在后勤部当部长。"

"哟，没看出来，当后勤部长了，哪儿的后勤部啊？"

"我家后勤部，哈哈！她现在是个大姑娘了，一米七的个子，与我差不多高，挺灵便的，如果不是她大字不识一个，也是能找份工作的。"提到陈希永，吴善德的心里便像压了块石头，总觉得有愧。

"你一个局长，在什么单位给孩子找份轻松的事情，不是轻而易举的？"

"身为党员干部，明知道孩子没有文化，怎么开得了口？打铁要的是本身硬，不能因为我当官了，就老是想着把亲戚往出拉。我们党要不是依靠这铁的纪律，怎么能打败蒋介石？蒋介石不是因为政党腐败，脱离劳苦大众，又怎么会成为人民的敌人？如果我们现在也这样，这辛辛苦苦打下来的江山，岂不又要毁在我们的手里？这些问题，关系到党和国家的命运，可糊涂不得。"

"理是这么个理，但给孩子找一条自食其力的生活路子不过分。陈希永那孩子从小就灵便，加上一直跟着她姑姑，肯定会像她姑姑那样有思想，我们也不能因为自己是国家干部，是党员，就荒废了孩子的青春年华。国家干部也好，党员也好，都是有血有肉的人，给孩子创造一个适当的发展空间也是一种社会责任。现在是社会主义建设时期，我们不需要把亲人送到火线上去抛头洒热血，需要的是把下一代交到国家建设的前线去锻炼他们的意志，贡献他们的力量，发挥他们的作用，你说是不是？像你这样把孩子留在身边，才是真正的有思想问题。"

"这一层我倒是没有想到。"吴善德想了想，"你说像陈希永那样没有文化的，给她找个什么事才能发挥她的作用呢？她除了会做做家务、做做茶饭、护理孩子外，并没有什么长处，给她找事恐怕有些困难。"

"如果你愿意，就让她到我这里来。现在组织上正在摸查我们淄博失散在外的伤残军人，只要是符合疗养条件的对象都会送到这里来集中疗养。淄博地区是革命老区，为了中国的解放事业，烈士很多，受伤致残的英雄也很多，这就需要一大批护理人员来这里工作。有没有文化不是很重要，重要的是能热爱这份工作，有高尚的道德和品质，还要细心。你回去与嫂子商量一下，看你们舍不舍得让孩子到这里来，有一点你们可以放心，如果让那孩子到了我这里，我保证像对待自己的孩子一样对待她。你是我的老首长，就算是我为老首长分忧吧。"

关于陈希永，刘海还有印象。当年刘海的医疗队被王建安排在一个庄子里，他就发现一个八九岁的小姑娘老跟着漂亮的王建，悄悄一打听，才知道这个小女孩叫陈希永，是王建的亲侄女。王建参加八路军游击队的事暴露了，汉奸就带领日军把王建的爹娘哥嫂都抓去杀害了，全家只剩下不到七岁的小侄女陈希永侥幸活着，于是王建就派人找到陈希永，并一直把她带在身边。真没想到陈希永跟随她姑姑这么多年，竟然连一份工作也没有。

吴善德一回到沂源就迫不及待地把这个消息告诉了妻子王建。

能在泰安当一名护士，那是很多年轻姑娘梦寐以求的事。王建是又喜又急："机会难得，千万别错过了这个机会。俺得为希永扯一块好布料，赶紧为她做身衣服，在大城市比不得咱这小县城。老吴啊，这妮子一走，这家里可咋办？两个孩子可就没人照看了，是不是先托人找个保姆来？说句心里话，要不是为了希永的前途着想，俺还真舍不得让她离开这个家。"

"妮子大了，早晚得离开家的。希永一直跟在你身边，应该放她到外面闯荡闯荡了。妮子在外，是有些叫人放心不下，好在老刘这人不错，把妮子放在他那里没有什么担心的。你是她姑姑，有些事情你得好好地跟她唠叨唠叨，让她在单位好好上班，别辜负了人家老刘的一片好意。还有，千万不要与外界一些不三不四的人接触，有什么拿不稳的事多问问她刘叔就是。"

吴善德心里有点不踏实，总觉得这份工作的背后有些私人之间的感情，不是那么光明磊落，担心陈希永不能胜任工作或者在工作上捅出什么娄子，而让别人在背后说三道四。虽然陈希永是王建的侄女，但在一起生活了好几年，他早就把陈希永当作家里的一员了。而且尽管论个头，陈希永比王建还要高出半个头来，但孩子从没有离开过他们的视线，没有单独做事的经历，这一下就要离开，而且是去那么个有名的大城市，他总是牵挂着，总觉得孩子还小，还不能完全适应社会。

陈希永做梦也没有想到自己有机会到那么远的大城市里去当护士，不禁既激动又紧张，夜深人静时还翻来覆去无法入睡。对于护士这个职业，陈希永一点也不陌生。她被姑姑王建收留以后，就跟随姑姑东奔西走。姑姑上战场的时候，不是把她留在老乡的家里就是把她留在后方医院或随军医疗队里,她特别羡慕那些穿着白大褂的大姐姐和阿姨们,也曾经渴望长大后能穿上白大褂。在她的眼里,那些白大褂有一种说不出的神圣。后来,她也跟着那些护士姐姐做这做那,学会了很多护理伤员的知识,也慢慢地在看护伤员、学做军衣军鞋、烧饭洗衣中长大了。新中国成立后,姑姑结婚成家了,姑姑和姑父整天忙于各自的工作,她便在家里为他们料理家务。自从姑姑有了孩子,她就成了姑姑家的总后勤兼保姆,一天到晚忙忙碌碌没个闲空。现在姑姑的老大三岁多,老二还不到一岁,这两个孩子都是在她的呵护下一天天长大的。但每当手牵怀抱着孩子在街上买菜,看到一个个同她一般大的姑娘上班下班时,她的眼里总是流露出羡慕。

现在这种羡慕马上就要变成现实了,她又对这个熟悉的家产生了强烈的眷恋之情。姑姑告诉她,明天姑父就要把她送到泰安疗养所,可她仍像做梦一般,感到这一切是那么遥远,摸不着边际。两个孩子的笑脸,姑姑为她试穿新衣时舍不得的表情……一切都在眼前晃荡着,让她眼里变湿,鼻子酸酸的,忍不住咬着被子哭了起来。她说不清这是高兴还是难过,双肩起起落落地表达着,她即将告别这里的过去,即将走进那里的未来。

医院大礼堂座无虚席,主席台上绛红色的幕帘中心挂着毛主席的巨幅画像。

身穿崭新军装的朱彦夫坐在主席台中间的椅子上,正对着面前的麦克风做着他的人生报告。他戴着特殊的墨镜,台下的情况尽收眼底,加上第一次当着这么多人讲话,而且是在这个轻轻一咳就能让所有人听到的场合,他显得有些紧张。昨天晚上吴政委找他谈话,要他在大会上谈谈从轻生到决定顽强活下来的思想转换过程,借此鼓舞其他伤病员,加强伤员与医生之间的关系。为此,他想了一夜,还是不知道从何谈起。今天的大会上,院领导讲了几句开场白以后,他便被连椅带人抬到了这里。他是特残病人,他一出场,下面就鸦雀无声了。吴政委指着他没有手脚的身体向全场做了简单的介绍,然后就要他随便说说。他还想推辞下去,下面的掌声就热烈地响了起来。掌声一过,他只好硬着头皮开始讲话:

"同志们,病友们,我没有多少文化,我只在上海读过几个月的文化速成班,学到的一点文化也在战场上丢得找不回来多少了,我不会讲话,请大家不要笑话。"

朱彦夫简单的开场白又赢得了一片热烈的掌声。他被这热烈的掌声鼓舞着,很快调整了自己的情绪，心里的紧张也很快被记忆里二五〇高地残酷的场面所替代，于是，那动人心魄的战斗场面从他的嘴里慢慢道出。

抗美援朝是一场伟大的战争，《谁是最可爱的人》一文令人动容，特级英雄的英勇事迹妇孺皆知。鲜为人知的英雄连队几乎全部牺牲的壮举，忍受饥寒交迫的疯狂拼杀，孤军奋战的冲天豪气，同样令人震颤，同样荡气回肠。朱彦夫的报告一下拉近了人们与英雄之间的距离，有人禁不住高喊了一声"向英雄致敬"，只见哗的一声，全体人员起立，一起举起右手向朱彦夫行起了军礼。坐在椅子上的朱彦夫也激动地抬起右臂，耷拉下来的袖口像一面旗帜，悬挂在经久不息的掌声之中，是那么庄严，是那么感人肺腑。

"朱大哥，你家里还有老母亲，几年了，从没听你说过要给家里去信的事，你的事你娘知道吗？"小黄见朱彦夫心情很好，提了一个她与李大姐在背后常常议论的问题，"从你离家追随部队到现在八九年了，你就一直没跟家里联系过？"

小黄提出来的问题也正是朱彦夫心里常常思考的问题，八年来，他没有一时忘记过家里的母亲，此时面对小黄，他没有隐瞒："我娘是个苦命人，我背着她离家已经使她伤了心，我想等我在部队立了大功就给她老人家报喜的。1949年我立了三次小战功，又入了党，可在那个年代，我没有时间给家里去信，就算能写信，兵荒马乱的又怎么把信送到家里去？因此，一直等到了上海才给家里去了一次信，也不知道我娘收到了没。后来，想写信也没有了机会。"

"在我们医院里，好多伤员都给家里通了信，就你，从来不提你的家。朱大哥，你是位了不起的英雄，你应该给你娘写信的，虽然你受了伤不能亲自写信，但你可以让我们代你写呀，好多伤员的家信都是我们护士代写的。"

朱彦夫摇摇头："这个问题我想过，没有这个必要了。"

"为什么？"

"也许我娘早已认为我死了，伤心也伤心过了。但如果我娘知道我还活着，却是连手和脚都没有，那她的心里该多么难受啊。与其让她后半辈子都这么难受，还不如让她断了这个念想的好。"

"你受伤致残是为国家，是光荣的呀，朱大哥，你是我们的骄傲，也是你娘的骄傲，我觉得，你不应该瞒着你娘。不管怎么说，她知道你活着总比她当你牺牲了强。"

"像我这样人不人鬼不鬼的,绝对不能让我娘知道,如果、如果你们为我安装的假手假脚能让我重新站起来,能让我像个人样,我再考虑是不是让我娘知道我的存在。"朱彦夫深深叹了一口气,"其实,我也好想再看看我娘啊,哪怕只看一眼!我娘真的太苦,太苦!"

朱彦夫想念母亲,但又不愿母亲见到他的现状。虽然他不再存有轻生的念头,但他对将来如何生活还是没有明确的思路。他在思索,在痛苦地等待着能站起来的自己。

和往日的早上一样,院里的高音喇叭准时响了起来,《国际歌》的旋律在院子上空回荡着。再有半个小时,就该吃药吃饭了,再然后,会有一张新报纸送来,护士会从头到尾地诵读报纸上的内容。除了报纸上文章的内容在变以外,其他的一切都没有改变,天天都这么过,天天都这么活。朱彦夫听完了喇叭里的新闻,习惯地等待着新的一天的老式生活。

但今天刚到上班时间,朱彦夫就接到了一份给他的通知书,通知他转移到山东泰安疗养所疗养。朱彦夫听了通知的内容,说不出心里是高兴还是难受。看来,他就要告别这里了。看着熟悉的医生、熟悉的护士,他不知道该说一些什么才能表达自己的心意。尽管医生和护士们都在祝福他,但他看得出他们的心情和他的一样,都带着不舍。尤其是护士小黄,竟在他面前哭了起来。平日里习以为常的一切事,在此时此刻都显得那么珍贵,都显得那么非同一般,他像一个即将离家的孩子,把家里的每一个人都仔细地看过,都深深地刻在心里,刻在记忆的深处。先前那种度日如年的感觉此时已烟消云散,几年的时光似乎化作回忆,让他来不及细细品味。

过了三天,院领导陪着一个前来接收朱彦夫的地方领导来到了朱彦夫的面前。

吴政委指着坐在椅子上的朱彦夫说:"这位就是你们山东的英雄朱彦夫同志。"他见朱彦夫没有反应过来,又笑着向朱彦夫介绍,"朱彦夫,这位领导就是你们沂源县民政局的吴善德局长,吴善德局长是专程来接你回泰安的。"

"你好,朱彦夫同志!"吴善德习惯性地伸出手。当他看到朱彦夫抬起来的没有手的手腕时,才猛然意识到自己做得不合适,他赶忙伸出双手托着朱彦夫的残臂，心突突地跳了几下："朱彦夫同志，你是我们沂蒙山的儿子，你是我们沂蒙山的骄傲，我代表沂蒙山的父老乡亲，代表沂源县党组织接你回家疗养。"

"谢谢党，谢谢沂蒙山的父老乡亲，谢谢吴局长！"朱彦夫不认识吴善德，却像见到了久别的亲人，吴局长说的"回家"，像一股暖流霎时传遍了朱彦夫全身。话未出口泪先涌，太多太多的话拥挤在喉咙里，不知道该怎么吐出来，朱彦夫憋得满脸通红，才从牙缝里挤出了这句最能代表他此时此刻心情的话。

吴善德和善地坐到朱彦夫的身边，向医院领导表达谢意，向朱彦夫表达歉意，浓浓的情感在他和朱彦夫间传递着。

朱彦夫被抬上担架放在了车厢里，王院长又命人把一把椅子也放进车厢里："这把椅子他坐习惯了，天热可以坐在上面吹吹风，天冷可以坐在上面晒晒太阳，带着它也是一个纪念。"王院长还告诉朱彦夫，为他设计的手脚，模型已经出来了，实物做出来就立即给他邮寄过去。

吴政委从包里拿出一本厚厚的书，塞进朱彦夫的行李袋里："这部《钢铁是怎样炼成的》送给你，希望能给你以后的生活带来新的变化。你为我们留下了宝贵的精神财富，我也给你送上这份精神食粮，希望你做一个中国式的保尔。保尔双眼失明，用手写出了这部书，你没有手，但希望你用你的行动和思想展现伟大的爱国精神，你没有脚，但希望你能用顽强的毅力走出一名钢铁般战士的足迹。记住，你永远都是一名坚强的战士，是一名由特殊材料组成的坚强战士！"

汽车周围围满了白大褂，还有前来送行的病友们。汽车开动了，小黄冲着向院外徐徐驶去的汽车高喊："朱大哥，我不会忘记你！永远不会忘记！"

泪水模糊了镜片，朱彦夫举着没有手的残臂，告别医院，告别送行的人群，告别这座非常熟悉而又非常陌生的城市。

第14章
磨炼意志

朱彦夫很顺利地住进了泰安疗养所，才二十来天就与疗养所里所有的工作人员混熟了，也与在这里疗养的十几位荣军相处得不错。他是"天字号"残疾，来到疗养所就成了疗养所的一大新闻。来的那天，虽然刘所长事先介绍过所里要来一位手脚全被截肢的特残，但很多人真正看到他的样子时，还是震惊得张大了嘴巴。

唯一没有大惊小怪的只有所长刘海了，一是他有充足的思想准备，二是他从抗日战争起见到的惨状太多了。

刘海虽然没有过多地吃惊，但看见朱彦夫的模样，却感到十分揪心。疗养所里住着的虽然大多是缺胳膊断腿的，但像朱彦夫这样只有一只眼睛，没手没脚的"肉轱辘"却也没有，这也让他想到了护理的难处。

疗养所里除了自己和一位专职医生是男人外，其他的都是女性。像朱彦夫这样的，吃饭必须得人一口口地喂，还得帮他解裤子擦屁股端屎端尿。成了家的女人好说，但也不能二十四小时守着他，但没成家的年轻女孩子可怎么护理他？而且，这不是三天两早晨的事，很可能是朱彦夫整整一辈子的事。为此，刘海提出，由组织出钱，让朱彦夫家里来伺候他。

"不行不行，经我们了解，朱彦夫家里除了一个老娘之外，已经没有任何亲人了，而且他老娘年事已高，身体太差，一直以为朱彦夫牺牲了，朱彦夫现在的情况她还压根儿不知道呢，就怕她知道儿子变成这样，精神受不了。所以，我们还是尊重朱彦夫本人的意思，这件事无论如何不能让他老娘知道。照顾好朱彦夫是我们的本职工作，女孩子怎么啦，既然是医护，就得担起医护的责任来，安排谁值班谁就得值好这个班!"

吴善德想了想,对刘海说:"我看不行就让陈希永来做朱彦夫的护理工作,你再找位有责任心的配合就行。陈希永这孩子我清楚,心地善良,也能吃苦,在护理这方面还是挺有一套的。"

"这、这合适吗?"刘海有些为难,陈希永是他要来的,说好把陈希永当亲生孩子一般看待,怎么能让她去为一个素不相识的男人搞这种护理?

"有什么不合适?"吴善德看着刘海,非常认真地说,"她接受过护理方面的培训。而且她现在是一名护士,她没有挑三拣四的权利,这个我找她谈。"

陈希永很愉快地接受了这份工作,只是与她一同接受护理朱彦夫工作的芳芳有些不高兴。每次芳芳当班,无论是端尿还是端屎,她总把便盆用纸盖着,把手斜伸出去,还偏着头,一副反胃恶心的样子。

"芳芳,受不了就叫俺呀,俺是农村来的,不在乎这个。"陈希永有些同情芳芳。

"这怎么好意思,也真怪,那个姓朱的好像总跟我过不去似的,每逢我当班那臭事就多。"芳芳皱着眉头,一边反复洗手一边说,"做这样的破工作,真是倒了八辈子霉了。"

"哎,你那位不是说替你另找一份工作吗?有眉目没有?"陈希永早几天就听芳芳唠叨着她男朋友要给她换份轻松的坐办公室的工作,这两天又没听芳芳挂嘴边了。

"屁,他那德性,净会吹牛。"芳芳洗净了手,嘴里唠叨着走开了。

见芳芳走进了朱彦夫的房间,陈希永又接着洗抹水池。这是她休息的时间,可她闲不住,见洗手的池子脏了,就找来抹布搓洗起来。这本是清洁工的事情,但她不管,看到不干净的地方就忍不住手痒痒。她不习惯无所事事,她觉得在这里上班太轻松了,就是给朱彦夫穿穿衣服洗洗脸,喂喂茶饭,接接大小便,再给他洗洗身子抹抹澡,出气力的事不多,顶多就是把朱彦夫背下床放到椅子上,或者把他背到院子里吸吸新鲜空气,而且这朱彦夫很乖,很多时候都在安静地看那本叫作《钢铁是怎样炼成的》的书,不知道多省心。陈希永想不明白,就这样轻松的工作,芳芳怎么还嫌累嫌脏,整天的不愉快,这不是跟自己过不去吗?

芳芳尽管不太喜欢这份工作,但当着朱彦夫的面还是没有把任何讨厌写在脸上,说起话来也极尽温柔,完全符合所里对一个护理的职业要求。

"朱大哥,是不是上床躺着休息会儿,你已经坐很长时间了。"

"没事没事,我这里没有什么,该忙什么你就忙去吧,我现在精神很好。"

朱彦夫坐在椅子上,一块木板架在椅子两边的扶手上,这是陈希永为他想的主意,让他可以很舒服地坐在椅子上看书。

朱彦夫把书放在木板上,用两截手臂抵着翻开的书页,仔细地阅读着书里的文字。这是他有生以来看的第一部文学小说,他看得很投入也很认真,每看一段,他都会停下来仔细地想想,领会这些话是什么意思。

他虽然当初在文化速成班里成绩很不错,也认识了一些字,但毕竟有四五年时间没有机会好好温习巩固了。残存在记忆里的字大多是缺胳膊断腿的,让他现在看到字只有似曾相识的感觉。开始看这部《钢铁是怎样炼成的》时,他多半的字都不敢确定,经过芳芳的指点,他的进度才越来越快,有些字芳芳也吃不准,见他那认真的样子也不敢糊弄他,只好抄在纸上去向别人请教。因此,芳芳在他看书时只能在一旁默默守候着,外出也是匆匆而归,从不敢在外面逗留太长时间。

"好的,朱大哥,有事你叫我。"见朱彦夫主动叫她离开,芳芳心里喜得像逃出笼子的小白鼠,嘴里还应着,双腿就已经迈向了门外。

之前读书,都是护理帮朱彦夫翻书,现在他想试着自己翻阅,他不想让别人看到他翻书的那种艰难和尴尬,便有意把芳芳支走了。这页内容终于看完了,他用右胳膊压着书的右半边,然后用左边的断臂推动书的左半边,可是推来推去,不是一次推起好几页,就是肉头的截面在书上干滑,根本无法掀起那薄薄的一页纸来。他不敢松开右臂,担心一松手臂书本就会合上,就再难找到现在的页码。他感到双臂累得酸疼,一种力不从心的无可奈何让他大气直喘。忽然,他想到了自己的嘴,就勾下脑袋把双唇覆在书角上,又将书纸夹在唇间,再拧着脖子配合双臂,终于将页面翻了过来。就在他大喜之余,一件意想不到的事情发生了,他把所有的精力都集中到了翻书上,竟然将戴在眼睛上的眼镜掉在了地上,没有眼镜,翻开的书也无法看清,他气得挥起双臂直打自己的头,这一打不要紧,臂下的书完全合上了。

"朱大哥,你怎么啦?"响动把在门外舒展腰肢的芳芳惊动了,她走进来，看见朱彦夫的样子，便问，"怎么把眼镜给扔了？你一定是累了，上床休息吧。"芳芳捡起眼镜，给朱彦夫戴好，见朱彦夫面前的书已经合上，以为他需要休息了，就要拿下搭在椅子上的木板。

"谁让你拿的？我说了让你收走吗？"朱彦夫本就沮丧，见此，不由得气急败坏地提高了声调。

"我以为你要休息了。"芳芳委屈地解释道，"你也没说还要看呀。"

"对不起，我言重了。"朱彦夫这才意识到自己太激动了。但他现在眼镜戴上了，练习翻书又正在劲头上，很不愿意受到外界的打扰，就对芳芳说："我现在想一个人静静，谁也不想见，请你拉上门出去，有事我会叫你的。"

芳芳听了这话，以为朱彦夫讨厌她多事，她本来就有点烦他，也就不再说什么，重重地甩上门走了出去，眼里却涌出一股委屈的泪。

朱彦夫没有注意到芳芳的神情，他继续试着用刚才的方法打开书本，一边摸索一边在心里总结着技巧，成功了，又成功了，他高兴得像哥伦布发现了美洲新大陆，咧开了嘴直笑：就这样，一样一样来，我要学会自己吃饭，学会自己穿衣，学会自己料理自己的生活！正在朱彦夫暗自庆幸时，房门被猛地推开了，芳芳、刘海、陈希永鱼贯而入。

"出了什么事？"朱彦夫吓了一跳，他看见芳芳一把鼻涕一把泪的，又问，"芳芳，谁欺负你了？"

"别装模作样，当着所长的面，你说清楚，我哪一点没有伺候好你，你就这样给我嘴脸看，还把我赶出去？"芳芳甩着鼻涕开起了机关枪，"你是英雄，你了不起，我是伺候不了你了……"

朱彦夫被这阵机关枪打得晕头转向，分不清南北："芳芳，你这是哪跟哪呀？"

芳芳还想说什么，被刘海阻止了："芳芳，不许用这种态度跟朱彦夫同志说话！朱彦夫同志，到底是怎么回事，你就直说，如果我们有做得不对的地方，你指出来，我们一定改正。"

"刘所长，我不明白你说的是什么意思。我对芳芳、小陈心存感激，绝对没有任何意见。"朱彦夫激动地挥动着双臂，"我在心里，一直把芳芳当作我的老师。这段时间我一直在看这本小说，如果没有芳芳，我根本就没有办法读下去，对她我真的没有任何意见，这、这……"

刘海见朱彦夫说不出什么名堂，挥手对芳芳和陈希永说："你们俩先出去！"他见两人离开后，便轻轻地关上门，"朱彦夫同志，你我都是军人，有什么话也别藏着掖着，这也算是我们之间的一次交流吧。"

朱彦夫纳闷了，本想悄悄地锻炼一下自己的独立能力，没想到惹出来一场是非，女儿家的心思真叫人难以摸透啊。

听了朱彦夫讲述的前前后后，刘海终于明白，原来今天朱彦夫的举动让芳芳误解了。刘海被朱彦夫的自强不息感染了，他高兴地表示支持朱彦夫的想法，他还表示，如果朱彦夫把这部《钢铁是怎样炼成的》看完，他会再送朱彦夫一套《毛泽东选集》，让他学到更多更实用的理论知识。

芳芳在朱彦夫一脸茫然时就知道自己误会了他，但她还是不想再继续这份工作了。理由很简单，她的胃脏受不了，一吃饭就不由自主地想起那些便盆，因此一直作呕，再这样下去她会疯的，她已忍受到了极限。

"希永，我们犯不着干这份下贱的工作，干脆，咱俩一起找所长，都不干了。"

"芳芳，朱大哥被美国鬼子伤成了那样，俺想，俺们不能抛下他不管。"陈希永不善言辞，但仍努力地想说服芳芳，"他人都成了那样了还能坚持学习，还要坚持锻炼，俺觉得俺没有理由不照顾他。而且，他对你确实没有意见，真的。"

"你难道不想嫁人了？"

"嫁人是嫁人，工作是工作。要找所长你去，俺不去。"陈希永不敢正视芳芳的眼睛，轻声表达了自己的观点。

芳芳一扭头推开了刘所长办公室的门，她说了些什么，陈希永不知道，但芳芳个把小时才出来，低着头，身上的白大褂也脱了。她连看也没有看陈希永一眼，就直直地走了。陈希永很想跟过去问问谈话的结果，又怕芳芳怪她多事，只好装作什么都不知道。

芳芳比陈希永晚来两天，她的家就在疗养所后面，在不想回家的时候就把陈希永的寝室当作自己的寝室，或看看书或睡睡觉。在芳芳面前，陈希永说话做事向来十分小心，在她眼里，芳芳是城里人，有文化，见识又广，自己除了身个儿比芳芳高以外，什么都比芳芳少。

陈希永和芳芳都听朱彦夫说起过抗美援朝的经历，两人对朱彦夫的认识各有不同。芳芳认为这没什么大惊小怪的，当兵就得打仗，打仗就会有牺牲，就会受伤，他这种英雄是在特殊环境中产生的，如果没有战争，他就是普普通通的村夫一个。陈希永不这样认为，她觉得朱彦夫是真正的英雄，她认为敢把自己的生命交给国家的事业，就是一种了不起的牺牲，在她的眼里，朱彦夫那只有洞的眼睛和没有手脚的身体，不是丑陋的，那是英雄的标志。她也从不觉得帮朱彦夫处理大小便恶心，反倒觉得这样的工作很高尚。她与芳芳的想法总拧不到一块。

就在陈希永想着芳芳时，所长刘海过来把她叫进了办公室。

"芳芳找我摊牌，说她不想干这份工作，想让我放她离开这里。听她的口气，好像你对这个工作也有想法，是不是这样？"刘海单刀直入地说。

"没、没有啊，俺觉得这工作很好，就是太轻松了，闲得人发慌。"陈希永坐在刘海对面，双手不安地扭着衣角。

"什么？你还嫌工作轻松了？"陈希永的话让刘海感到惊讶，他有些怀疑自己是不是听错了。

"是的，刘叔叔，俺长这么大还没有这么清闲过，有些不习惯。"

"唉，到底是人跟人不能比，芳芳牢骚满腹，埋怨这工作太脏太累，你却觉得太轻松。好，有你这句话我就放心了。"刘海的担心被陈希永坦诚的态度打消了，"眼下人手有些紧张，如果让你一个人照顾朱彦夫的生活，你觉得有困难吗？"

"不行，不行，俺不行。"陈希永一听让她独自护理朱彦夫，急得直摇双手。

刘海被眼前这个矛盾的陈希永搞糊涂了："怎么不行？"

"俺不识字，朱大哥喜欢读书，芳芳能帮朱大哥的忙，俺可没有这个本事。"

"噢，原来是为这，这好办，我给朱彦夫找了一位老师，有不会的字由他老师来解决，你不用担心。"刘海笑了起来。

"老师？还给请了老师，谁呀？"

"字典。"

"字典？字典是谁？是俺们疗养所的吗？"陈希永睁大了眼睛，疗养所里的所有工作人员她都能叫上名字，但这个叫"字典"的，她感到非常陌生。

刘海拉开抽屉取出一本书，说："这就是字典，朱彦夫现在学会了用嘴翻书，这个东西对他有用了。今天上午我与朱彦夫谈过，他学过查字典，一般的字他都能在这上面查到。他这个人，能自己干的事情就坚决自己干，在这方面不会为难你的。"

陈希永觉得不可思议，同样是书，为什么这本书能给那本书当老师？她觉得书本真是很神秘的东西，但她只是心里感到好奇，嘴里没多说什么："行，这就没问题了。刘叔叔，芳芳可能五脏适应不了，你还是替她换份她认为干净的工作吧。"

刘海摇摇头："芳芳生在城里，从小娇惯，在这里找不到她想要的工作，我已经同意她离开疗养所。晚上我去和她父母打声招呼，她的关系就可以从这里转出去了。"

"其实，芳芳对工作还是蛮认真的。"陈希永忍不住为芳芳说话。

刘海没有接着陈希永的话说下去，人各有志，鸟各有意，他不想强人所难，更不想手下是些难文难武的人。

他找陈希永谈话的目的，就是探听陈希永是不是也和芳芳一样讨厌这里的工作，如果陈希永和芳芳一样，他会打电话给吴善德，要老首长把陈希永也领回去。

他不想他这个疗养所是一个不能干事的凑合单位，他要对得起那些革命功臣，要让这批为国家流血致残的荣军们有一个舒适的生活环境。现在他对陈希永放心了，把她放在朱彦夫身边，他也不用担心。

对朱彦夫，刘海有着特别的感情。刘海是军人，他懂得军人的情怀，自从了解了朱彦夫在二五〇高地的实情后，他就对朱彦夫格外敬重，他佩服朱彦夫是条汉子，能在那样恶劣的环境下坚持到最后。他从心底认为朱彦夫就是一个特级英雄，朱彦夫配得起英雄勋章。

作为疗养所的所长，刘海能做的就是让这样的英雄在这里享受国家给他的所有待遇，让他在这里体会党和人民给予他的温暖，让他在这里过完自己的余生，让他在另一个世界见到他那些英雄的战友时，能带去祖国对他们的真诚问候和价值肯定。

朱彦夫热衷于读书学习，刘海认为这是朱彦夫精神生活的支柱，也是打发时间的最好途径。他认为朱彦夫的身体状况决定着朱彦夫这一生只能就这么活着，直到生命终结，如果说他的学习能给社会带来什么财富的话，那就是他的爱国主义思想和献身国际主义的精神以及自强不息的精神能影响更多的心灵。所以，他得知朱彦夫想要自己翻书时，内心很震动。他建议陈希永尽量放开，让朱彦夫自己去折腾，只要他乐意，只要他不做危及性命的事，就鼓励他配合他。因为只有这样，朱彦夫才会觉得自己活得有意义，才会一直走在具有目标的人生旅途上。

刘海的理解给了朱彦夫很大的空间，同时也打消了朱彦夫背着护理练习的紧张心理。朱彦夫有事做了，他看书，查字典，很累很艰辛，但他心里感到很充实很满足。为了一步步实现自力更生的计划，他从翻书的经验里总结动作要领，又开始琢磨如何自己给自己点烟了。他把火柴盒夹在两个膝盖间，用手臂和嘴打开火柴盒，借唇舌取出火柴梗，用牙咬着递给两只断臂，然后双臂紧紧夹住火柴梗前后挥动着让火柴与磷面摩擦。这样做很费气力，但效果不错。为了节省火柴，他让陈希永找来一些和火柴梗差不多的木棍进行练习。有道是，只要功夫深，铁棒磨成针。经过反复操练，几天下来，他获得了成功。现在他只要一两下，就能嗤的一声燃着火柴。看到亲手点燃的火柴，他不知有多兴奋。他笑了，像个才学会笑的孩子，是那么天真，那么单纯。

站在旁边的陈希永看着朱彦夫的得意，心里有说不出的滋味，既为他的成功感到欣慰，又为他的艰难感到心酸。

朱彦夫期盼已久的假肢寄到了泰安疗养所，看着近似正常人肤色的人工手脚，朱彦夫激动得不能自已：这下好了，终于能下地走路了。在他的想象中，这双假脚应该比真脚更能适应环境，冬天不惧寒冷，夏天不惧炎热，也不会像真脚那样行路太长就打泡受伤。只要有力气迈动双腿，他就可以走遍天下，不用担心石子割破脚掌，这是一双真正的铁脚板。不过，这假腿该怎样装在两条断腿上？他不知道，却恨不得立即把脚装上，撒腿就跑起来。

陈希永像朱彦夫一样高兴，像朱彦夫一样焦急好奇，所长刘海把假腿交给她，她就像长了翅膀似的抱着盒子跑过来向朱彦夫道喜展示，但这假腿该怎样装到腿上，她也不知道。

刘海亲自为朱彦夫装假肢来了，他拿来了衬布、腿套、绑带及其他配件，一边操作一边给身边的陈希永讲解："先包好垫布，缠实，再用绑带绕缠，记住，要缠紧，不要起堆，也不要缠偏。如果没有缠好，后面就无法装腿。现在把假腿套上，朱彦夫，你咬紧牙，挺住，使劲，对，这样才算装牢实了。现在可以把皮带环拉上，从这里穿进来，扣住。看看，这腿装得就牢靠了。"几分钟，刘海就把一条腿装起来了。他站起身往后一退，向陈希永挥挥手："好，下面你装另一条腿，来，试试。"

陈希永有些紧张，但在刘海的监督鼓励下，她开始装另一条假腿。七米多长的绑带很快扎缠完毕，下面要套装假腿了，陈希永拿着七八斤重的假腿，无论怎么使劲都套不到朱彦夫的腿去，急得她满脸是汗。

朱彦夫痛得直哆嗦，却还是装出没事人一样："小陈，别紧张，你只管使劲就是，我受得了。"

刘海看陈希永脸上也汗珠直冒，但他想让陈希永自己摸索，掌握要领，便只笑着指点道："把腿抬平，再使点劲，对，用力向前推。"

陈希永暗吸了一口气，照着刘海说的继续操作，推了好几下，才把假腿套上了，可假腿却把绑带给弄散了，陈希永不禁埋怨自己："刘叔叔，俺真没用。"

"别急，第一次嘛，哪有那么顺当的。"刘海仔细地分析着原因，"主要是绑带缠松了，解开，重来。"

陈希永这次分外小心，每个环节都严格按要求操作，终于不费多大气力就把假腿套上了。她的心情有些激动，扣挂皮带环时竟然双手发起抖来，因为她知道，只要这一扣成功，就意味着朱彦夫从此站起来了。她要看着这个奇迹变为现实。

朱彦夫比任何时候都感到兴奋，他迫不及待地准备将双脚放到地上，恨不得立马站起来。四年多了，只有在梦中才有的期盼终于要化作现实了！

就在这时，刘海一把捉住了朱彦夫的双腿："错了，错了，等等！"

原来，陈希永只顾着套腿，竟然把脚装反了，两只脚一只向前，一只向后，看起来很滑稽。陈希永哭了："唉，俺咋这么笨啊！"

朱彦夫见陈希永如此在意，笑了起来："小陈，你是让我进退自如，前后兼顾啊！刘所长应该表扬小陈才对，是不是，所长？"

刘海也笑了："是应该表扬，要是她能在你后脑勺上装上眼睛，我就为她申请专利。"说话间，刘海已经重新装好了腿脚。"来，起来，慢一点，试着站起来。"

朱彦夫神气十足地扶着椅子站了起来，他想迈开大步展现昔日风采，可是还未来得及抬步，就大叫一声摔倒在地上了。

刘海和陈希永慌忙把朱彦夫架起来重新坐到椅子上。朱彦夫告诉他们，他感到他的腿骨像刺扎一样疼。他坐在椅子上直喘大气，这双脚原来是中看不中用的东西，原本无比美好的想象像遭受风霜袭击一般，让他沮丧到了极点。

陈希永看看朱彦夫又看看所长刘海，她很想劝劝朱彦夫，又一时不知该怎么说才好，只好拿了毛巾替朱彦夫拭去脸上因疼痛而冒出的汗雨。刘海对此不太意外，他说这是一种正常现象，朱彦夫几年不大活动的双腿肌肉已经僵化，需要慢慢锻炼才能恢复，至于走路，更不是一天两天就可以。他提醒朱彦夫不要急躁，要保持较好的心态，每天进行适当的锻炼，要像小孩初学走路那样，一步一步慢慢来。他还要求陈希永天天为朱彦夫做肌肉按摩，帮助肌肉恢复功能。

为了减轻体重给腿骨造成的压力，疗养所又为朱彦夫配置了两根架拐，方便他学步练习。

自从安上了假肢，久违的疼痛又回到了朱彦夫的躯体上，撕扯着他的每一根神经。他咬牙忍受着钻心的疼痛，坚持一步一步来回地走动。

"朱大哥，疼得受不了，你就坐下歇一会儿，别硬撑着，那骨头茬子可不是别的，看看，又流血化脓了。"陈希永卸下假肢，忍不住心疼得落泪。

"没啥，只要磨出茧子来自然就好了。好妹子，你是我一生中见到的最善良的人，我这辈子欠你的太多太多，只有来世变牛变马才能报答你了！"

"朱大哥，千万别这么说，你为人民的幸福生活做出了这么大的牺牲，我能为你这样的英雄服务也是我的光荣。"

陈希永这么说，绝不是在空喊政治口号，也不是在虚伪地说甜言蜜语。她听过朱彦夫给她讲的保尔，她觉得朱彦夫同保尔一样坚强。保尔在失明的情况下能写书，那是因为保尔有一双完整的手，如果朱彦夫能有一双完整的手，她相信朱彦夫一定能完成他的指导员在临终时对他的嘱托，一定能写出一部像《钢铁是怎样炼成的》的好书来。她不识字，她不知道写书是怎么一回事，但从朱彦夫的嘴里她知道了写书就是写那些感人的故事。朱彦夫给她讲过很多战斗故事，这些故事都很感人，她成了朱彦夫的故事迷。她恨自己没有文化，不能把朱彦夫的故事写下来。但她觉得朱彦夫是真正的了不起的汉子，她从心底敬佩他的顽强和执着，她相信朱彦夫自己能做成他想做的事。

在陈希永的精心护理和朱彦夫的不懈努力下，朱彦夫终于可以夹着双拐在疗养所的大院里来回晃悠了，他终于可以借着"铁脚"让身体走进阳光、走进自然了。通过几百次的摸索，现在，朱彦夫能自己上厕所了；虽然离练就一套独特的进食本领还很遥远，很多时候还会把脸上和身上弄得一塌糊涂，但他能双臂抱碗喝粥喝水了；他也能摸索着自己穿衣服、穿裤子了——虽然他还不能自己系皮带，但比起什么都要别人动手来已经不知强了多少倍。朱彦夫也曾尝试过自己为自己装卸假肢，只是努力过很多次都未能成功，垫衬布、绑绑带根本无法完成，每次折腾，都筋疲力尽了也没有任何进展。他果断放弃了，他不想把精力用在徒劳的努力上，他要用大量的时间学习刘海给他送来的《毛泽东选集》。他被《毛泽东选集》里的很多文章吸引住了，那里面的很多道理让他振奋，让他深思，让他的头脑开窍。他只是一个普通的战士，他只是从连长、从指导员那里知道了一些毛主席的部分军事论述，看了这些理论文章后，他才对军事、对政治、对新旧社会有了全新的认识，他才真正弄明白了为什么人们说毛主席是中国的大救星。

朱彦夫的视野在不断地扩大，朱彦夫的路越走越宽。

《东方红》的乐曲还没有响，朱彦夫就爬起来穿好了衣服。今天，他换上了陈希永为他洗得干干净净的军装，又对着床头的镜子，用嘴和手臂把眼镜、帽子折腾到头上。看着镜子里的军人军容依旧，他咧嘴笑了笑，挺直了腰板坐着，等候着陈希永推门进来为他装手脚。昨天夜里，他做了一个梦，梦见自己又回到了与国民党军队作战的战场。回味着梦境，想象着当年，他思绪翻飞，他要把记忆深处的那场战斗讲给陈希永听。陈希永爱听战斗故事，为了报答陈希永对他的照顾，他总是在寂静的夜里、在记忆的空间里寻找陈希永还没有听过的故事。这不是在她的面前显耀自己的过去，而是为了让这个姑娘轻松一下——自从到泰安，她几乎没有睡过一个囫囵觉，夜里总是隔几个小时就要到这里来查一次房，白天就更不用说了，她为他，实在是太累太累。

第15章

惹祸的红玫瑰

春夏交替的季节，树叶舒展着浓浓的绿，柔和的阳光夹着细风洒下，荣军们在护理的陪同下，在院子里享受着大自然赋予的美好。

陈希永穿着雪白的工作服，她没有戴口罩，白帽下露出的黑发映衬着白里透红的瓜子脸，柳眉下的丹凤眼含着愉悦，高挑的身材显现出青春靓丽。她肩上挂着军用水壶，手里轻轻地挥舞着一根柳条，与手扶双拐的朱彦夫并肩散步。装上假肢的朱彦夫身着整齐的军装，鼻梁上架着墨镜，如果不是腋下夹着双拐，人们很难看出他是一个没有手脚的特残。两人不紧不慢地穿过场院，假肢咯咯吱吱地发出大家早已熟悉的节奏，敲打在两人的心头。

望着门前宽敞的马路，朱彦夫的思绪回到了六年前那条五米多长的马路上……

那是济南战役前夕，为扫清济南外围的敌人，上级命令李连长带着突击连于当天下午赶到指定地点。连队奉命一路行进，不料在接近周村一条五六米长的马路时，遇到了敌人——路北有一栋建筑坚固的楼房，里面有几十个守敌。二楼上到处都是枪眼，敌人向连队方向疯狂地扫射，把前进的连队压在路南的小水沟里抬不起头来，接连冲上去的好几批爆破队员，也都被敌人密集的子弹撂倒在了马路中间。李连长气得直骂娘，枪弹根本奈何不了楼房里的敌人，扔过去的手榴弹也啃不动厚厚的楼墙，强行爆破除了白白流血牺牲，解决不了任何问题。李连长眼里几乎要冒出血来：时间在分分秒秒地流逝，而部队却潜伏在路旁水沟里动弹不得。

还不满十五岁的朱彦夫被连长死死地按在身边，看着倒在马路上的战友，他哭起了鼻子。

"有什么好哭的，要是能把敌人哭死，那让所有的战士都来哭好了。"连长不耐烦地吼道，"给老子把嘴闭上！"

水沟有一人多深，朱彦夫气得抹抹眼泪，干脆背对着连长。"这个凶神，死了那么多战友，连哭也不许人哭，俺说过能把敌人哭死了吗？"他心里这么想着，嘴里可不敢言语，正在抹眼泪时，他突然发现不远的水沟里有几个汽油桶，他心里闪过一个念头，扭过身冲着连长喊起来："连长，连长，俺有办法了！"

"什么办法？别咋咋呼呼的。"连长一直把他当孩子，并不把他的话当回事，只是刚才吼了他一顿，心里有些许后悔，才搭理一句，"你能有什么办法？"

"连长，你看，那里有几个汽油桶，我们可以用它做掩护，滚过这条路。"朱彦夫见连长还没反应过来，继续说，"我们可以把炸药包点燃，塞进汽油桶里，俺就不信滚不到路对面去。"

"好，这主意不错。"连长的眼里闪出了火花，他命令几个战士抬过汽油桶，用铁铲连砸带割弄开了上面的铁盖。可是，这汽油桶万一没滚到楼房脚下就炸了，岂不是瞎子点灯？要是有人在里面控制就好了。但是就这么个汽油桶，怎么能钻进去一个战士呢，就算能钻进去，那薄薄的铁皮也会被子弹轻易地穿透呀，连长心里盘算着。

"连长，俺个子小，就让俺钻进去吧。"朱彦夫张开双臂护住桶口，似乎不这样就会被别人抢了去似的，"连长，就俺最合适，你就下命令吧！"

看着朱彦夫这样子，要是放在平日，连长非得笑着上去照他身上打一巴掌不可，可此时此刻，他笑不出来。他心里阵阵发紧，眼前的这个孩子还不到十五岁呀，个子是那么小，还没有长枪高，他不忍心下这个命令，他不愿看到这个活蹦乱跳的孩子出现什么意外。但理智告诉他，战情不容许他犹豫，他必须下这道命令。他狠心命令战士们把几床被子放进水里打湿浸透垫好桶壁，这才让朱彦夫蜷了腿窝进去，脚朝里头朝外，怀里揣上炸药包。连长还有些不放心，又将几套浸了水的棉衣也捂在朱彦夫头上。看着朱彦夫将头缩在桶里，连长这才向战士们发令投出一排手榴弹，又趁着浓烟四起，用力把汽油桶推上了路面，汽油桶咕咕噜噜地往路北楼房滚去了。

汽油桶翻滚时，朱彦夫感觉子弹密密麻麻地敲打着汽油桶表面，震得他头昏脑涨，有穿破汽油桶的子弹钻进来，像烧红的铁丝插到水里咝咝直响。他心里正在盘算到达楼房的时间，忽然感到咚的一声，汽油桶停住了，外面的子弹好像也不再咬着汽油桶不放了，是不是跑歪了道？朱彦夫用手一顶，露出脑袋一看，汽油桶刚好停在楼房墙边的一个小坑里。他爬出汽油桶，见对面战友的长枪短枪都在掩护配合他的行动，就以闪电般的速度抱起炸药包一拉导火线，从身边的一个窗口扔了进去，然后拔腿像兔子一样冲向他早已瞅准的地方，只听轰隆一声巨响，半边楼被送向了空中。

战士们高喊着朱彦夫的名字冲向尘雾滚滚的残垣断壁，朱彦夫笑呵呵地从一块大石头背后钻了出来。他毫发未损，喜得战士们把他抱起来直向头顶上甩。

"真不敢想，你就一点也不害怕？"陈希永两只眼睛好奇地盯着朱彦夫的脸，"在那个时候你还能跑动，要俺早吓瘫了，那炸药包炸起来可是非常厉害的。"

朱彦夫坐在草地上，背靠着大树沉浸在少年的时光里："害怕就不当解放军了。那时的我虽然个子很小，但跑起来能追上野兔，一人高的墙垛只要双手一搭就能翻过去，连长和指导员忒喜欢我这野劲儿，全连就数我能跑。"

"那李连长肯定要狠狠地表扬你了。"陈希永打开水壶送到朱彦夫嘴边，"来，润润喉咙。"

朱彦夫用残臂夹着水壶仰起脖子咕咚了两口，自豪地说："岂止表扬，还给我记了个小功，那是我第一次立功，心里别提有多高兴。李连长总共给我记了两次功，只可惜第二次以后，他和指导员都牺牲了。"

"那第二次军功是怎么立的？"陈希永见朱彦夫沉下了脸，生怕他又深陷于对牺牲战友的怀念之中，连忙打断了他的思绪，"告诉俺嘛，是怎么立的？"

朱彦夫望着前方，紧锁着眉头回忆说："那是在打潍县的时候，我们连冲到了城墙之上，一鼓作气消灭了城墙上的守敌，该进城了。进城就必须下城墙，因为前面有敌人的堡垒过不去，后面已经被炸塌回不了，只能从原地下去。那城墙很高，估计不下三丈，我们的梯子还够不着一半，有些战士就勇敢地向下跳，可跳下去的战士全都牺牲了……"

陈希永焦急地问："全都摔死了？"

朱彦夫摇摇头："那城墙里面是空的，敌人就躲在里面，把我们从城墙上跳下去的战士当活靶子打了。"

"那可怎么办？"

朱彦夫的思绪又飞回到了济南战役的外围战场……

炮声滚滚的潍县。城墙上，突击连的战士急得团团转，城墙脚下已躺着好几位战友的尸体，城墙腰上的小洞口里不时喷射出火舌，传出敌人疯狂的叫喊："跳呀，不怕死就跳吧！"听着敌人得意的声音，战士们气得干瞪眼，但就是没有办法，就在城墙上与敌人打起嘴仗来。

朱彦夫没有叫喊，他上看看下看看，左看看右看看，脑子里飞快地转动着。忽然，他想到了腿上的绑带，高兴得直喊"有了"。"彦夫，有什么好点子了？"一排长见朱彦夫边叫边弯腰解腿上的绑带，就追着问起来。朱彦夫把绑带绑在两只脚脖上："俺看清了，把你们的绑带接到一起，放俺下去，准叫这些王八蛋闭上臭嘴。"

朱彦夫的话一下让慌乱的战友们开了窍，于是照着他说的选了几个体重较轻、身体灵活的战士，用绑带拴好两脚，由上面的人拉着，拿着手榴弹头朝下荡到洞口上沿，把手榴弹丢了进去，几声爆炸过后，城墙内便没有了动静。

"同志们，可以下去了！"望着洞口腾起的浓烟，几个战士禁不住向上面报喜。

正在这时，朱彦夫在身子晃悠时眼尖地发现他刚刚丢进手榴弹的那个冒着浓烟的洞口，忽地又伸出了枪，还清楚地听到了里面的咳嗽声。接着，他又发现这些洞口的上方都伸出了一块挡雨檐，里面的敌人看不到上面的情况，但城墙下的一石一木都在监控之中。这一发现让他大吃一惊，如果再有战士跳下去，肯定还是逃脱不了死亡的命运，必须把洞内的敌人全部消灭才行，他急得直向叫喊的战友摆动双手。

这些战友都是战场上有经验的老手，看到朱彦夫发来的信号，一下都明白了，虽然他们都是脚上头下，还是很及时地向城墙上发出了阻止的信号。

朱彦夫瞅准了机会，用手一点墙砖，身子便准确地荡向他看准的目标。他一手拿着短枪，一手迅速出击，一把抓住了洞口伸出的枪管，同时用短枪猛抵住墙体，冷不防把里面的枪支拽了出来，发红的枪管烫得他手钻心地疼。他顾不得疼痛，丢掉拽出的枪支，操起短枪便往洞里扫出一梭子。其他战友被朱彦夫的细心和勇气启发了，也都利用各自的优势，对各自选定的目标重新给以清理。上面拉绳的战士很理解下面战士的需要，他们不时调整拉绳的高度，给下面的战士创造最佳的战机，一番清理之后，下面有两个战士竟然钻进了城墙洞里，解下了脚上的绑带。

朱彦夫也钻进了城墙洞里，他迅速解开了绑带。洞有多深？洞内还有多少敌人？他不知道。洞里满是烟雾，烟雾里，他听得见呛咳声，但看不清人在哪里。洞口不大，烟雾太浓，呛得朱彦夫也连连咳嗽，呼吸困难，泪水禁不住地往外直淌。正在他考虑该选择什么位置的时候，他的腿被一双手抓住了，透过泪水，他看见一顶钢盔正在往起爬，他几乎想也没想就从腰上取出手榴弹狠狠地砸在摇摇欲上的钢盔上，钢盔受此猛击，又摇摇晃晃地矮下去，最终扑通一声瘫倒在朱彦夫的脚边一命呜呼了。战斗结束之后，由于朱彦夫善于思考、善于观察，给部队减少了很大伤亡，连部给朱彦夫申请了三等功一次。

"好你个少年英雄。"陈希永由衷地赞美，她发现身后有一架开得正艳的刺玫瑰，就摘了朵最大、最红、最鲜艳的插在朱彦夫的上衣口袋上，"这朵花送给你，希望你喜欢。"

玫瑰花的浓烈香气和陈希永身体发出的特有异香让朱彦夫陶醉，他好想伸开双臂把眼前这个姑娘抱进怀里，但他没敢。今天的陈希永看起来是那么娇美，那么活泼，那么迷人，朱彦夫却只能很痛苦地把眼睛从陈希永身上移开。他没有戴过花，这是第一次，他对花花草草的不感兴趣，但对插在下巴边的这朵红花却充满了热爱，甚至超越了他最喜爱的雪花。不知是送花的主人让他陶醉还是这花本身让他喜爱，他觉得此时此刻他成了世界上最幸福的人。但是当他的眼光落在假脚上时，他的心一沉，又立时感觉到他是这世界上最不幸的人，他清醒地知道自己只能想象这份幸福，却没有资格享受这份幸福。

玫瑰花是爱情的象征，朱彦夫不知道，陈希永也不知道，但疗养所里有几个护士知道，所长刘海也知道。所以，当朱彦夫和陈希永回到院里时，朱彦夫胸前的艳红玫瑰引来了好些惊奇的目光。

"好漂亮的玫瑰，谁送你的？"快嘴快舌的护士长拦住了朱彦夫。

"小陈送的。"朱彦夫得意地介绍。

"真的很漂亮，就这朵最大最好看，俺就采来送朱大哥了。"陈希永一脸喜色。

"是吗？那可得好好庆贺庆贺。"

177

人们围了上来，好奇的眼光，怪怪的语气，让陈希永感到不同寻常，不就是一朵花么，有什么大惊小怪的："哎哎，拜托了各位，朱大哥今天需要休息了，喜欢这花就到院外北边林子里采去，多着呢。"陈希永有些担心朱彦夫的身体。

这一切都被站在远处的所长刘海听在耳里，看在眼里，他伸手摸摸脑袋，笑了。

男女相爱只是普通新闻，既不会有谁惊诧，也不会有谁去刨根问底。但是陈希永"爱上"朱彦夫则不同，这成了疗养所里的头号新闻，不仅引起了女同志关注，就连所里的男同志也倍加关注起来。

刘海几次想给吴善德打个电话通通信息，但几次都在打通电话前又挂断了。他满脑子疑问，这事到底是真的还是假的？虽然他亲眼见到朱彦夫戴着陈希永送的玫瑰花，虽然他亲耳听到陈希永说过送玫瑰花的事，但他就是很难理解陈希永是怎么想的。婚姻大事非同儿戏，一旦有什么变故，将会使其中的一方永远受到伤害。开始，他确实暗暗地替朱彦夫高兴了半宿，后来越想越觉得此事太玄。陈希永勤快能干，长得标致、漂亮，虽然没有文化，但论社会背景，有当县级局长和县级妇联主任的后台，不上眼的她未必肯答应，她真会看中这个没手没脚的朱彦夫吗？这朱彦夫是英雄不假，能享受到国家的优厚待遇也是真，像他这样的特残受到一些姑娘的尊重和爱戴是很正常的，但能找到一个姑娘真心相爱也确实是个奇迹——就算有一万个姑娘急着想嫁人，要想从中找一个爱他的人恐怕也难。莫非陈希永是一时心血来潮？那如果谁在背后鼓捣一两句什么，让她滋生反悔的念头，简直是易如反掌，到那时她大不了直接走人，谁也奈何不了她。但如果真让朱彦夫坠入了这段感情，再经受一场被抛弃的痛苦，那不是活活要了朱彦夫的命吗？这可真不是小事，搞不好就是大事。

为了慎重起见，刘海决定先不把这件事情通报到吴善德的耳朵里，而是先找陈希永谈谈，摸摸陈希永思想的底子。在陈希永面前，他是长辈，是领导，他要为陈希永负责；在朱彦夫面前，他是朱彦夫生活的总监护，他也要为朱彦夫的命运负责。

天阴着脸，看样子要下雨，一阵一阵的风打着旋，搅得满院都是尘灰。

陈希永顶着风跑到护理部前面去收被风吹到木杆子一端的衣服，有她自己的，也有朱彦夫的，全被风从铁丝上吹到一起，如果不是拴铁丝的木桩挡着，早被风吹到了别的地方。

"小陈啊，今天忙什么呢，这时候才想起收衣服？"刘海看见了，跑过来帮忙。

"朱大哥可能肚子有问题，泻得厉害，弄了一裤子，俺怕别人看见不好，就到院外那个小桥下去洗裤子了，谁知这鬼天说变就变，俺一刮风就往回跑，才刚回来。"陈希永抱着拽下来的衣服拍打起来，"看看，全是灰土，明天还得重洗。"

"朱彦夫泻肚子？我怎么不知道？看过医生没？"

"郭医生看过，已经吃药了。"

"我咋没听老郭说呢，走，看看去。"刘海随着陈希永一起来到了朱彦夫的房间。

屋子里的光线很暗，床头柜上的台灯亮着，朱彦夫正坐在椅子上按着一本厚厚的书，借着灯光阅读。听到动静，他抬头一看，发现是所长来了，赶忙合上书本："刘所长来了，快请坐。"

"听说你拉肚子，咋回事？"

"许是昨晚吃得太油腻了，早上又喝了几口冷茶水。没啥，已经没事了。"

"小朱呀，又不听护理的话了不是，以后可得注意点儿，你的肠胃不好，烟要尽量少抽，不要喝冷茶水，得爱惜自己才是。"刘海并没有坐，眼睛扫视着室内，屋子里被陈希永收拾得一尘不染，东西也摆放得整整齐齐，唯有台灯旁边的小花瓶里插着那朵红玫瑰，被屋外钻进来的风吹下了几片花瓣。

朱彦夫笑笑，不好意思地说："小陈管我可严了，我是背着她偷偷喝了一点点，不怪她。"

"以后得听话，不能由着自己的性子来。"刘海把目光从玫瑰花上转过来，拿起书看了看，"你行啊，第一卷都看完了？"

"看完了，毛主席的文章写得真好，好多道理都讲出来了，这真是宝书。"

"哈哈，有时间得听你谈谈体会。这套书可是每个党员干部的工作指南。还有，上面说了，过一段时间，为你们每人配一台小收音机，到那时可就是秀才不出门，能知天下事了。"

"收音机？给我们的？那东西好，我在上海见过。"朱彦夫高兴起来，"有了那玩意儿，住在深山老林也不会感到寂寞。"

"那是啊，政府首先就想到了你们，新中国时刻记着你们。不过先别那么激动，什么时候能发下来还说不准呢。"刘海不想让朱彦夫知道他要跟陈希永谈话的内容，他让朱彦夫看书不要太累，要保持一定的休息时间，然后才叮嘱陈希永，要她晚上到他那里去一趟。

疗养所里的职工都知道所长最擅长的工作就是找人谈话，只要发现谁有思想问题就找谁谈话，所以，职工们背后编了一个顺口溜：疗养所所不大，病人个个功劳大，天不怕地不怕，就怕所长要谈话。这意思是说，别看是个小小的疗养所，住在里面疗养的人都是为革命立过功劳的人，在这里工作，不怕别的，就怕所长找你去谈话，所长找你谈话，就说明你在工作上存在问题，不是那些"老资格"找所长告了你的状，就是所长发现你有什么地方做得不好，不是这问题就是那问题。

早上朱彦夫喝凉茶的事陈希永确实不知道，怪只怪她昨天晚上没有把茶缸里的剩茶水倒掉，确实有失职之处。陈希永心里犯了嘀咕，难道朱彦夫拉肚子的事又给自己惹祸了？但俺已经及时找医生看过，也没什么严重结果，反正事已出了，大不了就是一顿批评。这样一想，陈希永心里倒也不怎么紧张害怕了，就在晚饭过后给朱彦夫卸了假肢，觉得一切安排妥当了，才来到了所长刘海的办公室。

办公室的门紧锁着，陈希永便绕过第一栋房子，找到办公楼后面所长的寝室。所长的寝室里亮着灯，寝室的门虚掩着，灯光从门缝里射了出来，照在门外湿漉漉的地面上，又直直地延伸到院里的草坪上，让草叶上挂着的水珠反射出了一点点光亮。

陈希永轻轻地敲敲本来就半开着的门，门开了，开门的是所长刘海的妻子。

"来了，永儿，老刘刚才还念叨你呢，快进来。"刘海的妻子身段保养得极好，穿着一身红色的旗袍，在灯光下显得极其尊贵。

"阿姨好，刘叔叔呢？"陈希永进了房屋，没有看见刘海。

"永儿快坐，他上'一号'去了。"刘海的妻子向门外努努嘴，为陈希永倒上了茶水。

所谓上"一号"就是上厕所，院内只有一个大厕所，在靠近办公楼的西端，从这里上趟厕所来回差不多有二十多丈。

陈希永一来，就与刘海的妻子认识了，姑父吴善德让她叫刘海的妻子阿姨。阿姨在泰安人民医院当医生，她就是在那家医院接受的培训，阿姨也为她们培训班上过课，主讲男人女人的生理构造。

陈希永记得，当阿姨把两幅彩色挂图挂在讲台上时，好多姑娘的脸唰地就红了，阿姨却一点也不害羞，还指着身体上平日被衣服盖着的地方细细解说，从那天起，陈希永才慢慢知道男人是怎么回事，女人又是怎么回事，才明白不管是男人还是女人，在医生的眼里都没有秘密，只是结构有差异而已。

陈希永坐在茶几旁边的藤椅上，一边与阿姨聊着，一边拿起藤椅上未织好的毛线衣织了起来。阿姨觉得新奇，现在的女孩子能织这种高档衣物的不多，毛线全是从外国进口的，叫洋毛线，一般的人别说会织，就是连见也没有见过。陈希永告诉阿姨，这些都是她姑姑王建教的，她学着给王建的孩子打过洋毛线背心。

两人正聊着，刘海回来了。陈希永赶忙放下手里的活计，等待着即将到来的批评。

刘海很家常地说了一些话，然后才吞吞吐吐地接近主题："关了门，一家人，你阿姨不是外人，有个问题我前两天就想给你姑姑打电话的，但最终还是没打。"刘海一边说一边观察着陈希永的表情，希望陈希永能主动说说这个问题。

陈希永不善言谈，听了刘海的口气，感到这次谈话有些不同寻常，她的心提了起来，但仍然什么也没有说。她不明白刘叔叔说的是什么，只是静静地听着。

"你告诉你叔叔一句实话，你是不是喜欢上你那个朱大哥了？"

"喜欢"是什么意思，陈希永明白，她的脸唰地腾起一股热浪，她迅速扫了刘海一眼，发现刘海正以期待的目光望着她，她急忙低下头，感到有些说不出的别扭和尴尬。

"别害羞，都是自己人，儿大当婚，女大当嫁，都是早晚的事，你说说，是不是？"刘海又紧逼着问了一句。

陈希永突然抬起头："刘叔叔，你是不是要替姓朱的当媒人？"

"我？没有，没有。"刘海有些不好意思，反而不知道如何开口了。

"那你为什么这么说？你找俺来谈话就是为这？"陈希永也是一反常态。

"不是，不是。"刘海被陈希永的反常弄得乱了方寸，"前两天看到你给朱彦夫送红玫瑰了。"

"送啦，咋啦？"陈希永猛然发现自己说话语气不受控制，她赶忙咬紧了嘴唇，毕竟刘叔叔是长辈。

"不咋的，这么说你是真心喜欢他了？送玫瑰花就是表达这个意思的。"刘海干脆不加掩饰地说了出来。

"啊？！"陈希永不敢相信自己的耳朵，怪不得这几天院里的那些人老问她什么时候喝酒，原来是这样。陈希永慌了："俺不知道还有这样一说，真的。"

"玫瑰花代表爱情，"阿姨开口了，"永儿，那是真的。"

刘海的妻子还想再解释什么，突然发现陈希永像被蝎子蜇了似的从椅子上弹起来，双手捂脸冲出了房间。等刘海两口子醒过神追到门外，陈希永的身影已经消失在夜幕里，留下的只是一阵急促的渐渐远去的脚步声。

陈希永没有心思再回到朱彦夫的房间去查房，而是回到自己的宿舍里关紧了房门，她为她的无知感到无地自容。

对朱彦夫，她只是崇拜和敬仰，没有掺杂丝毫的男女情爱。自从到了怀春的年龄，她确实在内心幻想过属于她的白马王子，虽然说不清具体是什么形象，但绝对不会是这个没有手和脚的朱彦夫。在她的想象里，她一定要找一个像姑父那样标致，那样健康，那样充满男子气概的男人。没有谁家姑娘比她更了解朱彦夫的身体，那是个怎样的男人啊，一只眼睛和一只只是个洞的眼窝，除掉假手假肢以后根本就没了人形不说，浑身上下全都是疤痕，就是那张看似挺英俊的脸，也留着植皮后的痕迹。她只是被他的英雄历史感动着，没有想过青春的自己会与这样一副模样的人共度人生。

陈希永没有开灯，她靠在门上站在黑暗里，她感到害怕，甚至觉得如果开灯，灯光下的自己也会被灯光、被眼前熟悉的所有物体耻笑，玫瑰花呀玫瑰花，该死的玫瑰花，是谁把你比作了爱情的信物？姑姑呀姑姑，记得俺在第一次来月经紧张时，你就说过这是姑娘成熟的信号，每个姑娘家都一样，每个月都会有的，叫俺不要害怕，不要紧张；记得俺胸部越来越大时，你就教俺穿上那能遮盖小山一样的两坨肉峰的红兜兜，可你为啥不告诉俺那开得红艳艳的玫瑰花是代表男女相爱的花朵？现在整个疗养所里都知道俺把那该死的玫瑰花送给了朱大哥，俺不被人家在背后笑死才怪。还有，那朱大哥肯定早就知道，怪不得那么神气十足。俺会嫁给你吗？也不用脑子想想，这是有可能的事吗？！现在，让俺怎么面对同事，又怎么面对朱大哥？

就在陈希永暗自流泪、暗自懊恼时，阿姨在她门外敲起了门。

陈希永打开门，拉亮灯，一头扑进阿姨的怀里，哭诉着自己的无知，诉说着自己的尴尬。

阿姨拍着陈希永的肩背宽慰陈希永的心："没什么，那只是人们的传说，没必要放在心上。你刘叔叔也只当是你有那心思，随便问问，千万别当真，在所里都熟人熟事的，就当是给同事们开了一个玩笑，谁也不会笑你的，犯不着为这件事情跟自己为难。啊，阿姨说没什么就没什么，明天照常上班，只要你心里不在意，谁也不会那么认真的。"

阿姨走了，陈希永躺上床，却没法入睡，她觉得这件事情不像阿姨说的那么轻松，那么轻描淡写，她知道人言可畏。她翻来覆去地想，别人一定不会像阿姨那么去看待，去思考，一定会认为她没有出息，看重的是朱彦夫的终身待遇，而她如果向人家说明没有这回事，人家又一定会说她玩弄了英雄的感情，特别是朱彦夫，他会因此而满怀希望，也会因此而感到自卑，反正自己里外都不是人，里外都难为情。

陈希永睡不着，她干脆爬起来，轻轻打开房门，走到院子里让自己冷静一下。外面很安静，只有院外大街上汽车的喇叭声，以及附近工厂机器的轰鸣声偶尔传来。雨后的天空湛蓝，星星调皮地眨着眼睛，似乎也在讥笑她的可笑和幼稚。突然，陈希永发现院内的场子里有时明时暗的星火在动来动去，是什么东西深更半夜在这个地方闪烁？难道是国民党特务在这里放了定时炸弹什么的？陈希永的脑袋轰轰响，保护疗养所安全的意识一下涌上心头。她屏住呼吸，百倍警惕，轻轻地走过去，凭借着星光，她终于辨清原来是一个人在院子里抽烟。

"是小陈啊，你还没睡？"说话的是所长刘海。

"啊，是刘叔叔，吓了俺一跳。"陈希永虚惊一场。

"小陈啊，我想了很久很久，这个问题我决定代表组织跟你谈谈。先不说那玫瑰花的事，我认为朱彦夫这个人不错，他为革命失去了健全的身体，但他还是有血有肉的人，我们应该关心他，在这方面你做得很不错。如果你真能一辈子待在他的身边，对他来说将是一种极大的鼓舞，你也将会受到所有人的尊重，我认为你可以认真考虑考虑。"

"是组织的决定吗？"陈希永想不到刘海会想这件事想得不能入睡。

"也是，也不是。当然，除了征求你本人的意见外，我还得征求你姑父姑姑的意见。"刘海很认真地说。

"俺姑姑姑父知道不知道？"陈希永脑子很乱，想以退为守——所长刘海把这件事以组织的名义提出来，她就不好使性子顶撞了。

"我想打电话探探他们的意思，不过，我认为他们会支持我的想法的。"刘海深深吸了一口烟，烟头的光照着他的脸，陈希永看见那张脸上充满了自信。

刘海的这种口气让陈希永感到十分突然，也感到陌生，她没有立即表态，也没有表示反对。她不知是怎么与刘海告别回到寝室的，她不敢想象组织会给她多大的压力，也不敢想象与朱彦夫生活在一起会是什么样子，万一姑父和姑姑答应了这件事，她就无路可退了。"长安虽好，并非久留之地"，这是姑父说过的话，看来，得离开这个地方了。

陈希永越想越觉得不是滋味，早上一爬起来，就径直去了朱彦夫的房间，阴沉着脸，什么也没说，就默默地把那枝即将凋零的玫瑰花扯得粉碎，狠狠地掷在地上，然后就头也不回地冲出了房间。

第 *16* 章
烟雾裹着的思考

  刘海很顺利地打通了吴善德办公室的电话。开始，两人很客气地聊着，但当刘海把他的心事说出来之后，沂源方向没有了回音。过了很久，对方才冷冷地冒出一句："让陈希永跟我说话，上午10点让她在电话机边等着。"刘海的心一沉，还想再说一句什么，对方已啪地放下了话筒。

  吃了闭门羹的刘海头上冷汗直冒，知道对方很不满意他的自作聪明，他想努力平静一下自己的心情，便掏出一支烟来，点火时，却感到手竟然有些发抖。

  这几天到底怎么了，干吗脑袋里老是装着这些东西？怪不得老婆说他是咸吃萝卜淡操心，真是不撞南墙不回头。昨天，人家陈希永明明就不高兴了，自己偏偏还要多事打这个电话，这不，惹人家吴局长不高兴了。

  刘海吐着烟雾，自嘲地摇摇头，准备再给沂源打个电话，让对方消消气，就当压根儿没有这回事算了。

  就在他的手快摸到电话机时，又突然抽了回来，这是干吗呢，人家正在气头上，还会接这个电话吗？人家已经在电话里明白表示要陈希永听电话，那干吗不现在去找陈希永解释清楚，就当这事是他的一个糊涂想法，让她跟她姑父说清楚不就得了？自己与吴善德之间不是一天两天的关系，透过这口气以后，人家也许就什么想法都没有了——吴善德这人他知道，不是那种小肚鸡肠的人，只是脾气有些暴躁。刘海用冷水冲了下脸，来到朱彦夫的房间，可是，朱彦夫的房间里根本就没有陈希永的影子。

  "刘所长来了，陈希永呢？"朱彦夫坐在床上发呆，他早已把衣服穿好了，但因为没有人替他安装假肢，只能坐在床上干等着。一见刘海走进房间，他便迫不及待地问起来——他感到有些内急,快忍不住了。

这句话本来应该是刘海问的,反倒让朱彦夫先问上了。刘海心里一惊,觉得肯定是陈希永在生他的气,连班也不来上了。这丫头,平日没看出来,这么没有气度。现在得找到她谈谈,为这件事就赌气不上班,说得过去吗?不好好敲打敲打,以后还怎么管理?刘海刚要转身,却被朱彦夫叫住了,他憋不住了,要刘海赶紧帮忙。

自从朱彦夫坚持自己上厕所以后,房间里的便盆基本上就不使用了,陈希永就把便盆交了公。刘海手忙脚乱地找便盆没有找到,就慌里慌张地去取床头挂着的假肢。

"来不及了,真的来不及了!"朱彦夫憋得连呼吸都有些急促了。他自己没有手,裤子是在不急不忙中穿起来的,但要脱下裤子就没那么容易了,他急得不知所措。

情势紧急,刘海丢下假肢三下五除二扯掉朱彦夫的裤子,像端小孩一样硬是把朱彦夫抱在怀里在床前解了燃眉之急。

问题解决了,朱彦夫有些不好意思,他见刘海用扫把、煤灰把屋子收拾干净了,这才让刘海把假肢给他装上:"刘所长,小陈是不是遇到什么不顺心的事了?早上她来过,黑着个脸,啥话也不说,就把她送我的花撕了个稀烂,然后出去了。"

刘海是个见过世面的人,对于突发事务的处理一般比较冷静,那就是设法稳定局势,尽量减少混乱。在这件事情上,他也不想让事态扩大,他以最快的速度恢复常态,认真地对朱彦夫说:"那花是我让陈希永收拾的,我让她今天为所里买些物品回来,她心里有些不愿意,所以就显得不高兴,使起了性子。年轻人嘛,就喜欢把心情挂在脸上,你也别瞎猜。今天上午,我先让护士长来替她一下。"

"哦,早上我想了半天,到底是哪里惹着她了,怎么也想不明白,原来是这么回事。"朱彦夫的眉头稍稍舒展了一些,"这个小陈,买东西干吗要不高兴呢,会不会是她的身体有什么不适?"

刘海虽然表面上装得若无其事,但心里还是乱糟糟的,他没有心思在这里与朱彦夫磨牙,就叫来护士长吩咐了几句,自己赶紧走向陈希永的宿舍,再有个把小时，沂源的电话就要来了，他必须赶在沂源的电话来之前把这方面的思想工作做好。刘海做好了充足的准备，他已经意识到自己过于理想化的想象不符合现实，对陈希永的人格是一种侮辱了。婚姻是自愿的选择，任何组织都不能干预，昨天夜里自己那个代表组织的说法是非常严重的错误，他必须向陈希永诚恳地道歉。

刘海见陈希永的门紧关着，就轻轻地敲了几下，没有反应，他再敲几下，还是没有反应，他轻轻一推，门开了，里面没人。她人呢？一种不好的预感让刘海的心差点蹦出了嗓子眼儿。他正要出门寻找，忽然发现窗前的桌上放着一张白纸，上面没有字，只是一幅用铅笔画的图，图上有一个姑娘背着布包，前面是一辆客运班车。刘海心一震，明白陈希永这是走了。她去了哪里，是回沂源了吗？刘海下意识地抬起手腕，时针已指向9点，他知道，从泰安发往沂源的班车每天就一趟，时间是早晨6点半，从这里到长途客运站有四里多路，如果陈希永是回沂源，至少应该5点多从这里出发，再晚就无法赶上这趟班车了。

"陈希永早上是什么时间到你房间的？"刘海风风火火地跑去问朱彦夫。

"不是你让她来的吗？"朱彦夫纳闷了，嘴里还是回道，"天还没有大亮，她走后我抽了两支烟，外面的广播才响。"

"啊，这就对了，没事，没事。"刘海掩饰着内心的惶恐，支吾着回到了他的办公室。

刘海做梦也没想到陈希永会为此悄悄地离开这里。从时间上判断，她应该是回了沂源，估计下午1点就可以顺利回家，这让刘海心里松弛了很多。现在的问题是，10点的电话里他该怎么解释，刘海一边吸着烟，一边在办公室里来回踱着，思索着应对的办法。

朱彦夫对所长刘海返回他房间询问陈希永早上进来的事情产生了怀疑。

"郭大姐，今天你见着陈希永了吗？"

护士长被朱彦夫的问话搞得莫名其妙："你不是说她被所长派出去有事吗？"

"哦，哦，我差点忘了。"朱彦夫满心狐疑，所长口称陈希永出外有事，没过多久又跑来询问她早上什么时间来的这里，说明刘所长根本就不知道陈希永的行踪。刘所长支支吾吾地不愿暴露真相，说明这里面大有文章，但护士长郭大姐也不知道真相，他也没有必要把这事挑明。于是，他只是在心里揣摩着，表面上装作什么都没有发生似的，也不再询问什么。

"半天没见到小陈，是不是心里闷得慌？"护士长见朱彦夫实际上有些神情不安的样子，半开玩笑半当真地说。

"习惯了她在身边，是觉得有点不习惯。"朱彦夫没有掩饰自己。

护士长笑起来："干脆住一块算了，等小陈回来就让大姐给你张罗张罗。"

朱彦夫一听这话，不高兴了："郭大姐，你不能拿小陈开这样的玩笑。"

"所里有谁不知你俩的事，有啥好隐瞒的？说不定小陈出去买东西就是为操办婚礼的。"护士长分析说，"你看，给所里买东西，后勤处有的是人，干吗要派小陈去，这不是明摆着的吗？"

朱彦夫心有所动，觉得有点道理，心里像吃了蜜似的。忽然，他又想到早上陈希永撕扯床头柜上花朵时的神情，联想到刘海的询问，他心里一沉，马上否定了护士长的分析："别瞎说，绝对没这意思。人家小陈是什么人，这种玩笑不能开，你拿我寻开心，我无所谓，对人家小陈可是一种污辱。"

护士长不以为然："算啦，小朱，人家把花儿都送你了，你还在大姐面前装，存心拿大姐当外人，要这样，大姐可真生气了。"

"送一朵花就是那意思，你郭大姐也太封建了吧。"朱彦夫有些不高兴了，"姑娘家爱个花呀草呀的，有什么大惊小怪的，你们真是。"

"那可不是一般的花，那是玫瑰花，能随便送人？"

"怎么不一般？不就是好看一点嘛。"

"谁不知道那玫瑰花代表相爱的意思，别不好意思了。"

"你们城里的人，就是花花肠子多，什么代表不代表的，都是你们心里想的。"朱彦夫不想再说这些无聊的话，夹起拐杖走开了。他想着陈希永早上的反常举动，心里乱七八糟的，没有劲儿与护士长说这些不着边际的话。

在与陈希永接触的这段日子里，他对陈希永的秉性还是有所了解的。这个姑娘做事认真、任劳任怨，不虚伪，也不疯张，有着一种很自然的稳重，极少嘻嘻哈哈，有事爱放在心里，不喜欢挂在嘴上瞎咧咧，是一个极具奉献精神的实在人，也是一个很不容易被激怒的人。

今天陈希永的举动不是一般的反常，如果不是受了太大的刺激，依照陈希永的性格，是绝不会有那么强烈的情绪表现的。刘所长一定隐瞒了真相，朱彦夫觉得他应该了解这个真相,哪怕不能解决问题,至少也能心里有数。他不忍心看到这个为他勤勤恳恳工作的姑娘受半点委屈。

他喜欢陈希永,这种喜欢是一种不掺杂任何复杂情感的单纯的喜欢,虽然他也曾想过拥有,但最后还是被现实击退了,他真心希望陈希永拥有世界上最美好的生活,包括婚姻生活。

陈希永送他玫瑰花引起的那些言论,朱彦夫不是听不出来其中的意思,只是他没有拿它们当回事,因为他觉得陈希永太过单纯,绝对不存在那层意思,同志们也只不过是善意地开开玩笑而已。

他不想认真理会,就是害怕陈希永远离他,在他看来,陈希永就是天上的仙女,而他只是一具行尸走肉而已。此生中属于他的爱情就是上海的那段美妙回忆,他没有向任何人提起,也不会在任何时候忘记,爱情生活就像他告别上海一样告别了他的人生。

朱彦夫的心里放不下陈希永,觉得很有必要直接找到所长刘海弄个清楚明白。朱彦夫来到刘海办公室,见刘海倒背着双手在屋里走来走去,就轻轻地咳嗽了一声。

正在吞云吐雾、一筹莫展的刘海赶忙回过身,把朱彦夫迎了进来,让朱彦夫坐在自己办公的藤椅上:"你是不是看出什么来了?"

"刘所长,我来就是想听你一句实话,陈希永到底遇到了什么事?"

刘海把燃着的香烟送到朱彦夫的嘴里,他不想再隐瞒朱彦夫:"陈希永走了。"

"走了?"朱彦夫大吃一惊,嘴上的烟掉在了衣服上,"为什么走?"

刘海连忙帮朱彦夫拾起烟,叹了一口气,毫无保留地说明了原委,又从身上摸出一张纸打开:"你看,这是我从她寝室里拿来的。"

朱彦夫认真地看着图画,心里不是滋味,沉闷了很久,才说:"刘所长,这不是小事,你为我着想,我很理解,但你也真是异想天开啊。我现在是什么样子你心里清楚,你怎么忍心让那么好的姑娘白白地受折磨呢?不说她陈希永没有这个意思,就算有这个意思,你也要为她的将来着想,让她打消这个念头才对,因为你是她的领导,是她的长辈啊。我残疾了,我没有任何资格要求别人再为我委屈一生,难怪陈希永伤心了,她那么心甘情愿地为我服务,我们还在背后算计她，叫她怎能忍受啊！刘海同志，我们都是党员，我们不能这么自私啊。党员是干什么的？党员是为人民谋福利的，不是让人民为我们牺牲的，你让我读毛主席的书，却在背后干这样的事，你这是为我好吗？小陈有主见，有骨气，她走得好，她惹不起我们，她躲得起我们啊。"

身为所长的刘海第一次遇到有人这么当面教训他，他看到朱彦夫因气愤而唾沫四溅，却作声不得，本是出自好意做这件事，没想到落得里外不是人。但听了朱彦夫的话，他才明白自己所犯的错误有多严重。是啊，他有什么资格让人家姑娘把一生交给一个没手没脚的特残军人，还代表组织呢，真是。

"陈希永人虽然走了，但我们不能就这么不了了之，应该向她道歉，应该向她的家人道歉。"朱彦夫余怒未消。

刘海难过地点点头："彦夫同志，你说得很对，这都是我的错，我会诚恳地接受你的批评的，我一定向小陈道歉，向她的姑姑姑父道歉。"

见刘海一脸真诚，堵在朱彦夫喉咙的气总算消了，但他准备离开办公室时，突然想到这一切都是刘海为他考虑才引发的，不觉感到自己有些不近人情。刘海替自己费了那么大的心思，这说明人家太把他朱彦夫当人看了，就冲着这份真心，他朱彦夫也该表示感谢，凭什么反倒来数落人家的不是？他刘海心里不觉得委屈吗？他刘海不是为了自己呀，咋能就这么走了。

"刘所长，我朱彦夫口无遮拦，都是太在乎陈希永的情感闹的。你为我好，我心里感激你，但我有自知之明，像我这样的人，不让别人拿讨厌害怕的目光来看就已经很满足了。我谢谢你对我的关心。"

刘海听了这话，心里阵阵抽痛，他抬腕看看时间，说："不说这些，陈希永的姑父马上有电话过来，是让陈希永听的，陈希永现在不在，我真有些不好面对。"

"实话实说吧，趁机道个歉。"朱彦夫胸怀坦荡地说。

刚到10点，电话铃就响了。

"喂，我是刘海。"刘海尽量压抑着内心的紧张。

"让陈希永听电话！"对方的语气还是十分生硬。

刘海咽了口唾沫："老首长，陈希永今天早上已经回沂源了……"

"你说什么，她已经回来了？"

"是的，老首长，都怪我不好，我不该找她说那事，她是生我的气……"

"好啦好啦，别解释，小刘呀，假如陈希永是你的亲生闺女，你会跟她谈这样的问题吗？将心比心啊！"对方说到这里，就把电话挂上了。

刘海拿着话筒怔了片刻，摇摇头把话筒放下了。

"气头上，可以理解。"朱彦夫替刘海宽心，"等吴局长气消以后，再解释一下，这件事就算过去了，我心里也踏实了。陈希永是不会再来这里了，你可以找个借口向所里的同志解释一下，免得大家伙儿在背后瞎嘀咕。"

陈希永回沂源只是刘海的猜测，中午下班，他没有回家，一直守候在电话机旁，消息没得到证实，他的心还放不下来。

…………

连沂源县城都没有去过的小狗子这回算是开了眼界了，从泰安汽车站出来，就有些分不清东西南北，汽车、人流、街道，让他目不暇接。

昨天晚上小狗子一夜没有合眼，昨天下午在东里召开的民兵连长会刚结束，武装干事就把他喊到一个小房间见了县民政局的吴局长。

吴局长带给他的消息把他惊得半天合不上嘴，他做梦也没想到坟头已长了好几年杂草的朱彦夫竟然没死。尊重朱彦夫本人的意愿，吴局长让他暂时不要把这一消息告诉朱彦夫的家属。但小狗子百思不得其解，无数个问题像蜜蜂般在脑袋里撞。这个朱彦夫，你真把沂蒙山给忘了？你真把张家庄的父老兄弟都忘了？你既然没死，为啥不给家乡来封信？你心里没有俺们这些穿着开裆裤长大的伙伴，难道也没有生你养你的老娘？你在战场上失去手脚，难道就没有脸让家里知道你的存在？你失去手脚不是你的耻辱，那是你的光荣你知道不知道，张家庄的人不会嫌弃你，你的老娘更不会嫌弃你，就算你不愿回到沂蒙山的穷山沟里来，托人给家乡给家里捎个信回来有什么难的？朱彦夫啊朱彦夫，你真的太不够意思了，你可知道在俺们得知你牺牲在朝鲜战场上的消息时，心里有多么难受，你老娘的心里又有多么难过？

天还没亮，小狗子就爬了起来，他盘算着身上带的钱，迫不及待地想见见儿时的伙伴，便谁也没有告诉就搭上了来泰安的班车。

虽然一夜没睡，小狗子却一点儿也不困，就是天太热口渴得难受。小狗子不知道疗养所在什么地方，他见车站外有几个老太太在屋檐下卖茶水，就走过去买茶水喝，顺便打听一下到疗养所该怎么走。茶水一分钱一杯，按小狗子现在干渴的程度，能一口气喝掉好几杯，可小狗子不敢再喝第二杯，他就那么点钱。他茶水没能喝好，路也没问出来，这几个卖茶的竟然没有一个知道泰安还有什么疗养所。

"喂，是去疗养所吗小伙子？我知道。"一个蹬三轮的凑了上来。

"你知道？"小狗子心里一喜，"从哪走？"

"上车，我送你，两毛钱。"车夫边说边取下搭在肩膀上的毛巾拍打着座位。

望望四通八达的街道，小狗子还真有些为难，他兜里的钱数他心里明白，多花一分对他就多一分威胁。古话说得好，有钱男子汉，无钱汉子难。这两毛钱不是小数目，就是在这里也是二十杯茶水的钱，就几里路，不值得花这冤枉钱。他笑问"三轮"："同志，谢谢了，俺还是走过去算了，麻烦你告诉俺一下，往哪里走才是。"

"三轮"的热情立时化作冰冷，他调转车头，鼻子里哼了一声："乡巴佬！"

满心的等待等来的竟是这句刺耳的歧视，小狗子很想冲上去给"三轮"来个青眼窝，但一想这不是在自己的一亩三分地上，只好咽了口唾沫，忍下去了。他取下头上的草帽左顾右盼，就是不知道两腿该往哪个方向迈，还是卖茶水的老太太热情，见车站有个工作人员经过，就替小狗子打听起来。

"你找疗养所？你是哪里人？"工作人员是个女的，她看着五大三粗的小狗子穿一身粗布衣料，没有直接告诉他怎么走，反倒好奇地问起来。

小狗子是个实在人，见身穿制服的姑娘没啥恶意，也就不拐弯抹角："俺是从沂源张家庄来的，去疗养所看一个老乡。"

"你是去看一个叫朱彦夫的对不对？！"

"你咋知道？"小狗子有些惊异。

"因为你是从沂源来的。你等等，我请个假，带你去。"姑娘显得非常热情。

这姑娘不是别人，她就是曾经为朱彦夫当过护理的芳芳。小狗子自然不知道这些，他只是在心里念叨大城市里的女人和善。芳芳领着小狗子拐了好几条街，才指着前面的一个大门说："那就是，你自己去吧，我这就回了。"

"啊，谢谢，谢谢！"小狗子感激不尽，目送着姑娘走远了，回身继续往前走，却傻了眼，一路上，他左顾右盼眼看街景，耳听芳芳对朱彦夫的描述，竟没有注意到芳芳指的是哪个大门。现在，他前面有两个大门，一个大门在街道这边，一个大门在街道那边，他从街这边跑到街那边，又从街那边跑到街这边，究竟哪个门才是呢？他无法断定，想问一下，却连一个行人也没有，望着大门上挂着的字牌，又大字不认得一个，只能干瞪眼。

"喂喂喂，你跑来跑去探头探脑的想干吗？"一个秃顶脑袋从门卫室里伸出来。

小狗子吓了一跳："大爷，俺想去疗养所，麻烦您指指路。"

"对面不就是嘛，牌子上写着，没看见？"

小狗子脸一红，刚想说声"谢谢"，就见那秃头缩进了屋子，只好作罢。这小狗子说胆小也算是胆小的，要说他胆大也是很胆大的，他得知对面就是疗养所，别提心里有多激动，大步跨过街道直接就进了疗养所院子，一进院嘴里就大喊大叫起来："彦夫哥，彦夫哥，你在哪里？俺小狗子来看你了！"

他大呼小叫的，破坏了院里的平静，但因为小狗子十足的山里腔调，没有多少人听明白他嘴里在咋呼什么，只有当时正在看书的朱彦夫被这种遥远而熟悉的乡音惊醒，他腾地站起来，抓起拐杖就往门外奔，嘴里也大声应答道："是小狗子来啦？我在这，我在这呀！"

两个大嗓门一呼一应，很快就看到了对方。

"彦夫哥！""小狗子！"两人间的距离在奔跑中缩短，小狗子连帽子跑掉了也没有注意到，仍然张开双臂向朱彦夫飞奔，就在小狗子离朱彦夫几米远时，朱彦夫竟然丢掉了拐杖，冲上前与小狗子抱在一起，表达着久别的思念。

小狗子还是那个小狗子，到朱彦夫屋子里就抱起桌上的茶壶，嘴对着茶壶嘴，一口气把一茶壶水吸了个净，这才发现舌根有一丝丝苦味："这是啥水？比俺们张家庄的水还难咽，咋还是苦的呢？"

站在旁边的护士心里偷着乐儿，这个莽汉，八成长这么大还没喝过茶叶水。她连忙拿起水瓶准备往茶壶里添开水。

"俺自己来，医生同志，彦夫哥有俺在这伺候着就行，你就忙你的去吧。"小狗子一把夺过水瓶下了逐客令。

"你哥俩聊着，有事叫一声。"护士笑着退了出去。

小狗子见护士出了门，轻声地说："彦夫哥，有吃的吗？俺连早饭也没顾上吃,这肚子在咕咕叫了。"

朱彦夫一听这话,撑起拐杖站起来:"你呀,我去看看。"

"别动,彦夫哥,你只要说一下厨房在哪,俺自己弄去。"小狗子一把按住朱彦夫,差点把朱彦夫弄滚到地上。小狗子吓得一哆嗦,扶起朱彦夫,看着朱彦夫的假腿,心疼地摸来摸去:"这管用吗?"

"管用,管用,要是没这双脚,我真的是寸步难行啊。"朱彦夫很是自豪地介绍。

正说着,护士进来了,手里端着一个盘子,盘子里装着两个白白的大馒头:"刘所长怕客人没用午饭,让先填填肚子。"又打开床头柜取出糖瓶,用开水搅了一大钵糖水,"先将就一下,晚饭还没有开。"

小狗子的到来给疗养所增添了愉快的忙碌,连所长刘海也亲自为小狗子的到来跑前跑后地吩咐。

"这里的医生真好,像肚里的蛔虫,啥都知道。"小狗子抓起馒头狼吞虎咽。

朱彦夫看着小狗子的神情,笑着提醒:"慢点,别噎着。"

小狗子解决了肚子问题,话匣子也打开了:"什么东西也没给你带,昨天俺县里一个大官把你的情况跟俺一说,俺一夜没合上眼皮,恨不得立刻飞到这里来看看你,听大官说你一双脚没了,一双手也没了,俺能不着急么。"

朱彦夫张了张嘴,想说什么,小狗子却不给他说话的机会,朱彦夫理解小狗子的个性,不把肚子里的话全倒出来他就难受,索性啥话也不插,认真聆听他十四岁时离别的家乡的变化。

陈希永走了,朱彦夫嘴上没说什么,但心里的世界变成了灰色。

新调过来的护士比起陈希永来好像差很远很远,可仔细想来,又好像没有太多差别,他也很难从新护士身上找出什么不如意来,也许是某种心理在作怪吧。不过新护士不如陈希永细心,那还是非常明显的。朱彦夫爱抽烟,陈希永总是把火柴盒半开着,方便他的行动,新护士好像从不在意这个细节,只是检查火柴盒里还有没有火柴梗,放火柴的位置也只是为了好看,根本不考虑朱彦夫使用起来是不是方便。因此,每当朱彦夫用嘴去拿火柴时总免不了对陈希永产生一种强烈的思念。

小狗子走了，给朱彦夫留下了深深的思绪。每当朱彦夫独自一人时，他就习惯性地叼着烟卷在思绪的空间里来回穿梭。

小狗子是自己儿时最忠实的伙伴，他现在长得人高马大，已经接替张二孟当上村子里的民兵连连长了，朱彦夫为他高兴。几年的光景里，村里有好几个伙伴都已化为泥土，朱彦夫一想起来就不是滋味。但现在村子里再也没有人提着篮子要饭了，农民们建立了互助组并加入了初级社，除了耕牛由村里统一安排外，家家都种着自己的土地，家家都能给国家交公粮，家家都养着鸡，家家都喂着猪，农闲时还能到四十里外的东里镇去逛逛，还能拿着布票油票糖票到集市到商店购买自己喜欢的东西，那是一种多么自在的生活。这又让朱彦夫感到十分欣慰，人们的生活水平在显著提高，新中国的变化真是日新月异。

朱彦夫向小狗子解释了没有给家里去信的原因，小狗子虽然笑他那根本就不是理由，但还是很尊重他，答应回去后不把他的消息告诉他母亲。既然姐姐把母亲接了过去，那就让母亲永远忘记他的存在好了。他感谢上苍又让被卖掉的姐姐回到了母亲的生活里，让母亲身边有了骨肉亲人，母亲的晚年一定不会再孤单凄凉。为了彻底了却心底的遗憾，他给了小狗子两百块钱，要小狗子无论如何替他到蒙阴县去跑一趟，看看黄大牛提供的有关朱彦坤的线索是不是还能用，如果能找到朱彦坤，就想办法把他带回张家庄，把母亲也接回去，如果找不到，就让这事化作历史，不告诉任何人，尤其是不让母亲知道，免得再让母亲为此事伤心。

"我在泰安疗养的事，回去后不要对别人说，就让我在这里静静地待一生。有时间你可以悄悄来这里看我，拜托你的事情你记住一定去办。"朱彦夫在送小狗子离开时这样叮嘱，他知道小狗子的为人，平日里心里装不下什么，但只要是反复叮嘱过的，他至死都会保密——儿童团那会儿，嘴严的小狗子很长时间才让家里知道他的身份。

"放心吧，彦夫哥，你在这里有人伺候着，我看也蛮享福的。虽然你身体残废了，国家对你也不薄，有吃有喝风不吹雨不淋的，我也放心了。要是你啥时候想开了，想回老家住几天，就给俺捎个信，俺小狗子就是背也会把你背到张家庄的。"小狗子说得泪水往外直滚，"俺晓得，你是不会再回去的，俺在这里住了两天，也看出来了，和这里相比，老家还是很穷很落后，吃的还是粗粮，喝的还是脏水，点的洋油灯再亮也没这灯泡亮。俺在这里学会了给你装手装脚，想的是哪怕你能回去住上一天，看看老家的样子，俺也能帮你的忙。既然你不想回去，俺也没有话说，还是会每年到你的坟上给你烧纸，保险不让你娘知道你还活着在这里享福。"小狗子离开好几天了，这话还一直响在朱彦夫的耳边。他抽烟越来越厉害，烟雾中，他发现自己坚持一辈子不回张家庄的决心越来越小。

朱彦夫开始想家了，这种想念越来越强烈，搅得他坐卧不宁，他没有心思再看书，也没有心思再夹着拐杖在院子里尽情地溜达。他一口口吸着香烟，吐出一个个思考。

"人最宝贵的是生命。生命每个人只有一次。人的一生应当这样度过：当回忆往事的时候，他不会因为虚度年华而悔恨，也不会因为碌碌无为而羞愧……"这是《钢铁是怎样炼成的》中的一段话，时不时就在朱彦夫脑海中跳跃，他猛然意识到自己就这么永远地看书学习，到头来与一个寄生虫并没有多大区别，因为学而不用，对社会起不了任何作用，自己尽管在刻苦着努力着，归根结底还是在虚度年华。他开始重新思考自己的人生，开始重新审视自己的人生，虽然他还没有明确的人生目标，但他已认识到躺在椅子上无所事事没有任何意义，还不如回到农村老家去寻找属于自己的天地，哪怕是替别人照看一下晒场的粮食也比在这里享清福要有意义得多。

朱彦夫反反复复地思考着，为了无愧于人生，他决定离开疗养所，结束这种无忧无虑被供养的生活。

"什么？你想回老家？这里的护士折磨你了？"所长刘海吓了一大跳。

"不是。"

"不是？那为啥想回家去？难道这里的条件还没有你们沂源好？"刘海不同意朱彦夫的要求，"朱彦夫同志，别天真了，在这里你想怎样折腾自己我都支持你，但要离开这里我不答应。是不是小狗子一来让你想家了？你想回老家看看我不反对，我可以派护士跟着你，但时间不能太长。沂源是淄博最穷苦的地方，你老家的条件我也清楚，在沂源县是最差的，我必须对你负责。"

"我不要护士，我想自己适应生活。"朱彦夫恳切地表示，"我想了好几天，我想尽量改变我自己。刘所长，希望你理解我。《钢铁是怎样炼成的》让我想了很多，我对自己的要求只有二十四个字：勿求健全，只求生存；勿求人助，只求自理；勿求伟业，只求发光！"

"别胡思乱想了,你的身体状况我很清楚,你的想法也很感人,但这只是一种空想。现实就是现实,生活是建立在客观现实的基础上的,还是面对现实好好冷静冷静吧。"刘海双手一背,气冲冲地从朱彦夫身边走开了。

朱彦夫望着刘海离去的背影,牙齿咬得咯咯直响,他觉得他已经想好了,他不会轻易放弃。

第17章
为了明天

朱彦夫要回张家庄的消息一个电话接一个电话传了下来,到区委刘书记这儿就无法再向下面电话联系了,刘书记只好派人把这一消息直接送到最基层——张家庄村委会。

张家庄老支书兼村主任张明熙接到这消息有些疑惑:朱家的那个伢子不是早就牺牲在朝鲜战场上了么,咋会突然又要回来呢?这是怎么回事?该不是白日做梦吧?张明熙老婆在惊诧之后提醒老公,憋在家里瞎捉摸干啥,既然是政府通知的,还能有假?这可不是小事,得赶紧通知村里,另外,恐怕朱彦夫的母亲也不一定晓得这事,得派人去刘庄接她回来。

在张家庄,只有七八岁以下的孩子们对朱彦夫不够了解,但他们对朱彦夫背着母亲追随部队的故事也都不陌生。当时,朱彦夫为了追随部队狠心离开了母亲,在庄子里反响很大,后来,他从上海寄回的一封家信使他很快在家乡成了名人,人们对这个印象中的十四岁孩子刮目相看。后来朱彦夫牺牲的消息,使庄子里的乡邻乡亲对朱彦夫母亲晚年的命运更加关注与同情。所以,朱彦夫还活着的消息不亚于一颗炸弹,成了张家庄最大的新闻。不到两个时辰,这一惊天消息就在张家庄传得沸沸扬扬,成了全村五百多人的焦点话题。

村支书张明熙为此紧急召开了村委会会议,这不仅是对家乡人死而复活的喜悦,更是村委会拥军的政治表现。

早在一个月前就去疗养所探望过朱彦夫的民兵排长小狗子,回到家后就一连去了两次蒙阴县。他在那里找到了黄大牛的家属,请黄大牛一家四处打听,好像还真有那么回事,只是现在还没有找到朱彦坤的确切下落。他遵照朱彦夫的交代,并没有把这些秘密对外公开,对他的老爹都没说。但既然现在组织上通知说朱彦夫马上要回来了,除了寻找朱彦坤的消息还需要保密外,其他消息就没有再保密的必要了。在这次特殊的村委会会议上,小狗子把一个月前的泰安之行向村委会做了详细的汇报。

张明熙听后感到吃惊:"你伢子啥时候受过保密局培训了,把这么大的事情裹在心里还没被闷死?"张明熙是张家庄党龄最长的老党员,今年五十五岁,在村委会里也是年龄最长的一个,所以习惯把村委会的其他成员都称为"伢子"或"小东西"。

听了小狗子说的情况,大家一致认为这件事还不能立即告诉郑学英,怕她太过激动。这件事只能先告诉她的女儿女婿,先把她接回家再说。

张家庄距离东里镇有四十来里路,能通行的车辆就是各家各户的独轮车,路也多是山路,顶多能算条羊肠小道,朱彦夫没有脚,回到这里必须靠人力,张明熙让张二孟和小狗子带几个壮小伙负责去东里镇接应,其他人负责别的相关事情。

朱彦夫是疗养所派车送回来的,张二孟和小狗子带去的人只在东里镇等了个把小时,就接到了专车。朱彦夫一下车,心里就有一种控制不住的激动,从这里到张家庄,他是从五岁多就开始走的,现在,他想夹着拐杖慢慢走回去。张二孟和小狗子说啥也不答应,硬是把他按到随车送来的椅子上用棍子抬着,一路忽悠忽悠地抬了回来。

朱彦夫坐在椅子上,每根神经都充满了感激。就在快接近村口时,他发现沿途都是迎候的人群,他无法用言语表达自己的心情,只能高高地举着双臂向两旁的父老乡亲致意,他的手臂举酸了,他的眼睛模糊了,他的心震颤着。多么可敬的乡亲,多么可爱的家乡,为何要那么苦苦地封闭自己,隐瞒了他们这么多年!

张婶和朱彦花一左一右地搀扶着满头银丝的郑学英向朱彦夫走来,小狗子和张二孟很远就看到了,便把抬着的椅子落到地上。朱彦夫撑起拐杖向母亲迎去,他忘记了肢体的钻心疼痛,狠命地跨着大步,恨不得一步跨到娘的身边,好好看看久别的娘,好好看看久别的亲姐姐。

黑压压的人群自动为他们亲人的相见闪开了道路,叽叽喳喳的声音戛然而止,所有的眼睛都聚焦在这动人的时刻。

"娘——您的儿子回来了！"朱彦夫丢掉了拐杖，朝前猛扑两步，咚的一声跪在了母亲的面前，他要趴在地上为娘叩头，他要向娘请不孝之罪。他过于激动，用力过猛，就在跪地的一刹那间，双臂像两截棍子直直地杵在了砂石地上，痛得他一声惨叫，歪倒在母亲的面前。

"俺的儿啊！"只听郑学英一声撕心裂肺的哭唤，就倒在儿子的身上昏了过去。

一切来得是那么突然，一切来得是那么出乎意料，始料未及的朱彦花如万箭穿心，围观的众人心惊肉跳，母子二人被七手八脚地抬回了朱家的院子。好在一切都有惊无险，郑学英很快就醒了过来，朱彦夫也在一阵锥心的疼痛过后恢复了常态。

院里院外，屋里屋外，都被张婶和庄子里的几个女人打扫得干干净净，收拾得井井有条。前来慰问探视的人带来的鸡蛋、腊肉、白米、挂面堆得满屋都是，全都是大家伙儿平日舍不得吃的珍贵食品。院里院外跑来走去的全是人，朱家小院的气氛空前热闹，比别人家娶妻嫁女还要热闹，直到半夜时分才逐渐恢复平静。

尽管在朱彦夫没有回来之前，张明熙已安排张婶和自己老婆把小狗子描述的情景都告诉了郑学英和朱彦花，但在夜深人静之后，母女俩还是坐在煤油灯下，坐在朱彦夫的身边迟迟不肯休息，她们抚摸着朱彦夫的残腿断臂，泪水涟涟。

朱彦夫的双臂这次吃亏不小，石子把断臂截面弄得血肉模糊，虽然早已清洗了创口，用布片包扎了起来，但那种疼痛似乎牵扯着每根神经。好在朱彦夫已习惯了这种疼痛，装得若无其事，生怕母亲和姐姐伤心难过。

儿子再大也是娘的儿子，儿子再疼也没有娘心疼，郑学英摸着朱彦夫的伤臂，心里有说不出的疼痛，眼泪吧嗒吧嗒地直往下掉。朱彦花虽然是姐姐，但朱彦夫是她带大的，她对朱彦夫的感情不亚于一个慈母对孩子的，看到弟弟这个样子，她心里别提有多难过，泪水牵线似的流。

"娘，姐，你们不要这样，我现在已经是个大人了。打仗哪有不牺牲不受伤的，比起我那些战友来，我算是最幸运的。我就怕你们心里难受，才不忍心让你们看到我的样子，所以……"朱彦夫见不得亲人的眼泪，说起话来喉咙哽得不听使唤，鼻子发酸，眼睛发湿。

"傻儿子，娘能见到你的人不知有多高兴，你咋这么不懂娘的心啊，娘望你回来望穿了眼睛，可望来望去却得到了你牺牲的消息，那时候娘哭成了啥样你知道不知道？"郑学英牵起衣角抹了抹眼泪，"现在好了，总算能听到你在娘面前说话了，娘不嫌弃你，娘愿意伺候你。你不该瞒着娘啊儿子，你干吗要说你死了呢？"

"娘，我们连的人全都牺牲了，我的命还是我们团首长捡回来的……"朱彦夫见母亲和姐姐都没有睡意，索性就把事情的前前后后说了出来。

郑学英听到外面天亮还没有一点睡意，她长长地吁了口气："哦，原来是这样，怪不得俺没听到报纸上说到你的名字，吓得娘在人前一直不敢再提起你，生怕你在部队上贪生怕死丢了性命，担心是政府怕俺伤心才送块烈属的匾来安慰俺的。这么说，你和报纸上说的那些英雄一样，没有给国家丢脸，没有给毛主席丢脸，也没有给你爹丢脸。做娘的为能有你这样的儿子感到满足。"

朱彦夫真没有想到母亲能说出这番话来，多么伟大的母亲啊！

张婶拐着小脚端着饭碗来到了朱家小院，正在院里拾掇菜的郑学英连忙客气地为张婶搬来板凳。张婶和郑学英两家紧邻，是郑学英在庄子里接触最早最要好的老姐妹，平日吃饭端着饭碗串门子是常有的事，在对方家就像在自己家里一样。

"张婶啊，快这里坐，俺家里还有豆瓣酱，给你拿来？"郑学英满面笑容。

"不要不要，俺碗里有。彦夫呢？"张婶眼睛直往屋里瞅，慢慢地将身体落到板凳上。

"出去溜达了，在家里待不住，啥时从后山回来的？"

"刚回来，这不，肚子饿得贴了脊背，也懒得生火，就把锅里的剩饭将就将就。"

"看你也是，直接来俺家就是，这见外了不是。"郑学英听张婶说去了后山饿着肚子回来，心里一沉，一股凉凉的感觉爬上了期待的心头，但脸上还是努力地挤出了一丝含有歉意的微笑。

儿子回来了的郑学英像其他母亲一样，很自然地想到了为儿子成家，想到了要孙子。朱彦夫二十三了，在山里可算是老大不小的年龄，不管他有没有手和脚，他也是个男人，是男人就得找媳妇成家，当娘的自然就操起心来。如果不是朱彦夫受了伤，现在恐怕也与翠翠结了婚，说不准孩子也早在满院跑来跑去了——听说翠翠嫁了个不错的人家，现在已是两个孩子的母亲了。

过去的事情已经过去，什么事情都由不得心里想，只能是走啥地方说啥话。朱彦夫虽然是假脚假手，但好在每个月还有国家补助的几十块钱，这在山里来说，确实是个很诱人的条件。不过条件再好，儿子就是这么个儿子，好姑娘不敢想，也没有谁愿意嫁，只能到后山找条件差些的姑娘家。郑学英要求的条件也不高，只要会做饭会学着帮儿子装手装脚就行，当然还是要有生育能力的，歪锅配歪灶，将就着有个后，至于长相好坏、会不会说话都无所谓。

按说这条件不高，可好几个也上门来看了，最后都是直摆头。这次张婶去的是一位二十八岁有一个孩子的寡妇家，这女人的男人在山里烧炭时不幸被摔死了，住在后北山的一个山洼里，家里除了烧柴不愁外，一年四季很少能吃上一口细粮，种的土地都是月亮能晒死庄稼苗的薄砂土。那女人郑学英见过，长得是五大三粗，有一把好气力，满脸的麻子，人说不上漂亮，但也不算太丑。郑学英在心里掂量了好几个来回，觉得那寡妇倒有可能看上儿子，如果那寡妇真能答应这门亲，也是桩不错的婚事，起码能照顾朱彦夫的生活起居，有朱彦夫每月的薪水，日子应该是能过下去的。因此，她就把这打算对张婶说了。跑了很多失望路的张婶也觉得这事有些把握，一大早就去了后山寡妇家，没想到张婶是饿着肚子回来的，那就说明这事又黄了。

"没办法，那女人就是不开口表态，还是她婆婆把俺拉到背后告诉俺，说她们那地方缺水，没有好体力的男人日子就不会好过，她情愿一辈子受穷苦做，也不想一辈子累死却连点儿依靠指望都没有，就这样伺候一个不是人的人，还不如单身一辈子。一听这话，俺还能在她家吃得下饭？连口水也没喝就跑了回来。唉！"张婶叹了一口气，足有三米长。

"张婶呀，让你受累了。"郑学英牵起衣角抹抹眼泪，也跟着叹了口气，"你说，彦夫就那样，俺死也闭不上眼睛啊！俺也老了，说不准哪天两腿一伸就顾不上他了，但只要俺还有一口气在，就不会让他再多受一点罪。看他那样，俺的心一直揪着，晚上从没安稳过，要是俺不在了，他的日子该咋过哟。算了张婶，为俺家彦夫你操下不少的心，跑了不少的路，看这样子也没啥希望了，俺的心也死了。"

"孩子不说个媳妇哪成，那几个伢子能照护他一年两年，哪能照护他一辈子。

你现在的身体也经不起这样的劳累,过几天俺再回娘家看看,也让他们打听打听别的地方有没有合适的。老大姐,莫灰心,好事多磨。"张婶尽量替郑学英宽心。

"唉,这几天,俺睡在床上就想,彦夫在外面有公家人伺候着,吃香有香的喝辣有辣的,哪一点都比在家强,说不上媳妇也受不了罪,俺还真想劝他再回到泰安去,可俺开不得口啊,俺是真想留他在身边,毕竟俺这辈子就这么一个儿子……"郑学英说着说着又伤心落泪起来。

张婶和郑学英尽管不是粗喉咙大嗓门,但还是被从院外回来的朱彦夫无意听见了,他停住了脚步,悄悄地站在院门外把这些话听得清清楚楚。怪不得老是看见母亲与一些女人背着他叽叽咕咕,原来都是在操这份心。朱彦夫心里一颤,很想退几步,但拐杖从腋下滑倒弄出了很大的响声来。这声音惊动了母亲和张婶,两人立即住嘴笑着支吾着,好像她们正在谈其他什么很开心的事情。

既然她们把心思瞒着,朱彦夫也假装什么都不知道,径直回到了自己的房间。

从泰安回到家乡的朱彦夫,几乎是天天生活在无言的感激之中。开始几天,家里来看望的人一直络绎不绝,后来来的人少了,但村领导总隔三岔五地来看看他。特别是小狗子,每天早晚必来,为朱彦夫装卸肢腿只有他一人在行。不过农村一年四季有忙不完的农活,小狗子也不能天天如此,所以后来,小狗子把张二孟也教会了,两人轮换来为朱彦夫服务。这一切,郑学英看在眼里,急在心里,她也认真地学着装卸假肢,可学了很多遍,卸掉没有问题,但就是装不好,特别是那个绑带,看着缠得像模像样,就是套不上假脚,对这种精细活她一点办法也没有。

虽然她只有五十多岁,但过多的打击使她身体非常虚弱,走起路来都异常吃力,还得靠一支竹棍帮忙,根本无法完成这样的精细活。母亲不能帮朱彦夫安装假肢,但母亲一天到晚为儿子操心受累,也从未省过心,一日三餐总是想着法子变换花样,做好了还得端到儿子面前一勺一勺喂。才出锅的饭菜有些烫,母亲总是一勺一勺地用嘴吹,待温度降低了才肯送到儿子的嘴里。吃饭一事,在泰安疗养所朱彦夫就已经学会自理,但母亲看他吃饭艰难,心疼得在一旁直掉眼泪,尤其是见朱彦夫吃菜或吃不能用嘴喝的饭食,弄得满身都是,稍不留意连碗也"报销"了,就再也不容许他活遭罪,非得坚持喂他不可。朱彦夫虽然很固执,但终究固执不过母亲的眼泪,只好过起饭来张口的生活。为了不给朱彦夫空子钻,母亲总是饭一做好就先喂饱儿子，之后才自己吃。偶尔，母亲也有与儿子一同进食的时候，那就是张婶来帮忙喂饭时。

朱彦夫知道这一切不怪别的，就怪自己吃饭的基本功不扎实，弄不好就打碎了碗，让母亲看了太揪心。因此，好几次在母亲去赶集为他购买猪肉时，他都悄悄地躲在厨房练习，但由于着急，每次练习都会摔碎一两个碗碟，回来的母亲看不下去，总会语重心长地数落："儿啊，不要再这么与自己较劲儿了，这样的身体咋能自己吃饭呢。别瞎折腾了，看看家里重新买了多少碗，再这样下去，就是开个碗厂也经不住你'报销'啊！"朱彦夫知道母亲心疼的不是几个碗碟，心疼的是他这个儿子！为了母亲开心，他只能选择任凭母亲安排。

今天，无意听到母亲和张婶的对话，朱彦夫的心里很不是味道，他这才知道母亲为他操的心远远超出了自己的想象。"现实就是现实，生活是建立在客观现实的基础上的，还是面对现实好好冷静冷静吧。"这话是疗养所所长刘海对他说的，看来自己的想象确实有些脱离现实。张婶说得对，每天装卸假肢，小狗子、张二孟坚持一年两年还可以，能一直坚持下去吗？这里是农村，各家有各家的事情要做，他们不可能永远围着自己转来转去。至于说媳妇，那更是天方夜谭，想也是白想，陈希永为这不是连工作也不要了吗？自己痛苦只是一个人痛苦，干吗还要连累另一个人呢？还有，是不是应该再回到疗养所去？是不是要继续过那种吃香喝辣的生活？朱彦夫坐在椅子上费劲地燃上一支烟，明天的路到底该怎么走，是得好好重新思考思考了。

"这几天我想再回到泰安疗养所去。"趁村领导和姐姐、姐夫以及常来的邻居都在场，朱彦夫宣布了自己的决定。

"嗯，山里的条件确实有限，你母亲的身体也不是很好，眼下又要集中劳力搞建设，你这想法俺支持，对你、对你母亲都有好处。啥时候走你吱一声，俺们送你去东里。早晚想回来看看就给俺们捎信回来，俺们一定派人去接。"老支书张明熙看着朱彦夫，"你准备哪天走啊，俺们也好准备一下。"

朱彦夫笑笑："张书记，这一去四十多里地，就不要送了，具体哪天我还没想好，花几个钱雇头毛驴挺方便的，用不着劳累大家伙儿。"

郑学英听说儿子要离开，心里很不舍，每次喂过饭后总要在儿子跟前多坐些时间。用她自己的话说，多看一眼是一眼。

朱彦夫宣布说走也一直没走，不知是他改变了主意还是他留恋母亲留恋家，见没有人提这个话题，也就不再提，只是独自待着时老是紧锁眉头，好像有想不完的心事。

区上要召开大会，六十岁以下的村民都得去参加。早上，村子里就闹开了，好像赶庙会似的，大伙儿都穿了干净的衣服吆喝着三五成群地赶往会场。一大早，小狗子心急火燎地跑来为朱彦夫安装了假肢，才带着村里的民兵放心地离开。郑学英本是不想去的，但组长一大早就来催促，说这是上级的指示，郑学英不愿拖大家的后腿，只好让朱彦夫在家看门，自己去参会。喂朱彦夫吃过早饭后，她怕开会时间太长，朱彦夫中午会饿着，就把煎饼大葱和一些油炸吃食放在朱彦夫的手边上，一切都准备充足了，才跟张婶一起走上出村的小路。

朱彦夫看着村里男女嘻嘻哈哈地离开了村子，心里空落落的，就像突然空落落了的村子，他的心中升腾起一股莫名其妙的孤独。

这次群众大会召集了三个自然村的群众参加，会议地点设在三个村交叉地带上的一个大草场，是为了照顾群众就近设置的。大会亮了几个人的丑。那几个人不务正业，沾染上赌博的陋习，怕劳动，放着土地长野草，专想吃飞的跑的，飞的跑的没吃到嘴，就到周围村庄乱窜，干些偷鸡摸狗顺手牵羊的事。会上，区委领导狠狠批评了这种现象，让当事人在群众面前做了检讨。检讨后，大会还没有散场的意思，又开始学习刘主席关于多种经营提高生活水平的指示。

郑学英没有心思学，她跟身边的张婶耳语几句后，就慢慢往人群外挤，打算悄悄退出会场。按照大会纪律，没有散会一般是不许离开会场的，郑学英说内急，可还是被维持大会纪律的民兵挡住了，理由很简单，茅房不在这个方向。好在小狗子及时向阻挡郑学英的民兵挤了挤眼睛，虽然不是一个村的，但人家知道小狗子是连长，还是知趣地为郑学英开了绿灯。郑学英看得清楚，将小狗子的法外开恩记在心里，表面上却装作什么也不知道，只是晃了一下手里的竹棍，这是一种只可意会不可言传的心理交流。

第18章

义子尽孝

郑学英离开会场,就手拄竹棍拐着小脚急切地一路赶回家,她放心不下朱彦夫。

郑学英回到家,却没看见朱彦夫的影子,急得她从院里找到院外,最后两腿发软,只感到天旋地转。朱彦夫哪里去了?平日他到外面溜达,最远也只是到后面的小树林边,到前面的小狗子家,或者老秀才家,都在距家不到百米的小范围内活动。就这么小半天时间,他去了哪里呢?郑学英喊得嗓子沙哑,就是听不到一点回音。

朱彦夫失踪了,散会回来的邻居都急忙四处寻找起来,结果还是连朱彦夫的影子也没有见到。

老支书张明熙吧嗒吧嗒地吸着旱烟分析:是不是回泰安去了?这个朱彦夫十四岁就敢悄悄离开母亲去追赶解放军,现在肯定也敢悄悄离开老家,再回到泰安。

"就他那样,能走出村子?能走到几十里外的东里?俺觉得不会。"张婶的头摇得像拨浪鼓。

"也说不准的。"张明熙分析说,"那伢子在部队里待习惯了,部队走到哪里都不喜欢打扰老百姓,多半是他不想连累大家伙儿,就趁大家伙儿不在悄悄走了,前几天他不是说过雇头毛驴挺方便的吗?要不他这么个大活人咋就平白无故的没影没踪了呢?"

听老支书这样分析,大家也觉得很有道理,小狗子和张二孟赶忙去村口问了问在家的寇老太太,寇老太太说今天上午确实听到路上有毛驴过去的声音,但是不是朱彦夫坐在毛驴上,她就不知道了。通过种种迹象分析,大家最后一致认为朱彦夫不辞而别,是千真万确了。

"这个东西,咋老是这样折磨俺呢?要走明着走就是了,连娘也背着,都二十大几的人了,就这么不醒事理,这不是存心让俺难过吗?真是活兽啊!"郑学英气得用竹棍直捣地,泪水直流。

儿子走了,又到能享福的疗养所去了。郑学英心里虽然有些难过,但毕竟这也是她心底所想的。儿子在家里找不到媳妇,做母亲的也算尽了最大的努力,但一切都是命运,一切都是天注定,谁也无力改变,能享一天福就让他多享一天福好了。坐在朱彦夫留下的椅子上,郑学英自己安慰着自己,自己给自己宽心。

朱彦夫一走,院子里又恢复了往日的冷清,除了张婶偶尔来晃晃外,其他人很少再来这里。

朱家小院被村里认真整理过,房顶换上了新草,墙上的蜘蛛灰尘也已被清除,郑学英不想再离开这里。房子还是得有人住着,去刘庄女儿家住了些时候,这房子里就脏得不成样子,郑学英不愿再看到这点家业再败下去。东边的那个单厢房没有人住,里面支有木板搭起的简易床铺,前些日子彦花的女婿来就睡在这里,也算是一间简单的客房。现在客人走了,张婶就帮着把一些劈好了的柴火还有些地瓜干之类的储藏食品放了这间屋子里。郑学英考虑到一个人花费不大,外面的柴火和粮食还能管些时日,不如干脆去把它锁了,免得野猫野狗的跑进去乱窜,浪费了里面的东西。

东厢房没有窗户,屋子里很是昏暗,郑学英吃力地推开门板,想看看里面还有没有其他易坏的食物。之前大家送来了很多吃食,东西太多,她心里也没有个准数,朱彦夫在家时,这间房她是天天要进来取东西的,朱彦夫走了,吃不了的东西不能让它白白霉烂,她也不想因为自己记性太差而浪费东西,便决定把这些东西好好整理整理,归到一处,免得丢三落四。

郑学英划燃火柴,点上灯盏,看见靠床的小长桌上堆放着煎饼大葱,还有些苞谷面窝窝头之类的吃食,不禁有些疑惑:这些煎饼不是为儿子备用的饭食吗?怎么都被他搬到这里来了?"这孩子,国家给你的好东西吃多了,连娘烙的煎饼也不愿吃了。唉,人哪,真是贱得贵不得,穷得富不得,想当年跟着娘一起讨饭时,能吃上这么好的东西吗?"郑学英一边嘀咕着一边把这些东西整理归置好,又把一些东西搬到了门外,看看屋子里再没有易坏的食物,这才吹了灯盏拉上门,用铜挂锁把门锁了。

这铜锁咔嚓一声轻响，差点让朱彦夫叫出声来。

朱彦夫并没有去泰安，他就躲在东厢房的黑屋子里。他说他想回泰安只是他的金蝉脱壳之计，其实他根本就没有再回泰安的想法，是母亲的过于疼爱让他想到了未来。他要自己打理自己的生活，母亲心疼，阻止了他，为了避开母亲锻炼自己，他暗暗地打起了东厢房的主意。他发现堆柴火的地方有一只破缸，心里说不出有多高兴，他可以利用这只破缸解决生理问题，于是决定就在这里悄悄坚持锻炼十天半个月，说不定就能彻底攻克吃饭和装卸假肢的难题。

他想有足够的空间锻炼自己的生存能力，而不想这件事有任何人知道，所以就利用开会这个千载难逢的机会，用嘴叼了一桶水藏在东厢房的床头拐角处，又把吃的东西备足备好，还在墙角的大篮子放满了地瓜干，有了这些，十天半月也不怕饿肚子。但他没想到母亲会跑进来，他躲在黑暗的角落里屏着呼吸，差点喊出声来。

但他转念一想，还是没让自己发出半点声响，他在心里告诫自己，小不忍则乱大谋。记得当年他们在进军上海的途中，三天三夜没沾五谷，老排长竟然把人家老乡当柴烧的马粪饼当作饼子捡了一堆，还给老乡留下了两块大洋，让战士们饱食了一顿。之后，全排误闯了国民党守军的一个连守备区，发现时想撤已经来不及了，当时，战士们因吃了马粪又喝了一肚子生水，个个都在拉稀，但大家顾不得满裤裆的尴尬，硬是把敌人一个连给俘虏了。事后，被俘虏的敌军连长一提起这事就脸红发烧，说解放军都是铁打的怪物，吃马粪也能出其不意地打胜仗。当年的精神鼓舞着现在的朱彦夫，他要在自己的身上创造奇迹。

被反锁上的东厢房成了朱彦夫的独立王国。

在东厢房里，没了别人怜悯的目光，没了母亲的搀扶，一切都可以从头开始，学着吃饭、走路、穿衣……

朱彦夫在小屋里像个将军，他对自己说："条件都已具备，要赢得生活自理的权利，就要用空前冷酷的方法和百倍的努力，去抢摘那高悬的，也是只有冒死才能获得的生命之果！"

小屋里，一张床、一张桌子，一些食物——煎饼、地瓜干、鸡蛋、水，还有几个碗碟、勺子和筷子，成了朱彦夫的"士兵"，它们静静地聆听着朱彦夫的心声。

朱彦夫的第一个目标是能自己吃饭。

嘴为什么这么短啊！要是它能伸长，不就什么问题都解决了吗？可是不行，使尽全身力气，嘴仍是那么笨拙。

人体是世界上最精密、准确、和谐的仪器。残疾人则不然了，他们被截去一部分肢体，残留部位的神经造成大脑与肢体的冲突，朱彦夫吃尽了这种苦头。

在疗养所，朱彦夫已经能自己吃饭了，但那与在家完全不一样，家里没有护士，他不是只会"吃"就可以了，他得学会吃饭的一整套动作。为了练习吃饭，在那张破门板做成的床上，朱彦夫摆满了碗筷、叉子、食物。他的残腿"踩"在一块石板上，残臂扶着床沿，嘴练习着各种吃饭动作。他如一只辛劳的蚂蚁，用嘴来来回回地搬运餐具。他两条残腿在布满碎石的地上挪动，万一被石块硌破或偶尔神经抽搐，就再加上两只残臂，艰难地爬行。取餐具只能靠嘴，靠牙齿，但他受过伤的嘴角一旦痉挛，餐具就会摔往地上，他条件反射地用手去接，整个人就会平跌在地上。

外边的世界模糊了，时间也模糊了。朱彦夫感觉生活在真实与梦幻的边缘，一切都似是而非，朦朦胧胧。

他痴痴地练着。

煎饼是沂蒙山区最为常见的一种食物。吃煎饼基本可以不用餐具。朱彦夫把煎饼放在床上，自己也趴下，用嘴咬住煎饼的一角，再用残腿压住煎饼的另一头，使劲用嘴撕咬，吃完一口，歇上一会儿，再用残腿把煎饼往嘴边挪一挪，再吃。有时，吃一块煎饼要用上几个小时。

要想吃到碗里的饭更是不易：屈身俯首，用嘴咬住碗边，伸展脖子抬头把碗慢慢地举起来，这是第一步；两只残臂举起，接着饭碗，慢慢地捧到嘴边，这是第二步；两只残臂用力夹紧饭碗，用嘴把饭吸进去。

一切都像电影里的慢镜头。

这些动作一点都不比世界体操锦标赛上的高难度动作更易掌握。特残军人朱彦夫和夺取世界冠军的运动员一样，都在向人类体能和潜在力量做极限挑战。

五六天过去了，肢体还是那么麻木、僵硬。朱彦夫感到自己像一叶无力的扁舟，在时间的旋涡里挣扎。心，骤然冷下来。或许，自己只能回到疗养所去，了此残生！

巨大的孤独和悲哀笼罩了朱彦夫，他想哭，左眼的眼窝里却流不出泪来，流

209

出来的是一股股浑浊、黏黄的液体。

此时，一只小蜗牛出现在朱彦夫的视野里，像一个生命神话，也像一个美丽的寓言。

你几乎看不出蜗牛在向前行进，只有它那椭圆形外壳的微微颤动，表明它在沿墙向上奋力地爬着。

朱彦夫忽然有了一种对同类生命的亲切感。喂，小家伙，你没脚没爪，还拖着庞大、笨重的躯壳，怎么会滑动自如？

蜗牛默默地移动着。

朱彦夫看呆了。这物种中的弱族，同自己一样，没有脚爪，移动缓慢，比起翱翔苍穹的雄鹰，比起凶猛迅捷的虎豹，无疑算不了什么，可这至死不悔、坚韧不拔的精神照样能撼天动地，照耀宇宙！

蜗牛终于消失在一道石缝里。朱彦夫心中一阵恼怒：我连一只小小的蜗牛也不如！下一步怎么办？要么在躯体上实现突破，要么就此作罢，今生今世依靠别人。

"勿求健全，只求生存；勿求人助，只求自理；勿求伟绩，只求发光！我要拼命从身躯残缺部位的活性组织细胞中发掘有限的制胜因子！"朱彦夫想起自己曾经说过的话，身心一阵震颤：就算这一生是个悲剧，我也要有声有色地演下去，不失悲剧的壮丽！就算人生是个梦，我也要有滋有味地做这个梦，不失梦的情致和乐趣！人要摆脱其命运，必须靠精神力量。

他开始练习另一种难度更大的吃法：双臂抱着勺子吃饭。

两臂夹紧小勺，小勺却总是往下掉，掉到床上好捡，用嘴叼起来就是；掉到地下，就得屡屡"滑"到地上去捡。就算勺子不掉，双臂扭来扭去，饭到嘴边已是饭掉汤洒。夹勺时，残臂的疼痛比伤口发炎还强烈得多，朱彦夫只能咬牙忍耐。

当他吃到自己喂进嘴的第一口饭时，幸福的感觉铺天盖地而来，瞬间淹没了他。

为了追求精神上的幸福，朱彦夫宁愿舍弃其他的一切。

他是个极重仪表、喜欢洁净的人，他有一面巴掌大小的镜子，是多年前他用两个鸡蛋换来的，后来摔裂了，他就是用白胶布粘好，时时整理自己的仪容。他也见不得周围环境凌乱、肮脏，只要有时间，他就会拖地、抹桌子、修剪花枝。即使后来身体残疾，他也一样注意自己的仪表，在任何一个陌生场所，他都尽量保持一个完整的人的形体，不摘眼镜，不卸假肢，不摘帽子。

但在这个厢房里，为了生存，朱彦夫顾不上整洁了。他天天爬行在泥地上，头发上蒙着一层灰白的尘埃，形容枯槁。因为内心的驱动，朱彦夫可以忍受一切。

时间如白驹过隙，二十多天过去，煎饼、豆腐干等食物都吃完了，剩下的地瓜干也已经开始发霉，但还可以充饥。泥罐里还有半罐子水，已经开始发绿，喝下去不知是什么滋味。但每天几块地瓜干，两口水，也能坚持个把月。

朱彦夫开始出现间歇性的腹烧与头晕，他每天只吃三块地瓜干，喝两口水，身体的虚弱可想而知。

又是三十多天过去了。

如果说朱彦夫在生活自理上有进展的话，那就是双臂的疼痛在减退。发现这一意外的惊喜，朱彦夫又加大练习量，让双臂在碰撞摔打中增加韧劲。他忍受着疼痛，他仍是自己躯体的主宰。

食物和水越来越少。

一次，朱彦夫用残臂怎么也够不到篮子里的地瓜干了，他就用嘴猛拉，把篮子翻了个底朝天，几块地瓜干倒在了撒满烂草、破布的地上。泥罐里的水也越来越难喝到了。值得欣慰的是，尽管身体虚弱，行动起来汗珠直淌，但朱彦夫已经可以用双臂"搬"东西了。

练完双臂，朱彦夫又想到了自己的真腿和假肢。他把假肢比喻为过继来的"义子"，要让它为自己"尽孝"。他觉得，人的四肢是同一母亲所生的孪生兄弟，血肉相连，手足同牵一母之情，兄弟团结在一起才有力量。他要用感情和血汗感化"义子"，让它和众兄弟融合在一起。

他心里有一个巨大的愿望：重新站起来走路。这里是他幼时艰难学步的地方，他要在这里重新起步。

学走路遇到的第一大问题是安装假肢。过去在泰安疗养所，护士会把假肢安装好，之后再扶朱彦夫走路，回到村里，也一直是小狗子他们帮他把假肢装好。所以他自己不是很清楚安装假肢有什么程序。现在，在这昏暗的小屋内，一切都得靠自己，困难骤然变大，安装假肢好像比修筑万里长城还要艰难。

那副假肢是从苏联进口的，重达八公斤半，它冷冷地立于石屋的一角，望着朱彦夫，充满了陌生、倔强、冷漠的感觉。

水和地瓜干不多了,朱彦夫决心尽早制服它。

第一道工序是缠衬布。衬布只有一米多长,里面衬着薄薄的棉花,斑斑点点的脓血层层叠叠,让衬布本来的颜色被遮盖住,好像涂上了一层脓血混杂的油画颜料。陌生人闻到那种气味,胃里就会翻江倒海,止不住呕吐的欲望。

苍蝇们嗡嗡地围绕着朱彦夫飞。即使这样丑恶的物种,上帝也给了它一双翅膀,朱彦夫的心里像系上了一块石头般沉重。

他坐在破门板上,先吃力地用嘴咬着衬布搭在膝盖上,把衬布围成一个圆圈状,再用左边的残臂压住衬布的一头,用右臂把衬布绕缠在残腿的截面上。

缠完衬布,就要进行第二道工序——缠绑带了。

难题随之而来:用嘴去取放在床上的绑带,身体就要大幅度移动,头要低到床上,这时就要用两个残臂支撑,但双臂离开衬布,衬布就掉了。

朱彦夫换了一种办法。他用嘴固定住衬布,用残臂去取绑带,依然不行:单臂用起来如一根木棍,不能取物,双臂同时去夹绑带,双腿就会失衡落地,衬布照样会挪位。

这是一道比哥德巴赫猜想还难解开的难题。但是,朱彦夫发誓一定要解开它。

他抚摸着刚刚结了血痂又被磨破的残肢截面,一股悲壮之情油然而生:即使这残缺不全的躯体,也是地球生物进化的伟大成果。

人的一生是宇宙的缩影。

一位科学家说:"一个细胞,在几分钟内就完成了地球需几十亿年的由氨基酸、核苷酸聚合成生命大分子的进化过程,为细胞的有丝分裂准备了全套复本。在母腹中十个月完成了地球需十亿年进化的从真核单细胞开始到高级动物的历程。从婴儿分娩出来最初的几年则概括了从爬行到直立行走、手足分工,从无语言到语言,从无思维到思维,整个一个历时七百万年的从猿到人的过程。人们从小学开始的十几年学习则跨越了七千年的有文字文明发展的过程。"

生命的链环,环环相扣,延绵数十亿年。

人,即使是最卑微的一个,都确凿无疑地有资格代表整个地球。他身体里的每一个原子都可以追溯到太阳系形成之前的超新星爆发,他身体内的每个细胞都可以追溯到十亿年前的那个真核细胞。

既然如此,我们为什么不珍惜这不仅仅属于自己的生命?

人的一生，短短几十年时间，在无尽的生命长河中，好似昙花一现。我们为什么不聚集起全部能量，让生命之花美丽璀璨？

朱彦夫的生命，被苦难锻造得无比刚强。

在练了千百遍之后，他的残肢和衬布之间似乎有了某种默契，能够很好地"黏合"在一起了。

现在，缠绑带，这道最为复杂的工序在等着他。关山重重，不见光明。一条绑带，六七米长，几十厘米宽，却恰如华山一条路。为了尽快能生活自理，必须向前。朱彦夫用嘴和残臂一圈又一圈地缠着，缠得眼冒金花，昏天暗地。第一次缠绑带，绑带往地上掉了无数次。他一次次从破门板上爬下来，到地上捡绑带。卷好的绑带，如一个大圆圈，很难夹好，如果掉到地上，更会散成一条长长的带子，要重新卷起。

慢慢的，朱彦夫总结出了经验：双臂是缠绑带的主力，既要缠紧又不能让绑带跑偏；嘴要随时校正绑带的位置，以免形成褶皱。

缠好绑带，该装假肢了。

朱彦夫像被扔进了一口煮沸的大锅里，每个细胞都爆裂着。

人类第一次直立行走是什么样？

自己幼年第一次离开母亲的搀扶、迈出第一步时也是这样好奇与冲动吗？

兴奋不已的朱彦夫，把残腿套进假肢以后，又遇上一个新的问题——如何扣好皮带锁扣：用双臂夹着，好像是盲人往针眼里穿一根长长的丝线，他根本办不到。

朱彦夫想起一篇外国散文中的故事，一个登山者在长夜中攀登，峰顶那团跳跃的烈焰温暖着他也鼓舞着他。他跋涉着，那烈焰似乎近在咫尺了。峰回路转，不知经过多少次"近在咫尺"，烈焰还是远在天边，但登山者仍义无反顾地攀登着。读这个故事时，那团烈焰和那个登山者的身影在朱彦夫眼前晃动，也铭刻在他心中。一股力量萌动着，朱彦夫用嘴扣上锁扣，成功了！

朱彦夫终于站立起来。

一股不到长城非好汉的决心支撑他从头再来，失败再来，到底失败了两百次还是两千次，他记不得了，他只记得自己终于把假脚套在了两条腿之上，而且还穿上了皮带扣，并且与正常人给他装起来的一样能让他站起来行走。

朱彦夫高兴得几乎要大喊大叫了，可他张了张嘴，没有发出一点声音。他不记得这次练习经历了多长的时间,他只感到胃痛得像有锥子在刺般难受,浑身已经没有一点力气了,也许是好长时间没有吃东西了吧,他太投入,把世界都忘却了。他摸到水桶边,把脑袋伸进去狠狠地吸了两口,一阵清凉让他清醒了很多,这时他才吃惊地发现自己正发着高烧,身体如火一般烫。

"娘,娘!"朱彦夫费力地爬到门边,无力地对着门外喊起来。

院子里没有反应,郑学英不在院子里。

朱彦夫看着门外的光亮,知道离天黑还有一段时间,刚才喝了两口水,他好像又恢复了一些力量,既然门不得开,何不趁着这个时间再练习几遍?于是,他又摸回到床上卸下了假肢,反复练习,反复摸索。成功了,又成功了,尽管身体很虚弱,但他的操作还是很顺利地完成了。力气又渐渐匮乏,但他没有食欲,一想到地瓜干,胃里就涌出不适,为了再度恢复力气,他又摸到水桶边,水桶里的水所剩无几,他费了好大的力气用双臂抱起桶,刚张嘴要喝,只觉得双臂一垂,顿时眼冒金星,连人带桶一起滚到了地上……

郑学英从张婶家里回来时,天已快黑了。

郑学英正要关上院门,突然看见一个人影慌里慌张地跑了过来:"小狗子?"

"大娘,大娘,俺有话对你说。"小狗子上气不接下气。

郑学英见小狗子这样子,惊得心直跳:"狗子,又出了啥事?"

"朱彦夫他、他没有回泰安去。今天下午俺在东里邮局打电话问过,是那个刘所长亲自接的电话。"关于朱彦夫回泰安的结论,小狗子心里一直觉得奇怪,朱彦夫托他打听朱彦坤的事,还没有结果,他怎么会悄悄走呢,就是他要再回泰安,也不会连他小狗子也不告诉一声的。他越想越觉得这事不对头,趁着今天去东里有事,就向泰安挂了个长途,刘所长的话让他吓出了一身冷汗,他几乎是一口气从东里跑回来的。

"啊!你说的是真的?"郑学英感到脊背阵阵发凉,"那他去了哪里呢?"

"会不会在那间屋子里?"小狗子也不知道朱彦夫去了哪里,该找的地方都已经找过了,这会儿小狗子突然发现了锁着的东厢房,当时大家都在屋外找,谁也没留意过那间房子。

郑学英嘴里说着不会,但还是颤抖着开了房门,点亮灯盏一看,朱彦夫歪倒在地上,已经奄奄一息了。

第19章
不仅仅是牵挂

东里卫生院。

身穿白大褂的陈希永站在院内的一棵榕树下发呆，仿佛有无限的心事。

下个月陈希永就要转正了，她并不为此感到兴奋。陈希永是两个月前来这个医院上班的，她的姑父吴善德在三个月前来东里检查工作，认识了这里的院长。这院长姓王，极善言辞，对县里来的领导表现出了极强的敬意，吴善德也只是随便说了说陈希永的事，没想到只隔了几天，王院长就通知陈希永来这里上班了。王院长办事效率高，不到两个月，就为陈希永争取了转正指标。对陈希永来说，现在真可谓是前程似锦，但她却郁郁寡欢。

陈希永对贸然离开泰安懊悔不已，就在乘车回沂源的路上，她就觉得自己太过于小孩子气了。有道是一家有女百家求，一家求走万事休，只要名花无主，谁都有求爱和说爱的权利，至于愿意不愿意那是自己的事，犯得着闹如此之大的情绪吗？刘叔叔也只是跟自己商量，不是强迫自己答应，怪只怪自己没有文化不明事理，还费了那么大的心思画出图来表示自己辞别的愤恨，真是丢人现眼。

特别是对朱大哥板着脸撕扯花朵的事，简直是无礼到极点，这一走真不知朱大哥心里有多难过，俺陈希永在他心目中成了什么了？唉，咋这么不稳重呢？人家朱大哥在自己面前可从来没有任何出格的举动，这一切完全是自己小肚鸡肠闹的。

她当时真想喊司机停车，返回泰安，但一想到自己闹成那样，回去也有些难为情，索性就闭着眼睛暗自责备自己。

再说，离开沂源也几个月的时间了，回去看看姑姑姑父也是应该的，就权作回家探亲，等心情平复以后再回泰安向刘叔叔做个深刻检讨，向朱大哥赔个不是，如果能得到他们的原谅，就还在那里安心上班。陈希永不会撒谎，但她想了一路，决定还是给姑姑姑父撒一个谎，就说这次回来是因为太想他们。好在头天正好领了工资，身上有钱，所以在沂源下车以后，她就到集市上买了些水果作为探家的礼物。

没撒过谎的陈希永把撒谎看得过于简单，还没等她开口，姑父吴善德就当着姑姑的面大发脾气，说刘海乱弹琴，说刘海不把陈希永当人看，说刘海把陈希永当成了牺牲品。陈希永从没见过姑父发如此大火，吓得一句话也不敢多讲，更不用说撒谎了。姑父不许陈希永再提泰安的事，当然就更不许陈希永回泰安了。

陈希永知道这一切都是自己一时冲动造成的后果，她还是想回泰安去把事情摆平。姑姑王建打消了她这个念头：那些男人都是牛，别自讨没趣了，就在家里待着吧。陈希永品味着姑姑的话，想到芳芳的事，觉得刘海肯定不会再给她什么面子，也只好就这么听之任之了。从那以后，陈希永又回到了从前，但她的心里好像一直有个疙瘩，做事也不那么专心，一个人待着的时候常常莫名其妙地发呆，直到有人喊才会猛然惊醒。

陈希永的变化没有逃过姑姑王建的眼睛。王建看在眼里，急在心头，晚上免不了给吴善德吹枕头风，一直吹到陈希永到东里上班才算消停。

环境的改变，并不意味着心情的改变。陈希永也想从内心深处忘掉内疚，但由于工作性质大同小异，积压在心头的思绪不但没有淡化，反而睹物伤情，看到拐杖就想到朱彦夫，看到躺在病床上的患者就想到朱彦夫的假脚残肢，甚至看到一把普通的木椅也能想到朱彦夫那把椅子。朱彦夫的影子深深地刻在她的脑海里，折磨着她的灵魂。

她也曾反复地问过自己，难道是真的喜欢上了那个浑身是伤的朱彦夫？不是的，她的心很坦然地回答了自己。她所牵挂的是朱彦夫的生活起居，后来是谁接替了她？这个人是不是与她一样细心？朱彦夫会不会因为她的突然离开而产生一些负面情绪？这些问题她不知道答案，这些问题她无法与人交流，只能埋藏在自己的心底，一遍又一遍地悄悄琢磨，悄悄寻找着不知是对还是错的答案。照顾朱彦夫，是陈希永的第一份全职工作，对她的影响极深，确实难以淡化。

在陈希永到东里的第二个星期，东里来了一个吴桥杂技班，围观的人黑压压一片，即使身材高挑的陈希永，也被一个站在前面的更高的男子挡住了视线，她想调换一下自己的位置，回头却发现身后还有比她矮的观众伸长了脖子，比她更难受，她不想挡住更多人的视线，就轻轻地要求前面的男子偏一下脑袋，行个方便。前面的男子回过头，发现身后是一位动人的姑娘，在汽灯的映照下显出摄人心魄的美来，立刻谦恭地哈着腰，给后面让出了视野。陈希永见男子通情达理，心里有些过意不去，边看节目边向那男子表示谢意。那男子亲切地告诉陈希永，他在东里政府上班，欢迎她有时间去他那里转转。那晚过后，陈希永还没去政府转，男子就主动来医院了。他开始邀陈希永逛街道、轧马路，也很舍得为陈希永花钱，这让陈希永很感动。

一次，陈希永与他转到一个商店，他突然弯下腰从地上捡起了一个小绣花布袋，到商店外人少处打开一看，里面全是钱，喜得他眉开眼笑。"这钱不能花，要想办法还给人家。"陈希永说得很认真。"还给谁？反正不是偷的，别傻了。"男子也很认真，说完就把荷包装进了自己的衣袋。陈希永怎么也想不通长得这么帅的男人，又是当干部的，怎么心眼竟然这么坏。

男人的形象一下子变得不堪入目了。陈希永心里正反感之时，听见商店里有个女人在号啕大哭，心里一震，赶忙回头寻找男子，哪里还有人影，她跑了几步，才发现男子正大步离去。

败类！陈希永的心里像吞下了一只苍蝇般恶心。第二天，男子像什么事也没有发生一样，又来到医院，来到陈希永身边，陈希永忍无可忍，只从牙缝里吐出两个字："滚开！"

陈希永见不得为了蝇头小利丧失人格的人。可一些男人总是或多或少地暴露出某种低俗，这些人与她认识的朱彦夫相比，似乎总是黯然失色——陈希永总习惯把眼前晃动的男人与心里藏着的朱彦夫相比较，比多了，她才吃惊地发现朱彦夫对她的影响竟然是如此之大，竟然成了她生活中的参照物，成为她审视人的标尺。

吴善德家在中庄，离东里二十来里地。因陈希永在东里医院，王建生第四个孩时便选择了这里，王院长就分配陈希永专职护理王建和孩子。

早上的天气有些闷热，王建和孩子直到天快亮时才安然入睡，陈希永这才来到场院呼吸一下新鲜空气。因为时间还早，场院里显得很清静，只有几个病人的家属在院子里晃来晃去。

陈希永正站在榕树下望着天空遐想，突然被院外一阵吵闹声惊醒，回身一看，几个乡下汉子正用椅子抬着一个病人急急地冲向门诊急救室。难道是朱彦夫来了？陈希永心里一紧，本能地抬起双腿奔急救室而去，她不敢断定，只是那把椅子过于眼熟，让她不由自主地跟去。因为她身穿白大褂，她一来，这些汉子就迅速地让开道，使她能清楚地看到患者。

果然是朱彦夫！陈希永简直不敢相信自己的眼睛，这是她在泰安时护理的那个朱彦夫吗？听说他回了沂源，但她做梦也想不到朱彦夫回来后竟然变成了这般样子：处在昏迷状态中的朱彦夫，没戴眼镜，紧闭着眼睛，面孔消瘦、蜡黄、毫无血色，身上的衣服脏不拉叽，像是从灰窝里扒出来的……

在这些陌生面孔前，陈希永心疼得差点叫出声来，她努力地控制着自己的情绪，但还是禁不住落下了泪水。

"医生，求你们快救救他，俺们是从四十里外的山里赶来的。"

陈希永心里难过得要死，正在束手无策之际，值班医生跑出来，吆喝着让陈希永去喊其他的医生尽快赶到急救室救治病人。陈希永刚把几个医生找到，还没来得及再去看一眼朱彦夫，就听住院部那边有人在大声叫着她的名字："换尿布，换尿布！"

山不转水转，水不转路转。

朱彦夫确实没有想到还能在东里医院见到陈希永，望着吊瓶里不时翻动气泡的药液，朱彦夫的心里也不时翻滚着激浪。他甚至怀疑这是不是上苍的有意安排，如果不是他坚持回家，如果不是他坚持锻炼自理能力，就是陈希永在这里待上十年八年，他也未必会知道那个因他而离开的陈希永，会在离他家仅四十里的地方生活着，工作着。他庆幸这次昏迷了，他觉得这次昏迷有着非同寻常的价值，否则，他也许一辈子都不会再见到这个让他魂牵梦绕的姑娘。

朱彦夫对陈希永没有任何企图，他只是想看看她，只是想能当着她的面解释他人对她的误解。在朱彦夫的眼里，陈希永是一泓清澈的泉水，清澈得容不得半点污秽。他情愿让这泓清泉化作悦耳的叮咚流向远方，也不愿看到这泓清泉载着腐叶痛苦地在枯燥的泥窝里消耗岁月、消耗资质。

经过个把星期的治疗，朱彦夫的身体慢慢恢复了，严重缺乏营养的身子又渐渐变得血色自然，胃部的不适得到了缓解，伤口的疼痛在消炎药物的作用下也减轻了许多。由于他攻克了自身装卸假肢的难题，给前来护理他的老乡减少了很多麻烦。三天前朱彦夫就劝他们回去了，他知道他们家里都有忙不完的农活，他不想因为自己而无休止地占用他们的耕作时间。小狗子和张二孟亲自看见过他装卸假肢，尽管装卸的过程让他们看了心里难受，他们还是稍微放心了，这也才离开了。

朱彦夫在一病之后神奇地能够自装自卸假肢，让东里的所有医护人员都感到不可思议。

王院长亲自看了朱彦夫神奇的表演，伸出大拇指赞道："壮举，确实是一种壮举，比看吴桥人的杂技还让人惊奇！"

吴桥的杂技朱彦夫没有看过，杂耍都是些难度较大的惊险奇观，他只在小时候讨饭时见过，听院长把他装卸假肢同吴桥杂技相提并论，他感到很新鲜，深有感触地说："什么东西都是练出来的，只要肯努力，只要肯下功夫，世上的难事有很多还是不那么吓人的。台上一分钟，台下十年功，这话说得很好，对我是一种提醒，只要我再努力锻炼，我相信我自己还会有更多的能量发挥出来，改变我自己的生活。"

"世上无难事，只怕有心人。你的精神很可贵，对我们也是一种教育。"王院长激动地说。

最为激动感怀的还是陈希永，她很难想象朱彦夫是在怎样一种毅力的支持下，完成了这个没有手的配合就绝对不能完成的操作。听了朱彦夫介绍的狠心锻炼，陈希永眼圈红了："你呀，简直是世界上最犟的一头牛，为了达到目的，真是连命也不怕搭上的犟牛，你看你都瘦成啥样了！"

"错了，"朱彦夫笑道，"我是世界上最难喂的一头猪，竟被你这个饲养员喂惯了，养出了一身肥膘，饲养员不想喂了，撂了担子，咋能不掉膘嘛！"

这句笑话没有让陈希永笑出来，陈希永的心里一暖，不好意思地红了脸。

陈希永的任务是护理姑姑王建，可她一有点空闲就跑来朱彦夫的病房。朱彦夫现在住着的特号病房也是因为陈希永的一句话才从普房转的。王院长不大清楚朱彦夫的身份，更不知道朱彦夫是沂源伤残程度最厉害的特残，听陈希永一说，就悄悄向县卫生局领导打了电话，县卫生局领导一核实，就赶忙通知王院长要以最优厚的待遇照顾好这位功臣。王院长不敢怠慢，急忙让人把朱彦夫从普房转到条件最好的高级病房，并亲自派专人护理。朱彦夫本是反对医院的小题大做，不肯接受这突如其来的优越条件的，但犟不过这是县领导特意指示的，只得转进了放有鲜花的高级病房。但他反对特级护理，他说他不习惯，于是，朱彦夫就在特殊环境下享受着普通的护理待遇。

躺在病床上的朱彦夫，最渴望见到的是陈希永。尽管陈希永每天来病房六七次，但朱彦夫还是感觉她来得很少，走得太快。他很珍惜他们在泰安相处的岁月，更盼望在现实中的相伴，期盼总让他特别注意门外的脚步声。吊瓶的滴液好像不懂他的心情，仍然不紧不慢地滴落，但他很想走出去看看病房外的世界，去看看陈希永护理的母子。

门外传来了咚咚的脚步声，门还未推开，话音就进来了："好哇，彦夫哥，俺们前脚一走，你后脚就躲进高级房子来了，害得俺好找，在哪间屋子，应一声。"

"在这里，在这里。"朱彦夫一听就知道是小狗子来了，忙大声回答。

小狗子推开门："娘呀，屋里还摆着花，好高级呀！"小狗子环视屋内，赞不绝口："大英雄就是大英雄，到哪里都能享受特级待遇，服了，服了！"

朱彦夫不好意思，但也不想解释什么："家里都忙完了？"

"是有好消息要告诉你，你弟弟朱彦坤找到了，蒙阴县捎信来说，让俺去一趟，顺便来告知你。"小狗子抓起桌上的一个苹果就啃起来，"就有点担心人家不放朱彦坤回来。"

"咋讲？"朱彦夫一听找到了弟弟，高兴得差点推倒了输液架，"捎信来说啥？"

"没说啥，就说养这么多年不容易，想白白把人领走，没那么便宜的事。"

"要不，我跟你一块去！"

"算了吧，你怎么去？又不是去打架，去那么多人干吗？俺先去了解了解情况，再回来跟你商量。"小狗子连坐也没坐，说完转身就向外走。

"话还未说完，咋就这么走了？"

"来不及了，再晚，赶不上车的。"小狗子话音还在二楼回荡，人却下到一楼了。

小狗子就是这么个人，直来直去，毫不遮掩，把哥们儿的事看得比自己的事还重。朱彦夫在泰安交给他的两百元钱，到目前为止他才花了四十多元，剩余的钱，他表示除了用在朱彦夫弟弟的事上外，绝对不乱花一分。这种为朋友敢于承担、甘于付出的精神，时时感动着朱彦夫。

从朱彦坤被拐卖到现在已经过了十二年，朱彦坤现在应该是十四岁了，正是朱彦夫当年追随解放军的年龄，弟弟现在人有多高？长的什么模样？朱彦夫正闭着眼睛回忆弟弟小时候的样子，陈希永轻盈地来到了病房。

"朱大哥，睡着了？"陈希永把洗好的衣服叠得整整齐齐的放到朱彦夫的床头上。

"是小陈来了！"朱彦夫忙撑起身子，"快请坐，快请坐。"

"不要乱动，小心漏针。"陈希永并没有坐，"下午俺姑父要从县里赶来看你，好像县长也要一起来看看你，记着穿精神点。俺姑姑那边有事，俺得赶紧过去，现在就不陪你聊了，晚上有空俺们再聊聊。另外，俺姑姑说她想出院跟姑父回县里，要俺也陪着去，这一走估计有好几天不能回来，你有啥事随时找医生。"

陈希永好像是专门跑来告诉朱彦夫这些的，一说完就匆匆走了。望着陈希永消失在窗口，朱彦夫心里按捺不住地激动，不知是为县里领导来探望他，为晚上与陈希永见面，还是为有了弟弟的消息。

俗话说，不怕入错行，就怕嫁错郎。

王建在东里坐月子，看到陈希永不时发呆的情形丝毫没有改变，心里就犯了嘀咕：陈希永是二十岁的大姑娘了，这个年龄段的青春女子最容易被情感所迷惑，稍不清醒就会陷入情感的旋涡迷失方向。她是陈希永唯一的亲人，陈希永的事她时时都放在心上，她没有过早地给陈希永找婆家，就是希望陈希永在找到一个好工作的基础上再提这件事。她心里清楚，如果陈希永能找到一份不错的工作，就更容易找到一个门当户对的婆家，这对陈希永来说是一个好的归宿，对她来说也是了却心愿的最好交代。

陈希永走向泰安那一次，王建就对陈希永的未来充满了希望，不料事与愿违，刘海偏要把陈希永与那个重残朱彦夫联系在一起，导致陈希永一气之下连工作也不要了，并且从此之后就心事重重，一副魂不守舍的样子。好在丈夫吴善德又为陈希永在东里找了份工作，但她没想到陈希永还是经常发呆，这不由得让她想到是不是陈希永在为个人的婚姻问题烦恼。

有护士这样的理想工作，再加上陈希永本身的容貌以及处事待人的方式，找一

221

个理想的男友应该不成问题。

可让王建纳闷的是她亲眼见过的王院长介绍的几位青年都很不错，陈希永竟然都不动心，仍然是那副忧虑重重的样子，难道说她已有了意中人？为此，王建背地里问过陈希永好多次，都被陈希永否定了，王建对这个看着长大的侄女百思不得其解。

但自从朱彦夫来了以后，王建吃惊地发现陈希永像变了一个人，她一改昔日的懒散，变得精神焕发。朱彦夫到底是个什么样的人？王建听丈夫说起过，她不相信侄女会为这样一个特残着迷，但周围的风言风语又让她将信将疑。于是她悄悄地背着陈希永隔窗看了几次朱彦夫，她不相信陈希永会为这样的人神魂颠倒。她相信陈希永是因为在泰安护理朱彦夫而有着一种特殊的感情，这种特殊的感情是建立在良心受到谴责的基础上的，与通常的男女情爱有着本质的不同。王建知道，陈希永是个心地非常善良的姑娘，她一定是因为从泰安突然离开而对这位革命英雄感到内疚，她的发呆、她的神情恍惚大概也是因此而来吧。

从战争时代走过来的王建非常理解一名英雄战士在人们心目中的地位，学英雄、爱英雄、敬英雄也是妇联倡导的美德，她也曾呼吁广大女性对当代军人敞开情怀做"军嫂"。但她的这种呼吁的对象不包括朱彦夫这类已完全失去生活自理能力的特残军人。因为她也是个女人，明白人的一生就那么几十年光景，男女情爱应该建立在彼此幸福的婚姻生活基础之上，而不是以牺牲女人的幸福生活为前提。

王建尽管这么想，但内心深处还是有点担心，侄女的这份情感到底是不是她想的这么单纯？女性的悲哀就在于女性的善良和一时的激情，有时候很难分清自己心中的崇拜会不会是一种心血来潮的奉献，如果把崇拜与情爱混为一谈，所做出的选择将会是痛苦一生。从陈希永的外表、神情分析，她还真有点担心陈希永目前的思想状态。生活是一条漫长的路，在生活的道路上没有一帆风顺，每一步都需要迈开双腿丈量，不可能飞跃而过，也不可能凭想象到达。作为长辈，她必须掌好方向、把好舵。她想到了让陈希永与朱彦夫分开一段时间，冷静地思考一下的办法。她从王院长的口中得知，这个朱彦夫再过十来天就可以出院回家了，她决定要借陈希永为她护理为由，把陈希永带回城里，从侧面提醒陈希永理智地面对未来。她觉得，无论现在陈希永有没有这种想法，她这样做都是非常必要的，也是非常及时的。

县长要来这里王建知道，她是在电话里听吴善德悄悄说的。王建悄悄把县长要来这里的消息告诉了陈希永，让她不要跑远了，还提醒她不要把这消息告诉医院其他人。

"希永，你把县长要来这的消息告诉朱彦夫了？"见陈希永从楼上匆匆下来，王建就轻轻地问。

"嗯。"陈希永没敢正视姑姑的表情，只是低着头轻轻地应了一声，就赶紧去看睡在床上的小表弟是不是尿湿了布片。

"没告诉其他的人吧？"王建紧紧盯着陈希永。

"没。"陈希永没事找事地扯着床上的布单。

"没有就好，没有就好，这个县长到哪里都不喜欢让人事先知道。"王建嘴里说着，顺手把门关上，换上了平日舍不得穿的高级服装。

看王建这般收拾打扮，估计县里领导马上就要来了，陈希永也赶忙查看屋子里还有没有什么不得体的地方。

县长老马是个颇具传奇色彩的人物，是爬雪山过草地走出来的老革命。他到下面检查工作或者考察民情从来不与下面打招呼，因为他非常反感形式主义，也非常讨厌前呼后拥的陪同。在一次会议上，他对某些干部下乡前就通知下面的工作现象，发表过一篇宏论："我们有些同志当官了，就不知道自己有多大多高了，无论是大事小事，只要到下面去，就非得提前把消息通知下去不可，生怕下面不知道，生怕自己到下面坐了'冷板凳'。

"到底是怕下去吃不上饭呢还是故意抬高自己的身价，这只有你们自己心里清楚。但有一点我看得明白，就是把自己摆到老爷的位置上，见了农民嫌农民身上太脏，嫌农民身上味儿难闻，不敢与农民坐一条板凳，也不敢与农民吃一锅饭，非要把自己的行动弄得满城风雨，就差让工作人员敲锣打鼓地开道了。对这样的同志，我老马看不顺眼，我老马也不觉得你那儿高贵。

"说得难听点，你是忘记了你的祖宗，忘记了你自己姓什么。在座的我看没有多少是万贯家产的大地主大资本家出身，大多还都是穷苦的农民出身嘛，现在当官了，就忘记自己的出身了？你的官有多大？你有多么了不起？你有什么资格在农民兄弟面前摆架子？到基层检查是我们的工作，没有什么高贵可言，要想看到事情的本质，就不要那么张狂。你是在为国家做事，但国家也给了你工钱，这个问题要搞清楚，不搞清楚你就会变质。我们跟着毛主席、跟着党打江山的目的是为人民谋利益的，不是躺在轿子里让人民伺候的，你要是一心想着让别人伺候，用不了多久，别人也会扛着枪把你推翻。"

马县长的这段话，很多同志印象深刻。马县长是这么说的，也是这么做的，而且他喜欢民间私访的工作方式，使好几个要害部门的人"吃了大亏"，有的甚至稀里糊涂地丢掉了饭碗。

王建刚刚打扮完毕，两辆吉普车就开进了医院的大院。

身穿褪色军装的马县长带来了一大盒补品，很客气地放在朱彦夫的桌上："你是我们沂源的骄傲，你不折不挠的顽强精神是我们沂源的宝贵财富，希望你每年能到机关、到学校做几次报告，让你的精神化为沂源建设的动力。"马县长听说朱彦夫正在寻找在蒙阴县的弟弟，理解地说："那家人把你弟弟从两岁的娃娃养成了十几岁的大小伙，没有功劳也有苦劳，不随便让你领回来也能理解。这件事我给蒙阴联系联系，你就不要操心了，以后生活上有什么困难也记得找政府解决，别太苦了自己。"

看着两个工作人员和马县长离开，朱彦夫激动得久久地行着军礼。

夜。医院内。

两盏发黄的路灯照着绿色树木掩映的大院——路灯不是用来照亮整个院子的，只是为了照亮通往厕所的道路。两层楼房窗户透出的余光连成一片，使院里的光线虽然微弱但不昏沉。

陈希永和朱彦夫站在不太显眼的树下，朱彦夫从陈希永口中得知，马县长的这次探望是非常讲究的。

"你怎么知道？"

"俺姑父说，这是马县长对你的尊重，他平时很少把自己穿得这么正式，他下乡多半穿着有补丁的衣服，与普通农民没有什么两样，即使带着工作人员也很难让人看出他是一县之长。"

"听说你下个月就要转正式工了，我真替你高兴。"朱彦夫换了话题。

"是啊，你怎么祝贺俺？"

"到时候我来看你，你想要什么做纪念？在这方面我的脑筋很笨，但只要你说，我就给你办。"

"谢了。"陈希永望着朱彦夫，"俺想问你，你就打算永远住在山里？"

"那是我的家。"

"你完全可以选择住到城里，那里的条件比山里要好。"

"我能住进城里？城里我没有一个熟人。"

"马县长说，只要你愿意去城里住，一切问题都有政府解决。你的身体不适合住在乡下，人往高处走，水往低处流，你应该抓住这个机会。"

"我住城里能干什么？我不想去。"

"你住在乡下又能干什么？没有人能照顾好你的。"

"我不想让人照顾，虽然我不能下地干活，但我不想死乞白赖地活着让人伺候一辈子。"朱彦夫仰望着夜空，"雁过留声，人过留名，我想过一种有意义的生活，我不想当寄生虫。"

陈希永也抬头看着天空："你想怎么过？"

"这个我还没想好，因为我现在还不能完全自理，我会锻炼的。"

陈希永收回了目光，她想读懂朱彦夫的世界："朱大哥，俺相信你会创造奇迹，但那要受很多苦，你的身体俺了解，你经不起那么多折腾了。再说，你娘肯定也不想看到你折腾，这不是在泰安，条件不一样。"

朱彦夫低下头："命运如此是事实，但我不想任凭命运安排。在长春，吴政委说过，我没有脚，但希望我能走出自己特有的人生之路。无论是在长春还是在泰安，他们给予我的太多太多，我不想辜负他们的期望。你也一样，我觉得我不奋斗就对不起你们，也对不起国家。钢铁是怎样炼成的，钢铁是靠坚强的意志炼成的，我想用我的意志来锻炼自己，就算不能成为一块钢铁，也不能把自己当成一块毫无价值的烂石头。"

陈希永似乎看到了朱彦夫身上蕴藏的巨大能量，她沉默了一会儿，心底琢磨了好几天的话在胸腔迅速膨胀，她终于忍耐不住要把它释放出来："朱大哥，俺是个没有多大出息的人，但俺不忍心看到你折磨自己，俺觉得俺有能力照顾好你，你说你是一头猪，俺想俺就当个喂猪的人，这辈子，俺就喂你这头猪……"

"你、你胡说什么？"尽管这是朱彦夫梦寐以求的，但在这番表白面前，他还是慌乱不已，"你、你不能开这样的玩笑。"

陈希永大胆地靠近朱彦夫："俺说的是真的，不知为啥，俺觉得没有你在俺身边俺的心里就不踏实。那天，俺看见你被抬到这里的样子，偷偷地哭了半宿。俺想过了，不管你想干什么俺都支持你。"陈希永流泪了，"俺的全家都被敌人杀害了，俺是个孤儿，是你，是你们这些不怕牺牲的英雄替俺全家报了血海深仇，俺能为你这样的英雄做自己力所能及的事是俺的光荣，俺觉得值。在泰安俺没有想到这些，后来俺想到了，想得很苦很苦，也想得很累很累。"

天地好像也为之动容，一丝柔风轻轻摇动树枝。

这一切都被王建看在眼里，尽管光线很暗，但是住在妇产病房里的王建还是隔着玻璃注视着院外树下的人影，她不由得皱起了眉头……

第20章

新中国第一

一连串的好事接踵而至，为饱经风霜的朱家小院带来了前所未有的喜悦。

朱彦夫刚从医院回来不久，马县长就通过蒙阴县人民政府把朱彦坤从蒙阴送回了张家庄，喜得郑学英涕泪齐下，大宴邻舍，以示庆贺。中秋节来临之际，郑学英一反昔日之节省，开始精心筹办团圆宴席，她要为现在才得到的天伦之乐好好庆祝一番。朱彦夫见母亲整天眉开眼笑，就悄悄把藏在内心的秘密告诉了母亲，想趁中秋佳节把陈希永接来共赏秋月。"真的？平日咋没听你说？"郑学英简直不敢相信自己的耳朵，"你这孩子，是想把娘给突然乐死啊！"郑学英本是半信半疑，见朱彦夫一本正经，不由得心花怒放，为了表达对初次见面的重视，她八月十四就让彦坤去刘庄把彦花两口子也接回娘家帮忙拾掇。八月十五天还没亮，她就把彦坤叫起来，让他到东里镇去接陈希永来家过节，乐得朱彦坤一蹦一跳屁颠颠的。

房子虽然陈旧，但经过仔细拾掇后，也很像那么回事，该准备的都准备好了，该收拾的都收拾妥了。全家的眼睛都瞄着村口的小路，期盼着那让人激动的身影出现。

女方第一次上门看家，是天大的好事，郑学英好想把左右邻居都叫来一起热闹热闹，但被朱彦夫阻止了。之前，虽然陈希永答应八月十五来他家过节，但他心里还是不敢相信那是千真万确的，所以迟迟不敢把这消息告诉母亲，他怕到时候万一陈希永变卦，自己丢了面子事小，母亲心里难受就无从安慰了。现在，马上要过节了，他不得不把这消息告诉母亲，但也怕请太多人来家，吓到了陈希永。不过一家有喜百家贺，虽然朱家没请左右邻舍的前来作陪，但上下院子里的邻居一听说今天是朱彦夫对象上门看家的好日子，也都伸长了脖子关注着。尤其是小狗子，他把他看到的陈希永说得天仙一般，更让大家伙儿想一睹为快。

来回七八十里山路，怎么说也得大半天时间。朱彦夫早上一起来，心里就开始七上八下了，随着时间的推移，他显得越来越慌乱，夹着拐杖在院门前走来走去，此前的激动也变成了莫名其妙的紧张，这种紧张是他从来没有过的，连第一次上战场也没有。他现在心里没有个准数，最担心的就是朱彦坤垂头丧气地出现在村口的小路上。

朱彦坤回来了，一个人回来的，朱彦夫的心一下掉进了冷水盆里，郑学英的脸上也挂不住了，有种想哭的感觉。朱彦坤做了个鬼脸，指着村口笑起来，这时候大家眼前一亮，终于看见村口走来了两个漂亮的姑娘。原来这是陈希永故意的，是想看看朱彦夫从失望到惊喜的恶作剧。

尽管朱彦夫全家把屋子收拾得干干净净，一些家什也仔细摆放过了，但低矮的草房、几样不成款式的家具还是让和陈希永一起来的同事看得直摆头，她悄悄地把陈希永拉到背处："太穷了，太穷了，别傻啦，趁着还没有公开，就当是来看看朱彦夫算了，一辈子住这样的穷地方，愁也把人愁死了。"

陈希永有充足的心理准备，她不觉得这里寒酸，在吃饭的时候，就开口把郑学英叫娘了，饭后，还没等郑学英和朱彦花反应过来，就抢先收拾起桌上的碗筷走进了厨房。

陈希永的这种选择，让很多人不能理解，但她坚决的态度终于得到了姑姑和姑父的支持，姑姑和姑父尊重她的个人意愿，同意了这门亲事。为了照顾朱彦夫的生活，陈希永放弃了东里卫生院的工作，决定在农历八月二十与朱彦夫拜堂成亲。

朱彦夫和陈希永的婚礼非同一般。沂源县政府的马县长亲自来了，沂源县民政局和县妇联的主要领导也到场祝贺，就连泰安疗养所所长刘海也赶来参加了。刘海是作为介绍人被吴善德电话邀请来的，他对这个介绍人的角色表示哭笑不得，但也真心祝福朱彦夫和陈希永，而他和老战友也因此恢复了昔日的亲密。

欢乐的时光在不经意间流逝，转眼新年的正月已走到头。

也许是吹了雪风的缘故，郑学英从女儿彦花家一回来就有点感冒。晚上10点多，在煤油灯下做针线活的陈希永有些放心不下，又来到婆婆的床前摸摸婆婆的额头，婆婆的烧退了，体温恢复了正常。

"娘，想吃点啥？俺给你做。"

郑学英不太饿，只是有些口渴，她轻轻摇摇头："永儿，喝点水就行，俺什么也不想吃，你就早点睡吧，别操心俺，注意身子。"

"嗯，"陈希永说，"娘，俺就给你冲碗蛋花来，多少吃些东西，睡觉也暖和一些。"

陈希永的心细和孝敬在张家庄无人能比，她对朱彦夫对婆婆的关心体贴真可谓无微不至。自从进了朱家门，她就成了朱家的顶梁柱，地里的庄稼她学着做，还在家里喂了一头猪。结婚半年时间，她每天都是忙碌碌的，除了正月十五回了趟沂源外，几乎没有闲过一天，好像是一台不知疲倦的碾子，一天到晚不停地转着。这会儿，陈希永想到姑姑送给她的一包糕点，又想着婆婆的牙不太好，吃不了硬食，便打开箱子，取出一个用报纸包着的大包，送到了婆婆的房里。

"娘，这是俺姑姑送俺的糕点，蛮甜的，您泡着吃。您一直在姐姐家没回来，俺差点儿忘了，刚才想起来的。"陈希永说着，打开纸包，抓了几块放在婆婆碗里。

郑学英尝了一口："好吃，好吃，俺活了几十年还没吃过这么香甜的果子，端去大家都吃，你也要吃，俺要看着你吃。"

这点心是陈希永姑姑专门送给陈希永打零嘴的，陈希永习惯了家里有好吃的先紧着婆婆，然后是丈夫、小叔子，她自己一般都舍不得吃，见婆婆要看着自己吃，就捡了一块放在嘴里，没想到一放进嘴里就想呕吐了。她这段时间嘴有些馋，就喜欢吃些酸食，她心里明白这是怀孕后的反应，连忙强忍着收拾好退出了婆婆房间。

朱彦夫正坐在椅子上就着煤油灯看一本书，陈希永端着纸包进来往朱彦夫面前一放："书呆子，来，俺喂你吃果子，娘已经在吃了。"陈希永捻起点心塞进朱彦夫的口里，"甜不甜？"

"甜，好甜，你也吃点儿。"朱彦夫的嘴品着点心，目光忽然被眼前包糕点的报纸吸引住了，"报纸，报纸！"

"报纸怎么啦？"陈希永吓了一跳，端起纸包反看正看，也没看出什么异样来。

"我是说报纸上的字！"朱彦夫像发现什么奇迹似的兴奋，"快，把吃的东西放到别的地方去，这张报纸有问题。"

"什么问题？"陈希永不明所以，连忙把报纸上的果子倒进手边的大海碗里，"这报纸上有毒？"

"不是，我是说那上面的字。"

"看你，吓俺一跳，报纸上肯定有字，没字还叫报纸？"陈希永放了心，"要看是不是，俺给你铺开。"

朱彦夫看着铺展开的报纸，嘴里不停地说："怪，真是怪；新鲜，真新鲜。"

"上面说什么了？什么怪？什么新鲜？"

"我说的是这字，与原来的不一样，看出来没有？"

"俺不识字，俺看不出来，俺只晓得这上面都是字，没看出什么不一样来。"陈希永仔细瞧了瞧，还是直摇头。

朱彦夫越看越兴奋，他得意地卖起了关子："你去找些旧报纸来，看看是不是有区别？"

陈希永满头雾水地翻出几张旧报纸。

"你呀，仔细看看，旧报纸上的字都是竖着的，这张报纸的字是横着的。看出来没？新鲜不新鲜？"朱彦夫的手在新旧报纸上指点着。

陈希永仔细看了看，说："这有什么新鲜的，老报纸上的字站着，新报纸上的字睡着，它愿咋样咋样，不都是那些文化人摆弄的。"

朱彦夫知道这事与陈希永说不清楚，也就不与她理论，让她先睡，自己在灯下细细品味起来。他发现这张报纸不仅是字横着排，与原来的不同，而且很多字也跟原来的有所不同，有一些他已经认不出来了。这些字笔画稀少，不像原来的那么复杂，横着排看起来也省力、顺眼。新社会就是新社会，什么都在改变，连文字也这样。

这张横着排版的新文字报纸是1956年1月11日的《人民日报》，其实这并非第一张横版《人民日报》，第一张是在1956年1月1日发行的。而最早采用横版印刷的中国官方报纸也不是《人民日报》，早在1955年1月1日，横板的《光明日报》就正式在中国登场了。但朱彦夫是第一次看见这样的报纸，这引起了他极大的兴趣。他不知道中国文字演进的历史足迹，但他知道这事的重要性，看书是他人生历程的最好消遣，他必须尽快地学会适应新的文字。灯吹灭了好久，睡意还一点儿没来，朱彦夫推了推早已发出鼾声的陈希永。

"干啥？"陈希永嘴里咕噜着。

"俺有件事想跟你说。"

"嗯。"

"明天你再回沂源一趟。"

"干啥？"

"买本新字典回来，要横着排字的。"

50年代的沂蒙山虽然较新中国成立前相比，有了天翻地覆的变化，但除了生产关系和生活水平有所改善外，生产力提高的速度还十分缓慢，文化仍然贫乏落后，信息依然闭塞迟钝，除了地方政府组织的极有限的宣传学习外，大家对外面的世界知之甚少。朱彦夫如果不是偶尔看到那张包裹糕点的旧报纸，还根本不知道中国的文字走进了新的时代。

陈希永虽然对文字不感兴趣，但为了满足朱彦夫的精神需求，还是很高兴地回沂源为他购买了所要的书籍。吴善德和王建很理解朱彦夫所处的环境，他们不仅帮着陈希永给朱彦夫购买了新式字典，还购买了几本新近出版的连环画册以及适合农村人阅读的农科知识读物，希望朱彦夫能在充实自己的同时也给落后的山区带去一些时代信息。面对陈希永带回的精神食粮，朱彦夫高兴得夜不能寐，笑口常开。随着自己视野的不断开阔，一个想法也在他心中日渐扩大、逐渐成熟。

朱彦夫在小院里转来转去，一个大胆的计划脱口而出："希永，我们家有大小四间房屋，我们一家住着有些浪费，这个堂屋面积不小，我想把它从中间隔开，再买一批图书，办一个图书室，让村里的人在大山里也能享受到城里人的文化生活。我别的什么也做不了，这就算是为报答乡亲做点有意义的实事了，你看怎样？"

陈希永不假思索地说："俺没意见，你想办你就办吧。但这件事要跟娘商量商量，她年纪大了，怕吵闹，这图书室一搞起来，屋里就没个安静。"

得到了妻子的支持，这个图书室就有了一半的希望。朱彦夫又非常小心地把这个计划告诉了母亲，没想到母亲很痛快地表明了自己的态度："这是好事，当娘的哪会有意见？村里的领导、区里县里的领导对俺家要多好有多好，娘可不是个不明事理的人，只是一句话，要做就做好，不要三天两早上的。这事俺不懂，你们两口子商量商量，咋办用不着给娘说。你是党员，你为庄子做点好事是应该的，娘心里高兴。"

朱彦夫为家人的通情达理而自豪，也为自己能为家乡的父老乡亲做件实事而高兴。但事情没做好之前不四处张扬是朱彦夫多年来养成的习惯，他尽管心里乐得开了花，在外人面前也从不透露半点消息。他开始为他的图书室做精心策划，这个图书室到底要办成个什么样子？

他在上海看到过图书馆，他的图书室不可能建得那么漂亮那么气派，但他也不希望自己的图书室过于寒酸，至少图书得有地方摆放，来看书的人能有地方坐着，这就需要添置一批书桌和板凳，还要定做一个能装书的大展柜。做展柜、做桌凳就需要大量的木材，山里的树木虽然很多，砍伐多少都没有问题，但新砍伐的树木改成的板材水分未干，做成的展柜容易裂缝变形，目前家里唯一能用的就是母亲留着做棺材的木料了。

"啥？你想用俺做寿器的板子？这不行，那板子是娘百年之后唯一的瞌睡笼，开年娘就跟你姐夫说好了，要他在秋闲帮娘把寿器做起来。你办图书室娘不反对，但要打娘寿器的主意娘不干。过去你爹死了是用破草席卷着去的，你头上的哥哥姐姐连床破席也没有，娘要是死了，非要睡副好寿器，起码也让你死去的爹和哥姐见到俺有间像样的房子才是。"

郑学英态度坚决，反对朱彦夫动用她留下来的木料。山里人传说棺材是人在阴间的家，阴间房子的好坏就取决于棺材的好坏，郑学英最大的心愿就是在死后把先她而去的亲人接到自己漂亮的家里，享受豪宅带来的舒适生活。

朱彦夫做梦也没想到这一茬儿，筹办图书室的强烈愿望让他急不可耐，一向的雷厉风行使他像一个正在指挥战争的将军，突然遇到阻碍他虽然没当着母亲的面发火，但还是恨恨地夹着拐杖离开了母亲，连饭也不吃，就站在院子里望着天空发呆，急得陈希永劝说了半夜。

第二天早晨，朱彦夫还没起床，就听到堂屋里的母亲对朱彦坤交代："你今天到刘庄把你姐夫找来，要他把那个装书的柜子、桌凳都做起来。告诉你姐夫，啥时候做好了啥时候回去，得多长时间让他自己掂量。"

朱彦夫听得心里热血直涌，连忙爬起来开始穿衣。

陈希永走进来帮朱彦夫安装假肢："娘为了你，一夜都没合眼，你呀，真是一头犟牛。"朱彦夫自己安装假肢一般需要两个多小时，结婚后，陈希永很少让朱彦夫自己安装假肢，她说浪费这些时间不值当。

姐夫老赵挑了一大挑木匠器具，又在村里找了两个会拉锯的好手，在大树下搭起架子，将郑学英的宝贝木材搬到院子里，用锯沿着打好的墨线改成了薄板或木条。叮叮当当忙碌了四天多时间，一个颇像样子的图书室框架就呈现在眼前了。

建图书室在庄子里是前所未有的新鲜事，村里的几个干部都跑来祝贺，很多社员也跑来看稀奇，尤其是村口的老秀才，人还没进院子，嘴里就喊着"好事"了。看着大家伙儿的热情劲儿，郑学英这才感觉自己的木料派上了用场，价值比她的寿器大得多。

图书室的架子搭起来了，该添置些什么图书引起了大家的关心。村支书张明熙虽然不认识字，但他还是提议多弄些有关种庄稼之类内容的书，他说："俺们都是泥腿子，天天要与土地打交道，多搞些这样的书对大家有好处。毛主席的书也少不得，每个人都要学，要放在第一位。"

"军事类的图书不能少，俺们民兵都是些木头枪，让俺们的民兵多看看画报上的枪对大家伙儿是一种启发，也是一种教育。彦夫哥，你是军人，你是英雄，你这图书室里要没这些书就有些掉底子，这些书一定要弄些回来。"小狗子三句话不离本行。

"俺同意小狗子的看法，军事类的不能少。"村主任张二孟极力赞成小狗子的意见。张二孟是村里首届民兵连连长，小狗子是接的他的班。

老秀才张景算是村里识字最多的人，说话就分外注意。见大家伙儿都各说各的意见，各说各的理由，吵得不可开交，他终于忍不住发话了："既然是图书室，就得什么图书都有，依俺看，《三国志》《西游记》，还有《三字经》《百家姓》什么的都要凑齐才好，好多都是祖宗传下来的，没有这些就不像图书室了。"

面对大家的热情，朱彦夫心里有说不出的高兴，这些都是他事先还没有完全考虑到位的问题。开始起意时他把事情想得过于简单，大家离开以后他才觉得此事有些复杂。他没法估算购置图书需要多少资金，一本小人书最便宜的三分，贵的要一毛多，还有其他图书，很少有一毛以下的，有的竟然需要一块多钱一本，要想添置一批简化汉字的新版图书，投入资金最少也得百把块钱的，否则就不像那么回事了。

上百元的投资可不是小数目，他现在每月的津贴是三十六元，全家开支过后应该所剩无几，到底还有多少积蓄他心里一点数也没有。这让他无法安心睡觉，他很想问问陈希永，但想到陈希永这几天忙里忙外，临黑还去西山担水回来，几乎累趴下了，又不忍心打扰她的休息，便情不自禁地叹了口气。

"你还没睡着？"陈希永翻了一个身，原来陈希永也一直醒着。

"咋？你也没睡？"朱彦夫十分惊讶。

"睡不下。你说，办这个图书室需要那么多书，该需要多少钱呀？俺们家里哪有这么多的闲钱啊！"原来陈希永也在考虑这个问题。

"是啊，我想了半夜，现在整个庄子里也就我们一家手里还有点钱，他们平日买个油盐都是靠鸡下蛋，谁家也拿不出钱来，借，是肯定借不到的。"朱彦夫撑着坐起来，"给我点支烟，我一点睡意也没有。"

陈希永摸索着点燃一支烟，塞进朱彦夫嘴里，她睡不着，干脆也坐了起来。

"家里还有多少钱？"朱彦夫想了想，终于打破了沉寂。

"睡前俺已数过数了，连分分钱加起来还有七十八块三毛三。做书架买烟买洋铁钉一共花了五块二。"陈希永对这些家务账门儿清，从来不含糊。她盘算着家底："你说，要买他们说的那些书要多少钱？"

"估计最少也要一两百块吧。"朱彦夫无可奈何地叹了口气，"只能先少买些，这事乡亲们都知道了，不开张也不行了。"

"这是你回家办的第一件大事，不能太寒酸。俺想，不行的话就把俺喂的那头猪抬去卖了，那猪有一百二十多斤，还能卖几个钱。"

"卖猪？不行不行，这猪是你冷一瓢热一瓢喂出来的，不能卖。"

"你看你，娘把寿器的木料都献出来了，我们还能心疼一头猪？大不了生活苦一点，等下个月你的钱回来，俺再捉个猪崽，过不了几月又是八九十斤，没多大影响。图书室的事情不能敷衍了事，不能让乡亲们失望。"

陈希永要用实际行动支持丈夫的事业，她想得很透彻，当初嫁给朱彦夫的最大目的就是让朱彦夫鼓起生活的勇气，让朱彦夫看到生活的希望。她对这个图书室的重视就是对朱彦夫不甘沉寂的选择的一种支持。小两口商量了半夜，最后还是决定把猪卖了。为了使图书室早日开张，朱彦夫拿着凑起来的一百五十六块钱亲自跑到泰安去购置图书，也顺便去看看久别的疗养所的同志。

张家庄朱彦夫图书室终于在一阵噼里啪啦的鞭炮声中开业了。

朱家小院被挤得水泄不通,人们带着好奇涌向了这里。图书室里摆着各式各样的图书,满屋子的人都挤着抢书看,小凳子简直成了多余的,这里根本没有空间让人坐下。

为了分散人群,朱彦夫又从屋里抱出个小木匣子来到院子里,放在小桌子上,然后从匣子里取出一本《西游记》,翻开后从第一页开始朗声念起来。很多本来挤在图书室的人,都来到院里,开始津津有味地听朱彦夫念书。

图书室内看图书,图书室外听图书,这成为朱彦夫图书室的一个特点,同时更好地照顾到了一些不识字的人。

第21章
星光闪烁的夜晚

张家庄从互助组进入初级社的时间较之全国还是比较晚的。

张家庄成立互助组是从新中国成立那年开始的,那一年家家都有了属于自己的土地,但有些家庭没有劳力,地方政府就采取了相互帮带的措施,动员党员干部与个别缺少劳动力的家庭实行互助互帮,形成了互助组的形式。那时的小狗子虽然只有十四五岁,但已经是个半大劳力了。小狗子的母亲死得较早,头上的哥哥也在一场痢疾中丧失了性命,全家就只有他与老爹相依为命。土改时期,这父子俩都算得是全壮劳力,因此工作组还没有动员,他就主动与朱彦夫和张婶两家做了帮助对象。他思想进步较快,还没到十七岁就参加了村里的基干民兵,十八岁就当选为民兵排长,原民兵连连长张二孟被提拔为村主任后,他就开始担任民兵连连长职务。进入初级社以后,他一边率领民兵搞军事训练,一边领导社员参加集体劳动,闲暇时间,他就帮帮老互助对象或者到山里弄些山货搞些额外收入。

在替朱彦夫寻找弟弟朱彦坤时,他发现蒙阴县的山枣很有市场,而野生山枣在自己家这里到处都是,碰到好年景时,只要舍得下力,一两天就能摘好几百斤。

这次朱彦夫搞图书室倾其所有,母亲献出了棺材板,新媳妇辛辛苦苦喂大的肥猪也抬去卖了,小狗子心里很不是滋味。他觉得他很无能,为找朱彦坤白白花掉了朱彦夫一百一十多块钱,最后还得依靠马县长出面才把人弄回来。他认为他的无能给朱彦夫造成了很大的经济损失,虽然朱彦夫毫无责怪之意,但他心里却有个疙瘩。所以,他在思索一夜之后决定把打回来的野枣变成钱来补偿朱彦夫。

小狗子的野枣个大，味甜，每斤能卖三分钱，还很受市民欢迎，仅仅大半天时间，两百来斤山枣就一粒不剩。拿着卖下的六块多钱，小狗子的心里有说不出的快乐，如果再跑这么几趟，就能搞个二十多块，这钱挣得简直是忒容易了。小狗子舍不得买口饭也舍不得买口水，夹着空麻袋东张西望地想找个厕所方便一下就往回赶。

　　城里不比乡下，不能随地小便，小狗子东瞅瞅西瞄瞄，就是找不见厕所的影子。体内储存已经到了极限，小狗子提着气，说不出的焦急，总算看到了一处青砖围着的露天厕所。小狗子几步跨过去，习惯性地咳了一声，没听见里面有什么反应，就一边拽开裤腰一边往里跑。进茅房咳嗽是山里人的习惯，山里茅房大多不分男女，上茅房前先咳嗽一声，如果茅房里面有人，也会迅速地咳嗽一声，一听就知道是男是女，如果里面没有反应，就说明里面没人。城里厕所不同，一个共用便池，中间用一堵墙隔开，以外面两个不同的字区分。小狗子认不得字，咳嗽过后没听到里面有什么回应，就这么一闯，这就闯出祸事来了。

　　这是个小厕所，里面只有两个人的位置，小狗子冲进去时正好里面有两个女人，待小狗子发现时想转头往外走已经来不及了，他本就憋到了极限，又早早解开了裤腰，以为里面没人，奔进来就释放了，握着家伙扫射着跑进来的，那不受控制的尿液直接浇到了一个女人的脸上。谁能受这等侮辱？一阵惊叫之后，两个女人以最快的速度冲出来扭住了小狗子，小狗子一声接一声的"对不起"换来的是噼里啪啦的耳光。小狗子没敢还手，把尿浇到人家脸上本来就是输理的事情，让人家解解心头之恨在情理之中，谁知这里的人喜欢赶热闹，只是片刻工夫就把小狗子围得水泄不通，人群里有尖酸刻薄的还上纲上线，把小狗子的行为说成是戏耍妇女，最后惊动了公安局。公安人员把小狗子带到公安局，要他交代行为动机。小狗子觉得这事很丢脸，一个堂堂的民兵连连长光天化日之下把尿尿到人家女人的脸上，这要是传出去脸往哪放？不能丢了张家庄的人，因此他连姓名也不愿说出来，任凭公安人员怎么询问，他只是不予理睬。他越是不交代，公安人员越是认为他有问题，甚至把他当作特务来对待，只要不搞清楚就不放人。

　　小狗子在第八天才垂头丧气地回到张家庄，对朱彦夫他什么都没有隐瞒："真是丢人，连个男女厕所都分不清，要是有你那一肚子墨水，说啥也不会犯这么低级的错误。丢人啊，彦夫哥，以后你就教俺识字吧。"

朱彦夫被小狗子的恳切要求唤醒了：现在张家庄五百来号人口，认识字的人太少太少了，因为不识字出门出洋相的人也绝不止小狗子一个，何不利用自己这点文化，开办一所农民夜校呢？现在方圆三十多里只有中庄有一所完小，上学的孩子并不多，而且几乎没有女孩子。人们认为女孩子长大是别人家的人，只是围着男人、围着锅台转，根本用不着学习识字。还有些家庭连男孩子也不送去学校，认为读书不是捏锄把人的事情。多么落后的观念啊，朱彦夫想，在长春荣军医院那里，很多护士不都是姑娘家么，看她们拿起报纸能念，看见什么字都知道是啥意思，多好。我们张家庄的人也不比大城市的人少长点什么，怎么能一出门都成了睁眼瞎呢？毛主席说没有文化的军队是愚蠢的军队，这没有文化的农民不也是落后的农民吗？朱彦夫越想越觉得办一个农民夜校势在必行，如果农民都能认字识字了，什么样的种田科技也能接受了，张家庄还会如此贫穷下去吗？自己没手没脚，这辈子其他的事情干不了，如果能让这里的农民识字，也算是这辈子没有白活，也算是找到了一条适合自己走下去的极具意义的人生道路。

但办一个学校不光需要钱，还需要场地，这不是仨瓜俩枣的事。朱彦夫不像办图书室那样简单考虑问题了，他首先考虑到场地的问题，在家里办对自己而言是很方便，用不着出门，但不方便广大社员。一是他家不在村中心，最偏的跑到这里有六七里路，社员白天累巴巴地劳动了一天，晚上再摸夜路跑来跑去肯定不太现实，因此这个场地必须选在村中间的位置，最大限度地照顾所有社员的情况，只有这样才能让更多的农民兄弟不半途而废。二是房子设施、办学资金的问题。这些问题都不是自己能解决的，得找村里商量商量，取得组织的支持，否则这件事只能是一场梦。

"这想法新鲜、实在，现在有好多人一到晚上没事可做，就聚集在一起打牌赌博，要不就早早地上床睡觉。搞这事俺看行，要搞就正正规规地搞好。场地嘛，俺可以把南山上四队那间大仓库腾出来，那个房子大，也正好在张家庄的中心位置。找个时间咱们开个社员大会，让大家伙儿讨论一下，抽几个硬扎的劳力出来，该怎么收拾、需要什么你先想好，到时候由你来指挥就是。"

这段时间张明熙一直忙着在区里开会、到外地考察学习，很少有时间回村主持工作，他是抽空回来看看图书室的情况的，听了朱彦夫的汇报，他当机立断，毫不犹豫地表态支持。他在开会学习期间听了很多其他村书记对张家庄这个图书室的议论，听到一些农民都不识字，图书室就是个没有实际意义的摆设的话，让他感到图书室一事有些脱离现实，没想到一回来，朱彦夫就对图书室的事有了更深刻的反省认识，还提出了这么好的建议，他心里感到非常高兴。

对于没有文化的尴尬，张明熙感受很深。这段时间他一直开会学习，主要是学习毛主席在去年做的《关于农业合作化问题》的报告精神，以及落实在七届六中全会通过的《关于农业合作化问题的决议》的具体措施，但他弄不清什么叫生产资料公有制，他只晓得初级社马上要转为高级社了，到时候各家各户的土地将不再作为私有财产投资入股，而是直接化为集体所有，广大社员就是真正的社会主义无产阶级分子了。初级社时，张家庄就选拔不出来一个好记工员，如果转为高级社，最缺的就是文化人。

他在外地考察期间看到已转入高级社的地方对社员的劳动所用的工分制，是分配劳动报酬的全新依据。这样一来，每个小队就必须配备一个有文化的会计当记工员，总之，一切需要有文化的人，大字不识一个已经不适应时代潮流了。

关于夜校的具体落实问题他没有时间考虑，他还要继续开会学习，还要带领上面组织的工作组投入新的工作领域中，但他安排村社酌情处理这个问题后，又发现了一个新的问题：这个夜校成立后，只能是朱彦夫来当老师，但四队离朱彦夫家有一里多山路，每天晚上跑来跑去他能行吗？

"这不是问题，我能行，不就里把路么，我现在随便走个四五里路也不费多大劲。你们领导社员搞社会主义建设，我不能与你们并肩作战，这就算我为社会主义建设添一块砖瓦吧。"朱彦夫精气神十足。

"好，不管怎么说，这都是俺们山里的大好事，到时候就让小狗子、张二孟负责你每天晚上路途上的安全。"张明熙当着村社几位领导安排道。

"不要，千万不要，我自己能行。"

陈希永挺着大肚子关心道："你真的能行？上南山的路还有好几道小石坎，你一步没踩好就会出事的。要知道，那不是大白天，那可是晚上啊，你的眼睛不好使，要不俺每天晚上陪你去。"

"不用你陪着，你身子也不方便。我是从战场上走出来的，摸夜路是我的强项。"朱彦夫疼爱地看着陈希永，"现在你是重点保护对象，我的事情你就放开手让我自己做。"

朱彦夫创办夜校的事得到了广大社员的极力支持,小狗子领着几个社员在朱彦夫的指挥下开始了校房的建设工作。看着做好的讲台,朱彦夫的心里有说不出的激动,他决心在这三尺讲台上不遗余力地扫除村社里的文盲。

一切布置妥当,只等择吉日开始上课了。

郑学英刚把午饭烧好,朱彦夫就从南山回来了。虽然还没有到开课的时间,朱彦夫却一直处于亢奋的状态,每天都要去四队学校跑两趟。他马上要走上讲台开始人生的新征途了,大家也改变了对他的称呼,有的叫他朱老师,有的喊他朱校长,无论是叫老师还是叫校长,他都能感觉到那其中夹杂着的殷切的期盼,这让他既紧张又兴奋。

自从十四岁投入军营,他还没有当过"官",这校长和老师算不算"官"他说不明白,但他知道肩上有了一种责任。这种责任让他感到神圣、感到自豪,让他认识到了自身的价值,但他依然感到诚惶诚恐,就像第一次投入一场持久的战争。现在,除了夜校在大脑里翻腾,他几乎忘记了世界。

"娘,饭好了就端出来吃,还真饿了。"

"看你急的,你媳妇和弟弟还没下工呢。"郑学英站在门上说。

这几天是苞谷除草的黄金季节,社员们一大早就被喊起来进庄稼地里了。陈希永虽然挺着大肚子,但还是坚持同小叔子朱彦坤一起上工地干活,因为家里办图书室花光了所有的积蓄,她想多挣点工分为家里创点收入,只要身子能动,她一天也不愿落下。

每次放工,她总是回来得最晚,她还要在路上顺便寻些嫩草——家里把猪卖掉后,她又从张二孟家借了两块钱逮了个小猪崽——不喂头猪就解决不了来年的吃油问题。

郑学英的话让朱彦夫猛然回到了现实,图书室办起来以后,除了最开始大家有兴趣来,慢慢地,因为不识字,因为忙碌而失去了兴趣,再也不来了。现在,图书室除了偶尔来一些孩子听故事,翻翻连环画,几乎是无人问津了。陈希永现在也很少再提图书室的事情,只有在背着朱彦夫时,她才望着家里的图书室悄悄地叹气。郑学英看到儿媳妇如此,嘴里也不再提寿器板子的事,只是一看到堂屋的书架就忍不住心里隐隐作痛。

婆媳俩都没有抱怨什么,对朱彦夫热心办学的事也没有表示过任何反对,只是在心里默默地祝愿着，不希望看到像图书室那样的结果。

"朱老师，张书记在县上给你带好礼物来了。"门外响起了陈希永的声音，她这几天也调皮地叫朱彦夫"老师"。

朱彦夫一看，陈希永头戴草帽，一手拿着草锄一手拎着一篮猪草从院门外进来，并没有拿着别的东西，忍不住问："张书记带啥了？"

陈希永从草篮里翻出几个方正盒子："这些可都是宝贝，专门送到地头里找俺带给你的，一共四盒。"

朱彦夫打开盒子一看："天，这几天看我晕的，再过五天就要开课了，我怎么把这都忘了。"

纸盒里装的是白色的粉笔，这可是上课用来写字的东西。朱彦夫这几天一门心思考虑开学的事，竟然把上课要写粉笔字这么重要的问题给忽略了，看到粉笔他才想起，这没有手怎么能写字呢？如果不能写字，这个老师还怎么当？从苏醒到现在，他什么都在尝试着锻炼，唯有提笔写字还是个空白。距开课的日子还有四五天时间，他能在这几天锻炼出自己写字的能力吗？

朱彦夫丢下饭碗，就心急火燎地在墙上开始练习写字。为了锻炼站在黑板前写字的能力，他用两臂夹紧粉笔，同时舞动书写起来。擦火柴、翻书页、绑假肢都可以用嘴配合，可写粉笔字嘴却无法用上，只能完全靠双臂完成。双臂抱着小小的粉笔，按照笔画舞动不是那么轻松，双臂除了需要动作高度一致外，还得使力均匀，但没有手腕的残臂一点也不灵活，一个简单的字都要双臂付出很大的动作，抱松了，字写不明且粉笔时常落地，抱紧了又常常把粉笔折断。有时候一根粉笔一个字还没有写完，就落地好几次，摔成几节，再费力地从地上捡起来时，已经短得再也夹抱不住，而双臂也开始酸痛起来。

不攻克写字难的堡垒，还怎么去夜校上课？朱彦夫累得坐在椅子上干着急。时间就是命令，必须抢在开课前掌握一套能够适应自己能力的写字技能。

一支小小的粉笔伤透了朱彦夫的脑筋，他试着在细颈药水瓶中插上粉笔，这样双臂抱着倒是挺省力气，可书写起来就不那么得心应手，下力轻重不好控制不说，瓶子太滑，稍不小心就会从双臂间滚落；他又用布条将粉笔缠在小棍子上，感觉比瓶子好使，但特别费事，只要双臂配合稍不一致，不是将粉笔折断，就是写出的笔画歪歪扭扭。

时间在焦急中过了两天，朱彦夫折腾得双臂又酸又疼，看着墙上写出来的东倒西歪的字，他沮丧到了极点。除此之外，他差不多把半盒粉笔报销了，如此下去还了得，一年下来得用多少粉笔啊。

听说朱彦夫马上要上讲台当老师了，朱彦花领着三岁多的儿子赵虎也赶来看稀奇。赵虎看着舅舅站在墙边不停地写，觉得很好玩，就站在旁边昂着脑袋："舅舅，俺也要。"

朱彦夫心里很烦："去去去，到外面玩去，别胡闹。"

赵虎看着舅舅身边的粉笔，非常好奇，趁着舅舅不注意就悄悄地拿了一支溜到外面，站在院门上涂鸦起来。朱彦夫发现了，心疼粉笔被浪费，就赶过来要。赵虎胡乱地在门板上画了几下，就用含在嘴里当哨子吹的弹壳来装塞粉笔，朱彦夫眼睛一亮，连忙要过弹壳，让姐姐朱彦花插了根粉笔进去试试，果然不紧不松，长短合适，夹抱起来也很方便。

朱彦花看到朱彦夫一脸的高兴，提议说："用两只胳膊多不方便，俺还有个办法不知可行不可行。"

"姐，你说。"

"俺觉得想个法子把弹壳固定住，做个筒子戴在胳膊上，不就能一只胳膊写字了吗？"

"嗯，这个主意不错，还是姐姐聪明。"朱彦夫乐得咧开嘴笑了起来，"这办法好，有谁会弄呢？姐夫是木匠，他兴许有办法。"

"木匠不行，要找还得找笼匠才行。"

为了解决筒子的问题，朱彦花又连忙去请一个会制木笼的笼匠，照着朱彦夫胳膊做了个筒子，把弹壳固定在筒子顶端。朱彦夫戴着筒子挥着手臂在墙上舞了起来，不一会儿，"毛主席万岁"就跃然墙上。

一个困惑朱彦夫好几天的问题就这么迎刃而解了。

朱彦夫一连写了好几个字，乐得心花怒放，他怕浪费太多的粉笔，忍痛歇手，取出好多天没曾动过的收音机，躺在椅子上，舒舒服服地闭起眼睛独享其乐。

终于到了夜校开学的日子。

这是张家庄的第一所农民夜校，也是淄博市最早的一所由农民自发开办的农民学校，村书记张明熙特别重视，除买了四个大红灯笼外，还添置了一批防风马灯，又买了张大红纸，在城里请人写了副对联带了回来。

因为是夜校，村里经过反复研究，决定把开学典礼的时间定在夜里8点，意在告诉广大社员这就是以后大家上课学习的时间了。

太阳还没有落山，负责开学准备工作的小狗子便带着几个年轻小伙子来到了学校，把队房的里里外外、上上下下、前前后后打扫得干干净净。正在大家伙儿吆喝着准备挂灯笼贴对联时，朱彦夫架着双拐神采飞扬地来到了这里。

"校长来了，这贴对联的事没有校长你在场指挥可不行，糨糊俺早准备好了，你说咋贴就咋贴。"小狗子乐呵呵地放下手里的扫把，把对联取了出来。

这是副对开大木门，前几天专门用朱红漆漆过，能照得见人影，门边挂着用红布盖上的"张家庄农民夜校"竖行白底黑字的长型木牌，这字是马县长亲自书写的——这段时间工作缠身，马县长不能亲自到场祝贺，就赠牌以示重视。

鲜红的对联在朱彦夫的指挥下贴了起来。上联是：日挥银锄唱和平盛世，下联是：夜写墨宝写社会新风，横批是：新式农民。四盏大红灯笼高挂在大门两侧，每盏灯笼上各书一金黄大字：农、民、夜、校。

这种场面，这种氛围，都超出了朱彦夫最初的想象，朱彦夫像欣赏一幅新奇的画面一样，欣赏着这个属于自己的舞台阵地。

教室是一间长方形的大房子，两个大梁支撑着四十多平方米的空间，在里面咳嗽一声，都能听到明显的回荡之音。两边是对称的四个大木格窗户，墙面也用草泥重新抹过，平平展展，透出一股泥土的清香。

教室上空并列着的两根铁丝上，挂着八盏崭新的防风马灯，下面的桌凳由清一色的石板搭建而成，既光滑又沉稳，既朴实又具特色。教室正前方的讲台上摆放着一张新做的带屉式条桌，黑板是新做的大木板，漆得乌黑发亮。整个教室显得气派庄重，给人以全新的感觉。其实，这所夜校十分简单，没有一间办公室，也没有一间休息室，就是这么一间大教室。

朱彦夫刚从教室里出来，就看见陈希永挺着肚子在场子里："你也来了，这么早就下工了？"

"下午请假了，半天工分不挣没事，要是你出啥问题，那可不行。"陈希永不放心朱彦夫晚上摸夜路回家，提了盏皮纸糊的灯笼来。

"你看你，摸夜路我是行家，你咋就不信呢？朱彦坤不是也来上课吗，有他你还有什么不放心的？"朱彦夫降低了声调，"你的身子可不敢大意哟！"

"你说得轻巧，不亲自护着你，俺心里不踏实，半天不看见你，俺就有些提心吊胆的，你知道不知道。"

"知道知道。"朱彦夫心里热乎乎的，若不是在众目睽睽之下，他会狠狠地亲她一下。

陈希永惊讶地看着这个夜校的环境，她真没想到在这样的穷乡僻壤人们会如此看重夜校，把这个昔日的破队房改造得如此好。由此可见集体的力量是何等强大，如果单靠一两个人的力量，根本不可能在短短的半个月时间里，造出这样的奇迹来。

她心里暗暗为朱彦夫提议办这个农民夜校感到骄傲，虽然她心里明白丈夫从今天起，天天夜里都会雷打不动地来这里为大家做毫无报酬的劳动，但她清楚这就是丈夫新的人生坐标，这是丈夫新的人生价值的起点，也是丈夫新生命的开始。在这个新的生命起点上，她清楚地知道自己肩上的担子会逐渐加重，但面对丈夫的事业，她坚信自己就是最坚实的后盾，她乐意像无名小草一样让丈夫这朵花儿尽情地绽放。

西山的最后一道晚霞渐渐淡去，场子里的人越集越多，大家的手里都提着篾制的小灯笼，像首次赶夜市一样激动兴奋，充满好奇。随着夜幕降临，四处八下的小灯笼像星星般眨着眼睛，像萤火般闪烁着光芒，源源不断地向这里移动。

大红灯笼亮起来了，"农民夜校"四个大字分外亮。

防风马灯亮起来了，宽敞的教室显得格外迷人。

在耀眼的铁花烟火里，牌子上的红布掀开了。

教室虽然不小，但这男女几百号人依然挤不下，主持典礼的书记张明熙只好把阳台当会台。当他高声宣布由朱彦夫讲话时，下面的掌声雷鸣般响了起来。

朱彦夫架着双拐走到讲台上，准备了好几天的台词早就因眼前的热烈场面抛到了九霄云外，他清了清喉咙，即兴说："社员同志们，父老乡亲们，我朱彦夫感谢大家，感谢村社领导，感谢你们的热情鼓励，感谢你们对夜校的大力支持，没有你们的支持，就没有今天的夜校。我给你们鞠躬了！"

大家看着朱彦夫弯腰鞠躬，一时不知所措，不知是谁带头拍起了巴掌，随后，更加热烈的掌声经久不息。

朱彦夫做过几次英雄报告，他认为所有的开场白都无法替代此时激动的心情。今天他的身份不同了，他既是这里的名誉校长，又是这里的代课老师，这一切对他来说都是崭新的感觉，一种对未来的美好期盼，让他失去了心里的平静，他的眼睛有些湿润。

"大家都知道，大家也看到了，我没有手，也没有脚，我羡慕你们，羡慕你们有一双灵巧的手，能做你们想做的事情；我羡慕你们，羡慕你们有一双能随心所欲走动的脚，想走多远就能走多远。你们拥有健康的体魄，你们可以用你们的勤劳来改造世界，你们可以用你们的智慧来创造神奇的未来。

"我是一个废人，我不能像你们一样去改造世界，我也不能像你们一样选择自己的职业，但我不愿躺在椅子上耗费生命。今天，能站在这里，借我们的夜校，把我浅薄的文化知识传授给你们，大家共同学习，就是我一生最大的光荣。我们都是农民，我们都是与泥土打交道的人，我们的祖祖辈辈都是大字不识一个的文盲，今天，我们来学识字认字，学算账记账，不是为了当官，也不是为了当秀才摆身价，我们为的是做新社会的新农民，为的是不当睁眼瞎。"

朱彦夫指着大门上的对联："这是张书记请人为我们夜校书写的对子，上句说的是我们白天劳动，下句说的是我们夜里学习，写得相当好，具体的意思在以后上课时我会解释。"

朱彦夫回过身继续说："稍微年长的都知道，我朱彦夫没有上过一天学，参军前也是扁担大的字也不认识一个的大文盲。学字难不难？主要是看你愿不愿意学，你不愿意学就难，你愿意学就不难，这是我的体会。我刚到部队，我的指导员就让我学习识字写字，但我满脑瓜子装的就是报仇、上战场杀敌人，一个很简单的字，就是认不了写不会，这不是字难写难认，而是自己没有用心思。后来，看到一个个战友牺牲了，指导员用本子记下他们牺牲的地方，记下他们的名字，我从那时起才决心跟着指导员学习文化。在战争年代，我们不是行军就是打仗，不可能有现在这样的学习环境，也没有时间和机会坐下来学习，但只要想学，就会有办法。行军时，指导员把字写好了贴在前面战友的背上，我边行军边看边在心里默记，一天学一个字，日积月累，就不知不觉学习认识了很多……"

今晚来夜校的大多数人本来都是来看热闹看稀奇的，并没有打算学认字学文化，但朱彦夫讲了很多自己学习文化的体会，让大家觉得学习文化很有趣味，又在朱彦夫讲的许多不认识字的尴尬笑话中得到了启迪。

朱彦夫告诉大家，在这里学习识字很简单，用不着花钱买纸买笔，这里的桌子全是石板，就是最好的写字板，用指头蘸水就可以代替笔墨，既简单又实用。

"朱老师，用口水可以不可以？"一个年轻人开起了玩笑。

"只要你不在乎，用鼻涕都行。"朱彦夫也玩笑道。

气氛一直很热烈，最后参加夜校报名的竟然有一百多人。为解除大家伙儿天天摸夜路的不便，又保证教室的充分利用，朱彦夫决定按照大家居住的位置将夜校学员分为三班，以农历逢一四七、二五八、三六九为各班上课时间。

散会时分，几百盏小灯笼点燃，像无数的星星聚成的一片光明，照亮了整个夜校，照亮了张家庄的夜空。这亮丽的夜景若梦，让朱彦夫心潮澎湃，久久不舍收回目光。宛如星空的灿烂灯火，升腾起他的想象和信念，他发现自己似乎又长出了一双大脚，这双大脚铿锵有力，能率领着星灯丈量家乡的未来。

第22章
无可奈何的选择

自年前寒冬一场雪过后，老天爷似乎忘记了自己的使命，一连几个月硬是连个喷嚏都不打，天天就板着个白森森的脸，眼看着张家庄地里的庄稼能冒烟点火了，还是连眉头也不皱一下。大队书记张明熙动员全大队社员到抗旱救灾的一线，带着所有的水具往返几十里运水救灾，结果青苗还是越来越少——先天缺水的张家庄只能靠老天爷吃饭。

"这是报应，是老天爷对俺们的惩罚！"村子里谣言四起。

刚进入高级社，广大社员们参加集体劳动的热情空前高涨，为了加快建设社会主义，张明熙根据上级指示，组织劳力利用冬季农闲在后山拦沟闸挡兴修水利，可是老天爷偏偏就吝啬得连一个唾沫星子也舍不得赐予，拦沟挡里野草丛生，望天兴叹。为啥一修起这拦沟坝老天爷就不下一滴雨了？那是因为修坝时破坏了这里的龙脉，这座山的龙尾被斩断了，龙王还会恩泽霜露？谣言愈传愈烈，村书记张明熙成了张家庄的首号罪人。

人活一张脸，树活一张皮。张明熙有自己的待人之道，那就是无论在什么时候都不轻易得罪人，不图树碑立传出风头，就图做个好人得个好人缘。五十六岁的张明熙，活了一大把年纪，在张家庄连三岁的小孩子也没有得罪过，当书记这几年，也从来没有在乡里乡亲面前摆过架子，见谁都是一脸笑，得罪人的话和伤人自尊的话从来不说，谁家有个大小事，他都会主动去关心，能帮一把就尽量去帮，不能帮的也绝不在背后说什么风凉话。

朱彦夫搞图书室，他尽力支持，朱彦夫有了办夜校的想法，他就帮着出主意打点，夜校风风火火地办起来，他的名声也在沂源县渐渐地大了起来，就连不轻易表扬人的马县长也在四级干部会上对他竖起了大拇指。从这件事上,他看到了为民办事的曙光,也享受到了为民办事的乐趣。这次组织社员拦沟闸挡,也是他想干的利国利民的大事。张家庄是沙漏地,缺少水源,碰上水涝天旱的年景,很多人就得拿起篮子讨米要饭混肚皮,趁着这两年风调雨顺收了些粮食,把闲余的力气组织起来修建拦沟闸挡,既防洪又保旱,的确是件功在当代、利在千秋的大好事,怎么就能把龙脉断了呢?这里三年两灾的谁不知道,干吗把天旱的责任推到拦沟闸挡的事情上?张明熙开始还顶着谣言做群众的思想工作,要求大家伙儿擦亮眼睛不要被谣言所迷惑,激励大家伙儿发扬不怕辛苦不怕牺牲的精神,组织大家伙儿团结一致抗旱救灾。可一连好几次变天刮风,明明看着是好阵势,雨水却一擦着张家庄地界就调了头,周围大队的旱情基本都解除了,张家庄就是不落一滴雨。难道真是斩断了龙脉风水?张明熙叼着旱烟袋皱起了眉头。

求天下雨的呼吁在村子里越来越高,连队委会的几个干部也要求以实际行动祭天求雨了。

但张明熙犹豫不决,这招来了村里人的强烈反对,甚至有人跑到他家里有鼻子有眼地说,得罪了龙王爷至少会有三年不下雨,如果不赶紧想办法祈求神龙原谅,张家庄的人谁也无法逃过这一劫。张明熙心里很不是滋味,他知道祭天求雨将要耗费巨大的财力,而且是否灵验还是另外一回事。但望着地里即将干枯的庄稼苗,张明熙的心也疼得滴血,他夜里悄悄摸到后山的土地庙前向土地老爷虔诚地祈祷:土地神呀土地神,如果这次拦沟闸挡真的误伤了龙体,就请您转告龙王爷,要惩罚就惩罚俺张明熙,哪怕是下地狱进油锅都行,千万别把这罪孽算到大家伙儿头上,张家庄的人经不起老天爷这么惩罚啊!回到家里,他燃起香火用两枚铜钱问卦,如果真是因为拦沟闸挡断了龙脉就给个顺卦,若不是就给个反卦。他一连摇了三卦,三卦都是一反一正的顺卦。张明熙瘫坐在地上,一咬牙关,决定把家里的那头猪杀了,顺从民意请道士作法祭天求雨。

经过仔细研究,大队部门上贴出了祭天求雨的告示,告示要求各家各户捐物出钱备办祭天礼品等。从泰山请来的道士选取了黄道吉日,并在村西南的龙王庙前搭起了祭坛。祭天仪式隆重肃穆,香案上烟雾缭绕,香案前摆满了各种贡品,泰山道士念经做忙得大汗淋漓,天上的太阳却像是在看热闹似的,连一片云彩也没有留下,整个天空瓦蓝瓦蓝的。道士说,掌管雷电风云的神仙现在忙于别处的要务，三日之内就会给张家庄一场足墒雨水，请大家伙儿放心地回家等待。

道士拿走了他们给的钱物，三天过去了，老天爷还是没有落下一滴水。张明熙和大家伙儿傻眼了，求雨没有求到，反给各家各户带来了很大损失，真是劳民伤财。于是，闲言碎语又都冲着张明熙的拦沟闸挡来了，弄得张明熙真像犯了什么大罪似的，病倒在家里怕见人面。

张明熙昏头昏脑地在家里躺了好多天，身子骨好像散架了一般，尽管他一直对前来看他的大队干部说不要害怕，就算是今年颗粒无收，国家也绝不会让一个人饿死的，眼下抗旱已经没有实际意义了，首要的还是组织劳力去外地运水，保证乡亲们的生活用水。至于夜校，还是尽量劝大家伙儿去学。他嘴里这么说，心里却充满了恐慌，如果再这么下去，村里会出人命的，有好几个家庭的家底他心里明镜似的，这次祭天求雨花费近一千多元，虽然人均只有两块多钱，但对那几家来说简直是雪上加霜、釜底抽薪啊。如果不搞这次祭天求雨，而是用这笔钱去外面购些粗粮回来，还能在关键时刻起到关键作用。想到这些，张明熙恨不得把自己的头从脖子上拧下来才解恨，脑筋不稳，愧对乡亲啊。

张明熙斜靠在床头吧嗒吧嗒地吸着旱烟，一阵阵好似空碾子的响声从遥远的天际滚了过来，开始他没在意，随着那响声愈重愈烈，他兴奋地推醒身边的老伴："孩他娘，孩他娘，你听，好像是打雷了！"

"啊？"梦里懵懂的老伴翻身起来竖起了双耳，"嗯，是打雷，是打雷！"老两口连忙爬起来打开房门来到了院子里。睡觉前还是满天星斗的天上此时乌云滚滚，沉闷的雷声伴着闪电划破云层，风声越来越大，张明熙发现各家的人都被这希望的雷声唤醒了，他向着天空伸开双臂："老天爷，你终于睁开了眼睛！"

距求雨祭天半个月后，一场很平和的雨水终于降了下来。

这场足墒雨虽然没有起死回生的能力，但大大地缓解了旱情。张明熙赶紧组织人力去外地弄回一批地瓜秧苗分给各队抢墒插进了土地，只要不发洪灾，这批地瓜秧苗就能解决大家伙儿的肚皮问题。张明熙的心情放松了许多，他站在修建好的拦沟闸挡上看着一池蓄水露出了舒展的笑容。

小狗子紧张兮兮地告诉朱彦夫："朱校长，不好了，有人告了张书记的黑状。"

"告张书记黑状？你听谁说的？"朱彦夫感到有些意外，连忙喊在猪栏里忙活的陈希永，"小狗子来了，希永，你也歇歇，把向华抱到外面去转转。"

朱彦夫说的向华是他怀里抱着的孩子，已经有大半岁了，是他的第一个孩子，长得很是乖巧。朱彦夫为孩子取名为向华，是向往中华蒸蒸日上之意。向华的到来为朱彦夫增添了无限的快乐，驱赶了很多空虚，尤其是近段日子，开始是天旱闹得人心惶惶，旱情解除后人们又忙于生产补救，基本上都把到夜校上课的事情丢到了脑后。视事业如生命的朱彦夫就像一个工作狂突然间失去了自己的工作一样，感到无聊透顶，急得坐卧不安、茶饭不思。还是妻子陈希永看得透彻：大热天的，就是县里的学校也到了放暑假的时候，有胳膊有腿的老师国家都给他们放假，你难道不能清闲几天？向华是俺的孩子也是你的孩子，从出生到现在你抱过她几次？闲着没事你就抱抱孩子联络联络你们父女之间的感情。听了陈希永的话，朱彦夫这才发现自己未尽到为父的职责。

记得向华快要出生时，陈希永白天挺着大肚子忙着家务，夜里还守在鏊子边烙着烙饼，为迎接肚子里的孩子争分夺秒地做着准备工作。朱彦夫从夜校回来也总是趴在灯光下准备上课讲义，直到陈希永肚子剧烈地疼痛起来他才想到老婆是即将要分娩的产妇。

孩子出世了，朱彦夫抱着婴儿高兴得呵呵傻笑，他为自己创造了一个完整生命而感到得意，也为背后传的他生下的孩子"必定缺胳膊少腿"的谣言的彻底破灭而得意。生下孩子的第二天，陈希永就撑着虚弱的身子下地洗尿片，而当了父亲的朱彦夫第二天就又全身心地投入他的教育事业了。邻居张婶责怪他不心疼媳妇，要揪他的耳朵，陈希永却始终护着他。

就这样，朱彦夫一门心思扑在夜校上，不到半年时间，就为大队培养了好几个合格的记工员，也使大部分学员学会了很多文字，改写了一个文盲大村的文化历史。可这时，夜校却停了下来。好在这无可奈何的歇息，使他找到了天伦之乐的感觉，看着女儿就像在看一本充满生机的书，女儿的一笑一哭都让他感到作为人父的骄傲。"如果没有向华，这段日子真会把人愁死，希永，你就使劲地多生几个，我需要这种感情。"朱彦夫笑着对陈希永表白。

由于朱彦夫特殊的身体条件，他的世界里除了自身的事业和家人，就是左右邻舍缺油少盐的现状以及孤寡老人的生活，每个月，他拿到补贴费，总要让朱彦坤或者陈希永给那几家送去一些，但对于村里的其他事情，他是从不过问的。朱彦夫过惯了部队的生活，从来不打听不属于自己应该知道的范畴以外的事，小狗子也好，二孟子也好，都知道他的脾气，平日来玩，也很少向他谈起村里的事情，所以村里的大小事他知道的很少很少，今天猛然看到小狗子这么紧张地跑来说有人告了张书记的黑状，朱彦夫确实感到很意外。

"张书记是大前天中午被高级社来的人叫走的，已经三天了，二孟子不放心，让俺去打听，原来是有人把张书记告了，情况好像很严重。"小狗子还没落板凳，嘴里就忍不住说出了来此的目的，"朱大哥，啊，不，朱校长，你在县里在区里神通广大，你可得出面救救张书记。"

朱彦夫丈二和尚摸不着脑："到底是为啥？不管是黑状还是白状，总得有个事由吧？"

"还不是为到龙王庙上求雨的事。到龙王庙求雨的事你应该知道呀！"

"知道知道，村里人都知道，就为这把张书记告了？"

"可不是，不求雨村里人对干部不满，还骂娘。这求雨不灵验，又说俺们当干部的不拿群众的利益当回事，肆意挥霍群众的血汗，大搞迷信活动，还把张书记给告到区里去了。你说，张书记冤不冤？这干部以后还咋当？"

朱彦夫没有想到是为这么回事，祭天求雨的事他心里清楚，这几乎是全大队社员的共同意愿。求雨前张明熙到这里来跟他通过气，他对农村的习俗不是很懂，对祭天求雨的性质也没有放在心里仔细推敲，认为只要是广大群众同意的、要求的就没有错，倒没仔细想这是不是迷信活动。

"这件事，俺也有责任。"朱彦夫吐出一口烟雾，"社里想把张书记咋弄？"

"听说高级社里的牛副书记拍了张书记的桌子，还要张书记写检讨，你知道，张书记是个死爱面子的人，俺就怕他想不开，毕竟、毕竟张书记不是为了自己啊。"小狗子直愣愣地看着朱彦夫，"俺们几个大队干部商量了半天，认为只有请你出山才能把这事摆平。"

朱彦夫既没有点头也没有摇头："这件事容我想想，明天你们再来一趟，别着急，一块石头扔上天，总有落下地的时候。"

小狗子一出门，坐在旁边奶孩子的陈希永就摇摇头："嘴巴是扁的，舌头是软的，如今的人哪，真是摸不透。"

朱彦夫看着陈希永的样子，有些不解："这话啥意思？"

陈希永鼻子哼了一声，说："农村的事不像部队那样正规，也不像农民夜校那么单纯，事情复杂着呢。张书记带领社员修拦沟坝那会儿，有人说张书记办了一件大事，可有人说这不是他张书记的功劳，修拦沟坝是区里决定的，他张书记只不过是带领群众执行上面的任务而已。这天不下雨，又把修沟建坝斩断龙脉的罪安在了张书记头上，到龙王庙求雨本来是群众先吵吵起来的，张书记开始没有反应，村里有人差点把张书记的家给抄了，这雨求了，龙王爷不显灵，那些人又反过来去告黑状。而且现在那坝蓄了点水，他们看到了也不说张书记修坝有功，而是说这是上面领导得好，与他张明熙有啥关系……"

"这些你咋知道？"

"俺们天天在一起干活，耳朵早听腻味了。其实张书记那人也不容易，那么一大把年纪，除了到外面开会，哪天不是起早贪黑的和社员一起干，落下什么好了呢？"陈希永见朱彦夫阴沉着脸，又说，"俺说彦夫啊，你要有门路就赶紧帮书记一把，但俺可提醒你，大队上的事你少掺和，最好离得远远的，别的啥事俺都支持你，要是掺和大队里的事，俺可不依你。"

结婚这么多日子，还是第一次听陈希永用这种语气说话，朱彦夫像不认识她似的看着她，苦笑道："就我这么个废人，能掺和大队集体的事？这辈子我什么都不想了，能把这个校长干好，再把俺们的孩子招呼好足矣。"

人际关系到底有多复杂，朱彦夫很少去想，单纯的战斗生活和单纯的养伤生活几乎是他过去生活的全部，不想躺在椅子上、睡在功劳簿上过着饭来张口、衣来伸手的生活是他人生的追求，经过顽强的锻炼和痛苦的摸索，他现在已经找到了属于自己的平台，这个平台足以让他驰骋一生，因为，让张家庄的人们不再是睁眼瞎的文盲是他的理想。朱彦夫没有太多的杂念，除了教书，他只想在以后能拥有更多的时间来完成他一生中最艰巨的任务——二五〇高地指导员对他的嘱托，把那惊天地泣鬼神的壮举记录下来，留给后人。此时，这个张书记被人告黑状的事插了进来，他不想袖手旁观，可为了一个犯了错误的人去求情，作为党员的他还真不知道怎么开口。他逗引着向华，大脑一刻也没闲着，小狗子说得不错，无论是县里还是区上，那些领导都买他朱彦夫的人情，问题是他是一个共产党员，像这种违背组织原则的事情他无法开口啊。因此，直到天黑朱彦夫还没想出一个十全十美的理由来。

天黑了下来，朱彦坤刚把院门插上，外面就咚咚地响起了敲门声。

"谁呀？"朱彦坤打开院门，回头向院里喊道，"哥，是张书记来了！"

听说是书记张明熙回来了，全家都惊讶地围了过来。

张明熙灰头土脸地坐在放有灯盏的小方桌旁，除了满脸的疲惫，倒看不出那种令人担心的沮丧："刚回来，还没来得及回家，我主要是来转达一个新消息，张家庄的农民夜校引起了各级教育主管部门的重视，上级决定把张家庄农民夜校正式改为张家庄小学，让附近两个大队的娃娃都来这里上学念书。上级决定，这个学校的校长还是由你担任，其他的任课教师由组织上统一调配。"

"啊？"这一消息令朱彦夫始料不及，"好事是好事，那农民夜校咋弄？"

张明熙掏出旱烟袋："上面领导说了，你这身体跑来跑去非常危险，出了事就不好办了，他们会调两个年轻老师来，不耽误夜校的事，还能给你减少很多麻烦，对你的身体也非常有利。"

"俺能行，俺这不是好好的吗，虽然摔了几跤，对俺也是一种磨炼。"朱彦夫说着，费劲地把香烟掏出来递给张明熙。

张明熙摇摇脑袋："那纸烟抽着没劲，还是省着吧。"说着把烟锅凑到灯苗上吧嗒了几口，"眼下的庄稼让老天爷搅黄了一季，今年的日子不好过，村里这个家难当啊！"

"是不是受了点窝囊气心里怄得慌啊？"朱彦夫总算找到了询问的机会。

"唉，甭提啦，甭提啦。虎心隔毛衣，人心隔肚皮，看不透啊！"张明熙接过郑学英递上来的茶水咕咚了一口，"俺是个大老粗，什么科学呀文化呀都不懂，谁知道这祭天求雨就是迷信活动呢。社会变了，俺也跟不上趟了，祖传的老皇历翻不得了，去受受教育也好，也好。但俺就是有一点想不明白，都是一个村长大的，抬头不见低头见，干吗学了一点本事就在人家背后捅刀子呢，有啥话不能关起门来说呢？"

"大叔，是谁在背后告你黑状？"朱彦夫问。

"谁？那领导咋会告诉俺？但告状信俺都听了，给俺罗列了十几条罪状。唉，也没啥大不了的事，不就是挨顿批评做个检查嘛，这总比不搞求雨被人家追到家里骂好受一些。"

"一人难中百人意，当了这么多年的领导，得罪点人总是难免的，当个小家都难，何况还是几百口子的大家呢。事情过去就算了，快别往心里去。"郑学英感慨地说，"人活一辈子不容易，难免要碰到一些磕磕绊绊的，只要是身体健壮，全家大大小小没啥跌闪就是老天照应了，这些鸡毛蒜皮的事莫放在心上。"

"大姐说的是，当初俺当选农会主席就知道这辈子迟早会得罪人，说话做事总是夹着尾巴，从来不敢在人前吆五喝六的。俺也清楚，转高级社那会儿是个难过的坎儿，尤其是自留地这档子事，一块好地几家都相中，分谁都不合适，没办法，只好让他们抓阄，抓着了理想的偷着乐，没抓着心想的背后还不把俺背到背上骂？这股怨气不好明撒，但逮着个机会捅上几刀你拿他只有干瞪眼的分儿。当个小村支书，啥官算不上，可几百口子的吃喝拉撒样样都得操心，碰上个这事那事的，急得连睡个囫囵觉都难。看来呀，这个书记是不能再当下去了，吃力不讨好啊！"

朱彦夫没想到一打开话匣子，张明熙就这么沮丧，他很想开导开导他，一时又找不着合适的突破口，只好顺着话意谈谈人生感慨。陈希永在旁边，什么话都没说，只是抱着孩子静静地听着，直到张明熙走出院门时她才在背后说了声"大叔，您慢走！"

张明熙走出了老远，朱彦夫还听到了他无意间的一声叹息，在夜幕里拉得很长很长。

第23章
领导班子开会

张明熙以为告黑状的是分自留地抓阄没分到好地的人，但到底是谁他心里一点底也没有。

张家庄共五个小队，每个小队的自留地都是他亲自主持划分的。

划分自留地，村领导班子主导思想比较明确，就是把靠各农户最近的最好的土地留下来划分。张明熙说，自留地是各家各户的菜篮子，关系到各家各户改善生活水平的大事，必须是最好的。

单门独户的基本没有矛盾，矛盾大多集中在连成片的院子里。肥沃的容易耕种的土地是大家争夺的焦点，谁都想把肥肉据为己有，吵得天昏地暗，只能是他村支书挺抢出马，才能压住阵脚。

为了减少矛盾冲突，他先把土地打桩分界，再让各户主抓阄，这样既不得罪人，也让得了不如意的没话可说。整个张家庄共有九个大院子，张明熙在心里排查来排查去还是没有排查出什么对象，他不是想报复谁，只是心里不由自主地想知道。

真正告黑状的人张明熙做梦也不会猜出来，那是他的亲侄子张有龙。

张有龙虽然是张明熙的亲侄子，但没有和张明熙住在一个院子，两家一个在一队，一个在四队，相距三里来地，间隔着一条小河。张明熙是一队人，在四队驻队。张有龙十八九岁，是村里的基干民兵，是个壮壮实实的大小伙，人挺勤快，脑子也很灵活，接受新生事物很快，无论干啥事都很积极，在左右邻舍的心目中很有分量。张有龙对叔父十分尊敬，见叔父在队里驻队，对叔父的工作总是全力支持。家里有什么好吃的，也都会把叔父请到家里一块享用，张明熙打心眼里喜欢这个侄子。张有龙也喜欢学习，朱彦夫的农民夜校他是第一个报名入学的。在农民夜校里学习不到半年，他就认识了很多字，还经常跑到朱彦夫家里借些小册子回家学习，是个积极上进的好后生。进入高级社那会儿，小队里要选拔一个能写会算的记工员，经过选拔，队里有两人可以胜任，张有龙就是其中一个，但在最后拍板时，张明熙考虑到张有龙是自己的侄子，怕外人说闲话，就让那位比张有龙木讷的外姓人李家强当上了记工员。张有龙觉得丢了面子，虽然嘴里不说，心里却一直记恨着。

打墙靠的是头一板，接触到文化的张有龙视野开阔了，对自己的将来充满了信心。记工员本身没什么了不起，但那是个起点。在这个山穷水恶、荒僻落后，连鸟也不愿意拉屎的地方，自己再有本事又有谁会用？只能一步一步地走出去。

俗话说得好，瞎子要人牵，瘸子要人扶，没人扶持就没有机会，没人引荐就只能被埋没，自尊受到伤害的张有龙，对集体的热情没有减少，但对自己的前途却感到茫然。他恨张明熙无视亲情，他恨张明熙吃里爬外，在他看来，只要这个举贤避亲的张明熙一直当这个"地头蛇"，他就会永无出头之日，要想出人头地，就必须把张明熙从支书的位子上拉下来。

张有龙不迷信，逢年过节的也从不拜神求佛，所有的神鬼在他眼里都是泥捏的自欺欺人的道具。在夜校学习以后，他又读了很多自然科学的小册子，对人类对自然有了新的认识。他认为天旱洪涝是一种自然规律，与什么龙脉风水毫不相干，他觉得党和政府宣传科学、破除迷信是绝对英明的，因此，当看到张明熙组织群众在龙王庙前搞声势浩大的求雨活动时，他心里不由得窃喜，他要利用这个机会把张明熙彻底扳倒。

张有龙非常感谢朱彦夫让他学会了识字，他觉得笔杆子就像枪杆子一样，是一种了不起的武器，他买来笔墨纸张，利用了三个晚上，终于制造了这枚"炮弹"，他要把张明熙炸得体无完肤。但他做梦也没有想到张明熙仅在区上待了三天就回来了，而且上面也没有派人来调查张明熙的罪状，这不是他要的结果，不把张明熙拉下来，他决不罢休。

要想击败对方，首先得了解对方的弱点。经过反复琢磨，张有龙发现张明熙最大的弱点就是不愿意得罪人，是个和事佬。于是，他就利用张明熙这个弱点做起了文章。怕得罪人的人，往往最容易得罪人，张有龙相信这是真理。

矛盾无处不在，有婆媳之间闹得你死我活的，有乱搞男女关系影响夫妻感情的，但清官难断家务事，这是谁都难以解决好的矛盾，无论是什么领导都不愿意插手。张有龙对这方面的事却异常关注："家庭问题不是小事，要找领导评理解决。""就找一把手，找书记。""有理三扁担，无理扁担三，屁话，有这么解决问题的吗？"不到两个月，张明熙被拖得筋疲力尽，威信也是一天比一天低，时不时还有人到他家发难，惹得家里老婆骂，儿子吵。张明熙里外不是人，想绕又绕不过去，他实在忍受不了，干脆往床上一躺，这书记活说什么也不干了。

副大队长张二孟见书记张明熙伸腿撂了担子，顿时乱了阵脚，急忙找来大队财务管理、民兵连长商量对策。在这个大队班子里，张明熙是唯一的党员，也是唯一的长者，其他三人都比张明熙年轻好多，最大的张二孟也还不足三十岁，小狗子二十四岁，大队财务管理寇长功比小狗子还小两岁。班子四个人，结构基本健全，组建时间虽然不长，但配合默契，还算得上是一个精诚团结的领导集体。张明熙是这个班子里的主心骨，既是支部书记又是大队长，大队部的事大都是他说了算，另外三人都是冲锋陷阵跑腿执行任务的，基本上不动什么脑筋。所以，主心骨一倒，整个班子就成了失去舵手的小船，晃晃荡荡地找不着南北了。

商量的结果还是由他们集体出面，恳请张明熙放宽心怀，以大局为重，把个人的得失放在一边，再领着他们走一程。

张明熙躺在床上摇头叹息，不为所动。

张明熙的老婆一把鼻涕一把泪的发泄起来："你们要是再让他当这个书记，俺就去后山跳岩，只要俺活着，就不许他再去管那些闲事。你们说，他这些年落下了什么，俺全家跟他遭了多少罪？一年四季不是起早贪黑地从南山爬到北山地干活，就是出去开会学习，家里的大小事从来不过问。天不下雨那会儿，这个说要他组织求雨，那个说他破坏了风水，为了求雨敬龙王，他不顾俺一家大小的死活，硬是把那么一头大肥猪给宰了，还把家里的钱一分不剩地都拿出去，结果又落下什么了？屁大一点事都找上门来要他解决，也没个白天黑夜的，不是存心把他往死里整吗？他现在转眼就奔六十的人了，经不起这么折腾啊！你们就高抬贵手，让他过几天人过的日子吧！俺、俺这里给你们跪下了！"说到这里，她真的咚的一声跪在了地上。

几个干部被她这一跪弄得瞠目结舌，除了赶紧扶她起来，谁还敢多提半个字，只好灰溜溜地退了出来。

国不可一日无君，家不能一日无主。眼下正处在灾后生产补救的关键时刻，如果再耽误了生产，那后果不堪设想。张二孟知道自己能力有限，小狗子和寇长功也没有能力应付这种局面，只能把情况上报，等上级解决。

金泉高级社的一把手在县里开会没有回来，其他几个领导得知此事，一个个心急如焚，一边打电话将此事汇报一把手，一边紧急安排富有农村工作经验的领导赶到张家庄召开群众会、党员会。张明熙的工作还是做不通，在八名党员中综合各方面能力和表现，排来排去也找不到一个合适的服众的人选，一连几天，工作毫无进展。群众看在眼里，急在心里，也没有心思投入生产劳动，整个张家庄一片混乱。

躲在暗处的张有龙没有想到自己的行为引发了这样的后果，而这种结果是他不愿意看到的。他在心里也反复把村子里的几个党员琢磨了几遍，发现想挑选一个比张明熙能力还强的人，根本就不可能，直到此时，他才意识到张明熙并不是他想象的那么可恶，但事已至此，他也无回天之力，只能一边忍受良心的谴责一边静候事态的发展。

高级社的一把手刘书记从县里一回来，得知张家庄的事情还没有解决，就连夜召开社委会了解基本情况。刘书记刚到任金泉没几天，对张家庄的情况不甚了解，只是听说那里有一个特残革命军人朱彦夫很不简单，他原准备把手头工作理顺后专门去张家庄拜望拜望这位英雄，没想到刚上任张家庄就给他来了这么个特殊的欢迎仪式。富有农村工作经验的老同志去了好几拨都没把这事拿下来，他要是也拿不下来的话，对今后工作的开展将十分不利，对上对下也不好交代。那天晚上，他几乎一夜没有合眼，天不亮就爬了起来，谁也没带，早晨8点多就来到了张家庄。

刘书记没费多大力就找到了张明熙家，他简单地自我介绍后，就对张明熙道："不管咋说，你还是个共产党员，必须听从党的指挥。9点，我要在这里召开一个党员会，你必须在9点前把所有党员召集到一起，缺一个都不行，还有，在职的大队干部无论是不是党员都得参会。"

张明熙见这个刘书记身个不大，年龄也不过三十来岁，但看上去老练持重，给人一种不怒自威的感觉，张明熙不敢再讲价钱："那，朱彦夫要不要通知？他也是党员，可他是个残疾……"

"所有党员，谁也不例外。"

张明熙的老婆本来想插嘴提醒老公别放软蛋的，但看到刘书记那种说一不二的样子，也不敢说话了，见张明熙匆匆往外跑，她赶忙找出一件袄子追出去："孩儿他爹，把这披上，外面冷。"

还没到9点钟，大队简易的会议室里，参加会议的人一个不缺地都坐下了。

"好，这动作还不慢嘛。"刘书记往凳子上一坐就开门见山地说，"我是金泉高级社新任的书记，很早以前就听说你们张家庄是革命老区，有很多人为建立新中国献出了宝贵的生命，这是你们张家庄的光荣，也是你们张家庄的骄傲，这也证明了你们张家庄人最听党的话……"

前来开会的人本来都耷拉着脑袋，做好了挨批受训的思想准备，没想到这个刘书记开场就谈张家庄的光荣历史，对眼前的事只字不提，大家伙儿紧张的心情得到了放松，气氛也缓和起来。

刘书记燃上一支烟，深深地吸了一口，说："昨天夜里我一夜未眠，很认真地看了那封匿名告状信，一些言辞过于激烈，失之偏颇，但告状信里提到了很多问题，有些问题确实能让人深思。信里说我们的领导班子缺乏创新意识，只会依葫芦画瓢传达上级指示做死活，出笨气力，没有能力引导人们走出贫困的沼泽地，还说我们的领导班子不善于发现人才，不会合理使用人才，这些问题我认为还是很切合实际的。这个写匿名信的人有思想，有深度，这说明我们张家庄是藏龙卧虎的地方，并非连一个合格干部也选拔不出来的地方。

"但谈到搞迷信活动的事，我认为这不足为奇，也不足为怪，因为我们国家毕竟是一个从几千年封建社会走出来的新国家，很多事情人们还不能用科学的观点来认知。我们的张明熙书记杀了自家的猪祭龙王求雨，是为了让大家早日脱离灾难，这个出发点心可照天哪。求雨是迷信，群众不知道，我们也看不清，通过求雨的失败，群众看清了这是迷信，我们也知道了这是劳民伤财害人害己的陋习，吃一堑，长一智，这不是坏事变好事嘛……"

张明熙听刘书记这一番分析，冰凉的心开始热乎起来，心里暗赞，这个刘书记就是有水平。

"为啥今天要开这个会，我为啥要来，大家伙儿心里都清楚，咱也用不着再拐弯抹角，就有话直说了。这么大的一个村子，这么多的党员干部怎么就选不出一位书记，选不出一位大队长？各人心里都掂量掂量，当初咱为啥要入党，入党时咱又说过啥，这些难道大家都忘了？群众利益高于一切呀，同志们。现在举国上下都在轰轰烈烈的搞社会主义建设，各项生产都在紧锣密鼓地进行，在这个节骨眼上，我们的领导班子居然面临瘫痪，这说明了什么？说明咱们为人民服务的自觉性还是不高，甚至还怕吃苦受累，怕得罪人，心里有个'私'字在作怪！我就不信，全心全意扑在工作上，时刻想着群众的利益，工作还会干不下去？群众还会不支持？工作能力有高有低，但首先思想必须端正，工作能力可以在工作中慢慢锻炼嘛！"刘书记见大家伙儿一进入正题就耷拉了脑袋，又放缓了说话的语气，"哎，我已经说了半天了，你们几个也都发言。我今天不是来发火的，咱得解决问题，我想听听你们的意见。"说到这儿，刘书记停下来，又点上一支烟，把披着的大衣拢了拢，期待地望着大家。

第24章
不当窝囊书记

"刘书记！"张明熙此刻激动地站了起来，刘书记一席话，说得他心跳耳热，"不是俺不想干这个书记，俺也知道是党员就得把为人民服务放在首要位置，可俺确实干不下去了，人家一闹腾，俺就气得好几天吃不下饭！再说，俺连一般的民事纠纷都处理不好，还怎么当这个书记？俺的能耐确实不够，所以这个书记俺还是不能再当下去，还请书记做主……"

"好，你的意思我理解。"刘书记接过话说，"你是多年的老干部，对这里的人员情况比我清楚，你看看谁比你有能耐你就先选出一个出来，这个主你最有资格做。"

张明熙被刘书记将了一军，心里打起颤来，在座的党员他心里有数，当这个书记真的都不够格，他鼓起勇气说："写那封匿名信的人俺看就不错，俺看他就合适。"

"他是谁？他在哪里？"刘书记直直地盯着张明熙，"他是党员吗？这是在选党支部书记，所选的对象必须是党员，现在所有的党员都在这里，他是这其中的一员吗？"

刘书记的问题连珠炮似的吐出来，炸得张明熙无言以对，他哼唧了半天也无法回答，只好耷拉着脑袋坐了下来。

屋子里烟雾缭绕，吧嗒吧嗒的吸旱烟袋的声音分外刺耳，刘书记扫视着每一张脸，意识到刚才的问话有点偏激，但他又不想打破在座的人的思绪，因此尽量压抑着内心的焦灼，在吧嗒声中等待着。

朱彦夫坐在最后的位置上，这几天他心里也为眼下的现状急得饭吃不下觉睡不安，他想站起来说点什么，但又不知说什么合适。对大队的情况他了解得确实太少太少，再加上陈希永告诫他的话，以及自己的四肢不全，最终他也只能沉默无语。

副大队长张二孟沉不住气了，他腾地一下站了起来，把烟袋锅子从嘴里拔出来用力朝鞋帮子上磕了几磕，闷声闷气地说："俺肠子直，不会打弯，也不会说话，俺觉得一名好干部不能光想着自己，也不能前怕狼后怕虎。俺们张家庄荒凉贫瘠，经不起天旱水涝，但这又是没法子的事情，要让大家伙儿有个好日子过，确实需要一个好干部来引导指挥。俺跟随张书记一两年了，张书记确实为张家庄操了不少的心，受了不少的累，张书记现在年纪大了，俺也不忍心再看他操心受罪。可惜，俺现在还不是党员，俺要是党员就好了。"

刘书记听了张二孟这语无伦次的话，看出了他为集体担忧焦灼的心，带着赞许的目光希望他再说下去，可他这几句话一说完就坐了下去，没有下文了。刘书记正要开口再鼓励鼓励他，张明熙又开始发言了："孟子说得不错，他不是党员，要是他是党员，他就是最好的人选。俺这几年工作没做好，尤其是近段时间，俺在群众中的威信是越来越差，难以服众，所以，俺还是希望在座的党员都说说话……"

几位党员你瞅瞅我我瞅瞅你，谁也不愿意开口。

刘书记感到有些失望，但表面还是尽量保持着平静："有什么想法都可以说，畅所欲言嘛，说错了也没有关系。"说着，刘书记又从包里摸出一包香烟，给在座的每人发了一支，然后往凳子上一坐，一副安然悠闲的样子。

"哎，俺看有个人最合适！"坐在最后面、紧挨着朱彦夫的大队财务管理寇长功冷不丁地站了起来。

寇长功的话让那几位不开口说话的党员面面相觑，生怕从他的嘴里冒出了自己的名字。

刘书记一阵惊喜，身体前倾："谁？谁行？你说……"

寇长功涨红了脸，他显然不善于在公共场合发表演讲，但他也显然是思考得成熟了，几乎是一口气把憋在肚子里的话倒了出来："俺认为俺的朱彦夫大哥最合适！俺朱大哥是革命英雄，是人民功臣，要说威信，他最高，咱村里老老少少哪个不尊重他？还有，他放着在大城市里的福不享，专门回到俺这穷山沟，不吃老本还立新功，一门心思地给大伙儿办好事，又是办图书室，又是办夜校，还动不动就拿自己的钱给别人治病救急，这样的人当支书，俺服气，群众也服气！"

寇长功的一席话，打破了会场的沉闷，几个人像是猛然清醒过来似的，七嘴八舌地讨论起来："行行，他准行。""哎，俺怎么就没想到呢？""俺同意……"

"胡闹！"正在大家兴奋的当儿，刘书记站了起来，"我知道朱彦夫同志是好样的，可咱不能这么不明道理呀！县里的马县长一见到我就向我介绍了朱彦夫同志，嘱咐我来金泉后一定要好好照顾他。你们知道组织上为啥把他办的夜校变成一所小学，就是怕他的身体再有什么闪失，再让他干这个，不行！"

刘书记的话斩钉截铁，像兜头浇下一瓢冷水，让几个人一下子哑了，怔在那里，泄了气，闷了缸。寇长功的得意还没展翅，翅膀就挨了一箭。

姜还是老的辣，张明熙见大家伙儿扫兴的样子，又站了起来："刘书记，俺觉得寇长功说得很有道理，在张家庄，选朱彦夫当书记肯定很受群众欢迎。"张明熙见刘书记没有反驳他，就大着胆子继续说："这么着行不行？刘书记，彦夫只要待在家里出出主意，打打底气，指挥指挥就行，不用亲自出去干。只要他给撑着架子，有啥事俺几个登门找他商量，保证不累着他，保证不给他添一丁点儿麻烦。俺呢，也不怕老，愿意当个副手，尽力配合他的工作，俺相信张家庄的工作一定会搞好……"

张明熙的话句句实在，又表明了自己的心迹，乐意主动工作，让在场的所有人都感到振奋，大家伙儿一起望着刘书记，屋子里静得出奇。

刘书记没有立马表态，而是把目光移到每个人脸上看了看，然后久久地停留在朱彦夫身上，那目光里有几多期待，几多忧虑，几多难言的揪心。村官难当，有胳膊有腿的健全人都不一定愿意承担这份责任，让这个没胳膊没腿的人来，他能承受吗？刘书记心里直打鼓，他不能就这么草率地表态，马县长提醒他在金泉多多关照这个革命功臣，就是要他尽力给朱彦夫创造一个好的环境，尽量阻止他不惜身体地工作……

朱彦夫做梦都没有想到坐在身边的这个寇长功会把大队书记的帽子往他的头上扣，这几天尽管他也为这个书记的人选焦虑，但他也从来没有想过自己与大队书记这个职位有什么联系。夜校改为小学以后，他的心里确实有些空虚，但他从心底知道这是上面领导对他的特殊关怀,为了不虚度年华,他已经向领导申请辞去校长职务,他不想背着这个虚名无所事事,他要向苏联的保尔·柯察金那样,把昔日那些战友的动人事迹整理出来。

迎着刘书记复杂的眼光,朱彦夫心里怦怦乱跳,刚才张明熙的话太出乎他的意料,此时此刻他心慌意乱,非常担心刘书记拍板。这个大队书记他没有能力干好,别说现在残疾了,就算是没有残疾,他也觉得自己不是当领导的料。他必须要抢在刘书记表态之前说话,但说什么,怎么说,他没有想好,他努力想让自己平静下来,但大脑嗡嗡作响,就是无法平静,但说点什么的念头让他不由自主地站了起来:"感谢同志们这么看得起我,我、我不是不愿担这个责任,只是、只是我有心无力,不,我是既无此心也无此力,我没手没脚的,这支书也确实干不了,请大家再考虑考虑……"

刘书记轻轻地点燃一支烟放进嘴里,深深吸了口,吐出一团浓浓的烟雾,好像没有听到朱彦夫结结巴巴的表态,只是慢慢把目光转向门外,一句话也没有说。

刘书记越不表态,朱彦夫的心里越发慌。其他人也都默默地看着刘书记,时间像凝固了似的令人窒息。

民兵连连长小狗子突然打破了沉寂:"彦夫哥,你好好干,俺支持你!"

"朱彦夫啊,俺老汉本来都死心了的,现在都不怕了,你还犹豫啥?在俺的眼里,你就是希望。"

"对,俺也支持你!"

"俺们都支持你,你一定能干好!"

大家伙儿七嘴八舌叽叽喳喳,好像朱彦夫已经当上了书记似的。

刘书记终于回过头掐灭了烟头,他挥挥手,止住了大家。经过了一番深思熟虑,他终于发话了:"听了刚才大家的热情讨论,我看得出大家对这次班子改选工作是重视的,思想也是积极端正的,这就证明了咱们张家庄的党员干部都是积极向上的,说明咱们这个大队的工作还是大有希望的。我看这样吧,综合大家的意见和建议,我提议,咱们举手表决吧。"

刘书记话音刚落,除了朱彦夫之外,大家伙儿齐刷刷地举起了手。

"好,大家一致通过,选举成功!"

屋子里顿时响起了热烈的掌声。

朱彦夫在这热烈的掌声中张了张嘴,结果什么也没说出来,只是把口里的唾液使劲地吞进了肚里。

朱彦夫当选为张家庄的村支书,金泉高级社的刘书记有些哭笑不得,堂堂五百多口人的大村庄,偏偏选出一位没胳膊没腿的人来当领导,这就是他金泉一把手亲自督阵选举的结果?只怕是传出去要被人笑掉大牙。但党的原则之一就是民主集中,刘书记没有任何理由推翻民意。支书是选出来了,而他还不能拍拍屁股就走人了事,马县长给他再三交代过,这个朱彦夫人残志不残,又是头认准道不回头的牛,现在把朱彦夫架到这个树丫上,但他毕竟是个农村工作的门外汉,这农村工作也不是说干就能干好的。而且,朱彦夫是沂源县的革命活教材,年年都要做爱国主义思想教育报告,是革命的宝贝。保护好朱彦夫的安全,既是革命任务,也是政治任务,马虎不得,他还得把以后如何开展工作的事情协调好才能放心,大队工作搞不好以后可以再换人,可要是朱彦夫有个什么三长两短,就不是马县长拍他一顿桌子那么简单的事情了。

刘书记做通了陈希永的思想工作后,又亲自主持召开了一次会议,就一些可以预见的问题达成协议并形成文字依据。协议规定:陈希永不再下地从事劳动生产,总的任务是护理好朱彦夫的生活、监管朱彦夫的行动;副书记张明熙、村主任张二孟、民兵连连长小狗子、财务管理寇长功要各负其责,遇事要向朱彦夫请示汇报,经常保持联系沟通;村里生产计划的制订和措施的落实要在朱彦夫的领导下商量决定,大家不得各行其政,要保持高度团结、高度统一。协议对朱彦夫的行动范围也做了具体规定,刘书记还担心朱彦夫不听陈希永的,开玩笑地让朱彦夫口衔钢笔在纸上签了字画了押。办完了这一切,刘书记才放心地打道回府。

"人家是新官上任先烧三把火,我呢,一上任就被关进笼子里软禁了起来。"朱彦夫无可奈何地自嘲。

陈希永笑着说:"你呀,没有笼子套着就成了老子天下第一,现在好了,上厕所也得给俺请示汇报。"

朱彦夫走马上任,广大社员都很拥护,一切又恢复了正常。

朱彦夫成了名副其实的"遥控司令",真正干事的还是原班人马,村里的手续材料用不着移交,朱彦夫也无意去清点,接过村里的红章大印,就算是坐上了第一把交椅。

得势的猫儿胜似虎,上级赋予了陈希永监管朱彦夫的特权,她就把手里的"权力"发挥得淋漓尽致。陈希永对自己的工作非常认真,对朱彦夫的活动范围控制得很严,除了在上下院子里活动活动,绝对不许他越雷池半步,甚至不许他脱离自己的视线范围。就是到村西去担水的工夫,她也要把监管朱彦夫的任务交给婆婆郑学英。朱彦夫开始受不了这种约束,在家寻岔子发脾气,这个陈希永不管,发脾气可以,但要想到外面乱跑就不行,不听劝阻,就拿出协议来要找刘书记。面对这样一个"特权人物",朱彦夫不得不低头,老老实实地遵守纪律。没过多少时间,陈希永得意地说,又找到了当年当护理朱彦夫的感觉。

家有千百口,主事在一人,朱彦夫懂得这个道理。身为一个村的当家人,由于身体的原因,活动自由受到了客观限制,但他主观意识的思维空间很大,没有谁限制得住。这当书记不是开玩笑,全村几百口子人生活的好与坏,都与这个当家人如何持家有着不可分割的内在联系,他虽然身在家里,还是感觉肩上的压力很大。对张家庄的山山水水他并不陌生,参军前的印象还没有消失,为了做到指挥得力、有的放矢,他让陈希永担回沙土,在自己的屋子里依照张家庄的山貌地形设计了一个沙盘,又用小纸牌标示了各小队的位置。为了随时提醒手下几位干部保持高度的责任感,他还特意将四位村干部的姓名插在其各自负责的小队地盘上,看谁的工作搞得好,就把小红旗插在谁负责的地方。为了尽快掌握农业知识,他不时让陈希永把村子里富有经验的老农请到家里虚心求教,每天还坚持准时打开收音机收听新闻,随时掌握国家的政治动态和相关政策。朱彦夫比平日显得更加操心了,他说,生产建设和战场打仗一样,都需要一种精神来支配,打仗需要敢于流血的牺牲精神,生产建设需要甘于吃苦的奉献精神,而作为一个指挥官,要始终保持清醒的头脑,瞎指挥和乱指挥都是要吃亏的,他绝对不能拿五百多口人的生活大事来开玩笑。

两个多月过去了,一切都按照"协议"在有条不紊地进行着。几位主要干部都非常认真地按章行事,遇事总是立即跑来找朱彦夫商量、研究,生产计划的制订和生产计划的落实,也同样认认真真地向朱彦夫汇报。从村里反映的基本情况来看,群众的情绪高涨,充分发挥劳动生产的积极性,虽然下了几场大雨,但洪灾损失不大,且补救措施得力,对日后的收入没有丝毫影响,总的来看,今年还是丰收在望，形势喜人。

朱彦夫为自己上任伊始取得的成绩感到满意，一颗揪着的心舒展了许多："好，看来我这个书记还是比较称职，当然，功劳是你们的，辛苦的也是你们，今天你们不走了，我要好好地犒劳犒劳你们，没有你们的努力工作，就没有今天这么好的局面。"

朱彦夫让陈希永宰了两只鸡，炒了几个菜，把各队队长都请到家里来庆贺。

心情一舒畅，喝水也能胖。"遥控司令"朱彦夫每隔几天都能听到回报的喜人成绩，心中的愁云渐渐消逝，饭也吃得香，觉也睡得安，加上陈希永的精心料理，简直容光焕发。他时不时高兴地唱上几句，躺在椅子上听过了新闻之后，也舍不得放下收音机，总要调台欣赏一下戏曲之类的节目。他头戴耳机，怀抱向华，摇头晃脑地沉浸在自己的世界里，直到孩子哇哇地反抗才作罢。

快有两个多月没来朱彦夫家借阅书籍的张有龙又来到了朱彦夫家，这让朱彦夫好是兴奋："张有龙，好像隔了几个世纪没见你了，想死你了。还好，还没有忘记来看看我这个老师，还没有忘记我这个图书室。我说你小子咋啦，我当了村支书咋就把你给得罪了，硬是不想来见我。"

"朱书记，看你说的，你当了村书记，俺高兴还来不及，早就想来看看你的，就是没有机会，这段时间不是一直都很忙吗？"张有龙说着，把手里的一沓书放在了书架上。

第25章

这是我们的救命粮

  张有龙是朱彦夫在农民夜校里最得意的学生，朱彦夫对他的聪明好学最是赏识，经常当着小狗子的面夸奖他，说他有思想，肯上进，是个人才。朱彦夫当了支书后，很希望多接触一些各队的学员们，多听一听各队群众的意见，但不知为什么，这些人很少上门了，连最爱看书学习的张有龙也没露面。听大队的几个干部说，广大社员全身心投入集体生产劳动的积极性前所未有，一个个真恨不得把一天当作两天来过，没有时间来拜望他们的老师。朱彦夫听了，既高兴又有些失落，高兴的是人们的思想觉悟提高的速度超乎想象，这是对他当支书的肯定啊，失落的是很少看到那一张张熟悉的面孔了！

  "你们四队的情况怎样，听说被洪水冲得最厉害，现在都恢复了吗？"

  "都很好，都很好哇，朱书记，有你在大队当家，能不好吗？张连长和队长天天教导俺们说，要搞好生产，不好好生产劳动就对不起俺们的朱书记。"张有龙说的张连长就是小狗子，小狗子在四队驻队。

  朱彦夫笑容满面地把张有龙领到沙盘前，指着沙盘说："要你看，你们四队是不是该插上红旗？"

  "这个、这个俺可说不好，别的队也搞得很出色呀，说不准比俺四队搞得还好呢。你是书记，你了解全盘，该谁插红旗您心里比谁都有数啊。"张有龙扫视着沙盘，眼睛骨碌碌地转。

  "你对这段时间的变化有什么想法？"

  "没有想法，没有想法。"

  "这不是你的心里话，这也不是你张有龙的性格。"朱彦夫感觉张有龙有些不对。

"黄豆年年黄，绿豆年年绿，真的不错。"张有龙躲闪着朱彦夫的目光，"有时间，俺会来看您的，俺走了。"

看着张有龙离去的背影，朱彦夫心里充满了迷惑，脑子里雾腾腾的。就在他要转身进院门时，忽然听见屋山头传来两个妇女的嘀咕声，是两个女人从这里路过。直觉告诉他，这嘀咕与他有关，他赶紧跨进院门，闪身躲在院门后想听她们的谈话。

"这就是朱书记的家，别说了。"一个女人的声音。

"哼，真是眨巴眼儿生瞎子，一代不如一代，不说这心里就憋得慌……"另一个女人的声音。

后面就听不到什么了，是声音太小还是没有再说，朱彦夫无法判断，但脚步声渐渐远去，朱彦夫的心沉到了谷底：这俩女人说的是自己吗？朱彦夫觉得天旋地转，像被谁抽了筋似的瘫倒在院子里，一种不祥的预感使他感到恐惧，他不由得浑身冷汗直冒。

"这是咋啦？你可别吓唬俺哪，朱彦夫，你快醒醒，你快醒醒！"抱着孩子拎着一篮子菜的陈希永走进院门就吓得篮子掉在了地上，扑到朱彦夫身上又哭又喊。

婆婆郑学英被朱彦花接到刘庄去了，小叔子朱彦坤也被抽到高级社修公路去了，家里就剩下朱彦夫一家三口，陈希永到菜园里也只一袋烟工夫，回来就见那个张有龙不见了，朱彦夫也倒在了院子里，这是怎么回事啊？陈希永觉得天一下子塌了下来，但曾经的护士职业训练让她没有完全丧失理智，她不再徒劳地大喊大叫，而是使劲掐住了朱彦夫的人中。

好在一会儿朱彦夫就醒了过来，看到陈希永，朱彦夫难过地说："希永，我、我心里很难受。"

陈希永眼里噙着眼泪："都怪俺太大意，你躺着别动，俺给你打糖水来，喝一口就会好点的。"

"不，"朱彦夫摇摇头，"我不喝，你也别走，等我缓一阵子，就扶我到屋子里去。"他抬起手臂，想拉拉陈希永的手，可没能达到目的。

陈希永心里像刀绞般难受，她懂得朱彦夫的心事，只能坐在地上，把朱彦夫搂在怀里，因为顾此失彼，不小心把向华弄得哇哇大哭。陈希永一边哄孩子一边询问朱彦夫的感受："娃，别哭啊，娘错了，娘对不住你……彦夫，好受些了么，你把俺的魂都给吓飞了……现在还很难受是吗？"

"没事了，向华，别哭，希永，你不要管我，你这样向华难受，你也受不了……"朱彦夫清醒多了，靠在陈希永怀里听着向华的哭声，他过意不去。

"就这转眼的工夫，到底碰到啥啦？"

"黄豆年年黄，绿豆年年绿，什么都没有改变啊！"

"啥没有改变？"

"眨巴眼儿生瞎子，一代不如一代！"

陈希永听得满头雾水，急忙把脸贴到朱彦夫的脸上，没有滚烫的感觉："不发烧呀，满嘴胡咧咧啥呢？"

"我现在很清醒，发烧了几个月，已经烧迷糊了，刚才被无意间的一瓢冷水浇醒了。希永，走，扶我进屋去！"朱彦夫挣扎着要往起爬。

陈希永摸摸朱彦夫的衣服，干干的，哪里被冷水淋过？又在胡言乱语，陈希永心里害怕起来。好在坐回椅子上的朱彦夫把听来的只言片语一一分析给陈希永，陈希永才弄明白朱彦夫受刺激的原因，心里也不由产生了疑惑，很有可能是这些大队干部担心朱彦夫得知什么真相，有意用假话糊弄他，免得他着急担心，可如果真是这样，朱彦夫这个书记可怎么下台？

"要真的是他们在说假话，怎么办？"陈希永觉得事情确实很严重。

"这只是我的猜测，整天待在家里当闭门造车的指挥终究不是回事，光凭道听途说也无法了解事情的真相，这样的窝囊书记不能当啊。"

"俺早就说过不要你插手大队集体的事，这下算是骑虎难下了，眼下只有俺去找刘书记，这个书记你是不能再当了。"

朱彦夫摇摇头："你这不是解决问题的办法。"

"那你说咋解决？"

"外面到底是什么样子，我们心里都没有谱，没有谱的事情就不要乱下结论，现在这个问题只有你能解决。"

"俺？俺能解决啥？"

朱彦夫看着陈希永，很严肃地说："你给我自由，我要亲自到外面去看看，没有调查就没有发言权,你说是不是?"

"这……"陈希永紧紧地咬着嘴唇,思考片刻,说:"嗯,这主意不错,俺陪你一起去!"

"你去?你去向华咋办?而且我这可是偷偷去了解情况,知道的人越少越好,你要是带着孩子,那算咋回事?"

"你的身体俺不放心,俺不答应你一个人去。"

"希永啊,我比你还珍惜我自己,我是当父亲的人了,为了你,为了向华,我会很注意安全的。夜校那段时间,四五里地的夜路我不是照样每天跑来跑去嘛,我不会出事的,你就放一百二十个心……"

朱彦夫的牛劲又上来了,但说话的口气带着商量,陈希永听着在理,也不好过分地固执,便同意了朱彦夫。为了保证安全,两口子一直商讨到半夜……

天还没亮,朱彦夫两口子就从床上爬了起来。陈希永做好饭喂饱了朱彦夫,天才蒙蒙亮。为了不被村里人发现,朱彦夫吃完饭就架起双拐踏上了后山的小道。

这是个难得的晴天,太阳还没爬出山坳,曙光就把白色的山雾幻化得妖娆如梦。

朱彦夫站在小山包上,呼吸着清新的空气,久违的家乡美景又展现在眼前,他决定从这里折向东南,先看看九曲河两岸的地块。这里离家较近,在他的记忆里,这里有一条贯穿树林的小道,是连接三、四两个小队的交通要道。路顺着山腰延伸,沿途比较平坦,没有需要攀爬的危险障碍,而且可以看到大部分土地,这是他和陈希永昨天晚上选了又选的最佳路线。

也许是太早的缘故,高高低低、远远近近的田野里,竟没有一个人影。

朱彦夫心里一阵暗喜,看来今天的暗探行动一定会顺利圆满,只要再往前拐个弯,那就是二队的当家地了,他要去看看那里的情况,然后再继续往前看看四队那块地的情况。

他加快了双拐倒腾的速度,没费多大工夫就接近了沙盘上显示的最好的也是最大的一块苞谷地。一片绿油油的画面展现在朱彦夫的面前,朱彦夫心里一阵狂喜,老支书张明熙还真有能耐,把庄稼都种成绿毯了,这收入肯定差不了。

再走近几步,朱彦夫的狂喜变成了狂怒:这满眼的绿色哪里是玉米苗,全都是疯长的杂草,如果不细看根本就看不到杂草中间还长着又黄又瘦的玉米苗。朱彦夫越看心越沉,越看心越慌,越走心越凉:玉米地里杂草丛生,个别地块几近荒芜;沟毁堰塌,土埂东倒西歪;豆秧、地瓜秧被洪水冲得七零八落,又被太阳晒干,一堆堆、一缕缕横七竖八地倒伏着……

　　这就是他们汇报的形势一派大好?这就是他们汇报的丰收在望、硕果累累?这就是所谓群众的情绪高涨、劳动生产的积极性已充分发挥的结果?这就是对我这个新书记高度拥护的行动反映?朱彦夫愕然、震惊、愤怒!就算是你们怕耗费我的精力而有意瞒我,可也不能拿百姓的利益当儿戏呀!这样下去,一个冬春,全村的人吃啥喝啥?!朱彦夫的心隐隐作痛,几个月的书记就当成了这个样子,还凭什么在家里高兴、哼小曲,还有什么理由为他们杀鸡举酒地犒劳庆功?怪不得人家说"眨巴眼儿生瞎子,一代不如一代"。朱彦夫看不下去了,眼里几乎要冒出火来,如果此时他手里有枪,他要把那几个大队干部一个不留地统统突突掉!

　　太阳出来丈把高了,还没见到一个上工的人影,朱彦夫坐在四队的一块地瓜地里,他要坐在这里看看,看看这些靠土地过日子的人到底什么时候出工,看看这些靠土地生存的人出工以后又在干些什么。一阵窸窸窣窣的声音从地边的树林里传来,朱彦夫警觉地抱着双拐侧身一滚,躲到了一个小土丘后面。

　　从林子里跑出来的是一个挎着篮子的女人,这女人警惕地四下里看看,见没有什么异样,就窜进地瓜地里开始刨起地瓜来。好大的胆子,竟敢偷集体的地瓜?而且现在的地瓜连藤子都没长足,下面会有什么东西?这不是存心搞破坏吗?原来那一堆堆地瓜藤子并非完全是洪水冲出来的,还是这些地老鼠的杰作!朱彦夫正想大吼一声阻止女人的破坏行为,一个想法又让他闭上了口,既然来的目的是搞清情况,干吗要这么急躁地暴露自己?无论看到什么,都要努力地克制自己,不要有任何行为上的反应,战斗中积累的经验使朱彦夫变得异常冷静。

　　"英子姐,你在这儿干啥?"突然,张有龙出现在这个女人的背后。

　　"啊?"女人吓得面如土色,坐在地上,结结巴巴地说,"是你……俺……俺家的莲娃子快、快饿死了,俺不想……不想看她……活活饿死,俺家已……已三天、三天没沾五谷了啊!"

　　张有龙的声音低了下来:"英子姐,你家的情况俺心里晓得,各家的情况也都差不多，要都像你这样跑到这里来刨集体的地瓜蛋子，那集体不是一点指望都没了？张连长前几天就号召大家伙儿到后山去寻野枣、挖野菜，你家男人就是不听话。你家男人也该好好管管了，你说都啥时候了，天天夜里还有心打牌赌博，真是不要命了。不管咋说，集体的东西不能动，趁着没人看见赶快回去，俺家打的野枣还有一些，你先拿些回家，让强子哥有气力了明天一早也到后山去，这个时候度命要紧，怕吃苦想吃飞的跑的只有饿死的分了。"

"你、你们半夜就走，俺家强子睡得像死猪，俺是用杠子抄也抄不起来。"这个叫英子的女人道，"只怪俺不会过日子，随他去胡搞，把家里的那点粮食都吃完了，现在他就是想半夜跟你们一起上山，也没这气力了。他也后悔不该不成器，可后悔也晚了，他两天没有吃东西了，躺在床上只剩一口气。现在你们稀饭还能喝上一口，俺家却只能……只能等、等死了啊……"女人泣不成声。

"俺不是说了吗，走呀！"

朱彦夫看着张有龙带走了英子，脑子里嗡嗡直响，他做梦也没想到，群众的生活已经到了这个地步。新中国成立前穷人没有土地，靠挖野菜讨饭过日子度命，现在国家解放了，人民有了自己的土地，还要去挖野菜采野果度命。怪不得见不到一个上工的人影，原来他们都半夜上了后山。朱彦夫的心在滴血，他不忍心再看下去，无数个问题在脑子里撞来撞去，他理不清头绪，只能铁青着脸跌跌撞撞地回到家里。

陈希永见朱彦夫黑着脸，小心地问："看到了些啥？"

"人命关天呀！"朱彦夫甩出这句话，顿了顿又向陈希永说，"下午烧锅开水，通知大小队干部晚上来这里开会！"

晚上，朱彦夫家。

村干部共聚一堂，七八个旱烟袋一起冒烟，屋子里烟雾缭绕。陈希永受不了这种烟雾的刺激，屏着呼吸把桌上的几个茶碗斟满了开水，就一头扎进她的房屋去做针线活了。

朱彦夫坐在椅子上尽量冷静地询问了解这几天的生产情况和群众的生活情况。这些人谁也不知道朱彦夫已经实地考察过了，依旧是一副嘻嘻哈哈的神情，扳着指头汇报喜人的生产进度。朱彦夫看得出他们缺吃缺喝却勉强装出一副笑脸，也知道他们此时此刻肚子里空荡荡的难受，他的忍耐渐渐达到了极限，脸黑得快要流水了，但四队队长马长水还没发现，还在搜肠刮肚地编织着美丽的谎言。

"够了，马长水，别再编这些好听的唱词了，戏演到这个分上还是早点收场的好吧！"朱彦夫终于烦躁地用胳膊肘把桌子捣得咚咚乱响，"实际是个什么样子，我朱彦夫心里也有个八九不离十的谱，纸包不住火呀同志们，你们干吗要故意歪曲事实来哄骗我呢？"

大家伙儿一听这话全呆住了，一个个连呼吸都小心翼翼起来，拿在手里、含在口里的烟也不敢动，好像被谁施了定身法一样。过了片刻，大家的目光又不约而同地转到小狗子和张二孟身上，他们都清楚这俩人与朱彦夫最亲近，关系像亲兄弟一样的铁，便怀疑是他俩中的哪一位向朱彦夫告了状，说了实底。

朱彦夫看到了他们的动静："你们都很团结，都保持着统一战线，都穿着同一条裤子，都用同一个鼻孔出气，什么兄弟，什么长辈，全都是糊弄人的。在你们眼里，我朱彦夫是瞎子，是聋子，是个走不出院门的残废。你们都很精明，让我老婆限制着我的自由，让我的弟弟到外面去修路，让所有的社员群众不接近我，在你们的眼里我还是这个张家庄的大队支书吗？答案很明显，我朱彦夫什么都不是，只是个三岁的小孩子，你们都来哄我，你们都昧着良心欺骗我，你们说说，你们还是人不是人？嗯？"

小狗子见朱彦夫气得发抖，赶忙站起来赔不是："朱大哥，俺小狗子说实话，俺们的确是从心底里佩服你，俺几个也确实不应该瞒你，俺们嘴上不说，心里都不是滋味。你先消消气，俺们这样做也是没有办法的办法，你身体这样，俺们看着心里都很难受，俺几个也确实不忍心再给你添乱找心操……"

"所以你们就合起来欺骗我、愚弄我对不？"朱彦夫怒道，"如果不是我今天亲自上山去转了一趟，我还会被你们蒙在鼓里。地里的庄稼成了什么样子？有人早就断粮快饿死了啊，我无法想象你们这几个月都干了些什么，就那么几块地都荒成了猫屁股，你们的心都用在什么地方了？要说你们没有本事，打死我也不信，你们有本事，能耐还不小，把我瞒得死死的，我不服你们都不行。我就是想不通，干吗不把心思用在关心群众的疾苦上，而要用在这些欺欺哄哄的事情上呢？"

张明熙梗着脖子替那几个干部解围："这两年村民都浪惯了，一时半会儿也不好改。今年这老天爷也跟咱过不去，先是天旱死不下雨，接着又是死下没个完，入秋后又滴雨不见，折腾了几个来回，才导致荒了地。再说，俺几个也不是不管，有些群众硬是不听，俺几个也没办法……"

望着这位前任老书记，朱彦夫确实不忍心继续发火，论年纪他是长辈，论资历他是老领导，但窝在朱彦夫肚子里的气还是直往上蹿："没办法就让那庄稼白白浪费了？没办法还跟真的一样来欺哄我？你们这不是关心爱护我，你们这样做是在害我，你们知道不知道？"几个人虽然是好心好意，但朱彦夫实在难领这个情。既然当上了书记，当上了干部，就要竭尽全力地当好，就应该为群众服务，不能辜负了大家伙儿的厚望。

几个人耷拉下脑袋，烟袋也早收起来了，他们没想到朱彦夫会发这么大的火。虽然他们也是事出无奈，但作为村里的主要干部，农业生产搞成这种样子，他们有不可推卸的责任。

"你们几个想想，是你们把生产搞好了我高兴呢，还是搞成这样我高兴？生产搞得乱七八糟，你们难道就没有从主观上分析分析原因？"朱彦夫口气越来越冲，"说什么怕我担心，说什么老天爷不配合，说什么群众不听指挥，全是屁话！要我说，是你们根本就没尽到责任，是你们穿上了新鞋可还是走着上届班子的老路！我问你们，要是你们自己家的地堰冲成那样，你们管不管？要是你们自己家的地荒成那样，你们心疼不心疼？要是你们家的小孩饿得快死了，你们还能在这里装模作样地编造丰收在望的鬼话吗……"

陈希永听见堂屋里只有朱彦夫一人在高喉咙大嗓门地吵吵，慌忙拉开房门，向朱彦夫摆手示意，让他别说了。朱彦夫看见了，这才把说话的声调稍微降了一些：

"说穿了，你们缺乏的就是真正的农民对土地的那份感情，你们连做一位普通农民的资格都没有了。今天我从山里回来，看见一个胡须都花白了的老人和一个十多岁的孩子，一老一小就在后面山沟的那块地里，搬石头砌着被水冲垮的堰沟。那老人是谁？他就是我们二队的老富农老秀才！老秀才是个文人，那么一大把年纪了，实在是看不下去了，就天天让孙子闻星把他扶到地里，一声不吭地给集体垒堰。你说说，你们、你们都干什么去了？你们不好好带领群众搞生产自救，反而怪老天爷，找客观原因，知道群众没吃的了，这才慌了手脚，这才想到乱子弄大了不好收场，这才急得深更半夜领着群众翻山越岭去打野果、挖野菜度命！事情都弄到了这个地步，你们还要瞒着我这个书记，你说，你们都是些什么东西？"

朱彦夫说着说着，又控制不住自己的激动，右胳膊一挥，桌上的茶碗全被掀到了地上。

茶碗摔碎了好几个，没摔碎的也在地上打着旋，屋子里的几个干部吓得直哆嗦，他们确实没想到朱彦夫会发如此大的脾气。

站在房门口的陈希永赶紧到门背后找到扫把，边清扫边埋怨朱彦夫："俺说你有话能不能商量着说，就你这样吼吼叫叫就能把问题解决了？"

朱彦夫也意识到了自己的失态，稍微稳了稳神，语气缓和了许多："对不起大家，我这人心里装不得事。我知道，你们这么做本身是为了我好。造成现在这种局面，作为书记，作为最主要的负责人，我的责任最大，这一点我会自己向全村父老乡亲检讨的。如果乡亲们能原谅我，我就继续干下去，不能原谅，我就立马辞职！我丢不起这个人！不过，我现在声明一点，以后任何人不能阻拦我上山，我不当这个成天蹲在家里的窝囊书记……"

为了切实解决眼前群众缺粮断炊的现实问题，朱彦夫说完了这些便不再发火，和大家伙儿开始了真正意义上的工作研究。这次会议一直开到东方发白，会开完，朱彦夫要其他干部回家稍作休息，然后马上按照部署迅速摸清各家各户的具体情况。他又把张二孟和小狗子留下来，要他俩天一亮就带他去高级社找主要领导，无论如何要尽快给张家庄拨批救命粮下来，他不能让张家庄有一个人饿死，也不能让张家庄有一个人提着篮子到外面讨饭！

高级社领导听到张家庄大部分群众断炊的情况，立马召开高级社党委紧急会议，并在第一时间将此事汇报沂源县人民政府。正在主持召开政府会议的马县长一听此事，马上改变了会议主题，迅速打电话通知粮食部门的主要负责人安排救援。

两个小时后，一辆满载着粮食的大卡车就从县城开上了直通东里的公路。

东里的停车场上，载着救命粮的汽车一到，小狗子、张二孟就指挥着卸下来，再装到由高级社临时组织起来的骡马上。片刻工夫，一支浩浩荡荡的运粮队伍就踏上了去张家庄的行程。

碾麦场上，无数的灯笼火把交相辉映，朱彦夫站在堆起的粮堆上激动地对沐浴在火光中的群众说:"父老乡亲们,我脚下这堆粮食不是国家多得没处放的粮食,也不是我朱彦夫的面子,这是救命粮,这是党和政府用来帮我们渡过难关的救命粮!站在这救命粮上面,我的脸在发烧,作为大队书记,这是我的耻辱。我没有带好你们,我们种着国家的土地,没能给国家交出粮食,反而伸手向国家要粮食,我上对不起国家对不起党,下对不起父老乡亲对不起自己的良心。这种死皮赖脸的事我朱彦夫不会再做第二次,也丢不起这个人。我们的职责是创造粮食,我们的任务是把我们该种的土地种好,把该建设的地方建设好,我们没有任何理由向党伸手,向国家伸手,我们的手应该伸向我们的土地,向我们的土地要粮食,因为我们是农民。万众一条心,沙土变黄金,我相信我们张家庄的老少爷们都不是废物,我相信我们张家庄的老少爷们都是有脸有皮的汉子……"

没有窃窃私语,只有朱彦夫的话语在夜空中回荡。这回荡的声音像无形的重锤敲击着张家庄的山河,敲击着一颗颗跳动的心。

第26章
饮食革命样板戏

新中国成立以来,各项重大活动进展顺利,尤其是农业合作化运动。

此时张家庄村的面貌已有了很大改变。

火车跑得快,全凭车头带,这话一点不假。

朱彦夫在家里坐不住,陈希永已不再对他的行动进行劝阻,他几乎天天都泡在山上,或远或近,或东或西,了解情况,督促生产,和大家伙儿促膝谈心。

由于他在危难关头解决了群众吃饭的头等大事,他现在在大家伙儿的心里有着无可替代的位置,加上他不顾身体的缺陷为大家伙儿挣扎的精神,就是那些爱说风凉话的二混子们也不得不伸出大拇指。

水不紧鱼不跳,在他的督促下,一些社员的懒散习惯都自觉地收了起来,农业生产的混乱局面得到了迅速控制,地里该补的补,该修的修,该除草的除草,该上肥的上肥。地里变了样,心中有希望,面对这样的前景,谁还会无动于衷?谁还会不卖力务实?

没有落后的群众,只有落后的干部,朱彦夫对干部的管理非常严格,他在地头田间听说四队队长有时候天一亮就把社员叫到工地,可还没到晌午队长就"失踪"了,便决定多了解了解这个人。

这四队队长马长水是个人精,平日与朱彦夫之间感情不错,每次朱彦夫一来,马长水总是第一个发现,大老远就殷勤地跑过来搀扶,生怕被别人抢走了机会。

朱彦夫对马长水的印象蛮不错,听到群众的话后也不露声色,更加注意他、观察他。

朱彦夫一连到四队去了好几次,却发现这个马长水并不像道听途说的那样,到底是有人想陷害这位队长,还是这个马长水在他朱彦夫面前做表面文章?有道是无风不起浪,估计这个马长水多少还是背着他干了些不得人心的事。

为了彻底搞清情况,朱彦夫嘴上故意说要去别队看看,最近没有时间来四队检查,实际上却偷偷躲到地头上去观察。

朱彦夫不来,马长水故态复萌,刚把社员组织到地里没有一袋烟工夫,就以检查其他的事为借口一溜烟溜走了。

朱彦夫跟踪追击,结果发现马长水溜到一个寡妇的被窝里了。

原来这个马长水一直利用职权庇护那位颇有姿色的寡妇,分工时有意让那寡妇干看场或者其他轻松活,趁着众人忙着,两人大白天就鬼混。

面对这样的干部,朱彦夫气不打一处来,若不是还有理智,他差点用拐杖将其打死。不能正己,何谈正人?朱彦夫黑着脸将那马长水就地免职,让张有龙担负起了四队的管理责任。朱彦夫的黑包公形象一下震慑了干部们,也让他们明白,时时事事都要严格要求自己,不敢对自己的工作有丝毫马虎,更不敢随意放纵自己,拿权力为自己开绿灯。

生产有了起色,工作顺利了,班子合用了,朱彦夫的眉头却越锁越紧。这是因为只要他在田间地头一露面,谁见了都要忙不迭地上前搀扶,这里送,那里接,前呼后拥一大帮。他反复劝说大家不要这样,但又有谁忍心看着一个没手没脚的人在旁边跌跌撞撞而不伸手扶一把的?因此他到哪里哪里的生产好像就会受到影响,为此事他非常苦恼:总不能让群众架着、扶着干一辈子书记啊!

他不想破坏群众的劳动气氛,又不放心田间地头的生产情况,于是一个大胆而又冒险的想法跳了出来:为了避开众人了解情况,他要夜间上山!一听他要夜间上山,陈希永急得气不打一处来:干吗要夜里出去?干吗要天天去地里看?你对谁还不放心?怕给乡亲找麻烦你就少往山上跑几次,夜里出去,你以为你身体好得很是不?

朱彦夫笑着解释,一天不看看地我心里就没有底,心里就不瓷实。不是对谁不放心,我确实不想看到他们这样对我,这不是没办法嘛。陈希永见朱彦夫的牛劲儿又上来了,只好抱着向华陪他在月夜里看山,朱彦夫见陈希永抱着孩子走山路比他还要吃力,说什么也不要她再陪了。结果,第二天晚上,朱彦夫就被三队一个狩猎的社员从一个大刺架里背了回来。朱彦夫鼻青脸肿,浑身是伤,闻讯赶来探望的群众把院子围得水泄不通，有几个老大娘还感动得直抹眼泪，很多人都表示一定好好生产，让朱彦夫放心，千万不要拿自己的性命来开玩笑。

群众感动着朱彦夫，朱彦夫感动着群众。

功夫没有白费的，归仓的收入是最好的答案，除足额完成了国家公粮任务外，各家各户都分得了大堆大堆的粮食。面对这份收获，群众咧着嘴笑了，干部们也没有被这小小的胜利冲昏头脑，又聚在一起开始制订改造家乡的长远计划。

就在大家探讨论证新的计划时，上面有政策下来了：成立大社，组建革命大家庭，吃大锅饭，过集体主义生活。

凭良心说，朱彦夫对搞公共食堂并不感兴趣，全村几百号人，老的老小的小，有的爱吃干的，有的爱喝稀的，有的爱吃硬的，有的爱吃软的，把这么多人汇集在一起吃一锅饭，怎么提高人民生活水平？

对这个问题他有些想不通，专程去了社区请示。接待他的社区主要负责人王书记盯着他看了半天："上次开会好像就你没来参加，这怎么行？身体六根不全，思想要再是六根不全的话，你还咋领导别人？不要以为自己是革命功臣就不认真学习，就目无领导。这第一次就算了，要有第二次就别怪我不客气。这里我说了算，以后有什么问题直接向我汇报。"王书记回到办公桌前，跷起二郎腿，顺手抓起一张报纸，等着朱彦夫汇报。

朱彦夫见王书记这副模样，心里很不舒服。他本想架起双拐就走的，但想到自己既是下级又是党员干部，还是强迫自己坐着没动："我想请教一下王书记，搞大食堂应该怎么搞？"

"啊！你问这个？"王书记立马放下报纸，两眼放光地说，"搞大食堂是英明的决策，是为了多、快、好、省建设社会主义。你想啊，每个家庭都需要一个人做饭，这多浪费人力呀，搞起了大食堂就解放了一大批做饭的妇女劳动力，这些妇女劳动力腾出来就可以从事其他的社会主义建设了呀。统一吃饭，统一上工，既节省时间也便于干部管理，这个大食堂的好处很多很多呀。"王书记指着办公室书架上的红布、白布和绿布介绍说，社区将借用外地的做法，采取树榜样、树典型、割尾巴的方法激励和鞭策各个村社。这些布匹都是用来做旗帜的，对于在这次运动中表现突出的村组，给予红旗奖励，通报表扬；对于在运动中有抵触行为的，就给予白旗惩罚，插上了白旗的单位，单位负责人当场罢官；绿旗就是"准白旗",是对在运动中不积极的单位的一种警告,有限期整改之意。

王书记说:"插红旗、拔白旗、下绿旗是从外地学来的先进经验。大食堂这件事,有条件要搞,没有条件创造条件也要搞……"

想不通归想不通,食堂还是得搞,要搞就必须搞好。张家庄先天性缺水,村部经过慎重考虑,决定全村只办一个食堂,同时把全村合在一处,搞兵团式的生产,由村里统一指挥,这个维系生命的公共食堂则安置在村前靠河边的一个四合院里。

四合院靠北的一溜房屋,是张家庄村的总指挥部。指挥部里,朱彦夫把思考了好几天的一整套方案拿了出来,这套方案全部都是围绕食堂展开的:首先必须有一支精打细算的操作能手组成的技术组来把关,绝对不能弄得吃了上顿没有下顿,也不能只管今天不管明天,一年三百六十五天,天天都是要过的日子,一切必须从长计议。生活卫生是健康生产的基础,所以,对食堂工作人员的挑选一定要认真仔细。经过反复挑选,全村十二个讲究卫生又有一手厨房绝活的妇女被列为食堂员工,她们个个心灵手巧,平日都很珍惜粮食,有这样一支队伍在源头上掌控操作,这食堂的稳定持久就有了保证。除了技术组外,还要组建养殖组、护理组和机动组:养殖组的任务是把各家各户交到这里的生猪养好养肥,还要有计划地扩大养殖数量,保证大家伙儿的肉食供给;护理组的主要任务是照顾全村的老弱病残;机动组的主要任务是将大队收回的粮食入库,同时机动配合其他生产。这些组的人员都是村里的成年女性,也是张家庄大队一支具有时代意义的娘子军。

大食堂里还没有冒烟,各家各户的小灶还没有撤除,一些情绪就明显地表现了出来。按照上级规定,各家各户不得保留小灶,这就是说各家各户积蓄的粮食都必须毫无保留地交给集体。这对那些平时有酒一气喝、有肉一顿吃的家庭来说,是最欢喜不过了,都巴望大食堂早一天开业。但对那些想置办家业或准备娶妻生子的家庭来说,就显得很不公平,他们平日舍不得吃舍不得喝好不容易积攒下来的东西,就这样平白无故地让大家伙儿分享,他们想不通,虽然嘴里不好说,但心里都窝着一股气,整天愁眉苦脸的打不起精神,只好天天在家里紧着好吃好喝的尽情享受,把平日节省下来的东西多往自己的肚皮里塞一点。

公共食堂的院子从内到外布置妥当,可以说是万事俱备只欠冒烟了。究竟哪天开伙?朱彦夫迟迟下不了决心,他在很多场所做过很多英雄报告,但他就是下达不了开伙的命令。朱彦夫心里明白，只要开伙的命令一下，各家各户的所有家底就要无条件地交到寇长功手里，那将是怎样的一种场面，他不敢想象。周边有几个村已开始了食堂生活，张家庄有人好奇，偷偷看了回来反映：食堂吃饭不要钱，地上的馒头扔得到处都是，粮食浪费得厉害。

张家庄迟迟没有开伙，有人把情况反映到王书记耳朵里去了，王书记怒不可遏，亲自来到张家庄督阵。他在群众会上大发雷霆："还要等到什么时候？共产党不迷信，不需要什么黄道吉日，要的是革命的行动步伐，要的是雷厉风行的工作作风。"王书记命令小狗子召集全村基干民兵，开始挨家挨户地砸锅扒灶，虽然弄得是哭的哭叫的叫，但谁也没有办法，胳膊拧不过大腿，只好乖乖交出家里的余粮，再把猪圈里的猪牵到村新建的大猪场里，无可奈何地过起了集体生活。

为了充分展示集体生活的优越性，大多数食堂都实行按需分配，社员要求吃馍馍，食堂就蒸馍馍，社员们想吃油炸食品，食堂就支起油锅，一切顺从民意，一切按大多数群众的要求来做，很快就把有限的细粮吃得所剩无几。从开始的吃不了到处扔，到后来的吃不上拼命抢，形势一天天恶化，细粮吃完了，粗粮就成了一日三餐的主食。食堂里天天吃地瓜，天天啃窝窝头，怎么应对即将到来的全县夏季农业生产大检查和农村食堂大检查？社区领导急得像热锅上的蚂蚁，经过研究，就向所辖的食堂下达了饮食改革命令：粗粮变作细粮吃，低档改成高档吃，吃地瓜不许见地瓜，吃高粱不能见高粱！

白纸黑字加盖大印的命令，绝对不是开玩笑。可食堂开到这种地步，能有地瓜填饱肚皮就算不错了，要变换花样，绝非易事。再怎么变，地瓜也变不成白面啊！面对这样的命令，好多村干部感到哭笑不得。

"呵呵，有意思，粗粮变成细粮吃，巧媳妇难做无米之炊，完成这样的任务我姓朱的是擀面杖吹火，一窍不通。"朱彦夫招来技术组的全部成员，"你们是村里公认的巧手，这个任务你们看着办。办好了拿到了红旗，你们是功臣；办不好，没拿到红旗我也不责怪你们。在食堂里你们是绝对权威，我不会胡乱指挥，一切依你们的。"

不许铺张浪费，一切精打细算，大家日子小家过，粗粮细粮搭配消费，既要吃得饱，又要吃得好，还不能吃不了，这是朱彦夫对食堂总的要求。善于理家的张婶是技术组的组长，她的口头禅是"一顿要是省一把，三年能买一匹马"，所以每顿下多少粮,她都要反复琢磨,那些男子汉们什么时候要干重活,什么时候上山坡,什么时候下水田,她都要提前询问,以便相应调配。

在这个组里,除了张婶的年纪稍大一些,其他的都是年轻的媳妇和未出阁的姑娘们,个个除了心灵手巧外,长得也是溜溜的俊。美人做出的饭菜男人们吃着是另外一种味道,即使有时不注意把头发掉在了菜里,也只会被说些浑话调侃,没有谁去认真计较。做饭的媳妇姑娘们虽然谁也说不清是谁大意了,但大家还是以不小心引发的头发笑话为耻,之后每次做饭前都认真地检查帽子是否戴好,其他器具是不是干净卫生,头发事件便再也没有发生,更没有发生其他村食堂传出的一口咬出半条虫的恶心事件。整个食堂里从早到晚秩序井然,工作有条不紊,一直充满了欢快愉悦的叮叮当当、叽叽喳喳的和谐音符。

身为总指挥的朱彦夫对食堂的工作没有什么不放心的,他的工作重点还是农田建设和粮食生产,这是全大队的命,他一点也不敢疏忽,至于食堂工作拿不拿红旗,那没啥关系,形式上的东西填不了肚皮。所以,他除了每天抽时间与寇长功核对一些账目外,大部分精力还是放在田间地头,如此庞大的生产队伍,绝对不能打乱仗,绝对不能顾此失彼,绝对不能浪费人力和时间,每块地每个细节都必须充分考虑,这同打仗一样,要想取得战斗的胜利,指挥官必须合理部署。

朱彦夫不在乎红旗,财务管理寇长功可在乎。寇长功自小就养成了做事细心的习惯,在村里口碑不错,虽然他年岁不大,但自成立高级社后,大家伙儿就把他推到了财务管理这个位置上。寇长功自当财务管理以来,谨小慎微、任劳任怨,对工作高度负责,也确实是个理财的好手。寇长功认为,张家庄这段时间的工作,无论是生产还是食堂,在朱彦夫的领导下都取得了显著的成果,人们的集体观念达到了相当高的水准,对社会主义的美好未来也充满了希望,在整个社区不是数一也是数二,红旗既是一种崇高的荣誉,也是一种精神的动力,凭什么不争取?这面红旗一定要拿,一定要让其他的村社看看,今天的张家庄不再是昔日的张家庄,不再是小伙子们讨不到媳妇、姑娘们要远走高飞的贫穷得被人瞧不起的张家庄,而是一只羽翼渐丰的雄鹰,将在沂蒙山展翅腾飞。

"各位嫂子大姐,到了你们大显身手的机会了,这次饮食革命你们一定要成功,一定要给俺们村社长脸。八仙过海,各显神通,你们要啥俺就想办法给你们弄啥,俺们的目的就是要拿到红旗。生产上的事俺敢担保不是问题,只要你们能成功，这红旗就十拿九稳了。"寇长功在屋子里坐不住，就跑到食堂里为大家鼓劲儿。

"这还用说，俺们正商量着，粗粮变细粮，这对俺们来说是小菜一碟，等俺们的方案定下来以后，就让珍珍亲自去你那里汇报。"快嘴李巧儿还没等组长张婶开口，就抢先嚷了起来，而且把"亲自"说得特重，生怕别人没听清似的。

寇长功脸一红，悄悄看了一眼正在洗菜的珍珍，发现珍珍也红着脸，把头勾得低低的，咬着嘴唇，双手不停在水里搅动，顿时觉得她特别娇媚，特别迷人。

张家庄食堂是女人的世界，财务管理寇长功的最大乐趣就是往食堂里钻。这里的女人个个漂亮，他看着眼热心仪。在这里，他成了大观园里的贾宝玉，除了张婶，大伙儿都喜欢把嘴架在他身上逗弄几句。他开始还有点怕羞，总是被这些女人们的玩笑一弄一脸红。

在这群娘子军里，他最喜欢看珍珍。珍珍是技术组年龄最小的姑娘，才十八九岁，身材纤细高挑，曲线完美动人。在他的眼里，珍珍简直就是天上的仙女下凡，身上有读不完的神韵美妙。在珍珍的目光与他的目光相碰的刹那间，他总有一种电流激荡似的本能反应，脸也红。

年轻女人对这类事情都出奇地敏感，她们从寇长功忘我的眼神里摸着了寇长功的内心，于是，只要有事，大家就让珍珍去寇长功那里跑腿，尽量给他们单独接触的机会。此时，寇长功喜滋滋地回到自己的办公室里，专门为珍珍搅了杯糖茶放在桌前的窗台上。他一边做账一边等珍珍来，等他账目快做完的时候才听到门外有人要进来，他刚要激动地起身迎候，猛然感觉响声不对，拐杖点地的声音清晰地传进耳朵，进来的应该是朱彦夫。他有些失望，难道她们的方案还没有定下来？

朱彦夫没有直接回到自己的办公室，而是走进了财务室。

"朱书记，跑累了吧，看你满头的汗。"寇长功一把将朱彦夫搀扶到自己的凳子上坐下，又顺手拿起毛巾替朱彦夫擦汗。

"这天是有点热，热好哇，热，庄稼长得快！"朱彦夫热得口渴，一眼看到了窗台上放着的茶水，"这喉咙快冒烟了，把那杯水拿来灭灭火。"

寇长功迟疑了一下，拿过茶水，嘴里笑道："正好喝，已经凉了。"

朱彦夫一口吞下茶水，却不由得皱起了眉头："你小子行啊，搞起特殊化了？"

"我是专门为你准备的。不是天热嘛，喝这个，降暑。"寇长功脸红了，嘴上想办法为自己开脱。

"你小子啥时候听说我爱喝糖水？瞎闹！"朱彦夫信以为真，批评说，"这糖要紧着产妇和病号、老人用，我们手里管着的财务是大家的，我们谁也没有权利搞这个特殊化，下不为例。"

寇长功吓出了一身冷汗，只得连连点头。唉，这可是他在这个岗位上第一次动了私念，这个珍珍，你咋这么没口福呢？

下午，珍珍去河边担水，寇长功追到河边要给珍珍帮忙。

"快走开，别人看见会笑话的。"珍珍死死地抓住扁担不让寇长功插手。

"有啥好笑的，俺这是顺路。再说，俺也不是第一次替人挑水，"寇长功索性不要扁担，一手拎着一桶水几步跨上了河堤，"你就扛着扁担跟着走吧。"

珍珍懂得寇长功的心思，心里像吃了蜜似的甜。但从这里到食堂差不多有里把路，真要把两桶水拎回去，胳膊如何受得了？她有些心疼，急忙赶上去："嗨，扁担给你，犟牛！"

寇长功接过扁担，呵呵地傻笑："粗粮变细粮的方案还没出来？"

"她们说了，这是秘密。"珍珍跟在寇长功身后，"地瓜干、高粱，还有颜料，都是俺们要准备的材料，说不准张婶正要找你要呢。俺说你也真是，不好好待在屋子里值班，人家找你咋办？还嫌人家的舌根子没嚼的？"

"俺、俺不是想从你嘴里知道你们的方案么。"

"哼，"珍珍把发辫往后一甩，"巧嘴滑舌，你那几根花花肠子还想瞒她们的眼睛。明天晌午样板就出来了，到时候给大家一个惊喜。"

第二天早饭一吃过，上工的队伍一走，食堂的前后门就都关了起来，连寇长功也不能进去。这些女人，神神秘秘的。

没到晌午，食堂的门又打开了，李巧儿站在院子里冲着北屋亮起了金嗓子："朱书记，样板出来了，请领导检阅！"

正在屋里核对账目的朱彦夫和寇长功走出来一看，不禁眼前一亮，惊叹不已。摆在地上的笼屉里，密密麻麻地挤着成双成对的金龙玉兔、银鱼花鸟、猫狗鸡鸭等，活灵活现，玲珑剔透。腾腾热气尚未散去，阵阵香味弥漫空中，诱人食欲……

张婶指着蒸笼里的杰作向朱彦夫汇报:"这可全都是地瓜干和高粱米碾粉做出来的,没用一点细粮。俺就不信,这红旗插不到俺们这里来!"

"张婶呀,没看出来,你还有这么漂亮的绝活儿!"朱彦夫感慨不已。

"哪呀,这绝活儿可是咱李巧儿的。"张婶兴奋地揭开了珍品的秘密,"巧儿的老爹原来是捏糖人儿的,这绝活儿可是咱李巧儿的祖传技术,没想到嫁到俺们张家庄还派上了大用场。"

"到时候红旗插上了,一定要给巧嫂子记头功,一定要给你们技术组记集体一等功!"寇长功乐得屁颠屁颠地拇指直竖。

也真是巧,就在朱彦夫和寇长功刚刚回屋继续核对账目时,公社的王书记就走进了院子,他头戴新草帽,肩搭白毛巾,一跨进院子就被眼前的珍品杰作吸引了眼球。王书记喜出望外,又闻又看,赞不绝口:"好!这真是太好了!能干,真是太能干了!张家庄的食堂了不得,这回的红旗非给你们插上不可!"

在社区所有食堂队伍里,王书记对张家庄的印象最深,这里的女人虽然说起话来不是那么好听,但个个养眼好看,能给人一种无可替代的快乐。别看他平时凶巴巴的,在这些漂亮的女人面前却是少有的温和。此时他的双眼笑得眯成了一条缝,在他管辖的范围内出现了如此高雅的饮食样板,他就在全县拥有了吹嘘的资本。此刻,欣赏珍品的心理占了上风,他顾不得看眼前的女人们,光这笼屉里的奇特景观就让他眼睛转不过来,喉咙里也好像伸出了爪子,勾得他口水直流。

在张家庄,人们对这个王书记没有好印象,平日见他心高气傲的样子,心底对他都很鄙视,尤其是他让民兵不分青红皂白地一顿乱砸,大伙儿心里都有气,但因为他是领导,大权在手,社员们也只是敢怒不敢言。冲他说话那个老子天下第一的神劲,大家在背后给他取了个"玉皇大帝"的"雅号",谁知他听到这种称呼,不但不生气还得意扬扬:"玉皇大帝怎么了?玉皇大帝管着天下呢,老子就是要多管几个人。"见他脸皮如此之厚,技术组的女人们背后都叫他"瘟神"。是玉皇大帝也好,是瘟神也罢,讨厌归讨厌,工作是工作,总之他还是公社的主要领导,立标插旗的刀把还捏在他的手里。张婶见他高兴,就下令把所有的杰作都抬出来,让这位领导好好欣赏欣赏,好好开开眼界。

几个蒸笼陆续抬了出来,一笼比一笼漂亮。最令人叫绝的是,有一笼是社员劳动的场面,里面的人物挥铲扬镢,惟妙惟肖。

王书记看得眉开眼笑，胖墩墩的身体都跟着不停地颤抖。突然，他的笑声戛然而止，他大张着嘴没了后音——他的眼睛紧紧地盯在了一个特别扎眼的人物上。这个人物比其他人物高大几倍，身阔头肥的一身官相，头戴洋草帽，双手叉腰，傲视着众人，只是那头脸不是人头人脸，而是狗头狗脸。

"这、这个人是谁？"王书记好半天才回过神。

李巧儿扑哧笑了出声："这可不是个凡人，是个大官！"

"多大的官？什么人？"王书记脖子上暴出了青筋。

李巧儿胆怯了，说话不再那么响亮："他有名字，你自己看呗！"

王书记低头一看，那人物的后背上插着拇指大的一块硬纸片，清晰地写着"玉皇大帝"四个字。王书记终于忍无可忍了，挥舞着双臂咆哮起来："你们吃了豹子胆了，胆敢诬蔑老子？还把老子放在蒸笼里蒸着要别人来吃，老子看你们是活够了！"

突然炸起的吵闹惊动了北屋里正在看阅账本的朱彦夫，他忙叫寇长功扶他到院子，脚还没有站稳，王书记就像疯狗一样扑了过来，手指在朱彦夫的眼前直捣："好你个朱彦夫，你仗着自己是革命功臣，仗着有马县长做后台，就胆敢唆使人诬蔑社区领导！社区领导来视察工作，你非但不迎接，还躲在屋里装不知道！你想干什么？你今天给老子说清楚！别人怕你，我'玉皇大帝'不怕！"

朱彦夫满头雾水，一边擦着脸上的唾沫星子，一边不由自主地往后退了两步。

张婶见这个瘟神连朱彦夫也不放过，忙上前一把扶住朱彦夫，又赔着笑脸对王书记解释："王书记，俺们是做着好玩的，也没针对你，你别多心了。这事与朱书记也没有任何关系，他的身体有残疾……"张婶心里清楚明白，她们在屋子里捏人物时，大家嘻嘻哈哈地说要把王书记这个瘟神做成狗头来解解气，没想到偏偏碰到这个瘟神来了这里。也怪自己一时太得意，把这档子事情给忘在了脑后，一股脑儿地把东西都搬了出来，因此她很想把这事给忽悠忽悠遮掩过去。

狗头人身的馍馍上分明插有"玉皇大帝"的字牌，任何解释都是苍白无力的，王书记又蹦又跳地骂道："放你娘的屁，不是针对老子是针对谁，朱彦夫，你给老子听着，现在我代表社区党委宣布：一、拔你的红旗，插你的白旗。二、你马上写出书面检讨！"

朱彦夫终于弄清了是怎么回事，他心里虽然不喜欢这个王书记，但大家把王书记做成狗头狗脸的样子也确实有点过分，不管咋说，他还是社区党领导嘛。而且依照王书记这个气势，要追究到这几个女人身上也不是不可能，这个责任自己要揽过来！可这个王书记也太霸道了，张口闭口就撒泼骂人，因此朱彦夫也不想低三下四地赔礼道歉："王书记，这事的主要责任在我的头上。我不在乎什么白旗红旗，让群众吃饱饭，建设社会主义才是最重要的。另外，书面检讨我可以写，但得有个条件。"

"啥条件？"王书记见朱彦夫还敢谈条件，不禁想听听。

朱彦夫不紧不慢地说："你必须先做出检讨，你身为领导，遇事不冷静，就这么个'玉皇大帝'能说明什么？你想把'玉皇大帝'往你身上扯，那是你的事，我们的女同志在做这个玉皇大帝时没有任何不良动机，你应该把它当作一件艺术品才对。这个检讨你不做，我也不做，就算两平了，咋样？"

"什么？明明是她们侮辱我，还要我做检讨，放屁！朱彦夫，老子告诉你，你敢跟我讨价还价，你、你敢不服从党委的决定！老子就撤你的职！"王书记的脸气成了猪肝色，气急败坏地飞起一脚，哐啷一声，蒸笼被踢了个底朝天，一蒸笼动物造型的吃食骨碌碌滚了一地。王书记好像还不解恨，又乱踏乱踢了几脚，转身抬脚想走。看着王书记浪费的东西，朱彦夫怒火万丈，冲着王书记的后背大喝一声："站住！"见王书记站下，朱彦夫怒道："你竟敢浪费我这里的粮食，你给我捡起来！"

王书记扭转身，示威似的站在朱彦夫面前："做梦吧你！"

"你给我把地上的馍馍捡起来！"朱彦夫毫不含糊，又重新说了一遍。

王书记恼羞之极，咬牙切齿地骂道："你当你是谁？我给你捡！我给你捡！"说着又抬脚踏了几个馍馍。

朱彦夫把拐杖往地上一捣，吼叫着命令道："给我把他绑起来！"

"你敢！"王书记伸出小拇指，"你算什么东西！"说着又示威似的踏了几个馍馍。

朱彦夫气得朝面前的女人们吼道："还愣着看啥，把他给我绑了！"

女人们也不知哪来的勇气，冲上来七手八脚地把王书记按在地上，还真的找来绳子把王书记给捆了起来。

第27章
天 上 地 下

过了好一会儿，技术组的一群女人才反应过来，顿时吓坏了。她们见被反剪着双手的王书记在院子里又蹦又跳又骂又叫，觉得自己的祸闯大了。这瘟神可不是一般的平头百姓，这戏有点不好收场，刚才一哄而上的勇气，顷刻间就化为恐惧，女人们一个个傻呆呆地看着小丑般表演的王书记，吓得大气不敢出一声。

朱彦夫也暗自后悔过于鲁莽，但看到院里女人们惊魂失魄的样子，又意识到只能将错就错，为她们壮壮胆量："先把地上的馍馍都捡起来，马上就到收工用饭的时间了，该干啥干啥去，这人爱骂不骂，随他的便，都别理他，等山上的人回来一起商量，看看该怎么修理他，看他还随便浪费粮食不？"

朱彦夫这么一说，女人们这才回过神来。

"是啊，别误了午饭，大家快收拾收拾。"

张婶壮着胆子挪动步子，这才感觉到两条腿筛糠似的不听她的使唤。

农历五月的太阳早已失去了春天的温柔，照在身上热气逼人，王书记蹦得浑身是汗，骂了几句也就泄了气。他见朱彦夫早已回到了屋里，女人们也钻进厨房乒乒乓乓地忙活起来，好像早把他这个"玉皇大帝"忘记了似的，这才意识到自己的处境是多么危险：姓朱的是当兵出身，在战场上是个玩命的主，这要是把姓朱的搞毛了，说不准真能干出什么要命的事来。自己早上从社区走时，只说下去转转，也没说到张家庄来。只怪自己色迷心窍，被这几个女人勾了魂，无事找事地往这里跑，摆谱发飙也看错了地方。好汉不吃眼前亏，得想办法离开这个鬼地方。

院子的大木门不知啥时候被人闩上了，王书记想走，可双手被反剪着开不得

289

门，他害怕了，一定要赶在社员下工之前脱身逃命。心急火燎的"玉皇大帝"坐到碾盘上，想冷静一下，思考一个脱身之计，可刚挨到碾盘，又像触电般站到了地上——碾盘被太阳晒得滚烫，不是能坐的地方。直到此时，他好像才意识到自己在火辣辣的太阳底下蹦跳了半天，这才感到浑身是汗，周身无力，万般无奈，他只好躲在屋檐下的阴凉处，像一只斗败的公鸡，靠着墙角惊恐地注视着院子里的动静。

"姑娘，姑娘！"过了一会儿，王书记看见珍珍出来倒水，不愿失去机会，忙开口喊了起来，"这位姑娘，你来一下！"

珍珍惊魂未定，见不可一世的"玉皇大帝"可怜兮兮地叫她，一时拿不住主意，不知是应好还是不应好，直到屋里的女人们在背后让她去看看这个"玉皇大帝"有何"旨意"，她才大着胆子来到"玉皇大帝"面前。

"这位大姐，今天算我不对，求你别跟我一般见识，求你把我放了，大姐！"此时，"玉皇大帝"的眼里没有色欲，只有恐惧和乞求了。

珍珍不敢做主，也不敢表态，她什么话也没说，打算进北屋请示朱彦夫。进了屋，珍珍见朱彦夫坐在凳子上一口接一口地吐着烟雾，便轻轻地咳了一声，说明了来意。

"你去把他放了，不要说是我批准的。这样，让小寇和你一起去，越快越好，免得社员回来撞见影响不好。"见小寇和珍珍刚出门，朱彦夫又吩咐说，"对了，把蒸好的馍馍也给他几个，让他悄悄离开，别让我发现。"

"玉皇大帝"王书记承着财务管理和珍珍的大恩大德落荒而逃。

陈希永做梦也没想到就是她去东里医院为婆婆郑学英买药的大半天时间，朱彦夫就在村里闯下了这么大的一场祸，急得直抹眼泪："你说你咋这二屎？人家是大书记，是你随便想捆就捆的？你真的是马王爷长了三只眼，没人管得了你了？你把娄子捅这么大，恐怕俺姑父姑姑也帮不了你，你说你要是有个三长两短的，你老娘咋办？俺们娘俩咋办？"

朱彦夫本来还有点心惊，经陈希永这么一哭，他反而不在乎了："这有什么好怕的，贪污和浪费是极大的犯罪，这是毛主席说的，我是为捍卫粮食而战，我怕他咋的？我不需要谁来帮我，你以为他真的是玉皇大帝？就算他是玉皇大帝我也不怕！"

郑学英这几天老是肚子疼，吃饭都是陈希永从食堂里打回来吃的，这会儿，她正在屋里吃饭，无意中听到了这事，慌得跑到朱彦夫的屋里，数落儿子的不是："俺说彦夫呀，你也是老大不小了，做事前要用脑子想想，这可不是小孩子过家家闹着玩的……"

"天塌了有高个子顶着，着哪门子急呀你们！"朱彦夫最怕别人唠叨个没完，在食堂里张明熙唠叨，回到家里老婆和老娘也唠叨，难道真的是大祸临头了？可就算是大祸临头，也不是唠叨几句能解决的。只要他这个村支书一天不撤，村里的生产就还得管好一天，绝对不能因为有了麻烦而影响整个大局。

两天平安过去，第三天，社员们刚丢下碗离开食堂，朱彦夫正要架着拐杖上山，社区的王书记就领着一拨人浩浩荡荡地涌进了食堂。县里的马县长来了，公安局的局长也来了，食堂里的女人们吓得路也走不稳，只有寇长功哆嗦着上茶照应。

调查组开始分别找人谈话，调查了解当时发生的具体情况。大家伙儿早交换了意见，统一了口径，都说粗粮变细粮做馍馍是执行社区饮食改革的决定，至于"玉皇大帝"，纯粹是随手捏着玩的，绝对不是故意把矛头指向领导，对于王书记的肆意谩骂，谁也没还口，而且要是王书记不踢翻蒸笼，不用脚踏踩那些馍馍，朱彦夫也不会用绳子把他捆起来。

群众的眼睛是雪亮的，工作组的调查方向来了个一百八十度大转弯，由调查朱彦夫转向了调查王书记。

细心的寇长功很有心计，还把那天被王书记踢到地上弄脏了的各种造型的馍馍收藏着，他见工作组没有了恶意，就跑到仓库把那天收起来的馍馍用筛子端了出来："这就是那天的馍馍，脏了，吃不成了，俺觉得好看，不忍心拿去喂猪，就给收了起来，都在这里，你们看。"

惟妙惟肖的动物造型，打动了所有在场的工作组的同志，各级领导大开眼界，争相把它们拿在手里欣赏。

"这都是地瓜干和高粱做的？"马县长手里拿着一只小猴。

"全都是地瓜干和高粱做的，没掺杂任何细粮。"张婶在旁边立马回答。

"好，好！这才是真正的艺术，这才是真正的饮食改革，不简单，真不简单！"马县长高兴得合不拢嘴。

公安局局长是王书记的亲妹夫，他见马县长高兴，就悄悄附在马县长耳朵边提醒："据我所知，那个'玉皇大帝'确实是指桑骂槐，您看——"

马县长不喜欢这种交头接耳，偏开脑袋大声说："我手里的这个你知道叫什么吗？"

公安局局长不知马县长何意，怯怯地回答："猴子，一只小猴子。"

马县长手捧着猴子，看着公安局局长说："对，这是只猴子，我老马的小名也叫猴子，你说，这猴子是我老马吗？"

"不是，肯定不是。"公安局局长的脸唰地红了。

"这不就对啰，"马县长对围在身边的调查组人员说，"这猴子不是我老马，那玉皇大帝就非得是他王茂海吗？尽瞎扯。粮食是什么？粮食是人的生命，谁作践粮食谁就是作践生命，你王茂海作践粮食，朱彦夫绑了你一绳子，那是你自作自受。你幸亏是没有碰到我老马，否则，我把你那双脚给剁下来，你信不信？好了，这件事到此为止，内部矛盾嘛，就不要上纲上线了。当然，王茂海随便辱骂群众不对，今天中午，王茂海必须向张家庄的父老乡亲赔礼道歉，做深刻检讨。还有，这个食堂要插上红旗，作为全沂源县的榜样，让大家都来学习、取经。"

为了充分展示这块饮食革命样板，马县长指示，食堂院子要插满红旗，院大门要扎彩门，食堂要把这种艺术展示出来，供其他兄弟食堂学习。

张家庄食堂没有被插白旗，反而还得到了工作组的充分肯定，被政府树了典型。这树典型可不是红口白牙一说就完了，还专门组织了人力物力打扮张家庄食堂。张家庄食堂从里到外去旧换新，高大的彩门扎起来，鲜艳的红旗插起来，一夜之间，食堂像打扮好的新娘，变得花枝招展、楚楚动人了。张家庄食堂的饮食杰作在沂蒙山区引起了巨大反响，越传越神奇。短短几天时间，报纸、电台的记者从四面八方涌向张家庄，张家庄顿时光芒四射。

朱彦夫被几个年轻村干部搀扶着到地里搞小麦评估，一畦畦、一片片土地上，勾着头的麦穗随着微微的山风，摇晃着它们沉甸甸的头颅，掀起一道道波浪，好像在对他们的到来翩翩起舞。油菜丰收了，豌豆丰收了，眼前这小麦单产达到四百斤估计不成问题。马上就要开镰收割了，如果老天爷长眼，不来狂风暴雨的话，再有十多天，这小麦也就能满获丰收了。白面馍馍的喷香好像已经在鼻前飘荡，村干部们个个脸上带着胜利的微笑，这是多年来张家庄最好的收成，这也是多年来张家庄广大社员勤奋务实的结果。

"就这样干它几年，再把九曲河两岸的零星地块搞成当家地，估计张家庄一年四季都吃上细粮不成问题。"朱彦夫兴奋地憧憬着美好的未来。

"是的，"张明熙深负歉意地说，"要是早两年俺们能像你这样扎实地领导生产，现在的食堂就能用白面来做那些艺术食品了，那吃着才叫又香又甜呢。"

"嗯，什么事情都是逼出来的，想当初我可是个门外汉，现在也算半个行家了。"朱彦夫笑了，"外行领导内行，不是滋味，多操好多闲心，这以后好了，摸着门道了。"

但说说笑笑的朱彦夫回到四合院的北屋一会儿就大发雷霆了："王八蛋，脑子都进水了，想糟践我朱彦夫也用不着这种手段！"

朱彦夫平日很少这么粗鲁地骂娘，几个村干部被朱彦夫的怒骂搞得不知南北，一个个小心翼翼地来到朱彦夫的屋子。

朱彦夫见几个村干部都进来了，用拐杖捣着地上的一张报纸："你们看看，你们看看，那些混账记者都什么东西！有这么树张家庄典型的吗？真是别有用心，真是歹毒至极！"

张有龙赶忙拾起被朱彦夫捣了好几个大洞的报纸看了看，这才弄清朱彦夫发火的原因。这是沂源县出的一张《沂源先锋报》，报上说：张家庄在"大跃进"运动中，积极响应党的号召，每天净收废钢铁二十万斤、食堂养猪两千头、饮食实现革命化、一日三餐糕点化、食堂炊具机械化……

朱彦夫气得一屁股坐到凳子上："张家庄什么时候收了二十万斤的废钢铁？张家庄又到哪里去收这么多的废钢铁？还每天净收二十万斤，就是一年也收不到啊。这一年三百六十五天要收多少？就是一座钢铁山哪，我们张家庄到哪里弄这些钢铁出来？这不是存心要让我们张家庄难堪吗？还有，说我们食堂养了两千头猪，可我们的猪场里，大大小小加起来也才七十四头啊，到时候国家征购生猪，我拿什么去交？就是把我们张家庄所有的人都当猪也不够这个数字呀！你们说这是树咱们的典型吗？到时候咱们张家庄什么都拿不出来，党怎么看我们？毛主席怎么看我们？白纸黑字呀，你们说这些记者是不是昏了头，你们说他们是不是存心与我们张家庄过不去，就这样的东西也敢上报？做梦说胡话的狗屁文章难道就没有人看出来？就算想吹牛也得给牛留个位置吧，就凭一张嘴胡吹一通？"

为一张小小的报纸发如此大火，大伙儿原本都认为有些不值当，但经过朱彦夫这么一解释，大伙儿不由得连连点头。

朱彦夫说："这就如同打仗，下面搞情报的不根据战场情况，凭着想象胡编乱造战事战况，总指挥再根据这胡编乱造的情况来指挥战斗，结果是什么？这社会主义建设也是一场人民战争，都像这样胡吹一气，就会影响党的决策，结果不堪设想啊！他们可能不敢这么糊弄国家糊弄党，但他们是有意把我张家庄整倒整垮啊。他们居心不良，他们是在用杀人不见血的刀，捅我们张家庄的典型。这个问题，我们一定要澄清，我们不能眼睁睁地看着他们这么干，我们要戳穿他们的阴谋。"

"这就如同打仗"是朱彦夫的口头禅，平日里大家一听到这话都要抿着嘴笑，可今天大家没有笑，都认为朱彦夫分析得在理，就连担任过多年村支书的张明熙也认为是这么回事，他也报过假账，也夸大过事实，但从来也没敢像《沂源先锋报》这样不见边的海吹一气。

张明熙说："彦夫说得对，这是有人跟俺张家庄过不去，这是一场政治斗争。"

寇长功分析说："王书记动了那么大的干戈，结果颜面扫尽，肯定不服气，一定是他唆使笔杆子给他出这口恶气。"

大家伙儿你一言我一语开始商量对策，最后决定还是由朱彦夫去找上级领导澄清事实，其他的人则按部就班在家指挥抢收抢种的工作。

朱彦夫气冲冲地找到社区，几个主要领导都下乡去了，值班的副书记告诉他："问题没你想象的那么复杂，我们王书记不可能如此小肚鸡肠，也不会绕这么大弯下套设计谋跟你们张家庄过不去。从那次事件后，他在大小会上都从不提张家庄的长短，你多虑了。这些数据、材料也不是那些记者瞎编乱造的，它是通过我们党委慎重研究汇编的，这是策略！是时代的需要！我们要以虚带实，以少带多，要敢说敢想敢干！思想保守僵化，故步自封，像蜗牛一样爬行，还如何实现共产主义？"

"这是什么策略？这是什么逻辑？就靠这样来实现共产主义？"朱彦夫毫不客气地打断他说，"你们这样会有问题，这就如同打仗……"

"好啦好啦，朱彦夫同志，别如同打仗啦，"值班副书记打断了朱彦夫的话，有些耐不住性子了，"我不是说了嘛，以虚带实，以少带多是一种策略，是一种手段，你是当过校长的人，不会不理解这句话的意思吧？"

朱彦夫气得脖子上青筋直冒，这种策略他无法理解，他很想大着嗓门再理论几句，见值班副书记拿起了报纸，对他一副爱理不理的样子，只好把涌到嘴边的话咽回肚里，憋了半天心情才稍微有些平静："这个问题，我想找县长说，我要用一下电话。"

值班副书记抬起头："找县长？你用吧，找省长，找国家都行，随你的便。"

电话是摇把式的，朱彦夫不知是假手太僵硬还是心情太急躁，电话没摇通，倒把电话机弄翻了个。值班副书记实在看不过眼，这才丢下报纸帮他要通了电话："喂，要马县长！"

朱彦夫接过听筒，里面传出了马县长的声音："我是老马。"

"我是张家庄的小朱……"朱彦夫有些激动，语无伦次地把《沂源先锋报》的事情向老领导做了汇报。

马县长的声音显得有些沉闷，嗓音也失去了往日的洪亮："我都看到了，也提出了不同看法，这不，就坐上了冷板凳。朱彦夫同志，这个时候谁也别找，找也解决不了问题。夏季大忙的关键时期，做好自己该做的事，看不惯的你就别看，听不惯的你就找棉花把耳朵塞起来。万一不行，你还可以回到疗养所去，那里清净，对你身体也有好处。我背上有块弹片，一变天就在里面捣乱，是该取出来了，我准备到济南去一趟试试。你身上不是也有弹片没取出来嘛，找疗养所打听打听，看看是不是能取，这几年医术有了进步，能取还是趁早取，老放在身上也难受，是不是？好啦，不说啦，有啥事再联系。"

朱彦夫默默地放下听筒，他似乎什么都明白了，又似乎什么都不明白，脑子里嗡嗡响。他架起拐杖往外走，值班副书记说了句什么，他没有听清，也没有回应，头也不回地走到院子里的独轮车边，轻轻地点点拐杖："走，回家！"

坐在吱吱嘎嘎的独轮车上，朱彦夫像霜打了般无精打采。路边麦田里的杂草比麦穗还高傲，蚊头般的麦穗显得是那么自卑，朱彦夫长叹一口气，把肥得流油的好田种成这般模样，还天天喊着赶超英美，饿着肚皮装英雄唱大戏，这不是自己跟自己玩命吗？

张家庄没有这样的好资源，但张家庄山坡小洼的小麦也比这里的茁壮。朱彦夫对张家庄充满了热情，他不想回疗养所，看不惯的可以不看，听不惯的可以不听，那些夸大其词的文章既然不是对张家庄的别有用心，也就没有必要那么耿耿于怀了。

春错日子夏错时，夏收季节是农村最忙的季节，不仅要抢种还要抢收——为了保证地里的收成不受损失，就是拼着老命也要把该收的庄稼往回收。这个时候，最怕的是变天下雨，熟透了的麦子要是在地里淋上一场雨水，过了两天就会出芽霉烂，谁愿意看着到嘴的食物被老天肆意地破坏？必须用尽全力保证颗粒归仓。该种的庄稼这个时候也要尽快种进地里，哪怕是错半天时间，地里的苗苗就大不一样。一边灭茬一边播种是这个季节最显著的特点，故此，一到这个抢收抢种的季节，人们就像与老天爷打时间仗一样争分夺秒，时间像金子般珍贵。

为了提高收种效益，村干部决定把全村劳力分为四个突击队，分到两个"战场"，把收回的粮食也分作两处存放。两个战场由抢收突击队和抢种突击队组成，边收边种，分工协调，其中，靠山脑部分由张二孟、小狗子、张有龙负责，靠河边的部分由张明熙、寇长功负责。朱彦夫任总指挥兼总后勤，主要保证食堂的高效运转，保障突击队吃饭饮水的需要。这个时候，社员们大多在田间地头吃饭，食堂除了负责做饭还得把饭菜茶水挑到"前线阵地"，全村男女都忙得像救火一样。

丰收的喜悦绘出一幅荡漾着欢快的激动人心的画面，碾麦场上，妇女们顶着烈日拉碾的拉碾，翻草的翻草，人人头戴草帽，个个汗流浃背，张张脸上都是汗灰狼藉，每人鼻子下面都是两道黑乎乎的污垢，老远看着就像男人长的胡须，甚是滑稽。

经过连续二十来天的奋战，一场三夏大忙的战斗接近了尾声。

寇长功的算盘敲得分外地响："这下，俺敢担保，张家庄在金泉公社红旗拿定了，小麦实际总产量比估产还高出一千多斤，去掉公粮任务，大家伙儿可以两天吃三顿细粮了。"

两天吃三顿细粮，这在张家庄可是没有的事，往年这时候不是地瓜就是地瓜干，连高粱米子也是搭着掺和着，现在，人们的生活就像芝麻开花——节节高。

朱彦夫心里有数，按实际收入，张家庄应该拿到红旗，但实际上能不能拿到还是未知数。他不想破坏大家拿红旗的兴致，所以对拿不拿红旗的话，他都不接。这段时间,他对上面有些心灰意冷,连他最喜爱的收音机也很少再听,他讨厌那种虚虚夸夸的形式报道,他什么荣誉也不想,只管一门心思来研究生产,学驴子拉碾,只管埋头走自己的路,干自己的事。

"老朱,明天是去金泉上报实际产量的日子,你看这报表是不是合适?"寇长功夹着账本前来请示。

"一不瞒报,二不虚报,没啥合适不合适的,明天你就和明熙叔一起去吧。"朱彦夫最近胃一直不舒服,身体不怎么好,精神疲惫。

"俺的意思是说,上面有可以适当提高产量的意思,如果俺们太实在了,这红旗……"

"什么叫适当?有一是一,有二是二,还要什么适当?红旗,食堂里不是有红旗吗?那红旗招来了多少白吃白喝的?有酒咱自己喝,有肉咱自己吃,有喂那些闲人的饭菜,还不如把它卖成钱来扯布做衣服穿。"朱彦夫一听到红旗就来气,这也不是在公共场所,他说起话来就从心里往外掏。

寇长功没敢再多说话,第二天一大早,就和张明熙一道去了社区。

社区里热闹非凡,鼓乐喧天,原来是好多兄弟村组织的秧歌队,抬着大匾捧着喜报披着彩绸来报功,社区里的领导们也一个个喜笑颜开,放着鞭炮迎接大家,为前来报功报喜的人戴上大红花,分发奖励。寇长功和张明熙一看就傻眼了,在这噼里啪啦咚咚呛呛的院子里,只有他们两人背着发黄的旧军包,像乞丐一样,是那么扎眼,那么可怜。

"张叔,咋办?"寇长功没了主心骨。

"能咋办?朱彦夫这几天的脾气你又不是不知道,幸亏他没来。咱抽个空,把报表交了,回去也别提这档子事,这回俺们张家庄算是把脸丢尽了。"张明熙摇着脑袋躲在墙角处,生怕被别人认了出来,"这里俺熟人多,交报表还是你去算了。"

在鲜明对比下,寇长功也觉得尴尬至极,但在张明熙面前他又不好推三阻四,只好硬着头皮走进了交报表的屋子。

"你是哪村的?"负责登记的是位女干部,他不认识寇长功。

"俺是张家庄的,"寇长功连忙把手里的报表递过去,说话也没有底气,像蚊子在哼,"这是俺村的报表。"

"张家庄？"女干部像发现了新大陆，嘴里大声说着话，还特意站起来向门外看了几眼，有些不相信自己的眼睛，"就你一个人来？"

"就俺一个人。"寇长功恨不得找地缝往下钻，他感觉周围的所有目光都在他身上刮来刮去。

"张家庄可是咱沂源县的典型。"女干部高兴地展开报表，刚看了两眼，脸色就沉了下来，"你这不是开玩笑吧？小麦单产四百一十五斤？这是怎么搞的？"

大家伙儿的目光唰地集中到寇长功和女干部的身上，张家庄的威名没有哪个村不知道，这次竞争红旗，他们都是把张家庄作为最强劲的对手来看待的，所以都花费心机想出奇制胜，敲锣打鼓地来了，却没有想到张家庄竟然什么形式也没搞，而且刚才女干部说出来的数字也让人简直不能相信，有人便在屋子里喊起来，要女干部把张家庄的报表材料公开。

牛书记好像也对张家庄很感兴趣，挤到女干部身边接过报表材料看了起来，屋子里顿时静了下来，人们的目光都不约而同地注视着牛书记。牛书记一看材料，脸色一下就严肃起来："你们张家庄到底是怎么搞的，亩产只有四百来斤，人平粮食只有三百八十斤，这就是你们张家庄夏季的小麦收入？你们看看其他村，最高亩产九千六百多斤，最低亩产也是三千九百多斤，你说你们张家庄落后到什么程度？"牛书记一下跳到桌上，大声说："同志们，张家庄从全县的先进典型，一下堕落到这步田地，这说明了什么？这说明了张家庄被小小的荣誉冲昏了头脑，躺在荣誉的椅子上不思进取；说明了张家庄对国家形势的认识不够。"牛书记把这里当作现场会，对各村进行了现场教育，最后，他跳下桌子对勾着脑袋的寇长功说："回去给你们的村支书朱彦夫带个信，让他三天之内到这里来一趟。"

寇长功夹着尾巴溜出办公室，与躲在院外的张明熙一起失魂落魄地离开了锣鼓震天的社区大院。

牛书记要寇长功给朱彦夫带信，要朱彦夫三天之内到社区去一趟。

寇长功和张明熙回来后并没有立即把这个信给朱彦夫带到，他们思来想去，都觉得朱彦夫这次弄不好要吃大亏。按照以往的规定，最落后的落后分子要被插白旗，甚至要被打成右派，送到乡下去住牛棚，参加劳动改造，他们就担心朱彦夫这次会被打成右派。

朱彦夫的身体是那个样子，他当这个村支书也完全是不得已的，他上任后没有要村里的一点报酬，操心劳心不图回报，像这样一心一意为村民着想的人，仅仅因为脑筋不活、不说假话就被扣上一顶帽子，这对朱彦夫的打击该有多大？他们不想让朱彦夫面对这个现实，可是，他们一时也没有别的办法可想，这信要是不带到，到时候上面追究下来，他们俩能担待得起吗？说又不能说，瞒又瞒不得，在食堂吃过夜饭，寇长功没有回家，直接跟到张明熙家商量对策，他们必须找到一个既不让朱彦夫受委屈又不让上级找自己麻烦的办法来。

时间紧迫，思绪杂乱，两个人一筹莫展，焦躁不安。

突然，寇长功眉头一展，想到了一个人，他兴奋地说："张大叔，有了，三个臭皮匠，顶个诸葛亮，光俺俩在这里瞎琢磨不行，你侄子张有龙脑瓜子好使，何不让他也来合计合计？"

"是啊！"张明熙一拍腿，"俺咋就把俺侄子给忘了，走，上他家去。"

张有龙一见这二位深夜造访，脸上挂着惊慌，就试探着问："红旗黄了？"

"红旗不红旗是小事，要出大事了！"寇长功哭丧着脸。

"啊？"张有龙见院子里坐着些乘凉的人，说话不太方便，观天上的月亮贼亮贼亮的，就干脆领着二人来到院子西头的小石包上，让他们坐在这里说话。

这里没有其他人在一边掺和，说起话来用不着藏着掖着，寇长功就把白天去送报表的情形一五一十地说了出来。寇长功刚刚说到牛书记批评张家庄的那一幕，张有龙就忍不住嘿嘿地笑了起来。

"这有啥好笑的？"张明熙见张有龙不担心，还笑，心里很不舒服。

"当然好笑了，"张有龙收住笑说，"几千斤和三四百斤之间，简直就是天上地下，还不好笑？其他村里的麦子俺都看过，有哪个村的庄稼比得上咱张家庄？大忙前俺也看过，他们那些好田好地的麦子，结出的麦穗小指顶大，就这还敢吹亩产几千斤，一亩地能收两瓢麦子就不错了，还敲锣打鼓扭秧歌去报喜，具体怎么回事你这个当财务管理的心里没数？还担惊受怕那么狼狈？俺是笑你当时那样儿。"

张有龙说："这是好事呀，两位领导，这是咱张家庄的好事呀！"

"这还是好事？"张明熙被他侄子搞糊涂了。

张有龙说："你们看，咱张家庄不是倒数第一吗？人家人均一两千斤粮食，是睡着吃不完，站着也吃不完，俺们张家庄人均三百来斤，稍一使劲吃，下顿就没了，要是再碰上灾年荒年的，还不得饿死？俺们就来个用其人之道反制其人之身，张家庄落后啊，张家庄穷啊，这公粮什么的拿不起呀，咱干脆给上面打一报告，让把俺们张家庄的上缴任务给免了，人家是大户，就让他们替咱缴不就得了。"

"呵呵，你小子还真会算计，这主意不错。"张明熙茅塞顿开。

"这主意好是好，问题是牛书记说了，他要朱书记三天之内到他那去一趟，俺们是为这担心，怕他们给朱书记戴帽子，你说这咋办？"

"这好办，两个字，不去！"

"不去？不去能行？"

"别人不去不行，但俺们朱书记不去就能行。你们想想，朱书记是革命功臣，又是个特级残废，咱就说他这一段时间身体不好，要在家好好休养，他们还敢来把朱书记抬去不成？量他们也没这个胆子。"张有龙望着天空，不紧不慢地说，"俺建议，明天你俩再去公社，把免缴报告递上去，顺便把朱书记的'身体状况'给上边传个信，看看他们做何反应。咱就把这当作一场戏，陪他们唱到底。"

寇长功眨了眨眼睛，颇有顾虑地说："就算上面答应免了俺们村的公粮任务，朱书记也绝不会答应的，朱书记那人你知道……"

张有龙笑了："你看你，俺只是说说，免与不免还不一定呢。如果上面真的把公粮给免了，俺们也不能让朱书记知道，就把这批公粮藏到俺这库房里，俺替大家伙儿保管着，谁也不许私分，谁也不许走漏消息。俺们这里是个三年两灾的地方，到了关键时候，这些粮就能派上大用场。"

张明熙一听这话，吓了一大跳："这要是万一被朱书记，或者被上面知道了，俺们可就是吃不了兜着走啊！"

"一人为私，两人为公，只要俺们中间不出叛徒，不出内奸，俺就能做得神不知鬼不觉。"张有龙坦荡地说，"就算俺们露出马脚，也不是俺们私吞，怕他个啥？如今社会上假话成风，咱们也只是钻钻假话的空子，渔翁得利而已。"

张有龙有些兴奋，干脆又回到屋里连夜起草了一份哭穷报告。张明熙看着张有龙书写报告的纸，总觉得有点眼熟，但一时又想不起来在哪里见过，等张有龙把报告写好，他一看那字，才猛然想起了那封匿名告状信，心里一咯噔："好小子，原来是你在背后干的好事。"

第28章
梦幻般的世界

　　事情真的就像张有龙所预料的那样，社区领导的确不敢轻易对朱彦夫怎么样。当时牛书记让寇长功给朱彦夫带信时，的确想把金泉最大的右派帽子给朱彦夫戴上，但晚上，喧闹声一过，他也冷静了下来，并为此请示了一把手王书记。一提到朱彦夫，王书记身体就打战，认为此事必须慎重再慎重。于是，党委专门召开了一次讨论会，会议认为，朱彦夫是革命功臣，对他的处理稍有不妥惹得他大闹起来，就有些不好收场，食堂的"玉皇大帝"事件就是教训。既然带信叫他了，就讨论讨论叫他的目的，显得师出有名吧。

　　一个女干部喜欢照镜子，她认为朱彦夫在政治上就缺乏一面镜子，给朱彦夫找一面合适的镜子，时刻照着他、时刻提醒他也许是个很不错的办法。女干部的提议让大家为之一振，这次亩单产达到九千六百多斤的那个村子里不是有一个来改造的大右派吗？就把这个右派搞到张家庄去，让他到最贫穷、最落后的地方去吃苦，去受罪，去改造，同时，也让那个顽固不化的朱彦夫时刻看到一个反面的镜子，这对朱彦夫多少也是一种震慑和提醒。

　　王书记不愿见朱彦夫的面，决定让这个女干部负责接待朱彦夫，转达党委的意见。女干部准备了一肚子的委婉说辞，没想到来的是老支书和寇长功，带来的则是朱彦夫有病不能亲自前来的消息。女干部心知肚明，这一定是朱彦夫玩的花招，早不病晚不病，偏偏领导要找他谈话的时候病，但嘴上却说："那你们可得多操点心，让他好好治病是大事，村里的工作也是大事，不能顾此失彼。"

　　"是，谢谢领导的关心，谢谢领导的指示！"张明熙说着，还站起来向女干部鞠了一躬，"俺们朱书记已经认识到自己的错误，还专门让俺带来了一份请示报告，请领导过目。"

"啊？"女干部没有想到朱彦夫还有这般思想变化，连忙接过报告看了起来，报告是这样写的：

尊敬的上级领导：

张家庄在我村委落后的思想误导下，没有充分认识到"大跃进"运动的先进性，导致张家庄的生产损失严重，与其他兄弟村拉开了很大距离，辜负了党的期望，辜负了上级领导的关怀，使张家庄人民仍然生活在贫穷落后饥饿的水深火热之中，对此，张家庄村委全体同志深感内疚，追悔莫及。

我们村委会全体同志痛定思痛，决心迎头赶上，我们将认真学习，时刻与上级领导保持高度一致，向党、向毛主席、向上级领导交一份满意的答卷。为了迎头赶上兄弟村，我们恳求上级领导考虑我们无法维持生活的现状，暂时免除我村的公粮任务。我们将用这批粮食来填饱村民的饿肚，给他们添加力量，让他们使出浑身解数、发挥他们最大的能动性，为力争上游、多快好省地进行社会主义建设而努力奋斗。

"嗯，不错，认识终于跟上来了，不过，免除公粮任务的事情，我不能表态，还得党委研究研究。"女干部显然有些激动，"这样，你们在这里稍等片刻，我去请示一下主要领导，力争尽快地答复你们。"

看着女干部乐颠颠地出了办公室，张明熙和寇长功终于把心放进了肚子里。没多大工夫，女干部回来了，她说，张家庄的产量落后已成定局，张家庄人民受苦挨饿已成定局，鉴于张家庄村委有这样的认识态度，夏季公粮任务可以免除。

"领导英明，谢谢领导关照！"张明熙和寇长功连忙起来鞠躬致谢。

女干部摆摆手，示意他们坐下："不客气，为人民服务嘛。还有一件事，请你们回去转告朱彦夫同志，"女干部严肃地说，"有一个村里住着一个资产阶级右派分子，还需要继续劳动改造，社党委经过慎重研究，决定把他下放到你们张家庄，让他继续进行无产阶级革命改造，希望你们村里安排一下。再过几天，那边的民兵会把他交给你们，希望朱彦夫同志能支持党委的工作。"

"这……"张明熙不敢乱做主，"俺一定把党委的指示带到，俺们村委会一定会认真对待。"

"有意思，真有意思。"张有龙一听说公粮真的给免了，哈哈大笑起来，"这些领导真是，明明都是些瞎编的数字，他们还像真的一样自欺欺人，真是别人捧他为神仙，他自个就真觉得有腾云驾雾的本事了，悲哀呀悲哀！这样的粮食不吃白不吃，就按俺们说的办，从今天晚上开始，搞粮食转移。"

幕后军师张有龙操纵的这一切，朱彦夫不知道，他只是奇怪，张明熙和寇长功这两人有些反常，说是去交报表，竟然两天没露面了，正常情况下，他们当天回来就应该来向他汇报的，朱彦夫躺在床上心里有些着急。

这两天朱彦夫确实病了，胃部的疼痛使他觉得整个五脏六腑好像都彻底坏了，早几天他还能咬着牙关坚持，昨天夜里，他每根骨头都在疼，躺在床上哼唧了一夜，害得陈希永连枕头也没沾，不是给他捶背，就是给他揉胸，药片吃了好几颗，仍然没有多大效果。他想喝碗稀稀的面糊，可家里什么也没有，要吃还得到三里以外的食堂里请人做。

"别麻烦了，喝口冷水也行，压压也许就挺过去了。"朱彦夫不让陈希永去。

"你看你这一夜都折腾成啥样了，光这样挺着咋行？俺得去找人来，把你送到东里卫生院检查检查。"陈希永打开箱子，给朱彦夫找出衣服，往床上一放，"你先把衣服穿上，俺这就去给你弄点吃的回来，趁早送你去东里。"

张明熙刚进院子，就碰到往外走的陈希永："俺找了好几处，都没见到朱书记的影子，他在家里吗？"

"他病了，床上躺着。"陈希永又退了回来。

"严重不呀？赶紧送医院呀！"张明熙没想到朱彦夫真病了。

朱彦夫在里面大叫起来："张叔，你来了，快进来！"

张明熙几步跨到床前，吃惊不小："老天，啥病？脸都小一圈了！"

朱彦夫挣扎着往起坐："老病了，没啥。我这没见着你，外面啥情况也不知道，心里还真惦记着，是不是挨批了？"

张明熙连忙帮朱彦夫披上衣服："你看病要紧，工作上的事，以后再说。"

"不行，工作上的事，我必须知道，是不是挨批了？"

陈希永在屋里急得乱转，忍不住埋怨起来："俺说这食堂好是好，但这坛坛罐罐的都收走了，来个客人连开水也没地方烧，太不方便了不是？这要大家，小家也不能老坐冷板凳呀，谁家没有个客来客往的呢？依俺说呀，你们村干部也把这事商量商量，张叔你看，老朱想喝口面糊糊，还得一跑好几里，谁家里有了病人，多不方便，你说是不是？"

"哎哎，这是，这是。"张明熙深有体会，"俺老婆也一直在家唠叨，是不方便，确实很不方便。"

"该做啥你做啥去，别站这里唠唠叨叨的。"朱彦夫瞪了陈希永一眼，"张叔，先说说村里的事情。"

陈希永噘着嘴走了出去，张明熙叹了口气说："这次红旗没捞着，还成了倒数第一。那些村也真能吹，到底收了几捧粮食不知道，报上去的产量还真够吓人的。"

"他们报多少？"朱彦夫很想听听。

"你猜猜？"

"六七百斤？"朱彦夫最大限度地做出了猜测。

张明熙摇摇头："俺想你也猜不出来，最低单产三千多斤，最高单产是九千六百多斤！"

"这么能吹？那领导能信？"朱彦夫觉得新鲜。

"领导还真信，他们敲锣打鼓送喜报，领导放鞭炮，给他们戴大红花，要不是俺亲自看见，打死俺也不信。俺活了大半辈子，还真没见到过这么能吹的。"张明熙一提起这些，就莫名其妙地有些害怕。

朱彦夫摇摇头："还是马县长有先见之明。这都叫什么事？苦苦奋斗了这些日子，还落了个倒数第一，你觉得丢人了？"

"当时觉得，现在不觉得。"张明熙实话实说。

"对，这不丢人。"朱彦夫肯定地说，"咱扎扎实实搞生产，有啥说啥，光吹起什么作用？既吹不出白米饭，也吹不出白馒头，想吃白米饭，想吃白馒头，还得靠实干。我们是共产党员，共产党员就应该实事求是，咱不能拿群众的利益开玩笑，不能拿谎言去领奖，那个奖再高再耀眼，也没啥意思。老百姓能吃饱饭，老百姓的日子能红红火火，就是我们当干部的真正的光荣！我有个不好的预感，如果他们再这么胡闹下去，估计要出大乱子。这话我们私下里说，在外面可不要乱说。我们始终要坚持一条，村里的事情我们要把好关，该做什么就脚踏实地地去做，受点委屈是小事，我们要做真正对得起老百姓的共产党员。老百姓心里有杆秤，老百姓称得出这个分量。"

朱彦夫的心里话感动了张明熙这个老党员，他情不自禁地也说起了心里话："是啊，老百姓是有杆秤，俺们张家庄没有你这样的领路人还真是不行。说到这里，俺还得感谢俺的侄子张有龙，如果不是他去年告了俺一黑状，你也不会当这个村的领路人……"

"你、你说啥？那一黑状是张有龙告的？你咋知道？"朱彦夫吃了一惊。

张明熙刚要把知道的情形说出来，突然意识到此事涉及重大机密，连忙改口道："俺心下一猜就是他，在张家庄这几百号人里，谁撅啥屁股拉啥屎俺还是心里有谱的。"

"他是你侄子，他干吗要背后告你？"

"那小子脑袋贼精，想问题总比别人多想些，看问题也有一套，俺打心眼里喜欢他，许是他觉得俺无能，不能领导这个村走上好路……"张明熙本想多侃侃这个侄子，突然想到朱彦夫身体不好，不是聊天瞎扯的时候，连忙打住，说起了正事，"看俺这有心没肺的，有一件大事必须向你汇报，往这里一坐就没个主次了。"

"啥大事？"

"上面说要给俺们村里送一个右派分子过来改造，让俺们村里安排一下，过几天就让民兵送过来，你看这问题咋办？"

"右派分子，是什么样的右派分子？"朱彦夫对这个右派分子到底是怎样一种人，心里没数。上面为什么要把这人送到偏僻的张家庄来改造？

"不清楚。"张明熙摇摇头。

"是男是女？"

"也不清楚。"张明熙还是摇头。

朱彦夫见张明熙竟然对这样的大事稀里糊涂，嘴里就埋怨起来："张叔，你说你，怎么连这也不问清楚？要是男的，好说，就让小狗子安排民兵把他看管起来，要是送来个女的，多不方便，村里让谁去看管合适？这人是男是女，到底对我们张家庄威胁大不大，这都是要考虑的问题。"

"俺脑子反应慢，领导没说，俺就也没问。"张明熙有些自责地叹了口气，

"俺明天再去问问？"

朱彦夫正要再说什么，就见陈希永领着几个人来到了院里，朱彦夫明白陈希永这是找人来送他去医院的，赶忙躺倒在床上："这个人，说了没事，她就是不信，还非得兴师动众，今天我哪里也不去，就躺在床上，看她咋弄。"

小狗子第一个冲了进来，嘴里嚷道："彦夫哥，你咋在这节骨眼上病了呢，俺安排了几个民兵，送你去东里看医生。"

张二孟紧跟着进来："有病就得看医生，希永嫂子说你想硬挺，那怎么行？平日大家伙儿都听你的，今天你得听大家伙儿的。来，嫂子，把饭拿来，你们也别傻站着，赶紧把椅子用绳子绑好，天黑之前，一定要赶到医院……"

躺着的朱彦夫没想到陈希永拿他的病到处张扬，双肢一撑，坐了起来，嘴上没好气地喊："我死不了，我还好好的！"

"彦夫哥，别吵架好不好，"小狗子嬉皮笑脸地说，"今天，在这里俺说了算，你敢用绳子绑区里的王书记，俺也敢用绳子绑你这个朱书记，这叫大姐做鞋，二姐有样。识时务者为俊杰，你乖乖地听话，不听话就别怪俺不客气。"

朱彦夫一见这架势，气得七窍生烟，正要发火，只见珍珍端着一碗面糊糊挤过来，看样子是一路跑得太急，嘴里还拉着风箱："朱、朱书记，俺、俺来喂你吃、吃饭，你别发、发火，寇长功有、有重要情况向你汇报，你边吃、边听，好不好？"

一听有重要情况，朱彦夫冷静了："寇长功呢，他人在哪儿？"

"在后面，上面来的人一走，他就会来的，你先吃饭。"珍珍这姑娘挺会来事，一上来就把要发飙的朱彦夫给按住了。

"上面来的人？谁？"朱彦夫心急火燎地问。

"你先吃饭，俺慢慢告诉你。"珍珍把饭送到朱彦夫嘴边。她和食堂里的其他人听说朱彦夫已有两天没吃饭，心里都很不是滋味，埋怨自己粗心大意。在这之前，大家都当朱彦夫在外面有事，忙得没工夫回来，谁也没想到朱彦夫病在家里。刚才在食堂里，大家都埋怨陈希永那张嘴太紧，要是早说，也不至于让朱彦夫受这么多的罪。

朱彦夫把脸一沉："你不先说，我就不吃。"

珍珍往起一站，故意板着脸说："你不吃拉倒，一个大书记，连吃饭都还要人哄着，俺可不是陈大姐，会迁就着你，你不吃就等着，寇长功来了，没有俺的批准，要是敢跟你汇报一个字，俺就把他的嘴撕烂，你信不信？"

"老朱，俺……"寇长功在房门外叫了起来。

"姓寇的，你给俺闭嘴！"珍珍大声喊了起来，"朱书记今天不吃饭，天大的事情也不许你说。"

寇长功也很听话，就这么"俺"了一下，再没了下文。

大家伙儿鸦雀无声，都像看大戏似的看着，只有躲在后面的陈希永禁不住想笑，她赶忙捂住嘴巴，没让笑声从嘴里露出来。

牛犟牛犟的朱彦夫见寇长功在珍珍面前是如此听话，觉得自己在陈希永面前过于霸道了，心里不禁掠过一丝内疚。为了缓和一下局面，他故意做出向珍珍低头的样子来："小姑奶奶，我这里等着喂饭，你咋就不喂了？"

屋子里的人轰地一下全笑了。

寇长功在珍珍的授意下，一边看着朱彦夫吃饭，一边向朱彦夫汇报：社区来了紧急通知，县里后天要召开誓师大会，每村最少要派两位得力的村干部参加。

几位村干部都在场，经过简单的讨论，大家决定，这个誓师大会由张二孟和小狗子参加，张明熙全盘负责村里工作，朱彦夫还是到东里看医生治病。

按照约定，夜黑人静时，张明熙、张有龙、寇长功准时来到了原四队的库房。

四队库房是开办大食堂期间张家庄的第二个粮食储存仓库，也是张家庄最大的粮仓。石木结构的仓库分上下两层，楼板全部采用厚实的木板铺设，楼上是专门用来堆放库存的粮食的。围墙两侧设有通风窗口，粮食存放在这里不会受潮，墙壁全用石头砌成，加上通风窗口有铁丝网罩，外面的老鼠爬不进来，也就不用担心鼠患。楼上仓库共有四间，每间可储存成品粮三四万斤。多年来，张家庄的粮食一直不够吃，从地里打下的粮食基本是一归仓就分给了农户，这些库房只是摆设。现在，闲置了好几年的仓库里面结满了蜘蛛网，三人在马灯下打扫了顿把饭的光景才将它收拾出来。

晒干的上缴粮食全都堆积在楼下的敞房里，已用麻袋装好准备运往粮站。这些粮食每袋净重一百八十斤，皮重一百八十二斤，朱彦夫去医院时还吩咐抓紧时间把公粮缴了。这事原本是让张二孟负责的，因为他要去参加县里的誓师大会，所以朱彦夫把这任务交给张明熙来具体负责。

张明熙下午送走朱彦夫，一想到晚上的行动，心里就一直打鼓。开始他并不怎么害怕，一直认为这只是一个玩笑。在他看来，上缴公粮的任务根本就轮不到自己插手，张二孟根本就不知道上面免去公粮一事，到时候只要把人找好，麻袋往独轮车上一架，就什么事情都没有了。到那时候，张有龙也只能是干瞪着眼睛，自己也可以说，不是俺张明熙不敢干，只是因为没有机会干，那样，在张有龙面前也好，在寇长功眼里也罢，谁也无法说他张明熙是个只敢说不敢做的废物。谁知阴差阳错，偏偏就有了这么个机会。张明熙不想在这两个年轻人面前丢了脸面，天一黑定，就硬着头皮背着家人悄悄地来到了这里。他是多么希望这俩年轻人也与他一样啊，只要稍微有点打退堂鼓的想法，他就顺势再鼓捣几句，这个要命的计划也就破产了。谁知这俩人比他还先到一步，见他来了，二话不说，打开楼门就开始忙活起来。

张明熙在打扫库房时，浑身一直在发抖，直到库房打扫干净，他才发现整条裤子全被尿湿了。为了不叫年轻人看他的笑话，下楼时，他一把将马灯抢在手里，免得被张有龙和寇长功发现他尿裤子的秘密。楼梯是板楼梯，台阶连着楼上楼下，楼梯结实宽厚，走在上面平平稳稳，张明熙走在前面，手里高举着马灯，有意让阴影笼罩住自己的身体。不知是不是过于紧张，只听得咕咚咚一阵闷响，张明熙居然连人带灯顺着楼梯滚了下去，屋子里顿时一团漆黑。一阵闷响过后，下面就没了声响，寇长功和张有龙喊了几声，没听见一点回应，只好扶着墙一步步往下摸。

寇长功在前面摸，两腿早已不听使唤，他嘴里咕噜着："老天，这下可坏——"后面的话还没咕噜出来，他就"啊"的一声，也扑通掉了下去。紧跟在后面的张有龙早就乱了方寸，被寇长功的一声"啊"震得魂飞体外，还不知是怎么回事，就趴在了寇长功的身上。

"哎哟，你们想压死俺啊！"最下面的张明熙突然叫唤起来。

张明熙的声音激活了伸手不见五指的黑暗，压在上面的两个人一下由绝望转为惊喜，赶忙摸索着扶起张明熙，急切地询问他的身体情况。

"唉，老骨头了，经摔不经压，差点被你们压死了。"

张明熙摸索着划燃火柴，马灯的玻璃碎了，好在铁盏子里的煤油没洒出多少，漆黑的屋子又有了光明。张明熙双手抖得厉害，他望着灯光下的麻袋，脑袋摇得像拨浪鼓:"俺看还是算了,趁着都没事,赶紧回去,你们看呢?"

一场意外有惊无险,张有龙的脑子也恢复了冷静:"机不可失,时不再来,今天是俺在这里看守仓库,明天就没有机会了,现在是天时地利人和,不能打退堂鼓。咱们稍微歇会儿,力争在天亮前全部结束。"

张明熙没有想到张有龙如此固执,做起事来不计后果。三人中,他张明熙是唯一的党员,也是村里一人之下百人之上的领导,他真后悔当初去求这个侄子要什么计谋,否则也不会有什么免去公粮的事发生,现在可如何是好?得罪人的话他说不出口,但真把这么多公粮藏起来,后果又不堪设想,他越想越害怕,越想越觉得这事还是不干为妙:一个共产党员,一个财务管理,竟然在一个村民的撺掇下干这种见不得天日的事情,无论动机如何,一旦事情败露,就是浑身长嘴跳进黄河也说不清楚,到时候开除党籍事小,弄不好还得判刑坐牢。

张有龙觉察到了张明熙此刻的惊恐:"叔,你是不是怕了?"

"怕?俺没、没呀!"张明熙是死要面子活受罪,明明心里怕到极点,嘴里还装硬,此言一出,他就后悔得要死,这个时候了,还满口假话!他恨不得立即给自己几耳刮子,活了几十年,咋就改不了臭爱面子的毛病呢?好在多年的工作经验让他学会了不少应对失误的方法,一声懊悔的叹息之后,飞速旋转的大脑让他立马找到了一张王牌,于是,他话锋一转:"这堆粮食藏不得,还是缴给国家算了。"

"为啥藏不得?"张有龙看着张明熙,眼里充满着鄙夷。

张明熙打出了手里的王牌:"龙儿,你想想,这么多粮食,说不见就不见了,事后要是有人问起来,你咋说?今天可是你在这里值班看仓库啊!俺老了,啥子也不在乎,你还年轻啊!"

"是的呀有龙,俺也担心,这要是查出来,俺们可都完蛋了。"寇长功好像抓住了一根救命稻草,看得出来,他心里早就害怕了。

"真没有想到你们就这点出息。"张有龙冷静地说,"种国家土地,向国家缴粮,这是天经地义的事,俺张有龙不是不懂得这个道理。可你们想想现在的情况,领导怎么能不知道一亩地到底能打多少粮食?难道都没见过土地?可他们还是承认一亩地能打几千斤上万斤粮食,他们在干什么?他们在欺骗毛主席,他们在欺骗党。你们说,老百姓在这样的环境下能有好日子过吗?多么可怕呀!像这

309

样下去，好日子还有几天？俺说你们信不信，那些戴大红花的高兴得最早，到时候哭得也最早。现在是什么时候？现在是火烧眉毛的时候，别说是几千斤粮食，就是几万斤粮食，只要有人敢给，俺就敢要。你们是村干部，你们是张家庄的父母官，真到了张家庄饿肚的时候，你们拿什么来填饱大家的肚皮？俺不会算命，俺也不相信算命，但就这样发展下去，俺闭着眼睛也会算，以后这粮食就是人命，你拿黄金也不一定有人跟你换……"

寇长功和张明熙大张着嘴巴，听入迷了，两人嗯嗯地应着，早把恐惧忘到了脑后。

张有龙又说："粮食哪里去了？这很好办，赶明天一早，你就把社员分作三班，安排到不同的地方上工，并且让他们谁也不知道谁的底细，过后就说，这粮食缴了。现在社员们都是吃饭干活，干活吃饭，谁还管公粮到底跑哪去了。你们说，是不是这个理？"

"这么说，这粮食还是藏起来的好！"张明熙想通了，胆子也壮了，说干就干，他把手里的烟袋往裤腰里一别，弯腰就抱起麻袋往肩上扛，结果，麻袋没有动，他却坐在了地上。

"叔，看你，都快六十岁的年纪了，还扛得动这么大的麻袋？"张有龙一把扶起张明熙，"你就在旁边坐着点数，俺和寇长功来背就是。"

张有龙又点燃两盏马灯，放在旁边，又向手心吹了一口气，背起一袋粮食就开始上楼。

朱彦夫的检查结果出来了，是胃溃疡。朱彦夫对胃病不很在意，认为十人九胃病，是寻常小毛病，见医生开好药方，他就想把药一拿就回张家庄。给朱彦夫看病的是位老医生，老医生取下鼻梁上的眼镜："你这个同志，什么叫溃疡你懂不懂？你的溃疡很严重，搞不好就会要你的命。给我老老实实地在这里住上一个星期，让我再好好观察观察。"

医生的话给了陈希永充足的理由，朱彦夫无可奈何地住下了。

还没到朱彦夫出院的时间，在县里开"以钢为纲"誓师大会的张二孟和小狗子就回来了，他俩在东里一下车就来到了医院。朱彦夫一见到这二位，就急忙问："'以钢为纲'是怎么个搞法？"

小狗子抢着回答："开展全民大炼钢铁运动，集中所有劳力到山里大办炼铁厂，这是目前压倒一切的首要任务。"

"集中所有劳力？多长时间？"朱彦夫吓了一跳。

"三年五年吧。"张二孟兴奋地汇报说，"誓师大会上，那场面才叫振奋人心，领导讲话说，现在农业丰收了，人民吃饭已不是问题，可以把农村的工作重点转移到工业上来，要全民大办工业。工业上去了，就可以解决农村生产力落后的问题，有了先进的工业，就有了先进的生产力，有了先进的生产力，农业就可以实现机械化，农业实现了机械化，就可以腾出大量的人力物力来从事工业和其他行业。要想实现农业机械化，首先就需要大量的钢铁，钢铁是改变的基础，没有钢铁，一切都是空话假话。"

张二孟和小狗子眉飞色舞的介绍，听得朱彦夫的眉头越锁越紧："什么时候集中？"

"这个，可能会很快，也许就这两天吧。"张二孟被问住了。

"嗯，时间不好说，这只是个动员大会，估计很快吧。"小狗子也说不出具体的时间。

朱彦夫终于从这二位的口中了解了这次誓师大会，如果说眼下农村的主要劳力都要放下锄头背起背包，像军队一样开到大山里炼钢，那他精心规划的秋后改造田地的计划也就彻底泡汤了。更为要命的是，主要劳力一走，那大片大片的山坡土地该如何种植，就靠留在家里的那些妇女？张家庄是大山区，土地都是东一块西一块的开垦荒地，每年秋后都需要有计划地深挖一遍，否则那疯狂的野草很快就会把大片大片的土地吞噬。俗话说，一年不到边，三年到中间，如果山坡地不护好养好，用不了两年，那山坡地就成了杂草丛生的荒草地。张家庄吃饭全靠山地，人均不到一分地的水田根本就无法养活五百多张嘴。这个时候，朱彦夫是多么希望田地真的像他们说的那样，一亩能打下上万斤的粮食来，让很少的田地养活很多的人啊，可他心里明白，这只能是痴人说梦，客观的现实不可能因幻想而有丝毫的改变。现在的情况，让他感受到一种令人窒息的绝望。

第29章
坠落的明星

听说所有的青壮劳力都要进深山大炼钢铁，朱彦夫的心里就像有火在烧。无论医生怎么劝告，他还是坚持要回张家庄，医生无奈，只得给他开了些药片让他带着回家。

朱彦夫是在张二孟和小狗子回村后的第三天下午离开医院的。

按照小狗子他们所说的，炼钢铁的事情紧急，村子里青壮劳力说不定已经到了该走的时间了，他心里着急得厉害，就迫不及待地向推独轮车的汉子打听："大办钢铁的事情知道吗？"

"知道，这么大的声势，谁都知道。"

"所有青壮劳力都要去是不是？"

"那肯定是，全民的运动，不去行吗？"

"你们东里咋还没动静？"

"还早着呢，秋后的事，目前是动员阶段，秋收一完，正好是农闲时节，大办钢铁就选在那个时候。"

"哦。"朱彦夫的心稍微松了些，他相信这汉子的话，这汉子是东里镇的，消息比张家庄的要准确。

陈希永也听到了那汉子的话，忍不住埋怨起来："看把你急的，咋样？俺说不会这么快的，你就是不信。"

朱彦夫长长地吁了口气，好像压在头上的大山被猛地移开了。

人民公社成立，按组织军事化、行动战斗化、生活集体化的原则，在秋收中组织了"大兵团作战"，男女老少齐上阵，在田野安营扎寨作业，在有限的时间内，以惊人的速度使秋收草草收兵，随后，所有的青壮劳力都到后山开办炼铁厂去了。

秋收不同夏收，夏收是三月种一月收，秋收则是一月种三月收，所以夏收时间紧，秋收时间拉得就较长了。要在几天时间内完成秋收是根本不可能的，"大兵团作战"能把稻子、玉米收回后再把土地翻一下就不错了。大面积毁茬作物的收以及播种任务只能丢下由留守在家的社员来完成。留守在家的男人几乎都是老弱病残，妇女们大都是小脚女人，上山下田实在困难，仅仅依靠年轻的姑娘媳妇和有限的劳动力来完成秋收和耕作，在质量上和数量上都大大地打了折扣，收的粮食浪费了许多，播种也不能保质保量，大面积的山坡荒地只能眼睁睁地放弃，所以，这年秋冬的农业遭受了重大损失，整个生产陷入混乱不堪的局面。

粮食的人为减产，大面积的土地停耕荒芜，来年的生活压力沉沉地压在朱彦夫心头，弄得朱彦夫整个冬天心情一直好不起来。好在张有龙赶在大冻到来之前，硬是找出种种理由从炼钢的后山带回了一部分劳力，搞了几天突击战，不分昼夜地把大面积的地瓜从地里抢刨了出来。朱彦夫和张明熙又组织所有的留守劳力，将收回来的地瓜切成地瓜片，利用好天气晒干，收进了仓库，因而大家的生活虽然有些吃紧，但总算顺利度过了第二年的春荒。

糟糕的事情还是发生了，大规模炼钢生产，让一片片原始森林"削发为尼"，变成了秃子山。一连几场大雨导致的山洪，刷洗了漫山遍野的炭灰污垢，同时也洗劫了一块块"样板田""卫星田"，红旗飘飘的"食堂"粮食也开始出现短缺，不遮地皮的庄稼预告着梦想的破灭。但许多人似乎还沉浸在酣梦中没有醒来，没听到一声声急促的呼吸，没看到一张张惶恐的面庞。

形势残酷而严峻，张家庄大队召开了一次特别会议。

会上，朱彦夫心情沉重地说："现在已到了需要我们做出重大决策的时候了，洪涝灾害的损失相当严重，减产的残酷现实摆在我们眼前，仓库的存粮还能维持多长时间？今冬明春该怎么度过？我们是张家庄大队的领导班子，张家庄几百号人的眼睛都在看着我们，请大家甩掉一切思想顾虑，一切从眼前的严峻现实出发，一切以人民的利益为重，迅速调整我们的思路，采取得力措施，保证人民安全地度过这个非常时期。有一点，大家必须清楚地知道，我们不能抱任何幻想，在这个时候，任何一种幻想都会干扰我们的思路，都会给我们的决策带来失误。为了张家庄的人民，请大家集思广益，把问题看深一点，看严重一些，要做最坏的打算。在这里，没有帽子，没有棍子，不存在什么威胁，有话大家放心说，有计大家就献出来，只要对张家庄有利，我们就要说要做。"

这是些什么话？张明熙吓得心咚咚直跳，作为一个党员干部，这种论调是何等危险？喜欢第一个表态发言的张明熙勾着头，一句话也不敢说。张有龙见大家都不发话，猜出了大家此时的心理，但他对朱彦夫的两个"没有"和一个"只要"从心里表示赞同。

有段时间，张二孟摔伤了腿，考虑到村里不能缺人手，经大家举手表决，张有龙代替张二孟分管村里的生产。张二孟的腿复原以后，又恢复了原职位，张有龙则被朱彦夫以"大队主任"的特殊职位留了下来。张有龙的思想有些独到之处，在很多时候与朱彦夫形成了一种默契。朱彦夫提出的这个问题，他也思考了很长一段时间，只是心里没拿稳，一直没有说出来而已。既然朱彦夫把这个问题提了出来，他也就无所顾忌了："朱书记说得很对，俺认为这个问题已到了火烧眉毛的时候，如果任其发展下去，俺们张家庄就会有饿死人的危险。在这个时候，是需要俺们大家伙儿站出来拿主意说话了。俺认为在当前，勤俭节约是压倒一切的思想教育课题，就像朱书记在前几天夜校政治思想教育课上讲的那样，要有充分的饿肚子的思想准备。到底该怎么做？到底该怎么节约粮食？俺认为首先要把养猪场尽快处理掉，该杀的就杀，该卖的就卖，不能犹豫。要把所有的地瓜秧子储存起来，到了关键时候，有地瓜秧子总比遍山寻野菜要好。还有这个食堂，能停下来最好，把粮食都分到各家各户，能更好地应对困难。当然，这只是俺个人的看法，对与不对，大家伙儿可以考虑一下。"

杀猪卖猪？停办大食堂？这不是与上面对着干？这个张有龙，真是不知天高地厚，这要是被谁传到外面，那后果不堪设想。张明熙吓出了一身冷汗，不得不说话了："这个问题，不用考虑，想也不能想。龙娃，不是当叔的说你，有些话可以随便说，有些话还是要想好了再说。好在今天都是自己人，都不会到外面瞎嚷嚷，但以后说话要注意。你现在大小也是个干部，说话做事都代表组织，不能嘴皮一张，毫无顾忌。"

朱彦夫见张明熙吓成了这样，赶忙拦住了话头："在这里，我和张叔是党员，全心全意为人民服务，是对每个党员最基本的要求，人民群众可能要饿饭了，作为党员，我们冷静下来找出路，这是党性问题，也是立场问题。张有龙的意见，我个人认为还是可以考虑的。一头猪一天消耗的饲料，在关键时候也能帮人渡命，如果等那些猪把所有的饲料都吃完了，我们再想到这个问题，那还有什么用呢？当然，这个问题也可以放到群众会上讨论一下，听听广大社员的意见。"

"最好先不要在群众会上公开，"张二孟说，"这是个大是大非的问题，最好还是先写个报告，送到公社去，听听公社领导的意见，俺不是党员，俺是怕你们吃亏。"

"站在什么山上说什么话，自己有多大家底自己清楚，这猪杀不杀，食堂办不办，确实不是小事，可以放到以后再讨论。我看，这几天还是赶紧把一百二十斤以上的生猪都当征购任务提前卖了，顺便到公社请示一下地瓜何时开挖。现在的粮食很金贵，天气却一天比一天冷，气候不等人，大冻一来，地一上冻，就是想挖想刨也刨不出来了。这些地瓜可是全大队的命啊，一点也不能浪费。"见大家顾虑重重，朱彦夫只好宣布散会，"今天会上提出的问题，大家回头都好好想想，在没有具体结论前，最好不要公开，希望大家嘴巴还是紧一点的好。"

冷风吼叫了一夜，提醒着人们，又一个严冬到来。

在冷风的吼叫声中，杨兰兰一夜都没有睡稳，她一直担心着几里以外的那个养猪场。天一亮，她就把儿子塞到公婆的被窝里，裹着棉袄、围上围巾，拔腿就跑到了养猪场，她生怕一夜的冷风冻坏了那窝刚满月的猪崽。

"姐姐，就是把我冻坏，也不会让猪崽受冻，你也太小瞧我了。"江山河刚从猪圈出来就看到了跑来的杨兰兰，"这里有我在，你还不放心？"

"不是，"杨兰兰见小猪崽睡在热烘烘的草窝里，不好意思地解释说，"你是城里长大的，生来就娇贵，天气一下这么冷，怕你冻得钻在被窝里不敢动弹，没想到这些猪崽。真没想到你还这么心细。"

"看姐姐说的，猪场有你这样的领导，想不细心都难。"江山河钻进自己的窝棚，"姐姐，外面太冷，这里面暖和一些，快进来坐。现在还早得很，估计好多人还在被窝里没有起来呢。"

这是杨兰兰原来住着的窝棚，用石头垒砌而成，上面铺着厚厚的草。草棚面积不大，最里面是张用木板搭起的床铺，占了草棚的三分之一，床前摆着几条小板凳，除此之外，床头放着的简易木框里堆放着几件衣服，床上摆放着几本书，那是江山河每天都要翻看的。

床上的被子叠得整整齐齐，还比较干净，这是大前天杨兰兰刚为他洗过的。杨兰兰解下围巾，往床沿上一坐，伸手一摸，被子里没有一丝热气，就不解地叫了起来："山河呀，你一夜没睡？"

"冷风一叫，我就想到猪崽，跑去一看，冻得直哼哼，就赶忙去抱草垫窝。天这么冷，猪崽怕冷，大猪也怕冷啊，我索性就把所有的猪窝都用草垫了。忙乎了一夜，猪没受冻，我也感觉不到冷，各得其所啊！"

杨兰兰这才发现，江山河的身上沾满了草屑。

去年，桑树峪村的两个民兵押着一个右派分子到了张家庄，同来的还有一位上面的干部，监督办毕简单的交接手续，这右派分子就算在张家庄正式落户接受改造了。右派分子是个二十多岁的男人，身材中等，理着平头，鼻梁上架着一副眼镜，一看就是个喝墨水的文化人。他的名字还蛮有气势，叫江山河，据说之前在淄博搞林木研究。

既然送到这里改造，总得给他安排个窝住下，让他住哪里合适呢？朱彦夫想了半天也没结果，他急忙召开村委会，讨论这个江山河的住处问题。

"俺觉得让姓江的住猪棚比较合适，"张有龙说，"猪棚附近没有社员群众，离食堂比较近，便于监督改造。"

小狗子站起来反对："不行，他是坏分子，与你嫂子一起住不合适！"

张有龙差点气歪了鼻子："放屁，俺啥时说要他跟俺嫂子一起住？俺说的是让他住猪棚，把俺嫂子接回去住，你呀，真是一头猪。"

大家伙儿笑了，朱彦夫也笑了："嗯，这主意不错，就这么定了。"

这个江山河来张家庄整整一个年头了。开始，小狗子对他不太放心，每天夜里派两个民兵悄悄监视他的行动，发现这个江山河除了爱看书以外，也没有什么破坏行为。江山河很老实，也很听话，让他干啥就干啥，既不与人争辩也不与人搭腔说话，就像一个只会笑、只会干活的机器人，任凭你怎么指挥，他都毫无怨言，还总是一脸微笑。江山河的表现反映到朱彦夫的耳朵里，朱彦夫就有些纳闷，这么说这个右派分子不是什么坏人啊！他开始有意无意地接触江山河，这才搞清江山河只是因为说了一句"'大跃进'再跃进，也不能违反事物的客观规律"就被打成了右派。说这么一句话就成了右派？朱彦夫说什么也不信。江山河解释说，表面上是因为这句话，实际上是因为一位姑娘。那是位长得很好看的姑娘，与江山河在一个办公室里上班。漂亮姑娘看江山河不光是长得英俊，肚子里也很有才气，就喜欢上江山河了，开始主动邀请江山河逛马路，到剧场看戏，江山河也喜欢这位姑娘，两人的关系发展到敢公开在大街上手挽着手走路的地步了。

一个年轻人找到江山河，警告他："以后少与这个姑娘来往，她是我没过门的未婚妻。"江山河也不害怕："现在是新社会，时兴自由恋爱。姑娘喜欢谁是姑娘自己的事，她要是当着我的面说喜欢的是你，不用你说，我知趣地走开。"结果，那位姑娘当着两人的面表示她喜欢江山河。那年轻人一听，冲上去就甩了姑娘一巴掌："见异思迁，朝秦暮楚，你还要脸不要脸？"为了保护姑娘，江山河冲上去与那年轻人打了一架，可江山河不是那人的对手，被打得晕倒在地，不省人事。

之后，姑娘一连几天都没来上班，同事告诉江山河，那年轻人可不是一般的人，他是某局长的儿子，那位姑娘已被调到别的单位上班去了。

江山河一听，气炸了肺，就到姑娘上班的新单位，告诉姑娘自己要为她讨回自由，但姑娘此时已经害怕了，劝他认命算了。江山河不服气，写信上访，要告那个局长公子以权欺人，没想到一不注意就被打成了右派，还被送到偏僻的沂源县桑树峪村接受改造。

江山河的遭遇，激起了朱彦夫的同情，朱彦夫向有关领导写信反映此事，却遭到了批评，他只好让江山河继续留在这里改造。但他认为江山河是个有学识的人，因此有一些事，朱彦夫也愿意听听江山河的意见。夏天的一场大洪水冲毁了好多田地，江山河说这是过度砍伐树木造成的水土流失，而要想改变水土流失，大量植树造林是最好的方法。

朱彦夫觉得是这么回事，但当前的首要任务是解决肚子问题和恢复被毁掉的土地，植树造林只能等以后考虑。不过，朱彦夫很重视江山河关于这方面的意见，只要一有机会，他就要过来看看江山河。

队里最早接触江山河的是杨兰兰。

杨兰兰是张有龙的嫂子，人高马大，天生一副男人身材，脸上皮肤粗糙，黑里透红，长得不怎么好看，可她极能吃苦，做事很卖力气，干重活轻活都是能手。

她是个寡妇，五年前，她丈夫为撵一只野兔，不幸坠崖身亡，她公婆见她只有二十岁，不忍心看着她留在张家守寡，就劝她再找个合适的人家，那时，张有龙才十五六岁，她不忍心丢下张家不管，还是带着不到一岁的儿子留了下来。

张有龙长大成人了，公婆又劝她趁着年轻早做打算，她说等到张有龙把媳妇娶回家后再考虑，就这样，儿子五岁了，她还是一直守在张家。她的孝顺和勤劳很受张家庄人的尊敬，大队搞公共食堂时，朱彦夫安排她负责养殖组。养殖组工作量很大，但她从来没叫过苦累，为了管理好养猪场，她把儿子带到养猪场，夜里就住在养猪场的草棚里，从不让人替换值班，真正把养猪场当作了自己的小家。她每天夜里都要提着马灯检查猪崽的情况，遇到有病的，就立即隔离，专门看护。看到猪圈里蚊虫太多，她就用柏树叶烧烟轰赶。她还专门向人请教，找药方消灭猪身上的跳蚤和虱子，减轻猪的痛苦。

朱彦夫很欣赏杨兰兰对待工作的认真态度，不断表扬杨兰兰。

杨兰兰住惯了猪棚，习惯了每天晚上到猪栏四周走走看看，江山河来后，她也总是最后离开养猪场，把一些能想到的事情向江山河交代一下，让他替她多操操猪崽的心，就这样，她与他就有了话说。

杨兰兰比江山河大三岁。她见江山河是个文弱书生，虽然脸上刻满了日晒风吹的印痕，但还是透出一股山里人少见的别样气质，有着不同一般的男人风度。每次分工劳动，她总是不忍心把太苦太累的力气活分给他去做，顶多就是让他提着猪食桶顶顶缺。她发现江山河爱看书，很像小叔子张有龙，尽管嘴上什么也不说，心里也就把他当小叔子一样对待，干啥活都多干点，尽量把时间省给他看书学习。

杨兰兰每天还要坚持多做一件事，那就是检查马灯里的煤油是不是快烧干了，只要发现煤油不够一夜照明，她就会立即到寇长功那里去加满，她不想江山河因为没有煤油而耽误了看书。在家里她就是这样的，宁可自己摸黑，也要把煤油省下来给张有龙看书写字。她说不清为什么要这么做，她只知道不这么做心里就不踏实。时间一长，江山河也就把杨兰兰当自己的亲姐姐一样了，喜欢叫她"姐姐"，喜欢把窝藏在心里的话对姐姐倾诉，所以，江山河的事情，最早知道的就是杨兰兰。

江山河在张家庄接受改造，没想到还能认识这样一位善良的姐姐，心里的郁闷一天天淡化下去，脸上的笑容也一天天多了起来。尽管如此，他也从不得意忘形，很多生活上的事情也尽量不麻烦姐姐。一天，他去草场背草，一不小心，裤子挂到一棵才砍掉的树茆上，他腿往前一迈，裤腿一下撕到裆部，一扇一扇的，惹得周围的女人哈哈大笑。他羞愧难当，第一次向姐姐求救，要姐姐给他找一些针线来。杨兰兰赶忙找来了针线，他要自己缝补，杨兰兰不让，他只好躲进棚子把裤子脱了下来。杨兰兰坐在他的床边替他缝补裤子，他就穿着裤衩蹲在小凳子上看着，杨兰兰补好了裤子让他穿起来看看合适不合适，江山河接过裤子就是不起来，这时，杨兰兰才发现，江山河的裤衩里早支起了一个尖尖的小帐篷，他不好意思站起来。

不知是什么缘故，杨兰兰一坐到床沿上，就会想到那个尖尖的小帐篷，而且尽管那一幕她想了无数次，此时此刻，她的脸还是红了起来。

"姐姐今天真好看，脸上一片朝霞！"江山河蹲在小凳子上，风趣地说。

杨兰兰瞟了江山河一眼，脸红了："瞎说，一张桦树皮的糙脸，有啥好看，别笑话姐姐。"

"姐姐是张家庄最好看的，我、我就喜欢看，"江山河愣愣地看着杨兰兰，"我戴眼镜，我比别人看得仔细。"

杨兰兰听得懂这话的意思，但嘴里还是说："总拿好听的逗姐姐开心是不？姐姐是丑小鸭，怎比得上你心里的那个妹子。俺可是你姐姐，别在姐姐面前开这些没大没小的玩笑，要是这样，姐姐可就生气了。"

江山河低下头，长长地叹了口气："唉，我江山河是什么人，没有人看得起的。姐姐莫生气，江山河以后再也不敢了。"

杨兰兰看见江山河眼里闪着泪花，心里一颤，非常后悔假意说出这些话，忙转变话题："山河，你劳动了一夜，一定又累又饿，一会儿俺去食堂给你打饭来吃。今天俺就抽空给你打床草垫子，天气冷了，你住在这里，被子薄，有草垫子垫着，暖和些。"

"哎，"江山河也不客气，"我这就去草场背捆上好的草来！"

吃过早饭，杨兰兰找来把龙须草，就开始搓起了绳子，她要为江山河打一床厚厚实实的草垫子。养殖组其他几个女人来一看，也都很支持杨兰兰的行动，她们抢着干活，主动给杨兰兰让出了一天时间。

朱彦夫结束了那场特别会议，他想再冷静地思考一下张有龙的方案，就架着双拐来到了养猪场。这时候，杨兰兰已经快把草垫子打起了，正在挽最后一道绳结。

"呵呵，这草垫子打得不错，既漂亮又厚实，兰兰这手艺活不错啊！"朱彦夫一边看一边赞美。

"朱书记，江山河怕猪场里的猪受冻，硬是一夜没有休息，给所有的猪窝都垫上了干草。早上俺们一来，都受了感动，见他被子单薄，就让俺打床草垫子给他，也没向大队汇报就打起来了，不知道合适不合适？"杨兰兰汇报说。

"你们做得对，你们做得对！"朱彦夫说，"这个江山河睡在你亲手打的草垫子上，这个冬天再冷也会感到温暖的。"

"朱书记，你说的啥话呀，俺听不懂。"

朱彦夫笑起来："听不懂？全张家庄都知道了，你还想瞒着我是不？"

杨兰兰的脸唰地红起来："净是胡扯，没有的事。"

上级反复强调，任何大队不得越权擅自行动，不得各自为政，一切实行垂直领导。各大队的生产部署必须按照公社的统一要求，统一行动，若有特殊情况，也必须提前向人民公社请示汇报，征得公社同意后，方可行事，否则，将会受到严厉的处分。

张家庄没有接到公社刨挖地瓜的命令，所以也不能擅自刨挖地瓜。

朱彦夫心急如焚，经过冷静考虑，还是决定把猪场里能达到征购重量的大猪全部卖给国家，尽量节省有限的饲料。虽然公社还没有下达具体的上缴征购生猪的任务，但根据以往的经验，也就这三两天的事情，提前一两天，应该没有多大问题。关于刨挖地瓜的问题，朱彦夫不能擅自做主，睁着眼睛违反纪律的事不能干，他决定派能说会道的张有龙趁着卖猪的机会，顺便到公社代表张家庄大队提出申请，力争早日刨挖地瓜，不让地瓜冻在地里烂掉，不让到嘴的粮食白白浪费。

张有龙揣着卖猪的条子走进了公社大院，兴奋地向公社领导汇报："俺们张家庄大队今年超额完成了国家的生猪征购任务，今天卖生猪一千七百头，在时间上抢了全公社的第一。"

"好哇，张家庄大队进步了，这很好。"接待张有龙的牛书记高兴了。昨天，公社接到上级在金泉公社征购生猪二千头的任务，正要将分配任务下达到全社二十多个大队，没想到张家庄这么积极主动，提前走了一步，而且还完成了一千七百多头的任务，这确实很出乎他的意料。他亲自给张有龙倒上一杯茶水，"卖猪的条子呢？我看看。"

"哦，条子全在这里，请领导过目。"张有龙赶忙从包里找出收据，毕恭毕敬地交到牛书记的手里。

牛书记把条子翻来覆去看了好几遍，脸上露出了不满："这一共才三十四头，还有一千六百多头的条子呢？"

张有龙笑嘻嘻地说："都在这呀，牛书记，你再仔细看看，一点没错呀！"

牛书记又仔细看了一遍："来，你算算，是不是三十四头？到底是你不识数还是我不识数？"

张有龙笑着说："你也识数，俺也识数，俺们都识数，你也没算错，俺也没算错，俺们都没错。俺也没敢多说，就是夸大了五十倍，应该算不上吹牛吧？"

"夸大五十倍，还不叫吹牛？"牛书记没好气地说，"这是人民公社办公室，不是放牛场，你不是成心来捣乱的吧？"

"没有，没有的事。牛书记，俺可是认真的。"张有龙见牛书记急了，扳着指头解释起来，"前年，报纸上就说俺们村有生猪两千头，搞了这两年，不说翻三番，翻两番总可以吧，最起码也应该是六七千头，这六七千头卖给国家一千七百头，应该是不多的。所以呀，俺汇报的这个数字虽然保守，但还是符合当前的形势要求的。"

牛书记明白张有龙的话意，是拍着窗户让门听，他不好发脾气，只好亮出实话："好啦好啦，别油腔滑调的。实话说吧，按照上级分配的任务指标，你们大队的生猪任务还远远没有完成。你回去以后，再和朱彦夫商量商量，上缴生猪的任务必须完成。今年的任务也不太大，你们大队有一百头就可以了，五百多人的大队，才合五人一头猪嘛，完成这个任务应该没有一点问题……"

张有龙一听这话就跳了起来："天，一百头？开啥玩笑？俺们大队一百二十斤以上的猪就是这三十四头，已经全卖给了国家，还要六十六头，俺们到哪里去找？那没有办法，说破天也没有办法。"

"这是基本任务，能完成要完成，不能完成也要想办法完成，所有大队任务都是按人口摊派的，绝对不是针对你们张家庄一个大队的。"牛书记耐着性子解释，"一百二十斤以上的没有了，可以考虑一百斤以上的，再不行，九十斤以上的也可以考虑嘛，任务是死的，但人的脑子是活的嘛，你说是不是？"

张有龙没想到会是这样，他绞尽脑汁与牛书记周旋，牛书记却始终没有松口，上面的任务铁板钉钉，没有商量的余地。他见说不下来，也懒得再费口舌，就提出了大冻在即地瓜刨挖的问题。牛书记说："全公社的地瓜都还没有开始刨挖，你们急啥？地瓜是金泉公社的主粮，今年受灾面积很大，所有粮食要由公社统一集中分配，任何大队不得破坏这个制度。大家要有大集体主义观念，要有大无畏的英雄主义气概，树立充足的信心，不要悲观失望，要以积极的热情，昂首挺胸迎接新的一年的到来。"

听到这样的大话空话，张有龙觉得可笑，只好把公社的指示精神如实向朱彦夫做了汇报。

幸亏猪还没杀，否则，拿什么完成生猪上缴任务？这么大一个国家，要养活军队，要养活战斗在其他行业的所有人员，粮食、肉食都需要一个完整的计划、部署，如果都不能按国家的计划完成，那国家岂不要乱套？再紧也不能打乱国家计划，朱彦夫暗自庆幸，吩咐人把猪场里的大猪又找来称过一遍，九十三斤以上的还有六十六头，全部卖给了国家。

指望能吃到猪肉的群众心里想不通了。每天早上踏着晨霜赶到大食堂吃饭，路远的得早起许多，家里有老人的，还要打了饭送回家里，老人们根本就吃不到一口热饭，原本还有点盼头，现在肉也吃不上了，所有的怨气就再也憋不住了：这样的食堂还不如趁早散伙！

呼唤食堂散伙的要求越来越强烈，朱彦夫听得心烦：大面积的地瓜埋在地里睡觉，上面不着急，群众好像也不着急，总是围绕食堂的问题闹情绪，什么大道理小道理也听不进去，看来这个食堂问题是到了应该重新审视的地步。朱彦夫不想因为食堂失去了民心，便召集党员干部商量对策。

张家庄食堂是沂源县的典型食堂，从开始到现在仅仅走过了一年多时间，难道就要停办，成为反面典型了？大队干部没有一个人敢草率地表态。

张家庄食堂闹散伙的事不知怎么被公社知道了，公社党委大吃一惊，急忙召开紧急会议，要想方设法保住这面先进旗帜，不能因为这而让金泉公社在整个沂源县抬不起头来。

公社领导一干人亲自来到张家庄，正在坡上干活的社员们听说他们是来解决食堂问题的，不用召集，全都自觉地集中到一起，七嘴八舌地数落大食堂的种种不是。公社领导没想到张家庄的群众觉悟这么低，喜欢发脾气的牛书记叉着腰就开始上纲上线地批评起来，个别群众听说就是这位牛书记要走了他们所有的大猪，便与牛书记硬顶硬上了。牛书记见有人当面唱反调，气得吹胡子瞪眼："谁再蛮横胡闹，就把谁抓起来。"一听要抓人，群众的火气都上来了，整个会场闹翻了天，朱彦夫也控制不住局面了。朱彦夫在心里是认为这个食堂再办下去没有多大意义的，全大队社员一年四季任劳任怨，辛辛苦苦地工作，到头来连肉都吃不上，也确实说不过去。猪是他让卖的，他觉得对得起国家，却对不起这些农民兄弟，面对这样的局面，他心里有愧。现在，领导要抓人了，他知道这不是开玩笑，就赶忙找到张有龙商量，怎么解决这个问题。

张有龙说："自古以来法不治众，俺认为不能让张家庄大队吃亏，干脆，趁这机会，让所有的群众一起闹，索性把食堂解散算了，强扭的瓜不甜，该散伙时你想拢也拢不住。俺们只要不多说话，这戏随便群众怎么唱，看他们抓谁去？"

"这行吗？"朱彦夫有些担心。

"没问题，俺心里有数。"张有龙拍着胸膛保证，"万一有事，俺也不让群众吃亏，要坐牢，俺去，反正俺也没有老婆，坐几年牢连累的人不多。"

朱彦夫有些感动："好，只要是为了群众利益，我也豁出去了，一会儿你在后面鼓捣上火，责任我来承担。"

会场上越闹越厉害，公社的领导都被激怒了，粗话都说了出来。大家伙儿见领导们这样，大队干部们也不说话，对骂的胆子也越来越大。

"俺说各位领导，听俺说几句好不好？"老秀才张景实在看不过眼，拄着棍子站起来想理论几句。

"老人家，有什么话，你说！"牛书记被吵得火星乱窜，一看张景是位老人，说话还比较平稳，心里巴不得有人出来打打圆场，所以对张景老秀才也很有礼貌。

张景摸着花白的胡须，顿了顿说："这大食堂搞了一年多，俺老汉一天三餐都是孙子福星跑食堂打回家的。平日倒好说，到了这冷天，俺可是连一顿热乎饭也没吃过，再过几天，一上大冻，俺老汉吃饭还得拿锤子敲着冰碴子吃。去年冬天，俺老汉就吃了好多天的冰碴子，冷天吃冷饭的滋味不好受啊，这心是越吃越冷啊！"

牛书记被张景的话噎住了，旁边有位干部比较熟悉这里的情况，悄悄地告诉牛书记，说张景是这里的老秀才，在村里很有威望，但是个富农分子，要是把这老秀才镇住了，后面的工作就有转机了。牛书记一听老秀才是富农，也就找到了反驳的理由："你、你一个富农分子，不好好接受改造，有什么资格在这里说话，你煽动人破坏社会主义建设，你安的是什么心？就凭你这几句反动言论，我就可以把你抓起来！"

张景虽然成分高，但在张家庄还没有受到过谁的歧视，一听这话，气得啊的一声倒在了地上。

老秀才突然倒地，人们一下围到了老秀才身边，冲到了公社干部的面前，会场上像突然引爆了一颗炸弹，气浪冲天。

"要抓就抓俺们年轻的，抓老人算什么本事。"

"你们还是不是共产党的干部？你们说话还讲不讲理？"

"谁愿意干谁干，谁愿意吃食堂谁吃，反正俺是不干了！"

"俺也不干了！"

"要是老秀才有个三长两短的，你们一个也别想离开张家庄一步！"

"有本事把生产搞上去，光靠这些形式算屌！"

大家伙儿吵吵着，干脆把锄头往领导们面前一扔，会也不开了，扶老秀才回家去了。甚至还有人爬到墙头去拔了红旗，连同锄头一起扔到了地上，然后一哄而散。

会场上顿时没有了吵闹，地上扔满了锄头，只剩几个党员和大队干部还没有走，大家你看着我，我看着你，一句话也不说。

公社的领导们气得浑身发抖，一个领导指着朱彦夫的鼻子说："朱彦夫啊朱彦夫，你看你这个大队支书当的，真叫我无话可说。"

第30章

关 键 时 刻

张家庄大食堂的院里灯火辉煌,笑声喧天。

高音喇叭里响着极不应景的《战地进行曲》,显得不伦不类的。这是张家庄最后一顿集体晚餐,这也是张家庄最早的一个集体婚礼。

张家庄的群众与公社领导对立大闹,气走了公社的领导,朱彦夫做好了充足的思想准备,等待着一场更为猛烈的风暴的到来。当天晚上,他就在群众会上宣布了彻底解散大食堂的决定。为了解决各家各户的锅灶问题,他又决定把卖猪的钱拿出一部分为各家各户统一添置锅灶,让村里对所有库存粮食进行清点盘秤,按人平均分配,化整为零。不过,只要各家各户的锅灶还没有支起来,大食堂就还得维持下去,维持到每家每户顺利冒烟。

奇怪的是公社领导们没来兴师问罪,一连几天,什么反应也没有。

"公社领导一定不会放过我,肯定要把我从这个支书的位子上赶下去,当不当这个支书我无所谓,在没有被撤职之前,我还得承担我的职责。眼下我们面临的将是一个无法想象的荒春,不搞大食堂是为了让更多的人能够度过这个荒春,我豁出去了,也不计较后果了,我就是明知故犯,责任由我一人来承担。"朱彦夫的大脑没有一刻安宁,他想到了寇长功,想到了江山河,也想到了另外几个准备结婚的年轻人,他说,"结婚是人生的大事,结婚需要花钱,眼下的条件不允许任何形式的铺张浪费,在大食堂散伙的前夜,为他们举行一次特别的集体婚礼,也算是有张家庄特色的社会主义新生事物。"朱彦夫的这个想法,得到了以张有龙、张二孟、小狗子为代表的大队领导班子的赞同。于是,他们把稍微能上刀的猪一次性宰了,在食堂里办了次具有纪念意义的散伙晚餐。为了展示集体婚礼的别具一格，小狗子还专门跑了几十里借来了高音喇叭，选择了当时非常流行的《战地进行曲》来活跃气氛。

没有锣鼓喧天，没有大办宴席，五对新人在毛主席画像前喜结连理。张家庄大队的大食堂至此落下了帷幕。

按照人均分配的原则，每人仅仅分得了四十多斤粮食就开启了各家各户的小灶生活。人均四十来斤粮食，能维持两个月就不错了，而要想度到夏季接上新粮，至少还有四个多月，四个月的漫长时间，就靠还睡在地里的地瓜来维持，能维持下去吗？而且大部分山地都被洪水冲成了乱槽沟，残存下来的都是些零零星星的小块地，就算产量再高，也无法满足人口的需要，左算右算，这个荒春都无法度过，更要命的是，公社还没有下达刨挖地瓜的命令。朱彦夫冒着夜风站在地头打起了冷战，如果再不开挖，大冻一来，脚下的土地就会像石头一样硬，一锄头下去只能留下一个白印，这有限的地瓜想再刨起来，除非用火先把土地烤热才行，而不挖，地瓜就会彻底冻在地里，最后化为烂泥。不能等了，一天也不能等！

"不行啊，朱彦夫，不能这么蛮干！"连夜召开的大小队干部会上，张明熙急得连"书记"也忘了称呼，直接叫起了朱彦夫的名字，"食堂的事情还没有结果，再违反上级统一部署的命令，后果你想过没有，谁能负责？"

"这个责任我负，你怕什么？"朱彦夫的心一横，"今天开会的目的不是让你们承担什么责任，是要你们明天组织劳力刨地瓜，天不等人啊！"

"彦夫，"大队长张二孟也有些犹豫，"说不定明天公社的研究方案就下来了，再等等吧。不行，明天一大早俺再去公社问问，打探一下公社研究得怎么样了。虽然你是革命功臣，要是做事过了头，也难保不出乱子啊！"

"革命功臣？我从来就不拿自己当什么功臣，那是你们给我戴的帽子，我只想怎样解决眼前的问题，人命关天啊，我不想看到张家庄有一个人饿死。"

朱彦夫不想过多地解释，他也无法过多地解释。

"我一个人犯错误不要紧，要是眼睁睁地看着张家庄的人被活活饿死，我就对不起自己的良心，对不起我入党时举起的右手，现在我的手没有了，可我心里还忘记不了那曾经举起过的右手！作为张家庄大队的大队书记，我没有任何理由不为张家庄的群众负责，只要我在这个位子一天，我就要负责一天，是对是错让历史评说，现在我不想这些。公社有时间研究，张家庄没有时间等，他们要是研究到过年，我们张家庄的人至少要饿死一半。我已经等得够久了，现在我的耐心已达到了极限，一天也不会再等了。趁现在天气好，必须组织所有劳力开始刨地瓜，抢在大冻前，把所有的地瓜和地瓜根都给我刨起来，包括所有的地瓜秧子，也不许浪费，都给我按人口分到户，大队不许存放，各小队除了留足来年的种子外，也不许存。我是书记，这事我说了算，上面追究责任，与你们都没有关系，一切有我朱彦夫来承担！这就好比打仗，是对是错，你们不需要考虑，你们只能服从命令，谁不服从命令，趁早说话，我立马换人。我就不信，为了这些地瓜，上面还真砍了我的脑袋。"

张有龙腾地站了起来："朱书记话都说到这分上了，还有什么好犹豫的，那就连夜通知下去，明天一早开始挖地瓜！"

经过连续十天的奋战，所有的地瓜都分到了农户手里，人均有四百来斤。朱彦夫估算了一下，有了这批地瓜，再加上地瓜根、地瓜秧，这个荒春应该不会饿死人的。

其实，不是上面不追究张家庄解散食堂的责任，而是上面也吃不准这个责任该不该追究。有小道消息说，关于中国食堂的问题，有领导人说过可以解散一部分，但是真是假，没人知道，所以也就没有人敢以此大做文章，再来张家庄大队兴师问罪了。

但公社里没有追究张家庄大队解散食堂的责任，并不意味着对张家庄就不闻不问了。张家庄在政治上不求上进，很让公社领导头疼，他们认为张家庄这样，与其主要领导人朱彦夫有着直接关系。

这个朱彦夫，常以没胳膊没腿行动不便为由，不参加公社会议，缺乏政治学习和政治头脑，对上级精神也从来没有好好地领会过，仅凭张明熙上传下达根本起不了作用。公社也考虑过在张家庄换一个比较听话的人来当书记，可张家庄的群众不答应，公社也没有办法。为了让张家庄尽快赶上时代步伐，公社决定，以后的重大会议朱彦夫必须亲自参加才行，不能让他随心所欲、胡作非为了。

年底的年度表彰大会在春节前几天召开，公社领导便语气强硬地表示：这次表彰大会，就是抬也要把朱彦夫抬到会场上来。

朱彦夫没有让人抬，坐着独轮车按时赶到了会场。

会场设在公社的大院子里，主席台前扎着大彩门，彩门上是斗大的会标和三面红旗的政治口号；两个彩柱顶上各有一个大喇叭对着会场；主席台上摆放的桌子铺有崭新的床单，最前面的一张桌子上放着麦克风，那是专供大会发言人用的；红色的背景幕布上挂着毛主席和刘主席的画像……整个会场彩旗飘飘，热闹非凡，与外面形成了极大的反差。大喇叭里反反复复地播送着《战地进行曲》，喇叭的音质不太好，刺啦的声响聒得人耳朵发麻。

朱彦夫坐在最后一排，强忍着性子支起耳朵听着这前不久在食堂集体婚礼上听过无数遍的曲子。

表彰大会开始了，一个个领奖的大队支书兴奋地走上主席台，菜色的脸上是压抑不住的骄傲，一朵朵大红花在热烈的掌声里戴在了他们的胸前，红色的光环映照着他们白色的头巾，他们就像打了胜仗似的挺着胸膛，接受台下雷鸣般的掌声。

朱彦夫没有手，他也不想拍掌，他只是像看戏一样看着主席台。张明熙提前跟他讲过，今年年报张家庄大队还是全公社倒数第一，朱彦夫估计，公社让他来的主要目的无非是把他作为全公社的落后典型，要他亮亮相，要他检讨检讨不服从公社决定，擅自做主挖地瓜直接分给农户的违纪行为，要让所有人都看他的笑话。但朱彦夫估计错了，从开始发奖到宣布散会，没有谁提到张家庄大队的名字，也没有一个领导点到他朱彦夫的名字，好像这次会议与他毫无关系。

"朱书记，牛书记让你到办公室去一趟。"朱彦夫正准备起身回家，公社的秘书来叫他了。

"感想如何呀，朱书记？"朱彦夫刚坐到凳子上，牛书记就递上来一杯热茶，"这次把你请来，就是要你看看外面的世界，井底之蛙，视野有限，没有压力就没有动力，老鼠尾巴打一百棒槌也总是老样子，不行啊。老是落在别人的后面，不为国家做贡献，专捡征购任务的便宜，可不是英雄作为啊！通过这次表彰大会，思想触动不小吧？"

朱彦夫看着牛书记叉着双手，在自己面前走来走去，这才理解公社非让他来开会的真实目的，他苦笑着说："触动不小，确实触动不小，真是大开了眼界。"

"你在张家庄大队搞了两年，除了那个食堂给张家庄带来了荣誉外，其他工作都拖了后腿，都排在全公社的最后。现在倒好，连食堂也让你搞没了，你说，我该怎么批评你合适呢？朱书记呀朱书记，你是大英雄，是大功臣，我们心里都有数，可那些都是历史啊，你不能老躺在历史的功劳簿上不思进取，驻足不前，这是很危险的。一个人不进步问题不大，关键你不是一个人，你代表着一个大队，代表着几百个人民群众啊！"牛书记停在朱彦夫面前，"据说，这几年的所有报表都是你亲自参与做的，老得这个倒数第一，你就心甘情愿吗？"

"牛书记，我无话可说。"

"光无话可说不行，要从思想上找到落后的根源。"牛书记又走了起来，"张家庄在金泉公社，地理位置是差了一点，山是高了一些，土地是差了一些，但这都不是主要的。今天，你也亲自看到了，人家后山村，山不比你们那里矮，地不比你们那里强，人口才三百来人，可人家的人均产量却是你们张家庄大队的二十倍，在这样的大队面前你难道就不感到脸红，不感到发烧？"

"这些，张家庄没法比。"

"咋没法比？"牛书记又停在了朱彦夫面前。

朱彦夫不卑不亢地回答："我们使用的工具不一样。"

"咋不一样？"

"张家庄是靠两只手和锄头搞生产，他们是靠一张嘴和笔头搞生产。"朱彦夫抬起头说，"牛书记，今天，我也听得清清楚楚，就他们一个大队，地瓜亩产就达到十五万斤，一年出栏生猪五千多头，你们公社领导也信？这样的大红花是红的还是哄的？我为这样的先进感到脸红啊牛大书记，是不是姓牛的人都喜欢听别人吹牛呢？"

"你？"牛书记被激怒了，但见办公室里其他几位领导悄悄地抿着嘴笑，他也不好发作，只好尽力克制着情绪继续说，"朱彦夫同志，自己工作上不去，就怀疑这个，就不信那个，你这人思想上可有大问题！前段时间，你擅自违反公社命令，私刨了地瓜，领导不是不知道，也不是不想找你算账，只是因为看到张家庄群众被你折腾得这么落后，才不忍心再去惩罚你们，担心连累群众受罪，你还以为是公社领导怕你呢？你考虑考虑吧，今后要再这样下去，就非得插你的白旗不可了！"

"牛书记，插红旗也好，插白旗也罢，我都不在乎，现在我也不想听你的牛皮大道理了。"朱彦夫激动了，拄着双拐站了起来，"牛书记，还有在座的各位领导，我建议不要再纸上谈兵了，你们应该从这院子走出去，去看看那些先进大队的社员现在都在吃些什么，看看他们身上又穿了些什么。现在还没到过年，食堂的粮食就断顿了，他们已经开始吃野菜根了啊！不是有几十万斤粮食吗？你给他们拨下去别让他们吃野菜呀，你让他们天天吃白面馒头呀！这大批大批的粮食呢？几千头上万头的大肥猪呢？马上就要过年了，你让他们杀呀，让他们过一个酒肉飘香的欢乐年呀！他们的眼睛饿得发花了，他们的皮肉还露在外面冻着，他们的身上还是补丁叠着补丁，你给他们发布匹做新衣呀！既然什么都有，为什么每人还只发一尺八寸的布票？这一尺八寸布是让他们做裤头还是做帽子？如果老百姓肚子里有油水，身上有衣穿，你们这样劲吹劲擂还说得过去，可现在这样，你们还在这里瞎吹一气，是你们胡说八道还是我胡说八道？"

办公室里的人都被噎住了，牛书记看着朱彦夫，一句话也说不出来……

朱彦夫捣着拐杖："我的领导同志呀，就是再喜欢做白日梦，也该清醒了。你们这是在干什么，你们这是在犯罪，你们知道不知道？我看你们是发烧了，那就到外面的雪地里去冷静冷静，抓把雪擦擦你们的脸，这场数字游戏真的就这么好玩？再这么玩下去，那些牺牲的烈士们躺在九泉之下也饶不了你们的，你们是在糟蹋他们打下来的江山哪，你们知道不知道？这就好比打仗，你们是坐在屋子里幻想胜利，根本没看到战场的实际情况，就盲目庆祝，你们是在大白天说梦话，说胡话……"

外面的情景，这些领导不是不知道，可他们就是没有认真想过，满脑子都是数字，都是红花，都是一张张奖状。朱彦夫一番话，无情地吹散了罩在他们头上的光环，让他们突然从梦里醒了过来。朱彦夫撂下这几句不知是该说还是不该说的话后，头也不回地走了出去，一拐一拐的背影渐行渐远……

村子里饥荒闹得厉害，大年初一食堂里就已经无法冒烟了。

一个干冬的一场小雪，让山上白雪皑皑，一些人一早就跑到山上开始寻找能吃的树皮，寻找还没发芽的野菜根度命了。他们在大山里翻寻着所有能充饥的东西，有人从山里挖出了一种能吃的灰山土，这种土是白色的，还有个好听的别名，叫观音土，可以生吃，但吃到肚里会凝固变硬，很难消化，让人排便非常困难。尽管如此，它还是比用榆树皮熬的稀粥受用。榆树皮熬的稀粥又苦又涩，黏性太大，得冷却后才能吞食，有好几家就因为耐不住饥饿急于下肚，将开锅的树皮粥捞到碗里就吃，结果烫坏了嗓子和肠胃，十分痛苦。

饥饿威胁着生命，浮肿病也在吞噬着人的生命。由于人们饥不择食，很多人的身体开始发肿，浑身上下像充了气一样，用手一按一个青窝。发肿的病人脑袋巨大，眼睛肿得眯成了一条缝，动弹不得，别说是寻野菜树皮，就是有现成的饭食也难下咽。人们在生死线上挣扎着，痛苦地翻滚着……

有好长一段时间没有回娘家了，朱彦花从正月初几就盘算着回娘家一趟，老赵一直没有答应。眼看着越来越多人得浮肿病，她的心越来越凄凉。她心里清楚，母亲的身体一直不大好，弟媳陈希永肚子里的孩子说不定已经落月了，在这样的年景里，娘家的情况到底咋样，她心里没底，如果不趁这个时候回去看上一眼，说不定这辈子就再也见不到娘家的亲人了，如果是这样，到了阎王要命的那一天，她就是死也闭不上眼睛的。

朱彦花和儿子赵虎暂时还没有染上浮肿，这得归功于老赵当初进入大食堂前多了一个心眼。在一切都要充公的时候，老赵背着所有人将一斗高粱米子悄悄用坛子装上埋在了院子里的一棵大树下，食堂断顿以后，他就悄悄把高粱米子一把一把地取出来，让全家人每天能喝上一口沾有五谷的稀粥。

老赵是个有心人，他在外面待的时间长，有一些社会阅历，把粮食看得和命一样金贵，老早就做好了无事防有事的准备。地下埋了多少粮食他心里有数，能管多长时间他心里也有数，但他没有向朱彦花吐露一字半句，就是每次从地下取出一小把高粱米子也是深更半夜时悄无声息地进行的，把粮食交到朱彦花手里让她用碾子加工，他也是尽量编造一些谎话来搪塞过去。

高粱米子一天少一把，他不忍心看着老婆和孩子多一天不沾五谷的日子，所以总是尽量在山里找些能充饥的野菜和树皮作为全家的主食。

他开始一直没有答应朱彦花回娘家去，是有他自己的理由的。对于朱彦夫的为人他太了解了，朱彦夫每月有一笔让人眼红的抚恤金，全家的日子本应该过得很不错的，可朱彦夫从来不肯把这笔钱都用在自己家里，而是东家一点，西家一点，谁困难送给谁。他想不通朱彦夫为啥要这么做，他在心里一直替陈希永打抱不平，这个朱彦夫不心疼自己，也不心疼自己的老婆，确实有些不近人情。党员他见得多了，还真没有几个像朱彦夫这么老实、这么不知道顾家的。

他对朱彦夫的不顾家不以为然，但也惦记着朱彦夫一家大小的安危，毕竟是亲戚，一个女婿半个儿，要是彦花娘家有啥三长两短的，他的心里也不好受。因此，他死死卡着一升高粱米子，就是留给朱彦花带回娘家的，他要把这升高粱米子用在刀刃上，选一个合适的时间送过去，送早了，说不定朱彦夫就拿去送给了别的人家，他想着，等到陈希永坐月子的时候最合适，按他的估计，这时候陈希永应该是落月了。

"孩他娘，今天的运气真不错。"老赵把一小布袋高粱米子交给从山里寻野菜回来的朱彦花，"一个远方的朋友怕咱家里没吃的，托人送来了这些高粱米子，你抽个空把它碾出来，赶在夜里烙几张烙饼，明天一早你回娘家看看，说不定你弟媳正用得着这个。"

这真是喜从天降，这个时候有烙饼带回娘家，简直比金子还要珍贵，朱彦花还一直愁着没有啥东西能带回去见娘家人呢。没想到这个老赵平日看着挺木讷，到了关键时候他的人缘这么好，要是没有老赵，一家大小说不定早就得上浮肿病了。

"回去以后，一定要看着娘和陈希永把这些烙饼吃了，可别再叫你那个宝贝弟弟把它拿去送人了。俺一看到陈希永瘦得不成人形，俺的心里就不是滋味，结婚前是多么漂亮的妮子，现在都成啥样了？心疼啊！"老赵临送朱彦花出门，还是不放心地又嘱咐了一遍。

朱彦花背着儿子赵虎踏上了回娘家的小路，她的鞋腰上系着草绳，防滑效果不错，踩在薄薄的积雪上，也不担心摔跤。朱彦花一路走一路与背上的儿子说着话，生怕儿子在背上睡着了，天气太冷，睡着容易感冒生病。突然，朱彦花发现前面的岔路上，横睡着两个东西，挡住了去路。

"虎娃，那是什么？"

"娘，那是人，睡着了。"赵虎睁大了好奇的眼睛。

"瞎说，咋、咋会是人呢？娘胆小，别吓唬娘。"朱彦花浑身汗毛直竖。

"是人，真的是人！"赵虎伸出小手指着喊，"还有脚，不信，你看！"

朱彦花放下赵虎，她看清了，那里躺着两个男人，蜷曲着身子，一动也不动，早已僵了，她不敢往前走了。

赵虎不知道害怕，一溜下地就跑到了那两个人的跟前，还伸出小手要去触摸，朱彦花一边骂着小祖宗，一边抱起赵虎跨过了两具尸体，一路飞快地走了。

十几里的山路是怎么走过来的，朱彦花说不清楚，直到看见陈希永在院子里晾晒尿布，她才感到浑身没有一点力气，一头栽倒在了陈希永的脚下。

"姐？你这是咋啦？"陈希永吓了一大跳。

赵虎一把抱住陈希永的腿："舅妈，俺怕。"

朱彦夫和朱彦坤都不在家，郑学英得了浮肿病行动不便，陈希永忙活了半天才把朱彦花弄醒。听了朱彦花的诉说，陈希永也感到背上一阵阵凉，竟然有人死在路上，确实太可怕了。

陈希永告诉朱彦花，老二向荣出生九天了，这些天母亲身体浮肿一直不见好转，她屋里屋外忙得晕头转向，这个向荣来得真不是时候。

"朱彦夫太不像话了，怎么忍心让你一个人在家里忙活，他不知道你还在月子里？他不知道头上的老娘需要人照看？也是老大不小的人了，咋一点责任心也没有呢？有他这么当爹的吗？弟妹呀，等他回来，俺非要好好数落他一顿不可。"朱彦花看着熟睡的小侄女，鼻子有些发酸。

陈希永替朱彦夫解释说："他也不容易，这段时间他哪还顾得上这个小家啊！几个大队干部都和他一样，白天黑夜有操不完的心，昨天晚上的会开到半夜，今天一大早都出去了，大队长带人到县里去买粉碎机，他专门去东里卫生院买药治浮肿病，全大队几十个人都得了像娘一样的浮肿病，都是大事啊！"

前段时间，朱彦夫他们听说有个大队买回来一台粉碎机，能把苞谷芯子、地瓜秧子碾成粉，一天能碾好几百斤，既不要驴子拉着转碾子，也不需要人天天伺候驴子吃草，只要给它喝好柴油，它就会不停地干活，非常厉害。为了把各家各户的地瓜秧子、苞谷芯子变作粮食，大队决定贷款也要买台回来，过荒年没有那机器不行。为这，朱彦夫和几个干部跑了好几天才贷了一笔款，为了保险起见，朱彦夫还直接给陈希永的姑父吴善德写信，求他无论如何要帮忙把这机器买到。买机器的事由张有龙他们去办可以，但到东里卫生院买治浮肿病药的事还得朱彦夫亲自出面才行。东里卫生院的院长是陈希永的老领导，也算是朱彦夫的老熟人，如今浮肿病四处蔓延，要药的人都排成了长队，没有特别的关系是很难把药弄到手的，所以，一大早他就出去了。

陈希永激动地说："姐，俺想得通，朱彦夫这几年做的是对的，眼下四处都在挖野菜吃树皮，可俺们张家庄还没走到这个地步，哪怕是一天三顿稀饭，也还能填饱肚子,要不是他那个牛劲,说不定俺们张家庄也跟你们那里一样。说实话,俺不觉得苦,也不觉得累,俺是个有胳膊有腿的健全人,苦点累点算不上啥。朱彦夫两条腿上磨出的血泡,那才叫人心疼,真正吃苦受累的是他啊!别人心里有没有数俺不知道,俺心里有数,俺不能替他跑腿,也没本事替他减轻身上的压力,俺能做的只能是尽量给他少找麻烦,让他专心把大队的事情做好。他说了,大家日子好过了,小家也就好过了,大家没好日子过,就算小家天天吃香的喝辣的,也没有啥意思。"

朱彦花有些理解陈希永说的了:"弟妹说得不错,要是俺们大队也有弟弟这样的书记,俺们村里也不会死那么多的人。话说回来,如果不是弟妹你在背后支撑着,俺弟弟就是有通天的本事,也不能把大队上的事情搞得这么好,要说好,你俩都是最好的。"

陈希永不好意思地笑了:"看姐说的,俺哪有那个本事。他说了,只要大家伙儿都齐心、不怕累,再苦上几年,以后的好日子就有得过了,等向华向荣她们长大,就能享福不受罪了。他说,前人不想栽树,后人就别想乘凉,苦一代人没啥,造福千秋万代值得。"

不是一家人不进一家门,朱彦花没文化,嘴里讲不出大道理,但听了陈希永的话,她心里亮堂多了,也踏实多了,原来苦和累的背后还有这么多的精神,她觉得有这样的娘家人,是她的福气,是她的骄傲。她心里的担忧没有了,原本担心这一家老小会熬不过这个春荒,打算来看一眼就回去,能少吃一顿饭就少吃一顿饭,现在她才知道这里的情况比她村里好多了。她决定在这里多住些日子,要好好伺候陈希永几天,她知道,坐月子不同别的,搞不好就会落下一身的怪毛病。

"好哇,姐,你来得正是时候。"朱彦夫一回来就高兴坏了,"大队上的事情太多,我没有时间照顾希永,娘又病了,家里乱了套,光麻烦人家张婶也不行,你算是帮我大忙了。说定了,你把希永伺候满月再回去,让希永沾沾姐的光,过一过人的日子,弟弟谢谢你了。"

"哟,太阳啥时候从西边出来了,"朱彦花听了朱彦夫的话,笑着说,"还晓得心疼自己的媳妇了?"

朱彦夫有些不好意思:"姐,你就给弟弟一点面子好不好,这话要是让赵虎传出去,他舅舅还是个人吗?"

赵虎翻着眼睛说:"舅舅不是人!"

朱彦花一巴掌拍在赵虎的脑门上:"小祖宗,有你这么说舅舅的吗?"

"舅舅本来就不是人嘛,爹爹说舅舅是英雄,是共产党。"赵虎摸着脑袋争辩。

朱彦夫笑笑,没有继续打诨:"过一会儿我还有个会要开,明天一早,王院长安排的两个大夫过来,全大队的浮肿病人都需要集中起来诊治,得让所有小队把人组织起来都检查一下,这是大事情。"

一说到浮肿病,大家的心里都很沉,朱彦夫说,外面的情况糟糕得不敢想象,粮食比黄金还值钱。他在东里看到,一个人花了六十多块钱,才勉强买了一碗玉米糊糊,想再多买一碗,跑了半条街,也没人愿意卖,再这样下去可不行。

连续的自然灾害横空降临,九曲河断流了,把张家庄也残酷地卷进了吃野菜啃树皮的洪流,张家庄陷入了一片恐慌。一张张菜色的脸上没有了对外界的好奇,严重缺水缺食的现状消除了人们对明天的所有期望。

不让张家庄饿死一个人的信念在朱彦夫的脑海里越来越弱,如何打发今天的日子成了困扰朱彦夫的问题。

晒场上,朱彦夫站在"救生队"面前,仍然保持着一个部队指挥官临战不慌的冷静,他要了解大队每天的情况有什么变化:"张有龙!"

"到。"张有龙挺了挺胸,跨出了队列。

"昨天晚上有没有意外?"

"除了二队的那位老人病情不见好转外,其他一切还比较正常,野菜汤差不多都喝到了嘴里,没有断水的意外发生。"张有龙简洁地做了每日例行的民情汇报。

"归队!"朱彦夫松了口气,说,"没有意外就好。还是那几句老话,你们是张家庄的生命线,你们是张家庄的生命守护神,希望你们发扬高度的团结友爱精神,继续保持甘于奉献、不怕吃苦、不怕受累的作风,用坚强的毅力战斗到底,坚守我们的生命防线。我不要任何人掉队,也不许任何人倒下,有谁坚持不了,就站出来说话,不要硬撑。有没有问题?"

"没有!"回答整齐、有力。

"好!"朱彦夫扫视着眼前的"救生队"队员,没有一个举手的,也没有一个低头的，就放心地发布了出发的命令，"你们走吧，路上小心！"

这支队伍有六十多个青壮年，每人都推着一辆独轮车，每辆独轮车上都架着两只大木桶，他们的任务是保障全张家庄几百号人的饮水。天干得太久，四野树叶枯卷，土地干裂，不仅河水断流，就连十七里以外的那个老水井也干了，方圆几十里断了水源，只有五十里外的地方，还有一股神奇的山泉没有消失，养育着方圆几十里的生命。"救生队"是朱彦夫组织的"部队"，每天往返百余里，把运回来的水分发到各家各户，成为张家庄人民的一道生命防线。因为在"救生队"的突出表现，也为更好地开展接下来的工作，在大多数人的提议下，朱彦夫让张有龙担任了村副主任。

张家泉是个十年九旱的多灾之地，但像这样一场冬雪过后长达一年滴雨不下的年景，还是闻所未闻的。面对这样的自然灾害，朱彦夫只能把大队干部们组织起来，坚持天天收集民情，鼓励大家伙儿咬紧牙关，坚持一天是一天，尽最大能力减少悲剧的发生。

在这之前，张明熙和寇长功背着朱彦夫找了张有龙很多次，要把仓库存粮的情况向朱彦夫汇报，解决目前的问题。张有龙总是不停地摇头：目前还有野菜能够充饥，粮食就那么一点，那是最后一张王牌，不到万不得已的时候，绝对不能甩出这张牌，这个旱灾到底要持续多长时间，谁也不知道。

"越是在这个时候，越是需要冷静，在任何场合，对任何人都不要透露这个秘密，包括自己的老婆孩子。朱书记着急，这是好事，他可以继续鼓励大家去找野菜，找能吃的东西，俺们也得像他们一样，能找到吃的就尽量去找，不要在心里老想着这点粮食。"

这一次分完水回来，寇长功和张明熙又把张有龙拉到背人处，张有龙还是没有松口。

寇长功急得快要哭了："不行啊，再不分粮真的要出人命了，你是单身汉，你可以一拖再拖，你可知道俺的难处？珍珍在月子里，光吃野菜，一点奶都没有，俺吃野菜吃草根都没啥，可她们娘儿俩经不住拖啊！"

"你把粮食的事情对珍珍说了？"张有龙担心地问。

寇长功摇摇头："俺嘴上的锁没有你的钥匙还不敢打开。"

"嗯，这也是个问题。俺是单身汉不错，可俺也都看在眼里，俺嫂子和江山河也有正吃奶的孩子，俺看着也心疼。可你想想，眼下天不下雨，秋种没有任何希望，就算是老天开眼下雨了，最快也还要到明年五月以后才能见到早收的作物，这中间的日子还有多长，那点粮食又能吃上几天？当初藏粮时俺们都说了，这是集体的，总不能就俺们几家悄悄独吞了吧？"张有龙严肃地说，"俺们谁敢私吞这点粮食，只要漏出一点风声，全村的人就敢把俺们活剥皮当狗吃了，你们信不信？"

张明熙嘴里"嗯"着，他是党员，懂得大局为重的道理，他听张有龙的，不愿多说一句话。

寇长功是活算盘，他心里想着珍珍和孩子，天天都盘算着仓库的粮食："俺觉得已经到了关键的时候了，这粮食可以分了，到明年秋季接上新粮没有一点问题。"

张有龙还是没有松口："要是继续天旱，明年夏季还是没有指望呢？"

寇长功扳着指头说："就算明年夏收还是无望，也没啥问题。你看，六千多斤小麦，还有三千多斤苞谷，还有俺们平日转进去的上万斤地瓜干，加在一起两万多斤哪，人均也有四百来斤，就是管到明年秋天也不会饿死人的。手里有这点指望，干吗要跟自己的肚子过不去呢？这天要是真想灭人，俺们不想死也找不到活路，想那么长远也没啥用，俺们能多活一年半载的，还是托了朱书记的福，不是他这两年领着俺们死干，不是他这两年宁可当倒数第一也不胡吹一气，俺们怕早就不能站在这里说话了。俺知足了，俺觉得活得不亏了，俺不想抱着老婆狠较劲，该享受的还是享受。"

"嗯，是这个理。"张有龙点头了，"晚上俺想想，明天该怎么给朱书记摊这张牌。"

他还没想好如何向朱彦夫解释仓库的存粮问题，小狗子就找上门来了："主任，出大事了，朱书记让你赶紧去他家里开会！"

"啥大事？"张有龙吓了一跳，"是不是有人'熄火'了？"

小狗子显得激动不安："朱书记不让说，你一去就知道了。"

张有龙和小狗子刚走到半路上，就碰到张明熙、张二孟一左一右地架着朱彦夫打着手电过来了。

朱彦夫一见到张有龙就说："天黑的时候有人跑到我家报案，说你们四队队房的仓库天窗铁丝被贼用剪刀剪开了,那贼爬到里面,竟然偷出了地瓜干……"

"啥?"张有龙脑袋一下变大了,"那小偷呢?"

"小偷跑了,没追着,可小偷吓得把袋子扔了,袋子里有地瓜干,估计是从仓库里偷出来的,这时候仓库里还有地瓜干?我不相信,就叫上你们几个一起去现场看看,到底是怎么回事?"

"谁报的案?"张有龙有些紧张,自从嫂子和江山河结婚以后,他就一直住在队房里守着自己的心事,那个秘密应该没有第四个人知道,那贼是怎么知道的?

朱彦夫显然有疑惑:"马长水报的案,这个马长水是不是开玩笑啊?你们四队仓库里怎么还有粮食呢?我不太相信,但人家报了案,我们就得去看看,不管咋说,防盗还是有必要的,你们说是不是?"

张有龙悄悄拽了拽张明熙和寇长功的衣角,故作惊喜地说:"要是真有粮食就好了,这可是天上掉下来的馅饼。俺也觉得奇怪,那楼上一直是空的,怎么会有粮食呢?"

寇长功和张明熙听出了张有龙的话意,也装作什么都不清楚。

天窗的铁丝真的被剪开了,看来马长水没有开玩笑。仓库的门上挂着三把已经生锈的大铁锁,朱彦夫命令人将门打开,在场的人都说没有钥匙,小狗子就跑到楼下找来一把大锤子,把锁砸开了。

进到仓库楼上,朱彦夫吓了一跳,仓库里的地瓜干一直摞到了房顶,数量还真不少,已经有了一股轻微的霉味。从现场看,盗贼没有盗走什么,只在靠窗的地方动了一下。

"俺的娘呀,这么多的粮食!"张二孟瞪圆了眼睛,"这不是做梦吧,朱书记?"

小狗子惊讶之余,还没有忘记自己的身份:"不要破坏现场,俺马上派几个民兵到公社去报案!"

一听小狗子要去报案,张明熙和寇长功就吓得直打战,张有龙暗示他们别怕,看着朱彦夫:"这到底是咋回事呀?是不是要去公社报案?"

"先别慌,"朱彦夫突然想起了一年前牛书记说的捡便宜的怪话,他心里有了底,转脸对几个人说,"这叫天无绝人之路!这小偷可是救了咱张家庄一命啊！要不是这小偷，谁知道咱这仓库里有这么多宝贝。这是上天给咱们留下的救命粮啊，救命粮就是救命的时候用的。我提议，你们马上通知各队队长现在就来这里开会！把这些粮食全部分给农户，一点不留，今晚就分！"

"不行啊，彦夫哥，这可是大案子，不给公社报案，那是要犯大错误的。"小狗子在旁边提醒朱彦夫。

"他公社里也不能见死不救！也不能眼看着饿死人！"朱彦夫不满地看着小狗子，"当务之急就是救人，饿死了人，公社来人破了案顶个屁用？不管这粮食是咋来的，也不管那盗贼是谁，先把这粮分了再说！公社要是追究责任，与你这个民兵连长毫无关系。都站这发什么呆，还不快去喊人开会？对了，张有龙留下，我们俩先商量个初步方案。"

张有龙已下到楼下，听朱彦夫这么一说，又赶忙转回来，把马灯拧了拧，屋子里顿时亮堂多了。

朱彦夫腋下夹着手电，在堆满粮食的仓库里照来照去，似乎在自言自语："这些粮食绝对不是从天上掉下来的，这些粮食都是我张家庄大队自己的。"他突然回过头，"张有龙，你说说，在刚才的几个人里头，除了小狗子确实不知道这堆粮食的来源外，还有谁不知道？"

"俺怎么知道？你这是啥意思？"张有龙拿过朱彦夫腋下夹着的手电，按熄了灯光。

"啥意思？在张家庄除了你小子，没有第二个人有这么大的胆子，你是主谋，我只是想知道还有哪些人是你的同党。"

"没搞错吧，朱书记？"张有龙暗吃一惊。

"错不了，三把锁，三个人，一人一把锁，怎么会错呢？"朱彦夫笑着说，"麻烦你把仓库门头上贴着的一张纸取下来，我有些好奇，想看看那纸上面写的是不是你们三人的名字。"

"俺服你了，朱书记。"

张有龙踮起脚去取门头上的纸，那张纸上除了记载着某年某月某日进仓的粮食数量外，还确实写着张有龙、寇长功、张明熙的名字。

朱彦夫接过纸一看，第一行是几个很漂亮的毛笔字：张家庄村灾难之年备用粮清单。

第31章
敢叫山河换新装

进入1961年，全国农村形势发生了天翻地覆的变化，党从实际出发，重申"没有调查就没有发言权"的务实作风，颁布"包产到田，实行单干"的激励措施，裁减城镇居民人口，鼓励部分城镇居民到农村开荒种地自食其力，减轻了粮食供应压力，"左"倾浮夸风也得到了有效控制。

张家庄没有饿死一个人。朱彦夫认为张家庄的土地资源不适合化整为零，还需要下狠功夫、下大力气搞好建设，否则，再碰上特难的年景，张家庄仍然无法摆脱饥饿的困扰，还得靠野菜树皮度命。

夏秋两季的作物丰收，朱彦夫没有沾沾自喜，反而心事越来越重，眉头越锁越紧。上面的工作组下来调查期间，张有龙表现好，被领导看中挖走了。本来，他是想极力把张有龙留下来的，但考虑到张有龙年轻有为，他不能因为张家庄的需要而埋没其前程，最终还是忍痛割舍了。

张家庄两山夹一河，山高坡陡，大部分土地像一块块补丁似的挂在山坡上，东一坨西一块，就像牛脚窝。九曲河两岸也有一些零星的地块，前几年已经组织劳力将它们连成了大片，但1959年的那场山洪又使它们七零八落，到现在还没有完全恢复。

洪水经常泛滥，渐渐将村子周围冲出三条大沟，像三条长蛇，盘绕全村。沟内乱石如阵，寸草不生。沟越来越宽，越来越深，沟两侧深厚的土层渐渐被吞噬，可利用的土地越来越有限，这样的土地如果不及时改造，再过几十年，沿沟两岸的山地将会随着泥土的流失而消失，张家庄赖以生存的土地将不断减少。朱彦夫多次爬上南山顶，俯视着全村仅有的土地，盯着村里的三条深沟发呆。

东边的这条沟最大最深,有一千多米长,沟尾一直延伸到九曲河边,到了汛期洪水就直泻而下,平时却干得没有一丝潮气,成了牛羊的专道,村里人都叫它"赶牛沟"。西边和北边的两条沟比赶牛沟稍短,但也有一千多米长,一条叫"舍地沟",还有一条叫"腊条沟"。

这天,朱彦夫一大早起来,披着军大衣,挂着双拐,又独自来到了南山顶。他出神地看着赶牛沟,思索着如何治理这条给张家庄带来无数次灾难的乱石深谷。眼下马上就要进入挂锄期了,还要像原来那样组织劳力改造那几块小坡地吗?这条沟再不彻底根治,如果有几十年罕见的洪涝来,所有的努力必将付之东流,要想保住两边山上的土地,就得想方设法把这条赶牛沟治理得服服帖帖,让洪水不再无情地肆虐、侵蚀。往常的河道治理方法,就是沿着山脚修建两条河堤,让山洪顺着人工河道而下。虽然修建河堤确实能增加一些土地,但朱彦夫觉得新增土地面积有限,没有充分利用赶牛沟的空间,实在是得不偿失,能不能找到一个比建防护堤更好的路子,这个问题一直困扰着他。

恍惚间,朱彦夫的眼前好像没了乱石深沟,而是出现了一片平整的土地,他为这一闪念兴奋不已,急忙摸出烟费力地送到嘴里,他要好好沿着这个思绪设计一个切实可行的治理赶牛沟的蓝图。朱彦夫按遍了身上的衣袋,没有找到火柴,估计是早上起来走得匆忙,忘在了床头边的木箱上,他有些懊悔,只好干吸着无火的纸烟,迫使自己的精神集中到刚才的思绪上来。

"俺找了你一大早,干吗又跑到这里来了?"陈希永呼哧呼哧地跑了过来。

陈希永早晨起来烧饭,看到朱彦夫出门,以为他去茅房,结果饭做好了,却连个人影也不见,院前屋后喊破了喉咙也没人应,这才赶紧打发朱彦坤到几个大队干部家里去寻找。突然,她意识到这几日朱彦夫一直梦牵南山,就直接跑上南山来看,他果然在此。

"你来得正好,"朱彦夫头也没回,"身上带火柴没?我把火柴丢家里了。"

"俺又不吃烟,带火柴干吗?烟不抽可以,饭不吃可不行。"陈希永从朱彦夫嘴里接过烟,"走,快回家!"

"等等,"朱彦夫还沉浸在自己的思绪中,"你说,要是用石头把这条赶牛沟棚起来,把上面用土垫平,将两边的农田连成一片,让洪水从下边流过,这土地是不是要增加好几倍？"

"啥？你想把这条大沟棚起来？你是神仙，说棚起来就棚起来了？"陈希永摇摇头，"别胡思乱想做神仙梦了，锅里的饭说不定早就冷了，回家吃饭吧。"

"这不是做梦，这一定能做到，只要功夫深，铁杵磨成针。"朱彦夫抬腿往回走，"愚公移山的故事听过吗？愚公一个老头子都敢移大山，我就不信我们张家庄几百号人不能棚起一条赶牛沟。当初我不想让土地包产到户的原因，就是想让大家伙儿拧成一股绳改造山河。众心齐，泰山移，我觉得能干成，你说呢？"

陈希永笑笑："俺一个妇道人家，说了也没用。只要大家伙儿愿意，你想干，俺不阻拦，只要夜里你躺在俺的身边俺就不担心了。"

这确实是个大胆的新设想，朱彦夫原打算是在山上下功夫整当家地的，自从看到这几条乱石沟后，思想就一直绕着这几条沟转悠。连续之前的大磨难之后，他认为仅仅依靠现有的土地，根本解决不了张家庄人饿肚子的问题。现在自上而下都在做粮食文章，要求脚踏实地做事，作为领头雁，他必须要寻找最好的路径，领着大家走出穷困。修修补补是只顾眼前的头疼医头、脚疼医脚的小作为，只有开辟一条出康庄大道，才能从根本上把张家庄从贫困的泥沼里拔出来。现在是天时地利人和，可以毫无顾忌地甩开膀子大干一场了。他为此兴奋不已。

在张家庄党干会上，当朱彦夫眉飞色舞地把自己的设想一说，十几个人却像挨了一闷棍似的又惊又呆。半晌，才有人愣愣怔怔地小声嘟哝："这沟荒了几辈子，还能这样治？想归想，做归做，想得天花乱坠，做不起来还不是空想瞎想？蛮干不是办法，不切合实际。"

"怎么做不起来？怎么不切合实际？"朱彦夫见大家伙儿的反应，解释说，"事在人为嘛！只要大家齐心协力，就没有办不到的事。再说，干这项工程咱也不是盲目蛮干。你们想想，满沟的石头，就地取材，用不着运来运去，两边的山土往中间一推就能解决平地的问题……"

张明熙瞪着眼睛说："好是怪好，可咱村总共才百十号整劳力，这么大的工程，就靠这百十号劳力，是不是够呛？就算大家伙儿能干，要干到什么时候？这里头的难处多，不是上嘴皮和下嘴皮一合那么简单，愚公移山最后都是靠神仙帮忙，俺们就凭双手想做这么大的工程，是不是有些不符合实际？"

朱彦夫站了起来，他不喜欢张明熙这样的消极态度，但他没有发火，只是口气有些生硬："俗话说靠山吃山，我们张家庄的山能靠得住吗？除了石头就是荒草，既吐不出金子也吐不出银子，我们能得到什么？但我们不能因为这穷山恶水就背弃它，我们只能靠双手来改变它，治理它，让它为我们生金吐银，让它成为我们的粮仓宝地！几百年、几千年没人敢治理它，可我们是共产党人，我们是张家庄人民的主心骨，我们没有理由不去想，我们没有理由怨天尤人，我们只能咬紧牙关打造出一片新天地。苦了我们一代人不可怕，可怕的是我们的后代还像我们现在一样，过着朝不保夕的日子。改造赶牛沟困难肯定不小，但你们说，干啥没有困难？小干小困难，大干大困难，不干不困难。如果赶牛沟再不治理，洪水还会继续冲下去，这沟会越来越深，越来越大，最后会连我们现在这点粮食的生存土地也冲走。如果再来一个饥荒年，我们张家庄有谁能逃得过？今年我们丰收了，家家户户都有了几把粮食，我们何不趁着不挨饿的时光造出一片当家地来，给我们的后辈们留下一个'金饭碗'呢？"朱彦夫见大家的情绪有所好转，顿了顿，又说，"咱共产党员当年豁出命来打天下，不就是为了让老百姓过上好日子吗？现在我们当家作主了，我们不想办法改造我们的家园，我们还等什么呢？赶牛沟有什么可怕的呢？我一个没胳膊没腿的残废都不怕，你们还怕啥？改造赶牛沟，没谁拿着皮鞭逼，也没有谁规定我们非要去改造，可我们为什么还要去干？就是因为这是我们自己的事情，我们要为张家庄的人民负责，为张家庄的千秋万代负责，一年干不好就干两年，这辈子干不好就下辈子干，我们要有愚公移山的精神，要有不怕吃亏不怕吃苦的精神，我们会感动上苍的，这个上苍不是别人，就是我们张家庄大队的父老乡亲。自己的命运只能靠自己来改变，这就好比打仗……"

小狗子站了起来，他一听"这就好比打仗"就知道朱彦夫后面还有很多话要说，他干脆拦住了话题："彦夫哥，俺们明白啦，你说，该咋干就咋干，俺们不是废物，张家庄都听你的！"

张二孟也表态："对，俺们生下地就是修地球的，还怕修理不好一条赶牛沟？你是指挥官，你说了算，俺们上刀山下火海，凭的就是一股猛劲儿。"

会议的气氛活跃了，大家伙儿你一言我一语开始了激烈的讨论。

改造赶牛沟的方案在群众会上一宣布，就引起了强烈的共鸣。结果比预想的还要好，大家一致认为这是功在当代、利在千秋的好事，要干就干出个名堂来。

经过充分讨论，大家决定在工地现场搭建草棚，节省跑路的时间，所有人马合理分工，挖根基的挖根基，开采石料的开采石料，填方垫土的填方垫土，形成流水式作业。朱彦夫见大家热情高涨，连续几夜没有合眼，找到江山河制订切合实际的工程计划。

　　两溜整齐的草棚为赶牛沟增添了生机，不喜欢搞形式主义的朱彦夫，居然在赶牛沟工地插上了十几杆鲜艳的红旗，全张家庄近三百男女浩浩荡荡地开进了赶牛沟，一场改造赶牛沟的冬季大战开始了。

　　北风呼啸，工地上如火如荼，号子震天，有人热得都解开了棉袄……

　　大雪纷飞，工地上忙碌一片，人们顶着雪花，头上冒着热气……

　　三十多人抬着巨石喊着号子迈动着脚步，铺盖宽大的水渠……

　　铁锨飞舞，竹筐穿梭，车轮滚滚，一层层新土向外铺展……

　　从开工到腊月二十九，朱彦夫一步都没有离开过工地，工地上始终晃动着他拄着双拐的身影。腊月二十九，吃了饺子，看着即将完工的工程，群众不愿意回家过年，继续热火朝天地干着；到正月十五，两万多土石方，终于棚起了一条宽五米、深一米、长一千五百多米的地下暗渠，一块人造的百十亩大的土地胜利竣工。张家庄的男女老少汇集在用汗水搭起的舞台上欢呼雀跃，度过了一个具有历史意义的元宵佳节。

　　赶牛沟变成了良田，当年就打下粮食五万余斤。朱彦夫说："一个冬春，我们就换回来五万多斤粮食，以后会继续为我们吐出大米、面粉，这是我们不怕吃苦、不怕流汗换回来的聚宝盆。赶牛沟向我们低头了，舍地沟和腊条沟还在我们眼皮下作恶，但只要我们再苦战两个冬天，就能把这两条沟制服，让这两条沟同样为我们吐出粮食。"

　　千道理，万道理，变化才是硬道理。苦干实干就能改变命运，赶牛沟让张家庄人民尝到了甜头，看到了希望，像这样干下去，别说两个冬天，就是十个冬天，张家庄人民也绝不会皱一下眉头。

　　两个冬春后，又有百余亩良田替换了两条荒凉的大沟。

　　短短三年时间，张家庄彻底摆脱了土地稀少的困扰，多收粮食五十余万斤。这业绩惊动了公社，惊动了县里，现场会一次接一次，张家庄声名鹊起，各种各样的赞誉铺天盖地而来，张家庄大队成了照耀沂蒙山的一颗耀眼明珠。

张家庄有名了，群众和干部挺直了腰杆，自豪的神气显现出来，走路的脚步分外有力，说话的声音格外洪亮。

面对光环，朱彦夫没有陶醉，反而感到不安：不就是干了一点早就该干的事嘛，有什么值得骄傲自满的？张家庄还没有彻底走出泥沼，要想让大家伙儿真正过上富足安康的生活，需要做的事情还有很多很多——张家庄的自然条件不如别人，张家庄没有资格为这点小小的成绩沾沾自喜。

张家庄还有近千亩的秃子山，整个村庄，除了几片巴掌大的桦栗树林外，都是疯长的野枣树和齐人深的野茅草。一到冬天，草枯叶落，顽石遍地，远远看去就像秃子头一样，贫瘠而荒芜，与后山村的原始森林形成了鲜明对比。这些光秃秃的山，既保不住水也留不住土。江山河说，治沟不治山，等于没沾边，要想保住辛辛苦苦建设改造的良田土地，就必须下大力气改变这些秃子山的面貌。

朱彦夫也意识到，治山刻不容缓，大自然有时是无情的，要想保住胜利果实，就不能坐以待毙，必须有个长远计划，将这千亩荒山变成宝山，让秃子长出秀发。

"彦夫啊，这山不是你想治就能治好的。"母亲郑学英摇着花白的脑袋说，"治山不是填沟，这山上根本就不长树。老人说，这山早在清朝时就治理过，没有成功，民国时期也治过，没有成功，新中国成立那几年，也治理过，仍然没有成功。不要搞这些劳民伤财的事了，你没有胳膊没有腿，领着大家伙儿造出了这些当家地应该知足了。好日子来得不容易，别再把它折腾没了。"

郑学英说得没错，当朱彦夫决定治理荒山的消息传出去后，村里的人就议论纷纷，持反对意见的占了绝大多数，他们都认为张家庄造林无望。

人们说，早年间，有个秀才赶考途经张家庄，贫病交加，倒在了村西南的龙王庙里，奄奄一息。张家庄先人仁爱厚道，便将他抬回村里精心调养，直至病愈。后来，秀才做了高官，不忘救命之恩，遂给张家庄送来金银无数。山里人不爱钱财，不图报恩，但推辞不下，就对他说："你在村周围的荒山上栽些树吧，既造福乡里，又可使子孙后人不忘你的恩典。"秀才感激之余，就调来人马，很快就在山上栽满了树。可待到来年开春，满山的树木均枯萎而死，唯独山下一株被丢弃的树苗奇迹般地活了下来。村里人诚惶诚恐，唯恐是什么不祥之兆，遂在此树下立一石碑，记载了这段令先人自豪又酸涩的故事，并从此留下了一个地脉相克、不宜植树的遗训，并伴着那株已经繁盛参天的大树，一直流传。

这故事，山里人深信不疑。

新中国成立后，政府极力倡导治山植树，群众虽然觉得希望渺茫，但想到树苗是政府白送的，不种白不种，还是把山上统统种上了树，结果树苗仍是一棵也没活，村里人失望地把树苗拔回家，当柴火烧了，同时也把绿色和富裕的念头烧得一干二净。

林木难以成活当然有它的原因，地脉之说肯定是无稽之谈。野枣茅草也是植物，它们为什么能生生不息呢？但朱彦夫知道，在现在的情况下，要想发动群众治山造林，绝对不能靠他的行政命令，必须找到可靠的理论依据。朱彦夫与江山河一起从南山爬到北山，又从北山爬到南山，仔细观察和琢磨土壤状况。他们还专程去那棵古树下转悠，查找它"一枝独秀"的原因。

右派分子江山河终于有了用武之地，他站在大古树下说："朱书记，你看，这三面都是坡地，这棵古树恰巧就长在最低的凹地里，山上的雨水从三个方向汇集到这里，就给了它充足的水分，由此不难看出，山上树木之所以难以成活，无非两个原因：一是缺乏必要的水分，二是缺乏必要的管理。张家庄缺水，与这里的土质也有着直接关系。这里全是松沙土，就是我们说的'漏沙笼'，存不住水分，保证不了树木生长的湿度，所以很多树木都不能在这里存活。"

朱彦夫有些失望："这么说，这山真的没办法治理了？"

"不是，树木品种不同，对土壤湿度的要求也不同。只要树木品种选择得当，再加强科学治理管护，就一定能让荒山变成宝山！"

"这么说，还有希望？"朱彦夫的心又热起来了。

"希望是有，但是，"江山河望着大山，"要想把幼苗栽活，无论是什么品种，都需要最基本的湿度，可这漏沙地难以满足这个条件啊！"江山河长叹一声。

朱彦夫想了想，对江山河说："在这里你是专家，你现在是张家庄的主人，不是张家庄的客人，假如我现在要把治理荒山的任务交给你，你打算怎么办，是治还是不治？"

一句"张家庄的主人"让江山河感慨不已，这位右派分子，能得到一声"主人"的肯定，就像有了一次新生。与杨兰兰结婚后，江山河再次尝到了人生的甜蜜。白天，杨兰兰想尽办法给他做可口的饭菜，总是把重活抢到手里去做，夜里杨兰兰把他当孩子般地呵护,总是让他躺在温柔的怀抱里入梦。就是在改造山沟时,杨兰兰也与他换工,让他做轻松的活计,自己则同男子汉们一道抬石头、破石料。在江山河眼里,杨兰兰是世界上最好的女人,既有母亲的仁慈又有妻子的温柔,让他感到无限的满足,他乐意就这么生活下去,过着养儿育女的人生,直到老死。但他始终是一个被下放来的右派分子,他在张家庄有"外人"的自觉,今天,朱彦夫一句"主人",让他感到自己终于融入了张家庄,成了张家庄的一分子。

"治,这荒山一定要治!"江山河深深地吸了口气,很专业地说,"漏沙土只在表层,但不经过科学化的治理,什么树木也栽不活。"

"怎么科学化?"

"很简单,翻出下面的泥土,保障水分的供应。"

"行啊,你回去给我搞一个详细的规划出来,你当理论指导,我全力支持你。"

江山河认为,在这样的环境下植树造林,不宜遍地开花,应该有计划地一步一步分片治理,保证成活率,保证经济林和用材林的协调。

朱彦夫马不停蹄地接连召开了党员干部会和社员大会,反复地做工作、讲道理,虽然并没有彻底消除大家心中的疑虑,但给大家增添了不小的信心,让他们相信只有苦干才会改变贫穷的面貌,不去试一试搏一搏就不可能尝到胜利的甘甜!在朱彦夫的坚决倡导下,开发荒山、发展经济的规划最终得以实施。为了加强力量,朱彦夫又从各生产队抽了一批肯负责、能吃苦的精兵强将,正式组建了张家庄大队治山造林专业队,成立了张家庄大队林业站,由江山河担任林业站负责人,具体负责张家庄绿化荒山任务。江山河不负厚望,本着合理规划、科学治理的原则,率领林场职工咬着牙关,开始了艰难的植树工作。他们在山顶栽植了有利于保水保土的松柏及刺槐,保证了张家庄烧饭用的木材,又在山腰植满了花椒、桃、杏、苹果等经济林木,并将漫山遍野疯长的野生酸枣树嫁接到了桑树上,把荒山野岭变成了多种形式的经济园林,成为沂蒙当时绝无仅有的特色地区。

无独有偶,在外面工作的张有龙专门给张家庄带回了一张1964年2月10日的《人民日报》,这是一份"大寨专刊"。报纸的头版头条是一篇社论,《用革命精神建设山区的好榜样》,与社论同时发表的,还有新华社记者宋莎荫、范银怀写的反映大寨先进事迹的长篇通讯《大寨之路》。朱彦夫把这篇通讯稿看了好几遍，他发现他的想法与山西省那位名叫陈永贵的大队支书不谋而合。同时，他认为张家庄与大寨相比还有很远的距离，他决心以大寨为榜样，力争把张家庄建设得更加美好。

几年下来，一双双手磨出了厚茧，一张张脸成了土色，但汗水没有白流，累苦没有白受，绿色的山顶，花色的山腰，绕着山脚的层层梯田，记录着张家庄走过沧桑的历程。

经济收入的日益丰厚改变了朱彦夫的思维，大面积的改造田地产出的粮食充盈了张家庄的粮仓，朱彦夫便决定把村北那块大面积的坡地退耕还林。

"这个想法很好，我举双手赞成，"江山河说，"目前的苹果满足不了城市的供应，北山坡土层厚，土质好，适合建苹果园。朱书记，你安心养伤，我这就回去安排。"

"听说烟台有新的苹果种苗，你再好好研究研究，看看烟台苹果是不是适合我们栽种。这是疗养所的老领导送给我的烟台苹果，又大又圆，味道很不错，你尝尝，我想搞这个品种。"朱彦夫躺在外科病床上，心思却在家里，"还有，这段日子，夜校你也亲自过问过问，建设要搞，文化学习课不能停，张家庄不能没有秀才。"

朱彦夫在医院已经待了二十多天了，他是摔伤的。

摔跤，对这几年的朱彦夫来说，是家常便饭——他一直不听劝阻，非得坚持天天上山转悠，经常摔得鼻青脸肿，但摔得这么厉害还是第一次。二十多天前，双腿已经化脓的朱彦夫还要上山，小狗子和寇长功没有办法，只好用椅子抬着他上山。不料走在前面的寇长功失了脚，朱彦夫便连着椅子一起滚下了山坡，虽然没有伤到筋骨，但他眼镜被甩出老远，一根树杈正好扎在了左眼窝里，左眼窝里没眼球，可那几天他左眼窝本来就在发炎流脓，这一扎就造成了更加严重的感染，半边脸都跟着肿得老高，朱彦夫万般无奈，只得住进了医院。

这几年改造山河，农村夜校却一直没有停，虽然经常上课的人数只有当初的十分之一，但留下来的都是好学的精英。五十个人左右的农民夜校稳定下来，主要是学习语文和数学，代课教师是村里推选的魏子厚，冬季建设再忙，都没让魏子厚到工地参加过一次劳动，他要魏子厚趁着假期到县里进修，确保学生们的学习不受影响。八年多来，夜校讲完了整个初中课程。朱彦夫自己也没有在文化学习上放松过，他不但坚持学习，还坚持用嘴含着水笔搞新闻写作。他还成了县广播站的通讯员，写出的稿件实在、感人，像《半夜拦牛》《江站长抢险》《千里寻夫记》等，反响很大，有的还被山东省电台采用了。他经常与学子们聊天："毛主席说，没有文化的军队是愚蠢的军队。相同的道理，没有文化的农民也是愚蠢的农民。社会在不断发展，以后种地光凭一双手是不行的，农民也要有秀才，没有秀才的农民适应不了形势的需要……"朱彦夫把夜校学子叫"秀才"，经常跑到学校鼓励他们坚持学习，力争为张家庄的将来挑起大梁。朱彦夫的好学精神也鼓励着学子们，继张有龙之后，又有三位青年被上级领导看中，走上了工作岗位。朱彦夫为他们骄傲，为他们自豪，在他的心里，夜校的教育工作也是他的精神寄托。

朱彦夫从医院回来，听说山上的树窝已经全部挖好了，他想上山看看，大家伙儿都不允许。他急得心里像猫抓似的难受，晚上睡不着觉，见窗外的月亮皎洁如洗，再也按捺不住了，就悄悄地爬起来装好假腿，准备出门。

"你、你又想出去？"尽管朱彦夫动作很轻，陈希永还是醒了。

"快憋死了，想出去透透气。"朱彦夫只好实话实说。

"要去，天亮再去，深更半夜跑啥子跑？"

"他们看见，会招麻烦的，外面光线不错，悄悄看看就回来。"

"俺陪你去，"陈希永打着哈欠坐起来，"江山河办事你还有啥不放心的。"

"江山河话轻，我怕有人耍滑，这批树苗珍贵，窝子质量不能马虎。"朱彦夫架起双拐，"你就不要去了，向峰不能没有你，我去看看，一会儿就回来。"

陈希永摸摸向峰的头，还有点热："嗯，俺就不去了，小心，别再出岔子，把黑子带上。"

"让它看家吧。"朱彦夫摸索着打开门走了。

朱彦夫一走，陈希永的瞌睡也没了。这几天她确实很累，儿子向峰感冒好几天了，睡前退了烧，现在又滚烫起来，她的心也随着提了起来。她干脆把灯点上，披着衣服靠起来坐着。向华和向荣跟奶奶睡，屋子里静悄悄的。

只有八个多月的向峰是朱彦夫的第三个孩子，也是陈希永和朱彦夫唯一的儿子。儿是娘的心肝，向峰咳嗽一声，陈希永的心就跟着一跳，向峰一连烧了这几天，她真是担心死了。这几天，她没有睡过一次囫囵觉，白天要抱儿子去打针，还要去河边担水，照顾一家老小，里里外外的忙得晕头转向。这会儿，向峰身子越来越烫，陈希永虽然当过多年护士，但对儿科也没有经验，弄不明白到底是啥原因，打针吃药老是起不了作用。陈希永用湿毛巾敷着向峰的头，决定天亮还是带向峰到县医院看看，老在家里这么着不是办法。

陈希永见儿子的脸越烧越红，心也越揪越紧。朱彦夫出去有个把钟点了，还没有回来，她准备叫婆婆起来看着向峰，她不放心朱彦夫深更半夜在外面——平日里，只要朱彦夫"夜里巡查"有半个小时没回来，她就会跑出去找的，好几次，都是她把他从路边扶回来的。陈希永正要开门去叫婆婆，床上的向峰突然手脚乱动，浑身抽搐不止。陈希永吓坏了，赶忙回到床边，却见向峰动了几下，就不省人事了。

"向峰——儿啊——"陈希永撕心裂肺地哭喊起来。

听到哭声的郑学英连忙从床上爬了起来，见这情景，她一边责骂着朱彦夫，一边合手祈求菩萨保佑。这时，向华、向荣也跟着爬起来，整个屋子乱成了一团。

慌乱过后，陈希永恢复了理智，连忙抱起儿子，领着家里的大狗黑子直奔二十里外的岱崮医院而去……

村北坡地离朱彦夫家不远，还不到三里路程，月亮洒着清辉，照着通往北坡的小路。

朱彦夫一路小心翼翼，平安地来到了果园基地。夜风的清香让他精神倍增，看着月光下的一个个黑洞，他心里有说不出的满意。他站在一个黑洞边，用拐杖丈量，发现洞的深度和口径基本上都达到了一米，看来这个江山河还是非常严谨的。树窝之间的距离十分均匀，横看竖看一条线，整个山坡的黑洞像一个个安静的战士，睁着黑乎乎的眼睛等待着朱彦夫的检阅。看着充满希望的明天，朱彦夫的思绪飞起来，屈指几年时间，地治好了，山治好了，下一步就该治水了。如果把水和路的问题解决了，再有几年，这满山的收成就会给张家庄带来新的希望。

一阵窸窸窣窣的声音打断了朱彦夫的思绪，那声音好像来自前面的一个树窝，朱彦夫好奇地探过身子，不料脚下的土松了，朱彦夫扑通一声跌进了一米见方的树窝子里，一只假腿被自己压在了坑底下，另一支横在了土沿上，他挣扎着跪起来，想爬出坑来，可怎么也爬不出来，好不容易爬到坑沿，又连人带土塌了下去。就在这时，他感到身下有一股软绵绵的温暖，原来是一只野兔被他活活压死了。

朱彦夫乐了，没想到还有这意外的收获，他怀抱着死野兔，乐得忘了疼痛。他心疼大家伙儿的劳动成果，不忍心再弄塌坑穴，索性坐在坑里，不再乱挣乱爬了，过一会儿陈希永肯定会来接他，到时候给她一个意外的惊喜。

朱彦夫背靠着坑壁等着，可直到怀里的死野兔变得僵硬，陈希永的喊声也没有出现，朱彦夫有些急了。天上有云了，山野黑暗下来。此时已是初冬季节，微微的山风吹起来，尽着性子到处游荡，一会儿的工夫，朱彦夫就冻得浑身哆嗦起来，他使劲往坑底缩着身子，尽量避着风，但寒冷仍然一阵紧过一阵。朱彦夫再也撑不住了，他艰难地用已经冻得不太灵便的两只断臂使劲把周围的土往下扒，一直填到半坑，这才爬出窝坑，又哆哆嗦嗦地装好假腿，将野兔往肩上一搭，撑起拐杖往回走。

家里好长时间没有沾荤了，他要让向华、向荣好好打打牙祭，也让陈希永好好喝口肉汤。

第32章

迷雾笼罩暗潮涌

黑子一直紧紧跟着陈希永,它时而在前,时而在后,时而紧紧地贴着主人的双腿。黑子的名字是向华取的,一身黑亮黑亮的毛,刚从刘庄朱彦花家逮过来时,像一团黑色的绒球,两只眼睛黑亮黑亮的惹人喜爱。黑子很忠实,白天从不离开主人半步,只有到了夜间,它才老老实实地卧在院子里警惕地看护着院门,一有风吹草动,他就汪汪地叫。家里谁夜里要外出,喊他一声,它就会屁颠屁颠地跟着,从不偷懒。

陈希永抱着向峰一路小跑,赶到岱崮医院时天已大亮,正逢医生上班。黑子正要跟着主人进门诊室,被一个白大褂一脚踢出了门外,只好委屈地夹着尾巴卧在院里的一棵树下,静静地等着主人出来。约莫一个小时,陈希永抱着苏醒的向峰拿着药盒出来了,黑子像等了几个世纪似的迎上去又蹦又跳。

"黑子,回家!"陈希永终于和黑子说话了。

黑子在陈希永裤腿之上蹭蹭,然后摇着尾巴在前面开路。

刚刚走到半路,陈希永发现怀里的向峰头一歪,又昏过去了,吓得一声哭叫,又急忙掉转头往医院跑去。极度的疲劳,极度的恐慌,让陈希永的精神崩溃了,她刚把孩子交到医生的手里,就发疯般冲出医院大门,向医院前面的一块麦地跑去。混乱中,她什么也不管了,只记得朱彦夫已经好久没有回家了,她要去寻找朱彦夫,她要去寻找向峰的爹爹,她怕极了。

陈希永没有目的地乱跑起来,她越过麦田,爬上了山坡,钻进了树林,嘴里呜啦着谁也听不清的语言。她的头发被树枝扯乱了,衣服被刺条撕开了,但她全然感觉不到,她在刺架里找,在草窝里寻,甚至连一个石缝也不肯放过。她累了，终于一头栽倒在草坡上，慢慢闭上了疲惫的眼睛……

黑子紧紧跟着主人，见主人倒在了地上，就呜咽着围着主人乱转，发现主人不再理睬它，就安静地趴在主人的身边守护着主人的安全。

草丛里传来窸窸窣窣的轻响，黑子警惕地注视着草丛：一条两米多长的大黑蛇吐着信子向陈希永的右腿逼过来……

情况十分危急，黑子嗖地扑上去，一口咬住了蛇头，黑蛇防不胜防，被咬住了七寸，但它不想坐以待毙，弓起身子拿尾巴绕过黑子的肚子，一圈一圈缠绕起来……

一场蛇狗大战在无声中进行着。

岱崮医院小儿科的医生和护士都感到很奇怪，孩子抱来，大人却跑了。这大人和孩子刚来过，叫陈希永和朱向峰，他们一边给孩子诊治，一边叫人去找人，可在医院前前后后都找了，也没发现陈希永的影子。他们意识到事态严重了，急忙报告院党委：一个叫陈希永的农村妇女把孩子丢在这里不管了，怎么办？院党委第一反应是，陈希永这是故意扔下孩子的。在农村，有的夫妇一生就是六七个孩子，家穷养活不了，或者孩子生病没钱治了，就可能把孩子扔了。医院党委对此已经有了处理经验，一边叫人继续找陈希永，一边派人照顾小孩。

朱彦夫和小狗子赶到医院时，已经是医院快要下班的时间。

"医生同志，见到我的媳妇和孩子了吗？"朱彦夫走进医院一看见医生就问。

"你是张家庄大队的朱彦夫同志吧？"朱彦夫的大名在方圆几十里如雷贯耳，他的形象让人一看便知他是谁。

"是的，我是来看我孩子的。"朱彦夫有些紧张，"医生同志，我的孩子还好吧？噢，我孩子叫朱向峰。"

"朱向峰，你就是朱向峰的爸爸？"医生惊喜地说着，忙把朱彦夫带进病室，"这就是你的孩子吧？"

向峰正在打点滴，针头扎在瘦弱的小脑袋上，朱彦夫看着，心里很难过，他心疼地弯下腰亲了亲宝贝儿子。

带朱彦夫进来的医生早已旋风般地跑出去找来了院领导，院领导一进来就说："朱彦夫同志，你的爱人名叫陈希永对吗？"

"对，对，她叫陈希永，呃，她人呢？"朱彦夫这时才发现，自己一直没见到陈希永的身影。

"我们正要问问你,她把孩子送到这里就不见了,大半天了,一直没见着她。"

陈希永不见了!朱彦夫的脑中轰的一响,一种天塌地陷的恐惧向他袭来,一直以来,陈希永都是他的支柱,没有陈希永,就没有他朱彦夫的一切。这个连死也不怕的革命英雄整个身子筛糠般地颤抖起来:"小狗子,你嫂子到底会去哪里?我要找到她,我要找到她!"

"朱大哥,俺去找,俺马上去找,你就在这里看着向峰。"小狗子安慰着朱彦夫,"嫂子不会出事的,你别着急。嫂子可能、可能是回家了,回家拿钱来给向峰住院,兴许嫂子走的是小路,俺们走的是大路,所以没碰着她,一定是这样,一定是这样。"

"她不会的,她不会丢下向峰不管的,她可能出事了。"

朱彦夫不相信小狗子的话,朱彦夫知道,医院救死扶伤,从来不会先要钱再救人,陈希永绝对不会丢下孩子跑回家取钱。

听说陈希永无端地失踪了,医院里的医生和周围的群众,认识的和不认识的,只要手里没有重要的事情,都跑来要帮朱彦夫寻找陈希永的下落。

就在大家七嘴八舌地商量寻找方案时,黑子回到了医院。

黑子钻进熙熙攘攘的人群,一口咬着朱彦夫的拐杖,嘴里呜咽着,要拖朱彦夫走。

"黑子!"朱彦夫心里一亮,见到了黑子,就等于知道了陈希永的下落。仔细一瞧,黑子湿漉漉的身子遍体鳞伤,他又不由得心里暗暗发紧,这绝对不是好兆头。

朱彦夫让小狗子跟着黑子去寻陈希永,可黑子只是死死咬着朱彦夫的裤腿,根本就不买小狗子的账。没办法,小狗子只好背着朱彦夫,让黑子在前面引路。

几十个人跟着黑子走向了山坡,到了黑子与黑蛇搏斗的地方,在这里,人们发现了地上被黑子咬成几段的蛇身,但连陈希永的影子也没见着。

黑子傻眼了,望着跟着自己的人类,向天呜呜地哀鸣。有人看到黑子的肚皮饿得都瘪了,便掏出身上的食物喂黑子,黑子看也不看,只是用鼻子嗅着地面,慢慢地向一条山沟走去。黑子又累又饿,摇晃着身子在前面探路,几次瘫软到地上,但它只是闭一小会儿眼睛,就又艰难地爬起来,继续嗅着地面往前寻找。

没有人说话，没有人打扰黑子的判断，人们被黑子的顽强毅力感染了，心情是说不出的沉重。

就在天边最后的一抹霞光即将散尽时，人们终于跟着黑子找到了陈希永。陈希永披头散发地坐在小山沟的一块石头上，两眼呆呆地看着天空，她好像忘记了世界的存在，对跑过来的人也没有任何反应。

"陈希永——"朱彦夫从小狗子背上溜下来，一下扑到石头上，把陈希永揽在了怀里，他的心像刀绞一般难受，"你这是怎么啦？你说话呀，你这是怎么啦？你可知道，我一直在家里等着你回去吃野兔肉呢！"

陈希永定定地看着朱彦夫，突然哇的一声哭了起来，她终于清醒了。

黑子躺在距石头不到一米的地方，两只爪子直直地伸向主人，黑子死了，黑子累死了！

张家庄大队的名气越来越大，县委对张家庄的惊人业绩给予了充分肯定。为了推动全县的农业经济发展，县委决定在全县召开一次四级干部大会，要全县在农业上外学大寨、内学张家庄，并让朱彦夫把张家庄的创业精神向全县推广。

朱彦夫提前四五天就来到了沂源县城，被安排住在政府招待所里，准备报告方案。

县城里不同于乡下，既听不到鸟唱，也吹不到山风，广播喇叭的刺耳声震得人头皮发麻。

书写文字是朱彦夫的难题，他没有手，只能把水笔咬在嘴里，靠摆动脑袋来一个字一个字地完成，口水和汗水，顺着笔杆儿一滴一滴落到稿纸上，稿纸上便出现了一块块水墨画般的图案，把写出的字浸得面目全非。尽管如此，他也不愿意接受县领导为他安排的代笔，他喜欢独立思考，身边有人坐着他不习惯，因此，哪怕一个小时只能写二十多个字，他还是坚持自己独立操作。

招待所正好临街，玻璃窗户关不住外面的喧闹，街上的口号声吵得他坐立不安。他对这些热闹不感兴趣，他别无所求，能把巴掌大的张家庄治理得红红火火，就是他最大的幸福。作为一名残疾军人，作为一名共产党员，他没有其他奢望。

就是好多人都失去理智的时候，整个张家庄不是照样没有受到外界的影响么。朱彦夫坚信，张家庄是他领导的一亩三分地，在这一亩三分地的地盘上，没有他点头支持，外界的狂风再大，张家庄的广大社员也会众志成城、共同抵抗的。

朱彦夫太自信了，一回到张家庄，他就大吃一惊，村里村外贴满了各式各样的标语。这些到底是谁搞的？朱彦夫想不明白，大队里有谁会在没有他批准的情况下做出决定？现在的张家庄还没有真正富裕起来，虽然有了土地，有了果园，但交通还相当落后，吃水用水的问题还没解决，地里的庄稼还得望天收，碰到天旱的年景还照样无可奈何，张家庄没有任何理由瞎闹一气，还得继续创家维业。朱彦夫决定，立马召开群众大会，发动群众、组织群众认清自己的环境，不受外界影响。

但推开虚掩的院门，朱彦夫差点叫出声来，院子里拉满了绳子，绳子上挂满了白纸，白纸黑字，触目惊心："打倒张家庄最大的走资派朱彦夫！""砸烂朱彦夫的狗头！"……朱彦夫不敢相信自己的眼睛，自己什么时候变成走资派了？为什么别人要砸烂自己的头？朱彦夫不相信这是现实，可他反看顺看，眼前的场景千真万确。

"哎呀，你可回来了！出大事了！这两天可把俺吓死了，好几伙子人来咱家吆吆喝喝的，一会儿说是要造反，一会儿说是要革命，还说你是什么走资派。这到底出啥事了？啊？你说说，你快说说呀……"听到院里有动静，陈希永战战兢兢地打开房门，见是朱彦夫站在院子里，她一下从屋子里扑出来，一把拉住朱彦夫，有一千个一万个"为什么"需要朱彦夫给她答案。

朱彦夫不知道怎样回答，他照样感到稀里糊涂，但似乎又有点明白了，好些务实干事、对政治不太热心的，都面临着尴尬的命运……

"爹爹回来了！"

向华像燕子似的从屋子里飞奔出来，紧接着向荣也欢叫着跑了出来，姊妹俩亲热地抱着朱彦夫，把朱彦夫的挎包拽下来，抢着打开翻看，当她们翻出糖果时，不禁高兴得乱蹦乱跳。这时，郑学英抱着才入睡的向峰走到门口，满脸是遮挡不住的惊慌恐惧："站在外面干啥，不怕被人看见了？"

陈希永这才赶紧把这朱彦夫扶进屋子坐下，帮朱彦夫卸下假腿，只有院里的孩子还在兴奋地看着糖果，看不出任何忧愁。

郑学英神色紧张地问："彦夫，你对娘说实话，这几天在外面是不是干了啥错事,怎么你前脚刚刚出门,后脚就来了这么多人找你麻烦?娘快被吓死了,是不是天要塌了啊?"

"爹,你吃,好甜!"向华跑进来,站到朱彦夫身边,把手里的糖果直往朱彦夫嘴里塞,"爹,这几天俺娘一到夜里就捂着被子哭,娘怕你又摔跤了。"

"向华,到外面去玩,大人有事,听话。"陈希永见向华走了,对朱彦夫说:"你是没见,那几伙人一个个瞪着个眼珠子,要吃人似的。俺说你去开会了,他们还不信,说走资派还开什么会。这些人里,有一个是咱庄里的,其他的俺不认识,都是些什么司令,噢,有一个叫什么马司令。俺不相信你会在外面干啥缺德的事情,可他们为什么要这样做,难道就没有王法了?"

朱彦夫不想让母亲和陈希永再为自己担惊受怕,决定把在县城里的所见所闻埋在心底,笑了笑说:"娘,希永,你们别害怕,到底是怎么回事,我、我也说不清楚,兴许是、兴许是他们搞错了,我哪能是什么走资派呢!我在外面也不会闯啥祸,你们放心,都这样,开始组织上不了解情况,有些过激行为可以理解,过几天就好了,没事。哎,希永,我们庄那个人是谁呀?"

"听孟子说是四队的马长水,马长水与那个马'司令'认作本家了。"陈希永委屈地说,"为了大队,俺家搭钱搭物,出心出力,有了好吃的好喝的,你连头上的老娘都舍不得,总要让大家伙儿都享受享受。为了大集体,你没有睡过一次踏实安稳觉,经常到外面去观察。为了大队,你这半条命都快搭进去了,他们要是动你,真是瞎了他们的眼睛。"

郑学英也开始唠唠叨叨,她想不通这些人为啥要与没有手脚的儿子过不去,她的儿子她心里清楚,十四岁就离开她参加革命队伍,在朝鲜战场上留下了这半条命,回到家里当上了蚂蚁大的土干部,不要一分钱的报酬,领着全大队不分白天黑夜地干,到头来还要受这种窝囊气,天理何在呀?

朱彦夫猛然间醒悟过来,这极有可能是马长水利用这次政治运动对他实施的报复。马长水被他就地免职后,虽然见面老远就恭敬地打着招呼,但朱彦夫感觉得到,这个马长水对他是有怨气的,既然如此,那些人可能只是受他蒙蔽,过不了几天就会没事的。朱彦夫这么一想,心里宽慰了很多,他坚定地对母亲和妻子说:"我不贪不占,群众的眼睛是雪亮的,谁邪谁正,谁好谁坏,谁是谁非,相信都会搞清楚的。甭怕!如果他们敢一直这么胡闹下去,不用我站起来解释,张家庄的群众也不会答应，张家庄绝对不会容忍他们胡闹下去，张家庄的群众心里都清楚，我们还有许多正事要做，经不起这样的折腾。"

郑学英和陈希永听朱彦夫这么一说，乱糟糟的心总算平静了许多。

突然，朱彦夫叫起来："快去，把我的包拿来，别让几个孩子把包里的东西弄坏了。"

包里除了糖果，还有几包茶叶和红糖，这是朱彦夫给几个五保户老人带回来的礼物——他只要出门，从来不肯空着手回来。他身份特殊，粮票、布票、油票、糖票以及特殊商品票之类的，都比别人多一点，但他不想搞特殊化，就把这些让给最需要的人。

"向华，跟你娘一起出去，把这些东西给张老太爷他们几家送去，"朱彦夫指着糖果说，"糖果你们姊妹几个一个人留两颗，剩余的也给你们那些小朋友尝尝，以后爹爹出门再给你们买，知道了吗？"

看着陈希永和向华走出房门，朱彦夫的心情又渐渐沉重起来，因为他突然意识到，他对母亲和妻子说的那些，他其实没有任何把握。

一整夜，他的眼皮也没踏实地合上。

早上，朱彦夫一撑起身子，就对穿好了衣服的陈希永说："不行，我得立马召开党委会，了解一下基本情况。"

陈希永知道朱彦夫说一不二的脾气："那俺先去通知他们，回来后再烧饭？"

"不了，这个会不能在我们家里开，只能在大队部开。你在家烧饭，我找小狗子去通知，你先帮我把腿装上。"

院里的大字报被风吹得哗哗乱响，有几张已经落在了地上。朱彦夫绕过地上的白纸，拨开了大院的门闩，刚把拐杖伸到门外，两个彪形大汉就一左一右地挡住了朱彦夫的去路。

"想去哪里？没有马司令的命令，你就得老老实实地待在家里，哪里也不许去！"

朱彦夫没想到这么早门外就冷不丁冒出了两人，惊得差点摔了一跤。这两人他一个也不认识，但样子都挺凶，说话如同生铁，十分冰冷。朱彦夫恼羞成怒，一股怒气向上直蹿："你们是哪里跑来的，干吗站在我家院外？谁是你们的马司令，我不认识！告诉你，在这里老子想去哪就去哪，这是老子的自由！"

左边的那人扬起巴掌，想了想，又放了下来："告诉你，朱彦夫，识时务者为俊杰，不服从管制，结果你应该清楚。"

"咋啦？"陈希永惊慌失措地从屋子里跑出来，急得挡在了朱彦夫面前，对那两人说，"他是个没胳膊没腿的残疾人，你们要打就打俺，不能动他一指头。"

"你回去，这里没你的事。"朱彦夫用胳膊推开陈希永，气愤地说，"难道还要关老子的禁闭不成？"

右边的那人提醒道："姓朱的，注意说话的态度，我们的忍耐是有限度的。"

两边正在争吵的时候，马长水和几个陌生人前呼后拥着一个满脸横肉的大块头走了过来，那大概就是那位马"司令"了。

几个人到了门口，马长水趾高气扬地开口了："朱彦夫，你听着，现在，我代表张家庄革命群众郑重通知你，从今天开始，解散大队领导班子，停止一切不正当的活动。另外，你必须立即写出检查，把你在职期间所犯罪行统统写出来，听候审查处理。下面，请马司令讲话！"

马"司令"威严地点了点头，一脸冰霜地从喉咙里挤出了不容置疑的声音："未经许可，不准出门，不准会见外人！"

恼怒和愤恨涌上心头，朱彦夫用拐杖使劲地捣着地，大声地喝问："你们是些什么人！凭什么不准我活动？凭什么无缘无故地诬蔑我？我是张家庄大队党支部书记，你们这样做是违反党纪国法的！"

"哼哼，朱彦夫，你不要再嚣张了，我们已经接管了张家庄大队，你已经不是什么书记了，你称王称霸的日子已经一去不复返了，现在是你从梦中醒来的时候了。你现在是走资派，是张家庄大队最大的走资派！"马"司令"板着脸，"给我看好他！"

马长水见马"司令"扭转身走了，没有急着跟上去，而是用手拍着朱彦夫的肩头，怪腔怪调地说："朱彦夫，俺们往日无仇，今日无怨，你残酷欺压张家庄群众，罪恶滔天，罄竹难书。想想吧，坦白从宽，抗拒从严，对敌人我们绝不留情，你就老老实实地等着审判吧！"

第33章
真情的考验

从屋子里到院子里，从院子里再到屋子里，活动范围就这么大，这让朱彦夫很不习惯，他不吃饭、不喝水，就这么进进出出，出出进进，不停地折腾。

门外的"岗哨"二十四小时轮流值班，并配上了荷枪实弹。除了朱彦夫以外，家里的其他人员还相对自由，只是进出时都要经过严格的检查，包括孩子在内。

朱彦夫的烦躁引起了母亲和陈希永的恐慌，她们担心朱彦夫会因此崩溃。好在经过反复劝说，朱彦夫开始进食了，他不知道院外的信息，就让陈希永到外面打听。

陈希永告诉朱彦夫，江山河被五花大绑带到其他大队游斗去了，老秀才也不时地被游斗折磨，几个大队干部也成了斗争对象，那些人要他们交代与朱彦夫一起犯下的罪行。大队里的群众一开始是不买他们的账的，一直与他们唱着对台戏，但现在有一部分群众开始靠近他们，村子里很多年轻人都被发动起来了。

"奶奶的，他们到底想怎么样？地里的庄稼都不管不顾了？"朱彦夫气得直捣拐杖，"大家伙儿都不吃饭了？"

"你急、你急有用吗？"陈希永把朱彦夫扶到椅子上坐下，"孩他爹，还是算了，不管咋说，该给你的物资和钱还是按月发下来了，就当什么事情都没有发生，不让你出去你就不出去，别气坏了身子。"

"他们要冲就冲我来好了，干吗要与江山河、老秀才他们过不去？他们不是说我朱彦夫是张家庄最大的敌人吗，不与最大的敌人斗，偏要与老秀才这样的人斗，这就是他们的能耐？不行，我不能允许他们这样干下去！"

"你不行又有啥办法？"陈希永说着，忽然想起了什么，说，"要不，俺到县里去，让俺姑姑出面，你看行不行？"

朱彦夫摇摇头："他们、他们可能比我还糟糕。"朱彦夫觉得没有再瞒下去的必要，把之前在县城看到的情况都说了出来。

"天呀，怎么会是这样？"陈希永感到十分茫然。

"娘——！"向华哭着拎着断了背带的书包走进来告状，"放学的路上，几个叔叔搜查俺，把俺的作业撕坏了，还把俺的书包弄坏了，你们要去找他们……"

"谁搞的？"朱彦夫怒火万丈。

"几个叔叔。"向华抹着眼泪，满肚子委屈，"他们要俺交代，交代你这些日子在家里说了些什么坏话，干了些什么坏事，俺说你从来不干坏事，他们就抓住俺的书包搜查……"

"这些畜生，连一个孩子也不放过！"朱彦夫腾地站起来，"我朱彦夫天不怕地不怕，我要找他们理论，我不能就这样任凭他们骑到我的头上拉屎拉尿！"

陈希永一把抱住朱彦夫："你，你想干啥？你冷静一点，你还嫌家里不乱吗？"

朱彦夫大声吼叫起来："这群王八蛋！你放开我，让我出去！"

"爹，爹，你不要去，是俺错了，是俺错了，俺以后再也不给你告他们的状了！"向华懂事地抱住朱彦夫的双腿，她被爹爹的恼怒吓得发抖。

外面的"岗哨"听到了声响，冲进院子，把枪对着朱彦夫。

郑学英扑过来抓住乌黑的枪管："你们要杀就杀俺老婆子好了，俺儿子无罪！"

"娘！"朱彦夫推开母亲，"量他们也不敢对我开枪，你别被他们吓着了。"

两个持枪的人的确不敢对朱彦夫怎么样，几个月来，他们亲眼见到上面还照样把每月的抚恤金和物资送进这个被日夜看守的院子，就连威风凛凛的马"司令"也迟迟没有对朱彦夫采取什么强制措施，甚至连一次批斗会也没在张家庄开过。这里面到底有什么隐情，他们不清楚，也不敢造次。所以，朱彦夫前进一步，他们只能向后退一步，但他们守住了最后的防线，就是不允许朱彦夫跨出院门一步。

朱彦夫扬起拐杖，挥舞双臂，把院子里的大字报稀里哗啦地全部打到地上，用拐杖捣得稀烂。朱彦夫的行为让两个"岗哨"心惊肉跳，他们不敢自作主张，只好派人将朱彦夫的这一行为报告给了马"司令"。

陈希永非常紧张，担心朱彦夫这下捅了马蜂窝。

"估计那个马'司令'马上就会来，你先去烧壶开水，把好茶叶找出来。别紧张，没什么好怕的，我早就想会会这个马'司令'了。"朱彦夫见陈希永进了厨房，又对向华说："向华，你先把能坐人的凳子都搬到屋里藏起来，屋里只留一把椅子给我。"

看着向华把所有的凳子都塞进屋里床底后，朱彦夫又让向华带着妹妹向荣到外边去玩："到张奶奶家去，到时候们娘会喊你们回来的。"

郑学英抱着向峰担心地说："彦夫，人在屋檐下，不得不低头，你可别胡来啊！要知道，你现在不是一个人，做事要多为老婆孩子想想。"

"娘，我知道，我不是让希永烧茶了吗？这样，娘也到张婶家去，看着向华她们。家里不会有事的，他们也不会把我怎么样的。"朱彦夫安慰道。

郑学英离开家不久，马"司令"就打着酒嗝带着两个人走进了院子。看了看院子地上被撕得稀烂的大字报，马"司令"脸上露出一丝冷笑。

他几步跨进屋子，又惊愕地发现，屋里竟然没有他坐的地方，他迟疑了一下，坐到了小方桌上。

朱彦夫稳稳地坐在仅有的一把椅子上，连屁股也没抬一下，见马"司令"张嘴准备说话，就抢先说道："你就是马'司令'吧？"

马"司令"将腰一挺，架起了二郎腿："我们应该见过面了。"

"听说你是从泰安来的？"朱彦夫摇摇头，"我看你不像个当司令的，你受过教育吗？"

"朱彦夫，你什么意思？"马"司令"一听这话就生气了。

朱彦夫看看马"司令"身后两个人，说："这两位好像还受过教育，懂得一些规矩。"他又把目光转向马"司令"，"你不同，估计与你没受过教育有关。这是吃饭的桌子，不是用来坐的凳子，你，最好给我站起来！"

马"司令"感觉朱彦夫的语气暗含着一股不可冒犯的威严，几乎想也没想就站了起来，显得既狼狈又尴尬，这时，他才回过神来，涨红着脸说："你、你在耍我？"

朱彦夫没有理会，冲着厨房喊："上茶！"

陈希永赶忙端出茶来，很小心地送给马"司令"："马'司令'，这是孩他爹平日舍不得喝的红茶……"

朱彦夫说话了："别搞错了，希永，是我要茶，来，把茶水倒在我的杯子里，我是张家庄的走资派，可不能用我的茶水毒害他，这可是立场问题。"

马"司令"刚碰到茶碗，陈希永就把茶收回去了，陈希永不知道朱彦夫在唱什么戏，但还是按朱彦夫的要求把茶水倒进了丈夫的茶杯里，她一边倒，一边忍不住嘴里轻轻咕噜着："你这是干吗？"

朱彦夫哈哈笑起来："没你的事了，到屋里去吧。"

马"司令"发怒了，一掌拍在桌上："朱彦夫，你想耍猴不是？"

朱彦夫轻轻吹着漂浮的茶叶，慢慢地品尝了一口茶水，好像根本没有听到拍桌的声响："这茶不错，不错！"他咂咂嘴，看着恼羞成怒的马"司令"，"刚才好像是你在拍桌子？你的修养太差了，为一杯茶水就这么沉不住气，你还能干什么事？早就听说你马'司令'威震八方，原来就这德性！你今天到这里来，不是为喝口茶水来的吧？有什么话你就说吧，我洗耳恭听！"

"好，朱彦夫，你等着，总有一天，我要让你知道马王爷有几只眼！"马"司令"气急败坏地把手一挥，带着左右走出了屋子。

过了几天，朱彦夫不大的院子里就围满了人。

一个声音高叫着："朱彦夫你听着！别以为自己是老革命、老功臣就倚老卖老，今天一定要让你尝尝我们的铁拳！"

呼叫声中，朱彦夫夹着双拐出来了，他披着军大衣，站在台阶上大声说："谁要我尝尝你们的铁拳？我是死过无数次的人了，我不怕死！"朱彦夫说着，丢下双拐，两只胳膊猛力朝外一撑，棉袄的扣子蹦出老远，"老子挨过地主的鞭子，尝过蒋介石的枪子，吃过美国兵的炮弹，还真没尝过你们这群不知天高地厚家伙的铁拳，来吧，你们试试看，谁先上来？"

朱彦夫的突然发怒，让满院人感到心惊，没人继续耀武扬威地咋呼，也没人敢冲上去举起所谓的铁拳。

一个头目模样的人干咳一声，打破了沉寂："要文斗不要武斗。朱彦夫，今天，你老实交代，你手上有多少条人命？"

"嗯,这得容我好好想想,好好算一算啊。"朱彦夫轻蔑地望着他们,一本正经地说,"嗯,战场上一颗手榴弹就炸死好几个,一梭子子弹就能撂倒一大片,还真有些不好算。估摸个数吧,二百?三百?四百也有可能啊!对不起,我参加过大大小小一百多次战斗,很多细节都记不清了,但有一点我可以清楚地告诉你,每次战斗都有敌人在我的手下失去性命!"

　　听到朱彦夫这样说,很多人露出了愧疚之色。一个头目见大家如此,忙跳到台阶上大声叫喊:"不要听他的煽动,我们必须有坚定的立场。什么是最可怕的敌人,朱彦夫就是最可怕的敌人。"那头目说着,又举手高呼起了打倒朱彦夫的口号,"坚决打倒张家庄最大的反动分子朱彦夫!"

　　人群再次被煽动起来,口号声震天,整个院子地动山摇。

　　朱彦夫什么也没说,等他们喊累了,才冷笑着点点头,算是对眼前这些人的回答。

　　最后,那些人走了,但朱彦夫没有胜利感,他特别伤心。他想看看死去的老秀才,他想去探望受伤的江山河,他想看看周围的群众现在过得怎么样,他想去看看地里的庄稼长势如何,但是,他一样也做不到,他的心在滴血。

　　一连飘了好几天的雪花终于在腊月二十三的早晨停了,整个大地一片亮白。

第34章
心 系 何 处

张家庄先天性缺水，几代人都为此付出过努力，大大小小的水井打了无数，结果都是以失败告终。

朱彦夫早就看好了，要盘活张家庄这局棋，下一步就是找到水源。他几乎跑遍了张家庄的每一寸土地，研究过所有水井失败的原因，都没有找到答案。但潜意识告诉他，张家庄绝对有水，现在见不到水，只是路子还没有找对而已。

水成了朱彦夫躺在医院里的心病，如果水的问题无法解决，张家庄人的温饱还得靠老天爷施舍，那些开垦出来的良田和果园还是被老天爷掌管着命运，只有有了水，才能彻底摆脱老天爷的控管，让张家庄人成为土地真正的主人。

人这一辈子，就这么几十年光景，要想活出意义来，就不要总在恩恩怨怨里度过，把个人的得失看得太重。收获个人利益，即便很有成就，也只是一种个体生命的彰显，对社会、对周围意义不大。共产党提出的为人民谋幸福的主张，符合广大人民的利益，所以得到了人民的支持。作为一名共产党员，就是要把自己有限的生命投入到为大多数人谋利益中来。没有这种思想境界，就不是一名合格的共产党员，没有牺牲个人利益的思想，就不配站在鲜红的党旗下举起自己的拳头。当不当张家庄的大队书记无所谓，只要不被限制自由，他就要去感化群众，去引导群众。

夜深人静，朱彦夫睡不着觉时，就这么思考着。

一个为朱彦夫看病的老医生，知道他的心结后非常佩服，把他叫到医生办公室，关上门说："你不是想为家乡做一番事业吗？听你爱人说你为水犯愁呢，我给你推荐一个人，兴许对你有用，你回去后，不妨见见他。"

"真的？"朱彦夫兴奋得控制不住自己，"太好了，这人是谁？"

"嘘——"老医生举起食指，在鼻尖上一挡，又赶忙开门看看走廊，见走廊上并无他人，这才又关上门轻声说："这个人你也许听说过，他是我儿子的一个同学，是个很有才华的青年，叫高大捐，也是你们沂源县乡下的人，具体是哪里的我不太清楚，但好像在你们地区水利局工作。他是个水利专家，50年代毕业的大学生，专门搞水利勘察的，我儿子也是搞水利的，经常提起他，说他搞得很好。他这人我见过，一个很不错的后生，你去找找他，他一定会助你一臂之力的。"

"这个人我听说过，好像已经被赶回了老家，不过他们老家离张家庄不远，邻村。"朱彦夫对这个高大捐的名字有点印象，他听江山河说过桑树峪村出了个大学生，就是不知道他是搞水利的。

"什么？"老医生有些惊讶，"他离你们老家不远？是什么村？"

"桑树峪村。"

"对对对，就是桑树峪村。"老医生拍着脑门说，"想起来了，他去我家时提到过。没错，是他没错！"

凉爽的夏夜，朱彦夫一家悄无声息地回到了张家庄。

他们是乘一辆便车直接到东里的，在东里下车时就已接近傍晚，再拉着板车行四十里路，回到村口差不多半夜了。村子里除了狗汪汪叫了几声外，没有一个人发现离开大半年的几口人不声不响地回来了。

拉着板车的陈希永一进村就脊背发凉，哪怕是看见一个黑色的影子，都会吓出一身汗来，直到回到家里，还心有余悸，担心从哪儿冷不防地冲出个不速之客来。

大半年时间里，他们没给家里带过一次信，朱彦花打听到东里医院才晓得陈希永去了县城。朱彦花到县医院看过朱彦夫，知道弟弟碰到了贵人，便让老赵给老医生送去了一些粮食和山里的稀罕特产。朱彦花只把消息悄悄告诉了母亲郑学英，除此之外，谁也不知道他们的下落。朱彦夫几人进了家门，郑学英把这些情况一说，陈希永心里的石头才落下来。为了不让外人知道，陈希永告诫朱彦夫，哪里也不许去，就悄悄地待在家里。

"这不行，这怎么能行，那还不把我憋死在屋子里了？我不怕他们，要斗要批随他们的便，就这样窝在家里算咋回事，不行，真的不行。"朱彦夫不答应。

"你不怕，俺怕，再有什么闪失，俺可真的活不下去了。"陈希永说着说着眼圈就红了。

"咳，这叫怎么回事？"朱彦夫哭笑不得，"该来的终归要来，躲得了初一你还想躲过十五？我们是几个大活人，又不是什么东西，能塞到什么地方藏起来？你呀，也把事情想得太坏了。你说，要真连门都不敢出了，我们回来干吗？我看还是大大方方地走出去。再说了，眼下吃水也是问题，还得到西村去担，我们总不能不吃不喝不洗吧？"

陈希永仍然坚持自己的意见："白天就把院门关着，担水后半夜里去，只要全家平安，俺什么都不在乎。"她怕朱彦夫继续反对，又说："你那位指导员跟你说的事情你没有忘记吧，你就在家里写他们的故事，要用纸用笔，俺会给你想办法的，吃喝的事情也用不着你操心，就这样，俺说了算！"

朱彦夫理解陈希永的苦心，从心里感激着她为他忍受着常人不能忍受的一切，因此尽管脑子里盘算着别的，嘴里还是干脆地答应："好，一切都听你的！"

陈希永确实太累了，见丈夫答应了自己，很快就进入了梦乡。

朱彦夫睡不着，他还在想水的问题。他对水的渴望越来越强烈，张家庄不能没水，他要想办法找到高大捐。现在还不是坐在家里写书的时候，水的问题不解决，他朱彦夫这几年等于什么也没干，他不能把水的难题再留给下一代。而且如果这个问题解决不好，下一代的光棍会更多，现在，村里的姑娘就长大一个飞一个，外面的姑娘都不肯嫁到这里来，一个五百来人的大队，就有十几个老光棍，这是地理环境造成的悲剧，因此这个环境一定要彻底改变。

怎么去找高大捐？找到高大捐又怎么办？要是那些人再纠缠下去又怎么去找水源？一个问题接一个问题，乱糟糟的一片，让朱彦夫理不出头绪来。他的大脑一片混沌，一会儿想到了童年，一会儿又想到了炮火纷飞的战场，一会儿又想到了他创办的夜校……突然，他想到了张明熙领着全村求雨的事，人们为什么要到龙王庙去求雨？既然叫龙王庙，是不是与水有关系？童年听来的龙王庙的故事，模模糊糊地走进了朱彦夫的记忆。

传说张家庄很早很早以前有一眼泉，泉水又清又甜，而且是方圆几十里最神奇的泉，无论天上的雨下多么大，无论天旱多么久，那眼清泉总是那么深，总是那么清，冬暖夏凉，还能医治百病。方圆几十里的人都吃着这眼泉水，吃这水的男人眉清目秀，吃这水的女人花容月貌。村里有个不孝的媳妇，嫌年迈的婆婆只吃不做，是个累赘，一心想害死婆婆，可想来想去，也找不到让婆婆死掉自己还不吃官司的办法。这媳妇的男人也不是东西，平时对老娘是不打即骂，也恨不得老娘早一天两脚一蹬，看着媳妇饭吃不香觉睡不安的样子，就问媳妇是不是有啥心病，媳妇把心事说给男人听，这男人一听，认为老娘早就该死，干脆把她弄死算了。为了既不花钱安葬又不惹麻烦，这夫妻俩就以给老娘洗头为名，把老娘哄到井边推进井里淹死了。结果当时天上就雷鸣电闪，把这两口子劈死在了井口边，之后，龙王爷也发怒了，收回了泉水。为了喝上清泉，人们就在那里盖起了龙王庙，希望龙王再发泉水，可是，那里再也没有了泉水，一直干枯到现在。

这座龙王庙在村东南边，离村有里把路。年代久远，那里早已称不上什么庙宇了，只剩下几堵残垣断壁荒凉冷清地立着。以前，朱彦夫去过那里很多次，也没看出个啥名堂，现在猛然想到这个传说，他心里还是一动，想着不如请高大捎到那里看看有没有可能找到水源。

外面天已亮了，朱彦夫还在为自己的想法兴奋，他见陈希永在厨房忙着烧饭，就喊来向华，要向华把他回来的消息悄悄告诉张婶或者张二孟。

向华摇摇头，轻声说："娘说了，对谁也不许说的。"

朱彦夫小声说："你一会上学路过时去说，你娘不会知道的。"

"要是娘打我咋办？"

"你不说，娘怎么会打你？事情办好了，爹以后给你买漂亮的花布，做你最喜欢的衣服。"

"真的！"向华伸出手，"不许耍赖，拉钩。"

朱彦夫笑了："去，爹没有手，怎么拉钩？"

"那，就碰头！"

"好，碰头！"

向华和向荣一走出院门，陈希永就赶紧把院门关上，并插上闩子，然后才放心地坐在屋里缝补孩子们穿破的衣服，一个补丁还没打起，院门就被拍得砰砰直响，吓得陈希永惊慌失措，脸色惨白。

"俺是张婶，知道你们回来，来看看你们。"张婶的声音显得分外激动。

朱彦夫早就在里面竖起了耳朵，院门一响，他就架着拐子往外走。陈希永听得清楚,既然老邻居都知道了,不开门显然是不可能的,所以,朱彦夫还没走到院子中间,她就跑过去开门把张婶迎了进来。

张婶的到来,把陈希永布置的防线击溃了,同时,也把陈希永的心病除掉了。张婶说,外来的那些人,遭到了群众的强烈反对,年前就像一只只灰老鼠般溜走了。由于一直没有朱彦夫一家的消息,大队革委会主任马长水差点被群众的涶沫给淹死,人们都念记着朱彦夫的好处,牵挂着这一家人。马长水虽然现在还是革委会主任,但也就是一光杆司令,全大队几乎没人瞧得起他,他根本就不可能再掀起什么风浪来了。

朱彦夫长长地出了口气,仿佛一下呼出了一年多来积压在心里的烦闷。差不多有一年时间没看到率领群众奋斗过的地方了,他迫不及待地让陈希永带着他到山上到田里去好好看一看、走一走。陈希永也没有心思静坐在小院子里干那些总也做不完的家务了,便痛快地陪着丈夫走出了院门,她感觉自己也年轻了不少。

走出家门没多久,朱彦夫刚刚松弛的心就像被无数的针在扎戳,让他一阵阵疼痛,火燎般地难受:老秀才的坟茔上长满了野草,隆起的土堆上被雨水冲刷出的小沟,像一道道深深的皱纹,在乱石堆里诉说着不幸,显得那么凄凉;一块块田地里,苞谷苗又黄又瘦,无精打采,卷曲着的叶子似乎在哀求老天施舍雨露,显得那么哀婉;山上的果树伸着被虫吞噬的枝丫,诉说着无人整修护理的冷落,显得那么无奈……

朱彦夫拄着拐杖,眼里流出了泪水,多年的心血怎么就成了眼前这样不堪入目的破败?他不甘心,他仰头向天发誓,他要组织人们重新挽起袖子,修整这块土地,让她焕发新的光彩!

只有付出才有回报,朱彦夫决定亲自登门拜访高大捐,力争尽快为张家庄注入新的血液。

朱彦夫的出现,让马长水感到不安,他像热锅上的蚂蚁,坐卧不宁。

之前,马长水把朱彦夫视作张家庄最大的敌人,用了种种手段,终于把朱彦夫打倒,让自己成了张家庄一手遮天的"核心人物"。

可朱彦夫的突然失踪和张家庄物质条件的不断恶化,让通过艰苦劳动享受过劳动果实的张家庄群众发现了问题。赖以生存的土地荒废了,没吃没喝的日子记忆犹新,惶恐过后,他们把怨恨的目光集中到了这个"核心人物"身上。

为了巩固来之不易的地位，马长水开始一边抓革命一边促生产，但没有起到什么太大的作用。恰在这个时候，朱彦夫又回来了，这让他感到恐慌至极，他心里知道，经过一年多的折腾，人们已经回过味了，只要朱彦夫一声吆喝，张家庄人就会把自己视为最大的敌人。

　　呼吁朱彦夫继续担任张家庄领路人的声音越来越强烈，马长水意识到，新的斗争马上就要开始了。他可以忍受人们对他的唾骂，但他不能忍受朱彦夫的重新出现，更不能看着朱彦夫重新回到领导位置，如何让朱彦夫失去人们的信任，如何阻止朱彦夫重新上台，是摆在他面前的难题。

　　马长水失眠了！

第35章
世世代代的梦想

张家庄的上空，响雷轰轰隆隆地炸了半夜，狂风卷起尘土扫荡着天地，漫天的乌云聚拢又消散，雷息风平过后，漫天的星斗像被洗过似的格外晶莹。

一滴雨没下，就这么风平浪静了，夏天的天气就是这么反常。

"不好了，朱家的坟让雷劈开了！"天还没大亮，人们就听到了惊呼的声音。

消息不胫而走，人们争先恐后地来到朱彦夫家屋后的树林里。朱彦夫家的坟茔里，一字摆开几个小坟丘，最靠边的一个土包裂开了一尺来宽的缝，露出来的棺木也已经断裂。

这不是朱彦夫的那座假坟吗？怎么会被雷劈开呢？在大家的猜测声中，马长水突然发现断裂的棺木中有一张黄色纸条，便小心地用棍子挑了起来，大家伸长脖子去看，惊得一个个睁大了眼睛。

这是一张龇牙咧嘴的红脸凶煞怪神像，神像的背后是一道需要细细辨认才能看清的符，整张图下端有几行朱红小字：欲攀高楼防断梯，未等举步莫思扶。生辰原是煞神定，升天阎君牵魂归。

村里的年轻人大多在农民夜校上过学，都能识得几个字，但这几句话是什么意思，没有人能够解释清楚。但既然是雷公显灵，绝对是上天在预示什么，大家伙儿感到既紧张又好奇，建议一定要请高人来解开天机。

马长水小心地把黄纸折叠起来，交到张明熙手里："这件事情有些玄乎，俺大队你是老党员，也是多年的老干部，你拿着去找朱彦夫看看，看他能不能破解这个天机。不管是凶是吉，早点给大家伙儿一个说法，免得大家伙儿心里揪着。"

最近大家都强烈要求朱彦夫出来主持张家庄的工作，朱彦夫也没推辞，表示一定要把这两年损失的时间夺回来，并且已经召集老班子成员谈起了建设规划。

他还亲自架起双拐直奔五里外的桑树峪村请水利专家高大捐到龙王庙勘察了，高大捐仔细察看后，认定龙王庙不仅有水，而且水源相当充足。龙王庙有水的消息迅速传遍全村，大家伙儿都很激动，摩拳擦掌地准备开始打井。朱彦夫告诉大家，既然龙王庙水源充足，要打井就得打一眼能保证灌溉张家庄几百亩田地和果园的大井。打井不是小工程，除了打井之外，还要修建水渠，架设管道，如此大的工程不是比画比画就能决定的，还必须由专家来勘测论证。昨天中午，朱彦夫就和高大捐一起坐车到县里到地区去找有关人士设计去了。

张明熙有些焦急："马主任，不行啊，朱彦夫最快也得好几天才能回来啊！"

可老天爷已经"点化"了，谁也不愿意等下去，恰在此时，一位"半仙""路过"此地，人们便请他指点。"半仙"闭眼掐指好一会儿，揭开了天语之谜：空坟的主人其实早已是死人了，他是借尸还魂在阳间生存的，他在阳间的所作所为都是违背天理的，雷公还告诉人间，这个人阳寿已尽，今年小年就要升天，如果他不退身归位的话，张家庄必有塌天之祸！那到底会是怎样一种塌天之祸呢？"半仙"说天机不可泄露。"半仙"还告诉人们，无论这个坟主是谁，都不要让这个人在张家庄当主事官，这是唯一的化解灾难之法。

人们又簇拥着把"半仙"请到龙王庙，要"半仙"看看龙王庙到底会不会为张家庄带来希望之水。"半仙"架上罗盘，很认真地察看了山势，最后得出结论：这是张家庄的风水宝地，张家庄之前没有饿死一个人，全靠这块风水宝地庇佑，因此这里是万万不能动土的，只要在这里动土，就会惹怒龙王爷，遭天打雷轰！

经过"半仙"指点，渴望平安的张家庄人，便成群结队地带着香纸到龙王庙跪拜，祈求龙王爷千万不要发怒，保佑张家庄一方平安吉祥。

高大捐带着朱彦夫到县里到地区去找专业人士，完全是被朱彦夫的精神感化的。但县里、地区没能给他们提供任何物质和人力上的支持，最后还是高大捐找到了几个比较专业的也正受排斥的人一道来设计这个水利方案。

他们没有携带任何勘测仪器就来到了张家庄。

朱彦夫看着龙王庙乱石堆上香火缭绕，还搭着一些红布绫子，心里就窝着一团火："这是谁搞的？"

跟在后面的小狗子和张二孟都没敢回答。

朱彦夫不想当着外人发火，就让小狗子用备好的石灰在专家们目测的线路上打上记号。就在他们确定挖井位置，要打木桩时，村里的几个老人呼喊着跑了过来。不管朱彦夫如何解释，他们也不许朱彦夫在龙王庙钉木桩，还把所有削好的木桩抱在怀里，做出要拼命的架势来。

"这到底是为啥呀？"朱彦夫真被这几个老人搞糊涂了。

"这是风水宝地，动不得的！"

几个老人不愿多做解释，也不愿听朱彦夫的解释，就是死活不让动这里的一土一石。朱彦夫醒过神来，这一定是有人在背后捣鬼。他不想浪费时间做过多的解释，也不想与这些老人闹得太僵，只好恳请几位专家先沿山探测最便捷的修水渠线路。专家们见乡亲们这样，测探好水渠路径后，拒绝了朱彦夫的再三挽留，离开了张家庄。

前几日还对朱彦夫客客气气的老少爷们，忽然之间像避瘟神似的回避着朱彦夫，见朱彦夫迎面走来，不是调转头往回走，就是远远地绕开。就连平日里喜欢和朱彦夫在一起的小狗子和张二孟，也在专家们走后匆匆与他告别了，生怕被拉住似的。

陈希永见朱彦夫迷惑不解的样子，就把屋后坟墓被雷劈开的事情告诉了朱彦夫。陈希永一边为朱彦夫卸假腿一边说："俺是不信那些鬼话，但他们不想你出来做事，你就干脆啥也不做算了，反正你也不拿大队一分钱工资。你回来这些年义务也尽了不少，有水没水只要不渴着你就行，再饿饭也饿不到你的头上。他们这么挤对你，你还不如主动退下来在家享几天清福实在。"

"这些小儿科我会怕？"朱彦夫轻蔑地一笑，"有些人趁我不在家，就造谣捣鬼，这说明他怕我。有人怕我就说明我还不是一个废人，既然不是废人就不能这么着了人家的道。群众受蒙蔽只是暂时的，这水我是非要搞的，我可不是三岁小孩，被别人一吓唬就当了缩头乌龟。张家庄再也不能被马长水折腾下去了，赶明日，你去把小狗子他们都找到我们家来，大队支部一定要尽快恢复，社员们的思想一定要尽快统一。"

天刚亮，朱彦夫就催促陈希永去找小狗子他们，陈希永知道朱彦夫说风就是雨，胡乱擦了把脸，就打开院门走了出去。

"嘘——嘘——"两声长长的哨音划破了清晨的宁静，紧接着一个男人的喊话传了过来："各家各户注意了，各家各户注意了，公社革委会紧急通知，公社革委会紧急通知……"陈希永刹住脚步，听出喊声是从对面小山包上飘过来的，那是马长水的声音。十有八九要开会了，要不马长水是不会这么一大早就吹起哨子瞎叫唤的，陈希永想。又是两声哨音过后，马长水才拉着长嗓子喊出了紧急通知的内容：各家各户十八岁以上的社员，在上午8点半以前都必须赶到龙王庙参加现场批斗会。

一听说是批斗会，陈希永浑身都起了鸡皮疙瘩，莫名其妙的恐惧袭上心头，她抽转身回到院子，插上了院门："他们要在龙王庙开批斗会，不会又是冲你来的吧？"

朱彦夫心里也犯着嘀咕，感觉这事十有八九是冲着自己来的，他不想让陈希永担心，一边手忙脚乱地安装假肢，一边故作不在乎地说："我这几天就想亮亮相了，是祸躲不过，躲过不是祸，有啥怕的？8点半开会，还早着呢，赶紧弄早饭吃，真要挨斗也不能苦了肚子。现在天气好，也不担心挨冻，晒晒太阳最好，可以提高自己的免疫力。"

这年头的群众大会很多，但像这样突然的还是很罕见的。龙王庙在村西南的一个山坡上，为何要把会场选在那个地方，难道真的是冲自己来的？朱彦夫一边吃饭一边注意着院外的动静，如果是针对他的，随时会有拿着枪的民兵冲进来"护驾"的，但是直到他吃完早饭，也没见到任何人走进院子来。

尽管如此，朱彦夫还是做好了挨批挨斗的准备。他看看手表，还不到7点，见陈希永放下了饭碗，就拿起拐子准备出门了："我们走吧！"

朱彦夫是个活着的死人，村里人都忌讳与他搭腔说话。

陈希永扶着朱彦夫赶到龙王庙时，龙王庙前的空地上已围满了前来开会的群众，人们一见到朱彦夫两口子，就自动让出一条道来，目光却在他俩身上扫来扫去，也许大家伙儿也认为他就是今天的被批斗对象了。张婶在朱彦夫不远处，她连张了好几次嘴，最终没能找到合适的话来说，只好默默地看着这对熟悉的邻居。

会场很特别，既没有主席台，也没有会标，只是乱石岗上的几块石头被人为地摆成了一道小石坎，看来就是今天的主席台了。台上没有一个公社领导，只有马长水挺直了腰杆盛气凌人地来回走动着，并不时地摸出怀表看看时间，喊叫着让台下不要大声说话。

开会时间还没有到，但会场的气氛却显得异常严肃。整个会场都在全副武装的民兵包围之下，从山头到山脚是三步一岗五步一哨，而且这些荷枪实弹的岗哨，全都是公社的队伍。人群里有人私下议论，说这些民兵天还没亮就在这里布下了岗哨，早上几个来此烧香的香客都被民兵们请到龙王庙右侧的那条小沟里去了。又说公社领导就在那条小沟里，怪不得那里戒备森严，就连马长水几次想走进去都被挡在了外面。

哨兵板着面孔，所有人的心里都是一团雾。

8点20分，四个全副武装的民兵簇拥着新上任的公社主任走出了神秘的小沟。

马长水把手放在嘴边大声喊："会议马上就要开始了，大家安静，让我们用热烈的掌声欢迎公社领导做重要讲话！"

公社主任板着面孔，直接走到石坎上，摆手示意大家不要鼓掌："我宣布批斗大会现在开始！"

场子里顿时安静下来，朱彦夫坐在石礅上，见马长水盯着他，脸上有一种胜利者的微笑。

公社主任扫了大家一眼，清了清喉咙，大声说："贫下中农同志们，今天为什么要召集大家在这里开会？不为别的，就是因为在这里出现了一股反动思潮，有些人想让我们倒退到封建社会，他们想往我们金泉公社脸上抹黑，我们不答应！现在，我命令，把马长水给我捆起来！"

正条件反射起劲鼓掌的马长水做梦也不会想到他会成为批斗会的对象，他还没反应过来是怎么回事，就被冲上来的民兵反剪着双手，按跪在石坎上。

"俺没有罪！你们不能冤枉俺！"马长水跪在地上，这才反应过来，张开大嘴喊冤。

"把嘴闭上，有罪没罪你心里明白，广大群众也会明白的，在这里你没有任何发言权！"公社主任大手一挥，"把封建迷信分子金亮贵带上来！"

公社主任话音刚落，小山沟里就响起了呵斥声，两个大个子民兵像拎死狗一样拖着五花大绑的金亮贵直奔会台而来。整个会场的人都踮起脚伸长了脖子，他们中的大多数都能认出这个被五花大绑的人就是前几天在这里拿着罗盘透露天机的"半仙"。

批斗会开始了，人们在惊诧中逐渐清醒。

这个金亮贵是个地地道道的迷信分子，一直到处宣扬鬼神宿命论，偷偷摸摸地干些算命卜卦的勾当。"破四旧，立四新"运动正在开展，张家庄的龙王庙却突然香火大起，引起了公社领导的高度警觉，便暗中派人来张家庄了解情况，得知此乃金亮贵散播谣言所致。于是，公社革委会迅速调动民兵四处撒网，终于在昨天夜里将其抓获，经过连夜突审，金亮贵交代了他胆大妄为的原因，原来他是受张家庄大队主任马长水所托，演了一场戏。

金亮贵是马长水舅舅村的，跟马长水几乎没有交集，可朱彦夫重新出现，马长水觉得朱彦夫危及自己的政治地位了，于是想到了金亮贵，就在背地里与金亮贵勾结，以达到阻止朱彦夫重新走上领导岗位的目的。他不是不知道"破四旧"运动，可他觉得就在自己村搞搞，问题不大。今天天还没亮，公社就派人找到他，让他通知张家庄社员在龙王庙开现场批斗会，他也没想到这件事上，还以为是朱彦夫请来几个被排斥的专家触怒了公社领导呢，结果搬起石头砸到了自己的脚。

人们震惊了，批斗现场会让所有谣言化为乌有。

"有些人就是相信那些鬼话，迷信头子金亮贵不是说谁动了这里的土，谁就会遭雷劈不得好死嘛，我脚下的石台子，就是今天早晨我们的民兵砌起来的，天上不是照样一片灿烂吗！"公社主任指着小山沟说，"下面，我让几位虔诚的信徒为大家表演一个节目，如果朗朗晴天立刻雷电闪闪，我就带头让大家把龙王庙风风光光地建起来。如果什么变化都没有，就请大家伙儿从今以后把心思用在革命、生产上，用自己的双手来创造自己的世界！"

表演节目的是早晨来这里上香的几位妇女，她们在民兵的指挥下，抬着粪桶走进了会场，然后把一瓢一瓢的粪便泼洒在她们上香上供的石头上。

天上没有刮风，也没有起云，仍旧是艳阳高照。人们心头的疑虑烟消云散。

"迷信头子金亮贵，一年四季搞倒退"和"阴谋分子马长水，人前人后净捣鬼"留在了人们的议论中，马长水和金亮贵也被带到别的地方游斗去了。

马长水不择手段的阴谋失败，驱散了人们心中的阴霾，苦战奋战的精神再次显现出来，众志成城、改变生活的理念又把大家联结在了一起。

打井、开发水利工程的事列入了张家庄奋斗、发展的日程。

朱彦夫考虑到地下水源充足，大胆地设计了一口东西宽二十四米、南北长三十三米的长方形大井。他说："这是几辈子人想干没有干成的事，既然专家们断定这里有水，我们就不要有所怀疑，要打井，就要打一口大井，让它成为我们张家庄世世代代可以享用的井。"

经过半个月的精心筹划，龙王庙打井工程终于破土动工了。

没有任何机械，全靠简陋的工具和不畏艰难的毅力与硬石层开战，一双双手打出了血泡，钢钎由长变短，一米、两米，进度异常缓慢。已经进入冬季了，天越来越冷，井已深一丈有余，抠出的石土堆成了小山丘，井下也没有一丝湿润，人们的热情像气温一样冷却下来。

"朱书记，会不会是瞎子点灯白费蜡？"寇长功背着人担心地问。

朱彦夫白天守在井边，夜里也无法入眠，为了打好这口井，张家庄一点可怜巴巴的家底几乎全部投入了这个工程，继续打下去吧，万一打不出水来，该怎么向乡亲们交代？就此停住吧，大队的家底就全部砸锅了，他也不甘心。几个月来，他把自己所有的抚恤金都用在添置作业工具和善待劳力上，面对一张张充满疑问的面孔，他还是咬着牙鼓励大家继续干下去："再打一丈深，如果还是见不到水的话，明年再接着打，我就不信那么多水利专家会看走眼。"为了鼓舞斗志，朱彦夫坚持亲自下井劳动，他用两只残臂扶住钢钎，没有人愿意为他打锤，他就让陈希永来抡锤，他的手臂、他的腿流出了血水，他也始终坚持着。他做着陈希永的工作："我这不是碍手碍脚充能当好汉，我是在展示一名共产党员的形象，是在表达对挖井的决心和勇气，也是在表达我改造恶劣环境的信心！"

人心都是肉长的，一个没手没脚的特等残疾都抱有这样的信心，有手有脚的健全人还能垂头丧气不成，大家自发地决定二十四小时轮流加班，哪怕真的打不出水来也绝对不会埋怨朱书记一句。

"气力是奴才，去了再回来。朱书记，您就在家歇着，俺们不会半途而废的。"

"朱书记，你千万不要动手了，俺们看着心里难受，你就是在这里站一站，也比俺们要受累，俺们都知道……"

朱彦夫确实很累，每天在工地上站几小时他都会感到非常疲惫，但不想只当个监工头儿，他让陈希永与他搭伴干活也绝对不是做做样子，是因为没有人放心让他劳动。整个工地只有陈希永一个女人，一丈来深的地下作业面很不安全，群众阻止不了朱彦夫的倔强，就在背后动员陈希永，只要她能拖住朱彦夫，不让朱彦夫整天待在工地上受那份劳累，就算是最大的功劳了。

朱彦夫从泉水哗哗喷射的梦里醒过来，木格窗外的亮光很强，是太阳出来了，他从来没有这么晚起床的。他忘了自己夜里烧得全身发烫，一边喊着陈希永一边往起爬。他身子骨一点气力也没有，但一想到工地日夜劳作的情景，他还是支撑着爬了起来。等他喘着粗气坐正了身子后，却怎么也找不见一贯放在床头的假肢了。

"陈希永！陈希永！"朱彦夫急得直嚷嚷。

可惜，没人能听到，院子里一个人也没有。母亲郑学英引着孙子到后山寻猪草才刚出门，妻子陈希永到外面替他抓药还没回来。

一定是陈希永把假肢给藏起来了，朱彦夫急得趴在地上到处摸索，从墙角摸到床底，弄得满头是灰，还是没见着假肢的影子。他知道妻子是好心，但心里还是禁不住对妻子一阵埋怨：那么大的工程，那么深的井坑，没有人在一边盯着看着提醒着，要是整出个事故可怎么得了，这让我如何能够在家里待得心安？一边埋怨一边找，他突然发现顶棚上露出一个脚尖，喜得他一翻身起来，扶着床沿夹起夏天撑蚊帐用的竹竿去拨拉那假腿，好容易拨拉下来，他迫不及待地安装好假肢，架起拐杖就往龙王庙奔去。

还没走近挖井工地，朱彦夫就吓了一跳，水井周围围满了人，叽叽喳喳的声音让他头皮直炸：果然出事了！

朱彦夫心里一着急，就忘记了脚下的乱石小道，一拐杖在一个鹅卵石上，鹅卵石一翻，他的身子就失去了平衡，顺着斜坡骨碌碌地滚了下去。

"不好啦，朱书记滚下坡了！"张二孟听到响声，发现是朱彦夫正顺着草坡向下翻滚，吓得立刻大声喊开了。

听见喊声，围观的人直奔草坡而来。幸好距离草坡十多米处的一棵大树挡住了朱彦夫的身子，否则，朱彦夫非得滚到五十多米远的小山沟里不可。

人们七手八脚地把朱彦夫抬回井边的平地上，朱彦夫的一双手摔丢了，两只脚也只剩下一只耷拉在膝盖上，截面流出了血水。好在他人还比较清醒，一上来，他就焦急地问："到底出了啥事？"

"是你不小心摔了一跤！"小狗子见朱彦夫没有大伤，擦着脸上的虚汗说，"就是你的手脚摔丢了，别急，有人在找。"

此时，正值三九严寒，虽然天上挂着太阳，空气的温度还是很低，人们的头上冒出的热气早已变成了一层白乎乎的冰霜，看来，大家伙儿至少有好一会儿没干活了。

朱彦夫心里没底，挥舞着残臂大声说："我说的是这里到底发生了什么事。"

"是好事！井下看到水了！"

"真的？"朱彦夫喜出望外，"快把我的手脚拿来，我要亲自看看！"

"老朱，你看！"早有人控制不住，用双手捧起一捧泥浆送到了朱彦夫的面前，"这就是从井下捞起来的泥沙，那水暖暖的，忒舒服。"

"该不是你们哪位尿的尿，来糊弄我的吧？"朱彦夫简直不敢相信自己的眼睛，昨天晚上离开时，打出来的还是能冒烟的干沙土呢。他这么说着，还用鼻子去闻了闻，没有臊气，他笑了。

众人扶着装好了假肢的朱彦夫站起来走到井边，朱彦夫看见井底一层浅浅的泥水，就像一个饥饿的婴儿看见了乳汁："快、快放我下去，我要亲自下去看看！"

一丈多深的井坑，没有梯子，朱彦夫站在大号竹筐里，让上边的人抓住绳子一点点往下放。一到井底，朱彦夫就抓起拐杖敏捷地跨了出去。井底是一层薄冰，人踩上去，喳喳地响。虽然没看见泉水外冒，但这种饱含水分的泥沙已给了人们极大的兴奋，朱彦夫不愿意上去，便右腋夹住铁锨，两只断臂一齐用力，帮着铲泥装筐。

井边的人被朱彦夫感动着，从兴奋中醒来，二话不说跳下井，甩开膀子大干起来。

再往下刨，土质不再那么硬了，渐渐的，低凹处涌出了细细的泉流。朱彦夫一边让大家注意安全，一边不停地铲泥装筐，显然忘记了自己的身体状况。

"怪了，这泉水怎么是红色的？"一个小伙子惊奇地叫道。大家仔细一看，清清的溪流在红色的浅水窝里流动，浅水窝的水确实不是浑浊的泥沙色，而是深红深红的。

"是不是真有龙王被俺们伤了？"有人担心地说。

"瞎说，没长眼睛，冒出的水是啥颜色看不见？"有人反驳。

"不好，"细心的寇长功指着朱彦夫的双腿叫道，"朱书记，你的腿！"

一道道红色的血正不规则地沿着朱彦夫铁质的小腿向下滑落。本来已感到有些体力不支的朱彦夫听寇长功这么一咋呼，顿时觉得疼痛难忍，他不敢再坚持下去，急忙让人把他拉上了井台。坐在倒扣过来的筐子上喘了一会儿气，断肢由疼变麻，朱彦夫感觉有点不妙，便想把假肢拆卸下来，可费了半天劲，假肢就是卸不下来，用牙咬，用断臂砸，让小狗子用钢钎轻轻地敲，那假肢就像长在了腿上一般纹丝不动。原来，井里的泥水和断肢磨破流出的血水混在一起，硬是把假腿和断肢冻结在了一块儿！

好几个人抢着脱下身上的棉袄，争着往朱彦夫的腿上包："捂上吧，等冰化了再脱！"

"都给我拿开！"朱彦夫又感动又生气，"把棉袄都给我穿上干活去，这么冷的天，冻坏了，这井还挖不挖了？"他让小狗子帮忙，把自己的大衣脱下来，裹住了一双冻腿，"没事了，不要管我，你也干活去。"

村里人都敬畏朱彦夫，见他发火了，没人敢再留在他的身边照顾他，只好卖力继续干活。

朱彦夫坐在井边，一边咬牙忍受着疼痛的袭击，一边观察着井里的情况。他发现井底的水越渗越多，就赶忙吩咐寇长功回村子找来盆桶备用。

村里人一听说龙王庙水井出水了，就像是找到了金山似的，欢呼着奔走相告，拿着家里能盛水的盆盆桶桶向工地跑来。

井水喷射，向外翻涌，所有的人都站在井上井下奋力作战，但桶舀盆接根本无济于事，很快，井里的水就没过了井下人们的腿脚，大家又兴奋又惊慌，换着班争分夺秒与泉水争抢速度。

陈希永喘着粗气来到朱彦夫身边，心疼得泪水直流，她忍不住说："水也出来了，你的心该放下了吧，俺先背你回家，你还没吃早饭，昨夜你还发了烧，你说你……"

看着眼前的情景，朱彦夫急得头上冒汗："现在这样我能回去吗？赶紧回去把家里的钱全部拿来，越快越好。"

"你、你要干吗？"

"让你拿你就快点去拿！"

原来，朱彦夫刚才猛然想到，自己搞水利没有经验，考虑欠周到，眼下这种局势，必须想办法找来抽水机才行。如果井水满了，再将井壁泡垮，损失就无法估计了。他让寇长功和小狗子做好准备，马上到公社去打听哪里有抽水机，一定要想办法买到，连夜运到这里。

抽水机是什么样的，除了朱彦夫，大家都没有见过，据说全公社就两台抽水机，都是修水库架桥时才用的。接过陈希永带来的十七块钱，小狗子和寇长功感到有些为难，他们怕公社根本就不买他们的账，还是坚持要带着朱彦夫一起去。朱彦夫也觉得小狗子他们说的在理，二话没说，就坐上了板车向公社跑去。

朱彦夫烧了一夜，又没吃早饭，残腿也钻心地疼，整个人又累又冷又饿，幸好陈希永还带来了几张煎饼，他双手夹着煎饼在颠簸中费力地吃着。

公社主任听了朱彦夫的请求，很是为张家庄的自力更生所感动，当时，他正要下班，但也没有做任何推辞，连忙让公社的两位干部安排农技站的拖拉机将离公社还有二十多里的两台抽水机一起拉了来。为了表示公社的大力支持，公社主任又亲自找到供销社主任，要他们提供足够的油料，油料的钱由公社事后支付。

一分钱没花，抽水机的问题就解决了，朱彦夫心里别提有多高兴了。他又让寇长功拿着陈希永给的钱去买五十斤白酒带回去："这个冬天大家受苦受累了，本来是想用这钱买柴油的，既然公社给咱把柴油钱省了，就让大家伙儿喝上一口酒，去去寒气，暖暖身子，就算是我请客了。"

为了节省时间，公社主任让抽水技术员乘着拖拉机走，力争一到就抽水。

井水已快漫到井口，两台抽水机一响，井外的小沟就冲成了一条小河，水咆哮着卷着泥沙、卷着枯枝败叶冲出来，慢慢由浑黄变成清澈。从大地体内钻出的泉水，贴着山沟跃跃腾飞，向沂蒙山激动地讲述着新的神话故事。站在井边的朱彦夫点燃香烟，他似乎透过烟雾看见了这清泉正沿着山间的人工渠道流向一片片果园，流向一片片庄稼地，流向各家的小院，流进每个人的心里……

第36章

辛酸的光明路

初夏,张家庄,朱彦夫家。

郑学英哇的一口吐出了陈希永刚刚喂给她的午饭,头歪在床边,吃力地呼吸着,眼里含着被病痛折磨的泪水。

陈希永跑到郑学英面前,抓起床头的毛巾为郑学英擦拭嘴角的污秽,她轻轻地拍着郑学英的后背,带着哭腔说:"娘,你不能再拖了,下午还是让俺送你去医院看看医生吧!"

"不,不要!"郑学英喘着粗气,"没事,娘没事,老问题了,用不着看医生,浪费这个钱不值得啊!"

"娘!"陈希永端起床头柜上的一杯温水,送到郑学英嘴边,"漱漱口吧娘,刚才吃的全吐了,这不吃饭你咋受得了,到医院给你输瓶葡萄糖你也能好受一些,说什么你也得去医院看看啊!"

"孩子,"郑学英一把拉住陈希永的双手,"娘知道你很孝顺,也知道你的心思,娘的病娘自己心里清楚,花钱也是瞎子点灯白费蜡,没这个必要啊孩子!这几年彦夫三天两头在外面跑,家里老的小的全靠你一人照料,所有的担子都扛在你一个人肩上,娘看在心里却不能帮你一把,娘心疼啊!"

"娘,俺没事,你就听俺一次,去医院瞧瞧,等彦夫回来了,再想办法送你到县里的大医院,你的身体是大事。"

"不,"郑学英摇摇头说,"娘已经是黄土埋到脖子的人了,这病治不治都一样。要说大事,公家的事才是大事,现在各家各户都在省吃俭用,为的还不是早一天用上电,早一天过上好日子嘛。彦夫在外面跑来跑去,恨不得把一分钱掰成两半花，俺心里有数，咱千万不要再给他添负担，让他安安心心地为大家伙儿做事吧，啊！"

陈希永眼泪唰地一下滚出眼眶，家里的情况她心里很清楚，就是去买瓶葡萄糖水也不能，但为了减轻郑学英的痛苦，她想去找医院商量，先赊欠治疗费，后面再想办法慢慢还。

从1974年秋天开始，郑学英便经常出现肝部疼痛、浑身乏力、腹痛的情况，还伴随不明原因的头疼脑热，身体状况一天比一天差。陈希永非常担心郑学英肝部出毛病，就请来了东里一个有名的内科大夫把脉诊断。大夫背着郑学英告诉陈希永，最好去医院仔细诊断一下。可郑学英说啥也不去医院，她不想因为自己的病耽搁公家的大事。陈希永拗不过郑学英，就到处打听医治肝病的中药偏方，天天为郑学英熬制中药，一度减轻了郑学英的痛苦。谁知到了1975年4月，郑学英的病情就开始恶化了，除了肝部疼痛加剧外，稍微硬点的食物都无法食用，后来更是喝点稀饭也会呕吐，最后终于病倒在了床上。陈希永担心郑学英除了肝部问题外，还有食道方面的疾病。

这天晚上，朱彦夫一回来，陈希永就将自己的担心告诉了朱彦夫，朱彦夫赶紧劝郑学英去医院全面检查了一下。谁知一检查，郑学英不仅肝癌到了晚期，还患有食管癌，没有任何医治希望了。

郑学英住进了公社医院，朱彦夫守在母亲的病床前，已经一天一夜了。这天早上，他侍候母亲喝了小米粥，待护士来测体温时，他找到医生的办公室："大夫，我母亲的病到底咋样啊？"

"彦夫，这次很重，有空你就多陪陪她老人家吧。"

朱彦夫回到病房时，母亲已经打上了吊针。

"彦夫，打完针，咱回家吧，在这里住院真别扭，花钱又多。"

"娘，咱来了，就要沉住气，治好了再回家吧。"

这时，陈希永来了："娘，感觉咋样？"

"好多了，好多了。"郑学英说。

"你找地方休息一会儿，我来照看咱娘。"陈希永对朱彦夫说。

"我不休息，我要去淄川一趟，看看那些架电材料筹备好了没有。"

"咱娘病得这么厉害，你又一天一夜没合眼了，能受得了吗？"陈希永说。

"彦夫,那些东西就那么重要吗?"郑学英也说。

"架电缺了那些材料不行,我去去就回。"朱彦夫说着,走出了病房。

"孩子,"郑学英颤巍巍地伸出手指擦拭陈希永挂满泪的脸,"别为娘难过,娘现在好受多了,就想安安静静地睡会儿,娘的身子骨还能拖一段时间,现在还死不了,俺还想看看屋里亮起电灯泡的那一天呢!记住,不管彦夫哪天回来,都不要提娘的事,让他安安心心地干他的大事吧。"

郑学英病重的消息不胫而走。她一生做了很多好事、善事,听说她病重,人们都赶来看望她,这给了她很大安慰。

这天上午,张婶和几个要好的女人来到郑学英的病房看望她。郑学英正在打吊针,刚刚睡着。张婶坐在郑学英的床头,小声地问陈希永:"得的啥病啊,快好了吧?"

就在这时,郑学英醒了,她坐起来,笑着说:"张婶啊,这么远你来干啥?"

"来看看你,不放心呀。"

"我没什么,大夫说是肺炎,打几天针就好了。"

"生了病,就要沉住气啊。"张婶说着,拿出几个新梨说,"嫂子,这是今年的新梨,来时我顺便摘上了几个,对嗓子有好处,你打完针吃几个吧。"

"谢谢,好的,好啊。"

"彦夫呢?"张婶问。

"昨天去淄川了,说是去弄架电材料。"

"嗨,他也不说一声,找个人和他一起去多好。"张婶说。

"他就这脾气,从这里直接走的。"

张婶走后,陈希永扶郑学英躺好,见郑学英呼吸稳了许多,一颗揪着的心舒展了一些,她这才轻轻拉上房门退了出去。不料,过了一会儿,郑学英的病情就又加重了。

这天中午,已经回来的朱彦夫和陈希永一起喂母亲吃饭,郑学英喝了两口小米粥就咳嗽起来,不想再吃东西了。

"娘,你再喝点儿吧。"

"不喝了,等会儿再喝。"郑学英有气无力地说着,又长长地叹了一口气说,"彦夫,我嘱咐你一件事。"

"娘，你说。"

"看来，我是不行了。你记住，我死了之后，你可不能把我烧了啊。"

"娘，过几天就好了，你说那些事儿干啥。"朱彦夫说。

"是啊，娘，打打针，过几天就好了。"陈希永说。

"彦夫，你别应付我，你答应还是不答应？"

陈希永偷偷给朱彦夫使了个眼色，要朱彦夫答应下来。

朱彦夫心里明白，现在全公社正在推行殡葬改革，要求实行火葬。作为老党员、支部书记，他必须带头，可面对病中老母亲的请求，他该怎么办啊。

看到朱彦夫没有回答母亲，陈希永轻轻地捅了一下他。朱彦夫抬眼看看陈希永，读懂了陈希永的眼神，他说："娘，放心，我和希永答应你。"

"那我就放心了。"母亲流着泪说。

这时，村上来了几个人看望郑学英，同时找朱彦夫商量工作。

"大娘，你一定要想开，好好配合治疗。对了，一会儿我们要开一个架电协调会，彦夫也要参加。"

"那好，你们快去吧。"郑学英说。

"娘，我们去开会了。"朱彦夫说。

"好吧，大娘，我过两天再来看望您。"

朱彦夫看到母亲的病情加重，没有治愈的可能，就暗暗嘱咐陈希永给母亲准备后事，没法满足母亲土葬的愿望，就在寿材方面做得好一点——朱彦夫想到自己办图书室时动用了母亲的寿木，对母亲怀有很大的愧疚，就想即使火化，也要用棺木将母亲下葬。

他又细心嘱咐陈希永给母亲选好寿衣。按老家的习俗，寿衣要三套，汗褂、夹袄、棉袄、内裤、夹裤、棉裤、云肩、长裙，此外，脚要穿靴，头要戴帽，还要备好头饰和耳坠。

嘱咐好陈希永后，朱彦夫回到病房，对郑学英说："娘，你好好养病，我明天要去南京出趟差，咱们的架电材料还有点儿不够。"

"孩子，你能不能晚些时候再去呀。这几天，我的身体很不舒服，我怕没等到你回来，我就不行了。"郑学英含着泪说。

"娘，你没有事儿，打几天针就好了。我去一趟，事办好了就马上回来。"

伴着两声轻轻的咳嗽，大队主任和副书记走进了家门。

陈希永正好在家，赶忙端茶递水热情地招呼起来。

天气有点热，副书记背着黄绿色的军用挎包，背上露出了明显的汗湿印痕，他环顾了一下屋子说："朱书记还没回来？俺想向他汇报一下会议精神呢。"

"还没回。"陈希永担心地说，"这次一走好多天了，俺也挺揪心的，是不是碰到了啥麻烦事？"

大队主任和副书记不好回答，说了几句宽心的话，就匆匆告别了。

大队部的人换届了，除了朱彦夫还继续担任村支书外，其他成员都知识化、年轻化了。张明熙因年事较高辞去了所有职务，寇长功、张二孟和小狗子则因经验丰富担负起了大队林果场的经营工作。

大队革委会是农村基层的全能组织，张家庄大队支书朱彦夫是个高调抓生产、低调抓政治的干部，因为张家庄大队的土地改造已基本完成，粮食产量翻番，经济收入空前增长，他就把目光盯在了提高农民居住环境和生活质量上，"艰苦创业，造福后代"成了他追求的新目标。他号召全大队社员不要被小小的成果冲昏了头脑，要继续发扬"勤俭节约、不怕吃苦"的精神，用实际行动学习大寨人的"自力更生"，用"愚公移山"的精神彻底改变张家庄的生活面貌。在水的问题解决后，朱彦夫就提出，干群齐心协力，像解决吃水问题一样解决张家庄电力照明问题。

张家庄架电需要跨越三个电力盲村，线路长达十公里，一万米线路的材料投资，对仅有几百人口的张家庄来说简直就是天文数字。但看到奋斗换来硕果的张家庄人民，还是坚决响应朱彦夫的号召，表示一定咬着牙勒紧腰带，把富裕日子当穷日子过，点点滴滴地积累资本，要把电力建设搞上来。为了早日实现这一目标，朱彦夫带着全体干群的期待，走向了三个电力盲村，希望这三个村也能同心协力共谋发展，没想到却碰了一鼻子灰。

"架电？俺们一个劳动日只有一毛多钱，比不得你们一个劳动日七八毛钱，俺们不敢做这个好梦。"

"开什么玩笑，架电可不是拴根草绳子，没有大笔的钱就是做梦，俺们有多大脚穿多大鞋，不敢做梦娶媳妇，尽想不着边际的美事。"

一瓢接一瓢的冷水并没有浇灭朱彦夫心底的火苗，他把情况告诉了父老乡亲，乡亲们没有气馁，自发写起了"节约决心书"，一颗颗滚烫的心跳动着，少吃一头猪，少穿一件新衣，少喝一瓶酒变成了改变家乡的豪言壮语。朱彦夫很是激动，他主动担负起电料的采购任务，跨省域闯南北地四处奔走。

为了确保生产建设两不误，朱彦夫要求大队领导班子成员各负其责，锻炼自己解决问题的能力。很快，大家也都能独当一面了。这次大队主任和大队副书记亲自登门找朱彦夫汇报会议精神，一定是非同寻常的大事。陈希永看着离去的两位干部的身影，不由得有些紧张了。

淄博人民广场边的一根电线杆下，朱彦夫蜷曲着"肉轱辘"身子躺在水泥地上，怀里抱着一个脏兮兮的发白的包，头枕两条假腿睡得很沉，东方升起来的太阳也没刺醒他。他高高卷起两袖，袒露着没有双手的残臂，乌黑乌黑的创面冒着血水，爬满了苍蝇，失去双脚的两条残腿微微叉开，创面的血水已经凝固。

这幅人间少有的揪心场面吸引了过往的眼光，人们指点着，轻轻地议论着，叹息着生命的悲凉。

人们纷纷走过去，掏出钱轻轻地放到朱彦夫的身上，一分、两分、五分，一毛、两毛、五毛……两个戴着红领巾的孩子没有钱，他们找来了一个空纸盒，将朱彦夫身上的钱币全部放进纸盒，又把纸盒放在朱彦夫的两腿之间——他们怕钱被风吹走！

朱彦夫没醒，他确实太累太累了。

跑采购三年多了，挤汽车，爬火车，几乎跑遍大半个中国，他没有住过一次旅馆，总是冬天睡火车站、夏天睡广场。为了节省资金，几分钱一包的劣质香烟他也舍不得买。因为身体原因，他不敢喝水，不敢多吃，路上只吃点带的干粮。这次来淄博，是从西安转过来的。去西安时，他几乎没合眼，因为火车晚点，赶到那家要去的单位时人已经下班了，他就坐在大楼前苦苦等了一夜。他不敢卸掉早就应该卸下的假腿，他的身上背着大捆大捆的钞票，这是父老乡亲们省吃俭用存下的，不能有半点闪失。连续十几个小时的静坐加上假肢对神经末梢的刺激，第二天上楼时，他身子一摇晃，就从十几级的楼梯上咕噜咕噜滚了下来，拐杖和假腿全部分家，眼镜也摔得不知去向，脸上开出了血花。他顾不得疼痛，就趴在地上到处寻找失散的零件，门卫赶过来，一口认定他是讨饭的叫花子，不问青红皂白就把他拖到了门外。当他用嘴从包里取出"介绍信"时，门卫才一边向他赔不是，一边帮他联系部门经理。部门经理告诉他，有些材料他们这里没有，但估计淄博市还有余货，于是，他又返回了淄博。到了淄博后，他打听了好几家公司，都没有找到想购置的材料，他的心情很沮丧，架着拐杖走到广场边时已是华灯初上，极度的困倦、疲劳耗尽了他的体力，于是，他就卸了假肢在这根电线杆下昏昏沉沉地睡了一大觉。

太阳老高老高了，朱彦夫睁开了眼睛。火热的阳光赶走了围观的人群，广场上空空荡荡，他爬起来装绑假肢时才发现两腿之间的纸盒，一种发自肺腑的感激冲撞着他的胸腔。

朱彦夫决定回家。他装好假肢准备站起来，但残腿的截面就像有无数钢针刺戳着他，痛得他坐在了地上。他不能穿着假肢走路了，只好把假肢卸下来挂在肩上，依靠四肢残骨一步步爬向汽车站。立、卧、爬、滚都是他行走的方式，现在无法立行了，他只能卧、爬、滚交替着行走于在别人眼里很近、在他眼里很远很远的路途中。

夏天的天气说变就变，朱彦夫还没走到车站，天空就布满了乌云，狂风扬起的尘土吹得朱彦夫满脸满嘴都是，一场暴风雨似乎随时都会到来。幸好，朱彦夫碰到一辆三轮车主，把他送到了车站。

暴雨冲毁了一段泥沙土路，驶往沂源的汽车在博山与沂源交界的地方无法通行了。万般无奈之下，朱彦夫雇了一头毛驴走山路回家，但坐在驴背上，他无法抓住缰绳，两腿也夹不住驴背，上坡下岭地摔了好几十跤，摔得浑身是伤、满身是泥，每次从驴背上摔下来，他都得靠赶驴人把他抱上驴背。

"唉，俺真是倒了八辈子血霉，怎么碰上你这个宝贝，到张家庄还有十多里地，像这样走下去，俺驴没累死俺也累死了。你说你，就这个样子，还出哪门子门呢，也不怕给人家找麻烦。算了，你给俺两块钱，俺不想送你了，你自己回去吧。"赶驴人刚把朱彦夫抱到驴背上，还没走出几丈远，朱彦夫又从驴背上掉了下来，赶驴人不耐烦了，走到朱彦夫身边伸手要钱。

看着胡子拉碴的赶驴人，朱彦夫心里清楚，他让这个赶驴人也遭受了大罪，浑身上下也糊满了泥巴，他不好意思要求赶驴的汉子抱他起来，更不好意思要求赶驴的汉子继续送他，只好用残臂和嘴打开布包："老哥，谢谢你送了我这一程，我给你五块钱，你往回走吧，我、我自己爬回去就是！"

赶驴的汉子看见朱彦夫打开的包里装着花花绿绿的零钱，还有整捆的十元大钱，摇摇头："你的钱再多俺也不要，俺只要两块，不是俺不送你，是俺送不了你。"赶驴人从朱彦夫包里取出两块钱塞进了自己的裤腰，又将朱彦夫扶起来坐在地上，"俺到现在还没吃午饭，肚皮快贴到脊梁骨了。你没儿没女的没人牵挂，俺家里还有老婆孩子，回家晚了，家人会惦记的。兄弟，对不住了，俺得回家了。"

"老哥，谢谢你了，你走吧，山路不好走，小心一些！"

看着赶驴人跨上驴背打道回转，朱彦夫把假肢架在肩上，双臂一抱就着泥路往家的方向翻滚。在这样的缓坡上，翻滚是最省力的前进方式。

赶驴的汉子突然停止了前进，他回过头看了看朱彦夫在泥路上翻滚的身影，狠狠地抽了自己一巴掌，自言自语道："笨蛋，俺咋就这么傻呢，干吗要放过这么好的挣钱机会？如果他能给个十块二十块的，就是再抱他几十次也值啊！"赶驴的汉子这么一想，又掉头追上了朱彦夫："喂，兄弟，就你这样子能滚回张家庄吗？前面可是还要翻道小山梁的，要不，俺干脆把你送回家算了？"

"那好啊，太谢谢老哥了！"朱彦夫心里一热。

赶驴的汉子并没有忙着把朱彦夫抱到驴背上，他有意让对方知道他的意图："俺说兄弟，这次到淄博收入还蛮不错啊，没手没脚的比俺赶驴强多了啊。现在好心人多，一看你这样就忍不住要发发善心，你来钱也挺容易，每天收入不少吧？"

"老哥，你误会了，我这钱不是要来的，这钱是张家庄一家一家节省出来的。我是张家庄大队的大队书记，这些钱是用来为张家庄架电的。"朱彦夫听懂了赶驴人的意思，他不想隐瞒，在这孤山野岭里，如果对方生了歹心，他是无论如何也难敌对手的，于是，他索性把张家庄架电的事情一五一十地告诉了对方。

"原来是这么回事！"赶驴的汉子悔恨不已，"兄弟呀，你这可是舍了性命为大家伙儿办事啊，天底下真难找到你这样的好人。就冲这，俺今天分文不要也得把你送回家！来吧，兄弟，俺抱你上驴！"

张家庄大队干部会议召开了。

主持会议的大队书记朱彦夫认真听取了大队工作汇报：上面对张家庄不积极搞政治，只埋头搞生产的消极态度提出了批评，对张家庄无视阶级斗争动向也很不满意，还有就是要积极落实移风易俗、丧葬改革。

"政治问题大家不要害怕，也不要担心。"朱彦夫听完汇报后说，"我们是农民，农民的首要任务就是多打粮食，就是向土地要收入，要关心的还是如何搞好生产，如何早一点把电架起来。该埋头干还是要埋头干，该抓钱的还是不要放过抓钱的机会，提高社员生活水平才是我们的奋斗目标。其他的，有什么问题责任在我，与大家无关。"

关于移风易俗问题，朱彦夫表示了极大的赞同："这个问题不仅要宣传，我们党员干部、共青团员还要带头执行。特别是搞丧葬改革、推行火化的问题，县里既然建起了火葬场，就说明火化是势在必行的，当然，几千年的土葬习俗一下子要改变，社员群众想不通情有可原，我们可以多做解释工作，但我们党员干部必须想通，同时要带好头，只要带好了这个头，群众的思想就会自然融通，也会慢慢接受。"

"火化？这件事俺不同意！"丧葬改革的消息传到了郑学英的耳朵里，她知道自己时日不多了，把朱彦夫叫到跟前，强忍着疼痛坚定地说，"儿啊，娘活不了多长时间了，娘这一辈子没少遭罪，也没少吃苦，拉扯了这么一大家子人，娘死也能闭上眼睛了。娘没有别的祈求，娘只想死后能落个全尸装在棺材里去见你爹，千万不要把娘拉到县里用火烧了，那样娘死了也闭不上眼睛的，娘只求你这一件事，你能答应娘吗？"

"娘，您老没事，日子、日子还长着呢，您有希永照顾着，会慢慢好起来的。"朱彦夫强忍悲痛望着郑学英蜡黄的脸，他不敢答应母亲的请求，又不知该怎样安慰母亲。

作为儿子，他对不起母亲；作为丈夫，他对不起妻子；作为父亲，他对不起儿女。这一夜，朱彦夫失眠了。

在朱彦夫的记忆里，他的一声呼喊一个皱眉都能引得母亲为他牵肠挂肚，可他呢，母亲病了，他没有在床前尽半点孝心，三天两头在外四处奔走，把母亲丢给老婆陈希永一人照顾。身为一个大队的当家人，他没有给母亲带来半点优越感不说，母亲还得为他的"打铁要得自身硬"吃常人不能吃的苦。母亲病入膏肓了，只有一个入土为安的要求，苛刻吗？可他竟然不敢正面回答，他配做人子吗？

与老婆生活了几十年，他没给老婆买过一件像样的衣服，就连老婆辛辛苦苦喂的猪，也被他卖了把钱花在了不属于家庭的地方，这样的男人，配做人夫吗？

在儿女面前，他说过多少谎言，他已记不清了，就连给孩子承诺的过年买新衣，也一次没有实现过。孩子热情地参加集体劳动，可他担心孩子控制不住食欲，不惜伤害孩子的自尊也不许孩子参加那样的劳动。为了几棵被社员拔了扔掉的油菜苗苗，他不分青红皂白地将孩子又吼又骂，似乎没有半点父子之情，他配为人父吗？

组织上为了方便他看病，专门为他安了部手摇电话，可他没用电话叫过一次车。每次残肢发炎不能动弹，他都让孩子让老婆用车推着他去医院。儿子向峰用自行车驮他去医院时还差点酿成车毁人亡的惨祸，让儿子做了半年的噩梦。先天下之忧而忧，后天下之乐而乐，他忧了也先了，可乐呢，他带给家人了吗？

郑学英的病越来越重，最后连稀饭也无法喝进去，整个人就剩下一把骨头了。

陈希永守候在郑学英床前，哭着哀求朱彦夫："娘怕是真的不行了，她不想火化，咱该咋办！"

朱彦夫没有回应，只是一口接一口地抽着烟，含烟的嘴唇抖动着，他不敢正视母亲郑学英，也不敢正视老婆陈希永。

郑学英弥留之际，一把抓住朱彦夫的胳膊："娘临死……就求你一件事，你把俺埋了，没有棺材，给俺一床破草席也行，就是求你……别把俺……火化了。俺只想图个囫囵的身子……见你爹，见朱家祖人。儿啊，娘……"郑学英的双眼睁得很大，里面满是恐惧和祈求。由于激动，她剧烈地咳嗽起来，差点把坐在床边的朱彦夫拽倒。过了一会儿，郑学英痛苦地闭上了眼睛，豆大的汗珠子从额头上滚落了下来，还没有听到朱彦夫的回答，她就头一歪告别了这个世界。

朱彦夫心如刀绞。

在陈希永和孩子们哭天抢地的哀号声中，朱彦夫跪在母亲的遗体前，心里流着血：原谅儿子的不孝吧！儿子一生都对不起您，您最后的要求，儿子实在是不能答应啊！您的儿子是党员，是干部，凡事都得带个头，村里老少爷们都拿眼睛看着我呀！娘啊！谁叫您是朱彦夫的娘呢？！您老不火化，儿子以后在村里就挺不起腰杆，乡亲们就会戳儿子的脊梁骨，就会看轻了咱共产党人啊！

火葬场的灵车终于在众目睽睽之下拉着郑学英的遗体走了,朱彦夫架着双拐奔到外面给母亲送行,看着远去的灵车,他咚的一声跪在地上哭着喊道:"娘,你一路走好,原谅你不孝的儿子吧!"

这声发自内心的哭喊撕碎了几百颗流血的心,也彻底改变了几千年留下的传统丧葬习俗!

1976年金秋,随着共和国天空的阴霾一扫而尽,万余米的电线终于架到了张家庄,照亮了张家庄一张张笑脸,一个崭新的时代,就从这亮堂堂的日子开始了……

第37章
著书前奏曲——舞蹈者

这是20世纪末的一天,小城沂源的夜晚显得特别静谧。

夜深了,全城的人都进入了甜美的梦乡,只有县城东北角荣军休养所的一个小院里,还有一片橘黄色的灯光。

这灯光,像夜晚的眼睛,窥视着人们没注意到的另一番景象。

循着灯光,你可以走进房子里。你会大吃一惊。

房子里一片狼藉,到处是稿纸,有挂在墙上的,有摞在桌子上的,有揉碎了扔在地上的。好闻的墨汁香味在屋里飘荡。

堆满了废纸的床上,还有一位形容枯槁的人,他正用嘴咬着钢笔,吃力地书写着什么。

他的皮肤已失去弹性和光泽,头发蓬乱,长长的胡子上还有饭粒。他大概没意识到这些,或者意识到了却无暇顾及。他沉浸在自己内心那个世界里,那个世界成为他心里唯一的真实世界,现实世界反倒模糊、虚幻起来。

战士朱彦夫重新回到战场,只是他手中的钢枪换成了钢笔。

二五〇高地已变为一张张洁白的稿纸。行走在一个个方格里,朱彦夫觉得自己的双腿又长出来了。许多方块字聚在稿纸上,朱彦夫检阅着它们。

恍惚间,那一个个铅字长出胳膊长出腿,变成舞蹈着的小精灵,它们俊秀、挺拔,一会儿如暴风骤雨般旋转,一会儿鸦雀无声地停顿着,它们跳得那么酣畅淋漓。

这里没有掌声,没有喝彩,观众也只有朱彦夫一个。他从一个字的开始看到结尾,从一张纸的开头看到最后,忘情地欣赏着纸上的舞蹈。

朱彦夫用生命导演着这幕有着强大精神的话剧——《极限人生》。

20世纪80年代中期的一天，朱彦夫和他的老朋友王兆民聊天。朱彦夫愁眉不展地说："老王，可能咱观点陈旧，和年轻一代有代沟。我在一个中学做报告，一个孩子来问我说，老爷爷，你在上面做报告的时候，俺同学在下边说，当年你们打仗那么拼命，不是太傻了吗？如今，人家办什么事都要钱，班上的同学做一次作业还要一块钱呢。有人请你做报告，你一请就到，是不是拿了人家很多钱？提起这些我就烦。"

王兆民笑了。

"嗨，咱一说过去，小孩就捂耳朵。听那些陈芝麻烂谷子不如听一首流行歌曲。"朱彦夫有些伤心。

王兆民安慰他说："不吸收历史上的精华长不出现实的参天大树来。老兄，你本身就是最好的精神教材，你干吗不把你原来写过的书再写下去？你看这个不满，看那个不满，你光气都能气死。关起门来写书，百事不问，你才能长寿。你写写战争，给自己创造另一种环境，既能教育小孩们，自己也有事做啊。"

朱彦夫用两个残臂夹起一根火柴，灵巧地划着，抽起了烟。

烟雾旋转出一个个圈，上升着，缭绕着，往事如烟。

那些小精灵般的中国方块字，给他这一生带来了多少欢乐啊！重残后，他靠学习文化知识重新扬起生活之帆；回村后，他靠办夜校使村民们走出愚昧和无知。

他写过一本战争回忆录，有十几万字，叫《异人梦》，只是在运动时期被烧毁了。

1982年，因总犯心脏病，朱彦夫辞去干了二十五年的党支部书记一职。陈希永长长地吁了一口气：朱彦夫忙活了几十年，跟着受累她不怕，她实在不忍心让朱彦夫再受苦了。

朱彦夫那双假肢发出的嘎嘎吱吱声，让陈希永担心了二十多年，现在，朱彦夫终于可以享几天清福了。朱彦夫知道陈希永在想什么，他笑着对陈希永说："别高兴得太早了，我活着就不会闲着，你也别想享清福。"

他想起了《异人梦》。

这次，他想写一部《雪蚯》。自己无手无脚，多像一只蚯蚓啊，吃饭要拱，喝水要拱，连卸下假肢走路也是一拱一拱的。蚯蚓是一种好动物，它能改良土壤环境，让庄稼健康成长。在二五〇高地上，自己被大雪覆盖，不就是像蚯蚓一样，慢慢地拱出来的？《雪蚯》《雪蚯》，朱彦夫越嘟囔越喜欢这个名字。可自己能写出这本书吗？毕竟，自己很多年都因工作过度劳累，除了写写工作材料，就再也没有写过什么像样的东西了。

可是，朱彦夫能忘记刘指导员的遗嘱吗？万籁俱寂时，那声音可时时传来。朱彦夫油然生出了一种紧迫感：说什么也得把书写出来。

踩着铅字铺出的一条崎岖山路，朱彦夫出发了。

朱彦夫成了囚徒，他就像被关进一间小黑屋子，闻着让人窒息的气息，感受着内心的煎熬。他像只困兽，踱来踱去。他多想伸出一掌，把这小黑屋打碎，让风声雨声、战场上的炮火声、山沟里的民歌声……闯进他的世界！

他遇到的第一个难题是写字：要写一本几十万字的书，不说别的，光写完这些字就相当不易了。他选择了一条比唐僧去西天取经还险恶的路。

他有时候把棉被叠成方块，把双腿放在上面，再在双腿上放好写字板，然后用嘴咬着笔写；有时候把写字板放在被子上，趴在床上，如小鸟啄食般写个不停。

起初，他每天只能写上百个字，经过一段时间的痛苦磨炼，他每天能写三五百字了。他长期趴着写字，背部如同一张弓，天天紧绷着，承受力越来越差。

他常常感到腰背麻木，疼痛不时袭击他，成了他身体的对手。他像肩挑上百斤重担的泰山挑夫，一步一步迈向顶峰。

春夏秋冬，酷暑严寒，朱彦夫笔耕不辍。

冬天寒风呼啸，冷风如一条条野狼出没在山沟里，弄不好你就会被它咬一口。朱彦夫双腿捂着被子，但要用双臂抱笔写作就只能披着衣服，把双臂露出来，常常冻得瑟瑟发抖，笔也不时掉在地上。深夜，火炉熄了，寒气逼人，他就铺开棉被，半仰在床上写。两个残臂夹笔时间长了，摩擦得滴血，疼痛难忍，朱彦夫就将消炎药挤碎，敷在伤口处，用胶布一贴，再咬牙写下去。

在夏天，朱彦夫写个把小时，双臂就沁出一层汗水，和血水一起滴到稿纸上。他改用嘴咬着笔，汗水又和口水顺着笔杆一滴一滴落到稿纸上。他只得再改用双臂抱笔写。一个夏天下来，他已数不清包扎了多少次伤口。

从1987年到1991年，朱彦夫在山沟里的石头屋中，几乎是闭门不出。1991年，县里考虑到朱彦夫的身体状况，把他全家安排到县城南麻镇。一座平房和一个小院，成了朱彦夫新的活动空间。东屋，是朱彦夫的卧室兼书房，一张大床占去整个房间的大部分地方，床边有一张旧桌子，上面放满了书籍和稿纸，对面，是那个跟随了朱彦夫几十年的木制书架。

窗户根下，朱彦夫栽上了南瓜、葫芦。《雪蚯》的写作进入后半程时，家里人发现，他常常盯着那棵南瓜发愣。

朱彦夫的身体越来越虚弱，心脏病不时发作，视力下降，血压升高。本来，朱彦夫发明了用嘴、嘴臂并用、绑笔、双臂抱笔等多种书写方法，每天能写几百字，现在，他最多只能写一百多字了。

一天，朱彦夫正用嘴咬着笔书写，他觉得那些方块字在尽情诉说，只有在方块字中，他才能挥洒自如……

突然，只听得咯嘣一声，他把黑色的钢笔杆咬碎了。这时，他的心一慌，眼前一阵发晕，再也支撑不住。

家里人急急忙忙把朱彦夫往医院里送。朱彦夫病了，陈希永和儿女们比自己病了还着急、还难受。还在张家庄的时候，因过度操劳，朱彦夫就患上了肝病、胃病、心脏病、脑血管病，常和医生打交道。但最近的医院也在十公里以外，朱彦夫又不让县里派车，他说："咱家有特等残废这一个'特'字就够了，绝不容许再有一个'特'字——特殊公民出现。"于是送他去医院的任务便落到了儿子朱向峰和几个女婿身上。

朱向峰十六岁那年，用自行车带父亲去十公里以外的走马坪医院看病。山路坑坑洼洼，朱彦夫坐在自行车上，在一个下坡处，一辆大货车迎面轰轰隆隆地疾驶过来。朱向峰心里一紧张，赶紧将自行车靠到路右边。

大货车卷起一片尘土开过去，朱向峰却把自行车骑到了山坡底下。到底是小孩子，他还想向父亲炫耀一下："我骑车的技术高吧？"但问了几声，他也没有听到回音，回头一看，车后座上没有了父亲。

朱向峰头上冒出一阵冷汗，父亲是掉到山沟里了，还是……他连哭带叫地原路返回，发现父亲还在刚才躲大货车的地方，满身尘土，还擦破了一块皮。原来刚才躲车时，朱彦夫的拐杖被路边的一块石头绊了一下，他没法抓牢自行车，便摔下车去了。朱向峰吃力地把父亲抱到车后座上，擦着汗说："爸，你是特等残废，看病跟县里要辆车也不算闹特殊，为什么不要车？"

朱彦夫说:"县里才有几部车,大事都忙不过来,咱就别再给添麻烦了。"这以后,仍是朱向峰用自行车推着朱彦夫去医院。朱向峰又瘦又小,几十里山路,他弓着背,吃力地走,汗水流进眼里也没法擦,咸咸的汗水刺得眼睛生疼。朱彦夫的心中很愧疚,儿子这么小,就因为自己吃了这么多苦头!可没办法啊。有时他也流泪,朱向峰便一边擦汗一边说:"爸爸,等俺长大了,一定买辆大汽车拉你去医院。"

现在,住在县城了,住院就方便了一些,但疾病照旧折磨着朱彦夫。这次他心脏病突发,一家人都急得不得了。

液输上了,药也服上了,没过三天,病情稍有好转,朱彦夫就急着要回家。陈希永和朱向华坚决不同意,朱彦夫急得直冒火。

家人只好把他拉回来,他继续写作。只是双腿的伤一直没好,仍流着血水,过了几天,又开始持续高烧,一连几天都昏昏沉沉。再度住院一查,连医生都心疼了:"老朱双腿伤口感染了。感染对一般病人来说都是个麻烦事,他再这样胡踢腾,非再截肢不可。"

老朋友王兆民来了,他一个星期要来看朱彦夫一次。

他不再嘻嘻哈哈,而是把脸吊得老长:"老伙计,你要保不住自己,还谈什么创作?你真没有了,谁还能写出你这些故事?我警告你,立即停止写作。"

朱彦夫心头一震:是啊,再截肢即使顺利,时间也耽搁不起了。

这天,吃过晚饭,陈希永让朱彦夫早早上床休息。她拿来朱彦夫的小收音机,想让他听听音乐,放松一下绷得太紧的神经。

迷糊间,朱彦夫听到门吱扭一声响了,似乎有个人进来了。他想睁眼看清是谁,却怎么也睁不开,眼皮上好像压着千斤巨石。

"彦夫,彦夫,俺的好兄弟。"

谁在叫我?

朱彦夫听到一声清晰、真实的声音从遥远的地方传来。这声音这么熟悉,沉静而有力——是刘指导员。"几十年不见,小朱啊,连老战友都不认得了。"

泪水哗哗喷涌出来,无数话语在胸中鸣响着,碰撞着,挤向喉咙:"刘指导员,想不到今生还能见面,我还一直担心你牺牲了,我爬出战场以后无论走到哪里都惦念着你,一想到你凄凉地躺在冰雪做成的孤坟里就心痛欲裂,想不到你还活着，太好了，太好了，让我看看，你胸口的伤可长好了？"

朱彦夫睁不开眼，看不到指导员的样子："刘指导员，你在哪里，在哪里啊？"朱彦夫的声音颤抖着。他伸出残臂也摸不着指导员，但他知道，指导员就在这间房子里，就在他身边盯着他看。

一缕青烟从地上冒起，刘指导员高大的身躯忽然出现了。他一动不动地挺立着，像一座高山。他还穿着褴褛的薄军装，军帽已经烧焦，全身上下都是透明的孔洞，周围的鲜血已经凝结……

揉揉眼睛，再仔细看，刘指导员仍背倚在交通壕的斜坡上，右手仍紧紧捂着胸口，脸白得像一张蜡纸。在刘指导员身后，一些人影时隐时现。

刘指导员一字一顿地重复着一句话："一个连的消亡，在战争史上微不足道，若将此壮举写下来传给今人后代，那会比我们战死更有价值，如能办到，不枉此生……"

刘指导员的声音清晰，面孔却一会儿模糊，一会儿清晰。

"指导员，你活着，你看到咱们今天的祖国了，看到五星红旗在咱们打下的土地上迎风招展了，你能和亲人围坐在一起喝茶聊天、看电视打扑克。咱们都老了，但年轻人活得多么自由轻松啊，他们甚至闻不到一丝战争的气味了。"朱彦夫喃喃着。

刘指导员突然声色俱厉地吼起来："我正是来跟你讨这个债的！"

"……讨债？"

"在二五○高地上，你答应过我，活着，就要把那场战争记录下来，传给子子孙孙，也好让我们在九泉之下安然长眠……"

"我……"朱彦夫张开嘴，正要说点什么，刘指导员却忽然不见了。

他是怎么走的？朱彦夫毫无准备，他肚子里还有很多话要说，至少该问问指导员住在哪里，写完书也好聚在一起喝口酒，拉个话。

"指导员，等等我。"

他想去追，却一脚踩空了。

朱彦夫从床上摔到了地下，也从梦境回到了现实。他摸摸右眼，泪迹未干，再摸摸枕头，也湿了半边。刘指导员呢？朱彦夫用眼睛在周围搜寻着，他希望刚才那个梦是真的。过了一会儿，他长叹一声，心中一阵怅然，空落落的难以承受。

他爬到床上，推醒陈希永，跟她要写字板和钢笔。陈希永早把这些东西藏了起来，她说："没听见医生怎么说你吗？不是我不让你写，歇两天再写吧。"

"不，一分钟也不能耽误。要是今天不好受就停笔，明天不好受又停笔，那什么时候能写完？"

但不管朱彦夫怎么求情，陈希永就是不同意。朱彦夫一骨碌从床上滚到地下，用两条残腿扑通一声跪在陈希永面前："求你开恩了，你只知道保护我的身体，却不知道我是受别人临终之托，不能违背诺言啊。"

陈希永急得赤脚下床，跪下去扶朱彦夫："难道我就不盼着你早把书写成？我是怕你猛一下子累倒了，坚持不到最后啊，真有那时候，谁能帮你？"

老两口流着泪说了半天，陈希永也明白了朱彦夫的决心，只好给他拿来了写字板和钢笔。

"老陈啊，你看人家那些好胳膊好腿的，谁不是在拼命地干事？何况我这个没胳膊没腿、一步挪不了四指的人呢。我自己不鞭打自己，哪年哪月能写出书？"朱彦夫动情地说。他是在给老伴解释，也是在给自己加油。

五一刚过，济南就火热难当，穿一件短袖T恤仍大汗淋漓。新华社几位记者来到山东省立第二医院，看望正在这里住院诊治的朱彦夫。到住院部八楼，走进一个写着"谢绝探视"的病房，他们便看见朱彦夫正穿着一件白背心坐在病床上和老伴陈希永聊天。

他说，在山东省委副书记韩喜凯和省委宣传部部长董凤基的关心下，他于十天前被接到济南治疗，一切费用由山东省民政厅和山东省立第二医院承担。

窗外的阳台上，一盆鲜花在风中摇曳。看得出，朱彦夫的脑血栓经省立二院治疗，已明显好转：他嘴角不再流口水，右半边身体除胳膊外也已基本康复。他说，山东省委书记吴管正刚刚上任，就在百忙之中抽空来看他，这使他非常感激。记者把驻藏地站站长旺堆寄来的两盒"珍珠七十"转交给他，他详细询问了用法，又不安地说："我真应该好好谢谢这位没见过面的好心人，不过我很穷，没什么东西给他，后天我的《极限人生》就要再版了，等我能写字，寄本书给他吧。"

天气火热，朱彦夫摘掉了墨镜。他脸上的棱角仍那么分明，充满了男子汉的阳刚之气。看到他那蜷曲在床上的残腿，人们会想到那两个残疾人兄弟跳的舞蹈——《鹰》。两个人都失去了一条腿，在闪闪的红色灯光下，他们时而展翅翱翔，时而痛苦挣扎。雨骤风急，波涌浪高，他们像两只傲视一切的雄鹰，爆发出力与美的能量。

朱彦夫是以一种与众不同、自然酣畅的潇洒舞步出现在社会舞台上，让记者的眼睛为之一亮的。尽管前面的路布满沼泽与泥泞，但他仍义无反顾地跳着，直至生命的终点。

世界上最动人心魄的舞蹈是心灵的舞蹈。

世界上最令人心醉的舞蹈是语言的舞蹈。

失去四肢的舞蹈，比戴着镣铐跳舞更震天动地，朱彦夫忘情地舞蹈着。

在济南市山东省立第二医院的病房里，阳光如墨，把朱彦夫的往事涂成一幅幅山水画。他说："不识庐山真面目，只缘身在此山中。"当年，尽管他有那么丰富的亲身经历，却无法把它表达出来。

的确，当年的朱彦夫面临着写作技巧的难关。自从重残后，他除了识字写字，还买了《钢铁是怎样炼成的》等几十本名著来读。读这些小说，一方面可以增强他重新生活的信心和动力，另一方面也可以让他学习小说的构思方法、描写手法和语言表达。

回村后，他开始写广播稿、通讯报道，之后又写了一本十几万字的《异人梦》。但要想写一本长篇巨著，他仍觉心中茫然。

在朱彦夫创作《雪蚯》之初，老朋友王兆民和他进行了一次促膝长谈。

朱彦夫说："王老兄，我决心把过去的事写出来，达不到出版水平就做村史，做不了村史就当家史，实在不行，就算我的嘱托吧。我相信，只要是金子，总会被人发现。但我想不清楚我应该写什么体裁，是小说、电影剧本，还是长篇报告文学。"

"搞宏观大场面，你搞不过人家。你最好从你自己的经历和视角写——你本身就是个传奇。你可以先仔细看看别人写过的东西，但别陷进去。"

对老朋友，王兆民直言相告。

朱彦夫拍拍脑门说："这里面有弹片，脑动脉硬化也捣乱。我是干着急，脑子里像被洗衣粉洗过，一片空白。"

"别急,心急吃不了热豆腐。另外,你得学会联想。"

"不用想,晚上一合眼,脑子里的人和场景就乱哄哄的,像一团缠在一块儿的乱麻,理也理不清楚。"

"你先把你的一生分成一个时期一个时期的,每个时期梳出一条主线来。这样,大架子搭起来了,再把其他故事串上去……"

"我想过了,这本书我要坚持到最后,不能让别人替我写一个字。老王啊,你一定帮我多出出主意。"

朱彦夫说,那时他是赶鸭子上架,明知不可为而为之。

他进入了另外一个世界。

语言,帮他打开一扇门,让他走回抗美援朝战场,走回温馨的张家庄村。他跋涉在文字的深山大川中,流连忘返,也痛苦不堪。

一部三四十万字的巨著中,有些人物关系和情节,常常被他弄得颠三倒四。

为解决这个问题,朱彦夫在一根两米长的木棍上贴满稿纸,上面简要地记录着主要故事情节、人物发展走向、彼此的关系,等等。他还把写过部分的简要内容摘录下来,也贴在木棍上。由于长时间查对,有些纸张破碎了,朱彦夫就用胶水再粘贴好。

一次,有三张写着密密麻麻文字的稿纸,被风吹落到地上,被家里人当废纸扫走扔了。

过了几天,朱彦夫发现这三张稿纸不见了,急得头发都竖了起来,全家人这才知道那三张稿纸如此重要。得知稿纸已经找不到了,朱彦夫一下子像被重霜打了一样蔫了。他怎么也控制不住自己的感情了,一个钢铁般坚强的硬汉子,竟瘫倒在床上,头拱进棉被里呜呜大哭起来。

那些凝聚着自己生命和骨血的小精灵,从自己眼皮底下溜出去了。它们,逃往哪里去了?

构思的历程多么艰辛。起初,它模糊朦胧;逐渐的,它成熟起来,如一个胎儿,占据着朱彦夫的理智和心灵;精心照料下,它开始充实、丰富,可刚一出生,就被丢弃了,母亲能不悲痛欲绝吗?

陈希永很少听到朱彦夫大声痛哭。这哭声如旱地惊雷,绞得她的心拧成一团麻花。她一边撩起衣角用劲揉着双眼,一边给朱彦夫拭去眼角的黏液:"彦夫,你这哪是写书，你这是在熬命啊。"

只有陈希永知道这哭声的分量。

创作七年来，在这间普普通通的小屋里，朱彦夫经历过比朝鲜战场和治山治水更为艰辛的煎熬。这痛苦如不是身在其中，真是难以体会。

朱彦夫的那个木制书架，和床相距不足两米。朱彦夫在床上写作，书稿、字典和工具书等都放在书架上，每次取资料，查字典，都要装卸一次假肢，耗费大量时间。惜时如金的朱彦夫觉得分分秒秒都不能耽搁，便干脆用膝盖行走，或爬行到书架前。

为了方便，他在床和书架之间等距离地摆放了四个高低不同的木凳，木凳呈阶梯状，一如那泰山上的石阶。

对朱彦夫来说，过木凳无异于在高空走钢丝，危险异常。他吃力地爬到书架前，拿出那本发黄的小字典，为找一个字，他常花去一个小时，甚至更多的时间。胳膊肘酸疼不止时，朱彦夫就将脸贴近字典，用舌头一页页地掀。

一天深夜，他去书架取字典，身体失去平衡，摔倒在地，几本书也砸到了他身上。女儿们提心吊胆地跑进来，将朱彦夫抬上床，抹着泪恳求："爸爸，你别再折腾自己了，只要你好好活着，我们比有什么都高兴。往后，你讲，俺姊妹几个替你写，保尔的《钢铁是怎样炼成的》不就是这样写成的吗？"

朱彦夫摇摇头，坚定而执着。

他不仅仅是要写一本书，他是要重新活一遍。一种语言的舞蹈，开始在他心中有节奏地跳动：硝烟弥漫，如舞台上放出的白色烟幕。志愿军战士出场了，一个人挺立起来如一座山。时光如水银般流动，大山倒塌在舞台上。音乐缓慢低沉，如诉如泣，突然，暴风骤雨般的旋律响起，大山颤抖着重新站立起来。

一双眼睛，透过几十年的时光，深情地凝望着，顾盼着，留恋着……

我是刚劲的舞者。时间和空间的差距不复存在，朱彦夫和战友们尽情地舞蹈。

这是人类最绚丽的语言。

朱彦夫重新长出了四肢。

他正在一条羊肠小道上行走，忽然和一个贼人相遇。贼人手举利刀，要剜他的心。他竭力反抗，贼人便把他脱光，携衣物逃得无影无踪。他追到一个荒无人烟处，找到衣服，衣服却变成了一堆灰尘。

天空飘来一朵五彩云。云彩落在他的头顶，蹦出一个白胡子神仙。这神仙僧衣长发红眉，手摇金杖，念道："你身临绝难，有什么妙法相救？"他答："没有。"神仙说："我有一种骨肉还原丹，你只要吞下这种药，就会回春还原。"一粒明晃晃、黄豆大小的仙丹飘进他嘴里，他全身发热，手脚呼呼生风，雨后春笋般往外长。眼看着，脚长出脚趾，手长出指头。

一只麻雀惊醒了朱彦夫的美梦。

醒来时，他遗憾不已。

但他发现，他写出的一个个方块字，酷似躯体完整的自己，甚至也那么刚毅、倔强。

院子里长出一根绿色的麦苗，朱向华要拔掉。朱彦夫说："这也是个生命呀，别拔。我出不了院门，有了它，我起码能知道季节，能闻到地里的清香。"

实在写累了，朱彦夫便看看电视。朱彦夫最喜欢看足球比赛，他说："足球这项运动，在整个体育比赛当中，是比较震撼人心的，因为它场面宏大，竞技状态也比较紧张、激烈，最牵动人心。"

但更多的时候，朱彦夫还是生活在小说的世界中。他和小说中的人物一起生活、一起思考。为了描写一个情节，他苦思冥想，常常入神，有几次，他一边抽烟，一边思考，引燃了棉被，他还全然不知，被子冒出浓烟，他却以为是战场上的硝烟，直到火苗燃起，他才惊醒。

他已混淆了白天和黑夜，睡梦中想起一句生动的话，他便赶紧爬起来，衣服顾不上穿，夹笔就写，常常刚写了上半句，就忘了下半句，只好躺下再想，一晚上折腾数次。牺牲的战友常常在梦中拜会他，敌人也会狰狞地笑着出现在二五〇高地上。于是，深更半夜，朱彦夫也会从床上一跃而起，喊着"冲啊杀啊"，高举残臂，用残腿跑到院子里。第二天早上，家人会发现他在院子里呼呼大睡，残腿血淋淋的。

灵感来时，就如夏日清晨的降临，到处都是缀满露珠的嫩绿茎叶。朱彦夫的内心，像一种乐器，微妙、精确，与生活中最细微的声音都有共鸣，新形象和新思想隐隐可见。辞藻的旋涡、急流、瀑布，如春天般出现。语言和形象的洪流，从笔下汹涌而出。

朱彦夫消失在这洪流之中。陈希永来到朱彦夫屋里时，见他倚在床上，纹丝不动，目光如钉子般钉在房顶上，和他说话，他没听到，又小声喊，他还没听到，陈希永以为出事了，连喊"老朱！老朱！"，惊得朱彦夫半截身子忽地在床上一跳，刚刚出现在脑子里的一丝灵感，跑得无影无踪了。他把写字板哐当一声摔在地上，恶狠狠地瞪着陈希永，气得陈希永噙着眼泪扭头跑出房间。从此之后，朱彦夫在写作时，妻子、儿女们谁也不敢走进他的房间里。

写作是脑力劳动，也是一种艰苦的体力劳动。

七年，朱彦夫在稿纸上耕耘了两千五百多天。

直到《雪蚯》创作的后期，由于长期睡眠不足和极度劳累，朱彦夫受伤的左眼直流血，去医院包扎后，血仍然流淌不止。为了不耽误写作，朱彦夫不再管它，任其流血。

有一天，外孙女艺卓来看朱彦夫，进屋一看，吓了一跳：屋内一片狼藉，朱彦夫脸呈蜡黄色，脸皮暴起，胡子拉碴。头发大概很多天没洗了，油腻地板结成一缕一缕的。艺卓看见姥爷正用双臂往下摘缠在眼睛上的绷带，绷带已被流出的黄色脓液染成土黄色，变得硬邦邦的。再看姥爷受过伤的左眼眼窝里，满是黏糊糊的流质液体，眼圈也开始溃烂。艺卓心疼地仰起脸，泪珠挂满了脸颊，她喊了一声"姥爷"，便哇的一声大哭起来。

七度春秋，七易其稿。其间，朱彦夫翻烂了四本字典，总计写下近三百万字。

一部饱含着激情、热血，激荡着共产党人浩然之气的自传体小说《雪蚯》终于撰写成功。

这部后来被改名为《极限人生》的小说讲述了这样一些故事：

在鲁中荣军疗养所治疗的重残军人石痴（以朱彦夫为原型）认为：他的第一次人生——从出生到能劳动，从参军到重伤——已经成茧完结了；第二次人生——从茧中爬出，再干点力所能及的事，直到春蚕死亡——将重新开始。

在给云蒙一中全体师生做报告时，石痴巧遇他认为已经在朝鲜战场牺牲的连长刘步荣、连部卫生员王纯青，他们拥抱在一起，共同回忆那次空前惨烈的阻击战。

1950年12月初，朝鲜长津湖以南一座普通山峰——二五〇高地上，发生了一场残酷的激战。我志愿军某部二连为保障大部队的战略运动——掩护大批冻伤人员撤离，强攻二五〇高地。连长刘步荣命令战士们扔掉所有东西，带领全连人冲上顶峰。攻下二五〇高地时，全连只剩下五十二个人。

美一师两个主力营配备二三十辆坦克、数十门火炮、上百架飞机，对二五〇高地进行疯狂反扑。

坚守阵地的第二天，连长刘步荣的左腿被炮火炸断，接着被一颗重磅炸弹掀起的尘土掩埋，不见踪影。连指导员高新坡（以刘指导员为原型）胸部负伤，临终留下遗嘱：只要连里有一个人活着，就要把他们的壮举记录下来，传给后人。

阵地上只剩下石痴一个人，他顽强地阻击着敌人，后因身上负有多处重伤而口渴，昏迷。

醒来后，为寻找大部队，他顽强地爬着，路上遇到了美军译员马·霍克。石痴用自己仅剩的一点炒面，救了马·霍克的命。接霍克的美军直升机来了，霍克请求石痴一同去美国治疗。石痴表示，只要有一口气，他也要爬回祖国。

场景转移到沂蒙山区一个叫张家湾的小山村。

在天空飘起雪花的时候，村里传出一个爆炸性新闻：烈属四婶（以朱彦夫母亲为原型）"牺牲"多年的儿子回来了。原来，回国后的石痴被截去四肢，成了一个没手没脚的"肉轱辘"，同时，他失去了左眼，头部、腹部伤痕累累。石痴没有消沉，他勇敢地迎接生命的挑战，伤好后毅然离开鲁中疗养所回村锻炼自理能力。

石，即硬；痴，即憨纯。又硬又憨纯的石痴，在婚姻问题上遇上了挑战。

从小和石痴定了亲的漂亮姑娘方巧兰思想动摇，她问石痴："政府每月给你多少钱？"石痴答曰："四十二元。"方巧兰说："怪哩，一条腿才十来块钱，还比不上条猪腿值钱。"新婚之夜，方巧兰看到石痴身上的疤痕，吓得一去不返。

石痴有一种要工作的强烈欲望。他办起了家庭图书室，并在管理村里即将倒闭的食堂过程中，充分显示了将帅之才。

石痴只有一线之光的右眼突然失明，住进了沂里医院。在这里，他巧遇疗养所护士李艾荣（以陈希永为原型）。李艾荣曾乔装打扮成男兵奔赴朝鲜战场，并曾和石痴坐在同一辆闷罐车的同一个背包上。刚毅清秀的石痴给李艾荣留下了终生难忘的印象。石痴从二五〇高地爬出来后，也是李艾荣和一位朝鲜"阿妈妮"把他抬上回国的汽车的。

在沂里医院，李艾荣向石痴发起了"爱情攻势"。一次，石痴走到荒野散步，李艾荣勇敢地吐露真情。她坚定地表示："我可以做你的护理，给你做饭、读书，给你当腿、当手、当眼睛、当拐杖。"石痴被这种灼热的真情融化了。他们相约，等李艾荣和家里说好便来找石痴。

从医院返回村里的石痴被家乡的情况震撼了：全村百分之八十人家断粮，一百多人得了浮肿病。因阻挠医疗队给村民治病的阴谋未得逞，支书、村主任王少刚假意撂挑子，石痴被大家选为村支书，他把仓库里已开始腐烂的地瓜干分给群众以度灾荒。

失去音信许久的李艾荣突然披头散发地出现在石痴眼前。原来，她被父母定的娃娃亲古录壮锁在了他家里。她寻机夺窗而逃，奔跑了五十多里山路，才来到张家湾的石痴家，并留在了这里。

后来，古录壮带人到张家湾寻衅滋事。争吵中，古录壮和帮凶竟然去掐石痴的脖子。石痴怒火中烧，两肩一晃，将两人麻袋包一样扔到了墙角，一举震慑住了古录壮等人。

之后，石痴克服了残躯带来的种种不便，顶着各种流言蜚语，带领群众改变着自己家乡的面貌。

一天，石痴忽然失踪了。原来，他上山察看地形，突遇暴雨，就躲进南珠山的"壁龙洞"，结果滑进了五六十米深的洞底。石痴在洞里被困十天，靠吃青苔过日子，终于从洞里爬了出来。

石痴和李艾荣的第一个孩子——女儿竹花呱呱坠地。

后来，石痴被造反派罢职，他便开始撰写《极限人生》。运动结束后，他又被请出来，为村里架电而奔波。在淄博，他遇上了专门到中国来寻找他的美国朋友马·霍克。石痴坚决推掉了霍克赠送的两千美金，但邀请了霍克去张家湾考察、投资。

他继续写着《极限人生》。

一天，石痴原部队发来电报："石痴同志，首长闻悉你体尚健，请于元旦回老部队，切记早备。"

元旦早上，石痴没戴墨镜、没拄双拐，昂首挺胸地归队了。他走得很快，雪地上留下的不是腕行、膝行、爬行、拐行的痕迹，而是完整的人踏出的串串扎实闪光的足迹。

读过这部小说的人都说自己被一种不屈的信念和力量融化了。

在朱彦夫的小屋里，人们看见十几支被咬碎、磨损、摔坏的钢笔。它们静静地躺在那里，像一列战死的英雄。几瓶墨水早被用光，空瓶仍伫立在那里。当年，这里储存着朱彦夫岩浆一样的激情。现在，空墨水瓶如爆发过的火山，记录着人类精神史上的奇观。

朱彦夫在小说的后记中这样写道：

"我是战争的幸存者，我的生命——尽管是由残缺不全的躯体组成的生命——是战友们给的。他们把生让给了我，把死留给了自己，没有他们的先去、先死，就没有我的今天。经常有人把战争中的重残、特残称为'活着的烈士'或'半个烈士'，由此说来，我不是烈士，但接近烈士。今天，我把拙作《极限人生》幻化成烈士的遗愿，幻化成一曲悲歌、一副挽联奉献给烈士，这是我毕生最大的宽慰。读者能从中感悟到先烈的不屈、残废军人的自强、共产党人的凛然正气，从而汲取做人的力量，那么我也就不会因空耗时光而羞愧了。"

一位文学评论家这样评价《极限人生》："这本书给我们的生活——普通人的生活、健全人的生活提出了一系列挑战和叩问：我们把生活本身的意义挖掘了多少、表达了多少，把我们生命的潜能发掘了多少？"

此番话语，如暮鼓晨钟，撞击着人们的心灵。

是啊，人一生不过短短几十年，我们能仅仅像一阵风一样刮过去吗？人，靠什么保持永恒？我们的生命到底有多少潜能？

朱彦夫卸任于1982年，那时他的内脏出了毛病，还有肝病、胃病以及心脏病等。

这回该歇歇了！别人都这么说。

但朱彦夫就是朱彦夫，说写书就写书。

他把自己关在房间里，一写，就写了七个年头。

这部书，朱彦夫不知修改了多少次，最初累计写了近三百万字，最后修改成了四十多万字的手稿。

连续做报告打乱了朱彦夫的生活规律，他在台上讲着讲着就嘴歪了，瘫倒在讲台上。

朱彦夫被送到临淄医院，之后转到淄博市中心医院，抢救了三天三夜，下了病危通知书。

　　朱彦夫的情况传到省里，省领导指示，采取一切措施抢救朱彦夫。

　　住了五个月院，后遗症是右半身瘫痪。

　　记者采访朱彦夫时，他刚刚出院。

　　谈到那场病，朱彦夫说："战争给我留下的能动的部位这次又报废了一些，时间对我来说更珍贵了。以后，我还要写点东西，我想用自己的智力再写出续篇。"

后　记

　　《铁骨金魂》是杨凤山、邓伟、彭红的合作作品。一颗红心向太阳，甘洒雨露润泽芳，红雨便成了合作的称号。凝结团队的核心力量是作品主人公朱彦夫的感人事迹。用小说的手段把这个人物的一生用已经发生和正在发生的故事活脱脱地推向社会，是团队的发力方向。

　　我们很早就意识到，朱彦夫精神是党的财富，是民族的财富，也是全人类的财富。用小说的形式来表现朱彦夫伟大而又平凡的一生，我们确实花费了很多精力，但总担心把握不当损坏了他原本的闪光形象。

　　有一种蝉，叫十七年蝉，在地下蛰伏十七年，经几次蜕变才破土而出，登上高树振翅长鸣。比起十七年蝉的蛰伏期，《铁骨金魂》从接触主人公算起，至今已二十二年。

　　1997年，杨凤山与他人合作的长篇通讯《今生无悔》登上了中央和省市各大报纸，朱彦夫的事迹引起了社会的广泛关注，并产生了一些社会反响。把朱彦夫这种精神的种子植根于文学土壤，使之成为参天大树的梦想在杨凤山心中形成。于是，"红雨"走到了一起，着力研究抗日战争、解放战争、抗美援朝战争，着力研究我国革命和建设的各个阶段的历史，追踪朱彦夫的足迹，整理收集了大量珍贵素材。进入21世纪后，《朱彦夫》《当代保尔朱彦夫》《时代楷模朱彦夫》等系列作品是团队一路前行的证明。"红雨随心翻作浪"，《铁骨金魂》得以顺利出版，是红雨团队努力的结果，也是这个团队精诚所致金石为开的缩影。

　　历时二十二个春夏秋冬，是身残志坚的朱彦夫的精神和我们的初心不改、精心打磨，铸就了《铁骨金魂》这部作品。

　　一个有希望的民族不能没有英雄，一个有前途的国家不能没有先锋。弘扬正气，讴歌英雄，是这个伟大时代赋予我们的伟大使命，朱彦夫精神是民族瑰宝，作为讲述者的我们为能书写这样的人物而深感自豪。

  我们真诚感谢书海小说网的推荐，更要特别感谢朱彦夫及其家人：至今仍清晰记得，那年，我们去看望朱老，朱彦夫的子女把影集拿出来，把悬挂在墙上的珍贵照片取下来，供我们拍照；朱老以及他的家人也对我们这样用心报道和宣传朱老的事迹表示了感谢和支持。通过这次拜访，我们对朱老的经历有了更深刻的了解，也对他更加崇敬和佩服。